EL AMULETO DE BRONCE

JOSÉ LUIS CORRAL LAFUENTE

EL AMULETO DE BRONCE

La epopeya de Gengis Kan

Diseño de la sobrecubierta: V. M. Ripoll Arias

Primera edición: enero de 1998

© 1998, José Luis Corral Lafuente
© 1998, de la presente edición: Edhasa
Avda. Diagonal, 519-521. 08029 Barcelona
Tel. 494 97 20

ISBN: 84-350-0677-8

Queda rigurosamente prohibida, sin la autorización escrita de los titulares del Copyright, bajo la sanción establecida en las leyes, la reproducción parcial o total de esta obra por cualquier medio o procedimiento, comprendidos la reprografía y el tratamiento informático, y la distribución de ejemplares de ella mediante alquiler o préstamo público.

Impreso por Hurope, S.L.
Recaredo, 4. 08005 Barcelona
sobre papel offset crudo de Leizarán.

Depósito legal: B-45.691-1997

Printed in Spain

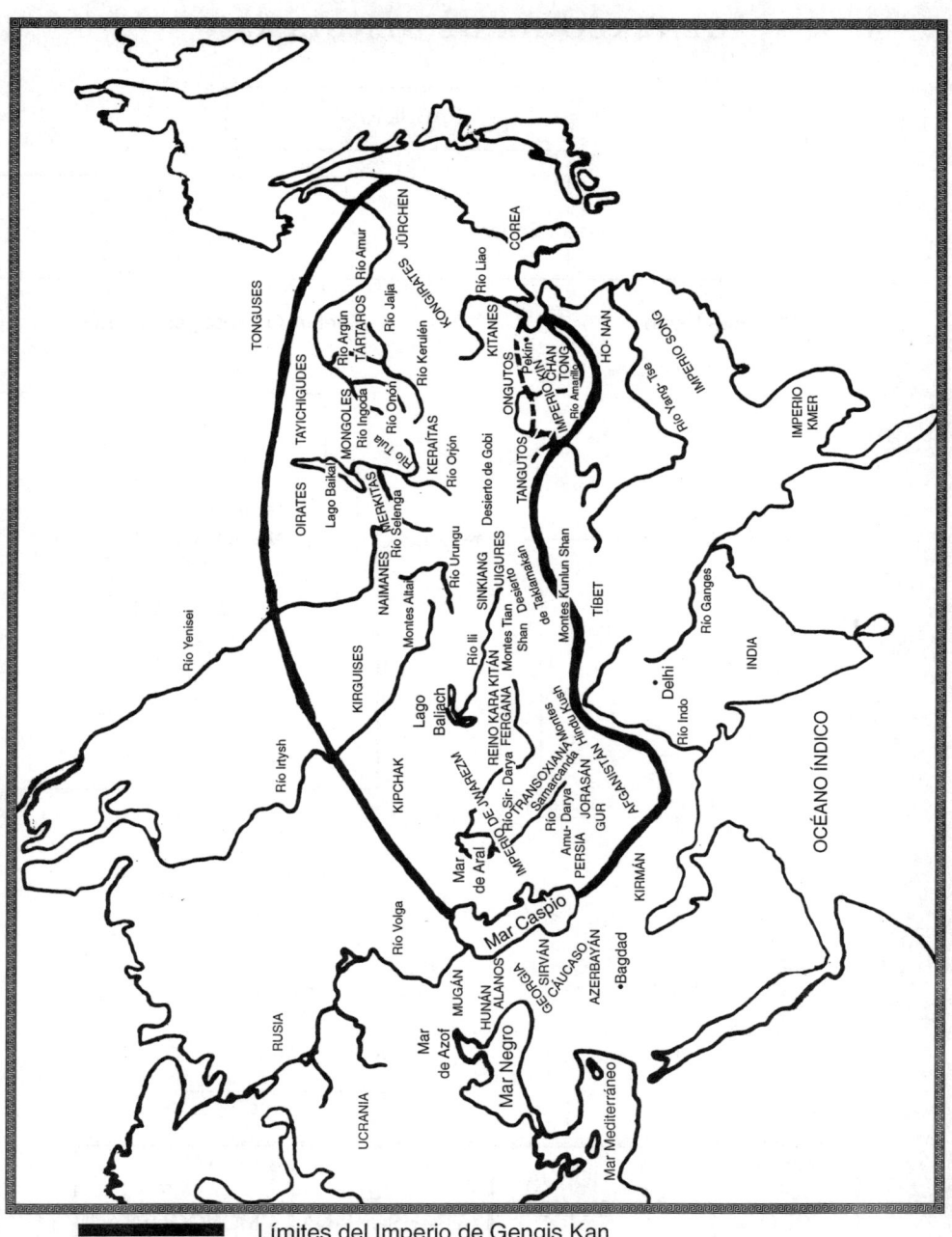

GENEALOGÍA DE GENGIS KAN

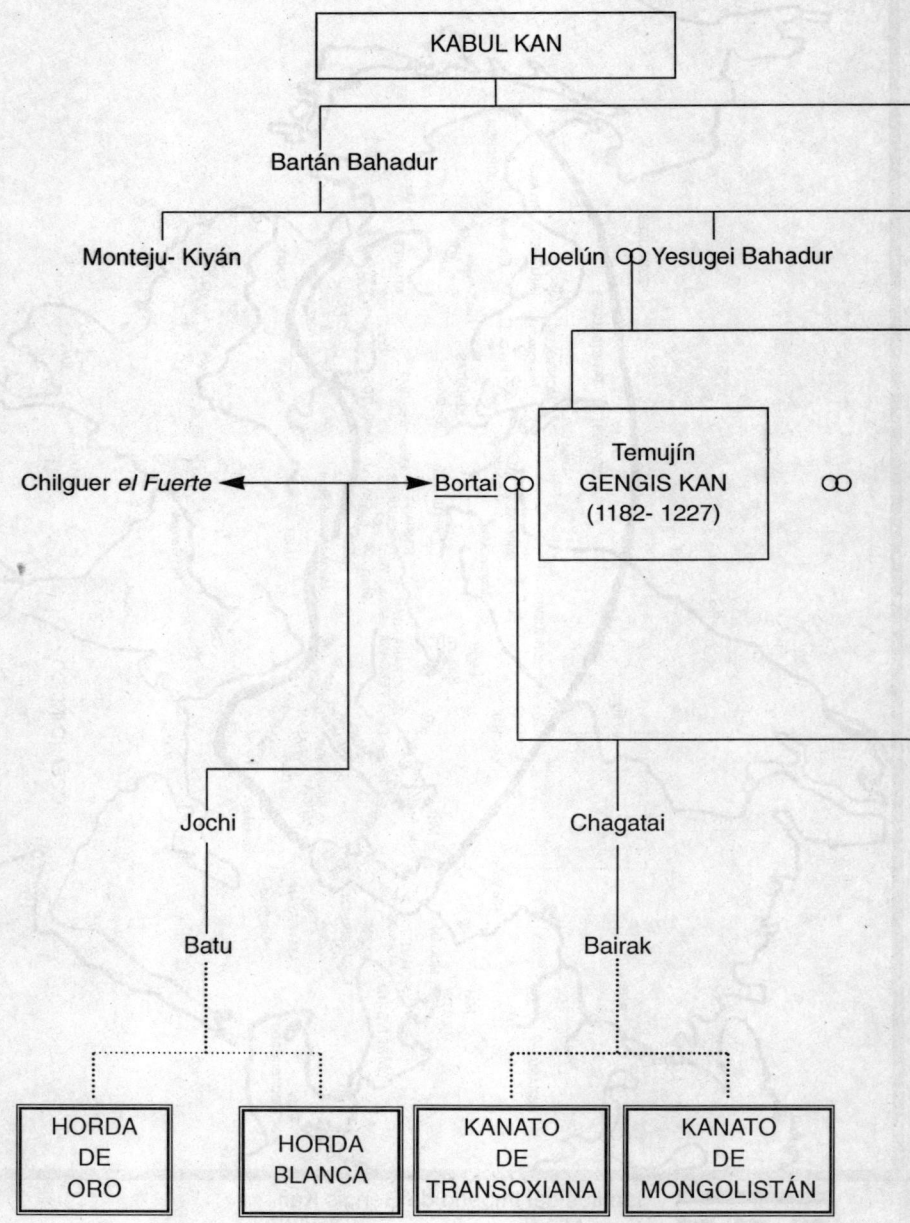

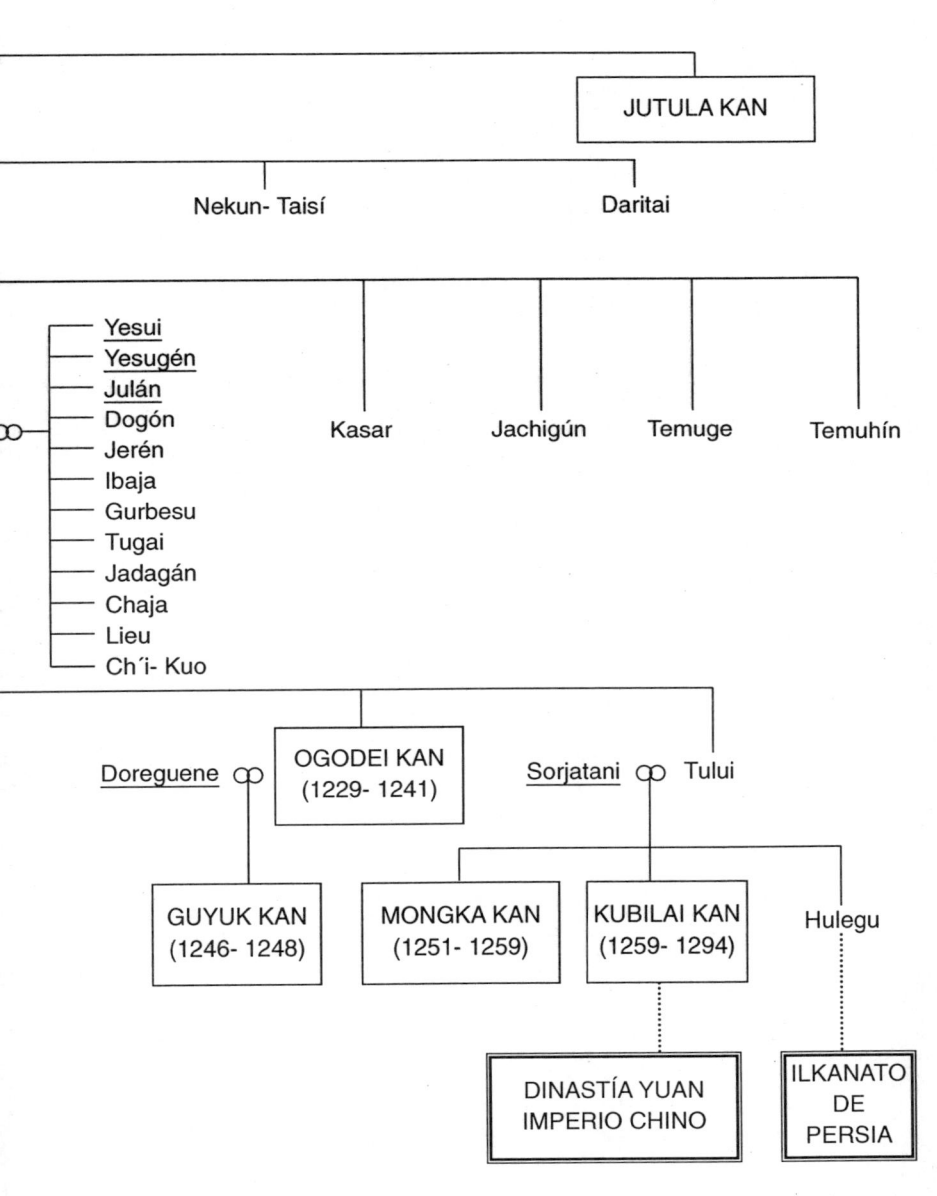

ÍNDICE

Preámbulo 13

Primera parte:
PRÍNCIPE DE LOS NÓMADAS

1. El rapto de Hoelún 23
2. La muerte de Yesugei 37
3. La amistad con Jamuga 64
4. El primer compañero 99
5. El rapto de Bortai 111
6. La ruptura de los dos *andas* 129

Segunda parte:
CAUDILLO DE LAS ESTEPAS

7. Un único señor bajo el único sol 153
8. La venganza del kan 170
9. Silencio en las estepas 182
10. La victoria sobre Jamuga 203
11. Dos princesas tártaras 219
12. La traición de Wang Kan 232
13. La muerte de Jamuga 254

Tercera parte:
SOBERANO DEL CENTRO DEL MUNDO

14. El sello del gran kan 281
15. El chamán Teb Tengri 296
16. La Gran Muralla 329
17. La conquista de China 347
18. Mi encuentro con el gran kan 364

Cuarta parte:
EMPERADOR DE TODOS LOS HOMBRES

19. Camino de Occidente 389
20. La conquista de Jwarezm 413
21. En busca de la inmortalidad 435
22. Regreso al centro del mundo 461

Epílogo 485

APÉNDICES

Cronología 489
Vocabulario de términos mongoles 493
Personajes históricos más relevantes 495

Preámbulo

Pekín, primavera de 1242

Mi nombre es Ye-Liu Tch'u Ts'ai, aunque en la más sencilla lengua mongol se ha reducido a Yelü Chucai. Escribo este relato a comienzos del año del tigre, vacante el trono imperial. Acabo de cumplir cinco ciclos completos del calendario de los doce animales y siento que la llama de la vida comienza a apagarse en mi interior. Apremiado por el tiempo, sé que me queda muy poco, he decidido poner por escrito la historia de una época de la que yo he sido testigo privilegiado y de la epopeya del hombre más grande que hasta ahora hayan visto ojos humanos, el emperador Gengis Kan, el conquistador del mundo.

Pertenezco a un pueblo cuya historia se remonta varios siglos atrás. Generaciones antes de llegar a China, los kitanes éramos nómadas ganaderos que recorríamos la cuenca del río Siramuren, en el borde oriental de Mongolia, en busca de pastos frescos para nuestros ganados. Nuestra raza era la misma de los mongoles, pero las generaciones de kitanes que han vivido en China se han mezclado de tal manera con otros pueblos que ahora nos separan más diferencias que similitudes nos unen, aunque no renunciamos a la pertenencia a un linaje común. La proximidad al imperio milenario del Centro, gobernado por los song, y el influjo de su cultura fueron calando poco a poco en nuestras costumbres y comenzamos a imitar a los chinos para más tarde, cuando fuimos lo suficientemente fuertes, conquistarlos. Ocupamos la ciudad de Pekín y sobre ella fundamos el nuevo Estado de Liao, el nombre que los chinos daban al río de nuestra tierra de origen. En nuestra marcha hacia el sur alcanzamos la cuenca del río Amarillo y firmamos un tratado con los song, que mantuvieron parte de su imperio al sur del río. Durante más de cien años gobernamos esta tierra a la que dimos el nombre de China. Vivíamos en paz con los song y con los tangutos, que antaño habían fundado en las tierras del oeste, al sur del desierto del Gobi, el reino de Hsi Hsia. Éramos fuertes, pero nuestro vigor comenzó pronto a debilitarse. Las ingentes riquezas que atesoramos, conseguidas no con el esfuerzo del trabajo sostenido sino con la fuerza de la espada, y la influencia budista, de la que sólo tomamos la idea del «no perjudicar», fueron para nuestro pueblo una carga demasiado pesada. A ello se sumaron varios años consecutivos de una naturaleza adversa en los que se alternaron agostadoras sequías con devastadoras inundaciones. Por todas partes cundió el malestar y el hambre. Estallaron profundas disensiones en el seno de la familia imperial y la autoridad del Estado se resquebrajó. Por último, el ejército dejó de confiar en su emperador. Pero aun con todo habríamos podido restaurar nuestro país si no hubieran aparecido los jürchen. Este pueblo tungú de formidables guerreros, antaño vasallo nuestro, nos invadió desde las frías tierras del norte y firmó una alianza con los song del sur, atrapándonos en medio de una tenaza apretada por dos manos poderosas. No pudimos resistir y el reino Liao de los kitanes se hundió.

Una parte de la nobleza kitán, desesperada ante la humillación de la derrota y temerosa de las represalias que sobre ella pudieran desatar los nuevos dueños del norte de China, emigró hacia el oeste, a las tierras de los Uigures del Sinkiang, más allá de las doradas arenas del Gobi y de las montañas donde nacen los grandes ríos, y fundaron en la cuenca del río

Ili un nuevo reino al que dieron el nombre de Kara-Kitán, es decir, los «kitanes negros». Fijaron su capital en la ciudad de Balasagún, al sur del gran lago Baljash, y hasta allá llevaron consigo la cultura china y la religión budista. Los que permanecimos aquí fuimos sometidos por los jürchen, quienes fundaron el nuevo Imperio kin, que significa «oro». Su poder creció tan rápidamente como las olas en la marea y pronto los reconocieron los tangutos de Hsi Hsia y los coreanos. Ávidos de poder y de tierras, rompieron el tratado que habían acordado con los song, gracias al cual habían podido conquistar China, y atacaron sus provincias del Ho-nan y el Shadong. Sin que nadie pudiera detenerles, saquearon las cuencas del río Amarillo y del Yang Tsé y obligaron a los song a reconocer su hegemonía imponiéndoles un tributo anual además de consolidar algunas de sus conquistas territoriales. Los jürchen gobernaron China hasta que los mongoles del gran **Gengis Kan** acabaron con ellos; de esto hace apenas unos años. Algunas familias kitanes permanecimos en China sometidas al poder tiránico de los kin. Tras los primeros momentos de terror, matanzas y expropiaciones, los kin se dieron cuenta de que necesitaban burócratas expertos para mantener la administración y conseguir que las rentas del Estado no se derrumbaran. Muchos de los funcionarios de la depuesta dinastía Liao fueron requeridos por los nuevos señores jürchen para cumplir las tareas burocráticas que ellos desconocían y para las que no estaban preparados.

    Yo vine al mundo en la imperial ciudad de Pekín cuando comenzaba a correr el año del buey en el reinado del emperador Ma-ta-ku, en una época en la que se dictaron varias leyes para evitar que la cultura china siguiera impregnando la sociedad de los jürchen. Mi estirpe es noble, pues mi familia desciende de un jefe kitán que fue miembro destacado de la aristocracia de los Liao. Mi ilustre antepasado dejó fama de buen letrado y una considerable fortuna que mi familia administró con acierto. Debido a mis orígenes aristocráticos y a la dedicación de mi familia a la ciencia y a la administración, mis padres decidieron que estudiara en la Escuela de Astronomía del Sagrado Palacio, un honor reservado a un puñado de privilegiados. En China, ser astrónomo siempre ha supuesto tener la llave del conocimiento del futuro y esa facultad confiere un gran prestigio y autoridad a quien la ostenta. Cuando acabé mis estudios y aprobé el último de los durísimos exámenes preceptivos para entrar a formar parte del cuerpo superior de funcionarios imperiales, logré una plaza en la biblioteca de palacio y su director me encargó que catalogara los cientos de legajos y rollos que se amontonaban desordenadamente en una polvorienta alacena que nadie había tocado desde la conquista del país por los jürchen. Cumplí mi tarea con cierta eficacia, o al menos así se lo debió parecer a mis superiores, porque pronto me encomendaron el delicado trabajo de participar en el equipo que redactaba los horóscopos oficiales de la familia imperial, cargo al que sumé el de jefe de la Oficina de Archivos Históricos del Estado. Me fue confiada la custodia de los documentos y en ello estaba ocupado cuando mi ciudad, Pekín, fue asaltada y conquistada por los mongoles, comenzando así una nueva era para China y una nueva vida para mí.

Desde entonces han pasado veintisiete años. Cuando escribo estas líneas hace ya quince que murió Gengis Kan y va para uno que también ha fallecido su hijo, el gran kan Ogodei. El trono mundial permanece vacante y la soterrada lucha entre los hijos de los hijos del Conquistador del mundo puede estallar en cualquier momento y sumir al Imperio en un mar de sangre y destrucción. Mientras vivió el gran kan, todo parecía firme y estable. Su sola presencia sobre la tierra imponía el orden, la justicia y la disciplina de la ley, y así continuó todo bajo el gobierno de Ogodei. Pero la ausencia de ambos ha dejado huérfano al mundo. Desde su muerte, la tierra parece languidecer, la hierba de los prados es más escasa y rala, el aire menos fresco y las estrellas palidecen como candiles a los que se les acaba la mecha. Son éstos tiempos difíciles, llenos de inseguridad, repletos de trampas, mentiras y desasosiego.

Desde que Gengis Kan conquistó Pekín hasta su muerte, yo estuve siempre muy cerca de él, lo aconsejé en sus decisiones y quizá fui la persona que más influencia ejerció sobre el kan durante los últimos doce años de su glorioso reinado. Esa época la conozco de primera mano y hablaré de ella como protagonista que he sido de la misma. Pero los primeros cincuenta años de la vida del gran kan, aquéllos en los que se forjó su voluntad de hierro y su espíritu indomable, aquéllos en los que tuvo que sufrir la persecución de sus enemigos, el destierro de su familia y el desprecio y la traición de sus antiguos amigos, aquéllos en los que comenzó a construir el Imperio, he tenido que rehacerlos con cuantos escritos y testimonios he podido recoger. A veces me he basado en confesiones del propio kan y en descripciones realizadas por sus compañeros de guerra y otras en relatos y rumores que han circulado de boca en boca, pero cuando he podido he cotejado una noticia, incluso hablando con el protagonista de la misma si eso ha sido posible. No siempre he logrado discernir lo verdadero de lo falso de cuanto me han confiado. Los hombres rememoran aquello que más les ha impactado y no todos recuerdan la misma acción de similar manera. Cada ser humano es un pequeño mundo y por eso interpreta el gran mundo de modo distinto. En no pocos casos he recibido informaciones contradictorias sobre el mismo acontecimiento, bien sea por manipulación interesada o bien de buena fe, que para el resultado de la investigación que me he propuesto viene a ser lo mismo. Incluso en ocasiones, si he podido darme cuenta del engaño, he preferido una mentira, porque en ella misma radicaba una explicación interesada, a una noticia transmitida con sinceridad pero de manera equivocada, puesto que en esa situación no he tenido ninguna posibilidad de discernir lo cierto de lo supuesto. Mucho peor ha sido describir los momentos de los que no ha habido testigos, o éstos han muerto sin dejar ningún testimonio. En esos casos no he tenido más remedio que reconstruir el pensamiento de cada hombre teniendo en cuenta la propia naturaleza humana, si bien es cierto que un simple ser humano como yo nunca podrá entender por completo las ideas que bullían en la luminosa cabeza de un gigante como Gengis Kan. He tratado de huir de la extendida costumbre de escribir al dictado del amo que paga o al del hombre condicionado por lo que siente. No sé si he conseguido despojarme de mis miserias y de mi orgullo, eso deberá juzgarlo el lector en cuyas manos algún día caigan estas páginas.

No es ésta, por tanto, una «historia oficial». Todas las familias imperiales han dispuesto de excelentes cronistas para alabar sus hazañas. El gran kan Ogodei, sabedor de mi afición por el estudio del pasado, me encargó escribir una historia del pueblo mongol. Para ello comencé a recopilar material en los archivos del Imperio, pero a la muerte del gran kan, cuando mi trabajo estaba prácticamente finalizado, se encargó a una comisión imperial de la que fui excluido un nuevo libro, el que oficialmente se llama *Altan Debter,* es decir, *El Libro de Oro.* Todavía no se ha hecho público, aunque algunos ejemplares circulan desde hace unas semanas por la Corte. Yo mismo he podido leer una de esas copias. Ese libro parece bien hecho, no en vano algunos de sus autores se han formado en la Oficina de Traducción que hace casi una década fundé en Pekín para redactar en idioma mongol versiones de las obras clásicas y de las historias oficiales chinas, pero carece de la frescura de una creación inspirada por la propia voluntad. Como obra de encargo que es, adolece de ciertas virtudes que cualquier obra histórica debe contener y deja sin contestar las preguntas esenciales que todo buen historiador debe hacerse e intentar, si ello es posible, responder. Un eunuco de palacio me ha confiado que un destacado miembro de la familia imperial acaba de ultimar la redacción de otra historia de los mongoles, a la que ha titulado la *Historia Secreta*. No he logrado acceder todavía a ella, aunque sé que se encuentra totalmente acabada. He pedido a varios de mis ayudantes que hagan lo posible por conseguirme una copia, o al menos algunos capítulos que puedan servirme para imaginar cómo va a desarrollarse esa crónica. Por lo que he podido atisbar, parece un libro dedicado a decantar la elección del nuevo gran kan en una determinada dirección. Pronto deberá reunirse el *kuriltai* en el que eso ocurra y cada uno de los candidatos está tomando posiciones en espera del momento decisivo. Algunos miembros de la aristocracia incluso están dispuestos a ensombrecer el recuerdo del conquistador del mundo, ¡como si un simple mortal fuera capaz de apagar el brillo del sol soplando!

La lámpara de mi despacho parece decidida a impedir que siga escribiendo por esta noche, tal vez quiera anunciarme que esta presentación se está haciendo demasiado larga. Mis criados no han dejado ninguna de repuesto, pese a que tantas veces les he reiterado que me gusta dormir cerca de la pálida llama de una lucerna, y el aceite de la que alumbra los papeles en los que escribo es ya tan sólo una mancha oscura en el fondo del candil. A través de la ventana de mi estancia puedo ver un frío cielo estrellado en el que esta noche las constelaciones destacan como si estuviera en el centro del mundo, en las inmensas llanuras de Mongolia, y no en la contaminada y ruidosa pero adorada Pekín.

PRIMERA PARTE

PRÍNCIPE DE LOS NÓMADAS

1. El rapto de Hoelún

Una única esposa no bastaba para alguien como Yesugei. Por sus venas corría la sagrada sangre de los borchiguines, la estirpe que descendía de la unión del lobo azul bajado del cielo con la corza blanca. De todos los príncipes mongoles, era Yesugei quien sentía en su corazón un mayor dolor por el perdido orgullo de su pueblo

Yesugei Bahadur era el tercero de los cuatro hijos de Bartán Bahadur, el jefe de la familia de los Kiyanes, del clan de los borchiguines, quizá la única esperanza que quedaba a los mongoles de recuperar la grandeza de los tiempos en los que los kanes Jaidú, Kabul y Ambagai señoreaban las estepas al norte del gran desierto del Gobi. La primavera anterior las fuerzas combinadas de los jürchen y los tártaros habían destruido el pequeño pero orgulloso reino mongol, cuyos miembros se denominaban a sí mismos yakka. Sus ganados, que antes pastaran por los amplios espacios de la estepa de la Mongolia central, se veían ahora recluidos a pacer entre las cabeceras de los ríos Onón y Kerulén. Todos los clanes mongoles se habían resignado humillados a un destino que los empujaba a una existencia errática y miserable. Ni siquiera los tayichigudes, la amplia estirpe del tercer kan Ambagai, habían sido capaces de retomar el cetro que dejara libre a su muerte Jutula, el cuarto, y último hasta entonces, kan mongol.

Por la ladera de la empinada colina cubierta de hierba que amarilleaba ante lo avanzado del otoño cabalgaban tres de los cuatro hermanos del linaje de Bartán *el Valeroso*. El viento del norte anunciaba la inmediata proximidad del invierno y soplaba sobre sus cabezas protegidas por sendos gorros de piel que sujetaban al cuello con una fina tira de badana. Nekún Taisi y Yesugei mascaban duros pedazos de carne seca mientras, Daritai tarareaba una vieja canción en la que se narraba una triste historia de dos enamorados.

—Una esposa es poco, hermanos. Para un jefe yakka las mujeres son como los caballos: no es posible tener uno solo. Nuestro pueblo necesita jóvenes valientes que lo devuelvan al lugar entre las naciones de la estepa que tártaros y jürchen nos han arrebatado, y para eso hacen falta guerreros, muchos guerreros, y los guerreros nacen de las mujeres —dijo de pronto Yesugei dirigiéndose a sus dos hermanos sin detener el lento trote de su corcel.

—Nuestro pueblo tiene pocas mujeres —comentó Daritai interrumpiendo su reiterativo canturreo.

—Por eso debemos apoderarnos de las de los demás, hacerlas nuestras esposas, plantar en ellas nuestra semilla y rogar a Tengri para que den como fruto vigorosos hijos para el pueblo yakka mongol.

Nekún volvió su rostro hacia su hermano, se atusó sus finos bigotes y atisbó una irónica sonrisa en sus afilados labios.

—Creo que estás maquinando algo —dijo.

—Tengo un plan para conseguir otra mujer. Escuchad: Hace varios días asistí por casualidad a una boda que se celebraba entre Yeke Chiledu, jefe de un clan de la tribu de los merkitas, y una joven de la tribu de los olqunugutes. Había acudido al campamento merkita con los jefes de los clanes mongoles que estaban pactando los nuevos territorios para la caza y para los pastos después de nuestra derrota. Salí del campamento para cazar y fue entonces cuando contemplé a Hoelún, la desposada. Mis ojos se clavaron en los suyos como los del halcón en la presa y apenas pude distraerlos un instante. Es tan bella que he decidido hacerla mi esposa y nada ni nadie va a ser capaz de impedírmelo. Durante varios días he seguido la caravana de Yeke Chiledu hasta las orillas del río Onón, donde ha acampado. Dentro de un par de jornadas continuará su viaje hacia el oeste, a las tierras en las que pastorean los rebaños de su tribu. En ese momento se quedarán los dos solos y será mi oportunidad para acabar con el merkita, capturar a la hermosa Hoelún y hacerla mía.

»Para ello me hace falta vuestra ayuda, por eso he ido a buscaros a nuestro campamento y os he pedido que me siguierais sin hacer preguntas. Si todo sale bien, dentro de un par de días tendré una segunda esposa y podré fundar un verdadero clan, con muchos hijos, los futuros guerreros que restauren nuestro honor.

Pasaron la noche al abrigo de unas rocas y a la mañana siguiente alcanzaron a contemplar el campamento de Yeke Chiledu. Apostados entre unos arbustos, siempre de cara al viento para evitar ser olfateados, y tras dos días de interminable espera, los tres hermanos contemplaron cómo la pareja de recién casados se despedía del resto de componentes del campamento y, sobre un carro tirado por dos caballos al que seguía otro pardo atado a la parte posterior, vadeaba el Onón rumbo hacia el noroeste.

–Esperaremos un día más a que estén lejos y entonces iremos por ellos –susurró Yesugei a sus hermanos.

–Han atravesado el río y ahora se encuentran en territorio merkita, si los atacamos allí incumpliremos el acuerdo pactado esta primavera –objetó Nekún.

–No reconozco ese acuerdo con los tártaros y los jürchen, y mucho menos con los merkitas; hacia ellos sólo hemos de manifestar odio y buscar venganza.

Yesugei no era el mayor de sus hermanos, pero todos lo reconocían como el verdadero caudillo de la familia. A pesar de la terrible derrota sufrida por su pueblo meses atrás ante los tártaros y los jürchen, Yesugei había decidido seguir combatiendo. Su orgullo le impedía aceptar el fracaso y, como miembro del clan de los borchiguines, se consideraba llamado por el cielo a devolver la antigua grandeza a su pueblo. La mongol nunca fue una nación tan grande y poderosa como ellos mismos querían creer. Es cierto que antes de la derrota ante los tártaros dominaban muchas más tierras, pero siempre habían sido una nación más de las varias que vivían entre las heladas tierras de Siberia y el abrasador desierto de Gobi.

Entre esos pueblos corrían antiguas leyendas, algunas milenarias, que narraban pasados acontecimientos en los que una tribu de la estepa mandada por un jefe valeroso y decidido había conquistado el mundo. En algunas canciones se decía que veinte generaciones atrás los caballos de los antepasados de los mongoles habían hundido sus pezuñas en las doradas playas del mar de Occidente, allá donde se acaba el mundo, y que desde China hasta esas remotas y olvidadas regiones toda la tierra había obedecido a un solo señor bajo un único sol. Las viejas leyendas nada decían sobre el nombre de aquel caudillo. En el clan de los borchiguines todos sus miembros sabían de memoria la genealogía completa de su linaje. Desde que el lobo azul y la corza blanca engendraran a Batachiján, el primero de los mongoles, le habían sucedido casi una docena de caudillos, de los que la tradición sólo recordaba sus nombres, hasta que Dubún contrajera matrimonio con Alan Goa, la mujer que diera origen a la dinastía de los kanes. Yesugei estaba seguro de que había sido uno de aquellos caudillos el que había conquistado el mundo. Creo que fueron esas leyendas repetidas una y otra vez por los ancianos, en las largas veladas invernales pasadas al abrigo del fuego dentro de las tiendas de fieltro, las que calaron en el corazón de Yesugei y le hicieron soñar con ser la reencarnación de aquel héroe mongol de las viejas narraciones que hiciera de su pueblo el dueño del mundo.

Nekún, Yesugei y Daritai siguieron a distancia el carro de Yeke Chiledu. Tomaron todas las precauciones para evitar ser vistos, e incluso comprobaron que ninguno de los familiares de Hoelún seguía a los recién casados. Como panteras al acecho de su presa, los tres jóvenes esperaron el momento más oportuno para atacar.

Era casi mediodía. El carro de Yeke había descendido una suave ladera y rodaba por un amplio valle entre onduladas colinas. El jefe merkita asía las riendas sin dejar de atisbar a uno y otro lado. Un hombre y una mujer solos en la estepa en un carro en el que portaban todas sus posesiones eran un botín demasiado atractivo para cualquiera. Una sensación extraña le hizo volver la cabeza hacia la izquierda y observó la amenazadora figura de un jinete que se recortaba sobre una de las colinas. Su rostro se contrarió y recorrió con sus ojos todo el horizonte. De pronto apareció a su derecha, también sobre una cima, un segundo jinete y todavía un tercero en la lejanía, justo detrás del carro. Todos portaban el arco en su mano izquierda y se encontraban en posición de iniciar un ataque inmediato.

Yeke Chiledu comprendió que aquellos hombres iban a por él. Uno de los jinetes alzó su arco y ésa fue la señal para que al unísono, los tres se enfilaran al trote hacia el fondo del valle en dirección al carro. El merkita supo que no tenía ninguna posibilidad de salvarse ante la carga combinada de tres jinetes que lo habían cogido por sorpresa. En pocos instantes estaría al alcance de sus flechas y no le quedaba tiempo para organizar una defensa que, por otra parte, sería inútil. El jefe merkita frenó su carro, dirigió unas rápidas y apresuradas palabras a su esposa y de un salto descendió corriendo hacia el caballo pardo atado en la parte posterior. Con un certero golpe de cuchillo cortó la cuerda que lo asía, montó y se encaró hacia sus perseguidores. Fue un vano intento por amedrentarlos, porque enseguida comprobó que aquellos hombres estaban firmemente decididos a atacarlo. Dio media vuelta y se dirigió hacia su esposa. Hoelún se quitó su camisa y se la entregó para que con ella recordara su olor. Yeke la contempló durante un instante sabedor de que quizá lo hacía por última vez. Colocó la camisa dentro de su chaqueta de cuero y espoleó a su corcel pardo que partió a todo galope huyendo de los tres mongoles. Nekún, Yesugei y Daritai pasaron a los lados del carro y persiguieron la estela de polvo que levantaba Yeke Chiledu, pero no tardaron en detenerse.

—No sigáis —gritó Nekún a sus hermanos—. Ha cogido el caballo de refresco, nunca podríamos alcanzarle. Los nuestros han soportado nuestro peso durante varios días y el que monta el merkita está totalmente descansado. Volvamos atrás.

Hoelún había saltado del carro y se había lanzado a una desenfrenada fuga hacia una de las colinas. Yesugei indicó con un gesto a su hermano menor Daritai que se hiciera cargo de la carreta en tanto él salía en persecución de la joven. Apenas en unos momentos el rápido caballo del mongol la alcanzó. Yesugei asió con fuerza a la muchacha por los cabellos y la arrastró durante unos pasos; por fin, la soltó y la joven cayó al suelo entre gritos de dolor y de ira. Recostada sobre la hierba, la olqunugut, envuelta en polvo y sudor, se arrostró hacia Yesugei; sus ojos denotaban más odio que miedo.

—Ahora eres mi mujer —sentenció solemne y orgulloso Yesugei desde lo alto de su montura acariciándose su rala perilla.

Hoelún se abalanzó sobre su raptor y como una fiera desbocada le propinó un fuerte mordisco en la pantorrilla. Yesugei rugió de dolor y con el dorso de la mano golpeó el rostro de la muchacha, que cayó de bruces entre las patas del caballo. En ese momento se acercaron Nekún y Daritai con el carro que habían capturado. Entre las risas de sus hermanos, Yesugei logró reducir al fin a la joven, que no cesaba de patalear y de lanzar puñadas y mordiscos. Le ató las manos a la espalda y la colocó sobre el carro. Sintiéndose impotente, Hoelún comenzó a llorar profiriendo lamentos y gemidos tan profundos que las colinas parecieron estremecerse. Daritai intentó consolarla con dulces palabras. Le dijo que aquél a quien antes abrazaba estaba ya muy lejos y que aunque aullara con la fuerza de una loba, sus lamentos no llegarían a sus oídos. Le recomendó que guardara calma y que dejara de llorar. Las palabras de Daritai calaron en el corazón de la joven, que, resignada a su suerte, calló y se acomodó en el fondo del carro. Daritai tomó las riendas de la carreta y los tres hermanos giraron sobre sus pasos al encuentro de las aguas del Onón.

Sin detenerse un momento, atravesaron el río en dirección contraria a la que habían tomado días atrás y pusieron rumbo a su *ordu*, que es como llaman a su territorio de origen, donde siempre regresan a plantar su tienda, algo similar a lo que los sedentarios identificamos con el hogar. Yesugei estaba contrariado porque el merkita había logrado escapar, pero la proximidad del invierno haría imposible que pudiera preparar un intento de rescate de Hoelún antes de primavera y Yesugei estaría preparado para rechazar cualquier ataque. Además, para entonces quizá su nueva esposa estuviera ya embarazada y nadie podría discutirle sus derechos sobre ella. Atravesaron el Onón aguas arriba de donde se había establecido el campamento de los olqunugutes y, tras varias jornadas de viaje, avistaron las tiendas mongoles.

Begter, el hijo que Yesugei tenía de su primera esposa, la recatada Sochigil, corrió hacia su padre en cuanto identificó su figura a lo lejos. Ante la tienda de fieltro esperaba en pie, silenciosa como siempre, la esposa de Yesugei. El jefe mongol abrazó al chiquillo y lo alzó a lomos de su caballo. Cuando llegó ante su tienda descendió de su montura, saludó a su esposa y señalando hacia el carro que conducía Daritai, a cuyo lado, con rostro severo y contenido, viajaba Hoelún, dijo:

—Esta es Hoelún-eke, una olqunugut. Estaba casada con el merkita Yeke Chiledu; desde ahora es mi segunda mujer.

—Sé bienvenido, esposo —musitó Sochigil a la vez que se se adelantaba para ofrecer a Yesugei un vaso de *kumis*, la agria leche de yegua fermentada y batida que tanto aprecian los nómadas.

Yesugei, tras derramar unas gotas en homenaje a los espíritus, despachó de un trago el vaso que le ofrecía su esposa, quien volvió a llenarlo y lo entregó a su cuñado Nekún, repitiendo la operación con Daritai.

—Estamos hambrientos como lobos. Cuece un cordero; daré un banquete para celebrar mi segundo matrimonio.

—El Consejo de ancianos no aprueba tu conducta —sentenció rotundo el viejo Jadagán, uno de los jefes que gozaba de mayor prestigio en la tribu—. Con tu acción al robarle la esposa a un jefe merkita has metido a nuestro pueblo en el sendero de la guerra, cuando todavía no nos hemos recuperado de la derrota causada por los jürchen y los tártaros. Si los merkitas se vuelven contra nosotros, estaremos perdidos, nuestro pueblo desaparecerá para siempre y nuestras mujeres pasarán a formar parte de las *yurtas* de nuestros enemigos. Y eso será por tu irresponsable actitud.

El Consejo de ancianos gobernaba a los mongoles yakka desde que muriera el último de los kanes. Estaba formado por representantes de los clanes más notables de entre los que configuraban el pueblo mongol. Allí estaban los dorbenes, descendientes del legendario Duña, del que se decía que había nacido con un ojo en medio de la frente con el cual podía ver lo que acontecía a una distancia de tres días a caballo, los bugunudes y los belgunudes, descendientes de los dos hijos del caudillo Dubún, los salyigudes, los kataguines, los yaradanes, los bagarines y los propios borchiguines, junto con los tayichigudes, el clan principal y más notable.

—Has quebrantado nuestras leyes —continuó el anciano—. Sabes que todos dependemos del clan y de la tribu, que el individuo debe cumplir sus obligaciones con el grupo si quiere tener su apoyo.

Yesugei se alzó ante el Consejo, apretó los puños y dijo:

—Yo sólo pretendo que el pueblo yakka recupere su dignidad. Ahora somos una nación sin honor que se arrastra a los pies de sus enemigos victoriosos. Por el momento nos dejan comer las migajas que caen de sus bigotes, pero pronto nos pisarán el cuello hasta asfixiarnos. Hemos de tomar la iniciativa y atacarles cuando menos lo esperen, antes de que animados por su éxito decidan darnos el golpe definitivo. Has hablado de nuestra ley, y has hablado bien, pero nuestra ley también dice otras cosas. Nuestro pueblo ha respetado la autoridad de sus nobles porque siempre hemos cumplido con nuestros deberes. Nosotros, los miembros de la aristocracia yakka, nos arropamos con calificativos brillantes y gloriosos; todos los jefes de clan nos hacemos llamar *bahadur*, «el valiente», *noyan*, «el señor», *sechen*, «el sabio», o *taisi*, «el príncipe». Nuestra tarea, es decir, nuestra razón de existir, ha sido la de conseguir pastos para que crezca nuestro ganado y alimente a nuestro pueblo. Me pregunto si esos títulos que tan ufanamente ostentamos son indicadores de la realidad. ¿Alguien puede sostener que desde que nos han derrotado los tártaros y los jürchen seamos valientes, señores, sabios o príncipes?

»A pesar de que nuestras praderas son anchas, sólo nos restan dos opciones para elegir. La primera es la que nos señalan nuestros enemigos: someternos a su voluntad, acatar sus decisiones y esperar el momento en que decidan acabar con nosotros; este camino conduce a la muerte, o, lo que es peor, a la esclavitud. La segunda debemos trazarla nosotros mismos, luchando por nuestro pueblo, por nuestro honor y por el orgullo de pertenecer a la raza más noble de todas cuantas cabalgan por las estepas; ésta es duro y difícil, pero conduce a la gloria y a la libertad. Yo he elegido la segunda. Espero del noble y valeroso pueblo yakka mongol que decida lo mismo. Siempre hemos sido un único pueblo, una única raza, ésa ha sido la razón de nuestra fuerza y de nuestro poder. Nunca nos hemos rendido ante nadie. Si un mongol cae del caballo, se levanta y vuelve a cabalgar, pero nunca se queda tendido en el suelo esperando a que lo rematen como a una alimaña, al menos mientras quede una gota de sangre en sus venas.

–Otros han pensado antes como tú y han desafiado al Consejo de ancianos, ignorando sus resoluciones. Son ésos a los que llamamos *utu duri,* «gente de voluntad larga», los que a sí mismos se denominan con grandilocuencia *yin guun,* «hombres de condición libre». Su destino los ha obligado a saquear caravanas y campamentos, y siempre acaban de manera poco honorable. Tan sólo a eso conduce el separarse de la tribu –sentenció el anciano Jadagán.

El consejo se había reunido junto a un enorme roble. Ante dos grandes hogueras, más de trescientos nobles asistían entre murmullos al terrible combate incruento que, usando las palabras como únicas armas, libraban el viejo Jadagán y el impetuoso Yesugei. Del resultado del mismo dependía sin duda el futuro de toda la nación.

–¡Honor y libertad o sometimiento y muerte! ¡Sépalo el Cielo! Sólo eso hay que decidir –gritó Yesugei con voz atronadora.

Un murmullo que pronto se convirtió en clamor acogió las palabras de Yesugei. Por todas partes comenzaron a alzarse voces en su apoyo y el sentimiento en su favor se hizo casi unánime. En esa asamblea, Yesugei Bahadur fue reconocido como caudillo por la mayor parte de los clanes. El heredero del linaje de los borchiguines estaba exultante; había logrado dar el primer paso hacia lo que desde niño siempre había soñado, convertirse algún día en el kan de todos los mongoles. Ahora aquel sueño comenzaba a cumplirse.

Yesugei levantó una tienda para su segunda esposa y le dio caballos, yaks y ovejas y a su esclava Jogachín como sierva. Realmente Hoelún era muy bella. Su figura resplandecía entre el resto de las mujeres de la tribu. Sus cabellos eran castaños con mechas cobrizas y con el sol destellaban intensos reflejos dorados. Su rostro era alargado y sus ojos, más grandes de lo habitual entre los de las mujeres de las estepas, hacían palidecer por su brillo al del rocío después de la lluvia en primavera. Tras esperar a que tuviera el período y así asegurarse de que no estaba embarazada del merkita, Yesugei se encerró en la tienda de Hoelún. Al amanecer del tercer día la puerta de la *yurta* se abrió y Yesugei apareció tras ella con el rostro adormecido pero satisfecho.

Aquel invierno fue especialmente crudo. El helador viento del norte azotó sin cesar el campamento mongol. Hombres y mujeres apenas salían de sus tiendas a otra cosa que no fuera cumplir los turnos de vigilancia, guardar el ganado o recoger estiércol seco para alimentar el fuego. Yesugei dividía su tiempo entre los hogares de las dos esposas, aunque pasaba más tiempo con Hoelún, cuya presencia le resultaba más placentera y agradable. La propia Hoelún olvidó que su actual marido la había conseguido raptándola como si se tratara de una simple yegua y, aunque no cesó de llorar y gemir en las primeras semanas, pronto dejó de mirarlo con frialdad para mostrar ciertos deseos hacia él.

La vida de las mujeres de la estepa, aun gozando de mayor libertad que las de las ciudades, está llena de sufrimientos y sobre todo de privaciones. Nada deciden; el destino o la voluntad de sus familiares son los que trazan su futuro. Ellas sólo pueden esperar y rogar a la Madre Tierra Etugen que su esposo no sea cruel y que sus hijos nazcan y crezcan sanos. Hoelún asumió su suerte y decidió acomodarse a su nueva situación. Al fin y a la postre era la segunda esposa del jefe del clan, un hombre valeroso y admirado, temido y respetado. Si obraba con astucia, sus hijos podrían ser algún día jefes y quién sabe si uno de ellos llegaría a encabezar a todos los mongoles. Sí, esa sería la razón de su vida, pero para ello necesitaba darle cuanto antes un hijo a Yesugei. Durante las primeras semanas, cuando su marido la visitaba para acostarse con ella, Hoelún se limitaba a dejarse penetrar y en cuanto Yesugei se retiraba, la mujer se levantaba y, sin que su esposo se apercibiera, limpiaba el semen del interior de su vagina. Algunas mujeres de su tribu le habían dicho que ese sistema no evitaba por completo las posibilidades de embarazo, pero las reducía mucho.

Pero desde aquel día en que tomó la decisión de hacer de sus hijos los caudillos del pueblo mongol, actuó en la cama de forma bien distinta. Tras la eyaculación de su marido permanecía acostada, cerrando las piernas para que la simiente de Yesugei no escapara de su interior. Habían transcurrido tres ciclos completos de la luna desde su gran decisión y seguía sin manchar sus ropas íntimas. Consultó esta circunstancia con la vieja esclava que Yesugei le había asignado para servirla y ésta le confirmó que estaba embarazada. Hoelún estalló de júbilo y comenzó a danzar alrededor del fuego ubicado en el centro de la tienda. Dulces melodías que recordaban ancestrales canciones infantiles surgieron de su garganta; el primer paso hacia la consecución de los objetivos que se había marcado estaba dado.

Yesugei brincó de alegría cuando su esposa le comunicó la noticia. El caudillo mongol ya tenía un hijo varón, de su esposa principal, la callada Sochigil. Ahora su segunda mujer le iba a dar un nuevo hijo; eso lo convertiría en cabeza de un gran clan, el primero de una estirpe destinada a gobernar el mundo. Montó y arrancó a todo galope hacia lo alto de una colina cercana, desde cuya cima podía contemplarse una amplia extensión tan sólo interrumpida por agudas montañas que se perfilaban hacia el norte, en el lejano horizonte azulado. Alzó sus brazos al cielo, gritó jubiloso y se dejó arrastrar por el galope del caballo, que inició una carrera hacia el infinito.

En cuanto se anunció la primavera, Yesugei decidió que era hora de comenzar a vengar las matanzas que los tártaros habían infligido a los mongoles. Hacía tan sólo un año de la gran derrota pero el orgulloso borchiguín no estaba dispuesto a esperar. Logró reunir un nutrido grupo de hombres fieles, «los hombres de condición libre», y con ellos creó un pequeño ejército que inició una serie de escaramuzas contra los tártaros. Las fuerzas mongoles eran muy escasas, por lo que debían limitarse a rápidas expediciones de castigo dirigidas a objetivos fáciles e indefensos: asaltaban pequeños campamentos o interceptaban caravanas desprotegidas. En una de sus incursiones lograron derrotar a un grupo de jinetes tártaros bien pertrechado y organizado. En la batalla destacó una vez más Yesugei, que por sí solo logró capturar a dos jefes tártaros, cabezas de uno de los más importantes clanes de su tribu. Uno de ellos se llamaba Temujín-uke, nombre que significa «el forjador de hierro». Sus cabezas adornaron la entrada de la tienda de Yesugei hasta que se pudrieron.

Durante los comienzos del verano, los mongoles debieron hacer frente a los merkitas. El rapto de Hoelún no había sido olvidado por éstos, que consideraban la acción de Yesugei como un insulto a toda la tribu. Los merkitas organizaron varias algaradas, pero todas ellas fueron rechazadas por Yesugei, que comenzaba a insuflar nuevos ánimos y sobre todo a devolver a los mongoles la dignidad y el orgullo que creían perdidos para siempre. Una serena calma estival parecía haber sumido al campamento mongol ubicado al pie del monte Deligún, a orillas del río Onón, en un lejano sueño. El ganado pastaba en los resecos prados del valle mientras los perros buscaban ansiosos una sombra donde poder tumbarse huyendo del abrasador sol que caía como una lluvia de flechas de fuego sobre las tiendas.

Dos comadronas se afanaban para que el hijo del jefe Yesugei naciera sin dificultades. Hoelún contemplaba empapada en un baño de sudor la agitación de su vientre apenas cubierto por una amplia camisa de fina tela. Recostada sobre sus codos en una cama de pelo de yak, la esposa de Yesugei luchaba por mantener la calma y el coraje ante los fuertes dolores que le atravesaban el cuerpo como una hoja de hierro candente. Su esclava Jogachín le colocó entre los dientes un grueso pedazo de cuero para que lo mordiera y le enjugó las gotas de sudor que colmaban su frente y sus labios. Empujaba con toda la fuerza que era capaz de transmitir a sus músculos abdominales y a los de sus caderas para que la criatura que palpitaba en su interior saliera a la luz del mundo. Sintió que se despedazaban sus carnes como pétalos de una amapola aventados por una tempestad y que sus entrañas se desgarraban como la tierra abierta por un terremoto. Contempló cómo su vientre, prominente y abultado, se hundía hasta alcanzar la posición anterior a su embarazo y de entre sus piernas observó que la comadrona, una experta chamana, extraía una pequeña figura ensangrentada y sucia pero llena de vida. Entornó sus ojos, y su rostro contraído por el dolor y el esfuerzo dibujó un rictus de triunfo.

–Jefe Yesugei –anunció la comadrona al salir de la tienda ante la cual esperaba el caudillo mongol ansioso–, sois padre de un fornido muchacho.

El padre entró presuroso seguido de sus hermanos y se dirigió hacia el lecho, donde el recién nacido mamaba con la fuerza de un ternero del pecho desnudo de la madre. Yesugei tomó la manita derecha de su hijo y observó que la mantenía firmemente cerrada. Tuvo que insistir para que la abriera; en la palma apareció un grumo de sangre del tamaño de una taba. Consultado un viejo chamán, aseguró que aquélla era una señal de Tengri, el señor de los cielos. Yesugei no tuvo entonces ninguna duda: aquel ser indefenso que se amamantaba del seno de Hoelún estaba predestinado a realizar grandes obras. Quizá fuera él el caudillo que durante tantas generaciones habían esperado los mongoles para que los encabezara en la conquista del mundo.

–Lo llamaré Temujín –proclamó Yesugei–. Un mongol debe dar a su hijo un nombre que le recuerde sus hazañas, como el del jefe tártaro al que vencí y capturé la pasada primavera.

Nadie sabe qué fue ni cómo ocurrió, pero a pesar de que no había una sola nube en el cielo y el aire permanecía en calma, se oyó el estallido de un trueno que recorría el aire entre la cima del monte Deligún y las aguas del río Onón. Yesugei supo que aquélla era la voz de Tengri que saludaba el nacimiento de su hijo.

2. La muerte de Yesugei

Yesugei fue aclamado como jefe de un *ulus*, es decir, de un importante grupo de clanes, pero el mongol seguía siendo un pueblo de segunda fila entre los que apacentaban sus ganados en las amplias estepas del centro del mundo. Al suroeste de la región originaria de los mongoles, entre los valles del Orjón y del Tula, estaban establecidos los keraítas, una poderosa nación de nómadas que había plantado cara al Imperio de los kin. Yesugei, ansioso de venganza contra los tártaros y los jürchen, cuya alianza había destrozado a su raza, buscó la ayuda de los keraítas para alcanzar sus propósitos.

El kan de los keraítas era un poderoso señor llamado Togril, dueño de inmensos rebaños que pastaban en el borde septentrional del gran desierto de Gobi. Yesugei se convirtió en su vasallo y pactaron una sólida alianza. Los dos caudillos tenían enemigos comunes, los tártaros y los jürchen, y ambos habían jurado vengarse de las afrentas que antaño habían recibido de ellos. Se juraron amistad eterna, se intercambiaron regalos y se hicieron *andas*, lo que para un mongol significa más que un hermano; dos *andas* son como una misma persona, como una sola alma dividida en dos cuerpos. Temujín crecía al abrigo de su madre en las tierras que lo vieron nacer, el *ordu* en torno a las colinas de Deligún. Al poco tiempo de nacer Temujín, la primera esposa de Yesugei le dio un segundo hijo varón al que llamó Belgutei y, dos años más tarde, el matrimonio formado por Yesugei y Hoelún tuvo otro hijo también varón al que llamaron Kasar, y poco después un tercero de nombre Jachigún. Yesugei pasaba largas temporadas lejos de su *ordu*, bien cazando, bien guerreando contra los tártaros, bien ayudando a Togril a mantener su kanato. Para que su aspecto fuera feroz y así poder amedrentar a sus enemigos, se había afeitado la cabeza, dejando tan sólo una larga trenza que surgía de un grueso mechón en la parte superior de la nuca. Cuando faltaba Yesugei, era su hermano Daritai quien se encargaba de la custodia de las mujeres y los niños. Daritai sentía una especial atracción hacia su nuevo sobrino, quizá porque se había enamorado de Hoelún cuando su hermano la raptó. Siempre que le era posible dedicaba su tiempo a enseñar al pequeño Temujín a montar a caballo, a disparar con el arco y a aprender a seguir los rastros de los animales salvajes. El niño se mostraba muy interesado en todo cuanto le enseñaba su tío y aprendía con rapidez.

En el campamento convivían las dos esposas de Yesugei y todos sus hijos. El primogénito, el taimado Begter, no dejaba pasar ninguna ocasión para molestar a su hermanastro. Sentía unos celos terribles hacia Temujín, pues su cabello pelirrojo, sus profundos ojos verdes y su rostro limpio y luminoso hacían del joven mongol una figura deslumbrante. Todos en el campamento alababan su energía y la nobleza de su porte, aun siendo todavía un niño. Yesugei no se había percatado de la animadversión que estaba surgiendo entre sus dos hijos mayores, pues cuando permanecía en el campamento no hacía otra cosa que comer, beber, amar a sus esposas y dormir. La educación de sus hijos quedaba en manos de las dos mujeres; Yesugei entendía que un noble mongol debía dedicarse exclusivamente a la caza, a la guerra y a gozar de los placeres de la comida, la bebida y las mujeres. Temujín soportaba con resignación las molestias que su hermanastro mayor le ocasionaba. Begter aprovechaba los momentos en los que se encontraba a solas con él, lejos de la protección de Hoelún o de Daritai, para pegar al pequeño, insultarlo o hacerle daño.

Un atardecer, cuando el sol se ocultaba, el pequeño Temujín salió de la tienda para recoger estiércol seco, el *argal*, con el que alimentar el fuego del hogar durante la noche. Begter hacía lo propio acompañado por dos mastines que a él y a su hermano Belgutei les había regalado su padre. Begter contempló cómo Temujín se alejaba de la tienda de su madre entre las primeras sombras que caían sobre el campamento. Alzó la cabeza y atisbó a su alrededor. No vio a nadie; las puertas de las *yurtas* permanecían cerradas y tan sólo finas columnas de humo salían por los respiraderos superiores. Con un peculiar silbido llamó a sus dos mastines, les señaló en dirección a Temujín y les dio la orden de atacar. Los dos perros se lanzaron a la carrera hacia el pequeño, que al verlos venir arrojó al suelo la cesta en la que recogía las bostas secas y salió corriendo hacia su tienda. La distancia era mucha y, antes de que alcanzara la seguridad de la *yurta*, el primero de los mastines saltó sobre el niño y lo arrojó al suelo. De inmediato llegó el segundo perro, que atrapó a Temujín por un brazo sujetándolo entre sus fauces. La fuerza del animal lo mantenía tumbado en el suelo. El primero de los mastines estaba preparado para lanzar un nuevo ataque. Temujín contempló horrorizado las enormes mandíbulas del animal y sus amarillentos colmillos empapados en una saliva espumosa. Los ojos del mastín brillaban como dos ópalos negros y sus músculos estaban tensos, listos para impulsar a la fiera hacia adelante. Sujeto por el segundo perro, el niño sólo podía esperar ser devorado.

Un silbido rasgó las sombras y una saeta atravesó el cuello del mastín que se aprestaba a volver a saltar sobre el joven mongol. La fiera cayó al suelo como fulminada por un rayo silencioso e invisible. El perro que tenía sujeto a Temujín lo soltó de inmediato e inició la huida hacia donde estaba Begter. Apenas había dado tres o cuatro zancadas cuando una segunda flecha se clavó en su lomo. Emitió un aullido de dolor y se curvó violentamente buscando el lugar donde se había producido el impacto. Arrastrando sus cuartos traseros intentó seguir huyendo, pero una nueva flecha le destrozó el cráneo y cayó muerto sobre la hierba. Temujín se incorporó dolorido y tembloroso, con la manga de su chaqueta rasgada por las dentelladas del mastín. Frente a él, a unos cincuenta pasos, una figura que portaba un arco en las manos se recortaba sobre el azul oscuro del cielo. Daritai y Temujín corrieron el uno hacia el otro. El hermano de Yesugei cogió a su sobrino y lo apretó contra su cuerpo.

–¿Te encuentras bien? –preguntó Daritai.

–Me duelen el brazo y las costillas –contestó Temujín entre sollozos.

–Esos dos perros eran de Begter y de Belgutei, los obedecían como dos corderillos a su madre; espero que tus hermanastros no hayan tenido nada que ver con esto.

Begter se había ocultado tumbándose sobre una zona de alta hierba en cuanto vislumbró a Daritai quien, alertado por los ladridos, había salido de su tienda a ver qué ocurría. El buen oído de su tío había salvado a Temujín de ser devorado entre las fauces de los mastines.

–Mañana comeremos perro –dijo el hermano de Yesugei–. No creo que le haga mucha gracia a Begter, pero no podemos desperdiciar una carne como ésta.

Cuando Yesugei se enteró de que uno de sus hijos había estado a punto de ser devorado por los perros de Begter y de Belgutei interrogó a los dos, pero ninguno de ellos dijo saber nada de ese asunto. La estrategia de Begter para acabar con su hermanastro había fallado. La intromisión de Daritai había desbaratado su plan. Ahora ya no disponía de sus perros, por lo que debería esperar a que volviera a producirse otra situación propicia para acabar con Temujín.

Semanas después de sufrir el ataque de los dos mastines, al poco de cumplir seis años, Temujín jugaba en la pradera con su hermano Kasar, iniciándose en la equitación cabalgando sobre los lomos de las ovejas, como hacían todos los niños mongoles. Begter y Belgutei los observaban recostados a la sombra de un árbol.

—Vamos a darles una lección a esos dos mocosos —propuso Begter a su hermano.

—Ya sabes que madre dice que no debemos meternos con ellos, que padre se molesta —alegó Belgutei.

—¿Acaso estás ciego? ¿No te das cuenta de que nuestro padre siente una especial predilección hacia el hijo mayor de su otra esposa? Nosotros somos los hijos de su mujer principal, y por tanto tenemos derecho a heredar los títulos que nos corresponden. Algún día nuestro padre será proclamado kan de todos los mongoles y entonces nosotros seremos los príncipes y cuando padre muera yo seré su sucesor y tú mi lugarteniente. Pero si Temujín sigue creciendo y se convierte en un joven fuerte, es probable que alguna vez pretenda usurpar mi herencia y disputármela. Eso provocaría una guerra entre nosotros, y padre siempre ha dicho que nuestra fuerza ha de fundamentarse en la unidad de nuestra nación bajo un solo caudillo. Belgutei entornó los ojos y, a regañadientes, siguió a su hermano mayor hasta el rebaño de ovejas junto al que jugaban Temujín y Kasar.

—Vaya, vaya —dijo irónico Begter—, he aquí a dos corderillos retozando con su madre la oveja.

—¿Qué buscas aquí, Begter? —preguntó Temujín a su hermanastro.

—Sólo divertirme.

Los dos estaban enrostrados. Temujín se había plantado entre sus hermanastros y el pequeño Kasar, encarándose con valentía ante Begter que le sobrepasaba una cabeza de altura. Su rostro estaba serio pero sereno, y de sus ojos emanaba tal fuerza que impactó a Begter. Sabedor de su superioridad física, no en vano Begter tenía tres años más que Temujín, dio un paso hacia adelante para llegar hasta su alcance, y sin más palabras le propinó un violento empujón que hizo caer a Temujín de espaldas contra el suelo.

—Vamos, cobarde —le increpó Begter—, levántate y pelea conmigo, si es que te atreves.

Temujín se incorporó como impulsado por un resorte y cargó con la cabeza contra el estómago de Begter. Ambos cayeron sobre la hierba y rodaron durante un buen trecho intentando dominar al contrario. Entre tanto, Kasar, que había intentado ayudar a su hermano, había sido sujetado por Belgutei que, tras retorcerle un brazo y obligarle a colocar una rodilla en tierra, lo había inmovilizado sentándose sobre su espalda. Kasar apenas podía ver entre la hierba la pelea que su hermano y su hermanastro disputaban pocos pasos más allá.

Tras el forcejeo, el mayor peso y talla de Begter se impusieron y consiguió someter a su rival; había logrado sujetar los brazos del pequeño con sus rodillas y sentarse sobre su pecho. Temujín yacía postrado boca arriba a merced de su hermanastro.

—No pareces ahora tan altivo —rió Begter a la vez que le propinaba un fuerte golpe en la boca.

Desde su posición Kasar sólo veía la parte superior del tronco de Begter, pero no le hacía falta nada más para comprender que su hermano, a quien adoraba, había sido vencido por aquel canalla. Begter golpeó por segunda vez a Temujín, de cuya boca no salió ni un grito, y una tercera, y así siguió castigando el rostro de su hermanastro gritándole que llorara y que le suplicara piedad. Temujín sangraba con profusión por la boca y las narices y sus pómulos estaban tumefactos a causa de la cantidad y violencia de los golpes recibidos, pero sus labios se mantenían herméticos y su garganta no emitía el menor sonido.

—¡Basta ya, Begter, basta! —exclamó Belgutei soltando a Kasar.

Al oír la orden de su hermano, Begter detuvo la lluvia de golpes que estaba propinando a Temujín.

—Creo que es suficiente —reiteró Belgutei.

–Sí, tienes razón, es suficiente... por hoy –repitió Begter remarcando las dos últimas palabras–. Pero vete acostumbrando –amenazó con el puño mientras se alejaba–, habrá muchos días como éste.

Hoelún, arrastrando del brazo a su hijo, irrumpió en la tienda de Sochigil hecha una furia.

–¡Mira lo que le ha hecho ese malvado de tu hijo al mío! –exclamó señalando el tumido rostro de Temujín–. O le ordenas que ponga fin a sus abusos o tendré que decirle a nuestro esposo que sea él quien enseñe a esa bestia de Begter cómo debe de comportarse con los miembros de su propia familia.

–Sabes que he reprendido muchas veces sus acciones, pero no consigo hacerme con él. Ya es un adolescente y su carácter es demasiado violento. Belgutei intenta apaciguarlo, pero no siempre lo consigue. Está en una edad muy difícil; es demasiado joven como para acompañar a los hombres en sus expediciones guerreras y demasiado mayor como para jugar con los niños a cabalgar sobre las ovejas –alegó Sochigil.

–No me importa cómo lo hagas –le replicó Hoelún–, pero acaba con esta situación.

Pocos días después del incidente, Kasar regresó solo ante su madre.

–¿Dónde está Temujín? –le preguntó.

–Se ha ido al río –respondió cabizbajo el pequeño.

–Ha sido ese chacal de Begter, ¿verdad? ¿Ha vuelto a pegar a tu hermano?

–Estábamos cazando entre las rocas cuando Begter y Belgutei se acercaron sin que los viéramos. Habíamos dejado nuestros arcos sobre una piedra y nos disponíamos a preparar unas trampas; estábamos agachados y de pronto sentimos sobre nuestras espaldas unos terribles golpes. Begter y Belgutei cayeron sobre nosotros golpeándonos con palos. Belgutei no ha seguido pegándome, pero Begter se ha cebado con Temujín. Me ha dicho que volviera y que no te dijera nada, pero lo he visto muy dolido. Sangraba por la boca y tenía una brecha en la cabeza. Ha ido al río a lavarse y me ha dicho que volvería de noche para que no le vieras las heridas.

Hoelún salió de la tienda con pasos presurosos y atravesó el campamento hasta la tienda de Sochigil. Sentados junto al umbral estaban Begter y Belgutei limpiando dos pequeños arcos; la mujer se apercibió enseguida de que eran los que Yesugei había regalado a Temujín y a Kasar.

—¡Begter! —gritó Hoelún—, ¿dónde está tu madre?

El muchacho levantó la cabeza, la miró con indiferencia y siguió limpiando el arco.

—¡Te he hecho una pregunta! —asentó.

—Está dentro —respondió Belgutei.

—Le he preguntado a Begter —insistió de nuevo.

Begter levantó su arco, apuntó hacia Hoelún e hizo ademán de lanzarle una flecha. En sus labios se dibujó una pérfida mueca entre el desprecio y la burla.

—Si así lo quieres, de acuerdo. Será tu padre el que se encargue de ti.

—Si no pones remedio a las tropelías de Begter, acabará matando a Temujín. Y si no lo hace, será Temujín quien cuando pueda mate a Begter.

Acostados en el lecho, Hoelún y Yesugei acababan de hacer el amor. Yesugei había regresado después de varias semanas ausente en las que había dirigido tres incursiones contra los tártaros encabezando un nutrido grupo de jinetes en compañía de su aliado y señor el kan de los keraítas. Aquel verano Hoelún le había dado su cuarto hijo varón, a quien llamaron Temuge.

—Begter está lleno de malas intenciones. Abusa de su superioridad y de su fuerza. Creo que no deberías consentírselo.

—Begter es impulsivo, pero no es un mal muchacho. Además es mi heredero, el destinado a sucederme cuando yo muera —alegó Yesugei.

—Quien deba sucederte será el futuro kan de los mongoles. No pasarán muchos inviernos antes de que un *kuriltai* te proclame como tal. ¿De verdad crees que es Begter el más adecuado para continuar la obra que tú estás creando con tanto esfuerzo? Si a tu muerte es Begter quien te sucede, no dudes que todo tu esfuerzo habrá sido en vano.

—Pero es mi primogénito, el hijo de mi mujer principal. Sochigil será katún cuando yo sea kan.

—Yo también soy tu esposa, seré katún.

—Pero la costumbre de los mongoles señala que son los hijos de la mujer principal los que heredan el kanato. Siempre ha sido así.

—Pues entonces... —Hoelún se detuvo por un instante, lo que iba a decir era demasiado trascendente como para soltarlo sin una cierta puesta en escena—, bueno, en ese caso... ¡hazme tu esposa principal!

La mano de la mujer había bajado a lo largo del cuerpo de su esposo hasta su miembro flácido y lo acariciaba con reiteración. Yesugei sintió que su columna se estremecía como atravesada por una fina aguja de plata y notó cómo la sangre acudía de nuevo en tropel a su entrepierna. Hoelún lo contemplaba desde sus atrayentes ojos melados y sus finos labios dibujaban una atrevida sonrisa.

—¿Acaso no tengo méritos para ser tu primera esposa? ¿Por qué otra mujer que no fuera yo hubieras arriesgado tu vida como lo hiciste? Para poseerme cruzaste colinas y valles, atravesaste ríos, penetraste en territorio hostil y te expusiste a peligros sin cuento. Si por conservarme no dudaste en entablar una guerra con la tribu de mi anterior esposo, ¿qué no harías ahora para complacerme? Pero eso no es todo —continuó Hoelún—; no me cabe duda de que nuestro hijo Temujín ha sido elegido por Tengri para alcanzar glorias sólo reservadas a los grandes héroes. Tú mismo fuiste testigo de que al nacer guardaba en su mano un grumo de sangre, señal inequívoca de los marcados por el destino para grandes hazañas.

Ese hijo nuestro es un gran chico. Sus ojos brillan con un fulgor como nunca antes había visto, su rostro denota nobleza y fortaleza de ánimo y, pese a que sólo tiene seis años, demuestra más valor y coraje que muchos de tus guerreros. No teme a nada ni a nadie pero cuando es necesario se comporta con una prudencia y una sabiduría dignas de un gran jefe.

–Teme a los perros –susurró Yesugei.

–Eso se debe a que Begter azuzó a dos mastines contra él cuando sólo tenía cinco años. Si no hubiera intervenido tu hermano Daritai Odchigin es probable que lo hubieran devorado –alegó Hoelún.

El miembro de Yesugei estaba ya enhiesto como una lanza y palpitante como un corazón. La mujer introdujo la cabeza bajo la piel de yak que los cubría y descendió hasta alcanzarlo con los labios. Yesugei apartó la cabeza de su mujer extrañado ante aquella demostración nueva para él, pero la mujer insistió y, aunque esas prácticas no estaban admitidas en las relaciones sexuales, Yesugei se dejó hacer. Momentos después su simiente se derramaba en la boca de Hoelún.

Aquel atardecer de principios de otoño la asamblea de notables estaba reunida en una gran tienda de fieltro que los jefes de los clanes habían regalado a Yesugei por sus victorias sobre los tártaros. Yesugei había tomado la palabra para proclamar que había que insistir en la unidad de todos los mongoles antes de lanzar la ofensiva final contra los odiosos tártaros y sus aliados. No era prudente dejar sin resolver la segregación de los clanes mongoles. Si querían ser la nación dominante entre los pueblos de las estepas, antes debían dilucidar sus propios asuntos, y el de la unidad bajo un único jefe era para Yesugei lo primordial.

Pero la noticia que todos esperaban, y que por ello no causó ninguna sorpresa, fue el anuncio realizado por Yesugei de que desde ese día Hoelún pasaba a ser su esposa principal y, en consecuencia, sus hijos los herederos de su jefatura al frente de los mongoles. Yesugei lo había decidido pocos días después de aquella noche en que su esposa se lo pidiera. Había estado meditándolo e incluso había ascendido a la cima de una montaña cercana buscando alguna señal del cielo. Un día, cuando se disponía a regresar al campamento tras un largo paseo a caballo, contempló un extraordinario atardecer. El sol estaba a punto de ocultarse tras las lejanas colinas amarillas. Era una bola de fuego enorme y roja; a su alrededor, las nubes habían dibujado la forma de una mano abierta. Ante aquella vista, Yesugei recordó el coágulo de sangre que Temujín asía en su puño al nacer y le pareció que se trataba de un mensaje del cielo en el que se indicaba que era el elegido para sucederle.

Cuando regresó al campamento se dirigió a la tienda de Sochigil, con la que no se acostaba hacía varios días, y, tras yacer con ella de la forma rutinaria con que su primera esposa acostumbraba, le comunicó su decisión. Sochigil apenas se inmutó. Le dijo que si ésa era su voluntad ella no tenía otra opción que acatarla, que siempre aceptaría los deseos de su esposo y que nunca discutiría sus decisiones. Los nobles mongoles no plantearon ninguna objeción a la decisión adoptada por su jefe. Incluso los chamanes, presionados por Yesugei, dijeron que habían visto señales en el cielo que indicaban que Tengri estaba de acuerdo. Algunos se limitaron a comentar en su círculo más próximo que era un acierto, pues Hoelún poseía un carácter mucho más enérgico y decidido que Sochigil. Además, todos apreciaban al pequeño Temujín y la mayoría despreciaba la actitud provocadora y cobarde de Begter.

Hoelún dio a luz una niña, Temulún, el quinto vástago tenido con Yesugei, que se mostraba muy feliz. Tenía dos esposas, seis hijos varones y una hija, su autoridad era acatada por la mitad de los clanes y su riqueza en ganado aumentaba día a día. Cada primavera había un mayor número de tiendas en su campamento y no parecía ya demasiado lejano el día en el que todos los mongoles volvieran a unirse bajo las órdenes de un único jefe. Ése sería el momento para que el *kuriltai* lo proclamara kan y se continuara así la sucesión de Jutula, a cuya muerte se había roto la cadena de kanes que había gobernado a toda la nación.

Proclamado heredero en una asamblea, Temujín dejó de ser molestado por Begter. Ahora era el príncipe de una saga de caudillos que descendía directamente del cielo; era un *bogdo*, un miembro de la estirpe de los dioses. Al cumplir los nueve años, el número sagrado, Yesugei creyó llegado el momento de contarle a su hijo y heredero de dónde procedía su linaje. Aquella mañana Yesugei ordenó a Temujín que preparara el pequeño poni que le había regalado para que se iniciara en los ejercicios de equitación, indispensables para cualquier hombre que viviera en la estepa. Padre e hijo se alejaron del campamento en dirección a la montaña sagrada de los mongoles, el Burkan Jaldún. Cabalgaron durante todo el día y al anochecer llegaron al pie de la montaña. En las laderas del Burkan Jaldún brotan varias fuentes que dan origen a los ríos Onón y Kerulén, entre cuyos cursos han vivido desde hace muchas generaciones los mongoles. Aquélla es la tierra de sus antepasados y la cumbre sagrada desde donde se dirigen a Tengri, el todopoderoso señor del Cielo Eterno, dios supremo del universo.

—Acamparemos al abrigo de esas rocas —señaló Yesugei a su hijo—. Pernoctaremos aquí durante dos días; en este tiempo aprenderás cuanto debes saber acerca de nuestro pueblo, que algún día tú dirigirás.

Prepararon un fuego y tras hacer una pequeña ofrenda de carne y leche a Tengri, cenaron un poco de cecina y leche agria, luego apagaron la hoguera y se durmieron. A la mañana siguiente Yesugei despertó a su hijo, que yacía envuelto en una gruesa manta de piel de yak; a lo lejos sonaba ronco y misterioso el canto del urogallo. Le ofreció un jugoso caldo de hierbas y un puñado de grosellas y manzanas silvestres que había recolectado por los alrededores. Recogieron sus pertrechos y Yesugei hizo un sacrificio antes de iniciar la ascensión a la cumbre, pues creía que así le serían propicios los espíritus malignos que habitaban en las alturas. Desde lo alto se dominaba un amplia extensión en todas las direcciones, en algunos casos hasta más allá de donde la vista era capaz de distinguir. Al norte se elevaba una enorme cordillera que parecía una barrera infranqueable para los hombres. Yesugei y Temujín se sentaron uno junto al otro. Mientras se recuperaban del resuello que la dura ascensión les había provocado a ambos, padre e hijo permanecieron callados contemplando el infinito paisaje que yacía como postrado a sus pies. Por fin, tras un largo silencio, Yesugei habló:

–Nosotros pertenecemos a la familia de los kiyanes, la más noble del nobilísimo clan de los borchiguines. Nuestro linaje desciende directamente de los yakka, los primeros mongoles, en el comienzo de los tiempos. Cuenta nuestra historia que poco después de que Tengri creara el mundo, un lobo azul bajó del cielo y vino a unirse en la tierra con una corza blanca. Juntos atravesaron las aguas turbulentas de Tenguis, un inmenso mar interior, flotando sobre ellas como una corteza en la corriente de un río, y acamparon a la sombra de esta misma montaña, en la fuente donde nace el Onón. Aquí engendraron a Batachiján. De éste nació Tamacha y de él Jorichar, y de Jorichar, Auyam, y de Auyam, Sali, y de Sali, Yeke, y de Yeke, Sem, y de Sem, Jarchú, y Jarchú engendró al noble Boryijidai, que ha dado nombre a nuestro clan. Y Boryijidai casó con Mongolín *la Bella*, de la que los mongoles tomamos nuestro nombre. De ambos nació Torojolyín, que casó con Borogchín de la que nacieron Dayir y Boro. Boro engendró a Duúa, que dio origen al clan de los dorbenes, y a Dubún. Dubún casó con Alan Goa, *la Bella*, la mujer más hermosa de cuantas ha habido en el mundo, y con ella tuvo a Bugunutei y a Belgunutei. Alan *la Bella* era hija de Jorilartai *el Sabio*, señor de los jori tumades, y de su esposa Barjuyín *la Bella*, hija de Barjudai *el Sagaz*, señor del valle de Kol Barjuyín. Pero el matrimonio de los herederos de tan altos linajes, pese a que hubiera supuesto la primera gran unión de los mongoles, no fue aprobado por la tribu, y la pareja tuvo que marcharse a vivir por su cuenta.

»Dubún murió y Alan *la Bella* quedó sin marido. Sin que conociera varón, Alan *la Bella* dio a luz a tres hijos más, llamados Bugu Jatagui, Bagatu Salyi y Bondokar. Cuando los tres niños se hicieron mayores, quisieron saber cómo habían sido engendrados por su madre sin intervención de ningún hombre. Los dos mayores habidos del matrimonio con Dubún murmuraban a sus espaldas y acusaban veladamente a su madre de haber tomado varón sin conocimiento de nadie. Las murmuraciones de Belgunutei y Bugunutei llegaron a sus oídos y decidió explicar a sus hijos cómo habían sido engendrados los tres últimos. Alan Goa preparó un cocido de cecina de oveja, llamó a sus cinco hijos y les relató lo sucedido. Les dijo que durante las noches, cuando descansaba en su tienda, un hombre hecho de luz penetraba por el agujero del techo, se echaba sobre ella y le rozaba el vientre; despedía unos haces de luz que penetraban en su interior y la fecundaban. Después, el hombre tomaba la forma de un perro, también hecho de luz, y se marchaba subido a un rayo de luna.

»Luego, Alan *la Bella* cogió cinco flechas y entregó cada una de ellas a cada uno de sus hijos ordenándoles que las rompieran por la mitad. Así lo hicieron y la madre les dijo que un hombre solo era tan frágil como una flecha. A continuación tomó los diez pedazos y los ató formando un manojo. Lo entregó uno por uno a todos sus hijos indicándoles que intentaran partir ahora las flechas. Ninguno pudo hacerlo. Fue entonces cuando les recriminó que hubieran dudado de ella y les conminó a permanecer unidos para siempre. El pueblo mongol sería como las flechas: una a una es fácil partirlas, pero si se unen todas, no hay fuerza en el mundo capaz de quebrarlas. Ése fue el mensaje que nos dejó Alan *la Bella*, el de la necesidad de la unidad no sólo para la victoria, sino también para la supervivencia.

»El hombre hecho de luz es la causa de que nosotros, los mongoles yakka, no seamos como las tribus que nos rodean. Tártaros, keraítas, naimanes, kirguises y merkitas son de baja estatura, de cabello oscuro y ojos negros e imberbes. Nosotros los mongoles éramos blancos, altos, barbados, con pelo rubio y ojos de un gris verdoso o azulado. Ahora esas características las estamos perdiendo, aunque algunas aún quedan en nosotros, como nuestro pelo rojo y tus ojos verdosos. Al mezclarnos con mujeres de otras tribus, parte de su sangre ha pasado a la nuestra y nuestro antiguo aspecto se está difuminando hasta que un día llegue a confundirse con los demás, pero sólo nosotros somos descendientes del Cielo, los elegidos por Tengri para gobernar el mundo.

Yesugei hizo un alto en el relato. El sol casi había alcanzado su punto álgido y sus rayos calentaban tibiamente sus cabezas provocándoles una dulce somnolencia. Sacó de su bolsa de viaje una bota de piel llena de *kumis*, derramó unas gotas en el suelo como ofrenda a Tengri, bebió un largo trago y se la ofreció a Temujín.

—Toma, hijo, bebe. Ya tienes nueve años, es hora de que además de la hidromiel te vayas acostumbrando al *kumis*. Es nuestra mejor bebida; siempre que no se abuse de ella, tonifica el espíritu, despierta la mente y proporciona un caudal ingente de energía. Un guerrero mongol podría vivir despegado de todo, de todo salvo de su caballo, de su arco y de su *kumis*.

El jovencito apuró un trago pero apenas el líquido lechoso había llegado a penetrar en su garganta, comenzó a toser.

—Pica demasiado —protestó.

—La primera vez sí, pero poco a poco te acostumbrarás. Un mongol necesita su ración de *kumis*.

Yesugei recuperó el tono circunspecto y serio y continuó la narración:

—Bodonkar, que fue el más hábil de los cazadores con halcón, casó con una mujer de la estirpe de los yarchigudes, del clan de los urianjais, que eran los señores del Burkan Jaldún. Por entonces toda la tierra estuvo sujeta a una cruel sequía. Durante años enteros no cayó una sola gota de agua, los ríos se secaron, las fuentes dejaron de manar y hombres y animales murieron a millares. Pero Bondokar consiguió dominar a los urianjais, que tenían en su poder la única fuente con agua en la que ahora mana el Onón, en la cordillera del Burkan Jaldún, sobrevivió y sentó las bases de la posterior grandeza de los mongoles. Bodonkar engendró a Jabichí, conocido como *el Bravo*, y éste a Tumún *el Numeroso*, y éste a Jachi, quien, casado con Nomolún, engendró a Jaidú, el primer soberano mongol.

»Nuestro pueblo había recuperado al fin la unidad y la jefatura de un único soberano. A Jaidú le siguieron otros tres kanes: su biznieto Kabul, su nieto Ambagai y su tataranieto Jutula. Ambagai fue muerto por el clan tártaro de los yuyines. El último, Jutula, luchó varias veces contra los tártaros para vengar la muerte de Ambagai, pero esa guerra fue para nosotros la mayor de las desgracias. En una gran batalla librada poco antes de que tú nacieras, los tártaros, aliados con los jürchen, los poderosos dueños del Imperio kin, nos destrozaron.

»Algunos no han podido superar la derrota. Nuestra tribu se ha deshecho y han estallado querellas internas permanentes, pillajes, robos de ganado, caos y desorden. Los hermanos han matado a los hermanos, los hijos a los padres y los padres a los hijos. Nuestros enemigos nos cercan por todas partes —Yesugei cogió una ramita y dibujó un círculo sobre la tierra y unas flechas que lo apuntaban desde todas direcciones—. Por el sur y el este avanzan los tártaros, empujados y alentados por los jürchen; por el norte lo hacen los merkitas, en busca de revancha por antiguas derrotas, y por el oeste ganan terreno los naimanes, deseosos de apoderarse de nuestros ricos prados del Onón. Sólo los keraítas son nuestros aliados; yo mismo he ayudado a su kan Togril a conservar su reino. Todos estos pueblos están encabezados por poderosos jefes y se muestran firmes y unidos en torno a ellos.

»Yo no he podido permanecer impasible a esa situación y he decidido combatir hasta la victoria o hasta la muerte. Una asamblea formada por algunos clanes me eligió su jefe, pero todavía no me reconocen como tal todos los mongoles yakka. Hasta que eso ocurra no podré titularme kan, y sólo entonces gozaré de la autoridad y la fuerza necesaria para deshacerme de nuestros enemigos.

Yesugei hizo un nuevo alto en su relato. Se volvió hacia el joven, que no perdía detalle de cuanto le decía su padre, lo cogió por los hombros y le dijo:

—Una señal del cielo me indicó que eras tú el destinado a heredarme. No sé si podré legarte un reino, pero nunca olvides esto: no dejes de luchar hasta que nuestro honor sea restituido, hasta que nuestros enemigos estén sometidos o muertos, hasta que en las cinco partes del mundo ondee al viento el estandarte de nueve colas de caballo de nuestro clan. Júrame que así lo harás —insistió Yesugei.

—Lo juro, padre; lo juro por todos nuestros antepasados.

—Tengri, nuestro dios supremo, soberano del Cielo Eterno, ha sido testigo de tu juramento. A Él deberás responder del mismo.

Yesugei se quitó su cinturón, lo besó, se lo colocó a Temujín y le dijo:

—Este cinturón adornado con piedras preciosas es un amuleto contra el rayo y el trueno. Llévalo siempre contigo, te protegerá de esos fenómenos que tanto tememos los mongoles.

Sobre la cima de la montaña sagrada se levantó un frío viento que pronto desembocó en un verdadero huracán. Mientras descendían por las escarpadas laderas, decenas de rayos y relámpagos iluminaban un perlado cielo que se había cubierto de nubes agrisadas. Al final de un largo trueno que pareció surgir de las mismas entrañas de la tierra cayó sobre ellos un verdadero diluvio. Habían iniciado el descenso por la ladera sur, desprovista de vegetación al estar expuesta a un sol ardiente que abrasaba cualquier tipo de plantas. A su alrededor comenzaban a formarse riachuelos que arrastraban cuanto encontraban en sus improvisados cauces. Pronto la empinada ladera se convirtió en un terreno movedizo y peligroso en el que el menor descuido podía acarrear un peligro mortal. Tras un esfuerzo agotador, alcanzaron las rocas que les habían servido de refugio durante la noche y se guarecieron a su abrigo en espera de que amainara la tempestad. Los mongoles temen a los truenos y a los temporales más que a cualquier otra cosa. Y no carecen de razones para ello: yo mismo he visto cómo varios hombres caían fulminados por los rayos en medio de la estepa, donde suelen estallar tormentas con tal virulencia que por unos momentos parece como si el cielo entero se viniera encima.

Tal como había llegado se fue. En apenas unos instantes las nubes que acababan de descargar un verdadero océano de agua sobre la montaña se disiparon empujadas por el viento del oeste. El cielo se tornó de un azul intenso y el sol adquirió el brillo del oro. Unos pocos charcos eran los únicos testigos del aguacero que tan sólo hacía unos minutos había parecido amenazar con borrar todo vestigio vivo de la faz de la tierra. El hechizo del cinturón de piedras preciosas había funcionado.

El agua los había calado hasta la médula y aunque habían puesto sus ropas a secar, primero al sol y luego a la lumbre, padre e hijo sentían sus huesos húmedos y fríos. Yesugei preparó dos hogueras y se acostaron entre ambas, con la precaución de hacer que cesaran las llamas antes de que anocheciera, a fin de que alguna partida de tártaros o de merkitas que pudiera estar merodeando por allí no los localizara por el resplandor y los sorprendiera antes de regresar al campamento.

***

–Temujín es ya un hombre; va siendo hora de buscarle una esposa –sentenció Yesugei mientras contemplaba cómo Hoelún se cepillaba los cabellos con un peine de hueso.

–¡Pero si sólo tiene nueve años!

–Edad más que suficiente para que vaya tomando contacto con su futura esposa. Un joven debe conocer bien a una muchacha antes de casarse con ella.

Hoelún sonrió ante aquella aseveración de su marido.

–No hiciste tú lo mismo conmigo. Me viste, me deseaste y decidiste raptarme. ¿Por qué no esperaste un tiempo para hacerme tu esposa?

–Tú eres diferente. Basta con mirarte una sola vez para estar seguro de que no existe una mujer similar en toda la tierra. Ninguna podría competir con el brillo de tus cabellos, ni con el fulgor que desprenden tus ojos. Ninguna podría compararse con el talle de tu figura, ni con tus firmes y delicados senos. Ninguna podría ofrecer una curva similar a la de tus onduladas caderas, ni rivalizar con la tersura de tus muslos.

–Nunca te había oído hablar así. Creo que ese hijo tuyo te está transformando en un nuevo hombre.

–Quizá tengas razón. No sé qué tiene ese muchacho que me inspira una nueva savia. Es como si su presencia vivificara cuanto está a su alrededor. En cualquier caso debo asegurar mi descendencia. Partiremos hacia la región donde habitan los parientes de mi madre, allí elegiremos a una muchacha para que sea la esposa de Temujín.

Yesugei y su hijo se pusieron en camino hacia el este. Temujín nunca había ido tan lejos de su *ordu*. Cruzaron ríos caudalosos en cuyas orillas reposaban centenares de grullas y patos esculpidos entre verdes praderas de frondosa hierba, atravesaron los desfiladeros de rocas negras del monte Darchán y ascendieron y descendieron innumerables colinas cubiertas de hierbas secas agostadas por el sol. A orillas de un pequeño lago entre los montes Chegcher y Chijurjú, tendido sobre la hierba como una yegua baya antes del parto, avistaron un campamento formado por un centenar de tiendas. Allí los recibió Dei *el Sabio,* jefe del clan de los ungarides y compadre de Yesugei.

—Sed bienvenidos a mi campamento —saludó Dei a Yesugei y a Temujín.

—Que Tengri sea generoso contigo —respondió Yesugei.

—¿A qué debo el honor de tu visita?

—Sólo vamos de paso. Éste es mi hijo Temujín, acaba de cumplir nueve años y quiero que vaya pensando en elegir una esposa. Nos dirigimos hacia las tierras de los konkirates, los parientes de mi madre; en su clan hay doncellas hermosas y sanas, de entre ellas quiero elegir una para mi hijo y heredero.

Dei contempló a Temujín. El rostro del muchacho brillaba como la luz perlada del amanecer y sus ojos verdes ligeramente rasgados ardían como el sol ocultándose tras los pinos. Dei tenía varias hijas, y una de ellas tan sólo era un año mayor que Temujín. El jefe de los ungarides sabía que Yesugei podía convertirse en kan de los mongoles y una idea cruzó su mente. Invitaría a Yesugei a quedarse allí unos días y le ofrecería a Bortai como esposa para Temujín. Así, Dei emparentaría con el más noble de los linajes y quién sabe si su hija se convertiría algún día en katún y en madre de una dinastía de kanes. Se acercó hasta el caballo de Yesugei y le dijo:

—Amigo, llegas en un momento oportuno. Anoche tuve un sueño en el que un gerifalte blanco, el más grande que puedas imaginar, vino hasta mí volando. Alcé el puño y se posó sobre él, y vi que el gigantesco halcón traía entre sus garras al sol y a la luna. Toda la mañana me he estado preguntando qué podría significar este sueño y si sería un buen augurio. Entre nosotros los ungarides nacen las más bellas mujeres; nuestro clan nunca disputa con los demás clanes en busca del dominio, nosotros engendramos hijas de hermosas mejillas para que empuñen las riendas de los ornados carros en los que viajan los kanes. Este sueño y tu inesperada visita son una premonición. Tú eres nieto de un kan y en tu escudo vuela el halcón de los borchiguines. Tengri te ha conducido hasta aquí para que elijas como esposa de tu hijo a una de nuestras doncellas. Ven a mi *yurta*, allí tengo a una de mis hijas; se llama Bortai. Seguro que te gustará como esposa para Temujín.

En la enorme tienda las mujeres batían leche, ablandaban tiras de cuero y cosían vestidos de pieles. Dei entró seguido por sus dos invitados y los presentó a las mujeres. Chotán, la esposa principal, sirvió *kumis* a su marido y a Yesugei y cuajada a Temujín.

—Mi compadre Yesugei va de camino con su hijo en busca de esposa para el muchacho. Los he invitado para que conozcan a Bortai, nuestra hija más bella, y decidan si merece ser la elegida —dijo Dei *el Sabio*, y dirigiéndose a una de las doncellas que había en la tienda le ordenó—. Adelántate, Bortai.

Una dulce muchachita de diez años dio unos pasos y quedó de pie casi en el centro de la tienda. Yesugei la contempló durante unos instantes y miró a Temujín, quien observaba a la joven con ojos ensimismados. Sí, Bortai era realmente bella. Su rostro era fino como el de las piedras pulidas por el agua de los torrentes y su cabello negro y sedoso como las ricas telas del imperio song; su talle noble y esbelto y sus ojos rasgados denotaban voluntad y resolución firmes.

—No exagerabas, Dei —exclamó Yesugei—. Es muy hermosa y altiva. Creo que sería una buena katún, pero no me gustaría elegir sin haber visto a las muchachas konkirates.

—Bortai es la mejor que puedas encontrar para tu hijo; no hay ninguna doncella que la iguale.

—Tus palabras te honran como padre, pero debo asegurarme de que sea una buena esposa para mi hijo. ¿Y tú, Temujín, qué opinas?

Temujín tenía sus verdes ojos atigrados fijos en los de Bortai.

—¡Temujín, Temujín! —le gritó su padre zarandeándolo por el hombro—. No es de buena educación quedarse dormido con los ojos abiertos en la tienda de un anfitrión. Bueno, parece que tu hija le gusta.

—Quedaos esta noche aquí. Guisarán un cordero, beberemos el mejor *kumis* y celebraremos una pequeña fiesta. Los dos muchachos pueden conocerse mejor. Hay tiempo para que decidas —propuso Dei.

—De acuerdo. No podemos negarnos a tan generosa oferta —concluyó Yesugei.

Instalaron a Yesugei y a Temujín en una pequeña tienda cercana a la de Dei y les sirvieron un cuenco con carne cocida y leche hervida. Yesugei se tumbó a descansar un rato y Temujín se sentó a la puerta para contemplar el campamento de los ungarides.

—¿Tú vas a ser mi esposo?

Una voz dulce y melodiosa sonó a la izquierda de Temujín. El muchacho se levantó azorado y observó a Bortai que había llegado hasta él con sigilo. El brillante rostro de Temujín parecía ahora como encendido y sus mejillas enrojecieron como amapolas.

—Hola, Bortai —balbució Temujín.

—Estabas ensimismado contemplando nuestros caballos. Son hermosos. Aquel gris es mi favorito; algunas veces mi padre me permite que lo monte. Me gusta cabalgar por la pradera dejando que me lleve y notar las palpitaciones de su corazón agitado por el esfuerzo.

—No es muy prudente que te alejes demasiado. En estos tiempos la estepa está plagada de bandas de merodeadores en busca de fáciles presas —advirtió Temujín.

—¿Y quién te dice que yo sea una presa fácil? —replicó Bortai orgullosa.

—Eres una niña, un solo hombre podría raptarte. Ese caballo gris sería un excelente botín para cualquiera.

—Un solo hombre no podría conmigo.

—Si fuera un borchiguín, sí —aseveró Temujín.

—Vosotros los borchiguines os creéis por encima de cualquier otro clan mongol, pero nosotros los ungarides somos tan nobles como vosotros y mucho más guapos.

—¿Yo te parezco feo? —preguntó Temujín.

—Sí, me lo pareces. Tu pelo rojo y tus ojos verdes te confieren un aspecto extraño, nunca había visto a nadie como tú.

—Los borchiguines descendemos de un hombre hecho de luz y de la unión de un lobo azul y una corza blanca, por eso somos distintos al resto de los hombres.

—¿De un lobo azul y una corza y de un hombre de luz? Nunca había oído semejantes cosas. Todo el mundo sabe que los mongoles descendemos del padre Tengri, el Cielo, y la madre Etugen, la Tierra —explicó Bortai.

—Los borchiguines hemos sido elegidos por Tengri para gobernar el mundo. Mi padre pronto será kan y yo le sucederé. Plantaré el estandarte de las nueve colas de caballo en las cinco partes del mundo y mi poder se extenderá a todas las tribus.

—Antes deberás crecer mucho para lograrlo.

—Lo haré.

—Ven, quiero que me demuestres cómo vas a hacerlo. Mi padre me ha permitido que hoy monte el caballo gris. Disputemos una carrera hasta la cima de aquella loma. Mi potro gris contra tu poni.

—Eres una niña, nunca podrás ganarme.

—Lo veremos.

Bortai montó su potro gris con extraordinaria habilidad y Temujín se encaramó a su poni pardo. A una señal partieron a todo galope hacia la lejana colina. El poni de Temujín se colocó pronto en cabeza, pero a mitad de carrera el potro gris de Bortai lo adelantó y superó con suma facilidad. Cuando el muchachito llegó a la meta, Bortai lo esperaba con cara de satisfacción por la victoria.

—Parece que tu origen divino no te ha servido de mucha ayuda —ironizó Bortai.

Temujín apretó los dientes y miró a la muchacha que reía henchida de felicidad. «Sí, quizá sea una buena esposa», pensó al contemplar sus orgullosos ojos que destellaban una incontenible alegría.

Cuando despertó, Yesugei sintió como si dentro de su cabeza cabalgaran a la vez todos los caballos que pastaban en las estepas. En la fiesta de la noche anterior había bebido tanto *kumis* que no recordaba cómo había acabado la juerga. Salió al exterior y la luz del sol le estalló en los ojos con tanta fuerza que tuvo que tapárselos con la mano. El campamento bullía en plena actividad. Dei *el Sabio* estaba junto a unos caballos rodeado por otros miembros de su clan. Al ver a Yesugei en la puerta de la tienda lo saludó con la mano en alto y se acercó hasta él.

—Buenos días, compadre. Un poco más y anoche casi nos dejas sin reservas de *kumis* —le dijo.

—Por cómo me siento, debo de haberme bebido la leche agria de cien yeguas —masculló Yesugei—. No he visto a Temujín, ¿sabes dónde se encuentra?

—¡Ah!, se levantó temprano. Ha ido con Bortai a buscar frutos silvestres a la orilla del río; volverán pronto. No te preocupes por él, Bortai sabe muy bien lo que se hace.

A mediodía, el jefe mongol pedía a Dei su hija. Dei se la concedió diciéndole que el destino de una doncella no era envejecer en la tienda de sus padres, sino vivir al lado de un hombre creando un nuevo hogar. Le pidió a Yesugei que dejara en el campamento de los ungarides a su hijo durante un tiempo para que los dos jóvenes se conocieran mejor. Yesugei aceptó y le entregó a Temujín el más veloz de sus caballos.

—Con éste no perderás la próxima carrera —le susurró al oído.

Yesugei emprendió el camino de regreso a su *ordu* y al atravesar el monte Chegcher, en una llanada denominada la Estepa Amarilla, contempló a un grupo de tártaros que celebraban una fiesta. Los tártaros lo vieron acercarse y lo invitaron a participar. Yesugei estaba cansado, sediento y hambriento y, siguiendo la costumbre de los pueblos nómadas de aceptar la hospitalidad que se les brinda, se sumó al banquete. Aquellos tártaros integraban una pequeña caravana compuesta por seis carros, con unas cuarenta personas en total. Le dijeron que huían de su tierra porque el Consejo de ancianos les había proscrito por negarse a ayudar a los kin en sus luchas contra el imperio de los song. A Yesugei le pareció que no eran hostiles y se confió. Les confesó que era un mongol que se había separado de su tribu y que erraba por la estepa en busca de comida. Lo invitaron a quedarse y le ofrecieron carne y *kumis*. Cuando la fiesta parecía llegar a su fin, uno de los tártaros sacó de su carro una botella de porcelana. Dijo que contenía un licor de arroz, destilado en China, de un sabor sin igual y mucho más agradable y valioso que el *kumis*. Le ofreció un trago a Yesugei que despachó casi media botella.

Aquel tártaro había identificado a Yesugei. Lo había visto en uno de los combates que ambas tribus habían librado dos años antes y lo reconoció por su inconfundible trenza roja en su cráneo rapado y su gorra de fieltro verde. Uno de sus hermanos había caído en esa batalla muerto por la espada de Yesugei y el tártaro había decidido vengar su muerte. Fue a por la botella de licor de arroz y vertió en ella un fuerte veneno de acción lenta pero infalible. Cuando descubrió a sus compañeros quién era aquel invitado, algunos quisieron matarlo allí mismo, pero finalmente optaron por dejarlo marchar. El veneno era mortal y provocaba una terrible agonía a quien lo tomaba.

—Estás muerto, Yesugei, jefe de los kiyanes —le dijeron entre risas.

—¡Muerto, muerto! —oyó que le gritaban en tanto se alejaba del círculo de carros.

Tres días tardó Yesugei en volver a su campamento. Durante el viaje de regreso el veneno había comenzado a hacer su efecto.

***

Hoelún secaba el sudor frío y constante que la frente de Yesugei no dejaba de segregar. Había llegado tumbado sobre el cuello de su caballo, apenas sin energía para comentar lo que le había sucedido. Hacía ya dos días que permanecía en cama y sus fuerzas lo habían abandonado. Pese a que varios chamanes y una *edogán*, una mujer hechicera, habían realizado conjuros y le habían aplicado diversas pócimas hechas de hierbas, nada había surtido efecto. Era incapaz de asimilar cualquier comida o bebida y cuanto ingería lo vomitaba de inmediato entre terribles esputos de una sustancia verde y viscosa. Sobre el lecho habían colocado una imagen hecha de fieltro y rellena de paja que representaba a Natigai, el espíritu de los asuntos terrestres, y junto a la puerta se había clavado una lanza en el suelo, con la punta hacia abajo; la señal que indicaba que un mongol enfermo yacía en el interior.

—Hoelún, Hoelún, sé que voy a morir. Esos malditos tártaros me han envenenado y nada puede hacerse. Llama a Munglig, dile que deseo verlo —balbució Yesugei a su esposa.

Poco después entraba en la tienda Munglig. Era éste hijo de Charajaí, de quien se decía que era el más viejo de todos los mongoles. Su carácter apacible y bondadoso lo había hecho merecedor de una elevada consideración entre su gente. Pertenecía al clan de los konkotades y era sin duda uno de los mejores y más leales amigos de Yesugei y quien más lo había apoyado en la reivindicación de sus derechos al kanato.

—Munglig, mi buen amigo, quiero encomendarte mi último deseo. He sido envenenado por unos tártaros y voy a morir. He dejado a mi heredero en el campamento de Dei el Sabio; allí elegí a su hija Bortai como esposa de Temujín. No he podido culminar la obra que me propuse cuando en el *kuriltai* me elegisteis como jefe del grupo más numeroso de los mongoles. Hubiera deseado vivir hasta contemplar a todo nuestro pueblo unido y fuerte bajo un mismo kan; ya no podré ver cumplidos mis sueños. Mi hijo Temujín tal vez pueda hacerlo, pero todavía es un muchacho. Te encomiendo la protección de mis hijos, cuídalos como si fueran tuyos, y también a mis dos esposas. Ve en busca de Temujín y tráelo contigo a nuestro campamento. Cuéntale lo sucedido y dile que no olvide cuanto le he enseñado, que no cese de luchar hasta vengarme; aunque yo me marcho, mi corazón se queda con él. Dile que me hubiera gustado estar más tiempo a su lado y haberle enseñado a luchar contra nuestros enemigos.

Aquella misma tarde murió Yesugei *el Valiente*. Sus viudas, la bella Hoelún y la recatada Sochigil, lloraron amargamente ante su cadáver. Lo enterraron en la ladera del Burkan Jaldún y aunque colocaron sobre su tumba una estela de piedra con la figura de un rostro esculpido, ya nadie recuerda con exactitud dónde.

3. La amistad con Jamuga

Munglig partió en busca de Temujín hacia el campamento de Dei *el Sabio*. Cuando llegó al lugar que le había indicado Yesugei, las tiendas de Dei habían sido levantadas y unas huellas se dirigían hacia el sur. Munglig no iba preparado para un largo viaje y regresó para volver dos semanas después con dos familiares. Tras una intensa búsqueda que duró tres meses, Munglig localizó a los ungarides acampados junto a un menguado riachuelo azul que discurría entre dos colinas. Se presentó ante Dei *el Sabio,* a quien conocía, pero no le dijo que Yesugei había muerto. Tan sólo le hizo saber que el jefe de los mongoles echaba mucho de menos a su hijo y heredero y que quería que regresara junto a él. Dei, bien a su pesar, consintió en dejar marchar a Temujín.

Durante las semanas en que Bortai y Temujín permanecieron juntos se había creado entre ambos una estrecha relación. Eran sin duda demasiado jóvenes para que el fuego del amor prendiera en sus corazones, pero sus espíritus se encontraban a gusto uno con otro. Si al principio Bortai tomó a broma las leyendas que su prometido le contaba acerca del origen divino de su clan, la rotundidad y seguridad con que el muchacho lo afirmaba acabaron por convencerla y entonces vio en Temujín a un joven decidido a cumplir el destino que Tengri, el dios del cielo, le había encomendado. Ni por un momento dudó que acabaría siendo la esposa de aquel orgulloso y valiente mongol.

Temujín y Munglig se despidieron de Dei *el Sabio* y de su hija Bortai.

–Aquí tienes mi amuleto de la suerte; es una taba de bronce de China. Guárdala y recuérdame cada vez que la mires –le dijo Bortai.

–Debo regresar junto a mi padre, pero volveré a por ti. Te he elegido como esposa y ahora estamos unidos los dos

Dirigiéndose a Dei, continuó:

–Gracias por tu hospitalidad, Dei, cuida de tu hija hasta que regrese a por ella.

El hijo pequeño de Dei, llamado Anchar, corrió hasta Temujín y lo abrazó llorando. Durante las semanas que el heredero de Yesugei había pasado en ese campamento habían compartido tienda y juegos.

–Nunca te olvidaré, Temujín –dijo Anchar.

–Espero que algún día seamos compañeros en las batallas –le replicó Temujín.

Los cuatro jinetes, Munglig, sus dos compañeros y el joven Temujín, arrearon a sus caballos y partieron al galope. A mitad de camino, Munglig decidió que era hora de contar lo sucedido. Se habían detenido para pernoctar en una vaguada, al abrigo de unos pinos. Temujín estaba preparando su manta de pieles para dormir cuando Munglig dijo que quería hablarle.

–Escucha. Lo que vas a oír es algo terrible, pero debes saberlo enseguida. No he ido a buscarte por lo que le he contado a Dei, sino porque tu padre me lo pidió antes de... –hizo una breve pausa–, antes de morir.

–¿Qué dices, Munglig, mi padre muerto? –preguntó Temujín entre sollozos.

–Sí, murió a manos de unos tártaros a los que encontró en su camino de regreso tras dejarte con Dei. Lo invitaron a comer y lo envenenaron. Pretendían así vengar las derrotas que tu padre les propinó. Ahora eres el jefe del clan de los borchiguines y el caudillo del más importante grupo de nuestra raza. Has dejado de ser un niño para convertirte de repente en un guerrero, en el jefe de los guerreros. Tu destino parece que va a cumplirse antes de lo previsto, o quizás estuviera escrito en las estrellas, sólo Tengri lo sabe.

—¿Por qué no me lo dijiste antes?.

—No quería que Dei se enterara de que Yesugei había muerto. Tu futuro suegro era amigo de tu padre, pero no me fío de nadie. Quién sabe si te hubiera utilizado como rehén. Ahora tú eres el jefe del clan, tu persona es mucho más valiosa que antes. He creído más prudente no decir nada hasta que nos alejáramos de su campamento; incluso el más honesto de los hombres puede ser tentado en cualquier momento por la ambición.

—Creo que has obrado con prudencia —dijo Temujín antes de romper a llorar desconsolado.

Aquella noche no pudo conciliar el sueño. Revivió una y otra vez todos y cada uno de los momentos que había compartido con su padre: la práctica de la equitación, el manejo del arco, las largas cabalgadas por las praderas inspeccionando el ganado y sobre todo la ascensión al Burkan Jaldún, aquellos dos días pasados a su lado en los que Yesugei le descubrió que había sido elegido por Tengri para dominar el mundo. Sentimientos contradictorios se acumularon en su cabeza: el amor hacia el padre muerto, el odio y los deseos de venganza hacia sus asesinos, el orgullo de sentirse jefe de un clan, el miedo a no saber responder a sus nuevas responsabilidades. En un momento toda su vida había cambiado; había dejado de ser un muchacho inquieto, sólo preocupado por aprender a cazar, a montar a caballo y a tirar con el arco para ver cómo caía sobre él la pesada carga de encabezar a los yakka mongoles, de dirigir a un pueblo maltrecho que vagaba en busca de su identidad, rodeado de poderosos enemigos y asolado por un sentimiento colectivo de humillación y derrota.

Al atardecer de un grisáceo día, Temujín y Munglig regresaron al campamento. El otoño declinaba y las cumbres de las montañas comenzaban a cubrirse con las primeras nieves. Temujín entró en la tienda donde su madre descansaba arropada entre gruesas mantas de piel de yak. En el centro ardía un fuego alimentado con estiércol. Hoelún abrió sus brazos para recibir al hijo primogénito, que lloró asido a su madre. Junto a ella estaban todos sus hijos: el hábil Kasar, que a sus siete años manejaba el arco como el mejor de los guerreros, los pequeños Jachigún y Temuge, que adoraban a su hermano mayor, y Temulún, tan pequeña que apenas sabía andar.

–Ahora eres tú el jefe de este *ulus*, Temujín. Tu padre te señaló como su sucesor. Todavía no eres un hombre, pero tus venas contienen la sangre de los borchiguines, sé fiel a tu linaje y cumple con tu deber.

La situación se había alterado notablemente. Al desaparecer el indómito y orgulloso caudillo, los que lo habían seguido al amparo de su resolución y su fortaleza, en busca del cobijo que les proporcionaba, dudaban de que un muchacho de nueve años pudiera mantener la cohesión de los clanes que configuraban el *ulus* de Yesugei. Eran muchas las voces que se alzaban contra Temujín, suponiéndole incapaz de sostener lo que su padre había logrado unir con tanto esfuerzo y coraje. Un chamán, realizando una práctica de espatulomancia en una paletilla de cordero quemada, avisó a Targutai Kiriltug, el jefe de los tayichigudes y nieto de Ambagai que albergaba el deseo de ser elegido kan, que Temujín aparecía como su principal rival. Los orgullosos jefes, que habían acatado la autoridad de Yesugei tan sólo amedrentados por su valor y su fuerza, se veían ahora libres del vasallaje a que habían estado sujetos y no admitían colocarse bajo las órdenes de un niño. La ansiada unidad que Yesugei había estado a punto de lograr se resquebrajaba con su muerte antes incluso de conseguirse. Durante todo aquel invierno, que fue extremadamente duro, los clanes permanecieron juntos, pero al despuntar la primavera; la mayor parte de ellos decidió abandonar a Temujín.

Para hacer manifiesto su deseo de no seguir bajo la autoridad de la familia de Yesugei, las esposas del kan Ambagai, las katunes Orbei y Sojatai, comenzaron la fiesta de las ofrendas a los muertos que los mongoles celebran cada primavera sin esperar a que acudiera Hoelún. Avisada de ello, se dirigió hacia el lugar donde se realizaba la ofrenda, pero llegó demasiado tarde, toda la carne sacrificada ya había sido repartida y nada quedaba para la familia de Yesugei.

Hoelún se dirigió a las katunes diciéndoles:

—Yesugei ha muerto y su hijo Temujín y sus hermanos son demasiado pequeños todavía y no pueden valerse por sí mismos; por eso nos habéis apartado de la fiesta de las ofrendas y no habéis contado con la familia de vuestro caudillo. Cualquiera de estos días levantaréis el campamento y marcharéis sin decirnos nada, quebrando así la fidelidad que prometisteis a Yesugei.

—Tú te crees con todos los derechos por ser tan sólo la mujer de uno de los jefes —dijo Orbei—. Nosotras somos más que eso, somos katunes, las esposas de un kan, de un verdadero kan, no como tú, tan sólo la segunda esposa de un jefe. Tu esposo nunca fue elegido kan, nunca ocupó la jefatura suprema de todos los mongoles yakka. Nosotras representamos más que tú para nuestro pueblo. Nuestros hijos tienen más derechos al kanato que los tuyos, son hijos de un kan y de sus katunes; los tuyos son tan sólo los cachorros de un guerrero que ya no existe y de una mujer robada en medio de la estepa.

—Orbei habla con justicia —prosiguió Sojatai, la otra katún de Ambagai—. Te presentas aquí sin que nadie te haya invitado y te arrogas derechos que nadie te ha otorgado. Si crees que puedes coger cuanto te apetezca sin pedir permiso a nadie, que puedes comer de nuestra comida y beber de nuestra bebida sin rogarlo, estás equivocada. Marcharemos de aquí sin ti y sin tu familia; levantaremos el campamento y nos iremos sin vosotros. Los tayichigudes somos los verdaderos herederos del kanato mongol. Nuestros hijos serán los que continúen el linaje de los kanes.

Tras las palabras de las dos katunes, cuantos habían acudido para la ofrenda a los muertos abandonaron silenciosos el lugar. Hoelún gritaba a cada uno de ellos, llamándolos por sus nombres, si habían olvidado lo que Yesugei había hecho por la tribu, pero nadie le contestaba, nadie respondía a sus requerimientos demandando para su hijo Temujín la fidelidad que habían prometido a Yesugei.

Un amanecer, los jefes de los tayichigudes, Targutai Kiriltug y Todoguen Guirte, nietos del kan Ambagai, dieron orden a la caravana de partir río Onón adelante. Los carros se pusieron lentamente en marcha. Al frente de la comitiva desfilaban los chamanes, con sus pesadas vestimentas blancas con ribetes azafranados, cantando monocordes melodías en una extraña jerga que sólo ellos comprendían.

El anciano Charajaí, padre de Munglig, se compadeció de Hoelún y de sus hijos. Se dirigió a Todoguen Guirte, que guiaba la caravana, y lo alcanzó al galope sobre un poni gris:

—No abandones a la familia de Yesugei, un guerrero mongol nunca dejaría desasistidos a mujeres y niños indefensos.

—¿Qué vienes tú a reprocharnos? —le increpó Todoguen.

El anciano, apesadumbrado por el trato que le daba su joven pariente, detuvo su montura y dio media vuelta. Todoguen se giró entonces y le atravesó la espalda con su lanza entre sonoras carcajadas. El anciano cayó sobre el cuello del poni pero pudo asirse a las crines con la poca fuerza que le quedaba. La lanza le había atravesado de parte a parte y la punta de hueso le asomaba por el pecho, entre las costillas. Consiguió espolear a su montura y llegó al trote hasta la tienda de Hoelún. En la entrada cayó al suelo y todavía vivo fue llevado al interior y colocado sobre un lecho.

Temujín estaba a su lado. El anciano lo miró y con palabras entrecortadas que apenas podía emitir por su boca ensangrentada balbució:

—Los tayichigudes han marchado con los que unió tu padre. Esa gente era todos nosotros, ellos son nosotros y nosotros somos ellos. Les he reprendido por lo que han hecho y mira cómo me han respondido, partiéndome el corazón de una lanzada, así es como los traidores pagan sus deudas. Tú eres el hijo de Yesugei Bahadur, no dejes que la traición y el crimen queden impunes.

Y dichas estas palabras, el viejo Charajaí expiró. Temujín sostuvo la cabeza de su viejo defensor entre las manos y rompió en llanto sobre el anciano. Hoelún salió rauda, cogió el estandarte que siempre permanecía clavado a la puerta de la tienda de Yesugei, montó sobre un rápido alazán blanco y salió a todo galope hacia la caravana que apenas se atisbaba ya en lontananza.

Al ver acercarse a Hoelún con el *bunduk* blanco de nueve colas agitado al viento, muchos de los que habían seguido al clan de los tayichigudes dudaron en continuar adelante. La presencia de aquella resuelta mujer, bella como ninguna pese a sus cinco partos, con sus trenzas flotando en el aire, su vestido ceñido por un cinturón blanco y sus radiantes ojos melados, con el estandarte en su mano izquierda alzado al cielo, turbó a muchos de los que se marchaban. Pero Targutai la increpó advirtiéndole que regresara al campamento o en caso contrario acabaría con su vida y con la de sus hijos. La acusó de alterar la buena armonía de la tribu y de haber hechizado con sus embrujos a Yesugei y la conminó a que se retirara amenazándola con su arco. Los que habían dudado obedecieron las órdenes del caudillo tayichigud y continuaron su camino. Hoelún, erguida sobre su montura, los vio alejarse entre una densa nube de polvo; poco después no eran sino un fino hilo amarillo perdido entre las colinas.

Unos días más tarde el campamento otrora próspero y repleto de abundantes tiendas estaba casi desmantelado. Nueve de cada diez familias habían seguido las instrucciones de las dos katunes y de los jefes del clan de los tayichigudes, los hijos del kan Ambagai, y habían plegado sus tiendas poniendo rumbo a otra región. Hoelún, Sochigil y los hijos de las dos esposas de Yesugei *el Valiente* quedaban abandonados a su suerte. Pocos eran los que creían que dos mujeres, algunos criados, un puñado de débiles familias y media docena de niños pequeños pudieran sobrevivir solos en medio de las estepas.

Comenzó entonces una difícil etapa para Hoelún y sus hijos. Rechazados por su pueblo, se vieron obligados a vagar por las riberas del Onón. Los pocos fieles que se habían mantenido en un primer momento con ellos no tardaron también en abandonarlos; sobre todo cuando Daritai, el tío de Temujín, y Munglig, el hijo del asesinado Charajaí, regresaron de sus tierras del norte y no hicieron nada por defender los derechos de Temujín.

—¿Tú también nos dejas, Daritai? —le inquirió Hoelún.

—No puedo quedarme con vosotros, moriríamos todos. Tu hijo es demasiado joven para dirigir una tribu.

—Él te adora y tú siempre lo has protegido. Te debe la vida; sin ti los mastines lo hubieran devorado cuando era niño.

—No puedo quedarme. Mi familia necesita la protección que sólo un caudillo fuerte puede proporcionarnos.

—Y tú, Munglig, ¿no vas a vengar la muerte de tu padre? —le preguntó Hoelún.

—No puedo hacerlo. Y creo que Daritai tiene razón —arguyó Munglig con la cabeza gacha y el semblante avergonzado.

Daritai y Munglig se marcharon con sus familias y siervos pradera adelante sin despedirse de Temujín. El joven mongol los vio alejarse desde lo alto de una colina. En el campamento sólo quedaban ya las dos viudas, sus hijos y la fiel Jogachín, demasiado anciana para ir a ninguna parte. Durante dos años recorrieron todo el valle del Onón, subiendo y bajando por sus orillas en busca de frutos que recolectar y raíces con las que alimentarse. Las dos mujeres recogían frutos silvestres y bayas y los niños cazaban tejones, ratas, mangostas y liebres y pescaban cuantos peces se ponían a su alcance. Temujín se había convertido en un verdadero experto en el arte de pescar. Fabricaba con hueso sus anzuelos y sabía esperar con paciencia infinita hasta que un pescado mordía el cebo y quedaba atrapado en el hamo. Kasar demostraba un dominio inigualable del arco; practicaba constantemente y era capaz de abatir a cualquier pájaro a cien pasos de distancia.

Begter seguía odiando a Temujín. Desde que su padre se lo prohibiera bajo durísimas amenazas no había vuelto a inquietarlo, pero ahora que era ya un muchacho fuerte y curtido y que su padre había muerto, nada le impedía volver a afrentar a su hermanastro. Comenzó hostigándole con pequeñas cosas, con insinuaciones sobre su origen, sobre las artes que su madre había empleado para conquistar a su padre y arrebatarle la primogenitura y robándole algunas piezas de caza o algunas armas y utensilios. Temujín nada le decía a su madre y prohibía a Kasar que le fuera a contar las molestias que le causaba Begter. Pero un día en que los cuatro hermanos estaban pescando en las orillas del río, Temujín consiguió atrapar un enorme pez cuyas escamas resplandecían como la luna en plenilunio. Nunca habían visto nada parecido a aquella maravillosa pieza. Begter y Belgutei se acercaron y le pidieron el pescado. Como Temujín se negara a dárselo, Begter amenazó con lanzarlo al río y ahogarlo, lo empujó y le arrebató su presa. Kasar no pudo más y salió corriendo hacia la tienda de Hoelún, con Temujín siguiéndole los pasos. Kasar contó a su madre lo sucedido y ésta, viéndose sola y desamparada, creyó que lo más conveniente era apaciguar a sus hijos y restar importancia al incidente.

—¡Basta! —les ordenó Hoelún—. No debéis pelear entre vosotros. ¿No recordáis la historia de los hijos de madre Alan *la Bella*? Nos enseñó que sólo seremos fuertes si permanecemos unidos como el haz de flechas que nadie puede quebrar. No somos dueños ni de nuestras propias sombras y sólo si permanecemos unidos podremos sobrevivir a esta dura situación que nos han impuesto. Sólo así vengaremos la afrenta que nos hicieron los tayichigudes, pero si continuáis disputando entre vosotros, todos estaremos perdidos.

Entonces habló Temujín:

—Madre, hasta ahora he estado callado e incluso he prohibido a Kasar que te contara lo que sucedía. Nunca me he quejado de las maldades a que nos ha sometido ese cobarde de Begter, pero ya va siendo hora de que cambie esta situación. Nos roba lo que cazamos, se burla de nuestro origen y estoy seguro de que cuando se le presente la oportunidad no dudará en matarme. O Begter o yo; uno de los dos sobra. No podemos vivir bajo el mismo cielo, sólo cabe un sitio para uno de nosotros dos bajo la luz del sol.

Sin dejar replicar a su madre, Temujín hizo un gesto a Kasar con la cabeza y salieron de la tienda.

Begter estaba sobre un pequeño altozano, sentado entre la alta hierba, vigilando cómo pastaban los nueve caballos que todavía conservaban. Temujín y Kasar habían preparado sus arcos y se aproximaron reptando hacia donde se encontraba Begter. Kasar se acercó por delante y Temujín lo hizo por su espalda. Cuando se situaron a la distancia de un tiro de flecha, los dos hermanos se levantaron y se mostraron a la vista de Begter. Éste vio las flechas cargadas en sus arcos e incorporándose comenzó a gritarles que los tayichigudes los habían agraviado y que eran aquellos los verdaderos enemigos. Les recordó las enseñanzas de su padre, cómo les había ordenado que mantuvieran la unidad frente a los rivales como única manera de ser fuertes. El rostro de Temujín parecía una roca. Sus finos labios se mantenían apretados con firmeza y sus verdes ojos atigrados no perdían detalle de lo que hacía Begter, que lo miraba de soslayo.

—No quiero ser un estorbo para ti —siguió gritando Begter—. Te ayudaré a vengarte de nuestros enemigos, recuerda que eres mi hermano, que somos hijos del mismo padre.

Pero el rostro de Temujín siguió inalterado, como si estuviera esculpido en piedra.

—Bien –continuó–, si quieres matarme, hazlo, pero deja en paz a mi hermano Belgutei, él no es culpable de nada, sólo hace lo que yo le ordeno. Me tiene miedo y por eso obedece.

En tanto decía esto, Begter aprovechó para agacharse e intentar coger el arco que descuidadamente había dejado cerca de él, pero no tuvo tiempo para alcanzarlo. Dos flechas rasgaron el aire y se clavaron en la espalda y en el pecho del hijo mayor de Yesugei. La de Kasar le penetró por el pecho partiéndole el corazón y la de Temujín le atravesó de parte a parte las costillas perforándole los pulmones. Begter cayó al suelo como fulminado por un rayo. Murió sin emitir un solo sonido, como si una guadaña le hubiera cercenado de cuajo la garganta.

Regresaron al campamento y nada más entrar en la tienda Hoelún intuyó lo que había sucedido.

—¿Qué habéis hecho?, ¿qué le ha pasado a Begter? —les preguntó.

—Ha recibido lo que merecía. Está muerto —respondió secamente Temujín.

—Eres feroz. Cuando naciste tenías encerrado en el puño un grumo de sangre; todos interpretaron que era la señal de que serías un poderoso señor, pero se equivocaban. Era un signo de tu carácter sanguinario y cruel. Eres como una hiena que se come su propia placenta tan sólo por el gusto a la sangre, como la pantera que se lanza desde lo alto para desgarrar a su presa por el mero placer de destrozarla entre sus uñas, como el tigre saciado que quebranta a las gacelas incapaz de dominar su furia, como la serpiente pitón que traga enteras a sus presas para sentir en su interior cómo se quebrantan sus huesos, como el gerifalte que ataca a cualquier cosa que se mueva, como el pez grande que devora al pequeño aunque no esté hambriento, como el camello que muerde las patas de su cría para que no le dispute el agua de la charca, como el lobo que acecha en la ventisca en espera de poder saborear la sangre de su víctima, como el ánsar que desnuca a las crías que no pueden seguir su marcha, como el chacal que lucha en manada contra enemigos mayores que él aprovechando su ventaja, como el león que no vacila en matar por el mero placer de ver muerto a un animal entre sus garras, como el yak enloquecido que se lanza a testarazos contra la mano que lo alimenta. Serías capaz de atacar a tu propia sombra si no tuvieras otra cosa que destruir.

»Ahora que deberíamos pensar tan sólo en sobrevivir y en cómo vengar el agravio de los tayichigudes, nos matamos entre nosotros, nos despedazamos como fieras hambrientas y nos olvidamos de quiénes son nuestros verdaderos enemigos.

–No, madre, no he olvidado nada de eso. Pero, sépalo el Cielo, que se trataba de Begter o de mí. Uno de los dos tenía que morir y ha sido él. Desde ahora reinará la paz entre nosotros dos.

La noticia de la muerte de Begter llegó hasta el campamento de los tayichigudes. Sochigil había llorado amargamente la muerte de su hijo y se la había comunicado a algunos de sus parientes que la difundieron por todos los campamentos.

En los días siguientes a la muerte de Begter, Belgutei se mostró silencioso y huraño. Su hermanastro había matado a su hermano mayor y ahora sentía una doble y contradictoria sensación. Por un lado extrañaba la fuerza y la intrepidez de Begter, en cuya compañía se había sentido seguro, pero de otra parte le parecía como si se hubiera liberado de un enorme peso.

–Creo que deberías hablar con Belgutei. Se siente solo y desamparado. Él es distinto a como era Begter; su carácter es bondadoso y amable y no es ni mucho menos un cobarde. Su hermano mayor lo mediatizaba e influía demasiado en su comportamiento. Necesita un amigo y ése has de ser tú; sólo así puedes restañar el daño que le has hecho –le dijo Hoelún a su hijo Temujín.

Temujín buscó desde entonces la compañía de Belgutei. Con frecuencia cazaban juntos y practicaban equitación y tiro con arco. Temujín le hacía abundantes regalos y cuando cazaba una buena pieza siempre la reservaba para su hermanastro.

Así fue como se ganó su amistad y su confianza. Al poco tiempo de la muerte de su hermano Begter, Belgutei era ya el admirador más incondicional de Temujín.

Un jinete solitario se acercaba atravesando una ladera salpicada de abetos frente al campamento de Temujín. Belgutei vigilaba los caballos y al contemplar al intruso dio la voz de alarma. Temujín salió de la tienda como un rayo, con su arco listo para disparar. Vio que era un solo jinete el que se acercaba y que lo hacía de manera indolente, con las armas colgando de su silla de montar, sin aparente intención hostil.

El jinete llegó por fin ante los jóvenes mongoles y se presentó.

–Os saludo, amigos. Mi nombre es Jamuga, hijo de Jara Jadahán, que fuera jefe del clan de los yaradanes.

–Yo soy Temujín, jefe del clan de los borchiguines, y éstos son mis hermanos Belgutei y Kasar. Si eres un yaradán perteneces al mismo linaje que nosotros los borchiguines, aunque de menor rango en nobleza.

–La nobleza no sólo la da el linaje, también se consigue en el campo de batalla. Mi clan es uno de los más poderosos de la estepa y por ello es uno de los más nobles.

–Pero tu clan no pertenece al linaje de los kanes; por tus venas no corre la sangre de ningún kan. Por el contrario, en las nuestras fluye la sangre de los cuatro kanes. Nuestro padre Yesugei era el más noble de todos los mongoles –alegó Kasar.

–Eso mismo he oído decir a otros muchos que pretenden para sí el kanato.

–Nadie tiene más derecho que yo –asentó Temujín.

–También he oído eso de muchos labios –reiteró irónico Jamuga.

–¿Qué te trae por aquí? –le preguntó Temujín cambiando de tono.

–Voy de caza.

–¿Tú solo? ¿Acaso eres un chamán?

–No, no soy chamán. Me gusta cazar solo. Hace días que persigo a un oso y su rastro me lleva hacia esas montañas. Quiero abatirlo antes de que se refugie en una cueva para invernar, y así demostrar a mi clan que seré un digno jefe del clan.

Temujín quedó impresionado por la valentía que demostraba el joven Jamuga. Un oso era la pieza de caza más valiosa para un mongol y eran muy pocos los que tenían el valor suficiente como para enfrentarse con una fiera de semejante tamaño y fuerza. Algunas leyendas recogían heroicas luchas entre hombres y osos y los escasísimos guerreros que habían conseguido vencer pasaban a formar parte del elenco de héroes.

–Puedes comer con nosotros. Seguro que hace días que no ingieres ningún alimento caliente. Mi madre está asando unos peces, podemos compartirlos –le sugirió Temujín

–¿Peces? Un noble mongol debe alimentarse de carne y de *kumis*. Los peces son para los siervos –ironizó Jamuga.

El rostro de Temujín se ensombreció avergonzado, pero le reiteró la invitación.

–De acuerdo, comeré esos peces que me ofreces –asintió al fin Jamuga intentado disimular el hambre que le atenazaba el estómago.

Sentados alrededor del fuego, los jóvenes, las dos viudas y la anciana Jogachín daban buena cuenta de una docena de pescados asados sobre una losa colocada en el centro del brasero.

–Para ser una comida de siervos la engulles con avidez –dijo Belgutei a Jamuga.

–No es carne, pero estos peces son más sabrosos de lo que imaginaba –asintió Jamuga con la boca llena de un buen pedazo de lomo de carpa.

–Toma, esta hidromiel la hacemos nosotros mismos, es dulce y muy nutritiva –añadió Kasar alargando una bota.

–Yo prefiero el *kumis*, pero me contentaré con esa hidromiel –recalcó Jamuga un tanto ufano.

Durante la comida Jamuga no paró de hablar de sus aventuras. Tenía dieciséis años y desde los catorce se había acostumbrado a vagar solo por la estepa, regresando a su campamento cargado con las pieles de los animales que cazaba. Esa vida solitaria lo había convertido en un ser autosuficiente, conocedor como ningún otro de las estepas que se extendían entre los grandes bosques del norte y el desierto del sur. Hablaba de los lobos, los zorros, los osos, los ciervos y los halcones como si fueran sus compañeros de viaje y describía sus costumbres y hábitos como nadie.

–Si lo deseas puedes quedarte con nosotros una temporada. El invierno acaba de comenzar y no tardarán en caer las primeras nevadas –le dijo Temujín.

Jamuga miró el fuego que ardía en el centro de la tienda. El calor de las llamas era una tentación demasiado fuerte para rechazar la oferta de Temujín.

–Aquí no abunda la comida, y menos en invierno, pero sabemos sobrevivir. Podemos ayudarnos mutuamente si te quedas –insistió Temujín.

–Me quedaré –dijo Jamuga sin pensarlo.

–¡Estupendo! –exclamó Kasar.

–Pero sólo hasta que los primeros rayos de sol de la primavera comiencen a fundir los hielos.

Jamuga demostró ser un cazador excelente. Era capaz de rastrear cualquier pista y seguirla hasta dar con la presa. Por la noches, a pesar del frío, se apostaban sobre las ramas de los árboles que Jamuga les indicaba y esperaban en silencio el paso de algún animal que acababa asaeteado por las flechas de Temujín, Kasar, Belgutei y el propio Jamuga. Durante aquel invierno no faltó carne fresca; los jóvenes hermanos aprendieron del joven yaradán toda una serie de recursos que los convirtieron en expertos cazadores.

Una mañana de mediados de invierno el río Onón se había helado y sobre su superficie cristalina patinaban los alegres muchachos envueltos en gruesos abrigos de piel. Agotados por el ejercicio, Jamuga y Temujín se sentaron en la orilla junto a unas rocas.

–Nunca he conocido a nadie como tú –le dijo Jamuga–. En mis viajes por las praderas me he encontrado con muchos hombres, los he visto de todos tipos y colores, pero jamás conocí a ninguno a quien le brillara el rostro como a ti.

Jamuga alargó su mano y acarició las mejillas de su amigo.

–Para un mongol hay un sentimiento que está por encima de cualquier otro: el de la amistad. Un amigo es el mejor tesoro que un hombre pueda poseer, pero yo no tengo amigos. Vagar por la pradera como un lobo solitario te enseña a saber cuidar de ti mismo, a sobrevivir, pero te relega a la soledad. Hasta ahora no había encontrado a nadie con quien me sintiera tan a gusto como contigo. Me gustaría que fuésemos *andas*.

Jamuga buscó entre su ropa y encontró una taba de corzo con la que solía jugar en los ratos de ocio.

–Toma, es mi regalo. Es tan sólo un hueso pero me ha dado mucha suerte. Esta taba pertenecía al primer corzo que cacé, hace ya algún tiempo. Para mí es el objeto más valioso. Te la ofrezco como prueba de mi amistad.

Temujín cogió la taba de corzo, la puso en la palma de su mano y la miró fijamente. El astrágalo estaba amarillento y el roce con la ropa lo había dotado de una superficie pulida y brillante, con destellos ambarinos.

–Me honras con tu amistad –le respondió Temujín–. Ser *andas* es mucho más que ser hermanos. Dos *andas* son una misma cosa, una misma alma dividida entre dos cuerpos que comparten el mismo espíritu.

Temujín sacó de una pequeña bolsa que colgaba de su cinturón una taba de bronce y se la entregó a Jamuga.

–Esta taba de bronce procede del Imperio de los kin; con ellas juegan los muchachos chinos. Me la entregó la muchacha con la que estoy prometido; se llama Bortai y algún día no muy lejano será mi esposa.

Jamuga cogió la taba, la besó y la guardó. Su rostro se entristeció al oír que su amigo estaba prometido a una joven. En el fondo de su corazón, algo le decía que el amor de Temujín estaba ya comprometido.

El invierno transcurrió como un suspiro. Otros inviernos habían parecido largos y penosos, pero en esta ocasión la presencia de Jamuga lo había hecho mucho más llevadero.

El comienzo de la primavera llegó repentinamente. Una mañana, cuando todavía dormían, oyeron unos crujidos como de cañas quebrándose que procedían del río. El deshielo había comenzado y las duras placas que cubrían el río Onón comenzaban a agrietarse. El agua surgía victoriosa por todas partes y el hielo se fundía bajo los rayos de un brillante sol.

Temujín recordó que Jamuga había dicho que se marcharía en cuanto se deshelara el río y esperaba con inquietud el momento en que su *anda* partiera lejos de allí.

—El espíritu del río ha despertado —oyó decir Temujín a su espalda.

Se volvió y observó a Jamuga que había salido desnudo de su tienda.

—¿Te vas a marchar? —le preguntó inquieto Temujín.

—Todavía no.

Aquella primavera los dos jóvenes *andas* cabalgaron por las verdes praderas cazando animales, muy numerosos en esta estación. Era sin duda la mejor época del año. Todo crecía y abundaba a orillas del río, el ganado daba leche espesa y los caballos disponían de pastos frescos y tiernos para alimentarse. Durante el invierno habían fabricado unos excelentes arcos de madera y cuerno que decoraron con grabados al fuego pintados con tintes vegetales en rojo, azul y verde. Kasar, quien rara vez fallaba un blanco, era el mejor con el arco, ni siquiera Jamuga era capaz de lanzar las flechas con tanta precisión.

Un mongol errante apareció un día procedente del oeste. Conducía un carro en el que viajaba su familia: una esposa oronda de regordetes carrillos brillantes como perlas y redondos como manzanas y seis hijos pequeños. Los invitaron a compartir la comida y les preguntaron si había alguna noticia de interés que recorriera la estepa.

–Este invierno se han producido algunas novedades. Los tártaros se han desplazado hacia el oeste hasta las mismísimas fronteras del Imperio kin y en el reino de Hsi Hsia se están construyendo enormes fortalezas con altos muros de piedra. Pero lo más importante para nosotros los mongoles es que Targutai Kiriltug, el nieto de Ambagai Kan, se ha autoproclamado a sí mismo pretendiente al kanato. Dicen que está esperando la ocasión propicia para reunir a los jefes de todos los clanes en un *kuriltai* para ser investido kan.

Al oír aquellas palabras, el joven Temujín se incorporó como impulsado por un resorte y sus ojos verdes y atigrados parecieron despedir llamas.

–Sólo yo tengo derecho al kanato mongol. Yo soy el heredero de los borchiguines, nadie me arrebatará nunca mi herencia, ¡nadie y nunca!

La firmeza con la que aquel muchacho de apenas doce años pronunció esas palabras dejó entusiasmado a Jamuga.

–No esperaba menos de ti. Tu decisión es tan indomable como tu espíritu. No tengo duda de que alguna vez todos los mongoles cabalgaremos a tus órdenes tras la silla de tu caballo –añadió Jamuga.

Aquel día la caza fue muy abundante; abatieron un ciervo y su carne era un verdadero festín. Hacía algún tiempo que no probaban un bocado tan exquisito, pues durante las últimas semanas se habían contentado con algunas marmotas y zorros. Hoelún y Sochigil habían asado las partes más sabrosas y delicadas del ciervo entre las brasas y el resto lo habían cocido o secado. Toda la familia se deleitaba con aquel delicioso manjar cuando Jamuga les dio la noticia que hacía semanas temían oír.

—Mañana me marcharé. Me estoy entreteniendo más tiempo del previsto; he de regresar a mi campamento.

—Algún día tenía que suceder esto —lamentó Temujín.

—Quédate unos días más —intervino Kasar—, sólo unos días.

—Ya me he quedado mucho más de los que os dije; mi clan me estará esperando.

Acabada la cena, los dos *andas* se sentaron a la entrada de la tienda, con sus miradas puestas en la tenue luz púrpura que todavía restaba tras las colinas en las que hacía un rato se había puesto el sol.

—Cuando llegué a tu campamento —dijo Jamuga tras un largo silencio—, ya había oído hablar de ti. Un viajero me contó que un joven llamado Temujín, hijo del valiente Yesugei, había matado a su hermanastro para que nadie le discutiera sus derechos a la jefatura de los borchiguines. Cuando escuché aquella historia admiré tu resolución. Algunos de los miembros de mi clan han luchado al lado de tu padre y muchos de ellos incluso vivieron en el campamento de Yesugei cuando mandaba sobre miles de *yurtas*. Todos coincidían en que tu hermanastro Begter era un malvado. ¿Es cierto todo esto?

Temujín se mantuvo callado un largo rato con sus ojos fijos en el horizonte. Por fin se volvió hacia Jamuga y le dijo:

—¿Qué es cierto y qué es falso? Cada uno de nosotros ve la realidad de un modo diferente. Cuando el halcón abate a la paloma tal vez crea que eso es justo, pero la paloma tendrá un sentido distinto de la justicia. Dos hombres pueden ver la misma acción de manera bien dispar y lo que a uno le parece cierto, para otro es una falsedad. ¿Quién es capaz de discernir cuándo la palabra de un hombre dice la verdad o cuándo miente? Yo maté a Begter y para mí fue justo, lo demás no importa demasiado.

Jamuga se levantó antes del amanecer, recogió todas sus pertenencias y las guardó en dos bolsas de cuero. Cuando salió el sol sobre el valle del Onón ya estaba listo para partir. La anciana Jogachín preparó un consistente desayuno a base de caldo de carne y yerbas, leche cuajada y carne cocida. Todos comieron en silencio.

–Habéis sido muy amables conmigo, nunca olvidaré vuestra hospitalidad –dijo al fin Jamuga.

–No hemos hecho sino cumplir con lo que exige la tradición de todo buen mongol –repuso Temujín.

Jamuga se despidió uno a uno de todos los miembros de la familia y dejó para el final a Temujín.

–Tú y yo somos *andas*; aunque nuestros cuerpos se alejen uno del otro, nuestros corazones nunca se separarán: somos un solo espíritu, una misma alma.

Los dos jóvenes se fundieron en un abrazo y las lágrimas corrieron por sus mejillas. En el momento de marchar renovaron su *anda*. Jamuga entregó a Temujín una punta de flecha labrada del cuerno de un becerro y Temujín le regaló la flecha de madera de ciprés con la que había abatido a su primera pieza importante. Jamuga se alejó como había llegado. Belgutei y Kasar corrieron hasta su lado acompañándolo un buen trecho del camino. Sobre la cima de una colina lo dejaron solo y lo siguieron con la vista hasta que tan sólo fue una mota oscura perdiéndose en el horizonte.

Temujín era el guía de la familia y nada se hacía sin que él lo decidiera. Tenía tan sólo trece años cuando se enfrentó con la ayuda de Kasar, de once, a tres jinetes que merodeaban por los alrededores de su campamento. Los dos muchachos lograron rechazar a los tres hombres con sus arcos. Estos tres jinetes eran una patrulla que Targutai Kiriltug había enviado para comprobar el estado de las viudas y de los hijos de Yesugei.

El jefe de los tayichigudes, alertado por la leyenda que comenzaba a forjarse en torno a Temujín, de quien se decía que podía fulminar a un hombre con sólo mirarlo fijamente a los ojos, creyó que era hora de acabar de una vez con el heredero del clan de los borchiguines. Hasta él había llegado la afirmación que le había hecho al mongol errante asegurando que nadie podría discutirle nunca sus derechos a encabezar a todos los mongoles. Obsesionado por la predicción de los chamanes, que anunciaban que un descendiente del clan de los borchiguines sería el kan de todos los clanes, organizó una partida con los mejores soldados de su campamento y decidió que era tiempo de ir en busca de su joven rival. Durante algunos días recorrió las orillas del Onón por donde era frecuente ver a Temujín y a su familia en busca de caza y pesca. Por fin avistó su pequeño campamento al pie de una montaña coronada de tilos y robles.

Belgutei vio que los tayichigudes se acercaban a todo galope. Dio enseguida la voz de alerta y las tres mujeres y los niños pequeños corrieron a refugiarse entre la espesura del bosque. Temujín, Kasar y el propio Belgutei decidieron hacerles frente, pese a que tan sólo eran tres muchachos contra dos docenas de curtidos guerreros. Desde la protección de los árboles dispararon varias flechas contra los tayichigudes y consiguieron herir a tres de ellos. Los sorprendidos asaltantes se retiraron a una distancia que los hijos de Yesugei no podían alcanzar con sus arcos y dijeron a grandes voces que no deseaban hacerles daño, que al único que querían era a Temujín.

—¡Vienen por ti, hermano! —exclamó Kasar.

—No consentiremos que te apresen. Lucharemos hasta la muerte si es necesario —añadió con valor Belgutei.

—No, hermanos. No tenemos ninguna posibilidad de vencer a esos hombres. Tarde o temprano acabarán doblegando nuestra resistencia; esperarán a que caiga la noche y entonces nos atraparán. Pero podemos ganar tiempo. Escuchad: Hoelún, Sochigil y Jogachín, con los tres pequeños se esconderán en la cueva del barranco en el que solemos esperar el paso de los corzos para abatirlos. Si permanecen quietos nadie dará con ellos. Vosotros os quedaréis aquí protegiendo su retirada hasta que podáis ir a refugiaros a la misma cueva. Entre tanto, yo entretendré a los tayichigudes —dijo Temujín.

–Espera, ¿qué piensas hacer? –preguntó Kasar.

–No hagas preguntas y cumple exactamente lo que he dicho –asentó tajante Temujín–. Entretenedles hasta que prepare mi caballo, que se muestren confiados.

Mientras Temujín ensillaba su montura, Kasar y Belgutei hacían preguntas dilatorias a los perseguidores.

De repente, como empujado por un soplo del cielo, un caballo tordo sobre el que galopaba un joven jinete de trenzas rojas saltó de entre la espesura del bosque y se lanzó a todo galope a campo abierto cruzando por delante de las posiciones de los tayichigudes que, pasmados, tardaron unos instantes preciosos en reaccionar.

–¡Es él, es él! ¡Es Temujín, el hijo de Yesugei! –gritó uno de ellos.

La partida completa, ignorando a los que quedaban ocultos en la arboleda, arrancó al galope siguiendo la estela de polvo que levantaba el alazán del fugitivo. La persecución continuó durante varias horas. Temujín, que había elegido el caballo más resistente para huir, veía cómo sus perseguidores no conseguían acercarse a más de cuatro o cinco tiros de flecha. Pero era consciente de que los hombres que lo acosaban eran expertos rastreadores y que no sería fácil dejarlos atrás. Sabía que en campo abierto acabarían por alcanzarle, pues aunque su peso era inferior al de un hombre y su caballo era muy resistente, los tayichigudes podían turnarse en la persecución sin descanso con sus monturas de refresco y acabarían por darle caza. Pensó en una mejor solución y se encaminó hacia el monte Tergune, que se encontraba cerca de allí. Esta montaña estaba cubierta por un espeso bosque de abedules y la densidad de la vegetación era tal que un grupo de hombres a caballo no podía penetrar en bloque. Se verían obligados a hacerlo de uno en uno, y tal vez entonces tuviera alguna oportunidad. Al alcanzar el bosque, desmontó y se adentró en el follaje. Sus perseguidores llegaron poco después. Pero en contra de lo que esperaba Temujín, no penetraron entre los árboles, sino que se quedaron en el linde de la espesura. Sin duda habían aprendido la lección al ser abatidos tres de sus compañeros por las flechas lanzadas desde el abrigo de los árboles por los tres hermanos. Optaron por mantener la guardia en torno a la montaña y esperar a que su presa, acosada por el hambre o por las fieras, se viera obligada a salir.

Durante tres días el valeroso muchacho permaneció escondido entre los árboles, subido sobre las ramas, y durmiendo oculto bajo montones de hojas. Al tercer día, comoquiera que sus perseguidores no daban señales de continuar allí, creyó que se habían marchado y decidió salir a campo abierto. Cuando iba a hacerlo y tenía a su caballo sujeto por la brida, la silla se soltó y cayó al suelo. Temujín pensó que las correas se habían roto, pero las revisó y comprobó que estaban intactas. Imaginó entonces que aquélla era una señal del cielo para que no dejara el bosque y decidió continuar oculto en él. Discurrieron otros tres días con sus noches e intentó salir, pero de nuevo, cuando descendía por una barranquera y estaba a punto de quedar al descubierto, una enorme piedra blanca se desprendió y cayó rodando hasta el centro de la senda. Entendió que aquél era otro aviso de Tengri indicándole que no saliera y regresó a ocultarse en el interior del follaje. Allí permaneció otros tres días más sin nada que comer salvo raíces, bayas e insectos. Habían transcurrido nueve días desde que se ocultara en el bosque del monte Tergune y su estómago no resistía más privaciones. O se arriesgaba a salir o moriría de hambre. Decidió que era preferible morir luchando y que se le recordase como un valeroso guerrero que se enfrentó él solo a veinte hombres que fenecer sin nombre, perdido en aquel bosque con su cadáver devorado por las alimañas. Regresó al sendero en el que la piedra blanca había interceptado el camino y siguió adelante. Tuvo que utilizar su cuchillo para cortar algunas ramas que le interrumpían el paso hasta que al fin alcanzó el límite del bosque. Montó en su caballo y salió al trote. Miró en todas las direcciones en busca de sus enemigos pero no vio a nadie. Por un momento creyó encontrarse a salvo, pero una extraña sensación le recorrió la espalda. Todo estaba demasiado tranquilo. Ningún ave volaba en el cielo y un sonoro silencio se extendía por la estepa. Se alejó del bosque por una vaguada y comenzó a ascender la loma de una colina. En un momento, como si los escupiera la tierra, decenas de jinetes surgieron por todas partes. Temujín intentó huir, pero todas las salidas estaban cortadas. El cerco de jinetes fue cerrándose a su alrededor y supo que estaba atrapado. Por su espalda, un lazo de cuerda voló hacia su cuello. Había sido amarrado como una res y arrojado al suelo. Varias cuerdas más lo sujetaron por los hombros y las piernas y en unos instantes se encontró totalmente inmovilizado. Dos fornidos tayichigudes lo levantaron en vilo y otros dos le colocaron una rueda de madera sobre sus hombros. La canga se ajustó a su cuello de tal manera que apenas podía mover la cabeza. En dos pequeñas aberturas le sujetaron ambas manos y cerraron el yugo con gruesos cerrojos de hierro.

Temujín quedó de pie en medio de un círculo de jinetes que lo observaban amenazadores. Uno de ellos se adelantó hasta colocarse frente al joven mongol.

—He aquí al jefe de todos los mongoles —ironizó riendo Targutai Kiriltug, el caudillo de los tayichigudes.

Todos los jinetes rieron prorrumpiendo en sonoras carcajadas y burlas hacia el joven pelirrojo.

—No eres nadie, no eres nada. Podría ordenar que te degollaran como a un cordero y arrojar tus despojos entre las rocas para que los devoraran los buitres. Pero no voy a hacerlo —continuó Targutai—. Tu padre nos causó demasiadas afrentas y ése sería un final demasiado dulce para un cachorro de chacal como tú. Te llevaré a mi campamento y ya decidiremos qué hacer contigo. Por el momento cargarás con ese *kang* al cuello para evitar que te escapes. Será el signo de tu realeza, tu collar —acabó diciendo entre carcajadas.

Durante el trayecto hasta el campamento de los tayichigudes, Temujín caminó atado a la silla de un caballo con la canga de madera al cuello. De vez en cuando caía al suelo y era arrastrado durante varios pasos hasta que lograba incorporarse y seguir caminando. Cuando penetraron en el círculo de tiendas tayichigudes, Temujín tenía ulcerados el cuello, las muñecas y los pies y erosionados los codos y las rodillas. Apenas sentía sus piernas y los hombros le dolían como si una montaña de rocas se hubiera derrumbado sobre ellos.

Targutai ordenó a sus hombres que lo vigilaran por turnos, cada uno una noche. El heredero de Yesugei iría de tienda en tienda y el dueño de la *yurta* sería el encargado de custodiarlo respondiendo con su vida. Pero la primera guardia, para humillar la altivez de Temujín, no la haría un guerrero, sino un muchacho. El jefe de los tayichigudes se apercibió enseguida de que su rehén era fuerte y valeroso y su mirada irradiaba una nobleza como nunca antes había visto. Quizá fueron esas razones las que le hicieron cambiar de opinión y no asesinar a Temujín. Por otra parte, Sochigil, la primera esposa de Yesugei Bahadur, el padre de Temujín, era una tayichigud; el que Yesugei la hubiera relegado a un segundo plano cuando convirtió a Hoelún en su primera esposa había sido considerado por este poderoso clan como una ofensa y querían vengarse en las carnes de su hijo.

Durante los días que siguieron a su captura, los tayichigudes no cesaron de molestar al joven mongol. Durante el día permanecía atado a un poste de madera clavado en el centro del campamento siendo objeto de la mofa de los chiquillos, que se divertían arrojándole pellas de estiércol, piedras y palos. A media mañana le servían una ligera comida en un cuenco de madera al que apenas podía acceder. Al estar sus manos sujetas al *kang*, se veía obligado a hundir su cara en el plato y comer como un animal. No podía bajarse los pantalones de cuero para hacer sus necesidades fisiológicas por lo que, si nadie lo ayudaba, se las hacía encima. Entre tanta suciedad y polvo, a las úlceras anteriores se sumaron nuevas heridas en las ingles y en los labios. De noche dormía junto a la entrada de la tienda a cuyo dueño tocaba el turno de guardia, sujeto a un poste con una cadena de hierro. No importaba que lloviera, nevara o cayeran granizos del tamaño de un huevo de paloma, Temujín quedaba a la intemperie, apenas cubierto por sus deshilachadas ropas y por alguna vieja y sucia manta que los más caritativos le arrojaban para que se guareciera bajo ella. Tan sólo la familia de Sorjan Chira se compadeció de él.

Sorjan era un respetado guerrero que había combatido muchas veces junto a Yesugei contra los tártaros. En una ocasión el propio Yesugei le había salvado la vida durante una de las batallas. Pese a ello, había optado por abandonar a la familia de su antiguo caudillo y unirse a los tayichigudes. La noche que le tocó custodiar a Temujín, le permitió dormir en el interior de su tienda y, sin tener en cuenta las órdenes al respecto, consintió que sus dos hijos varones, llamados Chimbai y Chilagún, y la pequeña Jadagán le quitarán el *kang*. Fue la única vez durante todo su cautiverio en la que se vio libre de su pesado yugo.

Aquellos meses fueron sin duda los más largos y tormentosos vividos hasta entonces por el futuro kan. Al final de su vida, cuando era señor de reinos y coronas y todo el mundo se arrastraba a sus pies, en más de una ocasión me confesó que algunas noches todavía seguía soñando con aquellos terribles días; a veces se despertaba agitado intentando quitarse del cuello la canga que le oprimía la garganta y apenas le dejaba respirar. Transcurrieron semanas llenas de dolor y sufrimiento, pero contribuyeron a forjar una voluntad de hierro. Temujín sabía que si lograba vencer aquella prueba y salir vivo de esa situación sería capaz de superar cualquier obstáculo que se interpusiera en su camino. Fue entonces cuando aprendió a superar el dolor y el hambre, a dominar el sufrimiento y la enfermedad, a imponer su voluntad de resistencia y victoria ante cualquier contingencia. Su cuerpo era vigoroso, joven y pleno de vitalidad, pero todavía lo eran más su mente y su corazón. En aquellas noches bajo las estrellas, en las que el hielo y el viento cortaban la piel de hombres y bestias, en las que un frío glacial congelaba los huesos y la sangre, Temujín resistió todo cuanto un hombre es capaz de aguantar. Sólo su mente indomable y su voluntad firme y decidida fueron capaces de vencer a una muerte que parecía inevitable. Durante varios meses permaneció uncido a la rueda de madera como un buey al yugo. Y poco a poco se fue acostumbrando a convivir con su pesado cepo. No protestaba por nada, no se rebelaba ante las vejaciones, no se quejaba por los malos tratos, no respondía a las burlas ni a los insultos. Consiguió hacer creer a todos que se había resignado a su suerte y que había admitido convivir con su *kang* ceñido al cuello como el cojo con su cojera o el ciego con su falta de visión. Así fue como logró que fueran perdiendo el interés por molestarlo y sobre todo que relajaran la guardia y la atención en su custodia. ¡Cuánto tuvo que ayudarle la paciencia que tanto había necesitado para atrapar un pez o capturar una marmota!

—¡He ahí al que quiso ser kan de los mongoles! —gritaban irónicos algunos al verlo postrado a la puerta de alguna tienda o caminando cargado con su canga y arrastrando cadenas por el campamento.

Habían transcurrido dieciséis jornadas desde la primera luna del verano cuando amaneció el «Día del Círculo Rojo». Es el día más largo del año, el que señala la plenitud del sol, cuando la luz alcanza su cenit y triunfa sobre las tinieblas. Coincide además con el momento en el que los ganados son más abundantes y están mejor cebados, la hierba más alta y frondosa, las yeguas, las ovejas y las camellas dan más y mejor leche y las aguas de los ríos y arroyos bajan más limpias, crecidas y transparentes. La primavera ha terminado, pero los calores del verano aún no han comenzado a agostar las flores y los pastos. Los potrillos recién nacidos realizan sus primeras cabalgadas por las praderas y la naturaleza parece dotada de bienes inagotables. Ese día tan señalado por la naturaleza, en el que el sol poniente es más grande y rojo que en ningún otro día del año, es festejado por los pueblos de la estepa de forma especial.

Todos los componentes del campamento de los tayichigudes se acercaron a la ribera del río Onón a celebrar el festival que llaman *ikhudur*. Varios carneros daban vueltas ensartados en grandes espetones sobre hogueras en las que ardían todo tipo de materiales combustibles, desde bostas de estiércol a gruesos troncos de centenarios pinos. El agrio e inevitable *kumis* fluía sin cesar de las grandes botas de piel que hombres y mujeres se pasaban constantemente sin dar tiempo al reposo. En medio de algunos corros, juglares y bardos recitaban viejas leyendas de héroes en las que se recordaban hazañas guerreras o historias jocosas y chanzas burlescas. Al sonar de timbales y platillos algunas muchachas se atrevían a improvisar unos pasos de baile entre palmas descompasadas. Los chamanes invocaban al cielo ininteligibles conjuros pidiendo a Tengri pastos frondosos, ganados abundantes y caza copiosa. Temujín permanecía sentado contemplando la fiesta, siempre con su inseparable canga al cuello, lo suficientemente cerca como para disputar a los perros, olvidando el temor que les tenía desde que siendo niño casi lo devoraron los dos mastines azuzados por Begter, los huesos que los cada vez más ebrios comensales les arrojaban entre grandes alaridos.

El mongol es un pueblo de contrastes; sus hombres son capaces de aguantar semanas enteras con tan sólo un pedazo de carne seca y ahumada y una pequeña bota de *kumis*, pero en cuanto se les presenta la ocasión pueden devorar de una sentada una cantidad de comida tal que bastaría para alimentar a una familia durante toda una semana. Yo mismo he sido testigo en numerosas ocasiones de proezas tales en cuanto a la ingestión de alimentos que si alguien me las hubiera narrado lo hubiera tomado por fábula.

El declive del sol era el momento indicado para el fin de la fiesta. Cuando se ocultaba tras las montañas amarillas al oeste del Onón, los embriagados tayichigudes comenzaron a recogerse en sus *yurtas*. Quien más quien menos estaba tan ebrio que apenas podía sostenerse sobre sus pies. La mayoría había dado buena cuenta de grandes raciones de *kumis* y la leche de yegua fermentada comenzaba a surtir efecto. Aquella noche la vigilancia de Temujín le había correspondido a un hombrecillo de baja estatura y constitución enjuta. Pese a sus obligaciones como guardián del heredero de los borchiguines no había querido perderse una de las fiestas principales del calendario anual y, desde luego, en la que se ofrecía una mayor cantidad de comida y bebida a los participantes. Además, nadie recelaba ya de Temujín; todos creían que los largos meses ceñido a la rueda de madera habían quebrado su voluntad de resistencia y su capacidad de lucha. Se equivocaban. En ningún momento había perdido la esperanza de escapar. Hasta ahora no se le había presentado la ocasión; sus guardianes siempre estaban atentos y alrededor del campamento patrullaban sin cesar decenas de jinetes en varios círculos concéntricos. Aunque hubiera sido capaz de burlar la vigilancia y huir, no habría podido despojarse del cepo de madera que le atenazaba brazos y cuello, y con esa rueda sobre sus hombros hubiera sido capturado de nuevo en cuanto se hubiera dado la voz de alarma. Pero aquel día ni tan siquiera las escasas posibilidades de conseguir escapar lo detuvieron. Los últimos participantes en el jolgorio se retiraban cuando el guardia de turno se acercó hasta él para conducirle a la puerta de su tienda. Agarró la cadena que se sujetaba al *kang* y, con la voz entrecortada y áspera por el alcohol, ordenó a Temujín que lo siguiera.

El hombrecillo caminaba delante, portando la cadena apenas apretada en su mano; arrastraba los pies y tenía la cabeza inclinada hacia el suelo. De vez en cuando alzaba el cuello para hipar y después eructaba entornando sus rasgados ojos que eran ya una fina raya entre sus párpados. Temujín miró a su alrededor y comprobó que no había nadie cerca de ellos. Tan sólo algunas figuras se perfilaban a lo lejos, caminando pesadamente como sombras en la penumbra que comenzaba a enseñorearse del campo. Temujín se detuvo un momento. El hombrecillo sintió que la cadena se tensaba y alzó lentamente la cabeza girándola hacia atrás para ver qué ocurría; no tuvo tiempo para nada más. El joven mongol se lanzó como una pantera con los hombros hacia adelante y golpeó con el borde de la canga, con toda la fuerza de que fue capaz, la frente de su guardián, que cayó al suelo fulminado por la contundencia del impacto. Ya estaba Temujín preparado para golpear de nuevo cuando se apercibió de que no hacía falta. El hombrecillo enjuto yacía tumbado sobre unas piedras como dormido; un hilillo de sangre salía de su sien y le recorría la cara hasta perderse detrás de la oreja. Comprobó que no estaba muerto porque su pecho se movía al compás de una convulsa respiración.

Al verse libre, al menos de su guardián, hizo intención de correr hacia el bosque que se extendía al otro lado del campamento, en la ladera de la colina, pero enseguida comprendió que ése sería el primer lugar al que irían a buscarlo cuando se descubriera su fuga. Pensó después en encaminarse hacia los caballos y escapar al galope sobre uno de ellos, pero se apercibió de que con la canga sujetándole el cuello y las manos le sería imposible tan siquiera montar. Volvió la vista hacia el prado donde se había celebrado la fiesta, a orillas del río, y contempló las crecidas aguas del Onón deslizándose por el valle como una cinta de luna. No lo pensó dos veces y corrió hacia allí. Apenas había alcanzado la orilla cuando oyó una voz que pedía socorro y alertaba de su fuga. Penetró en la corriente y se deslizó hasta unos cañaverales entre los que se ocultó dejando a flote tan sólo su cabeza. A lo lejos contempló cómo se encendían antorchas y se movían inquietas de un lado para otro. Al tiempo, tal y como había supuesto, la mayor parte de las antorchas se dirigieron hacia el bosque. La última claridad teñía de malva el horizonte y una luminosa luna alumbraba como un farol de plata. Permaneció largo tiempo inmóvil dentro del agua hasta que vio acercarse a uno de los que lo buscaban. Estaba tan cerca de él que casi podía sentir su respiración. El hombre bajó su antorcha hacia la corriente del río y entonces sus ojos y los de Temujín quedaron frente a frente. El hijo de Yesugei creyó que era su final; si aquel hombre daba la voz de alarma, en un momento estaría rodeado y sería una presa tan fácil como un cervatillo cojo para una pantera. Contuvo la respiración unos instantes y observó el rostro de quien lo había descubierto; se trataba de Sorjan Chira, el antiguo compañero de armas de su padre.

Sorjan Chira miró a Temujín, alzó su antorcha y gritó a dos compañeros que se acercaban:

–Por aquí no está. Ha debido de huir hacia el bosque; es el único lugar donde tiene alguna posibilidad de escapar.

Antes de marcharse, Sorjan Chira se acercó hasta la orilla y le susurró:

–Permanece ahí oculto. No diré que te he visto. Esto lo hago en recuerdo de tu padre, que siempre fue un buen amigo.

Pero uno de los dos hombres se dio la vuelta y vio que Sorjan Chira permanecía agachado junto a la orilla.

–¿Qué haces ahí, acaso has visto algo? –le preguntó.

–No, nada, sólo estoy comprobando que no está por aquí.

A los dos hombres se sumaron varios más que venían desde el campamento.

–Cuidado –bisbiseó Sorjan–, se acercan tus parientes tayichigudes. No te muevas, trataré de despistarlos. Permanece quieto y confía en mí.

Era el propio Targutai quien encabezaba el grupo que había estado registrando el bosque y que se disponía a inspeccionar las orillas del Onón.

–Vamos, revisad las orillas del río, no puede estar lejos –ordenó Targutai.

–Ya lo hemos hecho nosotros –dijo Sorjan Chira–, y nada hemos encontrado.

Los dos primeros hombres que se habían acercado asintieron con la cabeza.

–Además –insistió–, si no hemos sido capaces de avistarle cuando aún quedaban restos de la luz del crepúsculo, ¿cómo vamos a hacerlo ahora que está entrada la noche?

En ese preciso momento la inmensa luna se ocultó tras las nubes oscureciendo por completo el valle. Aquello pareció una señal del cielo y Sorjan añadió:

–Vayamos a descansar. Todos estamos muy fatigados por la fiesta y ni nuestras cabezas ni nuestros cuerpos están preparados para continuar la búsqueda. En cuanto amanezca proseguiremos rastreando y sin duda que lo encontraremos; no puede ir muy lejos con el *kang* al cuello. De todos modos, comprobemos cada uno el lugar que ya hemos inspeccionado, y si no lo encontramos será mejor ir a descansar a nuestras tiendas y proseguir mañana.

Todos se mostraron de acuerdo. La mayoría de aquellos hombres había consumido demasiado *kumis* y su único deseo en ese momento era dormir la borrachera.

Sorjan se dirigió hacia donde estaba oculto Temujín y le dijo:

–En cuanto se recojan todos en sus tiendas, huye junto a tu madre y tus hermanos y no digas a nadie que te he visto. Espero que logres escapar.

Temujín permaneció durante un buen rato oculto entre los juncos, con el agua hasta la barbilla. Había logrado librarse por el momento, pero con aquella rueda de madera al cuello no podía ir muy lejos. Sólo tendría éxito si lograba quitarse el cepo. Pasada la media noche, la calma en el campamento era absoluta. Ni siquiera los perros merodeaban por los alrededores de las tiendas. El joven mongol salió del agua y con suma cautela se dirigió hacia la tienda de Sorjan Chira. No tardó en encontrarla. Sin aviso, penetró en el interior. Sorjan Chira dormía al fondo junto a su mujer; su hija Jadagán lo hacía en una cama al lado y un poco más allá, cerca de las brasas que relucían en el centro de la *yurta* consumiendo rescoldos de ramas y estiércol, se recostaban sus dos hijos varones.

—Sorjan, Sorjan, soy yo, Temujín —susurró el muchacho.

—¿Qué haces aquí? Ya te dije que marcharas en seguida junto a tu madre y a tus hermanos —contestó Sorjan alterado al ser despertado en pleno sueño.

Pero sus dos hijos varones también se habían despertado. Chimbai se incorporó de su lecho y se dirigió a su padre diciéndole:

—Temujín es como el pájaro que busca el refugio del bosque huyendo del halcón. Tú nos has narrado muchas veces las aventuras que corriste junto a su padre; ¿por qué no amparas a quien viene a pedir tu ayuda? Siempre nos has enseñado que la amistad es el principal sentimiento de un mongol, ¿acaso vas a dejar desprotegido al hijo de tu amigo?

Y sin dar tiempo a Sorjan a reaccionar, los dos hermanos se apresuraron a quitar el *kang* del cuello de Temujín y se deshicieron de él arrojándolo al fuego. La madera estaba hinchada y húmeda a causa del tiempo que había estado dentro del agua, pero comenzó a secarse con rapidez y a consumirse entre las brasas.

—Ahora debes ocultarte. Detrás de la tienda hay un carro cargado de lana. Métete dentro de él, ahí no te buscará nadie. Nuestra hermana Jadagán te llevará comida y agua hasta que se presente la oportunidad de huir.

Durante los tres días siguientes lo buscaron por los alrededores. No había ninguna huella, ningún rastro. Algunos comenzaron a creer que se había convertido en un águila y había salido volando. Pero Targutai no estaba dispuesto a perder a su prisionero y ordenó intensificar la búsqueda. Su hermano Todoguen, ante lo infructuoso de los esfuerzos, supuso que si no había ningún rastro quizás es que no hubiera salido del círculo de tiendas, al fin y al cabo Yesugei había sido amigo de muchos de aquellos hombres. Nadie era capaz de desaparecer sin dejar pista alguna a los ojos de tan excelentes rastreadores. Se ordenó registrar todas las tiendas en busca del fugado. Cuando tocó el turno a la de Sorjan, revolvieron todo el interior. Tenían orden de prestar especial atención a las de aquéllos que habían sido amigos de Yesugei. Al acabar el registro, salieron a la parte posterior y vieron el carro cargado de lana. Comenzaron a descargarla y al llegar a la mitad Sorjan intervino:

–¿Acaso creéis que si estuviera escondido ahí dentro hubiera aguantado el calor durante tres días? Ya estaría asfixiado.

–Tienes razón –dijo uno de los que buscaban–, nadie podría soportar tanto calor y tanto polvo.

Dejaron de revolver en la lana y se marcharon.

Sorjan respiró profundamente aliviado. Se acercó al carro y susurró:

–Han estado a punto de descubrirte. Si lo hubieran hecho yo sería ahora un montón de ceniza como ese desgraciado encargado de vigilarte cuando te escapaste. No puedes seguir aquí, tarde o temprano acabarán por encontrarte y nos matarán a todos. Esta noche te preparé una yegua blanca, carne cocida, dos odres con leche de yegua y un arco y flechas. No puedo dejarte pedernal para que hagas fuego, eso te delataría. Vete con tu familia y ocúltate por un tiempo, que nadie sepa dónde te escondes. Desaparece como un espectro que se difumina entre las sombras del crepúsculo.

Aquella noche no había luna. Temujín salió de su escondite dentro de la lana y se deslizó sigiloso hacia donde Sorjan le había indicado. Allí, cerca del río, ocultos tras unos arbustos, lo esperaban Chimbai, Chilagún y la pequeña Jadagán. Abrazó a los tres y les dio las gracias por la ayuda y la amistad.

–Nunca olvidaré lo que habéis hecho por mí –les dijo.

Montó la yegua y partió en silencio. Varios días más tarde encontró el lugar donde meses atrás había acampado cuando fue capturado. Halló las empalizadas deshechas, pero pudo localizar el rastro de su familia. Lo siguió hasta donde el Onón se junta con su afluente el Kimurga. Continuó después ascendiendo por el valle del Kimurga hasta el pie del monte Jorchujui. Al abrigo de unos peñascos, cerca de la ladera de la montaña, contempló la tienda de su madre. Del agujero del techo salía un denso humo gris y cerca de la puerta correteaban Temuge y Temulún. Kasar y Belgutei venían desde el río portando varios peces colgando de un haz de juncos. Al lado del bosque pastaban ocho caballos bajo la atenta mirada de Jachigún. Temujín observó el horizonte en todas las direcciones, alzó los brazos al cielo y espoleó a la yegua blanca. Jachigún fue el primero en darse cuenta de que era su hermano mayor quien descendía la ladera de la colina al galope y, gritando como un poseso, inició una desenfrenada carrera hacia él.

—¡Temujín, Temujín! ¡Ha vuelto, ha vuelto! —gritaba sin dejar de correr el tercero de los hijos de Yesugei.

Sus gritos alertaron a los demás, que corrieron también hacia el jinete que se aproximaba.

Temujín saltó de la yegua y se abrazó a sus hermanos, que lloraban alegres. En la puerta de la tienda apareció Hoelún. Madre e hijo se tomaron las manos y se fundieron en un abrazo.

—Temujín... —suspiró la mujer acariciándole las mejillas—, creí que te había perdido para siempre.

—No, madre, estoy aquí y te prometo que nunca más volverán a cogerme... vivo.

4. El primer compañero

Temujín no esperó siquiera a narrar las penalidades que le habían acontecido durante los meses de cautiverio. Apenas desmontó de la yegua y abrazó a su familia, les indicó que levantaran el campamento pues debían ponerse en camino sin tardanza. Se dirigieron hacia el lago Azul, al pie del monte Jara Jiruguen, en las orillas del río Sengur. Durante dos años anduvieron escondidos, rehuyendo la proximidad de cualquiera que se acercara. Se desplazaban de noche y buscaban los lugares más ocultos e inaccesibles para acampar. Merodeaban por las laderas del Burkan Jaldún, la montaña sagrada a la que Temujín ascendiera con su padre, a cuya cumbre subiría de vez en cuando para contemplar el mundo y hablar al todopoderoso Tengri.

Temujín los dirigía como un estratega dispone sus tropas antes de la batalla. Cada movimiento de la familia era planeado inspeccionando antes la ruta a seguir y el lugar donde instalarse. Sus bagajes se redujeron a los mínimos; tan sólo disponían de dos tiendas, nueve caballos, sus ropas y algunas armas. Su alimento era cualquier animal que se pusiera al alcance de sus arcos, incluso ratas y marmotas, con cuyas pieles preparaban vestidos y mantas. Cazaban, pescaban y recolectaban cuanto podían. Durante la primavera, cuando la caza es abundante, hacían el mayor acopio posible de provisiones y secaban la carne al sol o la maceraban colocándola entre la silla de montar y el lomo de los caballos. En el crudo y terrible invierno de Mongolia, sobrevivían con los restos de carne seca que les quedaban y los escasos animales que cazaban sobre los suelos nevados o las aguas heladas, tal como les había enseñado Jamuga. En ocasiones el hambre los atenazaba de tal manera que para calmar sus doloridos estómagos masticaban trozos de cuero y bebían la sangre de sus caballos abriéndoles una grieta en una vena que después cerraban con una pinza de caña.

Durante ese tiempo, el instinto de Temujín se desarrolló tanto como sus sentidos. Aprendió a estar siempre alerta para poder detectar la presencia de un intruso. Supo agudizar su vista hasta tal extremo que era capaz de distinguir el rostro de un hombre a dos mil pasos de distancia. Afinó su oído con tal precisión que ningún sonido, por débil que fuera o lejano que se produjese, escapaba a su percepción. Desarrolló su olfato y aprendió a distinguir los diferentes olores de los animales y sus excrementos a fuerza de ir tras sus huellas para darles caza. Alcanzó tal capacidad para seguir un rastro que nada ni nadie podía despistarlo y consiguió tal agilidad de movimientos que podía penetrar de noche en un campamento, saquear parte de sus objetos y huir sin dejar el menor vestigio de su paso. Con tan sólo quince años, y debido al constante ejercicio a que sometía a su ya de natural fuerte cuerpo, adquirió el vigor y la fortaleza del más fornido de los hombres y la resistencia y la dureza del más esforzado de los caballos. Era capaz de pasarse días enteros sin probar bocado, tan sólo ingiriendo algunas raíces y sorbiendo el agua atrapada en las hendiduras de las rocas. Sus piernas y brazos se fortalecieron de tal modo y su pecho, hombros y espaldas se ensancharon tanto que más que un hombre parecía una de esas esculturas que nuestros artistas han copiado de modelos venidos del lejano Occidente.

Su piel, en principio clara y pálida, fue adquiriendo un tono tostado, curtida por el sol, el hielo, el viento y el polvo de las praderas. Sus ojos, algo distantes entre ellos, con su iris verde rodeando unas pupilas agrisadas, brillaban como esmeraldas metálicas bajo una frente despejada y amplia, en un plano ligeramente oblicuo que todavía destacaba más su mirada fría y terrible, como un destello de sol sobre una espada del mejor acero. Los contornos de sus ojos eran almendrados, no tan sesgados como los orientales, aunque tampoco redondos como cerezas, cuales son los de los hombres de poniente. Su cabello, rojo como el fulgor de las brasas en una noche sin luna, caía sobre sus anchas espaldas recogido en dos trenzas que adornaba con sendas plumas de halcón. Su rostro era franco y limpio, y así se mantenía aun después de una larga cabalgada en pleno verano o en medio de una tormenta de nieve en el invierno. Siempre clara y despejada, su cara relucía casi tanto como sus brillantes e inconfundibles ojos verdosos.

El muchacho que fuera condenado a portar el *kang* sobre sus hombros por sus propios parientes tayichigudes era ya un hombre. Desde que escapara de su cautiverio de manera tan intrépida, no eran pocos los que lo admiraban. Pronto corrieron distintas versiones sobre su fuga. En algunas se decía que el muchacho de trece años había vencido a tres hombres a pesar de haber tenido el cuello y las manos uncidos a la rueda de madera. Otros contaban que había cruzado valles y montañas elevándose sobre la tierra como un águila. Algunos comenzaban a pensar si no sería Temujín el héroe que tanto tiempo andaban esperando para liberar al pueblo mongol de los enemigos que lo acechaban por todas partes.

Así fue como comenzó a forjarse su leyenda. De boca en boca, de campamento en campamento, por todos los clanes se extendió la creencia de que el hijo de Yesugei había sido el elegido por Tengri para devolver la unidad a la nación mongol.

Un nuevo acontecimiento vino a reforzar la aureola legendaria que rodeaba al heredero de los borchiguines.

A finales de la primavera, ocho de sus nueve caballos pastaban delante de las dos tiendas. Temujín y Kasar habían ido a pescar al río y Belgutei con el noveno caballo, un robusto alazán tostado, se había adentrado en el bosque a cazar marmotas. En el campamento sólo habían quedado las mujeres y los niños pequeños. Jachigún, de doce años, era el mayor de ellos. Sobre la cima de la colina aparecieron de improviso unos veinte jinetes que, galopando hacia los caballos en una estudiada maniobra envolvente, lograron encerrarlos y capturalos a todos. El joven Jachigún nada pudo hacer para evitar el robo. Dos hombres lo mantenían en la mira de sus arcos, con sendas flechas listas para disparar en cuanto el muchacho se moviera.

Cuando regresaron los tres mayores, Belgutei quiso partir de inmediato en busca de los caballos en su alazán.

–Voy tras ellos, sin nuestros caballos estamos perdidos. No sobreviviremos.

–No –le interrumpió Kasar–, yo soy el mejor con el arco. Puedo acercarme a ese grupo de ladrones y abatirlos a flechazos uno a uno.

–No hace falta que demostréis vuestro valor; bien sé que os sobra. Recuperar los caballos es cosa mía. Yo soy el jefe de la familia y a mí me corresponde correr el riesgo. No manejo el arco con tu precisión, Kasar, pero conozco mejor estas tierras. Seré yo quien vaya a por lo que nos han robado. Vosotros dos quedad al cuidado de la familia. Recogeos en el monte Gurelgu, frente al Burkan Jaldún, allí acudiré cuando recupere nuestros caballos.

Cuando Temujín daba una orden nadie osaba contradecirle. Guardó en una bolsa de cuero varias tiras de carne seca, queso y algunas bayas y un boto de leche de yegua. Colgó a su espalda dos arcos y un carcaj lleno de flechas y partió con el alazán tostado tras las huellas de los jinetes que le habían robado. Los ladrones le sacaban casi medio día de ventaja y además tenían monturas de refresco, lo que les permitiría ir rápidos, sin apenas detenerse salvo para alimentar a sus rocines. Siguió su rastro durante tres días y al amanecer del cuarto cruzó un extenso valle en el que pastaba una nutrida caballada. Allí las huellas de los jinetes a los que perseguía se confundían con otras. Junto a un arroyo vio a un joven que ordeñaba una yegua y se dirigió a él.

—Buenos días. Mi nombre es Temujín, soy el jefe del clan de los borchiguines. Desde hace cuatro días persigo a un grupo de jinetes que han robado ocho caballos de mi campamento. Su rastro me ha conducido hasta aquí. Tu rostro denota nobleza y gallardía, y tus ojos inspiran confianza; es por eso que soy franco contigo. ¿Acaso los has visto?

—Sí, han pasado por aquí al amanecer. Ven, te enseñaré sus huellas —respondió el muchacho—. Mas espera, tu caballo está cansado, lo has forzado demasiado persiguiendo a esos hombres. Déjalo aquí pastando y coge ese blanco con la raya negra al lomo, es mío. Si lo deseas te acompañaré.

El muchacho recogió la jarra con la leche y el odre en el que guardaba la que ya había ordeñado y corrió a esconderlos en un bosquecillo cercano. Recogió una bolsa de cuero con mantequilla y carne, montó un caballo pardo de patas finas y fibrosas, con aspecto de ser muy veloz, y se colocó junto a Temujín.

—Mi nombre es Bogorchu —que en mongol significa «el Infalible»—. He oído hablar de tu hazaña cuando huiste de los tayichigudes. Nadie se explica cómo pudiste hacerlo. Desde que un viejo pastor nos contó tu historia al abrigo de una hoguera he deseado conocerte; ha sido el destino el que te ha traído hasta aquí. Si quieres recuperar tus ocho caballos necesitas ayuda. Yo te la brindo. Mi padre es Naju, aunque todos lo apodan *el Rico*. Es el jefe del clan de los arulates y dueño de medio millar de caballos y muchas más ovejas, camellos y yaks. Yo soy su único hijo varón. Estoy cansado de que me trate como a un niño y sólo me permita ordeñar yeguas. Ya he cumplido catorce años, es hora de que me convierta en un hombre.

—Eres valiente, Bogorchu, pero no voy a un juego. Lo que pretendo conseguir es muy peligroso —objetó Temujín.

—No me importa el peligro. Manejo el arco mejor que nadie. Soy capaz de atravesar el cuello de un hombre a cien pasos de distancia. Te hago falta. Déjame ir contigo.

Temujín permaneció un instante observando los ojos de Bogorchu. Su mirada era franca y altiva, sus labios finos y su expresión serena.

–De acuerdo, pero ya te he advertido que es arriesgado.

–¿Y qué sería la vida sin peligro? –agregó Bogorchu sonriente mientras enfilaba su rocín pardo hacia el rastro que habían dejado los ladrones de caballos.

Durante tres días siguieron las huellas hasta que alcanzaron a divisar un pequeño círculo de tiendas en cuyo borde pastaban los ocho caballos. El sol estaba a punto de ocultarse tras unos montes cercanos. Temujín, que de inmediato se dio cuenta de la situación, le dijo a Bogorchu:

–Bien, ahora es cosa mía. Te agradezco que me hayas acompañado, pero quédate aquí. Voy a ir a por mis caballos.

–Ni hablar. No he venido para ver cómo peleas tú solo, sino para compartir la gloria contigo.

–De acuerdo, pero ahora escucha: no tardará mucho en ponerse el sol; dentro de poco será noche cerrada. Todos los hombres del campamento han desensillado sus monturas y comienzan a recogerse en las *yurtas*. Éste es el momento preciso para dar un golpe sorpresa. Bajaremos a todo galope y arrearemos a mis caballos para que vengan en esta dirección. Los del campamento tardarán algún tiempo en reaccionar. Si nos persiguen sin esperar a ensillar sus corceles no podrán disparar sus arcos con precisión y si se entretienen en colocarles las sillas habrán perdido un tiempo precioso. Además tenemos el sol a nuestra espalda, por lo que cuando nos sigan, su luz rayando en el horizonte les dará de frente en los ojos y les molestará la visión. Si actuamos rápidamente y sin titubeos tendremos alguna posibilidad de éxito. Ten preparado el arco y listas las flechas, nos van a hacer falta.

–Toda la estepa hablará de esta hazaña durante años, ¿qué digo años?, durante generaciones –proclamó orgulloso Bogorchu.

Temujín esperó a que el sol cayera justo a la altura en la que sus rayos molestaran más, se ajustó su cinturón y apretó las cintas que cerraban las mangas de la chaqueta en las muñecas y los pantalones en los tobillos, y con un gesto de su brazo indicó a Bogorchu el comienzo de la maniobra.

Los dos jóvenes jinetes descendieron la ladera como empujados por una ráfaga de viento y en unos instantes estaban arreando a los caballos de regreso hacia la cima de la colina. Los del campamento salieron raudos de sus tiendas, pero sólo uno de ellos lo hizo con la suficiente celeridad como para perseguir de cerca a los dos jóvenes. Montaba un soberbio trotón blanco y empuñaba una jabalina en cuyo extremo pendía amenazador un lazo, el *urga*, que usan para sujetar a los caballos.

—Ése se acerca muy rápido —dijo Bogorchu—, yo lo detendré.

—No. Mantén agrupados a los caballos y sigue adelante, yo me encargo de él.

—Vaya, bien temía que no me dejarías combatir —protestó Bogorchu.

—Maldita sea, deja de discutir y obedece —clamó Temujín.

Bogorchu siguió cabalgando a regañadientes y Temujín hizo volver grupas a su montura enfrentándose al jinete del caballo blanco. Éste, al ver la maniobra del joven mongol y su arco dispuesto para disparar, se detuvo a la espera de que llegaran algunos de sus compañeros que ascendían por la ladera. Temujín se mantuvo firme frente a ellos, con el arco en posición de disparo. Una leve brisa agitaba sus pelirrojas coletas y su silueta se recortaba sobre el disco rojo e inmenso del sol poniente. Los perseguidores, impactados por el aplomo de aquella imponente figura, titubearon por un momento y dudaron si proseguir hacia arriba. Dos de ellos arrancaron aullando como lobos hambrientos. Dispararon sus flechas hacia Temujín, pero éste estaba en alto y las dos saetas no alcanzaron su objetivo. El borchiguín tensó su arco y el primero de los dos jinetes cayó al suelo con la garganta atravesada por un virote de hueso. El segundo retuvo a su corcel pero, antes de que pudiera cargar de nuevo su arco, otra flecha se le hundió en el rostro lanzándolo hacia atrás por encima de la grupa de su caballo. Una tercera saeta derribó al jinete del lazo y los demás perseguidores frenaron sus caballos sorprendidos por la apostura de aquel joven guerrero cuya figura enmarcaba el sol poniente. Todos se congregaron en torno a los caídos y ninguno se atrevió a reanudar la persecución. El sol en el horizonte dibujaba tan sólo un pequeño arco de su circunferencia y la oscuridad inundaba las laderas orientales de la colinas. Temujín miró hacia la cima y observó que Bogorchu había ganado la otra vertiente; a mitad de la ladera el resto de sus perseguidores se había detenido y titubeaba al ver cómo habían sido derribados sus tres compañeros; espoleó a su caballo y se perdió entre las primeras brumas de la noche.

Tres días más cabalgaron los dos jóvenes conduciendo los ocho caballos de regreso hacia donde se habían encontrado. Durante ese camino, Bogorchu escuchó de Temujín las hazañas que éste había realizado y su admiración por aquel joven mongol de coletas pelirrojas se convirtió en veneración. Mientras avanzaban, Temujín permanecía siempre alerta, oteando el horizonte y revisando las huellas que encontraban a su paso. Al fin llegaron al campamento de Naju *el Rico*. A la vista de las tiendas, Temujín le dijo a Bogorchu que sin su ayuda nunca hubiera podido recuperar sus caballos.

—Dime cuántos caballos quieres, te los has ganado.

—¿Qué dices? —preguntó extrañado Bogorchu—. No te he seguido para conseguir ningún botín. Esos caballos son tuyos. Yo te he ayudado como fiel compañero y amigo. ¿Qué clase de amigo reclamaría, por su ayuda a un compañero, parte en el botín que sólo a él le pertenece? No deseo ninguna recompensa.

—Coge la mitad, lo mereces.

—No. Soy hijo de un hombre rico, no me hace falta nada. Vayamos a la *yurta* de mi padre. Será mejor que aguante cuanto antes la terrible regañina que me espera.

Entraron en la tienda de Naju y éste, al ver a su hijo sano y salvo, lloró y rió a la vez. Durante los días en que Bogorchu había desaparecido, Naju se había sentido enormemente afligido. Había llegado a pensar que nunca más vería a su heredero. Naju abrazó a Bogorchu y le besó en las mejillas. El Rico era de pequeña estatura y de gruesa talla; tenía unos finos bigotes y sobre su pecho relucía un enorme medallón de oro. La tienda era lujosa y confortable y estaba llena de cofres de madera y de sacos de cuero.

–Éste es mi compañero Temujín, el fabuloso guerrero que se libró del cepo de madera –dijo Bogorchu–. Nos conocimos hace siete días y necesitaba ayuda. Tú me has enseñado –continuó dirigiéndose a su padre– que la amistad es el más importante de los sentimientos para un mongol. Temujín es mi amigo y tenía que ayudarlo. Pero tampoco he olvidado mis obligaciones.

Bogorchu salió de la tienda y regresó al poco tiempo con la jarra de leche que había escondido en el bosquecillo antes de partir. Naju, para festejar el retorno de su hijo, sacrificó a su mejor cordero. Aquella noche celebraron un banquete. Las patas y las costillas del cordero se asaron en espetones y el resto de la carne se coció en una olla de hierro. Bebieron abundante *kumis* y una botella de licor de arroz que Naju había comprado a un altísimo precio a unos mercaderes uigures que se habían aventurado hasta los límites de los pueblos de la estepa.

Durante la cena, Bogorchu narró con admiración la hazaña que había protagonizado junto a Temujín.

–Caímos sobre ellos como dos rayos en medio de la tormenta. Recuperamos los caballos y nos retiramos. Algunos intentaron seguirnos, pero Temujín los detuvo. Teníais que habernos visto: nosotros dos solos contra aquellos bandidos –declamaba orgulloso Bogorchu.

Entre tanto, Temujín contemplaba la fina botella de porcelana blanca decorada con flores azules y rojas que contenía el preciado licor de arroz. Nunca había visto nada parecido.

—¿De dónde dices que procede esta botella? —preguntó Temujín interrumpiendo la vehemente exposición de Bogorchu.

—De China —respondió Naju.

—¿La tierra de los jürchen?

—Sí, el Imperio del Centro.

—Los jürchen son enemigos del pueblo mongol —asentó Temujín.

—Sí, lo son. Unos enemigos muy poderosos. Yo nunca he estado en su país, pero algunos viajeros me han dicho que está lleno de grandes ciudades. La tierra se cultiva y los hombres viven siempre en el mismo lugar.

—¿Ciudades?, en una ocasión oí a un viajero hablar de ellas, ¿qué son ciudades? —inquirió Temujín.

—Son grandes aglomeraciones de *yurtas* construidas de piedra y ladrillo en vez de fieltro y piel en torno a enormes edificios que llaman palacios, donde viven sus reyes, y templos, donde rezan a sus dioses, y que se rodean con murallas de barro y piedra. Algunas son tan grandes que en una sola cabríamos todos los mongoles.

—¿Está lejos ese reino?

—Sí, muy lejos, a unos cincuenta días de camino hacia donde sale el sol. Allí se levanta una gran muralla que tiene la altura de seis hombres y un espesor tal que por la parte superior pueden cabalgar cuatro jinetes en paralelo. Dice una vieja leyenda que esa muralla la construyeron los dioses de los chinos para defender su país de nuestros demonios. A los nómadas de este lado del desierto nos consideran salvajes; quizás hayan olvidado que hace tiempo ellos también fueron nómadas —observó Naju.

—Mi padre luchó contra los tártaros y contra esos jürchen, que son sus aliados. Murió por una traición de los tártaros.

—Conozco la historia de la muerte de Yesugei *el Valiente*; todos los mongoles la conocemos. Sé que tú eras el destinado a sucederle. Tienes la mirada franca y el rostro noble, y tu valor ha quedado bien patente. Tu padre estaría orgulloso de ti –añadió Naju–. Eres ambicioso, Temujín. Pero la tarea que te propones no es fácil. El Imperio kin dispone de un millón de guerreros perfectamente equipados. Yo mismo he visto alguna vez sus armas y son realmente formidables. Poseen corazas de escamas de hierro y cuero tan duras que ninguna flecha es capaz de perforarlas, empuñan espadas elaboradas en acero de la mejor calidad y cabalgan sobre grandes percherones, los caballos celestiales, criados en los ricos pastos del oeste. ¿Qué podríamos hacer frente a ellos? –inquirió Naju.

–Si nos uniéramos, si un solo caudillo dirigiera a todo el pueblo mongol, seríamos invencibles. Mi padre me enseñó que la unidad de un pueblo lo hace indestructible –aseveró Temujín.

–Yo he visto combatir a Temujín –intervino Bogorchu–. Es capaz de cualquier cosa que se proponga. Si hay alguien capaz de derrotar a esos jürchen, sin duda es él.

–Me temo, hijo mío, que conquistar el Imperio kin es más complicado que recuperar un puñado de caballos de manos de unos bandidos.

A la mañana siguiente, cuando despertó Bogorchu, Temujín ya se había preparado para partir. Naju le entregó una bolsa con carne cocida y una bota con leche agria.

–Quédate algún tiempo con nosotros –le rogó Bogorchu.

–No puedo. He de volver al lado de mi familia cuanto antes. Corren un serio peligro y sin los caballos están a merced de cualquier ataque. Te agradezco de nuevo tu ayuda y vuestra hospitalidad –agregó Temujín.

–Habéis labrado una hermosa amistad. Sois jóvenes y estáis llenos de ilusiones. Mantened siempre atados los lazos que os han unido, nunca os traicionéis –añadió Naju.

Temujín abrazó a Bogorchu, quien con lágrimas en los ojos exclamó:

–¡Fue magnífico combatir a tu lado!

—Te portaste como un valiente. Nunca he conocido a nadie más valeroso que tú.

—¿Es eso cierto? —le preguntó Bogorchu.

—Tan cierto como nuestra victoria.

Temujín se puso en marcha hacia las tierras donde había dejado a su familia. Montaba el alazán tostado con el que había salido en busca de sus caballos, que le seguían detrás.

—¡Vuelve pronto! —exclamó Bogorchu.

Pero el joven mongol ya estaba demasiado lejos como para oír lo que le gritaba su amigo.

5. El rapto de Bortai

Temujín regresó con los caballos a orillas del río Sengur, donde había ordenado a sus hermanos que lo esperaran antes de partir en persecución de los ladrones. Hoelún y Kasar fueron los primeros en verlo llegar y se alegraron por el retorno del hijo y el hermano. Les narró cómo había conseguido recuperar los caballos y la amistad que había trabado con Bogorchu y con su padre Naju *el Rico*. Esa aventura se conoció por toda la estepa. Naju *el Rico* se había encargado de difundir la extraordinaria proeza de Temujín y Bogorchu. Lo que realmente se ponderaba era la voluntad de Temujín de mantenerse tras la pista de los ladrones sin cejar hasta conseguir su propósito. Su acción denotaba un carácter firme y decidido, capaz de arriesgar su vida con tal de lograr su objetivo. Ésa era la principal actitud que se exigía de un caudillo mongol.

Temujín había realizado una gran hazaña, pero para ser reconocido como kan necesitaba gobernar sobre su pueblo. En aquella época, y en Mongolia, la única manera de conseguirlo era mediante la creación de un grupo de soldados fieles al jefe, que garantizaran su seguridad y le dieran el poder necesario. Temujín había sido testigo de cómo su padre inició ese camino. Sabía cuál era la táctica a seguir, pero apenas tenía medios para lograrlo. En la estepa, el valor es la cualidad más apreciada en un guerrero. Temujín era valeroso, más que ningún otro hombre, y gracias a ese valor era admirado por cuantos lo conocían. Para reunir en torno a su persona a un grupo de fieles compañeros y sentar así las bases de su futuro poder, debía comenzar por los pocos amigos que tenía. Por ello, envió a su hermanastro Belgutei a buscar a Bogorchu. Belgutei viajó hasta el campamento de Naju *el Rico* y buscó a su hijo. Se presentó diciéndole que lo enviaba Temujín y que le transmitía el siguiente mensaje: «Únete a mí y seamos compañeros». Bogorchu no lo pensó un instante. Corrió a su tienda, cogió una capa de fieltro gris, su arco y un carcaj con flechas y montó su mejor caballo, un bayo de alta grupa y fuertes patas. Apenas tuvo tiempo para despedirse de su padre, que no impidió que su hijo acudiera a esa llamada. En aquellos tiempos heroicos eran muchos los jóvenes mongoles que, descontentos con la vida sumisa que llevaban junto a sus padres, aguardaban una oportunidad de conseguir aventuras y fama. Temujín se convirtió para todos ellos en un ejemplo. Era intrépido, osado, valiente y sobre todo libre. Todas estas virtudes, además de las hazañas que había protagonizado y que se conocían en toda la estepa, provocó que los jóvenes más inquietos buscaran su amistad y le pidieran permiso para formar parte de su campamento.

Un miembro del clan de los urianjais, un anciano llamado Jarchigudai, muy prestigioso entre los miembros de su tribu porque era herrero, acudió a Temujín con su hijo Jelme. Jarchigudai estuvo al servicio de Yesugei y le había prometido que su hijo también lo estaría.

—Tu padre ha muerto, pero tú eres su heredero. Vengo a entregarte a mi hijo para tu servicio. Yo ya soy viejo, pero mi hijo Jelme es joven y fuerte. Acéptalo, te servirá con lealtad.

Jelme sería desde entonces uno de los más leales y eficaces servidores de Temujín.

También acudió un joven llamado Muhuli, nieto de Telkeguetu *el Rico,* del clan de los yurkines, que se convertiría en uno de sus más destacados generales y en su verdadero hombre de confianza. Poco después se incorporaron otros jóvenes, entre los que destacaban Jubilai y Subotai, ambos dotados de un valor y una energía sin límite.

Cuando apenas contaba dieciocho años, Temujín era ya el caudillo de un pequeño círculo de treinta tiendas en las que vivían unos doscientos jóvenes. Su fortaleza física, el vigor de su espíritu y su capacidad de mando eran los de un verdadero jefe. Respetado y temido a la vez, muchos creían que aquel noble joven de trenzas pelirrojas que tan sólo regía a un puñado de muchachos, niños y mujeres era invencible.

Temujín era jefe de un clan, pero aún no había fundado su propia familia.

—Es hora de tener una mujer —aseveró Temujín—. Un jefe no es nadie sin una mujer y unos hijos. Voy a ir en busca de Bortai. Cuando tenía nueve años nuestros padres nos prometieron el uno al otro. Ella será mi esposa.

—Has hablado con sabiduría, hijo —añadió Hoelún.

—Mañana partiré hacia el campamento de Dei *el Sabio*, Belgutei me acompañará.

Temujín y Belgutei se dirigieron por el curso del Kerulén abajo en busca del campamento de Dei *el Sabio;* lo encontraron en la comarca por la que solía moverse, en el valle entre los montes Chegcher y Chijurjú.

Cuando Dei vio a Temujín se alegró mucho.

—Cuando me enteré de que los tayichigudes te perseguían creí que acabarían contigo, pero veo que eres un hueso demasiado duro de roer para los dientes de esos parientes tuyos. Mi corazón se alegra por tu regreso. Sé a qué vienes.

—He venido a cumplir lo que tú y mi padre acordasteis hace nueve años. Ya no soy un niño; soy un jefe que manda un campamento de treinta *yurtas* —recalcó Temujín.

—Aunque las noticias que llegaban sobre tu situación no eran demasiado halagüeñas, yo he seguido confiando en ti. Bortai también. Ha tenido varias proposiciones de matrimonio, pero las ha rechazado todas, y yo la he apoyado en su decisión. Optó por esperar tu regreso. Estaba convencida de que tarde o temprano volverías a por ella. Las mujeres suelen tener una capacidad para intuir el futuro que a los hombres se nos escapa. Durante estos años ha permanecido en mi *yurta*. Sigue siendo doncella; ha reservado su virginidad para ti. Ven, quiero que la veas.

Dei *el Sabio* lo condujo a un prado cercano donde varias mujeres sentadas al sol curtían pieles de yak y ablandaban tiras de badana. Enseguida identificó a Bortai; su prometida destacaba de entre todas las muchachas por su radiante belleza, su perfil sereno y su porte elegante y noble.

Dei la llamó y Bortai se acercó a los dos hombres.

—Mira quién ha venido a buscarte —dijo Dei *el Sabio* con una amplia sonrisa—. Creo que todavía te acuerdas de él.

—Sé bienvenido, Temujín —lo saludó Bortai.

—Estás mucho más bella que cuando nos separamos —afirmó Temujín.

—Os dejo solos. Creo que tenéis que hablar de muchas cosas. Iré a ordenar que guisen un cordero para celebrar tu regreso —finalizó Dei a la vez que se alejaba hacia el grupo de mujeres, que habían dejado de trabajar absortas en la contemplación del reencuentro de los dos jóvenes.

—He venido para llevarte conmigo. Nuestros padres acordaron que serías mi esposa; espero que no lo hayas olvidado —dijo Temujín.

—¿Olvidado dices? Hace nueve años que te espero. Siempre he recordado tu rostro, aunque ahora es distinto al del niño con el que me comprometí. Te has convertido en un hombre, pero tu mirada y tu faz siguen siendo tan limpias como antaño —aseveró Bortai.

—Tú apenas has cambiado. Eres la misma hermosa niña que me ganaba en las carreras de caballos.

—Seguro que ahora no podría ganarte.

Aquella noche celebraron que Dei *el Sabio* entregaba a su hija como esposa a Temujín. Apenas dos días después Temujín y Bortai, acompañados por Dei *el Sabio* y su esposa Chotán, la madre de Bortai, junto con algunos miembros de su familia, se pusieron en marcha hacia el nacimiento del Kerulén. Ya en el valle del Sengur se encontraron con la familia de Temujín, a la que Belgutei, que había abandonado el campamento de Dei *el Sabio* un día antes, había avisado para que se dirigieran hacia la base del monte Gurelgu, donde se celebraría la boda.

El matrimonio de los jóvenes tuvo lugar en presencia de los familiares de ambos y de los miembros de los dos campamentos. La familia de Temujín era muy pequeña, pero por parte de Bortai acudieron sus padres, tíos y primos, numerosos parientes y los criados del *ordu* de Dei. El festejo comenzó en torno a una mesa que habían instalado en el centro de una tienda de fieltro blanco. Presidían la ceremonia Temujín y Bortai. El novio vestía unos pantalones de piel de camello y una chaqueta de cuero de yak; al cinto portaba una espada tártara que le había regalado su padre poco antes de morir y había recogido sus trenzas pelirrojas con sendas cintas de badana gris. Justo tras él se había clavado el estandarte de nueve colas de caballo y el guión con el halcón dorado de los borchiguines que había bordado Hoelún. Bortai se había rasurado el frontal del cráneo, como hacen las mujeres mongoles cuando se casan. Lucía un hermoso vestido de fieltro adornado con cintas verdes y rojas. Recogía el cabello en el tradicional *boqtaq*, un alto tocado trenzado con florecillas y cintas azules, y adornado con piedras preciosas de cinco colores y pedacitos de oro. Se había perfumado con ajenjo oloroso de la estepa.

Acabado el banquete, Dei *el Sabio* se levantó y dijo:

–Ha llegado el momento de que el padre de la novia haga entrega al novio de la dote.

Se retiró unos instantes y volvió con una hermosísima capa de piel de marta cibelina.

–He aquí la más hermosa capa que pueda existir. Ha sido confeccionada con las mejores cibelinas, seleccionadas durante años. Sólo se han empleado pieles de primerísima calidad, y siempre de martas capturadas a finales del invierno, cuando su piel es más abundante y densa. Bien puedo asegurar que no hay en todas las naciones de la estepa una capa como ésta.

–En verdad es magnífica, digna de la esposa con la que me la ofreces –sentenció Temujín.

–Sí, la capa es extraordinaria, pero creo que va siendo hora de que los esposos se retiren a su tienda –intervino Hoelún–. Son jóvenes y sin duda querrán estar solos. Hemos preparado la tienda de Yesugei, mi esposo, para que desde ahora sea la vuestra.

Temujín tomó de la mano a Bortai y la cubrió con la capa de marta cibelina, se despidió de los que habían asistido al banquete y entró en la tienda que desde entonces sería la suya. Tres centenares de jóvenes festejaban con cánticos y bailes sobre la fresca hierba de la pradera los esponsales.

Una vez dentro, los dos jóvenes se quedaron en pie, mirándose fijamente a los ojos. Los de Bortai eran negros como una noche sin luna y los verdes de Temujín no ocultaban el deseo que sentía de poseer de inmediato a su esposa. La tomó de la mano y la condujo hasta el lecho que la vieja criada Jogachín y la propia Bortai habían preparado con esmero. Temujín recostó a la joven desposada sobre las finas pieles de cordero que cubrían el tálamo y le quitó el vestido de fieltro y la fina túnica de lino. Bortai quedó desnuda a los ojos de su esposo, que recorrió con sus manos una y otra vez su cuerpo anhelante. Temujín se bajó los pantalones y se tumbó sobre Bortai. Su miembro estaba duro y tieso como el asta de una lanza. Bortai sintió el peso cálido y la dureza del miembro de Temujín entre sus muslos; abrió las piernas y con su mano dirigió el pene de su marido hacia su sexo. Temujín empujó varias veces hasta que tras no pocos intentos la penetró. Apenas introducido, el mongol derramó su simiente en la profunda y cálida humedad de Bortai. Aquello fue todo. Cuando Temujín se retiró de encima de su esposa, las blancas pieles de cordero estaban teñidas por una pequeña mancha carmesí.

La muchacha apenas había sentido otra cosa que un intenso aunque breve dolor entre las piernas. Sin duda, ella había esperado mucho más de su noche de bodas, pero es probable que se hubiera hecho demasiadas ilusiones al respecto. Temujín era un joven inexperto en las artes amatorias, en las que nadie lo había educado. Bortai tendría que esperar algún tiempo hasta que el caudillo mongol se convirtiera en un avezado amante, y para ello fue necesario que compartiera el lecho con otras mujeres.

Las mongoles son bellas y recatadas, capaces sin duda de gustar a cualquier hombre, pero no pueden competir con las artes amatorias de las chinas, que durante siglos han sido educadas para proporcionar el máximo placer en la cama. Las mujeres mongoles se educan para ser madres de hijos robustos y fuertes, resistentes al esfuerzo e invencibles en las batallas; usan del sexo tan sólo para procrear y no buscan en él el placer. Realizan el acto sexual como si se tratara de un trabajo más, igual que si estuvieran curtiendo una piel, cosiendo un paño de fieltro u ordeñando una vaca. Por el contrario, las chinas son educadas, al menos las cortesanas y las hijas de las clases dirigentes, para el deleite. Dan placer al hombre con el que se acuestan. El hedonismo es casi una obligación para ellas. Lejos de la seriedad de las mongoles, las chinas son coquetas e incitantes. Una mujer mongol considera que la fidelidad a su esposo es la mejor de las virtudes, y ninguna osaría nunca cometer adulterio. Las chinas en cambio se entregan con facilidad a otros hombres, para ellas la fidelidad no es una virtud; la virtud reside en el placer y lo buscan con tal intensidad que parece que cada una de ellas está empeñada en ser mucho más virtuosa que su vecina.

A la mañana siguiente, Chotán, la madre de Bortai, mostró orgullosa la piel de cordero ensangrentada que demostraba la virginidad de su hija y la consumación del matrimonio.

Los festejos por la boda duraron una semana. Cuando se dieron por terminados, Temujín y Bortai se despidieron de

Dei *el Sabio* y regresaron hacia sus lugares de acampada. Pero no volvían los mismos que habían acudido a la fiesta. Decenas de jóvenes del clan de Bortai decidieron abandonar las tiendas de sus padres en el campamento de Dei *el Sabio* y marcharon tras Temujín. Más de medio centenar de nuevas tiendas se sumó de golpe al círculo de *yurtas* que gobernaba el joven caudillo mongol.

Pasaron el invierno en el valle del Sengur, acampados en sus laderas soleadas, y a comienzos de primavera se dirigieron al pie del despeñadero de Gurji, donde brotan las fuentes del río Kerulén, cerca de la montaña sagrada del Burkan Jaldún. Eran ya más de quinientos y no pasaba una sola semana sin que varios jóvenes acudieran a enrolarse a las órdenes de Temujín. Aquéllos fueron meses de alegría, juventud y fiestas. Los jóvenes mongoles pasaban el día cazando, cabalgando sobre sus corceles, jugando y retozando sobre la fresca hierba. Eran libres y felices, nada les preocupaba y sólo envidiaban al sol y al viento.

El verano tocaba a su fin. Hoelún había admitido hasta entonces todas las decisiones de su hijo mayor, pero su experiencia le decía que era hora de buscar a un protector que salvaguardara a aquellos centenares de jóvenes, valientes e intrépidos, pero a la vez expuestos a ser destrozados por cualquier enemigo que lo pretendiera. Así se lo expuso a Temujín.

—Hijo, tus enemigos son muchos y algunos muy poderosos. Nuestro campamento crece día a día pero todos, a excepción de Sochigil, Jogachín y yo misma, sois demasiado jóvenes. Si alguno de tus enemigos decidiera atacarnos, seríamos presa fácil. Es preciso buscar un protector.

—Podemos defendernos solos —asentó Temujín.

—No, no podemos, tú sabes que no podemos. ¿Cuántos de esos jóvenes han luchado alguna vez? ¿Crees que tus inexpertos compañeros podrían vencer a guerreros forjados en cien batallas?

Temujín reflexionó unos instantes. Desde la puerta de la tienda podía ver a muchos de los componentes de su campamento corretear alegres y despreocupados, jugando a la pelota o retozando sobre la hierba. No eran sino adolescentes que nunca se habían enfrentado a la muerte en un campo de batalla.

—Tienes razón, madre. Todavía no estamos preparados.

—Me alegra tu sensatez y tu prudencia. Un jefe debe comprender cuándo necesita ayuda. Tu padre era *anda* de Togril, el kan de los poderosos keraítas. Varias veces lucharon juntos y le debía muchos favores. Dirígete a él y ponte bajo su protección. Recuérdale la amistad que lo unió a tu padre y firma un pacto de alianza.

Temujín antepuso la defensa de su campamento a su orgullo y, aunque a regañadientes, decidió ir al encuentro de Togril.

—Necesitamos un aliado que nos proteja y al cual poder recurrir en caso de ataque de nuestros enemigos. Hace dos años que no hemos sufrido ningún contratiempo serio, pero entre los tártaros y los merkitas se adivinan signos de inquietud. No me extrañaría que pronto volvieran a considerarnos como su objetivo. Saben que tienen que deshacernos antes de que logremos recuperarnos; si no lo hacen y nos dejan crecer, seremos para ellos un enemigo formidable de nuevo. La mayor parte de los mongoles no ha olvidado la derrota y somos muchos los que esperamos el dulce momento de la venganza —dijo Temujín a Belgutei, a Kasar y a Bogorchu, que se habían convertido en inseparables y en sus principales consejeros.

—Pero no podemos presentarnos con las manos vacías. Nosotros somos muy pocos, un grupo insignificante para quien gobierna todas las tierras entre el Tula, el Kerulén y el desierto del Gobi. Quizá no baste con decir que nuestro padre fue su *anda* —objetó Kasar.

—En una ocasión, poco antes de morir, padre me dijo que si alguna vez necesitaba ayuda acudiera a Togril, pues aseguraba que nunca me la negaría, y madre me ha convencido de que es el momento de hacerlo. Ahora no la necesitamos, pero estoy seguro de que nos hará falta en el futuro. Togril fue *anda* de nuestro padre y será como un padre para nosotros. Su apoyo es esencial para nuestra supervivencia; si nos acoge bajo su protección nadie osará atacarnos –añadió Temujín.

–Cualquiera que se atreva a medir sus armas con las nuestras aprenderá enseguida que somos los más fuertes. ¿Qué falta nos hace la alianza de ese Togril? –inquirió Bogorchu.

–Hay ocasiones en la vida de un hombre en que la fuerza no lo soluciona todo. Piensa un poco Bogorchu: ¿qué posibilidades tendríamos de sobrevivir a un ataque de mil jinetes tártaros o merkitas?; ¿acaso podríamos contenerlos durante mucho tiempo? –preguntó Temujín a la vez que colocaba su mano sobre el hombro del amigo.

–Tú te enfrentaste con los tayichigudes y los venciste –aseguró Bogorchu.

–No fue exactamente así. Tuve suerte y además me ayudó un antiguo amigo de mi padre. Sin su colaboración nunca hubiera conseguido librarme de aquel yugo anclado a mis hombros como las montañas a la tierra.

–Posees algo que puede abrirnos la puerta de esa alianza –aseguró Kasar.

–¿Qué es? –inquirió Temujín.

–La capa de marta cibelina negra que te entregaron como dote de tu esposa.

–No me gustaría desprenderme de ella, no existe una capa igual –resaltó Temujín.

–Tendrás cuantas quieras si logras ser kan de los mongoles. Y para ello te hace falta el apoyo de Togril.

–De acuerdo: la capa por su alianza. Mañana partiremos en busca de Togril. Belgutei y Kasar vendréis conmigo. Tú, Bogorchu, te quedarás al mando del campamento con Muhuli y Jelme –finalizó Temujín.

***

Los tres hermanos emprendieron el camino hacia el sureste. El kan keraíta había establecido su campamento de verano en el Bosque Negro, a orillas del río Tula, donde solían pastar sus rebaños durante el estío, cuando las inmediaciones del Gobi se secaban y los pastos quedaban agotados por el intenso calor estival.

Se cruzaron en el camino con varios campamentos keraítas y en todos ellos los acogieron con hospitalidad. Todavía recordaban algunos veteranos de las pasadas guerras cómo los había ayudado el valiente Yesugei en las duras batallas contra tártaros y jürchen. La fama de Temujín ya había llegado hasta la región de los keraítas y su presencia despertaba tal curiosidad que se convertía en respeto y admiración cuando contemplaban sus largas trenzas pelirrojas, sus almendrados ojos verdosos y su limpio rostro reluciente.

Cuando los hijos de Yesugei se presentaron ante Togril, el kan de los keraítas los recibió en su tienda de fieltro gris. En la puerta destacaba un estandarte rojo con una cruz bordada en plata.

—Sed bienvenidos, hijos de Yesugei. Lamenté mucho la muerte de mi *anda*. Esos traidores tártaros sólo merecen el exterminio. Algún día recibirán el castigo que merecen —les dijo desde su trono de madera laqueada.

—Hemos venido a pedirte ayuda. Tú eras *anda* de nuestro padre. Ahora él no está con nosotros, a ti es a quien consideramos como tal. Acéptanos como a tus propios hijos y otórganos tu protección. Hace poco que acabo de tomar esposa. Ella aportó como dote a nuestro matrimonio un precioso objeto —Temujín hizo una indicación a Kasar y éste sacó de una gran bolsa de cuero la capa de piel de cibelina, y continuó—: Esta capa de marta, la mejor que puedas poseer, te la ofrezco como señal de amistad y como garantía de nuestra alianza.

Togril se incorporó de su trono y se acercó a tocar la capa. Era suave y fina como la piel de la más hermosa mujer y de un negro brillante y profundo como los ojos del halcón.

—Ciertamente es magnífica. Tu regalo merece toda mi consideración. Bien valoras mi amistad cuando por ella eres capaz de desprenderte de esta verdadera maravilla. Ahora disfrutad de la hospitalidad de nuestro campamento. Esta noche celebraremos una fiesta para sellar nuestra alianza.

Dos esclavos instalaron a los tres hermanos en una tienda de fieltro y les sirvieron comida y bebida en abundancia. Temujín y Belgutei decidieron dar una vuelta por el campamento en tanto Kasar se ocupaba del acomodo de los caballos. Les llamó la atención que delante de muchas tiendas hubiera cruces de madera a la puerta. Belgutei comentó a Temujín que no conocía aquella costumbre de los keraítas, pero que tal vez se usara para señalizar las tiendas de los enfermos, igual que hacían los mongoles colocando a la entrada de la tienda una lanza con la punta hacia el suelo.

—No creo que sea lo mismo. Más de la mitad de las *yurtas* tienen una cruz de madera, no pueden estar más de la mitad de los hombres enfermos —alegó Temujín.

—Tienes razón, joven mongol —dijo un extraño personaje que había oído los comentarios de los dos hermanastros—. Esas cruces son el símbolo de Cristo.

—¿Cristo? ¿Es acaso un rey, ese Cristo? —preguntó Temujín.

—Tú lo has dicho: es un rey.

—En ese caso, ¿cómo permite Togril que en su campamento la mayor parte de las tiendas se señalen con el signo de otro rey? E incluso en la puerta de su misma tienda he visto un estandarte con esa misma señal —añadió Temujín.

—Porque Cristo no es un rey de este mundo. El reino de Cristo está en los cielos. Nuestro kan también es cristiano.

—¡Ah!, a ése que tú llamas Cristo nosotros lo llamamos Tengri. Es el Dios Eterno, el que reina en el Azul infinito. ¿Y tú quién eres?

—Mi nombre es Tomás y soy un monje cristiano.

—Nunca he oído un nombre como el tuyo. No eres keraíta y tampoco chino. Tu rostro es muy extraño, tal vez procedas de ese misterioso y lejano Occidente del que hablan algunos mercaderes.

—En efecto, vengo de más allá de las grandes montañas que forman el techo del mundo, de una tierra rica en jardines y en flores, de hermosas fuentes y prósperas ciudades. Mi país se llama Persia. Allí gobiernan los musulmanes, una secta de herejes que no cree en el verdadero Dios y que adora a un demonio llamado Muhammad. He venido hasta la corte del kan keraíta para unirme a mis hermanos cristianos. Entre los keraítas hay muchos seguidores de la doctrina de Cristo que aquí sembraron hace algún tiempo otros monjes enviados por el obispo de Merv y el patriarca de Bagdad. En las costas del mar de Occidente hace años que desembarcaron cristianos venidos de más allá del océano. Conquistaron algunos castillos y derrotaron a los musulmanes. Si conseguimos que en estas tierras triunfe el cristianismo, los musulmanes se encontrarán atrapados entre dos Estados cristianos y acabarán siendo derrotados; esa secta diabólica desaparecerá y la cruz de Cristo alumbrará su luz sobre toda la tierra.

—¿Dices que hay tierras más allá del mar de Occidente? —inquirió Temujín.

—Sí, a varias semanas de navegación se encuentra la ciudad de Rum, donde gobierna el papa de los cristianos.

—Creo que todo eso que dices son invenciones tuyas. Todos sabemos que no hay nada más allá de las costas del mar occidental. Nuestros antepasados dominaron todo el mundo y viajaron hasta la playas de ese mar. Más allá de esas costas sólo hay agua y más agua. Dices cosas muy extrañas, no deberías beber tanto *kumis* —replicó Temujín entre risas.

—¡Tierra más allá de la tierra! Eso no puede ser cierto —alegó Belgutei.

—No. Nuestra leyenda lo dice bien claro: «Un solo kan en la tierra bajo el único sol» —aseguró Temujín dando por zanjada la discusión.

La alianza se acordó al día siguiente. Togril proclamó desde su trono de madera lacada, colocado en el exterior de la tienda y en presencia de una multitud de keraítas, que Temujín y los demás hijos de Yesugei estaban bajo su protección.

Cuando regresaron a su campamento, la noticia de que los keraítas se habían aliado con el clan de los borchiguines había llegado antes que ellos. A pesar de las largas distancias, ciertas noticias corrían por la estepa con la velocidad del viento. Los tres hermanos fueron recibidos con muestras de alegría por la familia. La gente de Temujín ya no estaba desamparada como hasta entonces, a expensas de que cualquier enemigo pudiera caer sobre ellos. Eran los aliados del más poderoso señor de las estepas, que había prometido protegerles de sus enemigos. Pero el pacto firmado con Togril causó un efecto contrario al esperado. Los merkitas, atentos siempre a las evoluciones del clan de los borchiguines, cuyo jefe Yesugei los había ridiculizado al robarles a la esposa de uno de sus jefes, decidieron vengarse antes de que el poder de Temujín creciera y se convirtiera en un peligro para ellos. Organizaron una partida de tres centenares de jinetes y recorrieron en tan sólo seis días la distancia que separa el Selenga del Kerulén.

El campamento de Temujín estaba en silencio aquella madrugada, poco antes de amanecer. El día anterior se había celebrado una de las muchas fiestas que en aquel campamento de jóvenes se organizaban por cualquier motivo. El *kumis* había corrido en abundancia y todos se habían retirado a sus tiendas bien entrada la noche con la cabeza abotagada a causa de la bebida. Nadie velaba la madrugada, todos dormían confiados en que ya no tenían nada que temer de sus enemigos. Sólo la anciana Jogachín dormitaba junto a la entrada de la tienda de Hoelún. Pese a su edad, el oído de la anciana era excelente, y en el duermevela que nos invade a los viejos pudo identificar un lejano sonido apenas perceptible. Se incorporó de su lecho y salió al exterior de la tienda. Todavía era de noche, aunque el horizonte oriental comenzaba a teñirse levemente con una luz grisácea. Atisbó alrededor aguzando su vista y su oído, pero no distinguió nada. Se agachó y colocó su oreja sobre el suelo. Entonces identificó con claridad el sonido que había entreoído en sueños.

–¡Madre Hoelún, madre Hoelún! –gritó despertando a su dueña–. ¡Se acercan muchos jinetes, he sentido cómo retumbaba el suelo bajo las pezuñas de sus caballos! ¡Serán los temibles tayichigudes que buscan de nuevo a Temujín!

–¡Despierta a mis hijos, rápido!

La anciana se dirigió corriendo y gritando hacia las tiendas donde dormían Temujín y Bortai, Kasar, Jachigún y Temuge, Belgutei, Muhuli, Bogorchu, Jelme y los demás jóvenes compañeros. Hoelún cogió de la mano a la pequeña Temulún y salió al exterior de la tienda en busca de los caballos. El ruido era ahora netamente perceptible. El tronar de los cascos golpeando el suelo de la pradera llegaba del otro lado de la loma. No tardarían mucho en aparecer sobre la cima los jinetes que se anunciaban con aquellos retumbos.

Bortai no se encontraba demasiado bien. En los últimos días había sufrido fuertes mareos y fiebre. Apenas tenía fuerzas para levantarse, y menos para montar a caballo e iniciar la huida.

–Tenemos que marcharnos de aquí. Nos han descubierto y no tardarán en llegar. Debes hacer un esfuerzo –le dijo Temujín.

–No, sería una pesada carga para vosotros y os alcanzarían enseguida. Si os acompaño estaréis perdidos. Marchad sin mí. No me harán nada. Jogachín tampoco puede cabalgar. Se quedará conmigo. Más tarde volveremos a encontrarnos –alegó Bortai.

–No pienso dejarte sola –protestó Temujín.

–Sean quienes sean, es a ti a quien buscan. Escapa ahora que estás a tiempo. Si no lo haces nunca volverá a haber esperanza para los mongoles; bien lo sabes.

—Bortai tiene razón —asentó la anciana Jogachín—. Ayudadme a subirla a un carro. La ocultaremos con unas mantas y yo me dirigiré hacia esos jinetes. No creo que me detengan y si lo hacen los entretendré algún tiempo. Si no registran el carro podremos marchar sin problemas y reunirnos más tarde, cuando haya pasado el peligro. Vamos, decídete, no hay tiempo para dudas.

Temujín levantó la cabeza hacia la cima de la colina y oyó con nitidez los cascos de los caballos que se acercaban con el alba: no tardarían en aparecer.

—De acuerdo. Te esconderemos en el carro. Y tú, Jogachín, procura que no sospechen que llevas oculta a mi esposa.

Salvo Bortai y Jogachín, todos los demás subieron los caballos y huyeron al galope en busca de refugio en los bosques del Burkan Jaldún. Entre los jóvenes compañeros de Temujín se produjo una desbandada tal que tiendas, armas y ganado quedaron abandonados en medio del desolado campamento.

Jogachín arreó al buey que había uncido para tirar del carro y se dirigió hacia donde procedía el retumbo. Antes de que alcanzara la cresta de la colina, los jinetes aparecieron en la cima. Se acercaron al carro y preguntaron a la anciana quién era.

—Soy una vieja esclava de Temujín. Vengo de trasquilar ovejas en la tienda grande. Ahí llevo la lana.

—¿Está allí Temujín? —preguntó el que parecía ser el jefe.
—No lo he visto.
—¿Está muy lejos esa tienda?
—No, queda cerca, en aquella dirección.

Los jinetes arrancaron al galope hacia donde les había señalado la anciana.

Cuando pasaron todos, Jogachín golpeó al buey con tanta fuerza que el animal arrancó al trote ladera arriba.

—¿Se han marchado ya? —susurró Bortai oculta entre la lana.

—Sí, pero no eran tayichigudes, sino merkitas. Esto es mucho peor. Seguro que buscan vengarse de Temujín por la afrenta que les causó su padre —contestó la anciana que siguió arreando con el látigo en los lomos del buey que, dolorido por los reiterados golpes, mantuvo una marcha tan rápida que al cruzar una zona pedregosa el eje del carro se partió.

Poco después regresaban los jinetes merkitas. Uno de ellos llevaba cruzada sobre el lomo de su caballo, con las piernas colgando a un lado, a Sochigil, la madre de Belgutei. La mujer había salido al galope huyendo con los demás miembros de la familia, pero su caballo se había golpeado una pata y los merkitas la habían alcanzado con facilidad.

—Mala suerte, anciana. No debiste forzar tanto el carro —dijo el jefe, y ordenó a dos de sus compañeros que registraran la carga.

Descubrieron a Bortai escondida entre un montón de lana y unas mantas. Para entonces ya había amanecido y el rastro de Temujín y los demás quedaba claramente marcado en la hierba. Los merkitas decidieron rastrear esas huellas para ver si podían atrapar al joven caudillo de trenzas rojas.

Durante algunos días siguieron a Temujín y los suyos. Se habían ocultado en los bosques del Burkan Jaldún, un territorio que conocían palmo a palmo. Allí el bosque era tan tupido que apenas permitía la entrada de un hombre a caballo. Si no se conocía el lugar a la perfección podía caerse en una de las ciénagas que de vez en cuando se abrían en el bosque y ser tragado por el barro y las arenas movedizas. Aquella partida estaba formada por miembros de los tres clanes más notables de los merkitas, dirigidos por sus tres caudillos: los uduyides de Togtoga, los uúes de Dayir Usún y los jagades de Jagatai Darmala. Tras varios días de asedio infructuoso, los merkitas optaron por abandonar la persecución. No habían logrado capturar a Temujín, pero tenían cautivos a su esposa, a una de las dos esposas de Yesugei y a varios muchachos y muchachas.

—Hemos vengado a nuestro jefe Yeke Chiledu. Yesugei le robó a Hoelún; nosotros hemos robado a su hijo dos mujeres: su propia esposa y una de las esposas de su padre. Nuestra venganza se ha cumplido, nadie podrá acusarnos nunca de dejar ese agravio sin respuesta –dijo Togtoga, y ordenó regresar a su territorio.

Oculto entre los pinos, Temujín observó la retirada de los merkitas. Cuando se hubieron alejado indicó a Belgutei, Bogorchu y Jelme que los siguieran a cierta distancia para comprobar que no era una estratagema para hacerlos salir y caer por sorpresa sobre ellos. Pero los merkitas se habían retirado de verdad, su marcha no era un engaño.

Una vez más, la montaña sagrada de Burkan Jaldún había salvado a Temujín de sus enemigos. El mongol lloró por el rapto de la esposa, pero enjugó sus lágrimas y sobre la cumbre prometió a Tengri que todas las mañanas mientras estuviera a la sombra del monte sagrado le haría una ofrenda al soberano del cielo. Y allí mismo se puso cara al sol, colgó el cinturón de su cuello, se despojó del gorro de piel y fieltro, llevó su puño al pecho y, tras arrodillarse nueve veces hacia el sol, derramó unas gotas de leche de yegua sobre la tierra y rezó una oración a Tengri, al Eterno Cielo Azul.

6. La ruptura de los dos *andas*

Temujín descendió del Burkan Jaldún y con Bogorchu, Jelme, Muhuli y sus hermanos reunió a los miembros de su campamento. Tras varios días de búsqueda consiguió juntar a casi todos en el mismo lugar donde hasta entonces se habían levantado las tiendas de los jóvenes «de voluntad larga».

Temujín contempló a los antes orgullosos e intrépidos muchachos, ahora temerosos, sucios, desharrapados y hambrientos. El aspecto de todos ellos era patético; habían perdido sus tiendas, casi todo su ganado y la mayor parte de sus armas. La carga nocturna de los merkitas los había sorprendido en pleno sueño; habían sido una presa tan fácil e indefensa como un cervatillo para un tigre. Los rostros de sus compañeros denotaban inseguridad y miedo y sus figuras, pocos días antes llenas de vitalidad y fuerza, parecían abatidas y tristes, como si se tratara de un grupo de ancianos que han renunciado a luchar por la vida que se les apaga. Aquella situación era crítica; Temujín sabía que si no podía levantar el ánimo e insuflar de nuevo la esperanza en los corazones de aquellos jóvenes, todo estaría perdido para él y para los suyos. Les ordenó que se colocaran en un amplio círculo al lado mismo de los restos de las tiendas quemadas y desbaratadas y se dirigió a ellos con voz enérgica y segura:

–Hemos sido unos ingenuos al creer que nada podría ocurrirnos. Descuidamos nuestra atención, dejamos desvelado nuestro campamento y nos entregamos al placer sin guardar nuestras *yurtas* y nuestro ganado. Nunca más volverá a ocurrirnos esto. Tejeremos de nuevo nuestras tiendas, recuperaremos lo perdido y siempre estaremos atentos y en guardia. Nadie volverá a sorprendernos jamás. Nuestros ojos serán como los del águila, nuestro olfato como el del ciervo y nuestros oídos como los del zorro.

Impulsados por la energía que desprendía Temujín y alentados por Kasar, Belgutei y Bogorchu, todos los jóvenes se pusieron manos a la obra. Hoelún y la anciana Jogachín, a quien los merkitas habían dejado libre, fueron las primeras en trabajar con ahínco para recomponer el destrozado campamento.

El rapto de su esposa agudizó sus deseos de venganza. Con sus únicas fuerzas no podía enfrentarse a los merkitas, pero ahora era el protegido del poderoso Togril, quien lo había adoptado como hijo. La afrenta a su honor debía lavarse con sangre derramada en el campo de batalla.

Temujín, con sus hermanos Kasar y Belgutei, fue a visitar a Togril. Había transcurrido casi un año desde que se pactara la alianza y hasta entonces no le había hecho falta recurrir a su protector. El kan de los jeraítas recibió a los tres mongoles en su tienda de fieltro gris, en el Bosque Negro, a orillas del Tula.

—Padre adoptivo —dijo Temujín tragándose su orgullo—, los merkitas han atacado mi campamento y se han llevado a mi esposa Bortai. He venido hasta ti para pedirte la ayuda a la que me da derecho nuestra alianza.

Togril portaba sobre sus hombros la lujosa capa de marta que Temujín le había regalado como señal de amistad. Más que la propia capa lo que halagaba al kan keraíta era el que el hijo de un jefe mongol acudiera a él en busca de auxilio.

—Lo que te han hecho es grave. Un hombre debe luchar por su mujer como si se tratara de su mejor caballo. Voy a combatir a tu lado contra esos malvados merkitas. Hace ya tiempo que debí exterminarlos; ahora se presenta la ocasión. Pero antes debemos calibrar nuestras fuerzas. Los merkitas son casi tan fuertes como nosotros los keraítas. Para vencerlos necesitamos que los mongoles se unan y se coloquen bajo tu mando. Hoy mismo voy a enviar mensajeros a los principales caudillos de los clanes mongoles para invitarlos a que se pongan a las órdenes del legítimo heredero de los borchiguines. Les haré saber a todos que yo, Togril, kan de los keraítas, señor de las montañas y valles entre el desierto del Gobi y el río Tula, te reconozco a ti, Temujín, hijo de Yesugei Bahadur, como mi principal aliado. Unidos mongoles y keraítas, los merkitas sucumbirán bajo las pezuñas de nuestros caballos.

Togril, ebrio de *kumis*, parecía disfrutar imaginándose victorioso sobre sus enemigos del norte. El kan de los keraítas era un hombre vulgar pero había sabido unir en torno a sí a toda su nación. Pese a su escaso magnetismo personal se había convertido en el caudillo temido y obedecido por todo su pueblo. ¡Cuántas veces un hombre mediocre es capaz de ascender a lo más alto y mantenerse!

—Marcharemos sobre los merkitas, arrasaremos sus campamentos, mataremos a sus guerreros y nos quedaremos con sus mujeres y sus caballos. Recuperaremos a tu querida Bortai y regresaremos victoriosos. Nuestra gesta será cantada por los poetas durante siglos y por todas las estepas los juglares declamarán nuestras hazañas y alabarán nuestros triunfos –prosiguió–. Quizás esté próximo el día en que «un solo kan reine bajo el único sol».

Creo que fue entonces cuando Togril comenzó a imaginar que él podría ser el jefe que uniera bajo su trono a todos los pueblos de las estepas. Era ambicioso y, como todos los hombres vulgares, creía valer mucho más de lo que realmente valía.

—Nos hará falta la ayuda de Jamuga, él es tu *anda*; ahora vive en su campamento en el valle de Jorjonag. Llámalo y dile que lo necesitas. Se ha convertido en caudillo de un importante grupo de clanes. A una orden suya no menos de diez mil guerreros formarán para acudir al combate. Y tú dedícate a unir a los clanes mongoles que todavía no se han agrupado. Pacta con sus jefes, promételes una buena parte del botín; los hombres se mueven por ambición –finalizó Togril apurando el último trago de *kumis* de su copa de oro.

Cuando regresaron a su campamento, Temujín ordenó a Belgutei y a Kasar que acudieran a buscar a Jamuga y le explicaran la situación y los planes para acabar con los merkitas. En tanto los dos hermanastros se dirigían al encuentro con Jamuga, Temujín se dedicó con toda intensidad a buscar aliados entre los clanes mongoles.

De todos los pueblos de las estepas, los mongoles eran entonces los más débiles. Jamuga había logrado unir a un puñado de clanes, pero los demás vagaban por los valles del Onón y el Kerulén expuestos a los ataques de sus poderosos vecinos tártaros y merkitas. Ningún príncipe había logrado imponerse sobre sus iguales y aunque muchos reconocían el coraje de Temujín y sus derechos al kanato, la enemistad de éste con el poderoso clan de los tayichigudes retraía al resto a ponerse bajo su mando. Pero los mensajes de Togril hicieron variar la situación. Eran muchos los jefes de clan que estaban ansiosos por colocarse bajo la dirección de un caudillo. Sobrevivir en la estepa implicaba permanecer unidos y formar una horda numerosa que hiciera desistir a los posibles enemigos de cualquier tentativa de ataque. Y entonces ocurrió el milagro.

Temujín practicaba con el arco cerca del campamento cuando su concentración en el tiro fue distraída por las voces de su hermana Temulún que venía corriendo hacia él.

–¡Están llegando, están llegando! –gritaba la niña.

–¿Quiénes están llegando? –preguntó inquieto Temujín.

–Todos, todos. ¡Vienen todos!

Colgó su arco a la espalda, alzó a Temulún a la grupa de su caballo, subió él después de un ágil brinco y arrancó al galope hacia el campamento.

Desde la cima del altozano que dominaba el círculo de tiendas, apenas podía dar crédito a lo que sus ojos estaban contemplando. No menos de dos centenares de carretas, un millar de caballos y un mayor número de bueyes, yaks y ovejas se acercaban desde todas las direcciones en medio de amarillentas nubes de polvo hacia el campamento. El mongol de coletas pelirrojas descendió la suave ladera y descabalgó frente a su tienda.

—Es tu pueblo que regresa a su señor —sentenció orgullosa Hoelún sujetando a su hijo por el brazo.

—Ahora sé que el sueño de mi padre va a cumplirse, madre —le dijo Temujín.

En las semanas siguientes, nuevos contingentes acudieron al campamento de Temujín, hasta alcanzar el número de dos mil tiendas. Decenas de familias, enteradas del pacto con los keraítas, se pusieron de inmediato a las órdenes del joven borchiguín. El *ulus* de Yesugei comenzaba a recomponerse. Todos tenían cabida en el campamento a pies del Burkan Jaldún, que crecía incontenible como la marea.

Entre tanto, Belgutei y Kasar había acudido al campamento de Jamuga a explicarle los planes que habían acordado Togril y Temujín. Hacía siete años que los dos *andas* no se veían, pero el antiguo sentimiento de amistad labrado sobre las aguas heladas del Onón se mantenía inalterado.

—¿Cómo se encuentra mi *anda*? —preguntó Jamuga nada más recibirlos.

—Te envía sus mejores saludos, pero no está feliz. Su corazón sufre por la pérdida de su esposa, que ha sido robada por los merkitas. Hemos venido a solicitar tu ayuda en su nombre. El kan keraíta y Temujín han pactado una alianza para atacar a los merkitas y recuperar a Bortai. Te piden que acudas con tus guerreros al combate y que seas tú quien decida dónde y cuándo se ha de reunir el ejército. Por primera vez en mucho tiempo los mongoles vamos a luchar por la dignidad de nuestro pueblo, y con esta alianza estamos en condiciones de vencer —explicó Kasar.

—Me afligen las noticias que me traéis. El corazón de mi *anda* es mi corazón y su dolor es también el mío. Estaré a su lado en la batalla y nada podrá detenernos.

Jamuga estableció el plan de ataque contra los merkitas.

—Escuchad con atención. Los merkitas se dividirán pronto en tres grupos, como suelen hacer todos los años en la primavera: Togtoga, un cobarde que tiembla tan sólo escuchando un redoble de tambor, manda el primer clan en la estepa de Búgura; Dayir Usún, tan cobarde como Togtoga aunque buen arquero, encabeza el segundo, que se asienta en la isla de Taljún, allá donde se juntan el Orjón y el Selenga; el tercero de los grupos, que dirige el asustadizo Jagatai Darmala, suele acampar en la estepa de Jaraji. Cuando se dividan será el momento oportuno para atacarlos. El plan que seguiremos es el siguiente: Agruparemos nuestras fuerzas en Bogotán Bogorgui, en las fuentes del Onón, en la primera luna después de la llegada de la primavera, y avanzaremos en línea recta hacia el oeste cruzando el Kilongo. Caeremos por la espalda del grupo de Togtoga y lo aniquilaremos, después destruiremos a los otros dos grupos. Id a comunicárselo a Togril y a Temujín; para entonces deberán estar preparados.

Durante aquel invierno, keraítas y mongoles no cesaron de ejercitarse en el combate. Pese a los fríos vientos del norte que azotaban sus rostros y helaban sus manos, los guerreros mongoles, protegidos con gruesas pieles y embadurnadas sus caras con grasa de caballo para evitar la congelación, disparaban una y otra vez sus arcos, ensayaban cargas de caballería y ejercitaban sus músculos practicando esgrima con sus espadas.

Temujín se había convertido en un caudillo respetado. A finales del invierno más de diez mil personas, casi todas jóvenes, vivían en su campamento y lo reconocían como jefe. Entre ellas, dos mil guerreros se preparaban para seguir hasta la muerte a su señor. El grupo que encabezaba Temujín se había engrosado con nuevos individuos que se fueron agrupando en torno al joven caudillo. Algunos de los que lo habían abandonado a la muerte de su padre volvieron junto a él, y con ellos los mongoles que tras el desastre de la guerra contra los tártaros habían vagado por las regiones situadas entre el Onón y el Kerulén durante casi una década. El joven pelirrojo aparecía a sus ojos como el jefe capaz de aglutinarlos. Tenía todas las cualidades que se requerían de un caudillo: era valiente, esforzado, extraordinario luchador, responsable, serio, cumplía siempre sus compromisos, repartía cuanto poseía con los miembros de su séquito y sabía ser generoso a la vez que enérgico. A todo ello unía la nobleza de su linaje: era hijo de Yesugei Bahadur, quien fuera jefe de la mayor parte de los mongoles, nieto de Bartán *el Valeroso* y biznieto de Kabul Kan. Descendía por vía directa de Jaidú, el primero que fue reconocido como kan por todas las tribus. Nadie podía discutirle su derecho a reivindicar para sí el kanato vacante desde la muerte de Jutula Kan.

Se acercaba la fecha señalada por Jamuga para la concentración del ejército y Temujín dio la orden de desmontar las tiendas para trasladarse hacia Bogotán Bogorgui. A los pies del Burkan Jaldún se encontraron los keraítas y los mongoles de Temujín. Togril había dividido a su ejército en dos cuerpos. El primero lo mandaba él mismo y el segundo su hermano pequeño Yaja Gambu; cada uno de los dos dirigía diez mil hombres. Temujín vio acercarse a los keraítas, que cabalgaban siguiendo al estandarte en cuya parte superior destacaba una de aquellas cruces que tanto le habían llamado la atención cuando visitó su campamento. Temujín sólo disponía de dos mil hombres, pero estaban tan magníficamente entrenados y montaban sus rocines con tal dignidad que parecían elegidos de entre los guardias personales del mismísimo emperador de China. Juntos los dos contingentes, ascendieron por la ladera del Tunguelig y acamparon a la orilla del Tana. Desde allí marcharon hacia el oeste y se instalaron en Ayil Jaragana, en el valle del Kimurga, donde se detuvieron durante tres días a causa de una ventisca. Al fin, aunque con esas tres jornadas de retraso, se presentaron donde estaba esperando Jamuga.

El *anda* de Temujín había formado a sus diez mil hombres aguardando la llegada de sus aliados.

—Acudimos tarde a nuestra cita —se excusó Togril ante Jamuga—. Quizá desees una satisfacción por nuestro incumplimiento.

—La única satisfacción que me preocupa ahora es la victoria y volver a encontrarme con mi *anda* —respondió secamente Jamuga.

Jamuga se acercó a Temujín y ambos jóvenes jefes se abrazaron con fuerza entre aclamaciones y vítores.

—Te encuentro muy bien. Me alegra volver a compartir contigo mi vida.

Temujín calló. Estaba molesto porque se había opuesto a detenerse durante aquellos tres días y Togril no lo había escuchado. Los mongoles siempre comienzan una acción bélica en luna nueva o en luna llena. Los tres días de retraso eran un mal augurio. Una simple tempestad no era excusa para cambiar los planes, que podían fracasar si no se mantenían en todos sus detalles. Pero el kan de los keraítas no poseía el espíritu de acero de Temujín o de Jamuga, y no estaba dispuesto a enfrentarse a los elementos desatados de la naturaleza tan sólo por cumplir con una superstición mongol.

Dejaron el lugar de encuentro en Bogotán Bogorgui y se dirigieron hacia el Kilongo, siguiendo siempre la estrategia trazada por Jamuga. El río, aunque no era muy caudaloso, venía bastante crecido a causa de las tormentas de finales de verano. Construyeron balsas con juncos y lo atravesaron caballos y hombres; varios guerreros y algunos caballos se perdieron entre la tumultuosa corriente. El ejército se desplegó en forma de abanico hacia el campamento de Togtoga. Los merkitas estaban al alcance de keraítas y mongoles, que podían entrever a lo lejos las finas columnas de humo que salían de los hogares de las tiendas. A medianoche, y aunque la luna ya no lucía como en plenilunio cinco días antes, mongoles y keraítas se abalanzaron al galope hacia el campamento merkita. Algunos guardias que los merkitas habían dispuesto por las orillas del río Kilongo dieron grandes voces de alarma en cuanto oyeron el estruendo de los cascos de los caballos, pero para entonces estaban ya encima de ellos. En el campamento de Togtoga cundió el pánico. Treinta mil jinetes galopando al unísono cayeron sobre los merkitas golpeando sin piedad a cuantos se cruzaban en su camino. Irrumpieron en el campamento como una ola gigante, destruyendo cuanto encontraron a su paso. Los que tuvieron tiempo para huir de la primera carga de caballería huyeron hacia el río Selenga, atravesando la colina que separa su cuenca de la del Kilongo, pero fueron perseguidos sin piedad y exterminados uno a uno.

Temujín, que encabezaba a sus dos mil mongoles, se dirigió hacia el centro del campamento enemigo sin dejar de gritar el nombre de Bortai.

—¡Aquí, Temujín, aquí!

Entre las sombras que la luna proyectaba en la noche, Temujín oyó la voz de Bortai que lo llamaba. Excitado, alzó su cabeza buscando desesperadamente el lugar de donde procedían las voces. Por fin contempló a una figura femenina que braceaba sobre un carro que huía río abajo. Espoleó su caballo y se dirigió hacia su esposa. Dos hombres conducían la carreta y dos más sujetaban a Bortai. Cuando vieron que se acercaba Temujín con su espada alzada y profiriendo gritos aterradores, los cuatro hombres abandonaron el carro y se lanzaron al agua nadando hacia la otra orilla. Bortai saltó del carro y se dirigió corriendo hacia Temujín, que llegaba sobre su caballo. Temujín comprobó que Bortai estaba embarazada y a punto de dar a luz. Los dos esposos se reconocieron palpándose los rostros y mirándose a los ojos bajo la luna. Sus cuerpos se fundieron en un interminable abrazo.

—Hubiera vuelto el mundo del revés para encontrarte —dijo Temujín.

—Ni por un momento he dudado de que lo harías —replicó Bortai.

A su alrededor pasaban veloces como centellas jinetes mongoles y keraítas persiguiendo a los desbaratados merkitas. Al amanecer, el triunfo de los ejércitos de Togril, Jamuga y Temujín era total. Miles de merkitas yacían muertos sobre la pradera y entre los juncales del río. Un intenso olor a sangre y excrementos flotaba por todo el valle. En la tienda de Togtoga, que había logrado huir, se reunieron los tres jefes.

—Gracias a vuestra ayuda he recuperado lo que vine a buscar. Bortai está de nuevo conmigo; hemos lavado con sangre la ofensa que nos infligieron los merkitas —dijo Temujín.

—Sí, nuestro principal objetivo se ha cumplido, pero no podemos desaprovechar esta oportunidad. La victoria total está al alcance de nuestra mano; tan solo debemos cogerla —proclamó Jamuga.

Los días que siguieron fueron terribles para los merkitas. Los que no habían muerto durante la primera noche fueron perseguidos implacablemente por dondequiera que se ocultaran. El jefe Togtoga, hermano de Yeke Chiledu, a quien había sucedido al frente de los merkitas tras la muerte de éste, logró agrupar a unos trescientos de los suyos y ofreció alguna resistencia, pero Belgutei, que buscaba desesperadamente a su madre, Sochigil, los encontró y acabó con casi todos ellos con el escuadrón de caballería que mandaba. El jefe Togtoga logró huir. Entre las mujeres rescatadas se encontraba Sochigil. Durante su cautiverio había sido entregada a Jagatai Darmala, quien había abusado de ella humillándola hasta extremos insoportables. Cuando se vio liberada, Sochigil mostró una enorme vergüenza. Al ver a su hijo Belgutei que entraba en la tienda donde la habían llevado, salió corriendo hacia el bosque, ocultando su rostro con las manos. Belgutei la llamó repetidas veces, pero como no hacía caso a sus requerimientos, salió tras ella y la alcanzó antes de que se perdiera en la espesura.

–¡Madre, madre! –clamó cogiéndola por los hombros–, ¿por qué huyes? Soy tu hijo, he venido a rescatarte.

–Ahora mi hijo es un jefe mongol. Yo he perdido mi honor entre los brazos de un hombre vil; ¿cómo podría siquiera mirarte a la cara? Sólo deseo para mí el olvido, o la muerte –clamó Sochigil entre sollozos.

–No digas eso, madre. Tu honor ha sido repuesto –aseguró Belgutei en tanto le acariciaba el rostro.

Sochigil, arropada entre los brazos de Belgutei, sintió entonces que quien la consolaba ya no era un muchacho, sino un hombre. Sus brazos eran fuertes y su pecho amplio y poderoso. Alzó la mirada y observó que su hijo la superaba en más de una cabeza de altura. Le acarició las mejillas, dibujó en sus afilados labios una leve sonrisa y se dejó llevar hacia los caballos.

Entre los merkitas heridos, que habían sido encerrados tras una estacada, Sochigil identificó al de Jagatai Darmala. Dos flechas le habían atravesado el hombro y una pierna, pero el merkita no estaba muerto.

–¡Ése es quien mancilló mi honor! –clamó Sochigil furiosa señalando a Jagatai.

–Cogedlo y traedlo aquí –ordenó Belgutei.

Dos soldados cumplieron con presteza la orden de Belgutei y arrastraron al merkita tras el hijo de Sochigil.

–Colocadle una canga al cuello y arrastradlo tras nosotros. A los demás heridos matadlos, que no quede ni un solo merkita con vida.

La orden de Belgutei se cumplió de inmediato. Uno a uno, los guerreros merkitas supervivientes fueron pasados a cuchillo y descabezados. Cuando abandonaron los campos donde se habían producido las matanzas, centenares de buitres comenzaban a merodear sobre los cadáveres en espera de tan macabro festín.

Oculto en una vereda hallaron a un niño merkita que temblaba de miedo agazapado tras unas matas. Iba tocado con un magnífico gorro de pelo de marta y calzaba unas botas hechas con la piel de las patas de un gamo. Hoelún vio al niño y le llamó la atención el parecido de sus ojos con los de Temujín a su edad. Hizo ordenar que lo condujeran ante ella y le preguntó por su nombre:

—Me llamo Guchu —respondió balbuceando el niño.
—Es un bonito nombre.

La cara y los ojos de Guchu eran limpios como las aguas de los ríos en las montañas durante la primavera. Hoelún se compadeció de él y decidió adoptarlo.

Temujín, Togril y Jamuga continuaron persiguiendo a los merkitas que habían logrado escapar. Unos días después del primer ataque avistaron al clan de los uduyides, que encabezaba Togtoga, cuyas huellas rastrearon hacia el norte. Los siguieron sin descanso durante dos días hasta que les dieron alcance en una llanura al norte del río Selenga. La nueva batalla apenas duró un instante. Aterrados por la fiereza de Temujín, que encabezó la carga de la caballería mongol, y desbaratados por la precisión de los disparos de los arcos de Kasar y Bogorchu, muchos merkitas cayeron fulminados. La antaño poderosa tribu merkita estaba deshecha. La mayor parte de los hombres mayores de doce años había sido liquidada y los niños y las mujeres, junto con las tiendas, ganados y demás propiedades, repartidos entre los vencedores como botín de guerra. Buscaron desesperadamente el cuerpo de Togtoga, pero no lo encontraron. El caudillo merkita había logrado huir una vez más valiéndose de una estratagema. Se había despojado de su famosa yegua baya de cola y crines negras que montaba durante las batallas y de su cinturón de oro, y se los había dejado a uno de sus soldados a fin de que lo confundieran con él. La mayor parte de su clan se había retrasado esperando la llegada de los mongoles para con su sacrificio facilitar la huida de su jefe. Togtoga estaba ya muy lejos y con él los miembros más notables de su clan.

Jamuga y Togril apostaron por perseguir a los fugitivos y acabar con todos, pero Temujín, que tenía derecho a decidir sobre ellos pues había sido el afrentado, se negó a exterminarlos; sabía mejor que nadie que los que hoy son enemigos mañana pueden ser aliados. Los jóvenes que lo seguían se quejaron de la decisión de Temujín, pues ansiaban obtener un botín fácil y abundante, pero el caudillo mongol impuso su autoridad. No obstante, para calmar a los descontentos renunció a su parte del botín, que fue dividida entre sus guerreros. Tamaña muestra de generosidad jamás se había visto en un jefe de las estepas.

Salvo Togtoga y sus familiares más directos, un pueblo entero había sido borrado de la faz de la tierra. Fue el primero que sufrió el exterminio; más tarde vendrían otros. La implacable máquina de la muerte se había puesto en marcha y nada ni nadie iba a ser capaz de detenerla.

Mongoles y keraítas se separaron en la isla de Taljún, donde se unen el Selenga y el Orjón. Togril y sus huestes siguieron por el valle de Jokortú, por los montes de Jachaguratú y Juliyatú, rumbo a sus tierras del Bosque Negro en el Tula. Los mongoles cabalgaron por el valle del Jorjonag adelante; Jamuga y Temujín, los dos *andas*, encabezaban al pueblo mongol.

–Dos caudillos para una sola nación, dos soles en el cielo –musitó Belgutei al oído de Kasar–; no creo que esta situación se mantenga por mucho tiempo.

Tras el rapto, Bortai fue entregada a Chilguer el Fuerte, hermano pequeño de Togtoga y de Yeke Chiledu, el jefe merkita a quien Yesugei, el padre de Temujín, había arrebatado a Hoelún. Era ésta la mejor manera que los merkitas habían encontrado para vengarse del fallecido Yesugei. Bortai permaneció aquellos meses en el campamento merkita, en la tienda de Chilguer, cohabitando como esposo y esposa. Pero Bortai nunca renunció a su verdadero esposo, a Temujín. Tuvo que soportar a Chilguer, pero ¿qué otra cosa podía hacer? Las mujeres de la estepa no tienen opinión, sólo cuentan a la hora de proporcionar descendencia, a ser posible masculina, a los hombres. Pero, ciertamente, ésa es la condición de todas las mujeres y en todas las naciones. Y todavía es peor entre los musulmanes, para quienes la mujer es tan sólo un objeto de placer, cuando no un mueble más de la casa.

Los mongoles establecieron su campamento en el valle del Jorjonag. Tras la guerra contra los merkitas era necesario reponer fuerzas, recuperar a los caballos y descansar del enorme esfuerzo realizado. Era hora de evaluar la nueva situación. Temujín y Jamuga decidieron continuar juntos. La experiencia les había demostrado que sólo la unión de los clanes garantizaba su supervivencia como nación. Todos parecían estar de acuerdo. Los dos caudillos renovaron su amistad. En una ceremonia a la que asistieron los jefes de la mayoría de los clanes, Jamuga y Temujín intercambiaron regalos.

—Dos *andas* son una misma vida, un único espíritu. Nunca se abandonan, siempre están juntos; la vida de uno es la del otro. Son más que hermanos y se deben protección y ayuda mutua —declaró Temujín.

—Hemos renovado nuestra amistad. Cuando nos hicimos *andas* por primera vez éramos sólo unos muchachos; ahora somos hombres. Querámonos como entonces —proclamó Jamuga.

Temujín ciñó en la cintura de Jamuga el cinturón de oro que le correspondía de su parte en el botín y que había pertenecido a Togtoga, y le entregó la montura de combate del caudillo merkita, una extraordinaria yegua baya que lucía la crin y la cola negras. Jamuga colocó alrededor del talle de Temujín el cinturón dorado que le había arrebatado al merkita Dayir Usún y le ofreció el caballo de guerra de este caudillo. La ceremonia se celebró al pie del farallón rocoso de Juldagar, bajo un gran árbol que los mongoles consideraban sagrado. Un abrazo selló este segundo pacto de amistad entre los vítores de los guerreros. Aquella noche, tras celebrar un banquete, Temujín y Jamuga la pasaron juntos en una tienda. Entre nosotros, los chinos, ese acto no hubiera estado bien visto, pero entre los mongoles la amistad va mucho más allá de una simple relación de afecto. Dos *andas* son una misma alma fundida en un único espíritu.

A los pocos días de que Bortai fuera rescatada de los merkitas, nació el primero de sus hijos. Temujín decidió llamarle Jochi, que en idioma mongol significa «el Extranjero». En el campamento eran muchos los que dudaban de la paternidad de Temujín. El rumor decía que el verdadero padre era el merkita Chilguer, el hombre con quien había cohabitado Bortai durante su cautiverio. Otros sostenían que habían transcurrido nueve meses desde que fuera capturada Bortai y que en consecuencia ésta ya estaba encinta para entonces. Temujín esperaba a la puerta de su tienda el nacimiento de su primer hijo. Una comadrona le invitó a entrar y pudo ver al niño. Envuelto en una manta de fieltro gris, el pequeño gruñía con la rabia de un cachorro de león. Temujín lo tomó entre sus manos y se acercó al lecho donde yacía Bortai.

—Mira a tu hijo, Bortai —le dijo Temujín.

—¿Tu hijo?, ¿querrás decir nuestro hijo? —remarcó la joven.

—Sé lo que estás pensando. No me importa lo que murmuren o piensen todos. Este niño ha nacido de la esposa de Temujín y es el hijo de Temujín, el heredero del trono de los borchiguines.

El caudillo mongol acercó el niño a su madre, que le ofreció el pecho. El recién nacido buscó con avidez el pezón y mamó con fuerza la leche de la vida.

De entre las cautivas merkitas, Temujín tomó a una muchacha llamada Dogón como concubina. Bortai lloró en silencio. Siempre supo que llegaría el día en que su esposo tomara a otra mujer, pero cuando se presentó la ocasión no pudo evitar que una punzada de dolor le atravesara el corazón.

La primavera había tocado a su fin. Jamuga y Temujín decidieron levantar el campamento y buscar los pastos de verano para sus ganados. La caravana estaba formada por miles de carros. A los que habían participado en la batalla contra los merkitas se habían sumado durante aquel invierno nuevos contingentes mongoles atraídos por la creciente fama de Temujín y de Jamuga. Las hazañas de los dos jóvenes guerreros se cantaban por toda la estepa y su leyenda había recorrido en unos pocos meses todas las praderas al norte del Gobi.

Aquel día era el decimosexto después de la primera luna del verano, el del Círculo Rojo. Temujín y Jamuga cabalgaban juntos al frente de la enorme caravana que se extendía durante un larguísimo trecho sobre la amarillenta pradera. Temujín marchaba en silencio con los ojos fijos en el horizonte infinito en tanto Jamuga no dejaba de atisbar a uno y otro lado. Fue Jamuga quien rompió el silencio y pronunció una frase que se ha considerado un enigma:

—*Anda* mío, acampemos al abrigo de la montaña. Hagamos que nuestros pastores planten sus *yurtas*. Asentémonos junto a la corriente y que los pastores preparen la comida.

—¿Qué quieres decir? No entiendo lo que pretendes —aseveró Temujín.

Pero Jamuga no contestó. Se limitó a mirar de soslayo a su *anda* y a esbozar una irónica sonrisa en la que Temujín creyó ver un trasfondo de perversión. Temujín frenó a su caballo requiriendo de nuevo a Jamuga para que le contestara, pero éste siguió adelante sin atenderlo.

Temujín esperó a que lo alcanzara el carro en el que viajaban su madre y su esposa.

—Madre —le dijo Temujín a Hoelún—, Jamuga me ha dicho que acampemos al abrigo de la montaña y que lo hagamos junto a la corriente, que plantemos allí una tienda y que los pastores nos traigan comida. No he entendido qué significa. A mis preguntas se ha callado y ha seguido cabalgando como si yo no existiera.

Antes de que Hoelún pudiera contestar, habló Bortai, que iba en el carro con el pequeño Jochi.

—¿Seguro que no lo entiendes? ¿No te das cuenta de su gesto? Jamuga no es de los que obedecen órdenes de otro. Con su frase y con su actitud te está diciendo que él es quien manda. No ha admitido tu pregunta porque hace tiempo que ha decidido dónde debemos fijar el nuevo campamento. Desconfía de él, es ambicioso y no desea otra cosa que ser jefe único de los mongoles. Separémonos ahora de Jamuga, todavía estás a tiempo. Si no lo haces, llegará un momento en el que no podréis seguir viviendo juntos y estallará la discordia entre vosotros. Y no dudo de que tu *anda* hará cualquier cosa para eliminarte si osas interponerte en su camino. Eres su único obstáculo para reclamar para sí el kanato de los mongoles. Mientras tú vivas, él siempre tendrá delante a un candidato que lo supera en derechos, pero si tú mueres, y más aún mientras tu hijo sea niño, dispondrá de campo libre para proclamarse kan.

Temujín reflexionó por unos instantes. Alzó la vista al frente y contempló a Jamuga, erguido sobre su alazán blanco, que marchaba al frente de la caravana alardeando de su poder. Entonces fue cuando creyó entender la situación: «Dos kanes bajo un único cielo. No, no es posible, eso no puede ser posible», pensó.

–Tienes razón, Bortai, nos separaremos de Jamuga.

Aquella misma tarde Temujín y su gente abandonaron la compañía de Jamuga y por primera vez desde que volvieran a unirse, los dos *andas* acamparon por separado. Temujín era miembro de la más noble familia mongol, en tanto Jamuga, pese a pertenecer a un clan importante, se consideraba más cercano al pueblo llano. Aquella soterrada pugna entre Jamuga y Temujín no era en el fondo sino el reflejo de la división de la sociedad mongol entre los miembros de la aristocracia de sangre, nacidos en el seno de los clanes reales descendientes del lobo azul y la corza blanca, y el resto de los mongoles.

Temujín ordenó a los que le siguieron dirigirse hacia el territorio de los tayichigudes, sus viejos enemigos, que alertados ante su llegada, huyeron despavoridos. En el campamento abandonado encontraron a un niño. Tenía cinco años y decía llamarse Kokochu. Los soldados que lo recogieron lo entregaron a Hoelún, y la madre de Temujín decidió adoptarlo. Estableció el campamento junto a un bosquecillo de pinos y permaneció allí algún tiempo. En los días siguientes, la mayor parte de los clanes que hasta entonces habían seguido a Jamuga fueron acercándose hasta Temujín. Una mañana, cuando el caudillo mongol despertó y salió de su *yurta*, centenares de tiendas se habían levantado en los alrededores. Los principales clanes mongoles habían plantado sus estandartes y todos ellos rendían homenaje al *bunduk* de nueve colas de caballo de Temujín.

Más de cinco mil guerreros formaban frente al círculo de tiendas, a lomos de sus caballos, alzando sus lanzas y arcos vitoreando al joven caudillo. Uno de los jefes de los clanes, llamado Jorchi, se adelantó de entre las filas de guerreros y dirigiéndose a Temujín dijo:

—Todos cuantos estamos aquí descendemos de un mismo padre, nuestro antepasado Bondokar *el Santo,* hijo de Alan *la Bella.* Hasta ahora, todos nosotros habíamos seguido a Jamuga, a quien hubiéramos acompañado hasta la muerte. Pero el Cielo Eterno me ha hablado a través de los sueños y me ha comunicado sus deseos. Escucha mi sueño, Temujín —continuó Jorchi—: Soñé que una vaca embestía el carro de Jamuga y en el impacto se quebraba un cuerno. Jamuga bramaba: «¡Que me traigan un cuerno!», sin cesar de levantar polvo con sus pies. Después vi a un buey sin cuernos que tiraba de un carro y lo arrastraba hasta donde estaba Temujín. Y el buey habló diciendo: «El Cielo y la Tierra han acordado que sea Temujín el señor de la nación mongol». Así es como Tengri me ha hablado, así es como me ha hecho saber que todos los mongoles debemos seguir a un único jefe, y ése eres tú, Temujín.

Cuando Jorchi acabó su parlamento, los guerreros congregados estallaron en gritos de aclamación hacia el recién proclamado caudillo. Temujín alzó los brazos ordenando que guardaran silencio y dijo:

—Si la voluntad de Tengri es que sea yo quien dirija a la nación mongol, cúmplase la voluntad del Eterno Cielo Azul.

Las aclamaciones volvieron a repetirse con más fuerza todavía.

Temujín invitó a Jorchi a entrar en su tienda.

—¿Es cierto que has soñado esa historia de la vaca y el buey? —le preguntó Temujín.

—Tan cierto como que todos hemos de morir —respondió.

—Imagino que pretenderás alguna recompensa por ello.

—Si consigues convertirte en kan, ¿qué me ofrecerás?

—Hoy me has ayudado. Muchos han creído que tu sueño es un presagio de mi triunfo y quizás por ello me han seguido abandonando a Jamuga. Debo corresponderte por ello. Te prometo que cuando sea kan de los mongoles te haré general de diez mil soldados —le aseguró Temujín.

—Me halagas, pero yo soy un hombre al que le gustan más los placeres que el poder y el mando —repuso Jorchi.

—Tener poder es un enorme placer —aseveró Temujín.

—No para mí. Lo que realmente deseo es que me dejes elegir a mi gusto a las más bellas y mejores doncellas. Desearía tener al menos treinta esposas.

—Eres inteligente. Si puedes mantener treinta esposas, eso quiere decir que serás muy rico... y poderoso.

—Nada escapa a tu sagacidad. Serás un extraordinario kan —asentó Jorchi.

—Y tú vas a ser muy rico —finalizó Temujín.

En los días siguientes nuevos clanes fueron incorporándose al campamento de Temujín a orillas del Kimurga, que crecía tanto cuanto disminuía el de Jamuga. Cuarenta clanes formaban ahora el grupo de Temujín. El último en llegar fue Altán, hijo de Jutula, el último kan de todos los mongoles. Cuando Altán reconoció el caudillaje de Temujín, hasta los más escépticos dejaron de dudar. Si el hijo del último kan se postraba ante él, no había duda de que éste era el legítimo heredero al kanato.

Temujín demostró ser un hábil caudillo, dotado de grandes facultades políticas: amante de las tradiciones, pues colocó a los miembros de la aristocracia mongol en los lugares privilegiados que les correspondían, sin embargo permitió el ascenso de los más valiosos a altos puestos. Con Temujín, los nobles sabían que si se comportaban como tales, la continuidad de su condición estaba asegurada, y el resto de los mongoles sabía igualmente que cualquier hombre podía alcanzar una posición entre la nobleza por sus propios méritos o por su valor. Se configuró así un grupo de dirigentes formado por los hombres más valiosos de la tribu, en lo que radicó buena parte del triunfo de los mongoles sobre los pueblos con los que se enfrentaron, entre los que los mediocres medraban sin ningún escrúpulo, adulaban al jefe y lo sobornaban como norma común de actuación para ocupar cargos.

Esta anécdota que me contaron ilustra con claridad ese aspecto de la personalidad de Temujín:

Ante él acudió un juglar de nombre Argún que era un excelente tañedor de laúd y magnífico cantante. Sus artes eran tan refinadas que Temujín le prestó un maravilloso laúd de oro que a su vez había recibido como presente de uno de sus vasallos. Un día Argún se presentó ante Temujín y le confesó apesadumbrado que había extraviado el laúd. El joven caudillo se enojó tanto que quiso matar al juglar, pero Argún se sentó a la puerta de la tienda y recitó estos versos:

Mientras el tordo canta «tin-tan»,
el halcón lo atrapa antes de la última nota.
Así la ira de mi señor cae sobre mí.
¡Ay!, yo amo el agua que corre, pero no soy un ladrón.

Temujín, conmovido por el triste y melancólico canto del bardo, lo perdonó, aunque del laúd nunca más se supo.

De este modo, atraídos por sus cualidades y su manera de gobernar, en torno a Temujín se agruparon los clanes que hasta entonces vivían sumidos en la descomposición. El clan, *oboq* para los mongoles, es el principal elemento de su sociedad. Hasta que apareció Temujín, el poder del clan recaía en los ancianos, pero siempre había hombres que se rebelaban y se convertían en «gentes de voluntad larga», o «de condición libre». Su destino era cazar, pescar o robar, y excluidos del clan solían tener un final trágico. Por fin, entre ellos había aparecido un caudillo, que además era hijo de un jefe de tribu y descendiente de un kan, capaz de unirlos a todos; él había sabido rehacer su fortuna, aun después de perder su posición, gracias a su valor y a su voluntad; ésa fue la primera razón del éxito de Temujín.

Temujín dio orden de levantar el campamento y ponerse en camino hacia el lago Azul, a pies del Jara Jiruguen. Allí llegaron una semana después y plantaron las tiendas en la región de Gurelgu, a orillas del río Sengur. Miles de *yurtas* formaban el mayor campamento mongol desde los tiempos de Jaidu Kan, y era Temujín quien mandaba sobre todas ellas.

Segunda parte

CAUDILLO DE LAS ESTEPAS

7. Un único señor bajo el único sol

En la tienda de Altán, hijo del último kan mongol, se habían reunido los jefes de los clanes. La asamblea había sido promovida a iniciativa de Juchar y Sacha Beki, hijos de Nekún Taisi, primos de Temujín.

—Es joven pero experto y fuerte como un tigre, es hora de que proclamemos a Temujín como kan —dijo Juchar.

—Mi hermano tiene razón. Si no designamos pronto a un jefe que nos dirija y una a todos, las disputas estallarán de nuevo entre nosotros. Ahora estamos divididos entre los que seguimos a Temujín y los que obedecen a Jamuga; es hora de elegir a un nuevo kan —sentenció Sacha Beki.

—Necesitamos un kan y ése es sin duda Temujín. Todos lo habéis visto pelear. Nadie lo iguala en valor y en fuerza. Su pecho alberga el corazón de un halcón y su cabeza encierra la voluntad de un caudillo de hierro. Sólo él es capaz de conducirnos a la victoria sobre los enemigos que nos acechan. Su espíritu es indomable y sus derechos a la herencia de los kanes nadie puede discutirlos. Es hijo de Yesugei Bahadur, nuestro más notable caudillo desde los tiempos de Jutula Kan, y nieto de Bartán *el Valeroso*, hijo a su vez de Kabul, nuestro segundo kan. Además, los posibles herederos al kanato le hemos prestado homenaje. Yo mismo, Altán, hijo de Jutula Kan, lo he reconocido como señor, y también lo han hecho Juchar y Sacha, sus dos primos, miembros notables del clan de los borchiguines. Todos los presagios lo señalan como el elegido de Tengri para regir el kanato de los mongoles yakka. ¡Proclamémosle kan!

–Sí, hagámoslo –gritaron varias voces al unísono.

Poco después los jefes de los clanes se dirigían hacia la tienda de Temujín.

–¡Temujín! –grito Altán–. Aquí están los jefes de tu pueblo que vienen a comunicarte una grata noticia.

Temujín, que ya había sido avisado de lo que iba a suceder, salió de la tienda en la que estaba con su hijo Jochi, quien daba sus primeros pasos, y con Bortai y se colocó frente a los jefes.

–Hemos decidido, reunidos en asamblea, que seas nuestro kan. Queremos que sea Temujín, hijo de Yesugei, hijo de Bartán, hijo de Kabul Kan, quien dirija a los mongoles yakka. Esta tarde, a la puesta de sol, celebraremos un *kuriltai* de todos los clanes junto al bosque, allí te proclamaremos como nuevo kan.

–Vosotros también tenéis derecho al kanato. Yo propongo que seas tú, Altán, hijo de Jutula Kan, quien nos dirijas –dijo Temujín.

–Yo no tengo capacidad para mandar sobre todos vosotros; insisto en que debes ser tú quien asuma el mando –replicó Altán.

–En ese caso, sé tú, Juchar, hijo de Nekún Taisi, del linaje de Kabul Kan, quien ocupe el kanato.

–No, primo. Mi padre aceptó que su hermano Yesugei, tu padre, estuviera por encima de él en cuanto a los derechos al trono. Por eso yo estoy por debajo de ti –dijo Juchar.

–En ese caso –intervino de nuevo Altán–, Temujín será nuestro kan.

Cuando Altán acabó de hablar, todos los jefes se arrodillaron ante Temujín y le rindieron homenaje.

Al atardecer se reunió el *kuriltai*. Altán tomó la palabra y habló:

–Temujín, noble señor, cabeza del clan de los borchiguines, descendiente del Azul Eterno y de Alan *la Bella*, hijo del Cielo y de la Tierra, nosotros, los jefes del pueblo mongol, hemos acordado proclamarte nuestro soberano y que desde ahora seas llamado Gengis Kan. Prometemos servirte con lealtad y procurarte las doncellas más hermosas, las *yurtas* más ricas, los caballos más veloces; para ti cercaremos las mejores piezas de caza y apacentaremos los rebaños. Nunca te desobedeceremos, y si en el combate te abandonamos, perdamos nuestras mujeres, nuestras *yurtas*, nuestros ganados y todos nuestros bienes, quedemos desamparados y rueden nuestras cabezas en el negro polvo de la tierra. Y si en la paz desatendemos tu consejo, perdamos nuestro hogar y vaguemos solitarios sin amparo en las tierras heladas sin dueño.

–¡Gengis Kan!, ¡Gengis Kan! –gritó Juchar.

Un coro de voces enfervorecidas jaleó el título que acababan de dar a Temujín:

–¡Gengis Kan!, ¡Gengis Kan!

Temujín se levantó de la silla de madera forrada de cuero desde la que había presidido la asamblea. Esperó paciente a que se acallaran las exclamaciones y con los brazos en jarras dijo:

–Mi padre, el valeroso Yesugei, tuvo en su vida un único objetivo: la unidad de los mongoles bajo un único kan. No pudo culminar su obra porque fue asesinado por unos tártaros, pero me hizo prometerle que si él no lo lograba, yo continuaría su tarea. Por fin ha llegado el día deseado. Acepto vuestro nombramiento y ordeno, como vuestro soberano, que desde ahora todos os dirijáis a mí con el título con el que el pueblo mongol me ha investido, y que todos me llaméis Gengis Kan.

De nuevo estallaron los gritos en las gargantas inundando el bosque cercano.

–Una nueva era se abre para nuestro pueblo. ¡Un solo pueblo, un solo kan, bajo el sol en el Eterno Cielo Azul! –finalizó Gengis Kan.

Tras el *kuriltai* celebrado a orillas del Sengur, Gengis Kan organizó su recién creado reino. Nombró generales a sus fieles compañeros Bogorchu, Jelme, Muhuli, Subotai y Jubilai, a sus hermanos Kasar y Belgutei y a los caudillos de los clanes que se le habían unido y designó a los responsables de los ganados, del ejército, de las tiendas, de la guardia y de los mensajes. Con esos nombramientos demostró ser un hábil gobernante. Nadie quedó descontento; todos los clanes recibieron alguna dignidad, incluso los que poco antes habían sido sus enemigos. La lealtad era la mejor de las virtudes para Temujín y sabía que mantener la fidelidad de aquellos fieros hombres sólo podía conseguirse mediante una mezcla de firmeza y magnanimidad. Supo recompensar la entrega y el valor pero también castigar la traición y el abandono. Impartió justicia y aunque en ocasiones se mostró cruel y despiadado, supo mantener unidos a los clanes acabando con las riñas tradicionales entre ellos. Sobre sus jóvenes hombros comenzó a recaer la tarea de crear un imperio. Fue amado por su pueblo hasta la adoración, y en no pocas ocasiones él mismo tuvo que reprender a algunos de sus súbditos cuando lo comparaban con Tengri, el dios del Cielo Eterno.

«Nada ni nadie está por encima de Tengri, ni siquiera a su misma altura», solía repetir una y otra vez Gengis Kan a quienes lo adulaban.

Desde el campamento del kan salieron mensajeros anunciando su proclamación como soberano de los mongoles. Una embajada llegó hasta Togril, el kan de los keraítas, su viejo aliado, quien acogió de buen grado la noticia.

–Era ya tiempo de que los mongoles tuvieran un único caudillo. Me alegro de que «mi hijo» Temujín haya sido proclamado kan. Hacedle saber que deseo ratificar nuestra alianza y nuestros acuerdos.

Otra embajada se dirigió al campamento de Jamuga. Cuando el *anda* de Temujín recibió la noticia de boca de dos correos, Jamuga intentó demostrar que no le afectaba y dijo a los mensajeros que a su vez transmitieran este mensaje a Altán y a Juchar:

–Preguntad a esos dos que por qué se metieron entre mi *anda* Temujín y yo. Sé que han sido ellos quienes han puesto a Temujín contra mí, quienes han conspirado y maniobrado a mis espaldas para enfrentarnos. Decidles que me siento traicionado por ellos, que si querían que Temujín fuera kan, deberían haberlo dicho antes de que nos separáramos. ¿Por qué no lo hicieron entonces y han esperado a que yo estuviera alejado para erigir kan a mi *anda*? Espero que ahora sean compañeros sinceros y leales.

Así fue como Temujín fue proclamado, y desde entonces todos lo llamaron Gengis Kan, que en lengua mongol significa «emperador universal».

Temujín había aprendido muchas lecciones en sus años de infancia y adolescencia, casi siempre sufridas en sus propias carnes. De ninguna manera estaba dispuesto a que los peligros que en el pasado habían estado a punto de acabar con él volvieran a repetirse; más todavía, ahora que era el kan y gobernaba sobre miles de tiendas y de sus decisiones dependían miles de vidas.

Estaba obsesionado por mantener siempre en forma y listos para el combate a sus guerreros. Al ser nominado, Temujín disponía de un ejército de trece mil soldados, que distribuyó en trece batallones, llamados *guranes*, de mil hombres cada uno de ellos. Buscó la máxima homogeneidad en cada uno de los *guranes*, por ello los configuró según la procedencia familiar y el grado de amistad de cada uno, entendiendo que luchar al lado del hermano o del amigo sería un incentivo para sus soldados. Para mantenerlos activos en tiempos de paz y evitar la relajación a que tan propicios son los nómadas, inventó un juego llamado «la carrera del estandarte». Consistía en un ejercicio de caballería en el que intervenían cientos e incluso a veces miles de jinetes divididos en dos grupos. Uno de los bandos se lanzaba al galope penetrando en cuña en el ejército oponente, en tanto las dos alas se desplegaban envolviendo sus flancos. A base de repetir una y otra vez los movimientos de cada grupo de jinetes, la caballería de Gengis Kan alcanzó una precisión extraordinaria en la realización de sus tácticas, y cuando un *gurán* se movía parecía como si estuviera constituido por un solo hombre y no por mil. Los ejercicios colectivos se complementaban con combates cuerpo a cuerpo en los que se ejercitaba el empleo de la espada y la lanza. Los más certeros con el arco se entrenaban bajo las órdenes de Kasar lanzando una y otra vez series de flechas tanto sobre blancos móviles como fijos, bien en posición estática bien a todo galope sobre el caballo. El entrenamiento permanente, la habilidad en el manejo de las armas, especialmente del arco, la repetición de los movimientos en grupo hasta la coordinación perfecta y el profundo sentido de la disciplina y de la obediencia al jefe convirtieron al ejército mongol en el más formidable de cuantos hasta hoy han cabalgado sobre la tierra.

Los mongoles siempre estaban alerta. Cuando se desplazaban en busca de nuevos pastos en primavera o en otoño la prudencia era completa. Antes de levantar el campamento se enviaban por delante a escuchas y oteadores que se desplegaban en forma de abanico buscando los mejores prados y la abundancia de fuentes; a continuación se movía una vanguardia formada por un nutrido grupo de guerreros, en número suficiente como para defenderse de cualquier agresión imprevista. Esta vanguardia, oídos los informes de los oteadores, decidía el lugar donde se iba a instalar el nuevo campamento e iniciaba los preparativos. Detrás avanzaba el grueso de la tribu, formado por las tiendas, los carros, las mujeres, los niños y los rebaños, protegidos por el grueso del ejército siempre en formación de combate. Por último, un batallón protegía la retaguardia, recogía a los rezagados y recuperaba las cabezas de ganado que se extraviaban. Pero los mongoles, antes unidos frente al común enemigo merkita, se habían separado, y con la división se acentuaron las tradicionales discordias entre ellos. Temujín y Jamuga habían roto su amistad y los clanes habían optado por uno u otro. Una enorme grieta se había abierto entre los dos grupos y nada parecía indicar que uno de ellos estuviera dispuesto a cerrarla. Todos sabían que sólo la muerte de uno de los dos caudillos significaría el final de la división.

Un grave episodio vino a añadir nuevos problemas a los ya existentes. Taichar, primo de Jamuga, sentía deseos de venganza hacia los clanes que habían abandonado a su pariente para unirse a Gengis Kan. Había sido nombrado jefe de una patrulla y decidió por su cuenta hacer una incursión en la estepa de Sagari, donde pastaban algunos cientos de potros de la caballada de Gengis Kan. Consiguió robar varias decenas y se los llevó a su lugar de acampada, al pie del monte Yamala. El guardián de los caballos era Jochi Darmala, uno de los más fieles vasallos de Gengis Kan, que nada pudo hacer ante el ataque de los hombres de Taichar. Pero Jochi no renunció a rescatar los caballos y, amparándose en la oscuridad de la noche, siguió el rastro de los ladrones. Colgado del vientre de su montura, a fin de no ser descubierto, logró acercarse a Taichar. Tenía el arco preparado y no falló: la saeta cortó el aire y se clavó en la garganta del primo de Jamuga. Los dos compañeros que lo flanqueaban, creyendo que eran muchos los que atacaban, huyeron abandonando el cuerpo de su jefe. Jochi Darmala regresó con todos los potros robados y aún con alguno más. La guerra entre los dos *andas* era inevitable.

Gengis Kan había plantado su tienda en la ladera del monte Gurelgu. Estaba seguro de que Jamuga no tardaría mucho tiempo en enviar a su ejército contra él; si quería mantener su prestigio como jefe, no podía dejar sin venganza la muerte de su primo. Pese a que eran muchos los que se habían pasado al lado de Gengis Kan, Jamuga seguía contando con numerosos guerreros. Temujín había dispuesto toda una red de vigías entre las tierras de Jamuga y la región donde se asentaban los suyos. Tenían orden de avisarle en cuanto atisbaran acercarse a los de Jamuga. La tarde caía sobre el círculo de tiendas del kan; dos jinetes cabalgaban a todo galope agitando sus blancos estandartes al viento.

–¡Ya se acercan!; esta mañana han atravesado los riachuelos de Alagugud y Targagud –alertó uno de ellos.

–¿Cuántos son? –preguntó Gengis Kan.

–Al menos treinta mil. Al frente del ejército cabalga el clan de los yaradanes y detrás vienen en formación de batalla el resto de los clanes que apoyan a Jamuga. Se han unido a ellos los tayichigudes, mandados por ese perro de Targutai.

–Targutai, mi viejo enemigo. Sigue esperando su oportunidad para hacerse con el kanato. Es tenaz, muy tenaz –musitó el kan.

Gengis Kan ordenó que se proporcionara comida y *kumis* a los dos mensajeros y se dispuso a preparar la defensa. Disponía de menos guerreros que la alianza pactada entre Targutai y su *anda* y había perdido la iniciativa. No había contado con que Targutai se uniera a Jamuga; no estaba en condiciones de enfrentarse a ambos en igualdad, pero no podía escapar. Tenía a su mando trece círculos de tiendas con miles de mujeres, ancianos y niños. Si levantaba los campamentos y huía, no tardarían en alcanzarlo y entonces no tendría ninguna oportunidad. Su única esperanza era presentar batalla y entre tanto permitir que mujeres y niños desmontaran los campamentos y se retiraran. Si lograba vencer, todos los mongoles aceptarían su soberanía, y si era derrotado es probable que pudiera rehacer su kanato con los restos de los clanes que quedaran tras la batalla. Sí, no había ninguna otra opción que combatir.

Apenas había amanecido sobre la llanura de Dalán Balchutaj. Los dos ejércitos, mongoles contra mongoles, se observaban frente a frente. La vanguardia de Targutai había logrado asentar sus estandartes sobre unas suaves colinas desde las que se dominaba el amplio llano. Su posición parecía en franca ventaja. Con los dos ejércitos desplegados, Gengis Kan pudo evaluar rápidamente las fuerzas enemigas, la desventaja en su contra era mayor de lo que había calculado. Las tropas de Targutai y Jamuga casi triplicaban a las suyas, estaban mejor posicionadas y habían tenido más tiempo para prepararse. En otras condiciones no hubiera tenido ninguna duda y habría rehuido el combate, pero los carros con las mujeres y los niños todavía estaban al alcance de sus rivales.

Convocó a sus generales y bajo el estandarte blanco de nueve colas de caballo expuso su plan de combate:

–No podemos vencer. Nos superan con mucho en número y nos han ganado la posición sobre el terreno. Nuestra única salida es contenerlos en tanto nos retiramos en orden. Hay que evitar a toda costa que nos envuelvan y rebasen nuestros flancos. Tú, Belgutei, moverás el ala izquierda abriéndote en forma de abanico, impidiendo que su ala derecha te desborde; muy cerca hay un bosquecillo de pinos que protegerá tu flanco e impedirá que seas envuelto por su superioridad numérica. Manténlos a raya mientras puedas y si no lograras contener su empuje, retrocede ordenadamente. Tú, Bogorchu, aguanta en el centro hasta que se retire Belgutei; en cuanto lo haga, retrocede a la vez que él. Haced que todos cumplan estas órdenes; si alguien huye apresuradamente o rompe la formación, ejecutadlo allí mismo. Yo defenderé el flanco derecho y en caso de que os superen acudiré en vuestra ayuda. Nuestro objetivo es aguantar hasta que nuestros carros hayan llegado al valle del Onón. Una vez se encuentren allí, nos retiraremos de manera ordenada, sin romper nunca nuestra formación. Si alcanzamos el estrecho de Yerene estaremos salvados, allí tendrán que detenerse. Kasar ocupará la entrada al desfiladero con los quinientos mejores arqueros y protegerá nuestra retirada. Cuando hayamos pasado, frenará a nuestros perseguidores. En el angosto paso de Yerene no caben más de diez jinetes en frente, de allí adelante les será imposible continuar.

–Creo que sería mejor lanzar un ataque de inmediato. Seguro que no esperan que carguemos contra ellos; si los cogemos por sorpresa los venceremos –aseguró Bogorchu.

Gengis Kan miró a su amigo con toda la fuerza de sus centelleantes ojos verdes. Bogorchu bajó los ojos apabullado ante el kan.

—Admiro tu valor, Bogorchu, pero esto no es un juego de muchachos. El futuro de nuestro pueblo depende de esta batalla. Eres mi primer compañero y mi amigo, pero ni tan siquiera a ti te consiento que discutas una sola de mis órdenes. No lo hagas nunca más, no lo hagáis nunca ninguno —sentenció rotundo Gengis Kan.

Tal y como Gengis Kan había previsto, Jamuga ordenó una carga frontal. Sabedor de su superioridad, estaba seguro de que la victoria no podía escapársele; estaba convencido de que su enemigo era un loco ofreciéndoles batalla. Veía su triunfo tan cercano que casi podía sentir las aclamaciones de los mongoles cuando lo proclamaron jefe de todos los clanes. Temujín sólo sería entonces un recuerdo que no tardaría en diluirse entre los de otros muchos héroes de los que, en las leyendas que se cantaban durante las noches de luna, sólo se recordaba el nombre y algunas hazañas. Los yaradanes, sedientos de sangre que vengara la muerte de Taichar, cargaron con toda violencia sobre el centro del ejército de Gengis Kan, pero Bogorchu no cedió. El kan había formado a los guerreros de sus trece *guranes* en un frente de cien por diez en fondo, configurando así trece bloques compactos que por ningún motivo deberían deshacerse. Targutai, en contra de la opinión de Jamuga, había distribuido sus batallones en bloques de cien en frente por cinco en fondo, ocupando toda la anchura del valle. Los batallones de Targutai eran más numerosos pero menos compactos y sobre todo menos disciplinados. Temujín había colocado en primera línea a los miembros de los clanes de los chainos y de los uúes, a cuyo frente estaba el príncipe Negudei Chagagán, uno de los jefes mongoles más estimado y noble. Jamuga, desde su privilegiada posición, cargó con el grueso de sus tropas sobre el flanco izquierdo que defendía Belgutei. Superados ampliamente en número, los hombres de

Belgutei cedieron con orden ante el empuje de los de Jamuga e iniciaron el repliegue tal y como había planeado el kan. Bogorchu, que hubiera deseado continuar peleando, cumplió a rajatabla lo ordenado y, flanqueado por Jelme y Muhuli, se retiró manteniendo las líneas en perfecta formación. Cuando alcanzaron la embocadura del desfiladero de Yerene sólo faltaban unos trescientos hombres; el resto del ejército atravesó la garganta de rocas y penetró a salvo en el valle del Onón.

Targutai y Jamuga no se atrevieron a seguir a su enemigo más allá del estrecho. Comprobaron que las alturas estaba ocupadas por los arqueros de Kasar, y que si intentaban proseguir en su avance caerían abatidos sin remedio entre las angosturas del desfiladero.

—¡Victoria, victoria! —gritó Targutai alzado en su espléndido caballo tordo.

—Han huido como ratas —ratificaron algunos de sus generales.

Pero Jamuga sabía que aquella victoria no les valía. Gengis Kan había escapado a una muerte segura gracias a sus grandes dotes de estratega y había logrado mantener a su ejército prácticamente intacto. Cuando se hizo el recuento de bajas, sólo doscientos muertos habían caído del ejército del kan y se habían capturado a unos cien prisioneros. Targutai y Jamuga habían perdido en la batalla de Dalán Balchutaj más de tres mil hombres, la mayoría de ellos en el centro de su ejército.

Rodeado de sus generales, Targutai iba y venía a lo ancho de la enorme tienda plantada en el centro del círculo de *yurtas* en su campamento, en la ribera del Alagugud. Sus pasos eran rápidos y sus movimientos reflejaban una enorme cólera. Su rostro denotaba una tensión a punto de estallar y su mirada relampagueaba de uno a otro lado.

—Hemos de darles un escarmiento. Han sido esos malditos uúes quienes con su resistencia han provocado que no pudiéramos coger a Temujín. Si su centro no hubiera aguantado como lo hizo, ahora todo el ejército de nuestros enemigos estaría muerto y nuestra victoria sería total.

Dicho esto, salió de la tienda seguido de sus generales y se dirigió al cercado donde varios guardias custodiaban al centenar de prisioneros capturados en la batalla.

—Traed todas las calderas grandes que haya en el campamento, llenadlas de agua y ponedlas a hervir —ordenó Targutai.

Instantes después setenta calderas hervían sobre los fuegos encendidos en la pradera. Uno a uno, todos los prisioneros fueron introducidos en el agua hirviendo y escaldados en medio de atroces sufrimientos. El propio Targutai cortó con su espada la cabeza del noble Negudei Chagagán y la arrastró, atada de una cuerda a la cola de su caballo, alrededor de todo el campamento.

Aquella demostración de crueldad con miembros del pueblo mongol fue demasiado para muchos de los que seguían con Targutai. Los jefes Juchuldar, del clan de los mangudes, y Jurchedei, de los urugudes, decidieron marchar al lado de Gengis Kan. Pero el principal abandono que sufrió Targutai fue el de Munglig, jefe del clan de los konkotades. Munglig, el amigo de Yesugei que había comunicado la muerte de su padre a Temujín, tenía siete hijos, entre ellos Teb Tengri Kokochu, cuyas artes como chamán serían más adelante bien conocidas, y todos ellos siguieron a su padre. El propio Jamuga, avergonzado ante la cruel actitud de su aliado, se retiró hacia los pastos del norte con sus familiares y clientes. La gran coalición que se había configurado con el objetivo de destruir el creciente poder de Gengis Kan se había disuelto como polvo que arrastra el viento.

La llegada de estos tres grandes clanes al campamento del kan fue recibida con enorme alborozo. Ahora ya no había nada que temer de Targutai y de los tayichigudes; las fuerzas estaban equilibradas y nadie dudaba de que, en la próxima ocasión, la mayor capacidad militar y la superior visión estratégica de Gengis Kan decantarían la victoria de su lado.

—Hagamos una gran fiesta —propuso Sacha Beki, jefe del poderoso clan de los yurkines—. Este es un gran día para nosotros. Por fin todos los clanes herederos de los kanes, con excepción de los tayichigudes, estamos unidos bajo un mismo kan; eso no ocurría desde los tiempos de Jutula. Celebremos la unión con un *ikhudur* que nos haga olvidar los malos momentos que hemos atravesado. El pueblo mongol tiene por fin algo gozoso que festejar.

—Sí —intervino madre Hoelún—. Hace mucho tiempo que no teníamos motivo alguno para la alegría. Una fiesta puede servir para unirnos todavía más.

—Yo nunca he participado en una de esas grandes fiestas. Recuerdo que oí contar alguna de ellas a nuestro padre, pero no tuvimos ocasión de celebrar ninguna —se lamentó Jachigún.

Taichú y otros nobles de los yurkines asintieron a la propuesta de Sacha Beki.

—De acuerdo, tenéis razón. Han sido muchos años de fatigas y sufrimientos. Bien merecemos una gran fiesta que selle nuestra unión —afirmó el kan.

Sobre la pradera del Onón centenares de calderos hervían llenos de pedazos de cordero. Tenues nubecillas de humo, cargadas con el olor de la carne guisándose, se extendían por todas partes despertando los jugos gástricos de los siempre hambrientos mongoles. En varios espetones giraban sobre gruesas brasas ardientes decenas de carneros y terneras. En trípodes de palos colgaban botos de cuero con el apreciado *kumis*. Los caudillos se habían reunido en torno al círculo de tiendas de Gengis Kan para participar en el festín que celebraba la unión de la mayoría de los clanes reales.

En el centro del campamento se había encendido un fuego sagrado que se alimentaba exclusivamente con ramas de abedul, y a la entrada del recinto dos grandes hogueras limitaban el lugar por el que debían pasar los asistentes a la fiesta para participar en ella libres de malos espíritus. Los chamanes, vestidos con grandes túnicas amarillas y tocando machaconas melodías con sus pequeños tambores, recorrían todo el campo asperjando con agua bendita y leche agria de yegua las tiendas y los carros, a fin de purificar todos los lugares del campamento y liberarlos de los malos espíritus que pudieran contener. Teb Tengri Kokochu, el hijo de Munglig que pese a ser joven poseía una gran fama como chamán, encabezaba la comitiva. Era éste un muchacho solitario y soñador que vagaba por los bosques en busca del contacto con los espíritus. Entraba con frecuencia en trance y cantaba durante el sueño. Era tan respetado como temido y su influencia ante el kan estaba empezando a crecer. Tiempo después se convertiría en un verdadero problema. Al comienzo de la fiesta se procedió a escanciar a los nobles participantes. El primero fue Gengis Kan, sobre el que se rociaron unas gotas de *kumis*. Después se hizo lo mismo con Hoelún y con los hermanos del kan, para continuar con Sacha Beki y los miembros del clan de los yurkines, el tercero en orden de nobleza entre los mongoles tras los borchiguines y los tayichigudes. Junto al kan estaban los miembros de estos dos clanes y entre ellos algunas katunes, hijos y nietos de los grandes kanes mongoles. Hoelún no consintió que Dogón, la concubina merkita de su marido, asistiera a la fiesta. En un pueblo como el mongol, acostumbrado a la dura vida del nómada, los festejos son pocos, y cuando se celebran se suele desbordar por completo la mesura y la disciplina de su vida cotidiana. Se consumen cantidades ingentes de alimento y se bebe tanto *kumis* cuanto el cuerpo es capaz de resistir. Es entonces cuando se alteran las costumbres y se alteran por completo las conductas y las costumbres.

Aquel festejo no fue en esto una excepción. Gengis Kan había dispuesto una guardia de varias decenas de hombres con la misión de mantener la vigilancia en previsión de una siempre posible amenaza exterior, pero sobre todo para evitar los desmanes y tropelías que los participantes en la celebración, una vez ebrios, pudieran cometer. Belgutei fue designado como jefe de la guardia. El kan confiaba en Belgutei como en ningún otro y sabía que su hermanastro cumpliría sus órdenes sin la menor objeción. Los guardias no podían participar en la fiesta, tan sólo se les llevaría doble ración de comida, y tenían completamente prohibido, bajo pena de muerte, consumir una sola gota de *kumis*. A media tarde la mayoría de los participantes en el festejo estaba borracha. Hartos de comer y saciados de beber, centenares de hombres yacían por el campo tumbados a la sombra de los árboles o recostados en las rocas, durmiendo, sesteando o conversando sobre viejas hazañas guerreras aquéllos que aún mantenían fuerzas suficientes como para poder hablar.

Belgutei seguía en su puesto, atento para acudir a sofocar cualquier alteración que se produjera. Un miembro del clan de los yurkines, aprovechando la modorra general, se acercó sigiloso hasta donde estaban los caballos del kan. Cogió uno y ya lo conducía fuera del cercado cuando Belgutei lo sujetó con fuerza por la espalda acusándolo de robo. Al lado dormitaba Buri *el Fuerte*, el más formidable de los luchadores de ese clan, que al ver a uno de los suyos detenido por Belgutei, acudió en su defensa. El hermanastro del kan y Buri *el Fuerte* se enfrascaron en una violenta pelea en la que Belgutei se llevó la peor parte. El fornido yurkín destrozó la chaqueta de piel de Belgutei y le propinó en el hombro derecho un fuerte espadazo con la zona plana de la hoja, provocándole una aparatosa efusión de sangre.

Belgutei abandonó la pelea derrotado y maltrecho y se dirigió hacia el arroyo para lavarse las heridas. Gengis Kan descansaba a la sombra de un alerce, recostado para digerir la enorme cantidad de carne que había consumido. Vio pasar a Belgutei con las ropas destrozadas y el rostro y el cuerpo ensangrentados y lo llamó.

–¡Belgutei, Belgutei! ¿Qué te ha ocurrido?

–No es nada, hermano. La herida es superficial. No quiero ser causa de una pelea entre parientes. Sanará enseguida; en cuanto me lave un poco estaré mucho mejor.

Pero el pelirrojo kan tenía los ojos inyectados en sangre. Estaba furioso; ¿quién era el que había osado atacar al jefe de la guardia durante la fiesta? Debería de estar loco para hacer tal cosa.

–¿Quién ha sido, dime quién te ha hecho esto? –inquirió.
–Déjalo estar, mi kan, no es nada –respondió Belgutei.
–Te ordeno que me respondas.

Una orden del kan nunca era desobedecida.

–Fue Buri *el Fuerte*. Quiso ayudar a uno de su clan a quien yo había sorprendido robando un caballo de los nuestros.
–Es hora de darles un escarmiento. Vamos.

Gengis Kan reunió a todos los miembros de su familia y los requirió para vengar la afrenta que los yurkines habían hecho a Belgutei. Cogieron los palos de batir el *kumis* y se dirigieron hacia las tiendas de ese clan. Los yurkines vieron acercarse a los borchiguines y se aprestaron para la pelea. Buri *el Fuerte*, armado con el asta de una lanza, se adelantó reclamando enfrentarse con el kan. Temujín avanzó hacia él y lo desmadejó de un par de golpes en el torso y en las piernas. Los yurkines, amedrentados por la contundencia de los golpes de Gengis Kan, intentaron escapar, pero los borchiguines cayeron sobre ellos y los molieron a palos.

En la tienda del jefe del clan yurkín encontraron a dos viejas katunes, la oronda Yoriguín y la altiva Jugurchín. Los borchiguines las tomaron como rehenes, a modo de botín de guerra, y las llevaron a sus *yurtas*.

Al día siguiente, ya repuestos de la resaca del festín, una comitiva de los yurkines fue hacia la tienda de Gengis Kan.

–¡Oh, poderoso kan! –comenzó diciendo Sacha Beki–, te rogamos que nos devuelvas a las dos katunes.
–Antes debéis pedir perdón por vuestro acto y resarcir a Belgutei –repuso Gengis Kan.
–Te pedimos perdón, poderoso kan, y también a tu hermano Belgutei. Hagamos las paces y que reine la armonía entre nuestros clanes –se justificó Sacha Beki.

–Así sea –asentó Gengis Kan, y ordenó que devolvieran a su clan a Yoriguín y a Jugurchín.

En lo más crudo del invierno murió la anciana Jogachín. La fidelidad que esta sierva había mostrado durante tantos años a la familia de Temujín se vio recompensada en su entierro. Por primera vez un kan participó en el sepelio de una esclava y vertió unas gotas de *kumis* sobre su tumba.

8. La venganza del kan

Doce jinetes arribaron al campamento. Montaban espléndidos corceles enjaezados con gualdrapas de cuero laqueado en rojo. Uno de ellos era un alto dignatario de la corte de los jürchen. Hasta entonces, Gengis Kan nunca había tenido contacto directo con los poderosos señores del Imperio kin. Fueron recibidos como embajadores de un país amigo, a pesar de que no había olvidado que su padre le dijo que habían sido los jürchen quienes incitaron a los tártaros a aplastar a los mongoles.

El jefe de la delegación china, tras pasar entre dos hogueras para purificarse de los malos espíritus, se dirigió a Gengis Kan en cuanto recibió autorización para hacerlo. Un intérprete traducía con presteza sus palabras.

—Nuestro soberano, su majestad imperial Ma-ta-ku, envía a su hijo Temujín sus saludos y le exhorta a que se una a él para combatir a los tártaros. Nuestro glorioso general Ching Siang persigue a varios clanes de esos bandidos aguas arriba del río Ulja. Se dirigen hacia tus tierras, ¡oh, poderoso kan!, encabezados por su caudillo Meguyín Segultu. Si aceptas la alianza con nuestro soberano y lo ayudas en la batalla, él sabrá compensarte como un padre a un hijo.

Gengis Kan, sentado entre su esposa Bortai y el pequeño Jochi, reflexionó un buen rato. Aquélla era la oportunidad que durante tanto tiempo había esperado. El soberano del Imperio de los kin le ofrecía una alianza, y nada menos que para enfrentarse a sus seculares enemigos los tártaros. Aquella podía ser la ocasión para convertirse en el caudillo más poderoso de todas las tribus al norte de la Gran Muralla. Pero también podía ser una treta, una trampa dispuesta por los tártaros para acabar con él. Optó por la prudencia y respondió:

—Desde hace muchas generaciones los mongoles somos enemigos de los tártaros. Esa raza de chacales ha matado a nuestros abuelos y a nuestros padres. Es hora de que paguen con su sangre tantos crímenes. Decidle a vuestro general que lucharemos junto a su ejército contra nuestro enemigo común.

Los embajadores jürchen se retiraron y Gengis Kan actuó deprisa. Decidió enviar un mensajero a Togril para ponerle al corriente de la situación y pedirle que acudiera con su ejército a ayudarle contra los tártaros. Togril, que profesaba desde hacía tiempo odio mortal hacia esta tribu, respondió de inmediato y acudió con veinte mil hombres perfectamente equipados. Los mongoles estaban preparados para la batalla. Todos los clanes habían acudido a la llamada del kan; todos menos los yurkines, que, aunque habían jurado la paz con los borchiguines, no olvidaban la afrenta que se les causara durante la fiesta celebrada a orillas del Onón. Se esperó varios días más la respuesta de los yurkines a la llamada convocando al ejército, pero no hubo ninguna contestación a los mensajes. Entre tanto, los tártaros se acercaban y no se podía aguardar más. Togril y Gengis Kan dieron la orden para que el ejército se pusiera en marcha. No menos de treinta y cinco mil hombres, formados en treinta y cinco *guranes* de a mil, cabalgaban por el valle del Ulja al encuentro del enemigo. El estandarte blanco de nueve colas de caballo y el guión con la cruz se alzaban al frente de las tropas desplegadas en perfecta formación de combate.

En un amplio recodo del valle, en el paraje denominado Naratu Chituguen, avistaron a los tártaros. Acosados en su retaguardia por el príncipe Siang, el general que mandaba las tropas de los kin, y frenados en su huida por mongoles y keraítas, se habían fortificado en un altozano, colocando sus carros en un amplio círculo a media ladera. Los soldados chinos intentaron tomar el improvisado fortín al asalto, pero todas sus tentativas habían fracasado. La caballería se desplegó en varias filas; en las primeras líneas formaban los portadores de pesadas corazas hechas con dos placas de metal sujetas con cuerdas a los hombros y a la cintura. Detrás estaban situados los mejores jinetes, armados con lanzas, azagayas y látigos, y todavía más atrás a los arqueros. El kan los arengó resaltando que iban a combatir contra los asesinos de sus padres y de sus abuelos.

–Ahí enfrente, asustados como mujeres detrás de sus carros, están apostados los tártaros. Hemos esperado esta oportunidad durante mucho tiempo. Hace ahora más de veinte inviernos que esos hombres con los que vamos a enfrentarnos mataron a nuestros padres, violaron a nuestras madres y degollaron a nuestros hermanos. Hoy la venganza se presenta ante nosotros. Como aliados nuestros, están los kin. Son dueños de tierras inmensas allá donde nace el sol, viven en grandes *yurtas* de piedra y son tan numerosos como las estrellas. Y pese a todo, no han podido quebrar la resistencia tártara. Nosotros vamos a combatir por primera vez como aliados suyos. Sus ojos van a contemplar cómo lucha un mongol. Que nadie dé un paso atrás, que nadie abandone su puesto en la carga. Si uno de nosotros sucumbe en el asalto, otro ocupará de inmediato su lugar y seguirá adelante. ¡Ay de aquél que desfallezca o abandone la lucha!, mi justicia lo alcanzará de tal modo que lamentará haber nacido. Hoy sólo caben dos salidas, o la muerte o la victoria.

Los keraítas de Togril y los mongoles de Gengis Kan cayeron sobre el fortificado campamento tártaro con incontenible violencia. La primera carga de la caballería pesada abrió una brecha en el círculo de carros e irrumpió como un torrente desbordado entre las tiendas. Sorprendidos por la espalda, algunos de los defensores del improvisado fortín abandonaron sus puestos y el círculo comenzó a romperse por varios sectores. Muy pronto había acabado la lucha. Miles de tártaros yacían por el suelo degollados a cuchillo o ensartados por las certeras flechas mongoles. La orden se había cumplido a rajatabla: ni uno solo de los guerreros tártaros conservó la vida. Las mujeres y los niños se convirtieron en esclavos.

Al pie de la colina, en el recodo del río, los soldados del general Siang se quedaron boquiabiertos. Nunca habían visto a un ejército pelear con la ferocidad con que la que aquel día lo hicieron los hombres de Togril y sobre todo los de Gengis Kan. La mayoría de los chinos consideraba a los nómadas de la estepa como meros salvajes, bandidos nómadas dedicados al pillaje sólo capaces de la traición y la celada. No les creían preparados para combatir como un ejército disciplinado, sino como una banda de lobos cuando ataca a una presa indefensa. Mas aquel día contemplaron a una fuerza creciente, indomable pero organizada, capaz de arrasar cuantos obstáculos se interpusieran en su camino. Entonces aún no imaginaban que años después iban a sufrir esa fiereza en sus propias carnes.

Finalizado el exterminio de aquellos clanes tártaros, Gengis Kan y Togril acudieron ante el estandarte del general Siang. Dentro de una bolsa de cuero portaban la cabeza del caudillo que los había dirigido.

Gengis Kan arrojó la cabeza del príncipe tártaro a los pies de Siang y dijo:

—Buena parte de los tártaros ha dejado de existir. Puedes decirle a tu emperador que los keraítas y los mongoles hemos acabado con muchos chacales de las praderas.

Siang, impresionado por la energía desplegada en el combate por sus nuevos aliados, respondió:

—Vuestro valor en la lucha y vuestra fidelidad al emperador serán recompensados justamente. Él me ha conferido la autoridad para investiros a ambos con títulos y honores.

Con un movimiento de su mano indicó a un escribano que acercara una tela de seda y continuó:

—A ti, Togril, kan de los keraítas, el poderoso emperador kin te nombra Wang Kan, es decir, «príncipe», y ordena que así seas llamado en todo su reino y te sean rendidos los honores y mercedes que tan alto título conlleva.

Extendió su brazo y le entregó su título.

—A ti, Temujín, kan de los mongoles, se te concede el título de *tschao-churi*, «el pacificador», para que lo uses como distintivo de tu nuevo rango.

Durante los dos días siguientes se procedió al reparto del botín conseguido en el campamento tártaro. Mujeres, niños, tiendas, carros, caballos, armas, ropas y enseres de todo tipo fueron entregados a los guerreros. Gengis Kan sólo reservó para sí la cama del jefe tártaro, realizada en plata, y una manta azul con estrellas bordadas en hilo plateado. A su madre Hoelún le guardó un regalo muy especial. Finalizada la matanza y cuando se procedía al saqueo del campamento, apareció escondido entre unos sacos de lana un niño que tenía un aro de oro en la nariz y vestía una camisa de seda dorada ribeteada con pieles de marta. Se trataba sin duda del hijo de un jefe. Gengis Kan lo tomó para sí y se lo entregó a su madre, quien lo adoptó de inmediato. Le puso como nombre Sigui Jutuju y lo convirtió en el séptimo de sus hijos varones. Los cuatro primeros nacidos de su matrimonio con Yesugei y los tres más pequeños adoptados, el merkita Guchu, el tayichigud Kokochu y este tártaro.

Con motivo de aquella alianza entre los mongoles y el imperio de los kin el nombre de Temujín se escribió por primera vez en los *Anales Históricos del Imperio*.

Despacio, quizá más despacio de lo que él quisiera, pero de manera inexorable, Gengis Kan estaba logrando sus objetivos. «Un solo kan bajo el único sol en el Eterno Cielo Azul», se repetía una y otra vez. Antes y después de cada batalla, el kan ascendía a una montaña y postrado en su cumbre rogaba a Tengri que le proporcionara las fuerzas necesarias para conducir a su pueblo a la victoria. Sobre la cima del Burkan Jaldún, el viento agitaba su pelo rojo. Sus profundos y metálicos ojos verdes oteaban el horizonte. Había ascendido a la montaña sagrada en busca de la cercanía de la divinidad. Su espíritu necesitaba estar solo por unos días. Los precipitados acontecimientos apenas le habían dejado tiempo para meditar. Decidió alejarse del campamento y recluirse en la cumbre sagrada durante tres días, sin otra compañía que la de su caballo y sin otro equipaje que una manta de piel y una bolsa con un poco de carne seca, queso y un odre de leche de yegua.

Allá arriba, en el aire puro de las cumbres oreadas por el viento del norte, en el silencio del techo del centro del mundo, lejos de los bramidos de los ganados, del polvo de las llanuras, del sol abrasador de los desiertos, era donde mejor se encontraba. Él, el guerrero indomable, él, que había logrado salir indemne de tantos peligros y acosos, él, que tan sólo con la fuerza de sus brazos y con el coraje de su corazón estaba a punto de forjar un imperio, él, que no temía a ningún hombre y que era temido por todos, se sentía allá arriba inerme ante la voluntad de Tengri. Abajo en la llanura, al frente de su nación, debía aparecer siempre como el soldado indómito, el jefe valeroso, el caudillo invencible. Arriba, en presencia del todopoderoso Tengri, señor de los cielos y de la vida, no era sino una indefensa criatura, como un niño perdido en la noche oscura.

La tarde se extendía lánguida y triste sobre el Burkan Jaldún. Gengis Kan se arrodilló cara al sol poniente y extendió sus brazos hacia el crepúsculo.

—¡Oh poderoso Tengri!, soberano del cielo y de la tierra. Tú que riges los destinos del mundo y de los hombres, muéstrame el camino que debo seguir. Permite que mi pueblo alcance el gobierno del mundo. Concédeme la fuerza y el poder necesarios para extender nuestro dominio sobre la tierra y haz que los cascos de nuestros caballos cabalguen libremente entre las playas de Oriente y las de Occidente.

Pidió una y otra vez el consejo del dios de los cielos, pero Tengri no respondió. El sol se ocultó entre las montañas y la noche cayó sobre el Burkan Jaldún como un pesado sueño.

Media Mongolia obedecía a Gengis Kan, pero eran todavía muchos los enemigos que acechaban. Algunos de los clanes mongoles más poderosos, celosos de su independencia, seguían prefiriendo mantener su libertad a someterse a un único señor. Entre los nómadas hay dos sentimientos que conviven de manera contradictoria en su modo de vida y que han dado lugar a las más serias disputas entre las tribus. Uno de ellos es el acendrado individualismo y el otro el espíritu de pertenencia al clan. Ambos están presentes en el corazón del nómada y ambos son a la vez complementarios y opuestos. Con semejantes sentimientos encontrados tuvo que enfrentarse el kan.

Tras la victoria sobre los tártaros, algunos clanes que habían estado al lado de Gengis Kan entendieron que su poder estaba aumentando demasiado. Se sintieron amenazados y decidieron enfrentarse a él antes de que su ascenso fuera irresistible. El más importante y poderoso era el de los yurkines, que por ser descendiente de Okín Barjaj, el hijo mayor de Kabul Kan, se consideraba superior a los demás y con mayores derechos que nadie a encabezar al pueblo mongol. Gengis Kan estaba furioso con ellos porque no respondieron a sus requerimientos en la batalla contra los tártaros. El kan estimaba que había sido una traición y esta nueva situación no venía sino a reafirmar los agravios que algunos miembros de ese clan habían cometido, especialmente durante la fiesta celebrada a orillas de Onón en la que hirieron a Belgutei mientras éste actuaba como jefe de la guardia. Pese a todo, Gengis Kan había preferido no ir contra ellos para no debilitar sus fuerzas. Pero un grave acontecimiento vino a sumarse a los anteriores, y la paciencia del kan se agotó. Los guerreros mongoles descansaban y se reponían en las praderas del lago Jariltu del duro combate librado contra los tártaros. La mayor parte de los guerreros había salido de cacería en busca de carne y pieles para el próximo invierno. En el campamento principal quedaban tan sólo cincuenta hombres al cuidado de las tiendas y del ganado.

Nadie los vio acercarse. Desde las colinas cercanas cargaron contra ellos más de doscientos yurkines. Aunque en principio intentaron resistir, los soldados de Gengis Kan tuvieron que ceder y huir. Diez cadáveres quedaron sobre el suelo con las espaldas atravesadas por flechas yurkines.

Cuando Gengis Kan regresó de la cacería los supervivientes le informaron de lo ocurrido.

—Fueron yurkines, mi señor. Nos sorprendieron mientras apacentábamos el ganado a orillas del lago. Eran muchos más que nosotros y aunque les plantamos cara nada pudimos hacer sino huir —dijo el jefe del destacamento.

Gengis Kan contempló los diez cadáveres alineados delante de su tienda. Sus ojos verdes estaban serenos pero en la profundidad de sus pupilas podía intuirse una ira contenida.

—Han ido demasiado lejos. Mancillaron la fiesta hiriendo a Belgutei, nos traicionaron no acudiendo a la batalla contra los tártaros y nos acosan como alimañas asesinando a nuestros hombres y robando nuestro ganado. Hasta ahora he aguantado todas sus ofensas para evitar nuevas guerras entre mongoles, pero esta afrenta no puedo consentirla. Mañana mismo saldremos contra ellos. Es hora de acabar con el orgullo de esos malditos yurkines.

Gengis Kan preparó a sus hombres, se cargaron las aljabas con flechas, se limpiaron y repararon los arcos y se afilaron las espadas. Cada hombre debía portar una lanza corta, otra larga, dos arcos y un carcaj con cincuenta flechas; además, dos caballos y una bolsa con comida para seis días. Salieron del campamento y localizaron las huellas que los yurkines habían dejado tras su incursión. Después de dos días siguiendo el rastro los alcanzaron a orillas del Kerulén. El campamento de los yurkines parecía en calma. No menos de trescientas tiendas formaban dos amplios círculos y entre ellos había un cercado repleto de ovejas. Por los alrededores pastaban varias manadas de caballos y grupos de yaks.

Los hombres de Gengis Kan se desplegaron en semicírculo, formando una amplia media luna presta para caer sobre sus desprevenidos enemigos. Belgutei enarbolaba el estandarte de nueve colas de caballo a la derecha del kan. A una orden suya, Belgutei inclinó el *bunduk* hacia delante y ésa fue la señal para iniciar el ataque. Poco después el campamento de los yurkines estaba completamente deshecho. Tan sólo los dos jefes, los hermanos Sacha Beki y Taichú, escoltados por un grupo de leales, consiguieron escapar al primer envite, pero Gengis Kan, viéndolos alejarse, salió en su persecución con un grupo de miembros de su guardia personal. Los alcanzaron a la entrada del estrecho de Teletu, donde el kan había apostado varios arqueros para cortar una posible huida. Una vez más su genio estratégico había acertado.

Los jefes yurkines, atrapados entre los arqueros y los jinetes, depusieron sus armas.

—Nadie que traicione al kan puede seguir con vida —sentenció Gengis Kan.

—No hables tanto y cumple con lo prometido —gritó Sacha Beki.

Varios hombres desmontaron y sujetando a los dos hermanos los acercaron hasta el kan. Éste desenvainó su espada y de dos certeros mandobles les cortó las cabezas. Allí mismo quedaron los cuerpos descabezados de los dos yurkines, expuestos a los picos de los buitres. El resto de los jefes yurkines se sometieron a la voluntad del kan. Todos creían que iban a correr la misma suerte que sus dos hijos caudillos, pero Temujín se mostró magnánimo.

—Habéis seguido a dos malos jefes que os han conducido a la derrota y a la humillación. Esos dos ya no existen. Sois mongoles y en otro tiempo estuvisteis con nosotros, fuisteis miembros de nuestra misma nación. Ahora podéis volver a ella —sentenció el kan.

Uno de los caudillos, se adelantó y habló:

—En verdad nos equivocamos al seguir a esos dos, pero aquí están mis hijos. Te los ofrezco para que te sirvan, para que guarden tu *yurta* y sean tus siervos. Te entrego lo mejor que tengo y te digo: si alguno de ellos te sirve mal o te abandona, atraviésale el corazón.

Como un solo hombre, todos los supervivientes de la batalla aclamaron a Gengis Kan y vitorearon su nombre. Así fue como se destruyó el linaje de los yurkines, cuyo nombre significa «irresistibles», que pese a su poder y a su fuerza no fue capaz de frenar el empuje de Temujín.

Uno de los niños que había quedado huérfano en la refriega, llamado Borogul, fue entregado a Hoelún, la cual mantenía a sus otros tres hijos adoptivos, a quienes criaba como si fueran propios.

Pero todavía quedaba una deuda por saldar. Buri *el Fuerte* había sido apresado en la batalla contra los yurkines. Era hijo de Jutuku Mungler, tercero de los hijos de Kabul Kan, y por tanto primo del padre del kan. Su fortaleza física era tal que se consideraba el más fornido de los mongoles. Aunque Gengis Kan lo había tumbado con la ayuda de una pértiga con ocasión del enfrentamiento que tuvo lugar durante la fiesta en la que contendieron borchiguines y yurkines, nadie hasta entonces había podido derrotarlo en combate cuerpo a cuerpo sin armas.

Gengis Kan retó a Buri *el Fuerte* a una pelea. Él era el caudillo de la nación y debía demostrar que su fuerza superaba a la de cualquier hombre y que era capaz de vencer al que todos consideraban como el mejor de los luchadores. Cuando Buri oyó de labios del kan el reto, sus labios dibujaron una sarcástica sonrisa. Ambos luchadores se aprestaron al combate en medio de un amplio círculo trazado por los propios espectadores. Estaba a punto de iniciarse la lucha cuando una voz se alzó por encima de la expectación:

—¡Alto!, soy yo quien debo luchar con Buri *el Fuerte*.

Era Belgutei quien había impedido el comienzo del combate.

—Fue a mí a quien ofendió e hirió ese hombre. Reclamo mi derecho a batirme con él y así restañar mi honor —continuó el hermanastro de Gengis Kan.

—Belgutei ha hablado bien. Nadie, ni siquiera el mismísimo kan, puede conculcar ese derecho a un noble mongol —intervino un viejo chamán elevando su profunda voz.

—Mejor así —gritó Buri—. Primero acabaré con Belgutei y después haré lo mismo contigo, Temujín.

Buri *el Fuerte* pronunció con desprecio el nombre de Temujín, como queriendo transmitir que él no lo reconocía como soberano de todos los mongoles.

—Que así sea —dijo el kan.

Belgutei se despojó de su chaqueta de piel y ocupó el lugar de Gengis Kan en el centro del círculo.

Buri era ciertamente un formidable luchador que confiaba ciegamente en su tremenda fuerza. En el primer choque de ambos contendientes logró asir con una mano a Belgutei y mediante una hábil zancadilla lo derribó. Se abalanzó sobre él y consiguió colocarle con la espalda en el suelo. La pelea parecía acabada. Sentado sobre el pecho de Belgutei, con las rodillas inmovilizándole los brazos, Buri *el Fuerte* tenía las manos libres para apretar la garganta de su oponente hasta estrangularlo. Por unos momentos saboreó su triunfo y miró a su alrededor a la multitud que contemplaba en silencio el combate. Sonrió con malévola expresión a Gengis Kan, quien le devolvió la mirada desde sus profundos ojos verdes. Buri creyó ver a la mismísima muerte reflejada en aquella expresión, y un tanto impresionado relajó la tensión de sus músculos. Fue justo lo suficiente como para que Belgutei pudiera librarse de la presa y con un ágil movimiento se colocó a la espalda de Buri, quien, sorprendido por la inesperada reacción de su oponente, no supo responder. Belgutei cruzó sus brazos por delante del cuello de Buri y lo cogió por las puntas de su camisa, de las que tiró con toda la fuerza de que fue capaz. Buri quedó de rodillas asfixiado por su propia vestimenta, intentando en vano zafarse. Belgutei miró hacia atrás y vio a Gengis Kan que se mordía los labios. El kan hizo un leve gesto con la cabeza y Belgutei colocó su rodilla en la espalda de Buri. Tiró de la camisa hacia atrás con toda la fuerza que pudo y a la vez hincó su rodilla en el espinazo de Buri. Se oyó un seco crujir de huesos y el gigante, que trataba desesperadamente de soltarse de la presa a que estaba sometido, dejó de gesticular y cayó de bruces como un muñeco roto, con la columna vertebral partida.

–No debí confiarme. Por miedo al kan he vacilado y eso me ha costado la vida. Esos ojos, esos ojos...

No pudo decir nada más. Buri expiró entre esputos de sangre mezclados con una sustancia amarillenta.

Algunos comenzaron a aclamar al vencedor, pero el kan, con un enérgico gesto de su brazo, cortó de raíz los gritos. Belgutei cogió el cadáver y lo arrastró lejos de allí entre el silencio de los asistentes a la pelea. Las afrentas de los yurkines estaban vengadas, el kan debería estar satisfecho, pero a la vista del cadáver de Buri una sensación agria recorrió su garganta y su paladar.

«¿Cuántos mongoles más tendrán que morir hasta que se culmine la unidad de todos los clanes?», pensó Gengis Kan.

La multitud que poco antes se atropellaba para presenciar el combate se había dispersado. En la improvisada palestra, sobre la que comenzó a soplar una brisa que arrastraba finas columnas de polvo gris, sólo quedó el kan.

9. Silencio en las estepas

Una desconocida tranquilidad se extendió por toda la estepa. Las numerosas guerras civiles y los constantes enfrentamientos entre tribus y clanes habían agotado las reservas humanas de los nómadas del Gobi. El propio Gengis Kan no había dejado de combatir desde niño. No se firmó ningún pacto, no hubo ningún acuerdo expreso, pero todos respetaron una tregua jamás declarada.

Gengis Kan sabía que en esos primeros años había exigido a sus fieles más de lo que un hombre normal podía dar. Sólo la fidelidad a su caudillo y la firmeza de éste habían logrado la supervivencia de los mongoles. Era necesario detener aquella vorágine de guerras y batallas que los estaba agotando. El pueblo mongol todavía no estaba preparado para cumplir la voluntad de su kan y conducir sus caballos a las cinco partes del mundo. Además, ahora que era reconocido como jefe de los mongoles, Gengis Kan necesitaba asentar su poder, delimitar un territorio propio y fundar una familia numerosa en la que basar el futuro de sus planes de conquista. Siguiendo la tradición de sus antepasados plantó sus campamentos en las colinas y valles que rodean al Burkan Jaldún y se convirtió en señor de todas las tierras entre el Onón y el Kerulén. Durante cuatro años sus ganados recorrieron estos valles creciendo y engordando, y sus guerreros adquirieron la disciplina férrea que haría de ellos los mejores soldados del mundo.

El pequeño Jochi correteaba entre los rebaños de ovejas intentando subirse a los lomos de alguna de ellas, como veía que hacían sus compañeros de juegos. Sentado a la entrada de su tienda, Gengis Kan contemplaba a su heredero. En su mano sostenía una copa de madera en la que de vez en cuando un siervo le escanciaba el apreciado *kumis*. Bortai se acercaba acompañada por dos criadas sobre cuyas espaldas cargaban dos enormes sacos llenos de bostas secas de vaca. El otoño ya estaba muy adentrado, y era preciso mantener bien alimentado el fuego de la tienda. Aunque nunca hablaba de este asunto, Gengis Kan sabía que probablemente aquel niño de cuatro años no era realmente suyo. No dejaba de contemplar su rostro intentando reconocer algún rasgo propio, alguna característica que le hiciera despejar la enorme duda que albergaba en lo más profundo de su corazón, pero nunca hablaba de ello con nadie, ni siquiera con su esposa.

Bortai era una buena esposa. Gengis Kan la amaba con ternura y además de su amante era su mejor consejera. Tenía todas las cualidades de las mujeres mongoles y sentía por el kan una devoción infinita. En aquella época, Gengis Kan yacía con otras mujeres, pues como kan que era podía disponer de muchas concubinas, pero sólo había tomado hasta ahora a la merkita Dogón, con rango de esposa secundaria. Otros jefes mongoles mucho menos poderosos y ricos que él tenían cuatro o cinco esposas, además de otras tantas siervas y concubinas. Poseer varias mujeres suponía tener muchos hijos, y ése es para un nómada el mayor de los tesoros. Jochi ya había cumplido cuatro años y Bortai seguía sin parir un segundo hijo. En el campamento algunas voces murmuraban en silencio sobre esta cuestión. Los enemigos de Gengis Kan se mofaban de él y decían que si no era capaz de dejar preñada a su esposa ellos podían remediar esa impotencia.

—Buenos días esposo —lo saludó Bortai cuando llegó ante la puerta de la tienda.

—Lo son —respondió el kan medio sumido en sus pensamientos.

–Tengo que darte una noticia que alegrará tu rostro.

Gengis Kan miró a su esposa con interés y se dispuso a escucharla con mayor atención.

–Vas a ser padre de un segundo hijo –le anunció orgullosa.

–¿Estás segura?

–No hay duda. Nacerá la próxima primavera.

Durante aquel invierno el vientre de Bortai creció despacio, pero a comienzos de primavera se desarrolló con mucha rapidez, y alcanzó un enorme volumen en apenas un par de semanas. El segundo hijo del kan nació cuando las praderas, las colinas y los ríos mostraban la hierba más alta, las flores más hermosas y las aguas más limpias y crecidas. La alegría de Gengis Kan todavía fue mayor cuando la comadrona le anunció que era un niño fuerte y sano.

El nacimiento de Chagatai fue acompañado de una gran fiesta en la que corrió el *kumis* y el licor de arroz importado por mercaderes del lejano este. Los chamanes quemaron paletillas de cordero y, leyendo en las grietas que había provocado el fuego, pronosticaron que aquel niño sería un gran guerrero. Poco después Dogón dio a luz una niña que llamaron Jojín; Bortai ya no era la única madre de los hijos de Temujín.

Gengis Kan necesitaba atar todos los lazos posibles entre los clanes. Entre los nómadas la independencia ha sido siempre uno de sus más preciados valores. Aquellos nobles mongoles eran orgullosos como pocos. Se consideraban muy superiores a cualquier otro hombre y todos ellos se sentían descendientes de los dioses. Tenía que luchar con una espada de doble filo. Por un lado no podía someter a su poder a la aristocracia sin ultrajar su orgullo, pero tampoco podía consentir que las luchas tribales siguieran agotando a su pueblo. Era consciente de que debía emplear una doble arma: la fuerza cuando se hiciera necesario someter a los irreductibles, pero el pacto siempre que fuera posible.

***

Madre Hoelún era, a sus cuarenta años, una mujer todavía bella. Respetada sobre todas las demás mujeres de la familia real, por encima incluso de la propia Bortai, su autoridad era tal que el mismísimo kan tenía en cuenta muchas de sus opiniones. Los años de privaciones, en la época en que tuvo que hacerse cargo de sus hijos pequeños y con ellos sobrevivir abandonada por todos en las riberas del Onón, habían hecho de ella una mujer con un carácter de hierro.

Munglig, uno de los primeros en volver junto a Temujín, era algo menor que el asesinado Yesugei. Su autoridad era muy grande entre los mongoles y todos lo respetaban. Decidió apostar por Temujín. Cuando se incorporó al *ordu* del kan, hacía ya unos años, llevó consigo a sus siete hijos y al resto de su familia y sirvientes. Muchos mongoles, al ver que Munglig aceptaba la soberanía del heredero de Yesugei, hicieron lo propio. Por ello, Gengis Kan estaba en deuda con él.

Madre e hijo conversaban en la tienda del kan en torno a un humeante caldero en el que hervían varios pedazos de carne.

–He decidido que mi hermana Temulún se case con Chohos Chagán, el jefe del poderoso clan korola. Aunque me ha jurado fidelidad, estaré más seguro de sus intenciones si la alianza se rubrica con lazos de sangre –dijo Temujín.

–Tu hermana es una joven vital e independiente, no aceptará un marido impuesto.

–Ya lo creo que lo hará, es su obligación como hermana del kan. En cuanto a ti, madre, creo que deberías volver a casarte. He hablado con Munglig y desea que seas su esposa. Cuando murió mi padre y vino a buscarme al campamento de Dei *el Sabio,* hablamos de muchas cosas en el camino de regreso. Entonces yo no podía adivinar cuáles eran sus sentimientos, pero después me fui dando cuenta de que cuando hablaba de ti cambiaba su tono de voz. Creo que ha querido desposarte desde que murió mi padre.

—Hace más de veinte años que estoy viuda. Desde entonces no he vuelto a conocer a ningún varón. ¿Por qué crees que he de casarme ahora? –le preguntó Hoelún.

—Tu matrimonio con Munglig representaría mucho para el pueblo mongol.

—¿Para el pueblo mongol? Querrás decir que supondría mucho para ti.

—Madre, los kanes tenemos muchos privilegios, pero también muchas obligaciones. Gobernamos al pueblo y lo dirigimos, pero apenas somos dueños de nuestro destino. Nuestro deber está por encima de nuestro deseo. Así es como me enseñó mi padre a gobernar esta nación, y así lo haré.

Hoelún calló resignada. Sabía que cuando su hijo tomaba una decisión nada ni nadie era capaz de cambiarla, sobre todo si consideraba que esa decisión favorecía al pueblo mongol. Su matrimonio con Munglig, como el de Temulún con el jefe korola, era considerado por Gengis Kan como una cuestión de Estado, y esa razón era incontestable.

—Si así lo deseas, me casaré con Munglig.

—Que yo lo quiera o no, no importa. Esta boda contribuirá a unir con lazos mucho más fuertes a los dos clanes más nobles de nuestra nación y servirá para acabar con muchos enfrentamientos estériles entre nosotros.

Munglig recibió de boca del propio kan la noticia de que Hoelún aceptaba ser su esposa.

—Es un alto honor el que me hace tu madre. El clan de los konkotades se siente muy halagado.

—Mi madre es una mujer de fuerte carácter. En los tiempos difíciles en los que incluso tú nos abandonaste, nunca perdió la esperanza de que un día su hijo sería kan.

—No hace falta que me reproches ahora lo que ocurrió hace tanto tiempo. El viento que pasa no vuelve a mecer otra vez la hierba. He sido uno de tus mejores consejeros y he renunciado a cualquier derecho que me pudiera corresponder al kanato en tu favor. Fui un gran amigo de tu padre, he sido un leal aliado tuyo y seré un buen esposo para tu madre –asentó Munglig.

–Lo sé, eres un buen hombre.

La boda de Munglig y Hoelún fue todo un acontecimiento para el pueblo mongol. Nunca ninguna mujer, desde los tiempos de la legendaria Alan *la Bella,* había tenido tanta importancia para los mongoles. Todos la admiraban: cuando fue joven debido a su belleza, después por su capacidad para adaptarse a la situación a la que se viera abocada tras ser raptada por Yesugei, más tarde por su resolución de resistir al abandono a que quedó sometida tras la muerte de su esposo y lograr sobrevivir con sus hijos pequeños entre tanta hostilidad y, por último, por ser la principal consejera del kan de los mongoles. Hoelún se había convertido en todo un símbolo de la resistencia y de la capacidad del lucha del pueblo mongol. Ahora se casaría con uno de los más respetados *noyanes,* con Munglig, jefe de los konkotades.

Pero este matrimonio, tan deseado por Gengis Kan, supuso algunos inconvenientes no previstos. Munglig era padre de siete hijos varones y entre ellos había un personaje tan siniestro como astuto. Era el hijo mediano, el cuarto en orden de edad, el chamán Kokochu, que estaba dotado de una extraordinaria capacidad para escudriñar en el alma de los hombres.

Entre los mongoles, los chamanes gozan de un prestigio superior al de cualquier otro hombre. Y de todos, Kokochu destacó enseguida por su influencia ante el kan. Era tan poderoso que lo apodaban Teb Tengri, es decir, «el celestial». Muy pronto se convirtió en la figura más temida del *ordu* mongol. En ocasiones vestía un traje negro del que colgaban tiras de fino acero bruñido que le confería el aspecto de un esqueleto.

El propio kan parecía impresionado ante la figura de este chamán que decía hablar con Tengri, el Señor del Cielo, y hablar con él en situación de trance. De vez en cuando se sumía en éxtasis y se comunicaba con los muertos. Decía que cuando estaba en trance su cuerpo se despedazaba en varios fragmentos que más tarde volvían a unirse recomponiendo su figura. Al regreso de uno de esos viajes astrales anunció que había estado en contacto con el kan Jaidú, el cual le había hecho saber que aprobaba la designación de Temujín como kan de los mongoles. Eran muchos los que acudían a consultarle y seguían ciegamente sus indicaciones. Nadie osaba contradecirle por temor a sufrir su ira, pues se aseguraba que tenía poderes para transportar a cualquier hombre al mundo de las tinieblas y dejarlo allí condenado para siempre.

La religión de los mongoles es simple. No tiene la profundidad de pensamiento del budismo, ni la reflexión intelectual del taoísmo, ni la complicada teología de cristianos y musulmanes, pero su propia sencillez la dota de una enorme credibilidad. Los mongoles, ante la carencia de un nombre propio para su religión, la llaman «la religión negra». Según sus creencias, sólo existe un dios, eterno y único, todopoderoso señor, el Cielo Eterno, a quien denominan Tengri. Junto a él hay una serie de espíritus elevados como la Tierra, el principio creador de la vida, de carácter femenino, al que denominan Etugen, que quizá sus más remotos antepasados consideraran como a un segundo dios, o una diosa; el fuego y otros espíritus secundarios también reciben especial veneración, así como los *ongones*, las almas de los familiares muertos, a los que tal vez en otro tiempo no muy lejano también veneraran como dioses. Tengri reside en el cielo, y Él es a la vez el Cielo. Su trono está en el punto más elevado de la montaña cósmica. Gengis Kan, tal y como le enseñó su padre, identificaba esta montaña cósmica con el monte Burkan Jaldún, a cuya cima subía en busca de inspiración y consejo. Una vieja leyenda dice que un rey mongol llamado Kasar penetró en el mundo del más allá a través de una gruta abierta en la cima de un monte sagrado en busca del supremo conocimiento; era éste un camino iniciático para entrar en contacto con la divinidad y alcanzar así la sabiduría. Tengri es el señor del universo y el creador del mundo; lo ve todo y nadie puede escapar a su mirada. Cuando los mongoles pronuncian un juramento solemne acaban siempre con la frase «¡Que el Cielo lo vea!».

Ese mismo Cielo Eterno volvió a bendecir dos años más tarde a Gengis Kan, y de su unión con Bortai nació otro hijo al que llamaron Ogodei, el tercer vástago de la familia real.

En los *Anales Históricos del Imperio kin* el historiador oficial escribió: «De las lejanas fronteras del noroeste llegan noticias de que una calma absoluta reina entre las tribus bárbaras más allá del desierto». La tranquilidad al otro lado de las arenas del Gobi fue aprovechada por los mercaderes para reiniciar un comercio que había quedado interrumpido a causa de las constantes guerras tribales. Entre las tiendas de los mongoles, los naimanes y los keraítas negociaban comerciantes occidentales, de religión musulmana, y chinos del Imperio kin. Unos y otros llevaban a los nómadas de las estepas ricas sedas, brocados, joyas y licor de arroz, y a cambio regresaban con pieles.

Casi todos los guerreros mongoles despreciaban a aquellos refinados hombres que en sus lugares de origen vivían en casas de piedra bajo techos de barro seco y madera, y en cuyos países se cultivaba la tierra y las palabras se escribían en lienzos de piel seca. No entendían cómo se podía vivir la mayor parte del tiempo encerrado en aquellas aglomeraciones permanentes, las ciudades, sin ir de un lado para otro en busca de pastos para el ganado, sin cabalgar por las inmensas praderas sintiendo el aire fresco en el rostro y los rayos del sol en la piel. Pero en cierto modo, aquellos mercaderes también despertaban la admiración de los mongoles, pues eran capaces de realizar un viaje de varios meses de duración tan sólo para cambiar unos paños de seda por unas cuantas pieles de animales salvajes, exponiéndose a los rigores del clima, a las enfermedades en el camino y a los bandidos que de vez en cuando solían asaltar alguna de estas caravanas. La paz está bien para las mujeres y los niños, también para los mercaderes chinos y musulmanes, pero un mongol es ante todo un guerrero. La caza y la guerra son su razón de existir. Durante las guerras tribales, las tácticas militares eran muy simples: el combate se realizaba siempre a caballo, usando el arco, el látigo, la lanza y la espada, no había apenas planes de combate y el factor sorpresa solía ser definitivo en caso de igualdad de fuerzas.

Gengis Kan sabía que con tan sencilla estrategia se podían ganar batallas en la estepa, pero no se podía conquistar el mundo. No era lo mismo derrotar a un clan enemigo que batir a los organizados ejércitos de los grandes imperios que se extendían por oriente y occidente, al otro lado de las arenas del desierto y de las eternamente nevadas cumbres de las montañas. La guerra era como la caza, si no se practicaba, si no se estaba en constante preparación, la derrota sería inevitable. Los mongoles sesteaban a la sombra de sus tiendas sin otra cosa que hacer que cazar, vigilar sus ganados y beber *kumis*. Ese tipo de vida es sin duda el ideal del nómada: cazar, comer, beber y gozar de las mujeres, pero sólo eso no satisfacía a Gengis Kan. Había que evitar a toda costa caer en la ociosidad y en la relajación, y para ello se necesitaba acción y ejercicio. Con soldados gordos y despreocupados, sin disciplina y sin espíritu del lucha, no era posible conquistar el mundo.

Gengis Kan reunió a los jefes de los clanes que lo obedecían y les explicó cuáles eran sus planes:

—No podemos seguir ociosos. Las guerras nos han dejado exhaustos, es cierto, pero con la paz nos hemos recobrado lo suficiente. Es hora de prepararnos para la guerra. Ahora la tierra está en calma, nadie nos acosa y nuestros ganados pastan confiados en las praderas, pero la experiencia nos demuestra que la calma suele ser el preludio de la tempestad. Debemos prepararnos para ello. Nunca más ha de ocurrir lo que hace años estuvo a punto de hacer desaparecer a nuestro pueblo. Si alguno de nuestros enemigos se siente recuperado y con fuerzas para atacarnos, tiene que encontrarnos preparados en ese momento.

Y desde entonces todos los hombres de Gengis Kan se mantuvieron en permanente actividad. Los ejercicios de tiro con arco eran obligatorios, las cargas de caballería se practicaban en campo abierto planteando diversas situaciones que podían presentarse en la batalla; cada guerrero debía conservar su equipo militar en perfectas condiciones y siempre dispuesto para entrar en combate. De vez en cuando, y sin previo aviso, se convocaba al ejército y todos debían acudir con sus armas en perfecto estado de revista. Día tras día los ejercicios, el entrenamiento y la permanente situación de alerta fueron creando un sentido de la disciplina como hasta entonces nunca se había conocido entre los pueblos de la estepa.

Una y otra vez, cientos, miles de veces, se repetían ejercicios de monta y tiro con arco y maniobras de ataque y retirada. Cada jinete mongol tenía que ser capaz de cabalgar a todo galope sobre su caballo, cargar su arco y lanzar flechas certeras en todas las direcciones sin soltar las riendas y manteniendo a su montura en la dirección fijada. Para acostumbrar a los caballos a largas y rápidas cabalgadas se organizaban a menudo carreras en las que se recorrían enormes distancias, tanto que a veces se daba la salida al amanecer y los últimos competidores llegaban a la meta bien entrada la tarde.

La lucha cuerpo a cuerpo, con espada, con látigo, con lanza o sin armas se practicaba casi a diario. Aunque se trataba de ejercicios físicos para mantener el cuerpo en forma, vencer era un orgullo y ser derrotado una verdadera humillación. De ahí que durante esos ejercicios fuera frecuente la profusión de hematomas y heridas, e incluso abundantes roturas de huesos. Los que más destacaban eran los primeros compañeros; Bogorchu, Muhuli, Jelme, Jubilai, Subotai y el joven Bogorul eran los que más se esforzaban para dar ejemplo a los demás.

La familia real volvió a ampliarse. Contaba el kan poco más de treinta años cuando nació su cuarto hijo, al que puso por nombre Tului. Para entonces los dos mayores mostraban personalidades bien distintas. Jochi era retraído y parecía estar siempre ausente. Los viejos rumores nunca acallados de que era hijo ilegítimo los había conocido por boca de otros muchachos, y eso lo había vuelto un tanto taciturno. Chagatai era severo y orgulloso. Pese a que sólo contaba con seis años de edad, se expresaba con la rotundidad de un adulto, y cuando hablaba lo hacía de tal modo que aunque el tema de conversación fuera banal parecía estar dictando una sentencia solemne. Pronto se enteró de las dudas que existían acerca de la legitimidad de su hermano mayor, pero el temor a su padre era tal que nunca hacía el menor comentario al respecto. Cuando nació Tului, Ogodei era aún muy pequeño, pero se mostraba como el más alegre y divertido de los tres hermanos. Todos en el campamento se reían con sus gracias y era el más querido. Bortai estaba orgullosa de sus cuatro hijos. Nadie ponía en duda la capacidad de su esposo para gestar una familia de hijos fuertes y sanos, y además los cuatro eran varones, lo que suponía una verdadera bendición del cielo.

Los acontecimientos que desde hace siglos han venido ocurriendo al norte de desierto del Gobi y de la cordillera del Altai nunca han tenido importancia para los chinos, al menos hasta que esos eventos han influido de manera decisiva en la propia China. El Imperio del Centro sólo se detenía a fijar su mirada en los bárbaros cuando éstos se atrevían a atravesar el desierto y a irrumpir periódicamente en las regiones del noroeste en busca de botín. Desde hace tiempo la historia se repite de manera inexorable: nómadas venidos del norte y del noroeste invaden el Imperio y de vez en cuando consiguen conquistarlo e instalarse en el trono imperial. Pero no pasan muchos años antes que los conquistadores sean conquistados, como nos ocurrió a nosotros los kitanes y después a los jürchen, nuestros sucesores en el Imperio. En cuanto los príncipes nómadas se asientan en los fastuosos palacios, comen en mesas de taracea y marfil, beben en copas de porcelana y cristal y yacen con hermosas mujeres de fina piel entre sábanas de seda y delicados perfumes, olvidan su anterior modo de vida y se convierten en chinos. Esto todavía no ha ocurrido con los mongoles. Cuando escribo este relato, hace ya una generación que sus botas pisan el suelo enlosado del palacio imperial de Pekín, pero siguen manteniendo sus antiguas costumbres y los mismos modos de vida que los han llevado a ser los señores del mundo.

El Imperio de los kin seguía ajeno a cuanto estaba aconteciendo en Mongolia. Por entonces yo comenzaba a estudiar los fundamentos del confucionismo en los textos del prestigioso maestro Chu Hsi. Una soterrada lucha se había desatado entre los partidarios de Confucio y los de Buda. Estos últimos, gracias a la fuerza que tenía la escuela de la secta Ch'an, estaban acaparando los puestos más relevantes en el imperio. La mayor parte de la burocracia imperial estaba corrompida; eran muchos los altos funcionarios y gobernadores que a cambio de oro vendían cargos y títulos, incluso los sacerdotales. El pueblo contemplaba aquel mercadeo escandalizado. Los monasterios budistas se habían convertido en casas de usura; los monjes prestaban dinero a unos intereses insoportables a los campesinos, quienes ante la imposibilidad de hacer frente a sus deudas veían impotentes cómo sus tierras pasaban a ser propiedad de los monasterios, que crecían en riqueza tanto cuanto se empobrecía el pueblo. Con semejantes prácticas, las gentes se fueron alejando de la religión.

Los que nos dedicábamos al estudio vivíamos alejados de la realidad. Realizábamos ejercicios intelectuales para cultivar aquello más noble que reside en el espíritu, estudiábamos con maestros separados del mundo, revisábamos las doctrinas de Confucio, aunque algunos de nuestros profesores no podían evitar que la influencia del budismo fuera calando entre nosotros. Estábamos obsesionados por alcanzar el conocimiento mediante la comprensión del mundo y de su génesis.

Mientras yo estudiaba astronomía en la escuela palatina de Pekín, entre las tribus de las estepas volvieron a surgir conflictos.

Togril, quien se hacía llamar Wang Kan desde que el emperador de los kin le concediera ese título, envejecía con rapidez. El paso del tiempo había endurecido al kan keraíta y lo había hecho cruel y déspota. Recelaba de todo el mundo y veía enemigos en todas partes. Erke Jara, su hermano menor, no pudo soportar sus caprichos y, ante la certidumbre de que Wang Kan planeaba asesinarlo para que no fuera un rival al trono, huyó del campamento keraíta buscando la seguridad y protección de Inancha, kan de los naimanes.

Los naimanes eran un pueblo poderoso que vivía en los bosques de los montes Altai, al oeste de merkitas y keraítas. Hasta entonces habían contemplado las luchas entre los otros pueblos de las estepas con cierta lejanía, pero la ambición de Wang Kan los había inquietado. Un jefe naimán se había presentado ante Erke Jara y lo había convencido para que abandonara la compañía de su hermano. Los naimanes se prepararon durante dos años para lanzar un ataque contra Wang Kan y, entre tanto, sus agentes no cesaron de difundir por los campamentos keraítas las atrocidades cometidas por Togril, fueran o no ciertas, y la conveniencia de sustituirle por su hermano Erke Jara al frente de esta nación. Las intrigas de los naimanes causaron el efecto pretendido. El kan keraíta se sintió traicionado por su familia y ordenó asesinar a sus hermanos menores y a los jefes de los clanes que él consideraba traidores. Aquella acción fue el detonante para la intervención de los naimanes.

Una vez asegurada la fidelidad de numerosos clanes keraítas, o cuando menos su neutralidad, un poderoso ejército naimán se dirigió contra Wang Kan. Los Naimanes penetraron en territorio keraíta encabezados por Inancha Kan y el propio Erke Jara. Nadie se opuso; ni uno solo de los campamentos keraítas se levantó en armas en defensa de su kan. Togril estaba a merced de sus enemigos. A pesar de sus desesperados esfuerzos, no logró reunir sino un pequeño número de fieles y con ellos, ante la imposibilidad de rechazar a sus enemigos, huyó hacia el sur atravesando el desierto del Gobi en busca de la protección del reino tanguto de Hsi Hsia. El rey tanguto, que mantenía buenas relaciones con Wang Kan, lo acogió durante algún tiempo, pero pronto lo envió hacia el oeste, a las tierras de los kara-kitán, a través del territorio de los uigures, el único camino seguro.

Fue por entonces cuando Gengis Kan tomó a su tercera esposa, la segunda secundaria, una tayichigud llamada Jerén, con la que tuvo una hija de nombre Alaja.

Gengis Kan había convertido a los mongoles en la tribu más cohesionada de las estepas. Ninguno de los que habían acudido a las órdenes del kan había sido rechazado; ni siquiera los pertenecientes a otras tribus. El propio Borogul, el adoptado huérfano del clan de los yurkines, gozaba de un puesto de honor junto al kan y dirigía un escuadrón de caballería; y al cumplir los diecisiete años se había desposado con Altani, una bella joven del linaje de los borchiguines. En el mundo de los nómadas, la cohesión de la tribu es fundamental para su supervivencia.

No eran los más numerosos y seguían rodeados de enemigos por todas partes, pero habían dejado de ser el pueblo débil y derrotado de antaño. Gengis Kan había logrado despertar el orgullo mongol, había conseguido lo que su padre, Yesugei, le había hecho prometer, que los mongoles volvieran a creer en sí mismos, en que eran capaces de convertirse en el pueblo elegido por Tengri para dominar el mundo. Por entonces no imaginaban que el mundo fuera tan grande; tardarían veinte años más en averiguarlo.

Los mongoles vivían al fin libres. Los tártaros, sus principales enemigos, estaban deshechos, aunque algunos grupos vagaban por las praderas recolectando raíces y mendigando un hueso para roer. Uno de ellos escapó al acoso mongol y durante mucho tiempo había merodeado por los alrededores de sus campamentos aprovechando algunos despojos. Un día el hambre lo acuciaba tanto que se atrevió a deslizarse hasta el campamento de Gengis Kan. La mayoría de los hombres había salido de caza y en las tiendas sólo estaban las mujeres y los niños.

Bortai se asustó cuando vio bajo el umbral de la tienda a aquel hombre, sucio, desaliñado y cubierto de harapos en la entrada de su tienda.

—Traigo buenas intenciones, sólo pido un poco de comida —afirmó aquel ser maloliente y andrajoso levantando las manos.

Bortai se compareció de su aspecto. Estaba tan flaco y débil que parecía inofensivo.

—Si esas son tus intenciones, puedes sentarte —le dijo la esposa del kan.

El hombre lo hizo en un pequeño banco que había junto al umbral.

—Espera aquí, te traeré algo de comer —le indicó Bortai antes de salir.

Mientras el tártaro esperaba, entró en la tienda Tului, el hijo varón más joven de Gengis Kan, que entonces tenía cinco años. Al ver a aquel espectro se asustó y salió corriendo. El tártaro se levantó y lo persiguió hasta sujetarlo con una mano. En la otra llevaba un cuchillo que había cogido de encima de la mesa junto a la que se había sentado. Bortai, que regresaba con un cuenco con carne, gritó al ver el cuchillo amenazador sobre la cabeza del niño.

—¡Va a matar a mi hijo!

Al lado de la tienda estaba Altani, la esposa de Borogul, quien al oír los gritos de su amiga y ver al pequeño Tului sujeto por aquel tártaro se abalanzó sobre él, lo sujetó por las desgreñadas coletas y le dio un manotazo que le hizo soltar el cuchillo.

Muy cerca de allí estaban Jelme y su ayudante Jetei descuartizando un buey con dos hachas. Cuando oyeron los gritos de las dos mujeres y los del pequeño Tului acudieron corriendo. El desaliñado intruso se quedó pasmado de espanto cuando contempló a los dos hombres que se acercaban con las hachas en la mano. Ni siquiera pudo reaccionar antes de que Jelme le lanzara un hachazo que le abrió el cráneo. El cuerpo del tártaro se tambaleó y Jetei lanzó un segundo hachazo que le tajó de cuajo el hombro izquierdo.

Los dos hombres comenzaron a discutir sobre cuál de ellos tenía más mérito por haber salvado la vida del hijo del kan. Bortai, que tenía a Tului entre los brazos, les hizo callar diciéndoles que la que realmente había salvado a su hijo había sido Altani, pues si ella no hubiera sujetado por las trenzas al agresor y no le hubiera quitado el cuchillo con un golpe, ninguno de los dos hubiera llegado a tiempo para salvar al niño. Ambos asintieron y dejaron de discutir sobre el asunto.

Ese incidente estuvo a punto de amargar aquellos tiempos felices. Gengis Kan dio gracias a Tengri por haber salvado a su hijo y le ofreció nueve vacas como sacrificio.

Con la seguridad que les daba el kan que los gobernaba, en los tórridos veranos los mongoles acampaban a la sombra del sagrado bosque de pinos del Onón y en las colinas en las que, protegidos del gélido viento del norte por inmensas dunas de arena, crecen cerezos, escaramujos, groselleros, manzanos y albaricoqueros. A orillas del Onón la hierba no desaparece ni siquiera en verano; allí abunda la caza y no faltan el urogallo, la avutarda, la liebre, el corzo y el antílope. En invierno se desplazaban hacia el sur, a las menos frías tierras del límite norte del desierto de Gobi.

La vida era hermosa: cazar, cabalgar sobre la pradera, perseguir a los restos de los tártaros y beber *kumis,* mientras las mujeres guardaban las tiendas, batían la leche, tejían fieltro y curtían pieles. Los nobles mongoles tenían cuanto un nómada pudiera desear, pero Gengis Kan seguía inquieto. Cuando subía a la cima de alguna montaña para dirigirse a Tengri, sus ojos se fijaban más allá del horizonte, como si quisieran otear qué riquezas esperaban al otro lado del desierto del sur, de las llanuras del este y de las montañas de poniente. Apenas tenía conocimiento de qué gentes habitaban esos imperios en los que los hombres vivían en ciudades, esos campamentos permanentes de tiendas de piedra, pero en su interior algo lo empujaba hacia ellas. Las palabras que su padre, Yesugei, le dijera en la cima del Burkan Jaldún se repetían una y otra vez en el interior de su cabeza como un inacabable sonsonete: «No dejes de luchar hasta que el honor de los mongoles sea resarcido, hasta que nuestros enemigos estén sometidos o muertos, hasta que en las cinco partes del mundo ondee al viento el estandarte de nueve colas de caballo».

Los primeros calores del verano comenzaban a rizar los tallos de la todavía verde hierba de las praderas del Onón. El campamento de Gengis kan se había instalado a comienzos de primavera en la falda de una boscosa montaña, en busca del frescor que los frondosos sauces proporcionaban.

Jochi, Chagatai y Ogodei habían salido de caza con Bogorchu y Kasar, en tanto Tului correteaba entre las ovejas persiguiendo a su tía Temulún. Por la ladera de la colina cabalgaban tres jinetes hacia la tienda del Kan, en cuya entrada estaba sentado Temuge Odchigín, que como hijo más pequeño de Yesugei era el encargado de la protección del hogar paterno.

—Te saludamos, Temuge —dijo uno de aquellos hombres, uno de los guerreros mongoles que hacían guardia varias millas alrededor del campamento, a fin de que nunca pudieran ser sorprendidos por ningún ataque.

—¿Qué te ha hecho abandonar tu puesto en la guardia? —preguntó airado el hermano del kan.

—Estos keraítas —señaló el guardia a los dos jinetes que lo acompañaban— aseguran que traen de parte de Wang Kan un mensaje urgente.

–¿De qué se trata?

–Sólo podemos comunicárselo a Gengis Kan en persona –contestó uno de los enviados.

–Aguardad un momento.

Temuge desapareció en el interior de la tienda y salió tiempo después.

–Podéis pasar –les anunció–, el kan os recibirá ahora.

En el interior de la tienda de fieltro espeso, Gengis Kan permanecía sentado en un sitial de madera tallada cubierto con la piel de un caballo blanco. A su izquierda estaba su esposa Bortai y a su derecha Jelme, Muhuli y algunos otros jefes de su ejército. Dos criadas sirvieron a los embajadores keraítas una jarra de *kumis* y una bandeja con pedazos de carne de cordero guisada con raíz de ruibarbo.

Gengis Kan, haciendo caso omiso a los recién llegados, hablaba con Jelme en voz baja. Los dos enviados de Wang Kan lo miraban ensimismados, ofuscados ante los ojos verdes y almendrados y el cabello cobrizo del jefe mongol. Por fin, ordenó silencio con un gesto de su brazo y se dirigió a los embajadores.

–¿Qué os trae a mi campamento? –les preguntó.

Los dos keraítas dejaron de inmediato de comer y beber y se adelantaron unos pasos, colocándose a una distancia de veinte pies del kan.

–¡Oh poderoso kan!, venimos del reino de Hsi Hsia, enviados por Wang Kan. Somos portadores de noticias suyas.

–¿Qué le ocurre a mi amigo Togril?, hace tiempo que no sabemos de él.

–Hace dos años tuvo que huir perseguido por los naimanes y por su propio hermano, y buscó refugio en el reino de Hsi Hsia; el rey tanguto es amigo suyo y le proporcionó alimento y caballos. Desde allí marchó con un puñado de fieles hacia el oeste, siguiendo las rutas de las caravanas que atraviesan el territorio de los uigures, hasta el reino de los karakitán. Su rey, el gurkán Julhu, lo acogió en principio, pero no pasó mucho tiempo sin que surgieran recelos en el corazón del rey kara-kitán. Wang Kan se vio obligado a dejar ese reino y regresar de nuevo a Tangutia. Con los mismos fieles que lo habíamos acompañado en el destierro, reanduvo el camino de vuelta hacia el este.

»Cuando alcanzamos la primera de las aldeas de Tangutia, teníamos tal aspecto que algunos hombres creyeron que éramos bandidos y se enfrentaron a nosotros. Nos negaron comida y bebida. Tras el largo y agotador camino estábamos desesperados, y tuvimos que eliminarlos para conseguir alimentos. La noticia llegó al rey de Hsi Hsia y ordenó a su ejército que nos capturara. Una patrulla de tangutos nos ha perseguido hasta el mismo borde del desierto, que hemos atravesado tan sólo con cinco cabras y un camello. El propio Wang Kan ha tenido que abrir una vena del camello y beber su sangre para sobrevivir.

»Tu amigo el Wang Kan ha escapado varias veces a una muerte cierta, ha recorrido distancias enormes huyendo de enemigos y traidores y ha logrado sobrevivir a tan duras pruebas. En una ocasión tú, poderoso kan, te presentaste ante él solicitando su amparo, pues él es tu padre adoptivo, el *anda* de tu padre, Yesugei. Fuisteis aliados y juntos combatisteis a innumerables enemigos, venciéndolos a todos en el campo de batalla. Ahora Wang Kan te necesita. Acude ante ti, su hijo adoptivo, para que lo ayudes a recobrar su trono, a ser de nuevo el soberano de los keraítas.

Gengis Kan contempló por un momento a los dos embajadores desde su sitial. Sus atigrados ojos se volvieron hacia las ramas de abedul que crepitaban en el fuego que ardía en el hogar, en el centro de la tienda. Una fina columna de humo ascendía hacia lo alto y se escapaba por el agujero abierto en el centro mismo de la *yurta* disipándose en el cielo azul. Jelme y Muhuli permanecían con los brazos cruzados sobre el pecho, atentos a la decisión que Gengis Kan tomara.

Por fin habló.

—Id y decidle a Togril que yo le devolveré el trono que le pertenece.

Durante todo el verano no cesaron los preparativos para la guerra que se avecinaba. El regreso de Togril había redefinido los dos bandos que se establecieran tiempo ha entre las gentes que viven en tiendas de fieltro. Por un lado, naimanes, merkitas y algunos clanes mongoles que seguían a Jamuga, y por otro los mongoles de Gengis Kan y los keraítas de Wang Kan. A principios del otoño el ejército de Gengis Kan, integrado por veinte mil hombres perfectamente equipados y entrenados, irrumpió en territorio keraíta. Sin ninguna oposición llegó hasta el Bosque Negro, donde antaño solía asentar sus tiendas Wang Kan, y allí repuso a éste como soberano de los keraítas.

Keraítas y mongoles juntos constituían una fuerza formidable. Muchos guerreros, veteranos de las antiguas victorias que les había proporcionado esta misma alianza, acudieron al lado de los dos caudillos. El corazón del mundo latía con fuerza de nuevo y Gengis Kan era quien lo impulsaba. La renovada alianza puso en guardia a los demás pueblos, que comprendieron de inmediato el peligro que sobre ellos se cernía. Los primeros en sufrir las consecuencias fueron los naimanes. Ellos habían sido los principales responsables de la caída de Wang Kan; ambicionaban los ricos pastos de las riberas del Orjón y del Tula y habían aprovechado la ausencia del jefe keraíta para ocupar la mitad occidental de su territorio.

Sin ningún aviso, como si se tratara de un tormenta de verano, tan frecuentes en Mongolia, el ejército de Gengis Kan cayó sobre los naimanes. Decenas de campamentos fueron desbaratados y sus propiedades confiscadas y repartidas entre los guerreros mongoles. Miles de naimanes fueron empujados hacia las selvas de altos árboles del norte. Pero ambos caudillos aliados actuaban de manera bien distinta. Gengis Kan era generoso tanto con los suyos como con los vencidos, y su carácter equilibrado y dueño de sí y su sentido innato de la disciplina y el orden transmitían confianza. Repartía entre sus hombres el fruto del botín, acordando la manera de hacerlo antes de cada campaña. Invitaba a los vencidos a incorporarse a su ejército tras jurarle fidelidad eterna, e incluso les permitía casarse con mujeres mongoles. Las viudas y las hijas de los enemigos muertos en combate no eran asesinadas o vendidas como esclavas, sino que se entregaban como esposas a los jinetes mongoles. Por el contrario, Wang Kan albergaba en su pecho un sentimiento de venganza que lo hacía cruel en la victoria. Así, en tanto Wang Kan era odiado y temido, el poder de Gengis Kan se acrecentaba más y más y su prestigio como jefe crecía día a día.

10. La victoria sobre Jamuga

La caza era abundante, la hierba crecía verde y sus más cercanos enemigos estaban desbaratados. Veinte mil tiendas de fieltro obedecían las órdenes de Gengis Kan, pero todavía eran muchos los que seguían desconfiando de su autoridad. Celosos de su independencia, los clanes que se sentían amenazados por el poder del kan decidieron unir sus fuerzas. La experiencia les había demostrado que en solitario ninguno de ellos podría vencer a su ejército, cada vez más numeroso, mejor pertrechado y entrenado; mas si sumaban sus efectivos, sería posible enfrentarse a él con bastantes posibilidades de éxito.

En el año del gallo, los jefes de los clanes mongoles de los jadaguines y los salyigudes convocaron una asamblea. No podían admitir que «la gente de voluntad larga» se impusiera a la aristocracia mongol, y acordaron firmar una alianza y sellar la paz con el clan de los dorbenes y el resto de los tártaros. Hecho el pacto, pronto se unieron otros clanes que vagaban por las estepas indecisos entre la sumisión a Gengis Kan o la resistencia. A esa coalición se sumaron los ikides, los unguarides, los gogolas, los oyirades, los que quedaban de los tayichigudes e incluso el clan naimán de los guchugudes. Los merkitas, invitados a incorporarse a la alianza, aceptaron pero no acudieron de momento. Componían una alianza formidable de cincuenta mil guerreros dispuestos a eliminar a Gengis Kan antes de que éste acabara con ellos. Todas estas tribus y clanes se reunieron en las fuentes del río Argún para celebrar el *kuriltai*. Dieciséis jefes de trece tribus y grandes clanes decidieron destruir a Gengis Kan mediante un ataque sorpresa. Jamuga fue elegido jefe supremo del ejército aliado, y ello a pesar de que su clan no estaba representado en la asamblea, pues aquellos orgullosos nómadas consideraban al linaje del *anda* de Temujín, los yaradanes, como una familia de segunda fila. Según la tradición mongol, este clan descendía de un hombre llamado Yayiradai, apodado «el Extranjero», quien había sido concebido en el vientre de la esposa de Bondokar, el fundador del clan de los borchiguines, antes de que éste la encontrara. El clan de los yaradanes tenía, por tanto, un origen paterno desconocido, y en consecuencia no era estimado lo suficientemente noble como para sentarse a la altura del resto de los clanes emparentados con la familia real. Pese a su origen, Jamuga era tenido por el guerrero más valeroso de cuantos configuraban aquella alianza, y fue proclamado su caudillo con el título de gurkán, que en mongol significa «el kan de los pueblos».

    Desde que Jamuga y Gengis Kan se separaran por segunda vez, ambos *andas* habían evitado volver a encontrarse. Entre los dos seguían latiendo sentimientos contradictorios. Jamuga admiraba la voluntad de hierro de su *anda* y éste no podía olvidar aquellos meses pasados en las riberas del Onón, cuando los dos eran jóvenes orgullosos y sin responsabilidades, aquellos tiempos en que cazar, cabalgar sobre las praderas y vivir libres bajo el cielo eran todos sus anhelos. Durante mis años a su servicio, Gengis Kan apenas me habló de Jamuga. Alguna vez le oí musitar entre sueños su nombre, pero jamás habló por extenso de su *anda*. Ahora, con la perspectiva que da el tiempo, sé que el kan sufrió mucho con lo que aconteció entre él y Jamuga. Supo ocultar su dolor y aparentar que nada de cuanto ocurrió lo afectó, pero en su corazón siempre lo acompañó la pena por el amigo perdido. Jamuga tuvo que aprender a vivir con el baldón de su origen a cuestas. Ya siendo un muchacho perdió a sus padres y prefirió la vida solitaria y aventurera a la compañía del clan y a la seguridad del campamento. Fue un hombre que se hizo a sí mismo, que se forjó en la supervivencia día a día, confiando tan sólo en sus propias fuerzas para seguir adelante. En aquellos tiempos su fama era tan grande como la de Gengis Kan y fue capaz de encabezar la alianza de la nobleza frente a «la gente de voluntad larga». Curiosas contradicciones en las que a veces incurren los hombres: Jamuga, miembro de un clan menor, fue el caudillo elegido por la aristocracia para dirigirla en su lucha contra Gengis Kan, jefe a su vez del clan más noble de los mongoles, que aglutinaba bajo su estandarte a gentes de inferior condición. Jamuga se vio investido de una autoridad que deseaba, pero sin duda hubiera querido que las condiciones fueran bien distintas. A él le gustaría cabalgar al lado de su *anda*, hombro con hombro, y entre los dos dirigir a la caballería mongol a la conquista del mundo, pero sabía que Temujín no admitiría nunca junto a él a nadie que compartiera el poder. No, Gengis Kan no lo aceptaría jamás. No podía haber «dos soles en el mismo cielo».

El ejército aliado decidió que había llegado la hora de atacar y se puso en marcha hacia el campamento de Gengis Kan, instalado en las faldas del Gurelgu en el Onón. Algunos generales habían recomendado esperar a que se reuniera todo el ejército aliado, pues faltaban todavía los merkitas y parte de los ungarides. Pero Gurkán decidió no esperar, ya que en ese caso su enemigo tendría tiempo para reforzarse con los keraítas de Wang Kan, que en aquellos momentos se encontraban en el río Tula, a varios días de marcha, y decidió lanzar el ataque de inmediato.

Gengis Kan, ajeno a cuanto acontecía en torno al gurkán Jamuga, descansaba en su campamento de una reciente expedición contra ciertos clanes rebeldes asentados en el valle del Ingoda. Pero de nuevo la fortuna, o quizá Tengri, estuvo de su lado.

A la asamblea celebrada en el río Argún fue invitado el clan de Dei *el Sabio,* el suegro de Gengis Kan. No acudió, pero algunos de sus parientes sí lo hicieron. Uno de ellos, del clan de los gogolas, le había transmitido las intenciones de Jamuga de atacar a su yerno. Dei *el Sabio* envió dos mensajeros a Gengis Kan para que le informaran de la situación y el kan envió a su vez espías para que se enteraran de cuanto pudieran.

Cuando la noticia de esa alianza llegó a los oídos de Temujín su cólera se desató incontenible:

—¡Mongoles aliados con tártaros y naimanes! ¡Qué pronto pierden algunos hombres la memoria! Ya no recuerdan que fueron esos perros los que masacraron a nuestros padres y casi consiguen borrar de la tierra a nuestro pueblo. ¡Mongoles aliados con nuestros enemigos contra mongoles!

Su ira crecía conforme se ratificaban una y otra vez las noticias suministradas por sus espías.

—Se han reunido en la fuente de Aljui en el valle del Argún —prosiguió uno de los mensajeros—. Han celebrado un *kuriltai* y han nombrado jefe supremo... a Jamuga. Ha tomado el título de gurkán.

El espía pronunció esta palabra sin apenas vocalizarla; el miedo que le inspiraba Gengis Kan iracundo casi lo había paralizado.

—¡Sólo hay un kan! Yo, Gengis Kan, el soberano de los mongoles.

Todos los que estaban en la tienda se arrodillaron atemorizados ante sus gritos.

—¡Levantaos! —clamó—. Necesito hombres para luchar, no corderos para el sacrificio. ¿Qué más sabéis? —preguntó a los espías.

—Una vez que designaron a Jamuga como gurkán, sacrificaron a Tengri una yegua y un garañón y juraron alianza eterna ante la sangre de los dos animales derramada sobre una piedra. Después bajaron por el curso del Argún hasta donde este río se encuentra con su afluente el Kerulén y allí juraron fidelidad a Jamuga.

—Jamuga es mi *anda*. Hace ya casi treinta años que nos hicimos camaradas sobre las aguas del Onón helado y veinte que renovamos nuestra amistad. Desde entonces Jamuga no ha cesado de combatirme, de alentar contra mí a cuantos ha podido reunir. Decidme, ¿quiénes están con él?

—Muchos, mi señor. El primero en responder a la llamada de Jamuga fue Togtoga Beki, el general en jefe de los merkitas, y después numerosas tribus y clanes mongoles y tártaros. Una buena parte de los naimanes, mandada por Buriyuk, el hijo de su kan, también ha acudido. Para sellar su alianza han realizado la más sagrada ceremonia nómada; han sacrificado con la espada un macho cabrío y un perro, y sobre sus cuerpos aún calientes se han jurado alianza eterna. Después se han dirigido al borde del río y han desmontado parte de la ribera como señal de que si alguno de ellos abandona la coalición sea desbaratado como esa misma orilla.

Gengis Kan tuvo que calmarse manejando el látigo contra unos arbustos cercanos. Reconfortado por el ejercicio físico, decidió mandar un mensaje a Togril informándole de la nueva unión que se había formado en torno a Jamuga y las intenciones de la misma de atacarle de inmediato, pero Wang Kan, que se había retirado a sus tierras después de derrotar a los naimanes y recuperar los pastos perdidos, vivía ocioso dedicado a la caza con halcón, su actividad favorita. Su aliado estaba demasiado lejos como para llegar a tiempo, tendría que enfrentarse él solo contra la coalición que encabezaba Gurkán Jamuga. Disponía de menos guerreros que sus enemigos, pero contaba con un factor decisivo: la sorpresa estaba ahora de su lado. Gracias a su tupida red de espías y oteadores siguió paso a paso el desplazamiento de Jamuga, quien creía que gozaba de la ventaja de dar el primer golpe, pero a mitad de camino entre el Argún y el Onón, esperaba emboscado Gengis Kan.

Distribuidos los escuadrones de los *tumanes* en perfecto orden de batalla, Gengis Kan dio la orden de avanzar siguiendo el curso del río Kerulén al encuentro de la alianza de clanes y tribus que encabezaba el gurkán Jamuga. La vanguardia del ejército mongol la mandaban Altán, Juchar y Daritai. Por delante se enviaron centinelas y ojeadores a fin de inspeccionar el camino y avisar de la presencia del ejército enemigo. Varias patrullas tomaron posiciones en los montes Chegcher y Chijurjú.

—Naimanes, merkitas, tártaros y parte de los mongoles. Jamuga ha logrado reunir en torno a sí a los más poderosos pueblos de la estepa —dijo Kasar mientras limpiaba su arco de combate.

—No importa, los venceremos. Esa alianza no puede funcionar bien —aseguró Bogorchu.

—Es cierto que varios de esos pueblos que ahora aparecen como federados fueron antes enemigos acérrimos entre sí, pero juntos son una fuerza formidable —replicó Kasar.

—Nuestra fuerza es la unidad. Nosotros estamos unidos. Hay un solo estandarte en nuestro campo y una sola voz de mando —añadió Bogorchu.

—No parece que cuentes con Wang Kan.

—Togril es un hombre débil; carece de dotes de mando para la batalla.

Un nuevo mensajero solicitó audiencia ante el kan.

—Señor, hemos avistado a la vanguardia enemiga y detectado grandes movimientos de tropas hacia el este.

—Estaremos preparados. Kasar, Belgutei, disponed que esta misma noche todos los hombres estén listos para la batalla. Las tropas deben situarse tal y como os expliqué en el plan de combate. Desde la colina que domina el valle daré las órdenes con los estandartes según las claves de colores establecidas. No quiero ningún error. Si todos los jefes de cada batallón cumplen sus órdenes, la victoria será nuestra.

Era tal la seguridad de Gengis Kan cuando afirmaba su próxima victoria, que nadie dudaba de que lo pronosticado por él iba a suceder.

A la mañana siguiente, el ejército de Gengis Kan amaneció perfectamente formado esperando la aparición del de

Jamuga. Al frente se extendía la extensa llanura de Koyiten, dominada por algunas colinas y surcada por cauces de arroyos secos. La noche anterior había transcurrido en una extraña calma que algunos chamanes auguraron como un buen presagio. Al alba el cielo se había cubierto de nubes grisáceas y pesadas tan bajas que parecían a punto de desplomarse sobre las cabezas de los contendientes. Al culminar una elevada colina, el ejército de Jamuga se encontró de frente con el de Gengis Kan en orden de batalla. El asombro de Gurkán fue enorme. El factor sorpresa con el que habían contado como decisivo para el combate se había perdido y ahora estaba del lado de su oponente. No había tiempo para nada; la suerte parecía claramente decantada y sobre esa misma colina, Buriyuk, caudillo de los naimanes, y Juduja, jefe del clan de los oyirades, se unieron para celebrar un conjuro. Varios chamanes al servicio de Jamuga comenzaron una frenética danza al son de los tambores y las cornamusas de otros chamanes alrededor de los dos jefes que imploraban la ayuda del cielo en la batalla. Esta ceremonia, que los mongoles llaman *yada*, consiste en implorar a su dios Tengri para que envíe una tempestad de rayos que fulmine al enemigo.

Mientras se celebraba el ritual, el cielo iba cerrándose cada vez más y algunos relámpagos comenzaban a destellar en el horizonte. La suave brisa que se había levantado al alba se convirtió de repente en una fuerte ventolera que arrastraba nubes de polvo y hojas. El viento soplaba en dirección hacia las tropas de Jamuga, que ocupaban una firme posición apoyadas en una inmensa ladera surcada por numerosos barrancos. La calma se rompía por momentos y de pronto las nubes comenzaron a soltar su carga de agua. Al principio fueron sólo unas gotas apenas perceptibles que de pronto se convirtieron en enormes gotarrones que estallaban sobre el suelo levantando pequeños cráteres. Poco después vino el diluvio. Las nubes parecieron rajarse entre estruendosos truenos acompañados de rayos y centellas. Los que estuvieron allí presentes y más tarde vieron el océano desde las playas de China me contaron que parecía como si el mismísimo mar estuviera cayendo sobre la tierra. La ladera en la que se desplegaba el ejército de Jamuga se convirtió en un verdadero lodazal y los barrancos se desbordaron a causa de las avenidas de agua que arrastraron tiendas, carros, caballos y jinetes, desbaratando la formación del ejército.

Los hombres de Gengis Kan, que se habían apostado en las colinas al otro lado del llano, quedaron a resguardo de las furias desatadas de la naturaleza. Bajo la lluvia torrencial, el kan presenciaba cómo el todopoderoso dios del cielo se ponía de su parte y destruía los escuadrones enemigos sin necesidad de combatir. La *yada* que hicieran los enemigos de Gengis Kan para desembarazarse de él se volvió contra sus autores. Todos vieron en ello una señal más de que el Eterno Cielo Azul protegía a su elegido. Cuando remitió la tormenta, el ejército del kan cargó contra los aliados. La victoria fue demasiado fácil y contundente. Jamuga contempló con rabia la dispersión de la confederación de tribus que con tanto esfuerzo había logrado reunir. Calados hasta los huesos, con los pies llenos de barro y humillados, los otrora orgullosos naimanes, tártaros y oyirades se retiraron derrotados a sus territorios, sin haber podido vengarse de su gran enemigo.

En el campamento de Gengis Kan reinaba la confianza. Togril, que llegó poco después, no quería dejar pasar aquella oportunidad para asentar su poder sobre todo el occidente de Mongolia y decidió perseguir a las tropas de Jamuga, que se retiraban en desorden por el valle del Argún. Por su lado, Gengis Kan, con un reducido grupo de guerreros, persiguió a los tayichigudes que huían dirigidos por Aguchu Bagatur. Fueron alcanzados a orillas del Onón, donde Aguchu, al observar que el grupo de Gengis Kan era algo menos numeroso que el suyo, decidió plantarle cara. Con el río a la espalda, los tayichigudes asentaron sus posiciones y Gengis Kan cargó contra ellos. Se produjo una encarnizada batalla en la que durante todo un día combatieron sin tregua, una vez más, mongoles contra mongoles.

A media tarde, cuando la batalla estaba en su momento más álgido y las dos partes luchaban cuerpo a cuerpo, un arquero localizó a Temujín entre la turbamulta de combatientes y le lanzó un dardo que le rozó la garganta. La herida no era mortal, pero la punta de hierro de la saeta había logrado cercenar una vena y la sangre manaba a borbotones por la herida. Junto al kan combatía Jelme, el cual se apresuró a recogerlo y conducirlo con ayuda de dos de sus hombres a un lugar seguro. La noche cayó sobre los contendientes sin que ninguno de los dos bandos hubiera decantado a su favor la batalla. Gengis Kan se desangraba y Jelme, temeroso de que la flecha que lo había herido estuviera impregnada de veneno, succionó cuanta sangre pudo de la herida de su señor. Durante varias horas, en plena oscuridad, Jelme cuidó al kan, le limpió el sudor y le chupó la sangre, sorbiendo sin cesar la que manaba. Sin duda, aquella noche Jelme le salvó la vida. Si no le hubiera chupado la herida, lamiendo su sangre y manteniéndola limpia, se hubiera infectado y la muerte le hubiera sobrevenido sin remedio. Pero la lealtad de Jelme todavía fue más allá. Poco antes de amanecer, Gengis Kan recobró el sentido. Había dejado de sangrar y se encontraba un poco mejor, aunque la calentura producida por la pérdida de sangre le había provocado una enorme sed.

El más mínimo deseo del kan era una orden para Jelme. Arriesgando su vida, el fiel compañero se descamisó y, vestido tan sólo con unos pantalones de piel, se deslizó entre las filas enemigas hasta alcanzar un carro en el que encontró un caldero con cuajo y un boto con agua. Los cogió y regresó. Mezcló el cuajo con el agua y se lo dio a beber. Gengis Kan observó la hazaña de Jelme y le preguntó por qué se había despojado de parte de su ropa. Éste le contestó que al atravesar las líneas enemigas en busca de bebida había corrido el riesgo de ser capturado. En ese caso, se le había ocurrido que yendo semidesnudo podría decirles a sus captores que había logrado escapar de los hombres de Temujín y se unía a ellos.

—Me has hecho grandes servicios —le dijo el Kan—; nunca los olvidaré.

El día siguiente a la batalla, el campo estaba sembrado de mongoles muertos y heridos. Los tayichigudes habían levantado sus posiciones y habían huido. Gengis Kan, con el cuello vendado y dolorido, contempló desde lo alto de una colina cercana el campo de combate. Centenares de cuerpos se esparcían durante un largo trecho, en algunos casos amontonados unos sobre otros, hombres que el día anterior se habían batido con fiereza entre ellos. Los ayer enemigos se consolaban mutuamente o curaban sus heridas. La estepa estaba alfombrada de un mar de lamentos y quejidos.

—Esto no puede seguir así. Si continuamos destrozándonos entre nosotros pronto no quedará un solo mongol sobre las estepas.

El kan ordenó entonces a un grupo de sus hombres que desplegara un estandarte blanco y salió en busca de los que habían huido. En su corazón tan sólo albergaba el deseo de hacer la paz con sus hermanos de raza y acabar para siempre con tantas disensiones.

Soportando el terrible dolor del cuello, cabalgaba al galope sobre la llanura tras las huellas de los que se habían retirado cuando observó que desde lo alto de una colina una mujer vestida de rojo agitaba un pañuelo y lo llamaba por su nombre.

—¡Temujín, Temujín! —gritaba aquella mujer.

El kan ordenó a la patrulla que se detuviera y envió a uno de sus hombres a averiguar quién era. El soldado la alcanzó en unos instantes y escuchó su relato. Gengis Kan contemplaba intrigado a las dos figuras desde la vaguada.

El soldado regresó al momento y le dijo al kan:

—Dice que se llama Jadagán y que es hija de Sorjan Chira.

Al oír aquellos dos nombres el rostro de Gengis Kan se iluminó. Espoleó a su caballo y cabalgó a todo galope colina arriba al encuentro de la mujer. Cuando llegó a su altura descendió de un brinco de su montura y se abrazó a Jadagán.

—¡Temujín, Temujín! —exclamó Jadagán entre sollozos—, al fin te encuentro.

—Mi querida Jadagán, ¿qué te ha ocurrido, cómo has llegado hasta aquí?

—Mi padre me entregó como esposa a un miembro del clan de los tayichigudes. Nos unimos a Jamuga y lo seguimos por la estepa. Mi esposo ha muerto en la batalla. He pasado la noche escondida entre los juncos y ahora erraba sin rumbo en busca de mi padre. Te he visto desde lejos y te he reconocido enseguida.

—¿Dónde están tu padre y tus hermanos? —le preguntó Gengis Kan.

—Se retiraron después de la batalla. Deben de estar a unas dos o tres horas delante de ti.

—Voy a alcanzarlos, quiero que acaben estas guerras entre los clanes. Los mongoles debemos unirnos para ser fuertes; si seguimos así no tardaremos en desaparecer como pueblo. Quiero ofrecer mi amistad a todos cuantos se agreguen a nosotros. Mi deseo es crear una nación fuerte y unida.

—Si te ven aparecer o huirán o, si se ven desesperados, te volverán a hacer frente.

—Tú lo evitarás. Cuando los alcancemos te adelantarás para explicarles mi oferta. Todo aquél que se una a mí recibirá lo mismo que cualquiera de mis hombres, será tratado igual y no se le tendrán en cuenta cualesquiera acciones que haya podido cometer en el pasado —dijo el kan.

Un día después la vanguardia avistó a los restos de los clanes que habían huido tras la batalla librada a orillas del Onón. Creyendo que el kan iba a atacarlos, se desplegaron en formación de combate para vender caras sus vidas. Ambos bandos se colocaron frente a frente, a una distancia de cuatro tiros de arco. Cuando los aliados de los tayichigudes esperaban una carga del ejército de Gengis Kan, de sus filas se destacó un jinete que avanzaba hacia ellos con un estandarte blanco en la mano. A mitad de camino de ambos frentes descendió de la montura y avanzó a pie.

—¡Es mi hija Jadagán! —gritó Sorjan Chira.

La mujer llegó enseguida hasta su padre al que se abrazó.

—Vengo como mensajera de Temujín. Os ofrece la paz y os pide que os unáis a él. Quiere que se acabe tanto derramamiento de sangre mongol. Os ofrece su palabra de Kan como garantía.

Gengis Kan plantó su tienda y sentó a Jadagán a su derecha. Al día siguiente Sorjan Chira acudió al campamento del kan con muchos hombres.

—Tú, Sorjan Chira, tus hijos Chimbai y Chilagún y tu hija Jadagán me librasteis de aquella pesada canga que los tayichigudes asieron a mi cuello, desde entonces estoy en deuda con vosotros. Cuando me enfrenté a ellos creí que estarías de mi lado.

—Sabes que yo hubiera estado contigo, pero los tayichigudes tenían con ellos a mi esposa y a mi hija, mi ganado y todos mis bienes. Sin eso un mongol no es nadie. Ahora nada pueden hacerme, pues nada mío retienen.

Gengis Kan admitió a Sorjan Chira junto a él y salió fuera de la tienda para hablar ante todos los que se habían pasado a su lado.

—En la batalla de Koyiten, nada más empezar la lucha, alguien lanzó desde lo alto una flecha contra mí. Yo era el objetivo, pero aquella flecha erró y fue a clavarse en el cuello de mi caballo, un alazán de boca blanca, quizás el mejor que nunca he tenido. La flecha estaba envenenada y el caballo murió. ¿Está entre vosotros el que lanzó esa flecha? —preguntó Gengis Kan.

Un formidable mongol dio un paso adelante y dijo:
—Yo fui.
—¿Cuál es tu nombre? —preguntó el kan.

—Me llamo Yirgogadai. Si quieres matarme, hazlo ya. En este caso sólo conseguirás que mi cuerpo estercole un pedazo de tierra, pero si me mantienes a tu lado abriré en dos para ti las aguas más profundas, tajaré los montes y las rocas y nada me detendrá cuando me ordenes atacar.

Yirgogadai pronunció aquellas palabras con firmeza, con la confianza que tan sólo muestran quienes poseen valor y carecen de miedo.

—Eres sincero y valeroso. Pocos hombres he visto tan enteros como tú. No has dudado en reconocer tu acción, aun a sabiendas de que esa declaración podría acarrearte la muerte. Desde ahora te llamarás Jebe —que en mongol significa «flecha»—, pues te usaré como mi mejor arma.

Como muestra de que realmente se fiaba de él, Gengis Kan nombró a Jebe entrenador de su hijo Jochi, que a sus diecisiete años ya acompañaba a su padre en las expediciones guerreras.

Jebe era miembro del clan de los tayichigudes, el único jefe de ese linaje que decidió unirse a Gengis Kan. El resto de los tayichigudes optó por seguir con la enemistad, pero el kan los persiguió y acabó con ellos. Durante treinta días los acosó como a perros salvajes y uno a uno los fue exterminando. Sus tres principales caudillos, Aguchu Bagatur, Jotón Orchang y Judugudar fueron capturados y muertos. Con ellos se desvaneció el poder de ese clan, los descendientes de Ambagai, tercer kan mongol, quienes se consideraban con el máximo derecho a heredar el kanato de las estepas. Ya no había nadie que pudiera alegar los mismos derechos que Temujín a ostentar el trono mongol.

Temujín tomó a Jadagán como cuarta esposa; aunque no era bella, el kan le quería mostrar de ese modo el agradecimiento que sentía.

De todos los jefes tayichigudes sólo su viejo enemigo Targutai Kiriltug seguía libre. Lo habían buscado sin cesar entre los muertos y habían rastreado todas las huellas, pero parecía que se lo había tragado la tierra. Targutai había logrado huir y se había escondido en un bosque. Herido en una pierna, se arrastró por el suelo y durante varios días sobrevivió comiendo raíces, insectos y tallos tiernos. Sirguguetu, un anciano del clan de los bagarines, emparentados con los borchiguines y por tanto miembros de la aristocracia mongol, descubrió a Targutai cuando se dirigía con su familia a unirse a Gengis Kan. Como Targutai no podía montar a caballo, el anciano Sirguguetu, con la ayuda de sus dos hijos, lo subió a su carro y decidió llevarlo junto al kan para que éste decidiera sobre su vida. Hasta entonces los bagarines habían servido al lado de los tayichigudes. Con semejante presa, Sirguguetu creyó que Gengis Kan lo admitiría a su lado sin reticencias.

Pero varios parientes de Targutai que tras la derrota erraban por las colinas, descubrieron el carro y observaron que era su jefe quien yacía en él. Ese caudillo era su única posibilidad de sobrevivir y decidieron acudir a liberarle. Cuando se acercaron al carro que conducía Sirguguetu, el anciano, viéndolos venir, lo cogió por el cuello y le colocó un cuchillo en la yugular.

Los parientes de Targutai llegaron junto al carro y el valeroso anciano les dijo que si intentaban hacerle daño cortaría el cuello de su jefe quien, asustado ante esa amenaza, gritó:

—Si pretendéis hacer algo contra este hombre, me matará. Si muero, de nada os serviré. Regresad y escondeos. No creo que Temujín me haga ningún daño. Cuando hace tiempo estuvo a mi merced, pude matarlo y no lo hice. Tiene buena memoria, recordará que sigue vivo porque yo quise. Ahora marchad.

El cuchillo del anciano seguía firme junto a la yugular de Targutai. Sus parientes dieron media vuelta, espolearon a sus caballos y se alejaron del carro. Sirguguetu estaba convencido de que obraba bien conduciendo a Targutai ante el kan, pero sus hijos no opinaban lo mismo.

—Gengis Kan es un hombre de honor —aseguró uno de ellos llamado Nayaga—. Si nos presentamos ante él con nuestro antiguo jefe como rehén nos arrojará de su lado. Pensará que no hemos sido fieles a nuestro señor y no nos aceptará entre sus hombres. Por el contrario, si dejamos libre a Targutai y le contamos la verdad de lo que ha pasado, creo que nos acogerá con agrado. Habremos dado con ello muestras de fidelidad a nuestro antiguo señor y no seremos unos traidores. Sólo así se dará cuenta de que puede confiar en nosotros.

—Has hablado sabiamente, hijo; así lo haremos —asentó Sirguguetu.

Y así lo hicieron. Curaron las heridas de Targutai y lo dejaron libre en el lugar que llaman Jutujul Nugú.

Nayaga había juzgado bien a Gengis Kan. Una vez ante él, se postraron de rodillas y se entregaron. El kan les pidió que le contaran cómo habían llegado hasta él y el anciano le narró todo lo acontecido con Targutai y cómo habían decidido soltarlo para no quebrantar la fidelidad que antaño le habían jurado.

Gengis Kan se colocó de pie frente a Sirguguetu, con las manos en jarras, y dijo:

—Habéis hecho bien. Si me hubierais entregado a Targutai, vuestro jefe anterior, yo mismo os habría hecho decapitar. La traición es la peor de las acciones que un mongol puede cometer. Por el contrario, con vuestra actitud habéis demostrado fidelidad y eso os hace dignos de confianza. Tú, Nayaga, has obrado con justicia, como debe hacerlo un buen mongol. Por ello te nombro comandante de un *gurán* de mil hombres.

Cuando Temujín acabó de hablar, cruzó sus manos sobre sus propios hombros; todavía sentía el peso de la canga que Targutai le colocara al cuello hacía ya muchos años.

El invierno se acercaba. La guerra había supuesto la pérdida de muchos hombres, aunque otros muchos se habían unido a él tras los combates. Gengis Kan levantó sus campamentos e invernó en Juba Jaya. Durante aquellos largos meses otros clanes mongoles y de otras naciones acudieron al campamento del kan; el primero Yaja Gambu, hermano de Wang Kan, con toda su familia. En la primavera siguiente Gengis Kan derrotó a un ejército merkita y lo puso en fuga. Esa nueva hazaña provocó el que el clan de los tubeguenes, con más de dos mil individuos, y los todavía más numerosos donjayides y kereyides se pusieran de su lado. A finales de primavera más de treinta mil tiendas obedecían al mongol de las trenzas pelirrojas. Desaparecidos los tayichigudes, a quienes muchos habían seguido por ser el suyo tan alto linaje, Gengis Kan aparecía como el único jefe capaz de unir a todos los pueblos de la estepa.

11. Dos princesas tártaras

Tras la victoria sobre Jamuga y los dieciséis jefes aliados, Gengis Kan había pasado el invierno del año del perro junto a sus hijos. Su hijo mayor Jochi hacía ya cinco años que lo acompañaba a todas sus campañas militares y Chagatai lo había hecho la primavera anterior por primera vez. Ambos eran valientes y decididos. Jochi demostraba más arrojo en el combate en tanto Chagatai denotaba un carácter severo y rígido; siempre serio y callado, su padre decía de él que su rostro parecía el de una estatua. Ogodei y Tului, aunque eran todavía demasiado jóvenes para participar en los combates, solían acompañar de vez en cuando a su padre.

Aquel invierno a orillas del Onón fue uno de los más placenteros que vivió el kan. La derrota de Jamuga en Koyiten había convertido a Temujín en el jefe indiscutible de los mongoles y su fama había trascendido más allá de los límites de las estepas. Durante aquellos meses cabalgó con sus hijos por las llanuras heladas y organizó diversas cacerías para mantener a sus hombres y a sus caballos en perfecto estado. La caza es para el mongol el principal motivo de diversión, pero para Gengis Kan era sobre todo una manera de mantener la forma física y de practicar movimientos tácticos que luego aplicaba en las batallas. Concebía la guerra como una cacería en la que las presas eran hombres en vez de animales. Durante el invierno organizó una batida en la que distribuyó a sus hombres en un amplio círculo. La estrategia consistía en ir cerrando el cerco sin dejar que ningún animal escapara de él. Los movimientos de los cazadores respondían a un meticuloso plan y nadie podía dar ningún paso que no estuviera expresamente ordenado. Las instrucciones se realizaban mediante señales con estandartes de colores y cada comandante de cada batallón debía interpretarlo correctamente y transmitirlo con precisión y presteza a sus hombres. A base de repetir una y otra vez estos ejercicios, el ejército mongol se convertiría en invencible. Ese mismo invierno, en las tierras del oeste, había muerto tras cinco años de enfermedad el viejo Inancha Kan, soberano de los poderosos naimanes. El kanato naimán quedó dividido entre sus dos hijos: Tayang, kan de los clanes del oeste que apacentaban sus ganados en las laderas orientales del Altai, y Buriyuk, kan de los del este, en los inmensos territorios que se extienden entre el río Selenga y el lago Baikal. Hasta entonces, los naimanes eran quizás el pueblo más poderoso de la estepa, pero con la división perdieron fuerza y sus posibilidades de convertirse en el poder hegemónico se disiparon como el humo en el viento.

 Gengis Kan descansaba junto a Bortai en su lecho de pieles de yak al regreso de la gran cacería. Temujín contemplaba el rostro de su esposa iluminado por el fuego del brasero en el que ardían bostas de estiércol seco de caballo. Bortai, pese a sus cuarenta años, seguía siendo una mujer bella, pero su cuerpo, después de varios partos, ya no era el mismo. Gengis Kan tenía además otras tres esposas, Dogón, Jerén y Jadagán, si bien ninguna de ellas había sido elevada al título de katún. En sus campañas guerreras había disfrutado de multitud de otras mujeres, pero ninguna de ellas había hecho despertar su amor. Usaba de ellas una o dos noches a lo sumo y después las entregaba a sus soldados. Recibir como esposa a una mujer que había sido amante del kan era para los jinetes mongoles un motivo de orgullo; no en vano, a él se le reservaban las doncellas más hermosas, y ese privilegio sólo estaba destinado a un reducido número de guerreros.

 Bortai le había satisfecho en la cama más que ninguna otra mujer, al menos hasta entonces, y a pesar de que comenzaba a mostrar las primeras señales de decadencia física seguía anhelando encontrarse con ella al regreso de una expedición.

—¿Me sigues amando, esposo mío? —le preguntó Bortai de repente.

—Eres la katún, la madre de mis hijos.

—Te he preguntado si todavía me amas —reiteró Bortai.

—Poseo la más hermosa de las mujeres y la más ardiente de las amantes, ¿qué más puede pedir un hombre?

—A veces tomar una nueva esposa se hace por interés para la nación, no por amor —asentó Bortai.

—Ninguna mujer podrá ocupar nunca tu lugar. Dogón, Jerén y la misma Jadagán sólo son pequeñas estrellas al lado de la luna.

Mediada la primavera, el ejército se concentró en el lugar acostumbrado en la ribera del Onón. En una asamblea, el kan nombró a los *oerloks* y a los *noyanes*, es decir a los generales y jefes de su ejército. Bogorchu, Borogul, Chilagún, Muhuli, Jubilai, Subotai, Jebe y Jelme fueron los ocho que recibieron los más altos cargos; ninguno de ellos le fallaría nunca. En esta ocasión, además de sus dos hijos mayores, Jochi y Chagatai, lo acompañaba también Ogodei, que acababa de cumplir trece años; Tului, el menor, había quedado en el campamento con Bortai. Entre los mongoles el hijo menor es llamado *odchigín* y a él se le encarga el cuidado del *ordu* paterno, de los pastos y el ganado de la familia.

Gengis Kan había planeado en las semanas anteriores una incursión contra los tártaros; seguía sin olvidar que habían sido miembros de esta tribu los que envenenaron a su padre y los que habían causado las mayores desgracias a su pueblo. Ya los había derrotado varias veces, pero ahora se trataba de borrarlos definitivamente de la faz de la tierra. Durante todo el verano del año del perro los acosó sin tregua, persiguiéndolos por las estepas hasta que consiguió cercar a un gran número de ellos en el llano de Dalán Nemurgues. Su corazón clamaba venganza y le exigía la eliminación total de ese pueblo; ahora estaba por fin en condiciones de cumplirlo. Cuatro clanes tártaros habían logrado sobrevivir a las guerras y se habían asentado de nuevo en las amplias praderas de la orilla derecha del río Argún. Se trataba de los kagadanes, los alchíes, los dutagudes y los alujáis, todos de noble linaje. Gengis Kan pretendía dar un golpe definitivo, pues sabía que si no lograba acabar con ellos, tarde o temprano volverían a recomponerse y serían de nuevo una seria amenaza para el pueblo mongol. A diferencia de otras tribus de la estepa con las que se habían mantenido en distintas épocas buenas relaciones e incluso se habían llevado a cabo numerosos matrimonios mixtos, entre tártaros y mongoles existía un odio ancestral. Sus razas eran distintas y sus costumbres también, pero ambos pueblos ambicionaban el dominio de las ricas tierras de pastos que se extendían entre el Onón y el Argún, y ésa había sido la causa fundamental de sus constantes batallas.

Gengis Kan reunió a todos los jefes y les comunicó el plan a seguir:

—La guerra contra los tártaros no es una más de las muchas que hemos librado. En todas las batallas hemos buscado el botín, pero ahora es diferente. Los tártaros han sido nuestros enemigos desde hace generaciones y sus corazones siempre han albergado la idea de destruirnos. Uno de los dos pueblos sobra. Ellos casi lograron acabar con nosotros en tiempos del kan Jutula, pero cometieron el error de no darnos el golpe definitivo; conseguimos rehacernos y ahora somos más fuertes. Sólo cuatro grandes clanes componen la aristocracia del pueblo tártaro; después de esta campaña no quedará ninguno.

»En esta guerra es prioritario acabar con los tártaros, por eso nuestra única meta es la victoria. Ordeno que nadie se detenga para coger el botín mientras no hayamos acabado con todos y cada uno de ellos. Una vez que estén derrotados y muertos, todas sus propiedades serán nuestras, pero hasta que llegue ese momento ningún hombre deberá abandonar el combate o la persecución del enemigo para tomar su parte, que será distribuida tras la batalla. Esta orden se incorporará a nuestras leyes. Quien abandone la lucha y se dedique al saqueo antes de que yo lo ordene, será decapitado. Hacedlo saber a todos los hombres y preparaos para el combate.

Los tártaros se batieron con valentía en la batalla de Dalán Nemurgues, a finales del otoño, pero nada pudieron hacer frente a los mongoles. Los jefes de los clanes murieron y sólo unos pocos escaparon de la matanza. En plena lucha, Gengis Kan contempló cómo Altán, Juchar y Daritai, parientes suyos y destacados miembros de la aristocracia mongol, abandonaban la pelea para saquear el campamento tártaro.

A la hora del reparto, Gengis Kan ordenó a sus guerreros que despojaran a sus tres parientes del botín que habían logrado y les recriminó con dureza su acción.

—Habéis incumplido mis órdenes. Mientras vuestros hermanos peleaban a muerte, vosotros tres los abandonasteis para dedicaros al pillaje. Me fijé en vosotros y me devolvisteis la mirada desafiante.

—Yo siempre he combatido a tu lado y te he sido fiel. He luchado contigo contra todos tus enemigos —dijo Daritai, el tío del kan—. Cuando eras un niño te protegí y te salvé de que te devoraran los perros.

—No hiciste sino cumplir con tu obligación. Eso mismo es lo que yo debo hacer ahora.

Los tres nobles mongoles callaron y aguantaron en silencio lo que estimaron era una afrenta. Aunque Gengis Kan era el jefe indiscutible, cualquiera de ellos se consideraba de un linaje igual al del kan y con tantos derechos al kanato como él. Los tres, en atención a los servicios prestados y a que Daritai le había salvado la vida en una ocasión, salvaron la vida, pero se decretó su exclusión del Consejo de jefes y quedaron deshonrados.

Anochecía cuando Temujín se derrumbó. Nadie se había dado cuenta hasta entonces de que en plena batalla había recibido una lanzada en el costado entre las costuras de su lóriga de cuero de búfalo. Lo desnudaron y le aplicaron paños húmedos. La herida sangraba con profusión y había empapado por dentro toda la ropa. Aquella noche tuvo fiebre alta y algunos espasmos. Hacía mucho frío y, para evitar que se congelara, Borogul y Bogorchu pasaron la noche junto a su jefe y compañero, tapándolo con sus mantas de campaña.

Los tártaros fueron vencidos otra vez, pero los que habían logrado huir se agruparon aguas abajo del río y se dirigieron hacia sus más lejanas tierras en Uljui Silujeljid. Gengis Kan dudaba sobre qué hacer; el invierno se echaba encima y podía ser peligroso continuar en esas condiciones con la ofensiva. Quiso saber la opinión de sus hombres y convocó un Consejo.

En la gran tienda de fieltro se reunieron todos los generales y jefes de clan. Gengis Kan presidía el *kuriltai* desde su trono de madera labrada engastado con oro y tras él se habían colocado varios muñecos de trapo rellenos de paja que representaban los espíritus de los antepasados más gloriosos.

—Os he convocado a todos para que discutamos cuál ha de ser nuestra próxima acción contra los tártaros, tanto de los que hemos cogido prisioneros como de los que han logrado huir.

Jachigún, el hermano del kan, se levantó y dijo:

—Durante generaciones, los tártaros han masacrado a nuestro pueblo. Ahora tenemos derecho a la venganza. Mi propuesta es que midamos a todos los prisioneros y matemos a aquellos varones que midan más de cinco palmos de alto. A los demás los repartiremos entre nosotros como esclavos.

—La propuesta de mi hermano Jachigún me parece correcta —añadió Kasar—; yo la apoyo. Y además digo que debemos perseguir a los que han logrado escapar y acabar con ellos. Ni un solo tártaro habrá de cabalgar jamás por las estepas.

Todos los jefes estuvieron de acuerdo con la propuesta de los dos hermanos del kan.

Cuando acabó el Consejo, Belgutei, el hermanastro de Gengis Kan, se dirigió hacia su puesto como comandante de la guardia de los prisioneros. Los tártaros capturados tras la batalla habían sido colocados en el interior de un amplio recinto vallado que custodiaban varios arqueros. Cuando hacía su ronda de inspección por los puestos de guardia lo vio Yeke Cherén, el caudillo de los tártaros, y lo llamó:

—¿Qué quieres de mí? —le preguntó Belgutei.

—Lo que todo condenado debe saber: ¿qué decisión habéis tomado sobre nosotros?

—No puedo decírtelo.

—No puedes negar a un hombre el que sepa qué va a ser de él.

—No me está permitido decirte nada —reiteró Belgutei.

—Tú eres un buen hombre y un noble guerrero, nada puede pasar si nos dices qué habéis decidido —insistió Yeke Cherén.

—Todos los adultos vais a morir —asentó secamente Belgutei.

Cuando Belgutei se marchó, Yeke Cherén reunió a los jefes y les comunicó lo que había logrado sonsacar al confiado hermanastro del kan.

—Escuchadme: han decidido matarnos a todos los hombres. Dejarán con vida a las mujeres y a los niños, que pasarán a ser esclavos de los mongoles. Yo no estoy dispuesto a ser sacrificado como un cordero, prefiero morir matando.

Todos los jefes reunidos asintieron.

—Antes de que acaben con nosotros nos llevaremos por delante a cuantos podamos de ellos. Mi plan es el siguiente: cuando vengan a liquidarnos nos haremos fuertes detrás de esta empalizada, que defenderemos como si fuera nuestro campamento. Con trozos de madera fabricaremos cuchillos y en cuanto tengamos oportunidad mataremos a todos los que podamos. La carnicería que han decidido para nosotros será también la suya.

Espadas y cuchillos en mano, los mongoles fueron hacia los tártaros para degollarlos. Los cautivos suelen entregarse con indolencia a sus verdugos. Un extraño mecanismo en la mente humana bloquea la capacidad de resistencia, y a veces cientos de prisioneros son ejecutados por un puñado de hombres sin que los condenados presenten la más mínima pelea. Confiados en ello, los mongoles se acercaron desprevenidos hacia sus cautivos, que arengados por sus jefes respondieron con violencia. No tenían armas con las que enfrentarse en igualdad de condiciones a los mongoles, pero saltaron sobre ellos clavándoles en ojos y cuellos estacas de madera y estrangulándolos con los cordones de sus botas. Los mongoles tardaron en reaccionar al imprevisto ataque de los prisioneros, pero cuando lo hicieron su represalia fue terrible. Sólo Yeke Cherén quedó con vida, todos los demás fueron degollados. Cuando acabó la matanza, centenares de cadáveres quedaron esparcidos por el suelo con los miembros seccionados, los vientres abiertos y las cabezas separadas de los cuerpos. Aquella masacre se convirtió en una horrenda carnicería en la que los mongoles se ensañaron como hasta entonces nunca lo habían hecho. Por todo el llano se extendió un olor a sangre y a vísceras que atrajo a buitres y chacales.

—Dejad sus cuerpos esparcidos sobre el campo, también los buitres tienen derecho a su carroña —sentenció el kan.

En la refriega murieron varios guerreros mongoles. Gengis Kan sabía que alguien había comunicado la decisión a los prisioneros tártaros, si no, no se entendía su reacción.

Gengis Kan reunió al Consejo de jefes en su tienda; sus ojos emanaban una furia contenida.

—¿Quién fue el que comunicó a los prisioneros nuestra decisión de acabar con ellos? —preguntó con voz serena y contundente.

Belgutei dio un paso al frente y respondió:

—Yo fui. Su jefe me preguntó qué pensábamos hacer y le dije que habíamos decidido matarlos. Soy responsable de la muerte de nuestros hombres.

Gengis Kan miró a su hermanastro. Sabía de antemano que él había sido el culpable y estaba furioso por ello, pero la actitud de Belgutei lo reconfortó. Pese a que era consciente de que la ira del kan podía caer sobre él, había confesado su falta. Temujín estaba orgulloso de la honestidad de su hermanastro, pero no podía dejar su error sin castigo. Su indiscreción era imperdonable y no tenía otro remedio que imponerle una pena.

–Me agrada tu sinceridad, Belgutei, pero has cometido una falta que ha causado la muerte de algunos de nuestros hombres y debes pagar por ello. Te condeno a que no participes en ningún *kuriltai*. Cuando se reúna, tú saldrás de la *yurta* y no volverás a entrar en ella hasta que no acabe. Ése es el castigo a tu irresponsabilidad. Pero por tu franqueza, te nombro juez supremo para los delitos de robo y de falsedad. Tú serás quien juzgue a los que roban y a los que mienten, nadie será para ello más justo que tú.

Una vez más, la resolución de Gengis Kan fue sabia y demostró una capacidad inigualable para escrutar los sentimientos y la naturaleza de los hombres.

Cuando llegó la hora de repartir a las mujeres y a los niños tártaros entre los vencedores, muchos guerreros mongoles estaban ansiosos por recibir como parte del botín a una doncella tártara; tenían fama de ser las más bellas mujeres de entre los pueblos de las estepas. Realmente ésta es una leyenda que se repite entre todas las tribus, para cuyos hombres, las mujeres del rival suelen ser siempre más bellas que las de la propia; de ahí surgió quizá la costumbre de buscar esposa entre las mujeres de una tribu distinta a la de uno mismo.

Gengis Kan revisaba a las mujeres tártaras y de entre todas las doncellas se fijó en una que destacaba sobremanera por su belleza y por la altivez de su porte.

–¿Quién eres tú? –le preguntó.

–Mi nombre es Yesugén, soy hija del jefe Yeke Cherén –contestó la muchacha cabizbaja.

—Una princesa tártara; serás una buena esposa para un kan mongol. Sacadla del grupo y llevadla a mi *yurta* —ordenó Gengis Kan.

Poco después el kan y Yesugén estaba solos en la tienda de fieltro blanco.

—Desnúdate.

La muchacha obedeció la orden del kan y quedó sin ropa delante de su señor. Ciertamente, era una hembra magnífica. Apenas tenía dieciséis años pero su cuerpo había alcanzado ya la plenitud. Sus pechos eran firmes, con los pezones rosados y tersos, las caderas redondas y contundentes, las nalgas suaves y destacadas y las piernas torneadas y rectas.

Temujín la miró ansioso y estuvo a punto de hacerla suya en ese mismo instante, pero él era el kan y Yesugén una princesa. Pese a que ardía en deseos de poseerla debía esperar.

—Ciertamente eres muy bella. Vas a convertirte en la esposa del kan de los mongoles. Hoy mismo te casarás conmigo.

La ceremonia se celebró aquella tarde. Dos chamanes oficiaron el ritual y declararon a Temujín y a Yesugén esposos.

Gengis Kan gozó de Yesugén durante toda la noche. Hacía tiempo que no había encontrado una mujer como aquélla. Era tan joven y bella como lo había sido Bortai veinte años atrás.

—Eres digna de un kan.

—Si así me consideras, mi señor, has de saber que todavía hay una mejor que yo.

—Eso no puede ser posible.

—Lo es, mi señor.

—¿Y quién es esa maravilla? —le preguntó el kan.

—Mi hermana mayor Yesui.

—No, no puede ser; si fuera mejor que tú me hubiera fijado en ella.

—No estaba con las demás mujeres.

—Entonces, ¿dónde está?

—No lo sé. Mi padre la casó con un jefe de mi tribu unas semanas antes de la batalla. Ambos partieron con un pequeño grupo hacia el este. Su ausencia me llena de dolor, me gustaría que estuviera a mi lado. Podrías tomarla como esposa, mi señor, así estaríamos de nuevo juntas.

—Si es como tú, lo haré.

Gengis Kan ordenó a un grupo de sus hombres que buscara a Yesui por todas partes y que no volviera hasta traerla ante él.

Dos semanas después, los jinetes regresaron al campamento del kan; traían con ellos a Yesui y a Tabudai, su esposo tártaro.

—Los encontramos en el bosque, mi kan. Eran unos veinte y se escondían de nosotros. Se resistieron y los exterminamos. Sólo dejamos con vida a la princesa Yesui y a su... —el jefe de la partida carraspeó sin atreverse a decir «esposo»— a su acompañante.

Gengis Kan contempló a la joven pareja. Yesui era realmente bella, más si cabe que Yesugén. Era un año mayor y un poco más alta, lo que le confería un porte y una distinción supremas. Yesugén, que se sentaba en una sillita a la derecha del kan, se levantó y la dejó libre. Gengis Kan se acercó hasta Yesui, la tomó de la mano y la colocó en el lugar que hasta entonces ocupaba su hermana menor. Ese mismo día Yesui se convirtió en la nueva esposa del kan. El anterior marido de Yesui, ahora confinado en el campamento mongol, había enseñado muy bien las artes amatorias a su joven esposa. Gengis Kan estaba radiante con sus dos princesas tártaras. Tras los primeros días, en los que distribuyó sus favores entre las dos de manera alternativa, decidió que podía ser mucho más excitante compartir su lecho con las dos hermanas a la vez. Y así lo hizo. Aquella nueva experiencia, extraña en los matrimonios nómadas, le pareció muy placentera y la repitió a menudo.

El otoño se acababa y el ejército debía regresar a sus campamentos de invierno, pero Gengis Kan no mostraba ninguna prisa en volver. Una mañana, Temujín bebía una copa de *kumis* en la puerta de su tienda. A ambos lados se sentaban sus dos esposas tártaras a las que abrazaba orgulloso de semejantes hembras en tanto contemplaba el extenso campamento repleto de *yurtas*, guerreros y caballos. Aquella era la mejor vida que cualquier nómada pudiera tener. Por delante de la tienda pasó el joven tártaro que fuera esposo de Yesui. Gengis Kan observó que su esposa lo miraba con atención y que cuando se alejó, ésta suspiró profundamente. El kan no dijo nada pero poco después mandó llamar a Bogorchu y a Muhuli y les ordenó que aquella misma tarde se alinearan por tribus y clanes todos los hombres del campamento.

Así se hizo, y, una vez formados, todos quedaron encuadrados en sus respectivos puestos excepto uno solo: un joven apuesto, de largos cabellos oscuros recogidos en una gruesa coleta.

—¿Quién eres tú? —le preguntó Muhuli.

—Soy Tabudai, aquél a quien el jefe Yeke Cherén dio a su hija Yesui por esposa.

—Eres, pues, un tártaro.

—Lo soy.

—Un tártaro cobarde porque huiste abandonando a tus hermanos de raza cuando se enfrentaron con nosotros.

—Sí, tuve miedo y huí, pero no por mí, sino por lo que le pudiera ocurrir a mi esposa. Pero luego decidí regresar. Si no lo hubiera hecho, nunca me habríais alcanzado.

Gengis Kan habló entonces:

—Huiste como un ladrón y luego no supiste defender a tu esposa. Has preferido vivir como un proscrito a morir como un hombre. No eres digno de seguir viviendo.

Poco después la cabeza del apuesto Tabudai rodó separada de su cuello por un certero tajo del verdugo.

En la tienda del kan se bebía *kumis* y se comía cordero guisado. Los generales celebraban sus últimos triunfos. El *kumis* había hecho ya su efecto y los compañeros de batallas de Gengis Kan alardeaban ufanos de sus hazañas.

–Quiero haceros una pregunta, mis fieles compañeros. ¿Cuál es para cada uno de vosotros, jefes mongoles, el mayor de los placeres? –inquirió el kan.

–Para mí las batidas de caza –contestó Kasar–. No hay nada igual a perseguir a una pieza, acosarla hasta tenerla a tiro y ensartarla con una certera flecha. Sí, para un mongol el mayor placer es la caza.

–No es eso –dijo el kan.

–Claro que no; hay algo mejor que la caza con arco. Yo prefiero la cetrería –afirmó Muhuli–. Nada es comparable al vuelo del halcón, al placer de portar un gerifalte en el guante, quitarle la capucha y lanzarlo al aire en pos de una pieza. Saber que ese animal magnífico responde a tus órdenes, que has sido tú quien le ha enseñado a cazar, es para mí el mejor deleite.

–Tampoco es eso. ¿Es que nadie va a saber cuál es la mayor dicha para los mongoles? –reiteró el kan.

–¡La lucha con los animales salvajes. ¡Pelear con un oso y abatirlo! –gritó Jelme entre carcajadas.

–Valiente hatajo de guerreros estáis hechos. El placer más intenso que un guerrero mongol puede encontrar es derrotar a los enemigos, perseguirlos hasta acabar con ellos, quitarles todo cuanto poseen, cabalgar sobre sus caballos y gozar de sus mujeres. La guerra. No lo olvidéis nunca, la guerra es nuestro placer, nuestro destino. Y después de la guerra las delicias del botín, y después de nuevo la guerra. Y así una y otra vez hasta que de mar a mar toda la tierra sea un continuo prado para nuestros caballos y en cada *yurta* haya hermosas mujeres esperando ser amadas por un mongol.

Yesui y Yesugén, las dos princesas tártaras, fueron elevadas a la categoría de katunes. Bortai había dejado de ser la única esposa principal del kan.

12. La traición de Wang Kan

La noticia del doble matrimonio de Gengis Kan llegó al campamento de Bortai antes que el propio kan. La katún ya había conocido el amargo sentimiento de ver a su esposo en brazos de otras esposas, pero eran mujeres secundarias, de un rango inferior al suyo. Ahora no se trataba de dos esposas secundarias más, como Dogón o Jerén; las dos hermanas tártaras habían sido nombradas katunes, con la misma dignidad que Bortai.

—Dos katunes tártaras, Temulún, dos a la vez —suspiró Bortai ante su cuñada.

—Es probable que no haya tenido otro remedio que hacerlo. Nosotras las mujeres somos tan sólo parte del botín, un mero objeto de trueque y de placer. Deberías haberte hecho a la idea de que tarde o temprano mi hermano nombraría otras katunes. Así ha sido siempre entre los kanes.

—Lo sé. Desde el momento en que nos casamos comprendí que llegaría un día en el que no sería la única. Hace unos meses me dijo que ninguna otra mujer ocuparía mi lugar, creo que no era sincero, pero tengo ya más de cuarenta años, una edad en la que hace ya tiempo que una mujer ha dejado de ser atractiva para un hombre, y mi esposo quiere katunes más jóvenes y bellas, que hagan más dulces sus noches de amor.

—Tú siempre serás la primera en el corazón del kan —asentó Temulún.

—Sí, pero sin duda gracias a los hijos que ambos hemos tenido, y aun así...

Bortai hizo una pausa y agachó la cabeza hundiendo su rostro entre sus manos.

—Eres una mujer fuerte, eres la katún principal.
—Siempre estará presente entre nosotros el fantasma de la duda sobre la paternidad de Jochi.
—Creí que ya habías superado eso —dijo Temulún.
—Nunca lo superaré.
—Mi hermano sí lo ha hecho.
—No. Dice que no le importa quién haya sido el que engendró a Jochi, pero en lo más hondo de su ser esa duda lo atormenta. Para él lo más sagrado es el vínculo de la sangre. Desciende de la raza de los dioses y se considera el más noble de entre todos los mongoles. Por sus venas fluye la sangre real de Jaidú Kan y de Kabul Kan.
—No debes preocuparte, Jochi será su heredero —asentó Temulún.
—No, no lo será. Temujín nunca cederá su trono a alguien del que no esté seguro que lleva su sangre —afirmó tajante Bortai.
Las dos mujeres se abrazaron; en la lejanía una fina columna de polvo anunciaba que el ejército del kan regresaba al campamento del Onón.

—Sé bienvenido, esposo —dijo Bortai inclinándose.
Gengis Kan montaba un alazán blanco de cuya grupa colgaba el estandarte arrebatado a los tártaros tras su derrota. Bortai se acercó hasta su esposo y le ofreció una copa con *kumis*. El kan derramó una gotas en homenaje a los espíritus sagrados y la bebió de un trago. Su rostro, siempre luminoso y claro, estaba como ensombrecido. Descendió del caballo sin pronunciar una sola palabra y se acercó a Bortai. Los ojos de la mujer lo miraban serenos pero apagados. El kan iba a decirle algo, mas se limitó a devolverle la copa y a besarla en la mejilla. Él, el valeroso guerrero, el más temido de los jinetes de la estepa, no sabía cómo enfrentarse a la mirada de una indefensa mujer.
Ya dentro de la tienda, Bortai le preguntó sin rodeos.
—¿Son bellas tus dos esposas tártaras?

—Lo son; son ciertamente muy hermosas.
—Imagino que también serán muy jóvenes.
—Sí, son jóvenes. Pero basta ya de este interrogatorio. En un par de días estarán aquí, y ya tendrás oportunidad de conocerlas. Les he entregado *yurtas*, ganado y criados como merecen las katunes de un kan mongol.
—Sí, claro, es tu deber como esposo.
—Nunca te dije que no tomaría otras katunes.
—Yo no te he reprochado nada.
—Tú siempre serás la katún principal y tus hijos mis únicos herederos en el kanato. Los vástagos que nazcan de mis otras esposas, aunque sean katunes, tan sólo serán nobles príncipes mongoles.

Aquella noche Gengis Kan yació con Bortai. Hicieron el amor, pero Bortai sintió a su esposo más lejano que nunca. Cuando derramó su semilla en su interior no tuvo duda de que su pensamiento estaba lejos, al lado de las dos princesas tártaras.

Con Yesui, Yesugén y la retaguardia del ejército llegaron al campamento del Onón unos mensajeros que habían cabalgado varios días desde el oeste, sin detenerse apenas. Traían noticias de Wang Kan. El soberano keraíta acababa de realizar una campaña contra los merkitas; en una operación sorpresa los había atacado en su territorio y había matado al príncipe Togus, hijo mayor y heredero del jefe Togtoga Beki, que había logrado huir. En el campamento merkita, Wang Kan había obtenido un cuantioso botín y se había quedado con dos princesas llamadas Jutugtai y Chagalún.

Era el propio Wang Kan quien enviaba los mensajeros a su aliado, sin duda para hacerle saber que él también era capaz de derrotar a una tribu poderosa sin necesidad de ayuda. Aquellos enviados sólo traían el mensaje, ningún regalo, ni tan sólo una pequeña parte del botín conseguido. Ese gesto era una ofensa.

Durante el invierno apenas hubo movimientos entre los pueblos de las estepas. Los tártaros y los merkitas estaban desbaratados y Jamuga y sus compañeros erraban por los bosques evitando encontrarse con las patrullas que los buscaban. Sólo los mongoles y los keraítas cabalgaban confiados por los amplios espacios del centro del mundo. A comienzos de primavera Gengis Kan, que no había olvidado el desaire de su aliado, y Wang Kan se encontraron con sus ejércitos en el extremo occidental del territorio mongol. Habían acordado realizar una campaña relámpago contra los naimanes del este, la única tribu capaz de hacerles sombra de entre todos los pueblos de las estepas. La coalición de los dos kanes era formidable. Más de cuarenta mil guerreros perfectamente entrenados y disciplinados avanzaban incontenibles hacia territorio naimán.

Buriyuk, el kan de los naimanes del este, permanecía en su campamento de invernada, a orillas del río Sojog, en el llano de Ulug Tag, ajeno a lo que se le venía encima. Cuando se enteró de que Wang Kan y Gengis Kan iban a por él nada pudo hacer sino levantar el campamento a toda prisa y huir. Los mongoles y los keraítas le pisaban los talones y no tuvo más remedio que atravesar la cordillera de los montes Altai. Pero ni siquiera aquellos abruptos desfiladeros los contuvieron. El ejército aliado cruzó las montañas, descendió el curso del Urungu y alcanzó a los naimanes a orillas del lago Kisil Basí. La batalla fue desigual y en las arenosas playas del lago quedaron muertos el kan Buriyuk y cuantos naimanes lo habían seguido.

Nunca hasta entonces un ejército mongol se había desplazado tan al oeste. Al atravesar la cordillera del Altai, los ojos de Gengis Kan contemplaron un nuevo país repleto de pastos, ríos y lagos que se extendía más allá del horizonte hacia la puesta del sol. De allí era de donde procedían aquellos extraños mercaderes que rezaban varias veces al día postrados sobre esterillas de cáñamo en dirección al sol poniente. En esas lejanas regiones era donde se fabricaban aquellos maravillosos paños de brocados y aquellas espadas curvas con ricas empuñaduras de marfil y oro que cambiaban por pieles y piedras preciosas. A sus pies se extendía una región de riquezas inmensas, y sólo tenía que extender la mano para cogerlas.

Pero no había llegado el momento, todavía no. Antes era preciso volver a Mongolia y esperar a que todos los nómadas obedecieran a un único estandarte, al de nueve colas de caballo y al emblema con el halcón dorado de los borchiguines. Cuando regresaron hacia el oeste, mientras ascendían las laderas occidentales del Altai, Gengis Kan observó una vez más las tierras en las que se ponía el sol. No hubiera sabido explicar cómo ni cuándo, pero no le cupo duda de que algún día los caballos mongoles pastarían en aquellos ricos prados y que las riquezas de esa región adornarían las paredes de las tiendas de sus generales.

De regreso de la expedición más allá del Altai, mongoles y keraítas debían volver a atravesar el territorio naimán. En esta campaña habían perdido algunos efectivos y el ejército aliado se encontraba cansado de tan larga marcha. Los naimanes del este que no habían seguido a su caudillo se organizaron en torno al general Kogsegu Sabrag quien, deseoso de acabar con sus enemigos, les cerró la retirada presentándoles combate. Ambos ejércitos se encontraron al atardecer de un cálido día de verano. El sol se ocultaba sobre los prados rizados por un cálida brisa. Los contendientes se encararon pero ninguno de los dos decidió atacar. A la puesta del sol acamparon unos frente a otros y se encendieron numerosos fuegos. Gengis Kan ordenó que cada hombre hiciera una hoguera de modo que todo el campamento mongol permaneciera iluminado durante la noche.

Pero Wang Kan, cansado y sin duda temeroso de la batalla que se preparaba para el día siguiente, ordenó a sus hombres levantar las tiendas; poco antes de amanecer los keraítas abandonaron el campo.

—¡Rápido!, despertad al kan —gritó Muhuli a los miembros de la guardia de noche ante la tienda donde dormía Temujín.

—¿Qué ocurre, general? —le preguntó el jefe de guardia.
—He dicho que despiertes al kan.
—No puedo hacerlo si no se trata de algo grave.
—Lo es. Vamos, no pierdas tiempo.

Gengis Kan salió de su tienda de inmediato ajustándose la coraza de escamas de hierro.

—¿Qué pasa, Muhuli? ¿Por qué me despiertas de este modo?

—Mi kan, Togril ha levantado el campamento y se marcha con sus keraítas; nos abandona.

Gengis Kan pareció no inmutarse por la noticia que le acababa de comunicar su fiel general.

—Siempre fue un cobarde. Despertad a todos los hombres, que formen en orden de combate. Estaremos preparados si los naimanes deciden atacar al alba.

Pero los naimanes no atacaron. Su general no quería enfrentarse a Gengis Kan, a quien realmente buscaba para vengarse era a Wang Kan; era con los keraítas con quienes tenía cuentas pendientes desde hacía mucho tiempo.

Gengis Kan, al frente de su ejército dispuesto para la lucha, contempló desde su puesto de mando cómo los naimanes se replegaban y ponían rumbo hacia el noreste. Una vez más, Tengri parecía estar de su lado. Había planeado la batalla teniendo en cuenta las dos alas del ejército, una formada por contingentes keraítas y otra por los batallones mongoles. Aquel amanecer, el flanco que debían ocupar los hombres de Wang Kan estaba desierto. Con unas tropas tan cansadas y mermadas y el flanco izquierdo desprotegido, si los naimanes hubieran decidido atacar a Gengis Kan es probable que lo hubieran vencido.

Wang Kan recibió pocos días después de abandonar a su aliado la visita de Jamuga. Pese a la derrota, el *anda* de Temujín había vuelto a intentar aglutinar las fuerzas necesarias para derrotar a su antiguo amigo y rival.

La entrevista de los dos jefes se realizó en la tienda de Wang Kan.

—Temujín quería traicionarte —mintió Jamuga—. Gracias a unos espías me enteré de que pensaba aliarse con los naimanes en tu contra. Es por eso que te envié a un mensajero para que te lo hiciera saber. Si no te hubieras retirado a tiempo esa noche, ahora estarías muerto y tu ejército ya no existiría.

—Cuando llegó tu correo dudé. Temujín siempre ha sido un leal compañero, pero es un hombre muy ambicioso. Sé que alberga en su cabeza la idea de convertirse en soberano de todos los pueblos de las estepas. Cuando atravesamos el Altai y contemplamos desde lo alto las tierras del otro lado de la cordillera, vi en sus ojos el brillo de la codicia. Si hubiera tenido fuerzas suficientes en ese momento, no dudo de que incluso se hubiera lanzado a la conquista del oeste.

—Has sabido entenderlo a tiempo. Sí, realmente Temujín no desea otra cosa que ver a todos los jefes arrastrándose ante sí. Para él sólo importa una cosa: el poder, el poder absoluto sobre todo y sobre todos. Hiciste mal en confiar en él. Temujín es como la golondrina que emigra al calor de las tierras del sur cuando llega el invierno, siempre buscando su propio beneficio. Si se acercó a ti fue porque en ese momento tú eras el único que podía garantizarle protección. Ha abusado de tu amistad y te ha engañado. Ha vivido protegido bajo tu sombra en tanto su poder crecía más y más.

Togril era un hombre poco inteligente. En aquel momento no fue capaz de comprender que Jamuga, astuto y hábil como pocos, lo estaba atrapando en su propia red.

—Cuando levantaste el campamento, Temujín no te siguió.

—Pero yo no lo avisé; él debió de creer que desertaba.

—Si así lo hubiera estimado, te habría seguido, o al menos te hubiera enviado un correo para pedirte explicaciones. Su silencio es la prueba de su traición —sentenció Jamuga.

La cabeza de Wang Kan era una montaña de dudas. Lo que Jamuga le estaba exponiendo parecía razonable y la ambición de Gengis Kan era bien conocida. Pero el hijo de su *anda* Yesugei nunca lo había traicionado, al menos hasta ahora. En ese momento, un correo trajo una noticia inquietante:

—Señor, los naimanes están cerca de aquí. Cabalgan en formación de combate conducidos por el general Kogsegu Sabrag.

—¿Cuántos son? —inquirió Wang Kan.

—Unos treinta mil.

—No podemos enfrentarnos a ellos. Debemos huir.

—Ahí tienes la prueba de la traición de Temujín —indicó Jamuga.

El kan keraíta abandonó el campamento establecido en la desembocadura del río Teleguetu antes de que llegaran los naimanes. Huyeron durante varios días, pero por fin los naimanes les dieron alcance. Se produjo una batalla en la que los keraítas fueron derrotados. Wang Kan escapó dejando abandonados a su suerte a sus hombres. Sólo Sengum, el primogénito de Togril, supo mantener el ánimo y el valor necesarios para que aquella derrota no fuera total.

Los naimanes al mando de Kogsegu Sabrag, su valeroso general, habían desbaratado al ejército keraíta. Wang Kan había creído a Jamuga y ahora padecía una derrota que bien podía significar su final. Cercado por los naimanes y enfrentado con Gengis Kan, sólo tenía una salida: pedir ayuda al caudillo mongol y confesarle que había sido engañado por Jamuga.

Así lo hizo. Dos chamanes se desplazaron hasta el campamento de Gengis Kan y le comunicaron el mensaje de Wang Kan. Le decía que los naimanes le habían quitado sus riquezas y que había sido traicionado por todos. Le recordaba la antigua amistad con su padre y lo llamaba hijo. Le pedía perdón y le suplicaba ayuda.

—No debes ir en su auxilio. Es un maldito cobarde. Por su deserción hemos estado a punto de sucumbir —clamó Kasar, el hermano de Gengis Kan, al enterarse de la solicitud de ayuda.

—Tienes razón, es un cobarde, pero si dejamos que los naimanes acaben con él, esa tribu se convertirá en la más poderosa de la estepa. Si los keraítas desaparecen, entre los naimanes y los mongoles no quedará nadie. Togril es para nosotros como una coraza. Mientras él reciba las flechas naimanes, nosotros no tendremos nada que temer –alegó Gengis Kan.

—Pese a todo, creo que Kasar tiene razón –intervino Muhuli–. No deberíamos ayudarle.

—Yo soy de la misma opinión –remarcó Bogorchu–. Un cobarde como él no merece nuestro apoyo.

—Olvidáis que Togril nos ha socorrido muchas veces. Gracias a él hemos logrado convertirnos en lo que somos. No podemos abandonarle.

—Él te abandonó cuando pudiste necesitarlo al regreso del Altai, y no ha sido ésa la única vez –recalcó Kasar.

—No importa. No es cuestión de sostener a Togril, sino de impedir que crezca el poder de los naimanes. Lo ayudaremos –sentenció Gengis Kan.

Una orden del kan nunca era discutida. Se obedecía sin ninguna alegación. En respuesta a la solicitud de ayuda, un contingente mongol formado por dos *tumanes*, la mayor agrupación de tropas, formado cada uno de ellos por diez mil hombres, partió en socorro de Wang Kan. Lo mandaban los que desde entonces serían conocidos como los cuatro héroes, Bogorchu, Borogul, Chilagún y Muhuli, y con ellos iban Kasar, Jachigún y Daritai, los dos hermanos y el tío de Temujín. Estos tres últimos tenían orden de permanecer al servicio de Wang Kan en tanto los necesitara.

Los keraítas se encontraban en una situación muy difícil. Los naimanes los habían perseguido por el valle del Selenga y los habían cercado en una profunda vaguada. Allí se estaba librando una batalla en la que los keraítas estaban a punto de ser derrotados cuando irrumpieron los dos *tumanes* mongoles. El propio Sengum, el príncipe heredero de los keraítas, había caído del caballo y se batía a pie, espada en mano, rodeado por varios enemigos que estaban a punto de hacerlo prisionero. Cogidos por sorpresa ante el ataque mongol, los naimanes se retiraron dejando sobre el campo de batalla centenares de muertos.

Gengis Kan había salvado una vez más a Wang Kan. Ante la asamblea de jefes reunida tras la batalla y en presencia de los cuatro héroes mongoles, Wang Kan pronunció un discurso en el que agradecía la ayuda de Gengis Kan y prometía por el Cielo y la Tierra que le devolvería semejante muestra de amistad. Aún fue más lejos: en un encendido tono dijo que él era ya muy viejo y, que le quedaba poca vida y proclamó que ninguno de sus hermanos era digno de sucederle en el trono y que tenía un solo hijo, Sengum, lo que para un kan era muy poco. Por ello, propuso que Gengis Kan aceptara de nuevo ser su hijo adoptivo y así su sucesión estaría asegurada.

Los cuatro héroes le transmitieron las palabras de Wang Kan y Temujín volvió a aceptar ser hijo adoptivo del *anda* de su padre. La ceremonia de adopción tuvo lugar en el Bosque Negro, donde Wang Kan acostumbraba a establecer su campamento principal. Ambos se juraron fidelidad, como padre e hijo, y se comprometieron a ayudarse frente a cualquier enemigo que fuera contra uno de ellos. Pero Gengis Kan no confiaba en Wang Kan. Sabía que un hombre débil como aquél podría traicionarle en cualquier momento y que no dudaría en quebrantar su juramento de fidelidad a su conveniencia. Convertirse ahora en hijo adoptivo de Wang Kan lo hacía candidato a sucederle en el kanato keraíta, pero no era el único. Por encima de él estaba Sengum, hijo carnal de Togril, quien no parecía dispuesto a renunciar a sus derechos al trono.

Gengis Kan tenía preparada una jugada maestra. Una vez finalizada la ceremonia de adopción, y durante la fiesta que se organizó para celebrarla, se levantó de la silla en la que permanecía sentado dentro de la inmensa tienda de Wang Kan, y dijo:

—Keraítas y mongoles acabamos de sellar nuestra alianza mediante juramento; pero hay una forma más sólida de afirmarla. A los lazos de amistad y de adopción hay que sumar los lazos de la sangre. Por eso te pido, padre Togril, a tu hija Chagur la Bella como esposa para mi hijo Jochi. El matrimonio de los dos jóvenes ratificará con sangre nuestro pacto. Los hijos de ambos serán los herederos de los dos kanatos. En justa correspondencia, yo daré a mi hija Jojín, de mi esposa Dogón, como esposa para Tusaja, hijo de Sengum y nieto tuyo.

Antes de que el propio Wang Kan pudiera dar una respuesta a la inesperada oferta de Gengis Kan, el príncipe Sengum intervino:

—Eres muy pretencioso. Una princesa keraíta es demasiado para el hijo de un caudillo mongol. Vosotros no sabríais tratar a nuestras princesas como merecen; probablemente las dejaríais junto a la puerta, como siervas, en tanto que reclamaríais para vuestras mujeres el lado derecho en nuestras *yurtas*.

Las aletas de la nariz de Temujín se hincharon y sus finos labios dejaron entrever sus dientes apretados. Las palabras del hijo de Wang Kan eran una ofensa para el pueblo mongol.

—Volveremos a vernos —dijo secamente Gengis Kan, y tras una indicación a sus hombres salió de la tienda con paso firme y decidido.

—¡Ese pretencioso Sengum se cree más grande que nadie! Cuando suceda a su padre querrá ser el dueño de las estepas —masculló fuera de la tienda.

—Es demasiado orgulloso pero no será rival para ti. Le falta inteligencia y valor. Arropado en el campamento de su padre se pavonea como un gallo, pero en el campo de combate temblará como una paloma acosada por un águila —dijo Bogorchu.

Gengis Kan siempre cumplía sus promesas y aunque él se marchó muy enojado, Kasar, Jachigún y Daritai, con sus respectivas familias, se quedaron en el campamento de Wang Kan.

***

Jamuga y Sengum se entrevistaron en los arenales de Berke. El *anda* de Temujín no cejaba en su empeño de reconstruir una gran coalición capaz de derrotar de una vez a su antiguo amigo. Sabía que el príncipe Sengum se había enemistado con Gengis Kan el otoño anterior y que no tardaría mucho tiempo en suceder a su padre, que cada día se sentía más anciano. Sengum solía imponer todas sus decisiones y su decrépito padre no hacía sino ratificar lo que el hijo ordenaba.

En torno a un caldero donde hervía un cordero sacrificado a Tengri, Jamuga y Sengum discutían junto a varios de sus jefes sobre la conveniencia de enfrentarse a Gengis Kan.

–Debemos acabar con él. Sé que Temujín está pactando en secreto una alianza con los naimanes con el único objetivo de atrapar a los keraítas en una pinza. Conozco muy bien su forma de actuar. Estáis en medio de los territorios naimanes y mongoles, no podríais resistir un ataque combinado por ambos flancos. Hace muy pocas semanas que Temujín envió unos mensajeros a Tayang, el kan de los naimanes del este, ofreciéndole la alianza. Si ese pacto se concreta, podemos darnos todos por muertos. Nuestra única posibilidad es atacar a Temujín antes de que pueda planear una estrategia conjunta con los naimanes.

–No sé... –dudó Sengum–. Temujín siempre ha sido un fiel aliado de mi padre. A mí nunca me ha gustado ese altivo mongol de trenzas rojas y ojos verdes. Sé que cuando yo reine sobre los keraítas será un rival con el que tendré que luchar, pero mi padre es todavía nuestro kan y no consentiría que con tan escasas razones atacáramos a Temujín.

–Tú puedes convencer a tu padre para que rompa con Temujín –insistió Jamuga.

–Es preciso atar las manos y los pies de Temujín antes de que nos patee con sus botas y nos desgarre con sus uñas –señaló Altán, jefe del clan mongol de los Jardakides.

–Todos los clanes mongoles que hemos sufrido su opresión estaríamos contigo, príncipe Sengum –añadió Juchar.

—Sí, todos —coreó el resto de jefes.

—La derrota de Temujín te convertiría en el más poderoso señor de la estepa. Quizá seas tú el caudillo que anuncia la profecía: «Llegará un día en el que un solo kan reinará bajo el único sol». Éste es tu momento, aprovéchalo —susurró Jamuga al oído de Sengum.

—Si todos estáis de acuerdo, lo haré. Enviaré un correo a mi padre para que le haga saber que estamos dispuestos a destruir a Temujín antes de que lo haga él con nosotros. Su alianza con los naimanes es una traición, y esa razón es suficiente para atacarlo.

El incauto Sengum había mordido el cebo que el intrigante Jamuga había colocado delante de sus ojos. El caudillo mongol necesitaba la ayuda de los keraítas para derrotar a su *anda*, sólo así podría alzarse al frente del kanato. Una vez logrado este objetivo, no le sería difícil someter a Sengum y a los naimanes y convertirse en dueño de todas las estepas entre la Gran Muralla de China y las altas montañas del Altai.

Un correo de Sengum transmitió a Wang Kan los planes de su hijo. El kan keraíta dudó de cuanto le decía el mensajero e hizo llamar a Sengum; quería oír de su propia voz lo que el correo le había indicado.

—Temujín está pactando en secreto con los naimanes en contra tuya. ¿No te das cuenta?, quiere tu reino. Sabes que su ambición no alcanza límites. Es un traidor —asentó Sengum.

—¿Quién te ha dado esa información? —preguntó Wang Kan.

—Ha sido Jamuga.

—Temujín ha sido nuestro principal apoyo. Tu amigo Jamuga dice cosas que no tienen sentido; está deseoso de venganza por la derrota que sufrió ante él.

—Padre mío, tú has administrado con justicia y grandeza el reino, que recibiste de tu padre el kan Jurchajus; si quieres que yo, tu hijo y heredero, reciba en las mismas condiciones este reino no puedes dejar que Temujín se salga con la suya. Te pido que abras los ojos y veas su traición.

—Si ahora, por una denuncia infundada, abandonara a Temujín, obraría como un mal padre y el Cielo Eterno nos condenaría. Ha sido mi más fiel aliado. No tengo ningún motivo para dudar de su lealtad.

—Nunca imaginé que creyeras antes a Temujín que a tu propio hijo. Espero que no tengas que arrepentirte de esto.

El príncipe Sengum dio media vuelta y salió de la tienda de Wang Kan. El anciano Togril había visto en los ojos de su hijo un destello de amargura y, desesperado ante la idea de perderlo, salió corriendo tras él.

—¡Hijo, vuelve! —le gritó desde el umbral.

—No, si no confías en mí —contestó Sengum.

—Eres mi hijo, quizás el Cielo Eterno sepa comprender. Ven y cuéntame todo.

Sengum volvió a entrar en la tienda de Wang Kan y expuso los planes que había tramado Jamuga.

—Temujín pidió el otoño pasado a nuestra Chagur para esposa de su hijo, o de quien sea, Jochi. Entonces rechazamos esa propuesta, pero ahora podríamos hacerle saber que queremos que ese matrimonio se celebre. Le diremos que venga hasta aquí, a tu campamento, para tratar el asunto de la boda. Cuando llegue estaremos preparados y caeremos sobre él. Sin su jefe, los mongoles perderán toda su fuerza y dejarán de ser una amenaza para nosotros.

—Puede que tengas razón —musitó confuso Wang Kan.

—La tengo, padre, la tengo.

Al día siguiente, un mensajero de Wang Kan salía en busca de Gengis Kan aceptando entregar a Chagur como esposa para Jochi y rogándole que en cuanto le fuera posible acudiera a su presencia para tratar este asunto. Wang Kan aducía que se encontraba en malas condiciones de salud y que no podía viajar, por lo que le pedía que fuera a su campamento.

Gengis Kan se puso en camino de inmediato con una escolta de tan sólo diez hombres. En el camino pasaron por el campamento de Munglig y Hoelún, donde descansaron aquella noche. A la luz del fuego, donde ardía estiércol seco de vaca, Gengis Kan, su madre y Munglig comentaban el viaje.

–¿Vas lejos, hijo mío?

–Sí, madre. Me dirijo al campamento de Wang Kan. El otoño pasado firmamos una alianza eterna y pedí a su hija Chagur como esposa de Jochi. Entonces, por instigación de Sengum, no aceptó, pero un mensajero suyo acaba de comunicarme que ha cambiado de opinión y me ha pedido que me reúna con él en su campamento para conversar sobre los preparativos de la boda. En cuanto he recibido el mensaje me he puesto en camino. Ni siquiera he tenido tiempo para preparar una escolta; tan sólo me acompañan diez hombres.

–¿Estás seguro de que no se trata de una trampa? –preguntó Hoelún.

–Wang Kan me debe el trono. ¿Por qué iba a traicionarme ahora?

–Es sospechoso que te pida que vayas a su campamento –intervino Munglig.

–Está enfermo y no puede viajar –indicó Gengis Kan.

–Eso no es cierto –señaló Hoelún–. Hace tan sólo una semana que pasaron por aquí unos mercaderes musulmanes que vendían alfombras y tapices. Dijeron que venían del campamento de Wang Kan y que habían tenido que esperar unos días a que Togril regresara de una cacería para poder ofrecerle sus productos.

–Hijo mío –intervino Munglig–, ten cuidado. Hace tiempo le pediste a su hija Chagur para tu hijo y no te la dio; ahora ha cambiado de opinión y te la ofrece. ¿Es sincero? Yo creo que no. Te quiere a ti. Me huele que es una encerrona. Pon una excusa cualquiera y regresa a tu campamento. Dile que no puedes ir ahora porque tienes que estar al tanto de tus caballos, o que has prometido a tus hombres ir de cacería, o lo que sea, pero no vayas.

Gengis Kan decidió no acudir a la invitación y envió a Bujatai y a Kiratai, dos de sus guardias de confianza, al campamento de Wang Kan. Cuando ambos llegaron, los keraítas comprendieron que Gengis Kan había desconfiado. La estratagema para acabar con Temujín por sorpresa había fallado. Sengum, empujado por Jamuga, convenció a su padre para que atacara sin dilación a Gengis Kan antes de que éste, una vez enterado del engaño, pudiera concentrar a su ejército.

Jamuga envió con urgencia mensajeros a todos los que se habían juramentado contra Gengis Kan para que estuvieran dispuestos para el ataque. Era preciso obrar con rapidez y aprovechar el desconcierto. Yeke Cherén, el jefe tártaro padre de las dos jóvenes esposas de Gengis Kan, que había sido el único tártaro sobreviviente de la masacre que tuvo lugar tras el engaño a Belgutei, y a quien el kan había dejado libre ante la súplica de las dos katunes, fue el encargado de comunicar la decisión a su hermano Altán, que encabezaba a los tártaros que todavía quedaban vivos tras las batallas libradas contra los mongoles. Pero Altán cometió la torpeza de confesarle los planes de ataque contra Gengis Kan a su esposa Alag Yid mientras un siervo dejaba en la tienda leche recién ordeñada. Este siervo era un pastor que se llamaba Badaí; enterado de todo, lo contó a su compañero Kisilig. Ambos se acercaron de nuevo hasta las *yurtas* de los jefes y comprobaron que se estaban preparando para la guerra. En las puertas de las tiendas se afilaban las flechas y se cantaban canciones guerreras.

—Tenías razón, Badaí. Debemos contárselo a Gengis Kan. Es nuestra oportunidad. Si le prestamos este servicio nos recompensará y dejaremos de ser siervos. Dicen que es magnánimo con quien le ayuda. A su lado podremos ser personajes importantes. Ve a por dos caballos y prepáralos para partir esta misma noche. Si alguno de los soldados te pregunta, le dices que ha sido el propio Altán quien te ha ordenado que los tengas listos.

A media noche los dos siervos partieron a todo galope hacia el territorio de Gengis Kan. Cabalgaron sin descanso hasta que al fin lo encontraron.

Puesto al corriente de los planes de sus enemigos, Gengis Kan ordenó a sus hombres levantar el campamento y regresar hacia el Onón. Atravesó los altos de Mau y los arenales de Jaljalyid. Desde allí contempló a lo lejos la polvareda que levantaba el ejército de Wang Kan, que con Jamuga al frente perseguía a Temujín como un felino a su presa. Si no hubiera sido por el aviso de Bartaí y Kisilig, aquel mismo día el caudillo pelirrojo hubiera caído en manos de sus enemigos.

Gengis Kan llegó a su *ordu* con el ejército de Wang Kan pisándole los talones. La cabalgada fue terrible y las consecuencias ensombrecieron la tez de Temujín. Su esposa Jerén no pudo soportar el ritmo y murió en el camino y la katún Yesui perdió el hijo que esperaba. Aunque siempre había al menos dos millares de hombres dispuestos a entrar en combate, eran insuficientes para enfrentarse al ejército keraíta en campaña. La mayor parte de los guerreros habían salido al comienzo de la primavera con sus ganados en busca de pastos para el verano. El ejército de Gengis Kan estaba disperso y reunirlo costaría al menos dos semanas; no había tiempo para eso. Tuvo que prepararse para combatir con los escasos hombres con que contaba.

Antes de disponer el orden de batalla, Wang Kan preguntó a Jamuga qué tropas tenía disponibles Gengis Kan:

–Tan sólo están con él los clanes mongoles de los mangudes y los urugudes. Son valerosos, siempre mantienen firmes las filas y desde niños están habituados al uso de la espada y la lanza. Siguen a su estandarte negro de bandas amarillas hasta la victoria, o hasta la muerte.

–En ese caso, en nuestra vanguardia cabalgarán los yirguines de Jadag y detrás los tubeguenes de Achig Sirún, apoyados en las alas por los donjayides de Jori Silemún y mil jinetes de mi guardia personal. Por último iremos tú, Jamuga, el príncipe Sengum y yo con el grueso del ejército keraíta.

Cuando Wang Kan expuso el plan de batalla, los músculos de Jamuga se tensaron como un arco. Su estrategia estaba clara: quería enfrentar entre sí a los mongoles para después acudir él victorioso a recoger los despojos. Jamuga deseaba el trono de Gengis Kan y había luchado media vida por conseguirlo, pero un trono vacío y sin súbditos no le servía. Si los planes de Wang Kan se cumplían, no quedarían mongoles a los que gobernar. Por ello, decidió enviar un mensaje a Gengis Kan en el que le ponía al corriente del orden de batalla.

Kasar, Jachigún y Daritai, que seguían en el campamento keraíta, fueron llamados por Wang Kan, quien les comunicó que iba a atacar a su hermano. Les preguntó de qué lado estaban. Los tres sabían que si contestaban que del de Gengis Kan serían ejecutados allí mismo, y con ellos sus familias. Kasar y Jachigún optaron por ser prudentes y dijeron que, aunque eran hermanos de Temujín, no podían aprobar su conducta, pero que tampoco podían luchar contra él, por lo que pidieron a Togril que les permitiera mantenerse al margen de la batalla. Eso era mejor que nada, y Wang Kan aceptó. Por su parte, Daritai dijo que él lucharía en el lado keraíta, pues aunque Temujín era su sobrino no lo consideraba digno de ser el kan de los mongoles.

El sol acababa de salir en el horizonte y sus rayos calentaban tibiamente el dorado amanecer. Los dos ejércitos se encontraban preparados, aunque formaban dos bloques tan desiguales que nadie tenía duda de cuál iba a ser el desenlace de la batalla. Del lado de Gengis Kan apenas se alineaban tres mil guerreros, agrupados en tres *guranes* de a mil; del lado de Wang Kan lo hacían tres cuerpos de ejército compuestos por más de veinte mil soldados.

Ante la sorpresa de Wang Kan, que no lo esperaba, las dos alas del ejército de Gengis Kan se lanzaron al ataque. La maniobra parecía suicida. Aquella batalla era la de una avispa lanzada contra un halcón. Pero la avispa logró abrir una brecha en la vanguardia de Wang Kan; los urugudes y los mangudes, mandados por Jurchedei, pariente del kan, y por Juyildar, deshicieron las primeras filas de los yirguines, desconcertados ante un ataque tan inesperado; pero la segunda línea, compuesta por los tubeguenes de Achig Sirún, respondió a tiempo y acudió en su ayuda. De inmediato cargó el centro de los mongoles en el que formaban junto al kan su hijo Ogodei y sus generales Borogul y Bogorchu. Se entabló una cruenta refriega entre la vanguardia del ejército de Wang Kan y todos los contingentes del de Gengis Kan. Desde su puesto de mando, el kan keraíta contemplaba la batalla esperando el momento en el que los mongoles estuvieran lo suficientemente debilitados como para cargar con el grueso de sus tropas de reserva y acabar con ellos. A una indicación del estandarte de mando, los donjayides y los mil soldados de la guardia irrumpieron en el campo de batalla. Ahora la proporción era de tres a uno. La situación era crítica. El *bunduk* de nueve colas de caballo se mantenía firme junto al estandarte con el halcón dorado de los borchiguines, pero el cerco se cerraba cada vez más en torno a Gengis Kan.

A la vista de lo favorable que se presentaba la lid para sus intereses, Wang Kan ordenó a su hijo Sengum que acudiera con todo el ejército keraíta a dar el golpe de gracia. Sengum se lanzó a la carga y penetró en el campo de batalla como un alud. La proporción era ya de uno a seis en favor de Wang Kan. Todo parecía perdido cuando Gengis Kan llamó a Juyildar, jefe del clan de los mangudes.

—Nuestra única posibilidad es distraer su ataque para dividirlo. Coge a un grupo de hombres y realiza la maniobra envolvente que tanto hemos ensayado, la *tulughma*. Ábrete camino hasta la cima de esa colina que llamamos Gupta y planta allí nuestro estandarte.

Juyildar contestó:

–Estoy tan fatigado que apenas puedo empuñar mi espada, pero si tú me lo pides arrollaré a cuantos se interpongan en mi camino y clavaré el estandarte en Gupta. Si muero, cuida de mi familia.

Juyildar realizó la «carrera del estandarte», la maniobra favorita de los mongoles, con eficacia. Logró rodear uno de los flancos del enemigo, rompió sus compactas líneas ordenando a sus hombres que usaran los látigos y alcanzó la cima de la colina de Gupta. Sobre la cumbre ondeaba al viento el estandarte con el halcón de los borchiguines. Tal y como estaba previsto, aquella maniobra distrajo la atención de los keraítas y causó confusión en sus filas. Ése fue el momento aprovechado por Gengis Kan para ordenar a sus mejores arqueros que dispararan contra Sengum, el heredero del kanato keraíta. Los arqueros mongoles olvidaron cualquier otro blanco y dirigieron sus flechas hacia el hijo de Wang Kan. Una saeta lanzada por Jurchedei lo alcanzó en la mejilla y lo derribó del caballo. Aterrado por la caída de su hijo, Wang Kan ordenó a todos sus hombres que acudieran en defensa del príncipe. Se produjo un tremendo desconcierto entre las filas keraítas, pues mientras su kan daba unas órdenes desde el puesto de mando mediante las señales de los estandartes, los oficiales de los destacamentos mandaban otras según el plan inicial. Los mongoles consiguieron aguantar la posición hasta el anochecer y cuando cayó la oscuridad fue Wang Kan, y no Gengis Kan, quien se había retirado del campo de batalla. Gengis Kan ordenó a todos sus hombres que se refugiaran en la cima de la colina que había conseguido defender el fornido Juyildar, al abrigo de unas rocas.

Cuando se hizo el recuento de los supervivientes, unos dos mil habían conseguido salir de la batalla vivos, aunque algunos estaban malheridos. El propio Juyildar tenía una flecha clavada en el pecho cuya punta le salía por la espalda. Entre los que se habían salvado no estaba el príncipe Ogodei, de tan sólo catorce años, ni los generales Bogorchu y Borogul.

—¿Nadie ha visto a mi hijo? —preguntó Temujín.

—Quedó atrás, mi kan. Los generales Bogorchu y Borogul acudieron en su ayuda. Pude verlos antes de caer derribado por la saeta que me atravesó la pierna —dijo uno de los heridos.

La noche transcurrió entre los quejidos y dolores de los heridos, y los lamentos de los compañeros y parientes de los que habían desaparecido. A la mañana siguiente, Gengis Kan ordenó que todo aquél que pudiera mantener una espada en la mano se colocara en orden de combate. Esperaba una carga de Wang Kan y había animado a sus hombres a volver a combatir. «Si nos atacan, lucharemos», había dicho levantando su espada al cielo.

El maltrecho ejército mongol, en orden de combate, esperó todo el día sobre la colina de Gupta a que el ejército de Wang Kan lanzara una nueva carga. Al atardecer vieron una silueta que se recortaba sobre el cielo grisáceo del ocaso avanzando hacia ellos. Era Bogorchu, el primero de los compañeros del kan y uno de los cuatro héroes.

—¡Alabado sea el Eterno Cielo Azul! —exclamó Temujín cuando identificó a su amigo.

Corrió a su encuentro y lo abrazó dándose golpes de alegría en el pecho.

—Mataron a mi montura a flechazos —dijo Bogorchu—. Tuve que combatir a pie hasta que me apoderé de un caballo, cuando fue derribado Sengum y todos los keraítas dejaron de combatir para socorrerle. Escapé de allí y he vuelto tras pasar la noche escondido.

—¿Has visto a Ogodei y a Borogul? —le preguntó ansioso el Kan.

—No, los perdí en medio de la refriega. Cuando cayó mi caballo no pude seguir junto a ellos. Si no están con vosotros, no sé qué les ha podido ocurrir.

En ese momento unas voces alertaron al kan de que en el horizonte se veía llegar a otro jinete. A lo lejos parecía uno solo, pero cuando estuvo más cerca observaron que se trataba de Borogul que traía a Ogodei con él, los dos sobre el mismo caballo. El rostro de Borogul estaba ensangrentado y Ogodei mostraba una profunda brecha en el cuello.

–¿Está vivo? –preguntó el kan.

–Sí, hermano, está vivo. Una saeta keraíta le hirió en el cuello, he tenido que chupar la herida para extraerle todo el veneno.

–Rápido, preparad un hierro candente; es preciso cauterizar esa herida antes de que se emponzoñe.

El kan cogió en sus brazos al tercero de sus hijos y le ofreció agua. Los ojos de Ogodei se entreabrieron y sus labios dibujaron una sonrisa de alivio ante la vista de su padre.

–Mi hijo está vivo –gritó a los soldados–. Si vienen por nosotros, lucharemos; tendrán que matarnos uno a uno para vencernos.

–No hará falta. El ejército keraíta se retira. He visto el polvo que levantaban sus caballos cuando ascendían las colinas de Mau –señaló Borogul.

–Sepa el cielo que si hubieran venido tras nosotros, aquí nos habrían encontrado. Ahora regresaremos a nuestro campamento en el Onón, tiempo habrá de reagrupar nuestras fuerzas y luchar.

Gengis Kan volvió al lugar de la batalla, recogió a los muertos y los enterró allí mismo; después partió hacia el este ascendiendo por el curso del Uljuí, hacia la llanura de Dalán Nemurgues. A la vista de sus soldados heridos y maltrechos juró que no descansaría tranquilo hasta que la traición de Wang Kan fuera vengada.

13. La muerte de Jamuga

Wang Kan, temiendo por la vida de su hijo, se había retirado sin dar el golpe de gracia a Temujín. Achig Sirún le había hecho comprender que de nada serviría su victoria si su hijo Sengum moría. Muchos mongoles estaban de parte de Jamuga y al lado de Wang Kan; los que seguían a Temujín sólo eran dueños de sus caballos y de sus tiendas. Podían escapar ahora, pero más adelante serían alcanzados y exterminados. Cuando tras la batalla se hizo el recuento definitivo, dos mil seiscientos soldados seguían a las órdenes de Gengis Kan; ciertamente el desastre era menor del que en un principio parecía, pero estaban sin alimentos y el kan ordenó organizar una partida de caza. Se dividieron en dos alas y cada una de ellas ocupó una orilla del río Jalja. Los heridos eran conducidos en carros, pero el valeroso Juyildar no quiso ir a remolque de sus compañeros y, a pesar de que sus heridas seguían sin curarse, prefirió participar en la cacería. Cuando perseguía a un corzo, sus heridas se abrieron y a los dos días murió. Al kan le apenó la pérdida de uno de sus más valerosos comandantes y ordenó que lo enterraran conforme a la costumbre de los jefes mongoles.

Me han dicho que sus restos, junto con los de nueve de sus mejores caballos, reposan para siempre en un lugar llamado Kelteguei Jada, a orillas del Jalja.

En la desembocadura del Jalja, en el lago Buyur, estaba acampado el clan de los ungarides, al que pertenecía Bortai. Temujín les envió a Jurchedei a fin de que se unieran a él; este poderoso clan decidió ponerse al lado de Temujín, orgullosos de que el kan de los mongoles estuviera casado con una de sus mujeres. Tras varios días de agotadora marcha, el kan acampó al este del río Tungue. Los hombres estaban cansados y los caballos exhaustos. Necesitaba tiempo, y para ganarlo decidió enviar dos mensajeros a su padre adoptivo Wang Kan. Le preguntaba el porqué de su actitud belicosa hacia su hijo adoptivo. Le recordaba que en la ceremonia de Julagunagud Bolgadud se habían jurado fidelidad eterna como padre e hijo y que ambos habían acordado no creer ningún infundio que se proclamara sin debatir la cuestión cara a cara. Le recordaba el pasado, su azarosa vida llena de peligros y persecuciones, la ayuda que su padre, Yesugei Bahadur, le había prestado para vencer a sus enemigos y el socorro que el mismo Temujín le había ofrecido cuando se vio acosado y sin su reino, cuando estuvo a punto de perderlo todo y sólo gracias a Temujín pudo recuperar sus riquezas y su trono.

Cuando el mensaje llegó a Wang Kan, el soberano keraíta exclamó un lamento:

−¡Me he apartado de mi hijo adoptivo e incumplido mis obligaciones como padre! Acudid ante él −ordenó a los mensajeros− y comunicadle que si queda dentro de mí algún mal deseo contra él, salga de mí como fluye esta sangre de mis venas.

Y tras estas palabras se dio un pequeño corte con un cuchillo en la yema del dedo meñique y derramó varias gotas de sangre en un vasito tallado en corteza de abedul.

−Tomad esta sangre, que habéis visto salir de mi cuerpo, y entregádsela como prueba de mi sinceridad.

Temujín envió otro mensaje a su *anda* Jamuga en el que lo acusaba de traición y de envidia, y otros similares a Altán y a Juchar, que se habían vuelto contra él en su propio beneficio olvidando la promesa de fidelidad que como kan de los mongoles le hicieran. Les recordaba que los dos, pese a que él mismo los había propuesto, rechazaron el título de kan, y que ambos convenieron en que el mejor era Temujín.

Por último, dirigió un mensaje a Sengum, el príncipe keraíta, en el que le decía que su ambición por ser kan cuanto antes lo había llevado a traicionar a su hermano, ya que padre Togril los habían tratado a ambos como iguales y Sengum lo había traicionado por envidia. Pero Sengum, a quien el flechazo en la mejilla le había dejado una larga cicatriz, envalentonado por la batalla de Gupta, le respondió haciéndole saber que esas palabras las consideraba falsas, y proclamó la guerra sin tregua y a muerte contra Gengis Kan.

El kan de los mongoles se enfrentaba otra vez a la guerra. Ése era el destino inapelable de todos los nómadas: librar una guerra y tras la paz otra, y así hasta el final de los tiempos. Nada ni nadie parecía capaz de acabar con aquella vorágine de matanzas que causaban estragos entre las gentes de las estepas y provocaban que los hombres civilizados de Oriente y Occidente los contemplaran como a una jauría de fieras salvajes destrozándose entre ellas.

Una nueva guerra. Era preciso prepararse una vez más. El campamento se levantó y se trasladó a orillas del lago Baljuna. En sus orillas los pastos son altos y frescos, el agua clara y limpia y la caza abundante; un buen lugar para el engorde de los caballos y el descanso de los guerreros antes de la batalla. Hasta allí llegó el clan de los gogolas, hasta entonces sus enemigos, con su jefe Chogos Chagán, para unirse a Gengis Kan. Y con ellos venía un mercader musulmán llamado Asán, quien montaba un camello de pelo blanco y conducía un rebaño de mil carneros que cambiaba por pieles de marta y de ardilla. Muchas gentes acudían a Temujín y se unían a él aterrorizadas ante las noticias de las atrocidades que estaba cometiendo Togril por aquellos lugares por los que pasaba.

Pocos días después llegaron Kasar y Jachigún, los hermanos del kan. Desde hacía algún tiempo Kasar, el más formidable arquero de los mongoles, y Jachigún habían sido rehenes de Wang Kan, pero no sin grandes peligros habían logrado huir aunque Kasar había dejado en el campamento de Wang Kan a su mujer y a sus tres hijos. Gengis Kan se alegró mucho cuando vio a sus hermanos. Habían atravesado media Mongolia en busca de Temujín, y su estado y el de los hombres que los habían seguido era penoso.

—Hemos tenido que masticar cuero crudo y sorber la sangre de nuestros caballos para sobrevivir. Te hemos buscado por todas partes hasta hallarte aquí, a orillas del lago Baljuna —dijo Kasar—.

—¿Y tu mujer y tus hijos? —preguntó el kan.

—No pude traerlos conmigo, se han quedado con Wang Kan.

—En ese caso debes regresar a por ellos; es tu obligación como miembro de mi estirpe —sentenció Gengis Kan.

Algo más tarde se presentó su tío Daritai, quien había combatido al lado de los keraítas en la batalla de Gupta. Temujín perdonó su infidelidad. En esos momentos toda ayuda era poca y Daritai, pese a su traición, fue aceptado. Los parientes de Temujín se habían dado cuenta de que Togril se había vuelto contra todos los mongoles, incluso contra sus aliados, y que si seguían con él no tardarían en ser atacados.

Gengis Kan envió un mensaje a Wang Kan pidiéndole que dejara regresar a Kasar a por su familia. Jalidugar, jefe del clan de los yeguriyedes, y Chajurján, de los urianjáis, fueron los encargados de llevar la petición ante Wang Kan. El kan keraíta estuvo conforme con la propuesta y se dirigió hacia el Kerulén, donde ambos kanes habían acordado encontrarse.

Wang Kan envió a su fiel Iturgen para escoltar a Kasar, pero cuando acudía al lugar del encuentro a recibir a Kasar para llevarlo ante Wang Kan, el enviado keraíta le lanzó dos flechas y huyó. Jaligudar y Chajurján lo persiguieron y consiguieron capturarlo vivo. Condujeron al traidor a presencia de Gengis Kan y éste se inhibió, dejando que fuera su hermano Kasar quien decidiera qué hacer con Iturgen. Esa misma tarde la cabeza del keraíta rodó por el suelo y su sangre tiñó de rojo la verde hierba de las orillas del Kerulén.

—Era una traición más. Cuando nos acercamos, Iturgen nos lanzó dos flechas que erraron gracias a que soplaba un fuerte viento de costado —informó Jalidugar al kan.

—Con ese cobarde de Togril no se puede negociar, nunca cumple su palabra. Ahora está celebrando una fiesta en su *yurta* dorada. Su campamento está a medio día de distancia de nosotros, en la desembocadura del río Yeyeguer, si le atacamos por sorpresa esta noche podemos derrotarlo; es nuestra oportunidad —señaló Chajurján.

—Sí, no tenemos otra opción. Jurchedei y Arjai mandarán la vanguardia y caerán sobre el campamento de Wang Kan antes del amanecer. Tras ellos iremos nosotros con el grueso de las tropas —asentó Temujín.

Gengis Kan pidió consejo a los chamanes sobre el resultado de la batalla. Teb Tengri Kokochu, alzándose por encima de los demás, tomó dos cañas y las colocó en el suelo. Decenas de soldados se amontonaron para presenciar el conjuro del chamán. Dio el nombre de Gengis Kan a una de las cañas y el de Wang Kan a la otra y comenzó a emitir una serie de palabras y sonidos ininteligibles mientras hacía sonar su tambor. Teb Tengri bailaba alrededor de las cañas, inmóviles en el suelo, ante la atenta mirada de cuantos se habían arremolinado en derredor. Los pies del chamán danzaban frenéticos al compás de los sonidos del tambor y, sin que nadie pudiera explicar cómo ocurrió, una de las cañas se movió y fue a caer encima de su compañera. Teb Tengri detuvo su danza, se acercó al kan y le dijo:

—La caña que te representaba ha caído sobre la de Wang Kan, tú serás el vencedor en esta guerra.

Durante toda la noche, la vanguardia del ejército mongol cabalgó hacia el Yeyeguer al encuentro de Wang Kan. Lo sorprendieron en pleno sueño y se entabló una cruenta batalla. Poco antes del alba apareció Gengis Kan con sus tropas.

Tres días duró la batalla, tres días en los que mongoles y keraítas combatieron con firmeza. Al atardecer del tercer día, la victoria estaba ya decantada hacia el lado mongol y Jadar, el comandante del ejército keraíta, ante la inutilidad de seguir luchando optó por rendirse. Durante la noche anterior, Wang Kan y su hijo Sengum, viéndolo todo perdido, habían huido. Gengis Kan no ordenó ejecutar al valiente Jadar, sino que le perdonó la vida a causa de la fidelidad que había mostrado a su señor. Muchos guerreros keraítas optaron por integrarse en el ejército mongol. El botín conseguido en el campamento de Wang Kan fue enorme. En la tienda real se habían refugiado dos de las hijas del príncipe Yaja Gambu, las princesas keraítas Ibaja y Sorjatani. Gengis Kan tomó a Ibaja, la mayor, como esposa y a Sorjatani, la menor, la entregó a su joven hijo Tului, que por entonces apenas se separaba de su padre. A los dos siervos keraítas que lo habían avisado, Badaí y Kisilig, les entregó la tienda dorada de Wang Kan con cuantas riquezas y criados contenía, los autorizó a portar arco y aljaba y les otorgó la libertad. Y todavía les concedió un más alto honor, pues les permitió que a partir de entonces se sentaran cerca de su trono en las ceremonias oficiales.

Gengis Kan podía estar tranquilo, al menos por algún tiempo; pero el invierno se acercaba y era preciso instalarse en un buen lugar para afrontarlo. Con toda su gente, el kan se dirigió a Abyiga Kodeguer, donde plantó su tienda y la de su nueva esposa, la princesa keraíta Ibaja.

Wang Kan y su hijo Sengum, solos y desamparados, habían huido hacia el oeste por el río Nekún. En el lugar llamado Didig Sajal, los naimanes del oeste habían establecido un puesto de vigilancia para controlar los posibles movimientos hacia ellos de los mongoles. Un centinela descubrió a los dos fugitivos cuando atravesaban un paso entre dos grandes peñascos.

—¿Quiénes sois? —les preguntó oculto tras las rocas.
—Soy Togril, Wang Kan de los keraítas.

—¡Mientes!, eres un espía mongol —repuso el centinela.

Wang Kan introdujo la mano derecha dentro de su abrigo de piel para mostrarle su insignia real, pero en ese momento el centinela disparó su arco y una saeta atravesó la garganta de Togril. El kan de los keraítas cayó del caballo y quedó muerto entre sus patas. Sengum, horrorizado ante la muerte de su padre, espoleó a su montura y atravesó el paso a toda velocidad, perdiéndose en un bosquecillo de pinos.

Más adelante Sengum se encontró con un sirviente suyo, de nombre Kokochu, que acompañado por su mujer había huido también la noche antes de la derrota keraíta y se dirigía hacia el Bosque Negro. Sengum, al ver al que era cuidador de sus caballos, lo llamó y le ofreció las riendas del suyo para que las llevase, pero Kokochu le dijo que ya no era su señor. La esposa de Kokochu le recriminó su acción y Kokochu la acusó de querer tomar a Sengum como amante. El criado dio la vuelta y se dirigió hacia el campamento de Gengis Kan. Cuando llegó le hizo saber lo que había pasado y lo puso al corriente de que había abandonado a su antiguo señor para ofrecerse como su servidor. Gengis Kan miró con desprecio a Kokochu y sentenció:

—Este hombre viene a mí abandonando a su señor, ¿quién puede confiar en él? Matadle y arrojad su carroña a los cuervos.

La noticia de la muerte de Wang Kan la comunicó al campamento de los naimanes del oeste el centinela que lo abatió tras acudir a despojarlo de sus ropas y armas y descubrir la placa que lo identificaba. Gurbesu, la madre de Tayang, kan de los naimanes, quiso asegurarse de que era realmente Wang Kan el muerto y ordenó que llevaran ante ella su cabeza.

—Es él, en efecto. Un kan, aunque sea el de una tribu enemiga, debe ser honrado a su muerte. Prepararemos honras fúnebres.

La cabeza de Togril fue depositada en el centro de una gran alfombra de fieltro blanco. A su alrededor se sentaron las esposas del kan de los naimanes y los príncipes. Tayang, soberano único de los naimanes desde la muerte de su hermano Buriyuk, presidía la ceremonia desde su trono de madera y hueso. La propia Gurbesu derramó un cuenco de vino alrededor de la cabeza mientras los chamanes hacían sonar insistentemente sus tamborcillos.

A punto estaba de acabar la ceremonia cuando, según me contaron, la cabeza soltó una carcajada. Tayang, ebrio de vino y de leche fermentada, se alzó de su sitial y pisoteó la cabeza de Wang Kan hasta hacerla pedazos. La alfombra blanca quedó manchada con los restos del cráneo, esparcidos a patadas por el iracundo Tayang.

Kogsegu, el que fuera gran general de los naimanes y al que su avanzada edad le impedía combatir, se levantó y dirigiéndose a Tayang dijo:

—Has obrado mal. Tu padre, el kan Inancha, y tu madre, la katún Gurbesu, te engendraron entre mis oraciones. Tu padre era anciano y quería un heredero que mantuviera el reino unido después de su muerte. Lo que acabas de hacer es un mal augurio: oye cómo ladran los perros. Tú, Tayang, no sabes mandar, sólo sirves para adiestrar halcones y cazar inofensivas palomas con ellos. Yo soy demasiado viejo y ya no puedo cabalgar, pero tú aún eres joven; demuestra a tu pueblo que eres digno de sentarte en el trono de tu padre.

—Escucha, anciano arrogante, y trágate tu palabras —le contestó Tayang—. Esa cabeza a la que estábamos honrando es la de un viejo cobarde que huyó como una cervatilla sólo con oír el roce de las flechas en las aljabas de los mongoles; esos mismos que dicen «seremos los dueños de todo». Para ellos la ley del Cielo Eterno es su ley y desean que sólo haya un kan en la tierra como hay un sol en el cielo. Pero en el cielo brillan dos luces grandes, el sol y la luna, y otras muchas más pequeñas. Ellos no desean tanto brillo, sólo permitirán que luzca su sol y que nos apaguemos todos los demás. Dices que demuestre que soy digno sucesor de mi padre, pues bien, aquí lo digo:

iré contra esos malditos mongoles y acabaré con ellos. Haré lo que ni el mismo Wang Kan con todo su poder pudo realizar

—No pierdas el tiempo con esos andrajosos mongoles, hijo mío. Son sucios, sus cuerpos desprenden un hedor insoportable y sus hijas tan sólo servirían, siempre que se lavaran las manos, para ordeñar nuestro ganado —alegó Gurbesu.

—Así será. Sus mujeres ordeñarán nuestras vacas y esquilarán nuestras ovejas. ¡Vámonos contra ellos! —clamó Tayang.

El kan de los naimanes ordenó recoger los huesos del cráneo de Wang Kan y colocarlos sobre un pie de plata a modo de trofeo.

En el campamento naimán comenzaron los preparativos para un nuevo ataque contra Gengis Kan. Tayang remitió mensajeros a todos los jefes de clan de su tribu pidiéndoles que enviaran los mejores guerreros para lo que llamaba la batalla final. Los clanes mongoles enemigos de Gengis Kan también fueron invitados a participar en la guerra.

Jamuga acudió con muchos jinetes y se colocó a las órdenes de Tayang; por el contrario, Alas Jus, el jefe del clan mongol de los ongudes, rechazó la invitación. No quería ver cómo de nuevo luchaban mongoles contra mongoles. Una nueva amenaza se cernía sobre Gengis Kan, que entre tanto cazaba en la estepa de Temeguén. Fue allí donde lo encontró un enviado de Alas Jus, que había decidido alertarlo del peligro.

Temujín, ante el anuncio de Alas Jus de que se estaba organizando una nueva coalición contra él, reunió a su Consejo y oyó a sus generales:

—Nuestros caballos están muy delgados —decían algunos.

—Esa no es sino una mala excusa. Los míos están gordos y listos para la batalla. ¿Cómo podéis seguir aquí, como si nada ocurriera, cuando miles de naimanes están preparando nuestro exterminio —les increpó el joven príncipe Tului.

—Mi sobrino tiene razón —alzó la voz Belgutei, a quien el kan había levantado el castigo que años atrás le impusiera y desde hacía unos meses podía participar de nuevo en las asambleas de jefes–. Si permitimos que el enemigo nos quite la aljaba antes de morir luchando, ¿de qué sirve la vida? Cuando un mongol muere, su arco, su carcaj y sus flechas deben enterrarse con él. Los naimanes creen que son más fuertes, pero si vienen contra nosotros dejarán atrás sus mujeres, sus rebaños y sus *yurtas*. Acudamos contra ellos sin que lo esperen. ¡Qué hacemos aquí aguardando a que vengan y nos maten como a corderos, acudamos ya a su encuentro!

–Belgutei ha hablado como un verdadero mongol. Iremos contra los naimanes y los venceremos –asintió el kan.

Gengis Kan formó a sus tropas en el llano de Kelteguei Jadá, a orillas del río Jalja. El ejército se organizó en grupos de diez: diez grupos de diez formaban una centena y diez de cien un millar o *gurán*; cada grupo de diez, de cien y de mil tenía un jefe al que cada hombre obedecía sin rechistar y de inmediato. Ochenta soldados de noche y setenta de día formaban guardia permanente ante la tienda del kan. Como jefes de cada una de las unidades fueron elegidos los más capaces y los hijos y hermanos de los nobles. Arjai fue designado jefe de la guardia personal del kan, formada por un millar de hombres elegidos entre los más diestros en el manejo de la espada y el arco. Por primera vez, un campamento mongol se organizaba como una corte real.

Ya estaba todo listo: el ejército preparado, los hombres dispuestos para el combate, las aljabas repletas de flechas con las puntas emponzoñadas con veneno de serpiente, las espadas pulidas y afiladas, las lanzas dispuestas y enristradas, los caballos enjaezados y las mujeres y los niños a salvo en la retaguardia. Dieciséis días después de la primera luna del verano, el sagrado día del «círculo rojo» del año de la rata, los chamanes asperjaron el *bunduk* de nueve colas de caballo y el estandarte del halcón dorado con leche de yegua. Gengis Kan revisó las tropas sobre su yegua blanca sin un solo lunar, y escoltado por Jebe y Jubilai ordenó ponerse en marcha. Durante varias semanas, bajo un sol cada vez más ardiente, cabalgaron hacia el oeste sin encontrar ninguna resistencia. Por fin, una avanzadilla de exploradores se topó con los primeros centinelas naimanes que estaban apostados en las crestas rocosas de Janjarján, en el límite de la estepa de Sagari. Se entabló una escaramuza en la que los naimanes capturaron a un jinete mongol con su montura. El caballo estaba delgado después de atravesar toda la estepa y eso los confió.

Los mongoles se detuvieron ante la primera línea de los naimanes y Gengis Kan, a la vista de los informes de los exploradores, evaluó la situación:

—Son muchos más de los que creíamos. Nos superan al menos en uno a cuatro. Jamuga y sus hombres también están con ellos. En estas condiciones no podemos combatir. Además, nuestros caballos están agotados después de una marcha tan larga. Necesitaríamos unos días para que se repusieran antes de la batalla.

—Si me permites, mi kan, se me ocurre una estratagema para ganar tiempo —intervino un astuto estratega llamado Dodai—. Ordena a los hombres que acampen en esta amplia estepa, pero que se dispersen por toda la llanura y que cada uno encienda cinco fuegos esta noche. Los naimanes son muchos y ciertamente poderosos, pero cuantos lo conocen dicen que su kan es un hombre de carácter débil y cobarde, siempre al abrigo de su *yurta*, oculto entre las faldas de su madre. Si logramos engañarlos con tanto fuego y les hacemos creer que somos muy numerosos, lo pensarán dos veces antes de atacar y nosotros mismos y nuestros caballos dispondremos del tiempo necesario para reponer fuerzas. Una vez preparados nos lanzaremos sobre ellos por sorpresa, creerán que somos miles de guerreros y nuestro triunfo será fácil.

Desde las alturas de Janjarján los centinelas naimanes contemplaron aquella noche miles de hogueras encendidas sobre la llanura de Sagari. Un mensajero corrió a informar a Tayang que los fuegos de los mongoles eran tantos «como las estrellas del cielo».

Tayang se mostró confuso.

—Puede que sean muchos, pero sus caballos están flacos. Si les atacamos ahora en el llano de Sagari se defenderán como perros rabiosos. Un mongol es capaz de seguir peleando con una flecha clavada en el vientre.

—Entonces, ¿qué vamos a hacer, padre? —preguntó Guchulug, el joven príncipe heredero.

—La pradera está agostada por el calor del verano. Nuestros caballos no se encuentran en mucho mejor estado que los de nuestros enemigos. En esta época las laderas del Altai rebosan de pastos frescos; nos retiraremos hasta allí dejando que nos sigan. Nuestros caballos se repondrán mientras los suyos continuarán debilitándose. Cuando lleguen al pie de la gran cordillera estarán extenuados, entonces caeremos sobre ellos y acabaremos con todos.

Guchulug, que había heredado el valor de su abuelo, se encolerizó con la decisión de su padre.

—Huye como un cobarde, abuela —le confesó después a Gurbesu–. Los mongoles no pueden ser tantos como nos han hecho creer; la mayoría sigue a Jamuga y está con nosotros. Temujín no puede disponer de más allá de cinco o seis mil guerreros. Deberíamos lanzarnos sobre ellos ahora mismo. Me avergüenzo de mi padre; su corazón es el de una vieja y su miedo el de un chiquillo. Es como si tu hijo no hubiera salido todavía de tu útero.

El Consejo de jefes del ejército naimán fue muy tenso. Tayang expuso su plan de retirada ante los murmullos de indignación de sus generales.

—Mi plan es el mejor. No nos arriesgamos y tenemos la victoria asegurada.

—Mi opinión es que debemos atacar ya —intervino el príncipe Guchulug contrariando a su padre.

—Eres muy valiente, hijo. Espero que tu valor y tu coraje no se achiquen cuando llegue el momento de la batalla; en el combate las cosas no serán tan fáciles como lo es hablar. Lo que os propongo no es una huida, sino de una retirada estratégica –aseguró Tayang Kan.

Jori Subechi, el general en jefe del ejercito naimán y sucesor del famoso Kogsegu Sabrag, se levantó y dijo:

–Tu padre, el recordado kan Inancha, no dio la espalda a ningún enemigo por muy poderoso que fuera. Ningún adversario vio nunca la grupa de su caballo. Si hubiéramos sabido que eran éstas tus intenciones, mejor habría sido que tu madre se hubiera encargado de dirigir el ejército. ¡Ojalá el general Kogsegu Sabrag no hubiera envejecido y pudiera conducirnos ahora a la batalla! Con un caudillo como tú estamos perdidos. Nuestra hora fatal ha llegado y creo que el triunfo será para los mongoles. No vales nada, Tayang, no vales nada.

Dichas estas palabras, ante el silencio de todos y la sonrisa irónica de Jamuga, el general Jori Subechi abandonó la tienda donde se celebraba el Consejo.

–¡De acuerdo, de acuerdo! La vida, el dolor, el sufrimiento, ¡qué más da! Si todos estáis conformes lucharemos ahora, pero recordad que es vuestra impaciencia la que nos empuja hacia el abismo –finalizó Tayang.

El kan de los naimanes ordenó a su ejército que avanzara al encuentro de Temujín. Veinte mil hombres integrados por los principales clanes naimanes y los mongoles de Jamuga cabalgaron por las orillas del Tamir hasta el Orjón, que cruzaron por un vado. Los vigías los avistaron en las colinas de Chakirmagut y anunciaron que el enemigo se acercaba.

Una vez más el genio militar de Gengis Kan se puso en acción. Colocó en la vanguardia a un regimiento de mil hombres con sus cuatro mejores generales y cargó en formación cerrada, como una piña, desbaratando a los primeros destacamentos naimanes. Después, la vanguardia mongol, que dirigía Temuge, el hermano menor del kan, se desplegó como el agua de un lago para volver a replegarse penetrando en forma de cuña, como la punta de un cincel, en el centro del enemigo. A continuación, el regimiento de arqueros que mandaba Kasar cargó con una lluvia de saetas empujando a la vanguardia naimán, que cedió y fue arrinconada contra las faldas de una colina.

Tayang contemplaba el enfrentamiento entre las dos avanzadas acompañado por Jamuga desde el pie de la colina:

—¿Quiénes son ésos que pelean con semejante bravura? —preguntó Tayang a Jamuga.

—Son los que llaman «Los Cuatro Perros». Se dice que mi *anda* Temujín los alimentó con carne humana y que los adiestró personalmente atados con cadenas. Beben el rocío de la mañana, se alimentan con los corazones de los vencidos y cabalgan sobre el viento.

—¿Cuáles son sus nombres? —preguntó Tayang.

—Se llaman Jebe, Jubilai, Jelme y Subotai; nada los detiene cuando Temujín los libera de sus cadenas.

Tayang sintió que su cuerpo se estremecía de pavor a la vista de los cuatro jinetes que, seguidos por sus hombres, se abrían paso a sablazos entre las filas naimanes, incapaces de detenerlos.

—Retirémonos, esos demonios vienen directos hacia nosotros.

Tayang retrocedió hasta media ladera. Desde allí observó que su flanco derecho estaba siendo desbordado por una carga de la caballería mongol.

—¿Y esos otros que combaten entre aullidos, quiénes son? —volvió a preguntar Tayang.

—Son los guerreros de los clanes urugud y mangud, la principal fuerza de choque del ejército de Temujín. La guerra es para ellos como un juego, su principal diversión. Nada les atrae más que el olor de la sangre y oír los gritos que profieren sus enemigos cuando les dan muerte.

Tayang volvió a retroceder hasta cerca de la cima y desde lo alto contempló a un tercer grupo de jinetes que cargaba contra el centro de su ejército tras un estandarte en el que flameaba la figura de un halcón.

—¿Y ésos, quiénes son? —preguntó por tercera vez a Jamuga.

—Es la guardia real. Aquel jinete que monta la yegua blanca es Temujín.

Por la ladera de la colina ascendía la vanguardia del ejército mongol mandada por Temuge, arrollando a cuantos se oponían a su avance, y tras él el fornido Kasar asaeteaba con sus arqueros a los espantados naimanes.

—Decías que acabarías con los mongoles en cuanto se pusieran a tiro, pues bien, ahí los tienes, Tayang, ahí los tienes.

El kan naimán espoleó a su caballo y ascendió hasta lo más alto de la colina. Toda la ladera estaba repleta de cadáveres de su ejército y de jinetes que huían en desbandada ante la avalancha mongol. Jamuga vio que todo estaba perdido. Miró con desdén a Tayang, tiró de las riendas de su caballo y partió con un puñado de sus leales a todo galope hacia el horizonte. Poco después las escasas tropas que habían sobrevivido a la carga de los mongoles quedaron cercadas sobre la cumbre donde se había refugiado Tayang. Cayó la noche y Gengis Kan esperó paciente a que amaneciera para acabar con sus enemigos. Algunos naimanes intentaron huir protegidos por la oscuridad, pero los mongoles aplicaron cuanto habían aprendido en la caza de animales. Nada ni nadie podía escapar de su cerco una vez que se cerraba el círculo; y así fue. A la mañana siguiente, justo al alba, los mongoles reanudaron su carga. Los poco más de dos mil naimanes que se apostaban sobre la cima nada pudieron hacer ante la brutal acometida, y todos murieron ensartados en las lanzas, atravesados por las flechas o tajados por las espadas de los hombres de Gengis Kan en aquella batalla de Jangai. Finalizada la masacre, se buscó el cuerpo de Tayang. Lo encontraron en el centro de un círculo de cadáveres de los miembros de su guardia personal. Tenía en sus labios un rictus de pavor y sus pantalones estaban manchados con sus propios excrementos. Sólo faltaban Guchulug, el hijo de Tayang, y Jamuga. Unos centinelas mongoles habían visto cómo el príncipe naimán se alejaba hacia el oeste con un numeroso grupo de jinetes. Gengis Kan los persiguió durante varias semanas. Por fin los arrinconaron en las laderas del Altai. Allí acabaron con ellos. Los miembros de los clanes mongoles que se habían unido a los naimanes fueron perdonados y se integraron en el ejército de Gengis Kan.

El nuevo kan Guchulug fue apresado y conducido ante su abuela Gurbesu.

–¿Eras tú la que decías que los mongoles olíamos mal y no éramos dignos ni siquiera de ordeñar vuestras vacas?, pues bien, ahí tienes a tu nieto cargado de cadenas. Fíjate cómo se arrastra a nuestros pies. ¿Dónde está ahora tu orgullo? –inquirió Gengis Kan.

Y aquel mismo día tomó a Gurbesu como esposa. Cumplía así lo que tiempo atrás había confiado a sus generales como el principal de los placeres: «Derrotar a los enemigos, perseguirlos hasta acabar con ellos, quitarles todo cuanto poseen, cabalgar sobre sus caballos y gozar de sus mujeres».

Al regreso de la campaña contra los naimanes la situación había cambiado. Gengis Kan era un caudillo victorioso al que todos los pueblos de la estepa consideraban ya como invencible. Los otrora poderosos tártaros, keraítas y naimanes habían sido derrotados y nunca más volverían a constituir una amenaza. Jamuga había fracasado en su última intentona por derrotar a su *anda* y ya no le quedaba ningún potencial aliado para volver a intentarlo. Los clanes mongoles que hasta entonces se habían mantenido hostiles, estaban integrados en su ejército y una nueva esposa, la que fuera orgullosa katún de los naimanes, adornaba el trono del kan. Y todavía le quedaron fuerzas y arrestos aquel mismo año de la rata para en otoño lanzar un ataque sobre los merkitas y deshacerlos, aunque su escurridizo caudillo Togtoga Beki pudo escapar con sus hijos Judu y Chilagún y unos pocos fieles.

Dayir Usún, jefe del clan de los uúes, famoso por la belleza de sus mujeres, quiso congraciarse con el kan. Este jefe tenía como hija a una doncella de belleza sin igual. Esta joven princesa era Julán, y de ella se decía que su hermosura superaba a la de todas las estrellas en una noche sin luna. Y era cierto. Yo conocí a Julán once años después de que se casara con el kan y puedo asegurar que nunca he visto a una mujer igual. Su rostro resplandecía como el mismo sol y sus ojos amarillos parecían tener luz propia; sólo en los del propio Temujín he contemplado un fenómeno semejante. Dayir Usún se puso en camino hacia el campamento del kan con su hija. Enseguida fue detenido por una partida de soldados que guardaba los caminos. Aquella patrulla la mandaba el apuesto Nayaga, a quien por su fidelidad con su anterior jefe, el tayichigud Targutai, Gengis Kan había nombrado oficial del ejército.

Nayaga ordenó al jefe merkita que detuviera el carro en el que viajaba:

—¿A dónde te diriges? —le preguntó.

—Voy en busca de Gengis Kan. Aquí llevo para él la joya más preciada del pueblo merkita. Quiero que sea el más valioso de los regalos. Sal —dijo Dayir Usún dirigiéndose hacia el interior del carro—, sal para que te vean, Julán.

La joven princesa se asomó al exterior y Nayaga quedó impresionado a la vista de la belleza de la joven.

—Ésta es mi hija Julán, la más hermosa de las doncellas merkitas. La llevo personalmente para Gengis Kan.

—Yo os acompañaré. Los caminos están llenos de soldados y alguno de ellos podría atacarte antes de preguntar. Os escoltaremos hasta el campamento del kan, y allí él decidirá qué hacer con vosotros.

Desde el lugar donde Nayaga había interceptado a Julán y a su padre hasta el campamento del kan había apenas un día de camino, pero el joven oficial tardó tres jornadas en recorrerlo. Durante esos tres días sus ojos no cesaron de fijarse en Julán, la cual le devolvía las miradas con gusto. Sin duda aquellos tres días fueron un verdadero tormento para Nayaga. Tener al alcance de la mano una mujer como aquélla y no tocarla era el mayor de los castigos. Nayaga era joven, apuesto y fuerte, cualquier muchacha se hubiera entregado a él gustosa. Además, nada había que le impidiera tomarla en cualquier momento, hacerla suya y gozar de la mujer más hermosa que nunca habían visto sus ojos. Bueno, tan sólo una cosa, la lealtad a Gengis Kan. Ése es el sentimiento más fuerte para un mongol, la fidelidad a su jefe, la ciega obediencia a su señor, lo único capaz de hacer controlar el deseo, la pasión e incluso el amor. Sé bien cuánto debió luchar Nayaga consigo mismo para no romper con su obediencia al kan. Su deber era conducir a esa muchacha ante su señor y hacerlo de modo que llegara intacta, tal y como la había encontrado.

Al tercer día Nayaga se presentó ante el kan.

—Mi señor, éste es Dayir Usún, jefe merkita. Lo encontré de camino hacia tu campamento, trae consigo a su hija Julán —expuso Nayaga ante Gengis Kan.

—Mi señor, he venido para entregarte el don más preciado de cuantos has recibido, mi hija Julán.

Dayir Usún cogió de la mano a Julán y la adelantó ante el kan. Los ojos de Temujín se abrieron como los de una pantera cuando descubre a su pieza favorita.

—Dime Nayaga, ¿dónde los encontraste? —preguntó el kan.

—Al otro lado de las colinas Azules, mientras patrullábamos por el camino del este.

—¿Cuánto hace de eso?

—Hace tres días.

—Desde ese lugar hasta aquí tan sólo es necesario uno. ¿Por qué has tardado tanto? Creo que mereces un escarmiento.

—¡Mi señor! —exclamó Julán acercándose hasta el kan y cogiéndole la mano—, tu oficial se ha portado correctamente. Cuando nos encontró nos dijo que nos protegería durante el camino. Si no hubiera sido por él quién sabe qué me habría ocurrido entre tantos soldados. Nuestro encuentro fue afortunado. No lo castigues, mi señor, te lo ruego. Él siempre dijo que todo cuanto tiene, todo cuanto encuentra es de su kan. Nada malo me ha hecho ni nada malo me ha dicho. ¡Que Tengri arroje un rayo sobre mí y muera si lo que he afirmado no es la verdad!

–Te examinarán dos comadronas. Si eres virgen, Nayaga quedará libre y tú te convertirás en esposa del kan de los Mongoles –sentenció Gengis Kan.

Julán seguía virgen. Ese mismo día el kan la tomó por esposa y declaró que Nayaga era un hombre fiel y veraz; prometió favorecerle por sus desvelos y por haber protegido a su nueva esposa y lo ascendió a general.

Durante aquel invierno, Gengis Kan estableció su campamento cerca del Altai, donde tiempo atrás asentaran sus hogares los kanes naimanes. Con cuarenta y dos años, estaba en la plenitud de su vida y el viejo sueño heredado de su padre parecía estar a punto de cumplirse. Subió a una cercana montaña y dio gracias a Tengri por haberle permitido derrotar a todos sus enemigos. De vuelta al campamento ordenó a los chamanes que prepararan un sacrificio al Eterno Cielo Azul y organizó una fiesta en la que la carne de cordero y de buey y el *kumis* abundaron como antaño en las mejores fiestas.

Gengis Kan estaba radiante. Tenía como nueva esposa a la mujer más bella del mundo, que además le correspondía en la cama como ninguna otra hasta entonces, sus jóvenes y vigorosos hijos lo acompañaban en las batallas en las que se mostraban valientes y decididos y sus guerreros hacían gala de una disciplina y un valor insuperables. El botín conseguido tras las guerras contra naimanes y merkitas se repartió entre los soldados de la manera acostumbrada: armas, caballos, tiendas, pieles, alfombras y mujeres, bellas y jóvenes mujeres que se casaron con los aguerridos jinetes mongoles. El kan pasó revista a las muchachas capturadas en las batallas contra los distintos clanes y tribus. Entre todas ellas observó a una joven de pelo negro y coletas trenzadas con hilo de plata. Su porte era el de una princesa.

—¿Quién eres tú? —le preguntó.

—Me llamo Tugai, soy esposa de Judu, hijo de Togtoga, caudillo de los merkitas, y ésta es mi hermana menor Doregene —contestó la muchacha señalando a una niña que había a su lado.

—Sois muy hermosas. Tú, Tugai, te convertirás en mi esposa. Doregene será para mi hijo Ogodei.

A los pocos días se celebró una doble boda. Gengis Kan casó con Tugai y Ogodei con Doregene. Una nueva y bella esposa adornaba el trono del kan.

A la primavera siguiente atacó a los restos de merkitas y naimanes que se habían agrupado en un vano intento de resistir. Aprovechando que se le habían quitado las cadenas y se le dejaba cabalgar libremente, Guchulug huyó y como kan de los naimanes reorganizó a todos aquéllos que seguían sin someterse. En la fuente de Bugdurma, donde nace el río Erdis, Guchulug se unió a Togtoga Beki y juntos, naimanes y merkitas, formaron una nueva alianza y se juramentaron contra Gengis Kan. Pero de nuevo la tormenta descargó sobre ellos con toda la fuerza de los cielos y los mongoles volvieron a derrotarlos. Esta vez no pudo repetir una más de sus habituales escapadas y en la batalla murió Togtoga, a quien sus propios hijos cortaron la cabeza para impedir que cayera en manos de sus enemigos y se la llevaron. En la retirada, muchos guerreros merkitas y naimanes murieron ahogados en las aguas del Erdis, sólo unos pocos lograron alcanzar la otra orilla y huir. Guchulug atravesó las altas montañas y alcanzó con algunos naimanes las llanuras del otro lado del Altai, desde donde se dirigió al valle del Irtish a refugiarse en el reino que fundaran mis antepasados los kara-kitán. Los merkitas fueron aniquilados, incluidos algunos de los que se habían sometido, pues aprovechando la ausencia del kan del campamento intentaron rebelarse. Los pocos que atravesaron el río acompañando a los hijos de Togtoga fueron perseguidos por el general Subotai, a quien se ordenó que matara a todos.

Al inicio de aquella incursión de Subotai, Gengis Kan dio a sus generales una serie de nuevas normas para su comportamiento en la guerra:

—Si a un enemigo que huye le salen alas, deberéis convertiros en halcones y seguirlo hasta el cielo; si le nacen garras y se esconde bajo el suelo como las marmotas, deberéis excavar la tierra hasta dar con él; si se convierte en pez y se mete en el agua seréis vosotros la red que lo atrape. No dudéis en su persecución ni en atravesar los más anchos ríos, ni en escalar las más altas montañas. Pero sed precavidos: calculad las distancias, reservad las fuerzas, aprovechad la velocidad de los caballos cuando no estén cansados, cazad en la ruta y mantened los víveres sin que se agoten, pero no permitáis que ningún soldado cace salvo cuando sea necesario. Dejad que los caballos galopen con el bocado suelto y castigad a los que trasgredan estas órdenes; si alguno no las cumple y no es de los nuestros, decapitadlo allí mismo, pero si es de los nuestros traedlo a mi presencia.

Después, se dirigió expresamente a Subotai y le dijo:

—Si te he encargado a ti la misión de ir a acabar con los merkitas es porque hace años, cuando yo era tan sólo un muchacho, me acorralaron como a un perro en nuestra sagrada montaña del Burkan Jaldún. Tú eres mi brazo derecho, cuando te lo ordene los perseguirás hasta el punto más lejano de la tierra si es necesario. Allá donde vayas, aunque no me veas, será como si yo estuviera contigo, porque a ti también te protege el Cielo Eterno.

Subotai, dotado para la guerra de un genio casi tan grande como el del mismo kan, acosó a los últimos merkitas. A mediados del año del buey, el kan de los mongoles era el único soberano entre el desierto de Gobi y la cimas nevadas del Altai.

***

Destruidos los naimanes y los merkitas e integrados todos los clanes mongoles bajo el poder de Gengis Kan, Jamuga vagaba por las estepas y los bosques con tan sólo cinco compañeros, huyendo de los jinetes que lo acosaban sin cesar y escondiéndose como un ladrón al que persigue la justicia. Se había refugiado en el monte Tanglú, donde con sus cinco compañeros sobrevivía cazando muflones entre las rocas de sus abruptos desfiladeros.

Jamuga era un espíritu irreductible, pero sus compañeros estaban hartos de huir como perros y de esconderse como alimañas. Un día, mientras Jamuga comía un pedazo de muflón asado, se abalanzaron sobre él, lo ataron y decidieron conducirlo ante Gengis Kan esperando que al entregarle a su gran enemigo, éste los perdonaría.

¡Qué poco conocían aquellos hombres a Temujín! El kan era capaz de olvidar cualquier cosa, hasta una ofensa a su propia persona, siempre que el arrepentimiento fuera sincero. Pero había algo que nunca perdonaba: la infidelidad y la traición. Los duros años pasados en la estepa, aquéllos en los que siendo un muchacho tuvo que sobrevivir en durísimas condiciones y los años siguientes en los que logró forjar en torno a su persona una verdadera nación le habían enseñado que la lealtad es la mejor de las virtudes y que si se pierde, si la confianza en el amigo o en el compañero se traiciona, todo lo conseguido con tanto esfuerzo se puede venir abajo en un momento.

Los cinco traidores se presentaron ante Gengis Kan ufanos por su hazaña, y le dijeron:

–Mi señor, aquí te entregamos a tu gran enemigo Jamuga. Él ha sido tu principal motivo de preocupación durante muchos años. Nosotros lo hemos capturado para ti.

Gengis Kan miró fijamente a los ojos de Jamuga. Frente a él, atado con fuertes tiras de cuero, estaba su *anda*, aquél que tantas cosas le enseñara un lejano invierno junto a las heladas aguas del Onón, el que fuera su mejor amigo en la adolescencia, a quien tanto admiró por su valor y su arrojo en el combate, con quien compartió los dorados sueños de juventud. En el cuello de Jamuga, pendiente de una cadena de plata, colgaba la taba de bronce que años atrás, al hacerse *anda* de Temujín, éste le regalara.

—Aquí me tienes, *anda* mío. Hace tiempo que no nos encontrábamos —exclamó Jamuga—. Tu cabello sigue tan rojo como antes, pero veo que han nacido algunos hilos de plata entre tus mechones de fuego.

—Tu cuerpo no ha cambiado nada, pero tu alma y tu espíritu no son los mismos que los de aquel joven arriesgado, solitario y valeroso que fue mi *anda*. Tus sentidos tampoco parecen iguales; hace años no te hubieras dejado atrapar por tan sólo cinco hombres —dijo Gengis Kan.

—Unos cuervos negros me han cazado como si de un pato silvestre se tratara. Cinco plebeyos han alzado la mano contra su señor. Los buitres han cobrado a su confiada presa y te la ofrecen como carroña. ¿Serás tú quien coma los despojos que estas alimañas te entregan?

—Si preguntas eso es que nunca llegaste a conocerme. ¿Cómo voy a premiar, ni siquiera a dejar con vida, a los que se han alzado contra su señor?; no merecen otro final que la muerte.

Gengis Kan, ante los aterrorizados gritos de los cinco compañeros de Jamuga, mandó decapitarlos allí mismo.

—Así es como el kan de los mongoles paga a los traidores.

Cuando unos criados retiraron los cinco cadáveres decapitados, Gengis Kan se dirigió a Jamuga y le dijo:

—Ahora estamos juntos de nuevo y no parece que haya nada que nos separe. Somos las dos ruedas de un mismo carro. Hubo un día en el que nos apartamos y tu corazón se alejó del mío dejándolo dolorido y triste. Vuelve ahora a él. Olvidaremos que luchaste con los keraítas en mi contra, sólo recordaré que, a pesar de combatir frente a mí, me hiciste saber los planes de Wang Kan y gracias a tu aviso pude salvarme. Sé que desanimaste a los naimanes alabando ante su jefe el valor y la fuerza de los mongoles. Tus palabras fueron entonces mi mejor arma.

—Hace muchos años –habló Jamuga–, tú y yo fuimos uno solo. Tú estabas en mí y yo estaba en ti. Ambos éramos una misma cosa, un solo corazón. Pero personas que querían nuestra separación nos azuzaron al uno contra el otro. Durante estos años mi rostro ha enrojecido de vergüenza. Antes que a mi propio *anda* creí a quienes te calumniaban y me predisponían en contra tuya. Pese a todo el daño que te he hecho, tú quieres seguir siendo mi *anda*. Pero cuando debí ser compañero tuyo, cuando te hacía falta mi ayuda, yo estaba en el lado de tus enemigos. Tú has pacificado a todas las naciones de la estepa, te sientas en el trono del kan de los mongoles y otros tronos se han sumado al tuyo. Eres el dueño del centro del mundo. Un compañero como yo de nada te valdría. Mi presencia tan sólo serviría para ennegrecer tu plácido sueño en la noche y para turbar tu claro pensamiento durante el día.

»Mi vida ya ha recorrido todo el tiempo que va del amanecer hasta el ocaso. Tú tuviste un padre, una madre y una esposa sabios, y hermanos que crecieron junto a ti. Siempre te has rodeado de fieles compañeros que han puesto su valor a tu servicio. Yo crecí solo en las praderas. Durante muchos años las estrellas fueron el techo de mi *yurta* y lo más parecido al fuego del hogar que conocí fue el tibio calor del sol en las frías mañanas del invierno. Mi padre y mi madre murieron cuando yo era niño, Nomalán, mi esposa principal, fue una mujer bella pero lenguaraz y no tuve hermanos, pero sí compañeros indignos y traidores.

»Si en verdad quieres favorecerme, si es cierto que deseas para mí lo mejor, haz que muera sin que mi sangre se derrame por la hierba de la pradera. Coloca mis despojos en lo alto de una montaña y deja que mis huesos sean la protección eterna para tu espíritu. Sólo con la muerte podrá librarse mi alma del mal que durante años la ha corroído. Me venció la envidia de tu majestad y de tu grandeza. No pude soportar que fueras mejor que yo y que tus ojos brillaran con la luz de las centellas. Desata el nudo que me aprieta la garganta y me impide respirar el aire puro de las montañas. Déjame morir para que pueda seguir viviendo.

—Eres un gran hombre, Jamuga. Aunque te apartaste de mí y te aliaste con mis enemigos sé que nunca quisiste hacerme daño. Mi deseo era que tu caballo y el mío volvieran a cabalgar juntos por las praderas y compartiéramos la misma *yurta* en las noches sin luna, pero sé que eso ya no será posible. Te he ofrecido que fueras de nuevo mi *anda*, pero tú no quieres. Si crees que sólo muriendo saldarás tus penas, así será. Morirás sin que una sola gota de tu sangre se derrame, tal y como deben hacerlo los príncipes mongoles.

Jamuga sonrió cuando oyó la sentencia del kan. Cogió la taba de bronce que colgaba de su cuello con una cadenita de plata, se la ofreció y le dijo:

—Guarda tú el regalo que me hiciste cuando éramos jóvenes. Lo he llevado desde entonces pendiente sobre mi pecho; nunca me he separado de él. Consérvalo para que te recuerde mi amistad.

Gengis Kan tomó la taba por la cadena y se la colocó alrededor del cuello.

Jamuga fue ejecutado mediante asfixia dentro de una alfombra de seda. Los mongoles creen que el alma de un hombre vive en su sangre; por eso la muerte con efusión de sangre provoca la pérdida del alma. En el funeral cientos de jinetes derramaron gotas de *kumis* por toda la estepa y los chamanes asperjaron la cima de una montaña en la cual se enterró el cadáver del compañero de Temujín. Durante noventa días y noventa noches una guardia de honor cuidó la tumba y nueve chamanes rezaron oraciones fúnebres hasta que las primeras nieves comenzaron a caer sobre la montaña y la cima se cubrió de un blanco manto.

En alguna ocasión le pregunté a Gengis Kan dónde había enterrado a Jamuga, pero sólo una vez me dio una vaga respuesta: «Su cuerpo reposa entre las nubes, y su espíritu cabalga libre y dichoso para siempre por las praderas celestiales».

Tercera parte

SOBERANO DEL CENTRO DEL MUNDO

14. El sello del gran kan

Gengis Kan era señor único de Mongolia. Es cierto que todavía quedaban algunos grupos de merkitas y de naimanes errantes que vagaban por los límites occidentales, pero ya no constituían ningún peligro. Bastaría una orden del kan para que sus generales partieran prestos hacia esa región y acabaran con ellos. Temujín había logrado suprimir las guerras endémicas que desangraban a los pueblos de las estepas al norte del Gobi y dado seguridad a las caravanas que atravesaban las dos rutas que bordeaban por el norte y por el sur el desierto de Taklamakán.

La calma que siguió a la gran tempestad de la guerra total en la estepa provocó que muchos mercaderes, que en los últimos cinco años habían desaparecido, volvieran con sus cargamentos de sedas, alfombras y frascos con ungüentos que curaban las heridas y sanaban las enfermedades. Fue entonces cuando Temujín comenzó a interesarse por las tierras de las que procedían aquellos hombres que se vestían con ricos jubones y finas túnicas de vivos colores bordados en oro y plata. Había algunos que llevaban consigo unos raros objetos que llamaban libros, compuestos por varias hojas de piel de ternera cosidas por el lomo; en esos libros había extraños signos, como si de filas de hormigas se tratara, que esos hombres eran capaces de interpretar.

De entre los objetos que habían sido requisados a los cautivos en los últimos combates había un anillo de oro en cuya cara externa aparecían una serie de signos similares a aquéllos que se dibujaban en las hojas de los libros. Cuando le entregaron el anillo a Gengis Kan, éste lo observó minuciosamente y ordenó que condujeran a su presencia a su dueño.

—¿Es tuyo este anillo? —le preguntó.

—No, lo es de mi señor Tayang.

—Tu antiguo amo ha muerto. Todo lo que poseía, tierras de pastos, ganados, *yurtas*, este anillo, todo es ahora mío. ¿Cuál es tu nombre?

—Me llamo Tatatonga.

—Tú no eres naimán —supuso el kan.

—No, soy uigur.

—¡Ah!, eres uno de esos seres de las regiones del sur; de esos países donde los hombres viven en las aglomeraciones de *yurtas* de piedra que llaman ciudades.

—Sí, nací en una ciudad, pero he vivido entre nómadas.

—Dime, ¿para qué sirve este anillo? He visto que tiene extraños signos.

—Es un sello —respondió Tatatonga.

—¿Y qué es un sello? —inquirió el kan.

—Un sello sirve para poner en un documento la señal de su dueño. Con este anillo el kan Tayang marcaba los documentos y así los autentificaba. Cuando mi antiguo señor quería enviar a un emisario suyo a recoger un tributo, su mensajero portaba un documento con la huella de este sello.

—¿Tú sabes interpretar lo que dicen esos libros?

—En mi idioma, sí.

La mente de Temujín era más rápida a la hora de pensar que la de cualquier otro hombre que haya conocido. Pese a no saber leer ni escribir, enseguida se dio cuenta de las posibilidades que la escritura ofrecía.

—Tú, Tatatonga, serás desde ahora el guardián de mi sello y enseñarás a leer y a escribir a los mongoles.

—Eso no es posible, mi kan.

—¿Por qué?

—Porque el idioma mongol no tiene escritura, no tiene letras. No existen unos caracteres gráficos con los que se puedan transcribir las palabras del mongol.

—Tu idioma nativo es el uigur, ¿con qué letras escribís los uigures?

—Lo hacemos con unos signos que se crearon hace muchos años. Cada sonido que emana de nuestra boca se representa con un signo y varios juntos forman las palabras.

—En ese caso, haz que nuestros sonidos se escriban con vuestras letras. Puesto que nosotros los mongoles no disponemos de esos signos, usaremos los vuestros. El mongol se escribirá con las letras uigures.

—Eso es muy difícil, mi señor; es preciso hacer muchas adaptaciones, ajustar palabras, revisar...

—He dicho que lo hagas. Tómate tiempo pero hazlo. Si necesitas ayuda, pídela. Te he nombrado guardián de mi sello, eso te confiere un lugar en mi corte. Tendrás una *yurta*, sirvientes y ganado. Ahora retírate, te espera un intenso trabajo. Mi hermano adoptivo Sigui Jutuju será el primero en aprender; siempre ha demostrado una gran capacidad para la observación y dispone de una memoria sin igual.

Tatatonga salió de la tienda convertido en el primer funcionario de la recién creada cancillería mongol. Gengis Kan acababa de sentar los cimientos de lo que sería una sencilla pero eficaz burocracia. Sin que él lo supiera, en ese mismo momento los mongoles acababan de dejar de ser una tribu para transformarse en un Estado.

En el campamento de Bortai la tranquilidad era total. La esposa principal de Gengis Kan vivía a orillas del Onón al cuidado del *ordu*, en la tierra que viera nacer a Temujín, cerca de la montaña sagrada del Burkan Jaldún. Sus cuatro hijos varones, incluso el pequeño Tului, ya no estaban con ella; ahora combatían al lado de su padre. Bortai pasaba el tiempo tejiendo lonas de fieltro, preparando *kumis* y sobre todo esperando.

Tenía cuarenta y cuatro años y seguía siendo una mujer bella, pero en los últimos cinco años la angustia de ver a sus hijos en constante peligro, siempre aguardando a que llegara la noticia de la muerte de uno de ellos, o de su esposo, había borrado de su rostro la lozanía de la juventud.

—¡Viene el kan, señora, viene el kan! —gritó una joven sirvienta de Bortai a la vista del estandarte, tras el que un escuadrón de jinetes se acercaba por el valle hacia el círculo de tiendas.

Era el *oerlok* Muhuli, uno de los cuatro héroes, quien cabalgaba al frente de la tropa. Muhuli descendió del caballo y se inclinó con reverencia ante Bortai.

—Mis respetos, katún Bortai, vengo de parte del kan. Me ordena que te comunique que dentro de dos días estará aquí. Yo me he adelantado para saludarte y ofrecerte sus respetos. Con él trae un carro cargado de ricos regalos para ti.

—Te agradezco que vengas a verme, Muhuli. Hace tiempo que no lo hacías.

—Hemos tenido que luchar mucho, Bortai.

—Pero habéis ganado.

—Sí, hemos ganado.

—¿Cómo se encuentra mi esposo y señor?

—Está muy bien.

—¿Y tú?

—Ya me ves, con la salud y la fortaleza necesarias para emprender nuevas campañas.

Bortai, siguió preguntando a Muhuli por todos y cada uno de sus hijos, parientes y amigos. Por fin, ante sus respuestas monosilábicas, le espetó:

—Vamos, deja de evadirte y dime qué ocurre, siempre fuiste sincero.

—Está bien. Te lo contaré. Después de nuestras victorias el kan decidió que era hora de venir al *ordu* a visitarte. Han sido muchos años de guerras sin descanso y creo que necesita sentir el aire fresco de estas montañas y subir a la cumbre del

Burkan Jaldún para ofrecer un sacrificio en honor de Tengri. Veníamos todos juntos y él cabalgaba al frente, pero lo hacía cabizbajo. Apenas hablaba con nadie y parecía como ausente. Una noche, cuando estábamos acampados a orillas de un pequeño arroyo, a unos pocos días de aquí, nos convocó a Consejo a todos los jefes. Yo estaba preocupado, como los demás generales, pero nuestro asombro fue enorme cuando nos anunció el motivo de su pesadumbre. Nos confesó que le embargaba una extraña sensación y que le costaba trabajo presentarse de nuevo ante ti. A sus esposas ha añadido una más. Se llama Julán. Nos dijo que tú quizás estarías enfadada por ello y nos encargó que fuera uno de los *oerlok* quien viniera antes a anunciarte su llegada. Nadie se atrevió y fui yo el único que quiso hacerlo.

—Me hubiera gustado estar allí. Vosotros, los invencibles *oerloks* del kan, los que no temen a ningún hombre, los que no sienten miedo ni mirando al rostro de la mismísima muerte, temblando ante la sola idea de presentarse ante una desamparada mujer. Todos los jefes mongoles poseéis varias mujeres, ¿por qué el kan no iba a tenerlas? ¿Qué tiene de especial esa nueva esposa para que os mostréis tan perturbados?

—Te seré franco. Con las demás se ha casado por conveniencia, pero esa Julán le ha absorbido el seso. Hizo construir para ella una *yurta* de pieles de pantera porque era la que más le gustaba. No le bastaba con esperar a la noche, sino que pasaba todo el día con ella en el interior de la *yurta*. En una ocasión estuvimos a punto de ser sorprendidos y derrotados por nuestros enemigos a causa de su ceguedad con esa mujer.

—No hables así del kan, Muhuli; tendría sus motivos para hacer lo que hizo. Un kan siempre tiene razones que los hombres no pueden entender. Llévale esta respuesta a mi esposo: dile que mi voluntad y mi corazón son suyos y a él quedaron sometidos cuando me desposó. Todo cuanto hay sobre la tierra pertenece al kan: los patos de los juncales, los potros de las praderas, las mujeres que desee. Es dueño de medio mundo;

si desea tomar a cualquier mujer, tiene derecho a ello, no seré yo quien se lo discuta. Házselo saber así y dile que estaré esperándole hasta que venga.

—Eres la mujer más...

—No sigas, Muhuli, regresa junto al kan y transmítele lo que te he dicho.

Cuando Muhuli narró a Gengis Kan lo que había hablado con Bortai, éste respiró aliviado. Una semana más tarde estaba a los pies del Burkan Jaldún.

Bortai lo esperaba a la entrada de su tienda. Era poco después del amanecer cuando los tambores comenzaron a tronar sobre la colina. Abrían la comitiva los chamanes, entre los que Teb Tengri Kokochu, el hijo de Munglig, ya había alcanzado el lugar de honor, y tras ellos cabalgaba el kan, erguido sobre un alazán blanco con silla de oro y seda. Detrás de él lo hacían sus *oerloks*, ataviados con ropajes como nunca antes se habían visto en las tierras del Onón, y tras ellos, en perfecta formación, miles de jinetes en escuadrones de a cien. Tras el ejército rodaban por la extensa llanura cientos de carros cargados con el botín logrado en las últimas batallas.

Temujín detuvo su caballo ante Bortai y descendió de un salto entre las aclamaciones de los que vivían en el campamento.

—Sé bienvenido a tu *ordu*, mi esposo y señor.

—Mis ojos y mi corazón se alegran por volver a verte, Bortai.

Bortai sería para siempre la katún principal, pero desde que conociera a Julán, sería la bella merkita el amor más apasionado que nunca tuviera el kan. Los hijos de Bortai han sido sus herederos y la casa imperial mongol se ha transmitido a partir del tronco de Bortai, pero Julán ocupó el corazón del kan como ninguna otra mujer lo hiciera jamás.

Gengis Kan estableció su residencia en su *ordu* del Burkan Jaldún. Vivía en una tienda de fieltro blanco donde celebraba los

Consejos con sus generales, entre grandes banquetes de carne guisada con ajenjo, mantequilla y *karakumis*. El *karakumis* es una bebida similar al *kumis*. Se obtiene batiendo el *kumis* hasta lograr un líquido mucho más fino y suave. El *kumis* está al alcance de cualquier mongol, pero el *karakumis* se reserva sólo para la aristocracia.

Desde su tienda visitaba a sus esposas, cuyos hogares estaban distribuidos por el valle del Onón, a una distancia no superior a medio día de camino de la del kan, de modo que en una mañana podía trasladarse a visitar a cualquiera de ellas, si bien con la que más tiempo pasaba era con Julán, la única que se atrevía a contrariar a su esposo y a la única a la que consentía satisfacer todos sus deseos. Cuando Julán le dio un hijo, a quien llamó Kulgán, la joven y bella esposa fue honrada por Temujín con el título de katún, convirtiéndola junto con Bortai, Yesui y Yesugén en esposa principal.

Una mañana, mientras el kan cazaba con Bogorchu y Muhuli, un mensajero trajo una noticia de las tierras del sur. Sengum, el hijo de Wang Kan, que había logrado huir después de la derrota de los keraítas, se había refugiado entre los uigures, pero para poder sobrevivir se había visto obligado a robar algunas cabezas de ganado. Durante unos meses había sido perseguido como un proscrito y al fin unos jinetes uigures lo habían alcanzado y lo habían ahorcado. El heredero del kanato keraíta había muerto y Guchulug, el heredero del kanato naimán, se había exiliado más allá del Altai. Los pocos merkitas que quedaban se habían refugiado en los bosques del norte. Temujín gobernaba todas las tierras entre las montañas del Altai y el desierto de Gobi.

Sólo quedaban unos puñados de naimanes, merkitas y tártaros por eliminar. Jochi, el primogénito, fue el designado para llevar a cabo esa misión.

–La próxima luna partirás con tres *guranes* hacia el oeste. En el valle del Jalja se han establecido los últimos campamentos tártaros. Acaba con ellos.

—No puedo hacerlo, padre, mi esposa es tártara. Su familia se encuentra en esos campamentos.

—Harás lo que te ordeno. Los tártaros mataron a tu abuelo; ni uno solo debe quedar libre. O acabas con ellos o los sometes.

—No puedo, no puedo. Envía a Jelme o a Subotai, pero no me obligues a que sea yo mismo el que extermine a los parientes de mi esposa —suplicó Jochi.

—Un hijo del kan nunca debe decir «no puedo», ¡jamás!, ¿me oyes? Nunca más vuelvas a decirme que no puedes cumplir mis órdenes.

Los gritos de Gengis Kan a su hijo se oyeron por todo el campamento. Jochi, en contra de sus deseos, se dirigió hacia el Jalja y derrotó a los últimos tártaros. La mayoría se rindió y se incorporó al ejército mongol; los que se resistieron fueron muertos, pero Jochi permitió que fueran enterrados según las costumbres tártaras. Jochi siguió fiel a su padre durante toda su vida, pero desde aquel día algo cambió entre ellos. Sus relaciones, nunca demasiado afectivas, se hicieron más frías y distantes y Jochi, ya de por sí taciturno y solitario, se volvió mucho más reservado y distante.

En tanto Jochi derrotaba a los tártaros, Muhuli regresó de una expedición que había realizado al frente de tres *guranes* en el reino tanguto de Hsi Hsia.

—Son tan altas como el más alto de los árboles y están hechas de piedras ajustadas entre sí con tal precisión que no cabe un cabello entre ellas —así describía Muhuli al kan las murallas de la primera ciudad tanguta que se habían encontrado.

—¿Son tan grandes esas ciudades como dicen los mercaderes? —preguntó el kan.

—Ésta que vimos no es la más extensa, sin embargo calculo que dentro de ella bien podían vivir cincuenta mil individuos, quizá más. Unos mercaderes nos dijeron que más al sur hay algunas tan enormes que todos los mongoles podríamos meternos dentro de sus murallas y todavía sobraría espacio. Y aún son mayores las del Imperio kin –respondió Muhuli.

–La altura de diez hombres... –reflexionó el kan–; tendremos que encontrar algún sistema para poder asaltar esas murallas .

–En las guerras que mantienen entre ellos suelen conquistarlas mediante el asedio continuado. Se trata de cercar la ciudad y evitar que entren suministros, y si es posible cortar el agua. Si el cerco se mantiene durante varios meses y las provisiones se agotan, la población que la defiende acaba rindiéndose por hambre. Intentamos llevar a cabo esa táctica, pero cuando manteníamos el asedio desviaron un río cercano rompiendo los diques, que son unos muros que construyen para retener el agua y conducirla hacia donde quieren. Inundaron todo nuestro campamento y el suelo se convirtió en un cenagal de barro y lodo en el que apenas podíamos movernos. Ordené regresar a las tropas antes de que nos sorprendiera el invierno –dijo Muhuli.

–Esperar a que el hambre rinda al enemigo no me parece la mejor manera de vencer en una batalla –juzgó el kan.

–Las batallas contra esas ciudades no pueden ser iguales a las que hemos librado en las llanuras. Si queremos extender tu kanato y aumentar el poder de los mongoles, debemos adaptarnos a nuevas maneras de hacer la guerra. Un ejército a caballo puede ser vencido con una carga de caballería, pero nuestros corceles no pueden saltar las murallas de piedra –replicó el general.

–Tienes razón, tendremos que buscar nuevos métodos de lucha. Díctale a Tatatonga cuanto me has dicho, le ordenaré que lo ponga por escrito en un informe. Dentro de unos días nos reuniremos en un Consejo y estudiaremos qué hacer –finalizó Gengis Kan.

***

A comienzos del año del tigre yo acababa de cumplir veinticinco años. Mi carrera como alto funcionario del Imperio seguía en alza. Dos años antes me habían asignado al equipo encargado de elaborar los horóscopos de la familia imperial y ocupaba el cargo de segundo secretario de la Oficina de Asuntos Históricos. Recuerdo que era una fría mañana de invierno cuando un mensajero entró en mi gabinete con un informe del general en jefe de la frontera noroccidental. El texto era escueto y conciso; tras una salutación dirigida al emperador, indicaba que todo estaba en calma entre los pueblos nómadas que vivían al otro lado del desierto de Gobi.

Ordené a uno de mis ayudantes que copiara en los libros de registro el informe y lo hice llegar a mi superior, quien a su vez lo transmitió al emperador. Aquella noticia era una verdadera novedad, pues en los últimos años las luchas entre los bárbaros habían sido constantes y las noticias que habían llegado con anterioridad siempre habían resaltado esas querellas intestinas.

El gran canciller le recordó al emperador que hacía tiempo que el caudillo nómada a quien otorgara el título de Tschaochuri no había enviado ningún tributo, y que ahora que la estepa parecía en calma y bajo su control era una buena ocasión para recordarle sus obligaciones como vasallo del imperio. El viejo emperador creyó oportuno solicitar el tributo y encargó a su primo, el príncipe Yun-chi, que encabezara la embajada a Mongolia. Ésta fue la segunda vez que el nombre de Temujín se anotó en los *Anales Históricos* del Imperio kin.

El embajador imperial inició el largo y peligroso viaje y en cuanto atravesó la Gran Muralla comenzó a encontrarse con caravanas de nómadas que viajaban en su misma dirección. El sagaz Yun-chi comprendió enseguida que algo importante se estaba gestando entre las gentes de las estepas. Conforme se acercaba al *ordu* de Gengis Kan, incluso varios días antes de llegar, viajaba entre miles de cabezas de ganado: ovejas, vacas, yaks y caballos. Por todas partes había una frenética actividad de hombres y mujeres batiendo el *kumis* y destilando la *arika*, un aguardiente de leche que sólo se prepara para las grandes ocasiones.

Ya en las orillas del Onón, en pleno campamento del Kan, contempló ensimismado que a su alrededor se habían levantado miles de tiendas, y que eran muchos más los que seguían llegando desde todos los puntos. Allí se había formado una verdadera ciudad de tiendas de fieltro entre las que hormigueaban decenas de miles de hombres que se movían inquietos de un lado para otro. El noveno día de la tercera luna de primavera se llevaron al Onón todas las yeguas blancas. Los chamanes las consagraron en una gran ceremonia para que dieran potros blancos que ofrecer al kan.

Tatatonga entró en la tienda del kan para anuniarle que el embajador imperial acababa de llegar. La noticia de esta embajada se sabía desde hacía varios días en el campamento gracias al rápido sistema de comunicaciones que se había establecido, a base de jinetes que realizaban postas a toda velocidad turnándose con caballos de refresco cada cierta distancia.

—Mi señor, ya está aquí el enviado de los kin. Es un miembro de la familia imperial, el príncipe Yun-chi —anunció Tatatonga.

—Ahora estoy muy ocupado con los preparativos, pero hazlo pasar cuando haya descansado del largo viaje. Quiero despachar pronto con él para que se marche cuanto antes.

Yun-chi compareció ante Gengis Kan aquella misma tarde.

—Mi señor el soberano del Imperio del Centro saluda a su fiel vasallo Tschao-churi y le agradece que haya cumplido su función como pacificador de la frontera. A la vez, quiere recordarle que hace ya mucho tiempo que no recibe ningún tributo de su «hijo».

—Bien, si lo que quiere tu emperador son regalos, los tendrá —aseveró el kan.

El príncipe Yun-chi estaba molesto. Pese a su alto rango y a que en esos momentos era el representante del poderoso señor del trono imperial kin, aquel jefe bárbaro que tenía enfrente lo había recibido sin tener en cuenta la etiqueta y protocolo que la ocasión requería. Por si fuera poco, lo que solicitaba como una petición de tributo era presentada por Gengis Kan como un regalo.

—Mañana mismo mis hombres cargarán cien caballos con pieles, cueros y otros regalos; espero que sean del agrado de tu señor. Ahora estoy muy ocupado. Puedes retirarte.

Yun-chi no daba crédito a lo que estaba oyendo. Él, un príncipe chino, miembro de la familia imperial, estaba siendo tratado como uno más de los cientos de jefes de clan que acudían a prestar su juramento de lealtad al kan de los mongoles. Intentó hablar, pero Gengis Kan dio media vuelta dando por terminada la entrevista. Tatatonga se encogió de hombros ante la mirada asombrada de Yun-chi y le indicó con la mano la salida de la tienda.

El príncipe Yun-chi regresó a Pekín e informó al emperador de que los pueblos de la estepa estaban preparando un gran *kuriltai* en el que sin duda algo muy importante iba a decidirse. Señaló que había visto a los nómadas unidos en torno a la figura de su nuevo caudillo y que siempre que había ocurrido eso China había sido invadida. Alertaba sobre el peligro que se estaba gestando más allá de la frontera y solicitaba permiso para acudir contra los bárbaros al frente de un ejército antes de que éstos vinieran contra el Imperio. El emperador era viejo y no tenía las energías de su primo. Además, Temujín era vasallo suyo, le había enviado preciosas pieles y no había hecho ningún movimiento hostil. Por si fuera poco, entre los nómadas y el Imperio se extendían el desierto de Gobi, el reino tanguto de Hsi Hsia y la Gran Muralla con su rosario de guarniciones bien pertrechadas. No parecía que hubiera ningún peligro en aquellos acontecimientos que estaban ocurriendo tan lejos. Optó por aguardar acontecimientos y decidió no enviar ningún ejército más allá de la Gran Muralla, pero ordenó a todos los comandantes de los puestos de guardia de la frontera que extremaran la vigilancia «de los lejanos países» e intensificaran las patrullas de reconocimiento. Días después llegó la noticia de que el caudillo mongol llamado Temujín había sido proclamado en las orillas del Onón gran kan de todos los que viven en tiendas de fieltro. Yo mismo me encargué de que así figurara en los *Anales Históricos*.

Nunca hasta entonces, entre las gentes de las estepas, se había visto una multitud semejante reunida en torno a un acontecimiento como la que se había congregado en el campamento del Onón. Treinta mil tiendas se extendían salpicando la pradera como las estrellas en el cielo de las noches sin luna. Y en medio de todas ellas destacaba la de Gengis Kan, hecha de lienzo blanco con la puerta enmarcada con pieles de lobo gris. El interior estaba tapizado con las mejores telas de brocado compradas a los mercaderes musulmanes. Los postes de madera que sostenían la cubierta se habían forrado con láminas de oro y por todas partes se amontonaban arcones repletos de regalos. En un lugar destacado se alineaban varios muñecos de tela que representaban a los ancestros y tres ídolos de fieltro que se identificaban con Tengri y Etugen, el Cielo y la Tierra, y con Natigai, el espíritu de los asuntos cotidianos, que propiciaba el crecimiento de los pastos y del ganado; los ídolos se habían vestido con lujosas prendas y aderezado con collares de oro y plata y abalorios de vidrio rojo y verde.

En la puerta de la tienda se había plantado el estandarte con el halcón de los borchiguines, al cual se habían añadido dos cuervos; de él pendían nueve plumas de halcón, una por cada uno de los nueve *oerloks*, los nueve generales principales de Gengis Kan. A su lado tremolaban las nueve colas blancas de caballo coronadas por unos cuernos de yak, el *bunduk* de guerra de los mongoles. El espacio frente a la puerta de la tienda, orientada según la costumbre hacia el sur, quedaba libre hasta donde alcanzaba la vista y alineadas a izquierda y derecha se situaban las tiendas de los jefes y detrás las de las mujeres del kan. En aquel inmenso espacio libre frente a la tienda se reunieron los mongoles para proclamar a Temujín como gran kan de todas las tribus de las estepas.

En el duodécimo día de la quinta luna del año del tigre, poco antes de que el sol despuntara en las colinas sobre el Onón, formaron todos los hombres para la ceremonia. Justo en el momento en el que el sol desparramó sus primeros rayos por la llanura, Gengis Kan salió del interior de la tienda arropado con un manto de piel de marta. Su cabeza estaba descubierta y en ella destacaban dos gruesas trenzas rojas adornadas con sendas plumas de halcón. Como impulsados por un mismo resorte, miles de hombres y mujeres se arrodillaron ante la presencia de su soberano.

De entre los chamanes que se agrupaban a la derecha del umbral se destacó Teb Tengri Kokochu. El hijo de Munglig se acercó hasta Gengis Kan, le hizo una reverencia y se arrodilló ante él. Después se incorporó, levantó las manos hacia una estatua de fieltro y madera vestida con ricas telas que representaba al dios Tengri, pidió larga vida, felicidad, alegría, buen juicio y salud para los mongoles y girándose hacia la multitud gritó:

–El Eterno Cielo Azul me ha hablado. Tengri, el todopoderoso señor del universo, me ha hecho saber que Temujín, hijo de Yesugei *el Valeroso*, miembro del divino clan de los borchiguines, ha sido señalado como señor de todos los pueblos. Gengis Kan es nuestro dueño, nuestro *ka kan*. Que Tengri lo llene de felicidad, alegría y buen juicio ¡Larga vida al gran kan!

Tras las palabras de Kokochu, todos los allí congregados aclamaron a Gengis Kan y le pidieron que fuera su amo y señor. Los parientes y los generales de Temujín extendieron una alfombra de fieltro negro sobre la que se sentó el gran kan; después sacaron un trono de madera con incrustaciones de oro, plata y piedras preciosas y lo llevaron hasta él sobre sus hombros entre las aclamaciones de la multitud.

Algunos de los más ancianos habían participado en la proclamación de kanes y gurkanes, pero un *ka kan*, un gran kan, un kan de kanes, era la primera vez que se erigía entre las tribus de las estepas. Nunca había ocurrido un acontecimiento semejante.

Con la mano alzada desde el trono, Gengis Kan pidió silencio y las aclamaciones cesaron de inmediato.

–Hoy me habéis proclamado como vuestro *ka kan*. Así habéis querido que fuera, pero por eso mismo deberéis obedecer todas y cada una de mis órdenes. Es ésta una nación en la que nadie podrá transgredir las normas que se dicten sin que caiga sobre él el filo de mi espada. Se acabaron los tiempos en los que la justicia no tenía lugar. En nuestra nueva nación reinarán la jerarquía y la disciplina. Yo daré las órdenes a mis generales y ellos a sus comandantes, y así hasta el último de los mongoles. Si estáis dispuestos a aceptar mis mandatos, decidlo ahora.

De nuevo volvieron a estallar las aclamaciones y los vítores. Hasta cuatro veces se inclinaron ante Gengis Kan sus fieles, y después levantaron el trono en volandas y lo pasearon a hombros por el campamento para que todos tuvieran la oportunidad de venerar a su gran kan.

Los ojos verdes de Temujín lucían si cabe más que nunca y su rostro brillaba como si tuviera luz propia. Junto a él, el chamán Kokochu esbozaba en sus finos labios una irónica sonrisa y sus rasgados ojos denotaban una ambición que sólo Kasar y Temuge acertaron a atisbar.

15. El chamán Teb Tengri

Aquella fiesta fue la más grande celebrada en la estepa. Todos «los pueblos que habitan en tiendas» fueron invitados por Temujín para festejar su proclamación como gran kan. Por primera vez desde hacía generaciones, los pueblos de la estepa, otrora divididos y enfrascados en sangrientas querellas, estaban en paz y obedecían a un mismo señor.

En la enorme tienda de más de cien pasos de diámetro, sobre su trono, Gengis Kan contemplaba el desfile de las multitudes que se acercaban a postrarse ante él. A su derecha se sentaban sus hijos y hermanos y un poco más lejos sus generales, los chamanes y los jefes de los distintos clanes y tribus; a su izquierda lo hacía la katún Bortai, la primera de sus esposas, y junto a ella las demás esposas, su madre, Hoelún, su hermana Temulún y su hija Jojín con sus respectivos esposos, y las esposas de los principales invitados.

El gran kan estaba eufórico:

—El pueblo de los yakka mongoles ha sido el que nos ha elevado hasta este trono. Nos ayudó sin preocuparse por peligros, sufrimientos y penas; estuvo a nuestro lado en los momentos más difíciles y gracias al pueblo pudimos sobreponernos a todas las incertidumbres. Soportando el dolor, el hambre y el frío, nos fue fiel hasta la muerte. Por eso ordenamos que de hoy en adelante todos los hombres que nos obedecen sean llamados koko mongoles —en mongol significa «mongoles azul celestes».

Fue así como se logró despertar un sentimiento que hasta entonces sólo había anidado en la cabeza de Temujín y en su círculo más íntimo. Por primera vez miles de hombres se sintieron un solo pueblo, y una sensación de conciencia nacional los embargó a todos y se asentó en sus corazones. No hubo nadie, fuera de origen mongol, merkita, naimán, keraíta o tártaro, que no estuviera orgulloso de ello. Con aquella proclamación las endémicas divisiones tribales, las cruentas luchas intestinas, las sangrientas peleas por los pastos, los frecuentes robos de ganados y mujeres, las terribles venganzas familiares y la habitual falta de unidad ante las amenazas exteriores habían acabado. El mundo no tardaría demasiado en asistir impávido a la fuerza que en aquel *kuriltai* del año del tigre se había desatado. El millón de hombres que vivía entre las montañas del Altai y las de Jingán y entre el gran lago Baikal y el desierto de Gobi se supo por primera vez en mucho tiempo libre y seguro. Nada importaba cuál hubiera sido su tribu, cuál su señor o cuál su obediencia, todos eran desde ahora mongoles y sólo servían a Gengis Kan. Se habían cumplido las profecías atávicas del clan de los borchiguines que anunciaban que un caudillo enviado por el cielo vendría a restaurar el antiguo imperio de los nómadas.

Ninguno de aquellos hombres se marchó tras los nueve días que duró la fiesta sin su regalo entregado por el propio kan. Oro, plata, piedras preciosas, ricas telas, seda, pieles, todo fue repartido en un alarde de generosidad sin precedentes. En centenares de fuegos se cocían y asaban bueyes, ciervos, corderos y muflones y en miles de botos de piel se repartía a destajo *kumis* y aguardiente. Grupos de músicos y de danzantes recorrían el campamento entonando cánticos de guerra y de victoria. Los guerreros alardeaban de sus hazañas en el combate y los más veteranos se pavoneaban ufanos mostrando sus heridas a los más jóvenes, que las tocaban incrédulos mientras oían las increíbles gestas de sus mayores.

Finalizados los festejos, fue necesario organizar el Estado que se acababa de fundar. Gengis Kan ya no era aquel arrojado joven que encabezara a una banda de muchachos dispuestos a correr todo tipo de aventuras sin otra cosa que les preocupara que cabalgar con sus coletas sueltas al viento y cazar con sus arcos de madera y cuerno. A sus cuarenta y cuatro años se había convertido en soberano de la nación de las estepas, dueño y señor de cuantos vivían en tiendas.

A la fiesta siguió un largo Consejo de jefes y generales en el que se sentaron la bases del nuevo Estado. Tatatonga había trabajado con gran eficacia. Había incorporado a varios escribas uigures a su cancillería y había seleccionado de entre los jóvenes mongoles a los que presentaban unas mejores aptitudes para este oficio. En una improvisada escuela, la primera sin duda que nunca existiera entre las tribus al norte del Gobi, y en un breve espacio de tiempo, había logrado enseñar a leer, escribir y los fundamentos de la administración a un grupo de elegidos entre los que destacaba Sigui Jutuju, el tártaro adoptado por Hoelún, que con poco más de un año de aprendizaje ya dominaba la escritura en uigur y se había convertido en el principal ayudante de Tatatonga en su tarea de dotar al idioma mongol de una escritura propia con caracteres uigures.

En aquel Consejo, Gengis Kan estrenó un regalo de su canciller Tatatonga, un sello labrado en jade con la inscripción siguiente: «Dios en el cielo y el kan en la tierra. El sello del soberano del mundo».

En apenas unos pocos años, el ejército de Gengis Kan había pasado de unos efectivos en torno a los diez mil hombres a un formidable contingente de más de cien mil. Por cada soldado mongol había al menos nueve pertenecientes a otras tribus. Precisamente, para los mongoles el número nueve es sagrado: nueve colas blancas de caballo tiene el *bunduk* de guerra. Gengis Kan organizó su nuevo ejército tal y como lo había hecho con sus aguerridos mongoles yakka y que tan buenos resultados le había proporcionado. A cada uno de sus veteranos le asignó nueve hombres de otras tribus, con lo que una organización basada en principio en el número nueve se convirtió en decimal.

Diez grupos de diez hombres formaban una centena, diez de cien un *gurán* de mil hombres y diez *guranes* constituían un *tumán* de diez mil, la mayor de las unidades. En total, el ejército resultante del *kuriltai* del año del tigre lo integraban diez *tumanes* más una guardia personal del kan de otros diez mil hombres.

Gengis Kan comenzó por nombrar a los jefes de mil hombres. Uno a uno, todos los que le habían servido recibieron su recompensa y fueron elevados a la jefatura de un *gurán*. Se superó el principio del clan y se elevó a los jefes a su puesto no sólo por su linaje, sino sobre todo por sus méritos. A los nueve *oerloks*, los «Cuatro Héroes», Bogorchu, Borogul, Chilagún y Muhuli, los «Cuatro Perros», Jubilai, Subotai, Jebe y Jelme, y Sorjan Chira, añadió dos más: Nayaga y Jorchi. Ellos mandarían los *tumanes* de diez mil hombres. Después designó a los noventa y cinco jefes, *noyanes*, que dirigirían los noventa y cinco *guranes* de a mil. Entre éstos estaban jefes de clan como Jurchedei de los urugudes y Gunán de los guenigues; también fueron designados quienes lo habían ayudado en los momentos más difíciles, como los pastores Badaí y Kisilig, que lo avisaron del ataque de Wang Kan y Jamuga, y así al resto de los *noyanes*, muchos de ellos guerreros sin graduación que se habían destacado en las batallas por su valor y arrojo.

A todos ellos repartió ganado, pieles y otros regalos, pero fue a Jurchedei a quien quiso hacerle uno muy especial.

–Mi esposa Ibaja –dijo el gran kan– es una mujer muy bella. Ha entrado en mi pecho y ha ocupado un lugar en mi corazón. Por eso quiero entregársela a Jurchedei. Tú fuiste nuestro principal bastión en la batalla de Gupta. Tu acción fue decisiva para nuestra salvación cuando atacaste de frente y clavaste la flecha en el rostro de Sengum, obligando a los keraítas a defender a su príncipe caído. Si no hubiera sido por ti, es probable que todos nosotros habríamos perecido en ese combate y ahora las estepas seguirían ensangrentadas en guerras tribales. Toma a mi esposa Ibaja y quédatela.

Y dirigiéndose a ella continuó:

—Has sido una buena esposa y tienes muchos méritos, entre los cuales la belleza no es el menor de ellos. Por eso me duele desprenderme de ti, pero es la mejor manera que encuentro de agradecer a Jurchedei los servicios que me prestó. Tu padre, Yaja Gambu, te dio doscientos siervos como dote y a sus dos mejores cocineros; cuando te vayas con Jurchedei te llevarás cien de esos siervos y a uno de los cocineros; el resto se quedará en mi *ordu*.

Jurchedei esperaba ser nombrado jefe de diez mil, y aunque tan sólo se le había encomendado el mando sobre los cuatro mil urugudes, la entrega de una esposa del propio kan lo compensaba con creces.

—Me honras sobre cualquier otro hombre, mi señor, ofreciéndome a una de tus esposas —proclamó Jurchedei.

—Así es como deberás tratarla. Cuando yo muera y uno de mi semilla se siente en este trono, no olvides nunca que te he hecho el más preciado de los regalos. Y recuerda siempre que tu nueva esposa lo ha sido antes de un kan —añadió Temujín.

Ibaja miró a Jurchedei resignada. Ella nada podía hacer ante una decisión en firme de Gengis Kan. El destino de la mujer era obedecer a su marido y procurar guardar su honor mediante la fidelidad y el acatamiento. Hubo algunos que criticaron la decisión de Gengis Kan de entregar una de sus esposas a otro hombre, pero todos sabían que Ibaja era tonta y que Temujín podía admitir a su lado a cualquiera, salvo que revelara un grado de idiotez manifiesto.

Poco después de nombrar a los jefes de las unidades del ejército, hizo lo propio con su guardia personal. Hasta entonces la guardia de Gengis Kan había sido poco numerosa. No más de ochenta hombres configuraban cada uno de los turnos. Pero ahora la nueva situación requería una nueva estructura. El propio kan seleccionó a los diez mil componentes de su guardia personal. Ocho mil harían los turnos de día y dos mil el de noche. Cada uno de ellos fue investido de un poder extraordinario, tanto que un simple guardia era superior a un jefe de mil. Se denominaron *kerchiktos*, sólo obedecían a Gengis Kan y por ello se eligió a los más fornidos guerreros y a los más leales. Se nombraron jefes de la guardia a familiares de Bogorchu, Muhuli y Jurchedei, y al frente de todos ellos se colocó a Kokochu, el hijo adoptivo de Hoelún.

Procedió después el kan a dotar a su familia. Dio diez mil tiendas con su gente a su madre y a su hermano pequeño Temuge Odchigín, nueve mil a Jochi, ocho mil a Chagatai, cinco mil a Ogodei y cinco mil a Tului. A su hermano Kasar le entregó cuatro mil, a Jachigún dos mil y a Belgutei mil quinientas. Luego miró de soslayo a su tío, que esperaba recibir su parte, y añadió:

—A Daritai quiero apartarlo de mi vista. Él se alió con los keraítas en contra mía y me descalificó. No quiero volver a verlo.

Entonces intervino Bogorchu, quien apoyado por Muhuli y Sigui Jutuju, que anotaba en el *Libro Azul* las donaciones del kan, dijo:

—Si alejas de aquí a tu tío Daritai será como si apagaras para siempre el fuego del hogar y destruyeras tu *yurta*. Recuerda que ya lo perdonaste por su traición. Él es lo único que te queda como recuerdo de tu padre. ¿Qué quieres hacer?, ¿matarlo? En otro tiempo se equivocó porque no sabía lo que hacía, pero volvió a ti. Creo que debes dejarlo libre para que el hermano pequeño de tu padre pueda seguir manteniendo encendido el fuego del recuerdo en tu campamento.

Las palabras de Bogorchu eran firmes y serenas. Gengis Kan miró a los ojos a su primer compañero y vio en ellos sabiduría y sinceridad. Muhuli y Sigui Jutuju ratificaron el consejo de Bogorchu.

—Bien, de acuerdo, que sea como vosotros queréis.

Daritai se sintió aliviado; por un momento se había visto desterrado a los húmedos bosques del norte, condenado a vagar por las selvas de tilos y robles entre los espíritus de las brumas y las nieblas.

El gran kan dio por acabados los nombramientos, pero Bortai, sorprendida, intervino:

—Te falta alguien —dijo la katún principal.

—¿Quién es? —preguntó Temujín.

—Yesugei es el único de entre los guerreros destacados que no ha recibido ningún cargo.

—Yesugei es un hombre valeroso que no conoce el hambre ni el cansancio. Es el mejor de los guerreros, pero sería un mal oficial. Él nunca está fatigado ni hambriento; si mandara una división es probable que creyera que todos los hombres deberían sentirse como él y podría conducirla al desastre.

Así era la sabiduría de Gengis Kan.

Quien tampoco recibió ningún título fue Teb Tengri Kokochu, el principal de los chamanes. No hacía falta. En el año del gran *kuriltai* el hijo de Munglig era el personaje más respetado y temido de cuantos vivían en la corte del gran kan. Su persona era considerada sagrada y se decía que de noche subía al cielo a lomos de un caballo blanco. Era el único que tenía el poder de hablar con Tengri y se creía que nada afectaba a su cuerpo, ni el tórrido calor del verano ni las frías heladas del invierno. Algunos juraban haber visto en algunas ocasiones al chamán sentado desnudo en pleno invierno sobre la nieve helada, y que ésta se derretía a su alrededor dejando al descubierto la hierba. La autoridad de Teb Tengri era tal que en las asambleas y en los consejos hablaba inmediatamente después del kan y se permitía contradecir y hacer callar a los mismísimos *oerloks*. Ni siquiera los hijos y hermanos de Gengis Kan osaban contrariarle.

En aquella asamblea se promulgó la Yassa, que desde entonces sería el código de justicia mongol. Tatatonga y Sigui Jutuju redactaron en idioma mongol y caracteres uigures las leyes dictadas por el gran kan. El robo grave, el asesinato, el adulterio, la traición y el falso testimonio están penados con la muerte. Para un mongol la lealtad y la palabra dada son sus dos más firmes creencias. Los religiosos quedaban exentos de pagar tributos, por ello pronto acudieron al campamento del kan sacerdotes de todas las religiones; lamas tibetanos de túnicas azafranadas y amarillas, cristianos nestorianos que no cesaban de recitar salmos, chamanes embutidos en capas blancas con amplios sombreros, predicadores musulmanes tocados con elevados turbantes, todos eran bien recibidos y a todos aceptaba el kan, para quien sólo había una premisa religiosa inviolable: «La creencia en un solo dios creador del universo y dotado de un poder infinito».

En la Yassa se insistía en la necesidad de mantener al ejército en constante actividad con ejercicios de caza en invierno. En la guerra nadie debía huir mientras estuviera el estandarte enhiesto y no podía tomarse botín hasta que el jefe lo ordenara. Los guerreros tenían que mantener su equipo siempre listo y a punto, y tras una batalla ninguno se podía retirar sin recoger a los heridos.

A Chagatai, hombre severo y de firmes convicciones, de rostro tan serio y rocoso que su sola mirada provocaba el temor de cuantos la contemplaban, se le confió la custodia de la Yassa.

Sigui Jutuju fue nombrado juez supremo. Gengis Kan admiraba el sentido de la justicia de su hermano adoptivo y le otorgó este alto cargo. Con la Yassa desaparecieron el robo, el asesinato y el adulterio. El hondo sentimiento del honor de los nómadas se acrecentó y eso hizo que si alguien cometía alguna falta la confesara de inmediato. La Yassa imponía penas terribles para los delincuentes, pero abrió nuevos horizontes a la justicia: un testimonio arrancado a la fuerza mediante la aplicación de tortura no era considerado válido por ningún juez.

Por último, se estableció un eficaz sistema de correos. El kan sabía de la importancia que tenía el que los mensajes llegaran con prontitud, más aún en un espacio tan enorme como el que ahora gobernaba. De que una orden o una noticia llegara a tiempo a su destino podía depender la integridad de su obra. Para ello se creó toda una red de postas atendidas por los mejores jinetes y los más veloces corceles. Un correo mongol tenía que ser capaz de galopar sobre su montura sin detenerse siquiera para comer o dormir. Cuando un correo cabalgaba en misión oficial su caballo iba provisto de unos cascabeles que anunciaban su paso, ante el cual todo hombre, incluidos los mismísimos príncipes, estaba obligado a apartarse.

Con todas estas medidas, desconocidas hasta entonces en el mundo de las estepas, Gengis Kan creó el Estado más eficaz de cuantos hasta entonces se habían formado entre los nómadas y sentó las bases para la conquista del mundo.

Organizado el ejército, establecidas las líneas maestras de la acción administrativa del nuevo imperio nómada y repartidos los principales puestos, Gengis Kan ordenó reiniciar la guerra. En las estepas todavía quedaban por someter algunos grupos que no lo habían hecho en la asamblea en la que Temujín fue proclamado gran kan.

En el año de la liebre, el primero después del año del tigre en el que se celebró el gran *kuriltai*, Jochi recibió la orden de reducir a los pueblos del bosque. Al frente de un *tumán*, y con el veterano Buja como consejero, el primogénito de Gengis Kan, de veintiséis años de edad, se encaminó hacia el norte, más allá de las aguas del gran lago Baikal, y sin sostener una sola batalla sometió a los turcos, los kirguises, los tubas y otras naciones menores que habitan en la helada y profunda Siberia, más allá del río Yenisei. Jochi regresó a las fuentes del Onón cargado con centenares de pieles de marta, cientos de caballos blancos y decenas de gerifaltes. Era la primera vez que un hijo del kan mandaba un *tumán* con plena autonomía, y lo había hecho con éxito. Gengis Kan estaba orgulloso, pues su primogénito había logrado someter a treinta mil guerreros con tan sólo diez mil y sin tener que librar una sola batalla. Por ello, todos los nuevos territorios conquistados fueron entregados a Jochi.

Poco después el general Subotai aplastó a los merkitas que se habían reorganizado en las fronteras occidentales. En las orillas del río Chui venció a Judu y a Chilagún, dos de los tres hijos de Togtoga Beki, que murieron en la batalla, y poco después Jebe destrozó a un ejército naimán que había logrado reclutar su nuevo kan Guchulug, quien tuvo que huir para no ser abatido. Entre tanto, Jubilai sometió a los jarlugudes, cuyo caudillo, Arslán, se desposó con una de las hijas de Gengis Kan.

Pero una desgracia vino a empañar esta larga serie de victorias. El *oerlok* Jorchi, quien presagiara que Temujín gobernaría el mundo, había visto cumplidos sus deseos, tiempo ha expresados, de recibir treinta mujeres. Gengis Kan lo autorizó a que viajara hasta la tierra de los Jori Tumades, la estirpe de la que procedía Alan *la Bella*, la madre de todos los mongoles, para elegir allí a treinta jóvenes. Este clan se había sometido en el gran *kuriltai*, pero cuando llegó Jorchi exigiendo a treinta de entre sus doncellas, los Tumades se rebelaron y lo apresaron. Daidujul Sojor, jefe de este clan, acababa de morir y era su esposa Botojui Targún quien los mandaba. Como Jorchi no regresaba, acudió Juduja Beki para ver qué ocurría, y también fue apresado.

Las capturas de uno de sus *oerloks* y de uno de sus *noyanes* enfureció a Gengis Kan, que envió a Borogul, su hermano adoptivo al que tanto amaba, a someterlos. Pero éste fue muerto en una emboscada. Cuando Gengis Kan conoció la noticia de la muerte de uno de sus «héroes» le sobrevino un acceso de cólera.

—Borogul era mi hermano, siempre luchó a mi lado y nunca me abandonó; salvó de la muerte a mi hijo Ogodei en la batalla de Gupta y su esposa Altani hizo lo mismo con mi Tului. Le debo mucho. Yo mismo iré a vengarlo —anunció.

—No creo que sea prudente –intervino Bogorchu una vez que Gengis Kan se había calmado–. Todos amábamos a Borogul, pero el que tú vayas contra los tumades no devolverá la vida a tu hermano adoptivo, y entraña un riesgo que no debes correr.

—Bogorchu tiene razón –añadió Muhuli–. Creo que sería más prudente enviar una expedición de castigo al mando de Dorbei *el Feroz*. Nadie como él para vengar esta afrenta.

El kan aceptó el consejo de sus dos fieles compañeros y envió contra los tumades a Dorbei *el Feroz*, el más despiadado de sus generales, con el encargo de que no regresara hasta haber castigado a los que habían matado a su hermano adoptivo. Aunque los Jori Tumades eran el clan originario de Alan Goa, casi todos los mongoles sentían una cierta animadversión hacia sus miembros, pues consideraban que se habían portado mal al no admitir el matrimonio de Alan Goa con Dubún y estimaban que esa mancha se transmitía de generación en generación. Dorbei cayó sobre los desprevenidos tumades como un rayo y liberó a Jorchi y a Juduja.

Gengis Kan hizo buscar el cadáver de Borogul y cuando lo encontraron sacrificó a noventa tumades, que fueron enterrados en la misma fosa que su hermano adoptivo, sobre la que Hoelún lloró desconsolada, pues era, aunque adoptivo, el primer hijo que perdía. Cerca de la tumba del valeroso Borogul se colocaron varias decenas de lápidas de piedra y en cada una de ellas se grabó el nombre de cada uno de los enemigos abatidos por el hermano adoptivo del kan, a fin de que todos supieran el formidable guerrero que había sido. Jorchi pudo elegir a sus treinta mujeres y Botojui Targún fue entregada a Juduja.

Ese mismo invierno al campamento de las fuentes del Onón llegó una embajada procedente de Turfán, la capital del país de los uigures, la tierra del canciller Tatatonga. Los uigures viven en las ciudades que se extienden a lo largo de la gran ruta que desde China se dirige hacia Occidente, entre la gran cordillera de Tian Shan, las Montañas Celestiales y el terrible desierto de Taklamakán. Entre estas dos salvajes e inhóspitas regiones se salpica un rosario de ricos oasis en los cuales hace siglos que se establecieron comerciantes, artesanos y agricultores que dieron origen a fructíferas ciudades que florecieron gracias a la ruta comercial que las atraviesa. Los embajadores traían un mensaje de Barjuk, rey de los uigures, en el que se sometía al poder de Gengis Kan, le pedía ser su quinto hijo, ofreciéndole su territorio, y se comprometía a ser un vasallo leal y fiel.

Hasta entonces los uigures, antaño señores de un poderoso imperio que se había extendido por toda Mongolia, habían sido vasallos de los kara-kitán, asentados en sus dominios más allá de las Montañas Celestiales. Los uigures habían asesinado a un embajador kara-kitán que había acudido a la ciudad de Turfán a solicitar el pago de tributos. Los uigures sostenían con sus impuestos la Corte de kara-kitán, y a cambio gozaban del monopolio sobre el comercio en las rutas de Asia Central. Pero los comerciantes musulmanes se habían introducido masivamente y amenazaban el monopolio uigur. Por ello rompieron con sus antiguos amos y se sometieron a Gengis Kan.

Tatatonga convenció al kan para que aceptara la propuesta de sus compatriotas, y así lo hizo. Una embajada mongol se dirigió a territorio uigur con la respuesta afirmativa. Aquella vez fue la primera que los mongoles que iban en esta embajada entraban en una ciudad. La embajada regresó a Mongolia cargada de regalos y con miles de cabezas de ganado como tributo de los nuevos vasallos.

Gengis Kan se sintió con fuerza para preparar un ataque contra Hsi Hsia, el reino tanguto al sur del Gobi, el único estado que se interponía entre los mongoles y el imperio de China, cuya conquista comenzaba a tramarse en su cabeza. Los uigures, que veían amenazado su monopolio comercial de la sal, alentaron a Gengis Kan y a sus consejeros a atacar a los tangutos.

A principios del otoño el propio Gengis Kan, al frente de un *tumán*, realizó una incursión en el reino de Hsi Hsia, al otro lado de las arenas del Gobi. El cuerpo expedicionario mongol atravesó el desierto y, tras tomar algunos pequeños castillos y aldeas, derrotó a un ejército tanguto que había salido a su paso. Tras esa victoria, se encontró con una de esas ciudades de las que tanto le hablaban los mercaderes, la misma que tres años atrás sitiara Muhuli. A pesar del informe que realizara Muhuli, la sorpresa del kan fue enorme. Equipados con arcos, flechas, espadas, látigos y lanzas, estaban preparados para enfrentarse con cualquier enemigo en campo abierto, pero nada podían hacer frente a aquellos muros de piedra que se elevaban hasta la altura de diez hombres por encima de sus cabezas. Muhuli aconsejó sitiar la ciudad y evitar los errores que se habían cometido en el anterior asedio, pues no se podía hacer otra cosa que rodear sus murallas, desafiar a sus defensores, bien parapetados tras los muros, y esperar.

Pero el impulsivo Bogorchu no estaba dispuesto a que su poca paciencia se consumiera a la sombra de las murallas aguardando a que llegara el invierno.

—Nuestros soldados —alegó— no han atravesado el desierto para quedarse aquí sentados, esperando a que esas murallas caigan por sí solas. Propongo tomarlas al asalto. Construiremos escalas de madera y nos lanzaremos sobre ellas como los halcones.

Los jinetes de la estepa codiciaban las riquezas que sin duda se guardaban tras aquellos altos muros y Gengis Kan aceptó por la propuesta de Bogorchu.

—Si tanta prisa tienes por conquistar esa ciudad, hazlo. Tú mismo, Bogorchu, te encargarás de dirigir el asalto.

Muhuli insistió en que era más prudente mantener el asedio, pero Bogorchu se salió con la suya.

Uno tras otro todos los intentos de los batallones dirigidos por Bogorchu para superar las murallas fueron rechazados por los defensores. Las escalas construidas en madera no eran lo bastante resistentes y los sitiados las desbarataban con facilidad arrojando piedras y empujándolas con largos ganchos de hierro.

Bogorchu, tras perder a dos centenares de hombres, aceptó su fracaso y el kan optó por mantener el asedio que había planteado Muhuli.

Durante varias semanas los jinetes mongoles merodearon en torno a las murallas de la ciudad, desafiando a los sitiados. De vez en cuando lanzaban una andanada de flechas hacia las almenas y lograban abatir a algunos soldados, pero ninguna otra cosa podían hacer. El invierno se acercaba y las provisiones comenzaban a escasear en el campamento de los sitiadores.

—Apenas nos queda carne seca para dos o tres semanas y *gri-ut* para un par de meses. Si el invierno se nos echa encima no tendremos más remedio que retirarnos —alegó el prudente Muhuli.

—No levantaré el cerco —afirmó rotundo el kan—. Ya sé que entre nuestros hombres cunde el desánimo y se alzan algunas voces que piden el regreso a Mongolia. El estandarte con el halcón de los borchiguines no puede ser derrotado en la primera ocasión en que se enfrenta con una de estas ciudades. Si no podemos rendirla al asedio lo haremos con astucia. Se me ha ocurrido una estratagema que puede funcionar. Muhuli, envía un mensajero al gobernador de esa ciudad, que le ofrezca nuestra retirada a cambio de un impuesto simbólico.

Poco después, uno de los correos, que hablaba tanguto, se acercaba a las murallas de la ciudad enarbolando una tira de lienzo blanco en la punta de su lanza.

—¿Qué deseas, bárbaro? —le preguntó desde lo alto del muro el jefe de la guardia.

—Quiero ver a vuestro jefe, traigo una propuesta de nuestro kan para él.

Pese a que aquel jinete iba desarmado, el jefe de la guardia dudó.

—¿De qué se trata?

—De pactar nuestra retirada.

El oficial volvió a dudar, pero, al igual que todos sus compañeros, estaba cansado de aquel asedio y, tras hacerle esperar un buen rato, decidió, tomadas las correspondientes precauciones, dejarlo entrar.

En el interior de las murallas la vida transcurría como si nada ocurriera fuera. Sin duda aquellas gentes estaban acostumbradas a que siglo tras siglo sus ciudades fueran asediadas por los nómadas del otro lado del desierto. Confiados en sus poderosos muros, se sentían seguros y sabían que en cuanto aparecieran los primeros rigores del crudo invierno los sitiadores no tendrían otro remedio que regresar a sus lejanas tierras de la estepa.

—Mi kan te ofrece su retirada a cambio de un simple tributo —dijo el mensajero una vez en presencia del gobernador.

—¿Qué tributo es ése?

—Bien simple. Sólo queremos que nos entreguéis mil gatos y diez mil golondrinas.

—¿Sólo eso? —se extrañó el gobernador.

—Mi kan es muy caprichoso. Le gustan los abrigos de piel de gato y las almohadas de plumas de golondrina.

—Si es así, tu señor tendrá mañana lo que desea.

—Antes de retirarme me gustaría saber cómo llamáis a esta ciudad.

—Su nombre es Wolohai.

Durante todo el día y toda la noche los hombres, mujeres y niños de Wolohai se dedicaron a perseguir gatos y capturar golondrinas. Al amanecer, los once mil animales de esas dos especies estaban encerrados en varias jaulas, listos para ser remitidos al kan.

—¡Gatos y golondrinas! —mascullaba Bogorchu—, Temujín se ha vuelto loco. ¿Qué vamos a hacer con tanto gato y tanta golondrina? Si quería comida podría haber pedido corderos y pollos.

'–Algo trama. Sus ojos han brillado de una manera muy especial cuando ha contemplado cómo esos tangutos depositaban desde lo alto de las murallas las cajas cargadas con esos animales. Si no fuera así no nos hubiera ordenado que estuviéramos preparados para el asalto –asentó Muhuli.

–¡Bah!, nos tienen tanto miedo que no se han atrevido ni a abrir las puertas para sacar las cajas y han tenido que descolgarlas con cuerdas desde lo alto.

–El miedo obnubila la razón; deberías saberlo, Bogorchu.

–Yo no conozco el miedo.

–Quizá no, pero seguro que lo has visto muchas veces en los ojos de tus enemigos. Creo que ese gobernador ha cometido el error, sin duda inducido por el pánico, de darle al kan lo que pedía sin reflexionar el porqué de una demanda tan aparentemente absurda.

La voz del kan llamándolos interrumpió la conversación de los dos *oerloks*.

–Muhuli, Bogorchu, venid rápidamente; creo que esto os divertirá.

Detrás de unos carros varias decenas de guerreros estaban atando a los rabos de los gatos y a las colas de las golondrinas borlones de algodón y paja seca rociados con licor de arroz y grasa.

–Fijaos lo que va a ocurrir ahora.

A una orden del kan los soldados prendieron fuego a los borlones, y las golondrinas y los gatos salieron aterrados en dirección a la ciudad. Once mil llamas entraron volando, trepando por las murallas con las uñas o a través de madrigueras subterráneas hacia sus escondites y sus nidos. Los soldados apostados en lo alto de las murallas no podían dar crédito a lo que estaban viendo. En muy poco tiempo Wolohai ardía por los cuatro costados. Casas, templos y palacios, todo se consumía sin remedio. La agudeza perceptiva de Gengis Kan le había permitido observar que golondrinas y gatos regresaban invariablemente a sus nidos y guaridas y fue así como se le ocurrió semejante estratagema.

Los defensores abandonaron las murallas para acudir a sofocar el incendio y los mongoles se lanzaron al ataque. Ahora, con las almenas desguarnecidas, no les fue difícil ocuparlas y desde allí dominar la ciudad. Fueron muchos los tangutos que murieron achicharrados en las llamas y otros tantos los que cayeron abatidos por las flechas de los mongoles apostados sobre las murallas.

Finalizada la desigual batalla, ante las humeantes ruinas de Wolohai los jinetes mongoles aclamaron a su caudillo. «¡Ni siquiera las fortalezas de altos muros pueden resistir la fuerza del kan!», «nada en la tierra puede oponérsele», «pronto seremos los dueños del mundo», «avancemos conquistando todo hasta llegar al océano», gritaban eufóricos.

Pero el kan levantó el brazo y les hizo callar.

–Regresamos al Onón –anunció.

Entre los guerreros surgieron murmullos de sorpresa y algunas protestas. Nadie entendía por qué ahora que tenían el mundo al alcance de la mano tuvieran que renunciar a conquistarlo.

–Hemos conseguido una gran victoria, es cierto, pero ya no podremos volver a utilizar esta estratagema. Los tangutos han aprendido la lección y ahora estarán más prevenidos. Además, el mundo es mucho mayor de lo que suponéis y en él viven millones de hombres. Nosotros somos tan sólo un *tumán*, nada podríamos hacer frente a los ejércitos organizados de Hsi Hsia y de los kin. Sus soldados son tan numerosos como los granos de arena del desierto que hemos atravesado y sus ciudades se cuentan por centenares. Yo también quiero el mundo, pero para tenerlo es preciso saber ganarlo. Aprovechemos nuestra victoria y volvamos a nuestras estepas; prepararemos una nueva incursión pero entre tanto estudiaremos la forma de conquistar esas ciudades. No regreséis tristes y abatidos, os prometo que volveremos.

Antes de que Li An-ch'üan, el rey tanguto, pudiera organizar la defensa, unos mensajeros de Gengis Kan viajaron hasta Ning-hia, la capital del reino de Hsi Hsia. Ofrecían la paz y la retirada a cambio de un tributo, pero el monarca tanguto se negó a pagarlo. Li An-ch'üan sostenía que un gran rey como él no podía aceptar ser vasallo de unos nómadas bárbaros y malolientes. Empero sus generales, abrumados por la destrucción de Wolohai y por la ferocidad demostrada por los mongoles en los combates previos, lo convencieron argumentando que el mismísimo emperador de China solía hacer regalos a algunos jefes bárbaros para que se mantuvieran alejados de sus fronteras. Sostenían que era más costoso enfrentarse a ellos, aunque los vencieran, que pagarles para que se marcharan. Además, para rechazar por la fuerza a esos invasores era preciso preparar un ejército con garantías de éxito, y necesitaban algún tiempo.

Tangutos y mongoles firmaron la paz. El reino de Hsi Hsia entregó el tributo y Gengis Kan ordenó a sus jinetes regresar a su *ordu*. Los objetivos que se había marcado en esa campaña se habían cumplido con creces. Se trataba de experimentar una nueva táctica de guerra y de estudiar sobre el terreno todas las posibilidades. Cuando volvieran, sus guerreros tendrían frescas sus victorias y vivos sus ardientes deseos de seguir adelante, y si conseguían atinar con las tácticas adecuadas, nada los detendría hasta el mar.

Un duro invierno cubrió de nieve y hielo las estepas. El frío helador obligó a los hombres a permanecer mucho tiempo en sus tiendas. El campamento del kan reunía a más de cuarenta mil de ellas, entre las que mercaderes musulmanes se mezclaban con monjes budistas y sacerdotes cristianos. El kan pasaba casi todo el tiempo visitando a sus esposas, especialmente a Julán, a la que deseaba por encima de todas. Pero no olvidaba que Bortai seguía siendo la katún principal y que de su estirpe habían nacido los que le sucederían en el trono.

El Consejo de jefes decidió el ataque a Hsi Hsia, pero antes de conquistar el reino tanguto se hacía necesario acabar con los últimos rebeldes que todavía vagaban por las estepas. Se acordó que, en la primavera siguiente dos *tumanes* al mando de Subotai y Jebe atacarían a los restos de naimanes y merkitas hasta deshacerlos por completo. Y en efecto, en cuanto se fundieron los primeros hielos, partieron hacia el oeste. Subotai se enfrentó a orillas del río Chui a los últimos merkitas y los venció. Jebe aniquiló en Sarig Jun a los naimanes, pero no pudo alcanzar a Guchulug, su nuevo kan, que pudo escapar para refugiarse en Kachgaria. Jebe lo persiguió hasta el Altai, desde donde se vio obligado a regresar. Acabadas estas dos campañas, mediado el verano, todos los nómadas obedecían al estandarte de nueve colas de caballo. El enemigo exterior estaba sometido o muerto, pero un enemigo interior, más poderoso si cabe que las tribus rivales de la estepa, crecía dentro del propio campamento del kan.

El chamán Teb Tengri Kokochu era el único que no parecía contento con el relevante puesto que ocupaba. Su poder era enorme y sólo lo limitaba el del propio kan, a quien Teb Tengri mediatizaba. Bortai le había prevenido varias veces del peligro que el chamán principal suponía pero Gengis Kan no le había hecho caso; creía que su esposa lo hacía por despecho hacia Teb Tengri, pues éste solía halagar a Julán por encima de las demás katunes. Hoelún también era consciente del peligro que suponía Teb Tengri, pero debido a su matrimonio con Munglig, el padre del chamán, se sentía condicionada. No obstante, había revelado a Kasar y a Temuge el recelo que sentía hacia su hijastro.

Kasar, a quien se había confiado la jefatura y el entrenamiento de los arqueros, se había enamorado de Julán. El hermano de Temujín no había podido resistirse a la belleza de su cuñada y, aunque en silencio y evitando que nadie lo notara, su corazón palpitaba acelerado cada vez que la contemplaba. El amor de Kasar hacia Julán había pasado inadvertido para todos menos para Teb Tengri. La escrutadora mirada del chamán y su excelente instinto, agudo como el de un zorro, pronto habían adivinado en los ojos de Kasar los sentimientos de éste hacia la esposa más amada por Gengis Kan.

Teb Tengri había meditado muchas veces de qué modo podía enemistar entre sí a los miembros de la familia imperial. Sabía que romper la unidad del clan era la única posibilidad de debilitar lo suficiente al kan como para que fuera vulnerable. Ésa era su única preocupación, pues consideraba que una vez rota la familia real podría alcanzar todo el poder en el kanato. Si conseguía apartar a los hermanos de Temujín de su camino, el resto sería fácil, pues entendía que no tendría ninguna dificultad para manejar a sus hijos.

Para celebrar las victorias de Jebe y de Subotai se organizó una fiesta. Durante todo el día se comió y bebió en abundancia y se practicaron diversos ejercicios y competiciones a caballo y con armas. Kasar, eufórico a causa del *kumis* que había ingerido, retó a cualquiera que quisiera medir sus fuerzas con él en combate cuerpo a cuerpo. El hermano del kan era un hombre muy fornido, tanto como Temujín, a quien igualaba en altura y fortaleza. El reto de Kasar no fue recogido por nadie y entonces se dirigió a Teb Tengri invitándole a luchar. El chamán, que no esperaba semejante propuesta, alegó que el dios del cielo no le permitía combatir.

—Tú lo que tienes es miedo —aseveró Kasar.

—No conozco esa palabra —respondió Teb Tengri.

—Si tuvieras tanto poder como dices, no rechazarías la pelea. Creo que no eres sino un farsante.

Los ojos del chamán, sobre el cual estaban puestas todas las miradas, destellaron un odio mortal hacia Kasar, quien ufano levantaba los brazos mientras seguía afirmando que los poderes de Teb Tengri eran tan grandes como los de una doncella.

Teb Tengri no podía consentir que aquella afrenta quedara sin venganza. Reunió a sus seis hermanos y les explicó que era preciso dar una lección a Kasar. Los siete konkotades se apostaron cerca de la tienda del hermano de Temujín y esperaron a que éste se retirara a dormir la borrachera. Cuando apareció, los siete cayeron sobre él provistos de palos y le propinaron tal paliza que quedó dolorido y maltrecho.

Kasar, casi arrastrándose, llegó hasta la tienda de Gengis Kan y le dijo:

—Hermano, los siete konkotades me han atacado y me han dejado en este lamentable estado. ¿Vas a permitir que le hagan esto a uno de tu misma sangre?

Temujín, que estaba muy enojado porque la fiesta no había resultado satisfactoria, contestó:

—Tú tienes la culpa de lo que te ha ocurrido; ¿acaso no has ido por ahí pregonando que nadie puede contigo? Quizás así aprendas a no desafiar a la suerte y seas más prudente la próxima vez.

Kasar se retiró llorando y durante varios días no salió de su tienda en tanto se curaban sus heridas y desaparecían los hematomas.

Pero la venganza de Teb Tengri no iba a quedar ahí. Gengis Kan despachaba asuntos de trámite en su tienda cuando un guardia le anunció que el chamán Teb Tengri Kokochu esperaba fuera.

—Tengo que anunciarte algo importante —dijo Teb Tengri.

—Hazlo pues —respondió Gengis Kan.

—Cuando esté a solas contigo.

En aquel momento Bogorchu y Subotai se encontraban allí.

—Sabes que no tengo ningún secreto para mis *oerloks* —aseveró el kan.

—Lo que tengo que decirte me lo ha confiado el mismísimo dios del cielo y sólo tú debes saberlo —insistió el chamán.

Gengis Kan miró a sus dos generales y ambos supieron que debían retirarse.

Una vez a solas, Teb Tengri continuó:

—Esta noche mi alma ha viajado. Mi espíritu se ha elevado sobre las colinas y Tengri se me ha presentado. Me ha dicho que te prevenga contra tu hermano Kasar. Mientras él esté vivo, tu reinado no está seguro. Ambiciona tu trono y está escrito que si no acabas con él, será él quien acabe contigo. Vigílalo y mantente siempre atento y alerta.

—Kasar nunca levantaría la espada contra su propio hermano. Lo conozco bien —alegó el kan.

—¿Eso crees? No recuerdas que hace no mucho tiempo estuvo al lado de Togril. Es probable que fuera él quien alentara al kan de los keraítas a cambiar de aliados e ir en tu contra.

—Yo fui quien le ordenó que lo obedeciera. Cuando Wang Kan vino contra mí, Kasar lo abandonó y regresó a mi lado.

—No te fíes, mi señor. Kasar aspira a tu trono y hará todo lo posible para conseguirlo. Hay otro dato que confirma que quiere todo lo tuyo.

—¿Cuál es? —inquirió el kan.

—¿No te has fijado en cómo mira a Julán? —insinuó Teb Tengri.

—¿Qué quieres decir con eso?

—Lo que has entendido. Tu hermano Kasar pretende a tu bella esposa Julán, la quiere para sí; en cuanto pueda te la quitará.

Temujín no dijo nada más. Calló y se arrebujó en su trono. Teb Tengri hizo una reverencia y salió de la tienda con una amplia sonrisa de triunfo dibujada en sus labios.

—Mira el rostro de ese canalla de Kokochu —le dijo Bogorchu a Subotai, que esperaban fuera—. Sale riendo como la zorra que acaba de atrapar a una presa desprevenida. Me pregunto qué le habrá contado a Temujín.

—Alguien debería acabar con ese chacal, ¿no crees? —preguntó Subotai.

—El kan cree en él firmemente. Además sus relaciones familiares lo sostienen. No olvides que es hijo del segundo esposo de Hoelún. Nuestro kan le debe mucho a Munglig. Sólo madre Hoelún podría convencer a su hijo el kan de la maldad que anida en ese chamán, pero es la esposa de Munglig y no creo que haga nada contra el hijo de su esposo, al menos hasta que uno de sus retoños se vea perjudicado –finalizó Bogorchu.

Desde aquel día Gengis Kan se mantuvo atento a las relaciones entre su hermano Kasar y su esposa Julán. En las fiestas en las que ambos coincidían no dejaba de observarlos para ver si ambos cruzaban una mirada sospechosa. Kasar se dio cuenta del cambio de actitud de su hermano, pero no sospechaba a qué podía deberse.

Un día Kasar fue a buscar a su hermano. Quería hablar con él y preguntarle por su nueva actitud. Gengis Kan había salido de caza y en la tienda estaba Julán con dos criadas. Cuando los dos cuñados estaban hablando apareció el kan y en ese momento pudo ver que Kasar sostenía entre las suyas la mano de Julán.

–¡Ah!, hermano, ya me marchaba. Me estaba despidiendo de tu esposa. He venido para hablar contigo, pero me han dicho que habías salido de caza –dijo Kasar al ver a Gengis Kan en el umbral.

–He vuelto antes de lo esperado.
–Tengo que hablar contigo, hermano.
–Ahora no, márchate, estoy cansado –ordenó el kan.
–Bien, como gustes, ya volveré otro rato.

Gengis Kan se sentó en su trono de madera y apuró un vaso de *kumis* que le ofreció una criada. Julán se acercó hasta él pero, a la vista de los ojos de su esposo, intuyó que quería estar solo.

Una de las criadas que servía en la tienda del kan era confidente del chamán. Todo cuanto sucedía allá dentro lo conocía de inmediato Teb Tengri; así es como supo que Kasar había tomado la mano de Julán cuando entró el kan, y que a éste le había molestado.

En cuanto su confidente se lo hizo saber, Teb Tengri apareció ante Gengis Kan.

—Acabo de tener una visión. Un ave voló hasta mí y me hizo ver que Kasar daba la mano a Julán y le decía: «Ven conmigo». Sé que eso ha ocurrido en tu misma *yurta* y que tú has sido testigo de ello. ¿Me creerás ahora?

Aquello decidió todo. Gengis Kan llamó al jefe de su guardia y le ordenó que se dirigiera a la tienda de Kasar, que lo apresara, le quitara su cinturón y su capa, los emblemas de un mongol libre, y lo trajera maniatado ante su presencia. Poco después yacía postrado de rodillas ante Temujín.

—¿Por qué has ordenado que me hagan esto, hermano? —preguntó Kasar.

—¿No lo sabes? El Cielo Eterno me ha comunicado que estás tramando una conjura contra mí.

—Eso no es cierto, yo te soy fiel, nunca haría nada que te perjudicara.

—Ya lo hiciste en una ocasión. Sé que fuiste tú quien puso a Wang Kan en contra mía, sin duda esperabas mi derrota para recoger mi herencia —objetó el kan.

—Eso es falso. Yo me mantuve junto a Togril, tal y como me ordenaste, hasta que se volvió contra ti y lo abandoné. Incluso dejé allí a mi familia para ir en tu busca.

—Eso fue una treta para justificarte.

—Te repito que no es cierto. Nunca he obrado en tu contra.

—¿Acaso vas a negar lo que mis propios ojos han visto? Hoy mismo tenías cogida a mi esposa Julán por la mano. Sé que la quieres para ti —resaltó el kan.

—Nunca tomaría nada que fuera tuyo. Cuando entraste en la *yurta* tan sólo me estaba despidiendo de mi cuñada. No hacía nada malo. Pregúntale a ella si alguna vez la he ofendido —alegó Kasar.

Entre tanto, las esposas de Kasar, asustadas por el apresamiento de su marido, habían corrido hasta la tienda de

Guchu, el hermano adoptivo de Kasar y Temujín, que estaba cenando en compañía de Kokochu, otro de los hijos adoptivos de Hoelún. Cuando les contaron lo que pasaba, los dos hermanos adoptivos decidieron ir a avisar a madre Hoelún, cuya tienda estaba plantada cerca del campamento, pues hasta allí se había trasladado su marido Munglig para participar en el Consejo de jefes.

Cabalgaron a toda prisa y a medianoche llegaron ante Hoelún.

—Madre, nuestro hermano el kan ha apresado a Kasar —le anunció Guchu.

—Es obra de mi tocayo, ese avieso chamán —añadió Kokochu.

Hoelún no perdió ni un instante. La esposa de Munglig tenía entonces más de sesenta años, estaba enferma y ya no podía viajar a caballo, pero ordenó que le prepararan un pequeño carro negro que solía usar para sus desplazamientos cortos del que tiraba un camello blanco. Viajó durante toda la noche y antes de amanecer llegó ante la tienda del kan.

Los guardias tenían orden de no dejar pasar a nadie, pero ninguno de ellos se atrevió a detener a la madre de Temujín. Cuando Hoelún entró, Kasar yacía postrado de rodillas con las manos atadas a la espalda ante su hermano. Sin dejar reaccionar a Temujín, desató a su segundo hijo, le colocó el gorro y el cinturón, y llena de furia se sentó delante de Gengis Kan y se desgarró el vestido por el pecho.

—Contempla bien estos senos de los que mamaste. Tú, Temujín, sólo fuiste capaz de vaciarme uno solo de ellos cuando naciste. Kasar me vaciaba los dos y me llenaba de sosiego. Tus otros dos hermanos, Jachigún y Temuge, no podían agotar ni siquiera uno solo. Los cuatro os alimentasteis de mis pechos, pero sólo tú fuiste como el lobezno que corta con sus dientes el cordón umbilical al nacer. Tu hermano Kasar es fuerte y nadie maneja como él el arco; él fue quien puso en fuga a tus enemigos, quien los mantuvo a raya con sus flechas.

Tú crees haber apresado a un rival, pero no te has dado cuenta de que es tu propio hermano –clamó Hoelún enfurecida.

Los ojos de la anciana emanaban pavesas de furia y cuando Gengis Kan se fijó en ellos le pareció ver su misma mirada reflejada en las aguas de un remanso. Esperó a que la cólera de su madre se apaciguara y dijo:

–Viendo a mi madre tan enojada siento vergüenza de mí mismo. Deseo que me perdones si te he ofendido.

–Has ofendido a tu propia sangre y a ti mismo –replicó Hoelún.

La anciana se arregló el vestido, cogió a Kasar por la mano y ambos salieron. Gengis Kan no impidió que su madre se marchara con su hermano, pero estaba decidido a castigar a Kasar. Por eso, tras ordenar que nadie se lo comunicara a Hoelún, lo despojó de parte de la gente que le había asignado en el reparto hasta dejarle al mando de tan sólo mil cuatrocientos hombres.

Pero Hoelún se enteró y sufrió mucho durante aquellos días. La fría noche en la que viajó hasta la tienda de su hijo había causado mella en su ya mermada salud y el corazón de la anciana no pudo resistir tantas emociones. En apenas una semana envejeció tanto como en los últimos diez años, y la madre del kan murió. Fueron muchos los que la lloraron, pues a nadie escapaba que Hoelún había sido la mujer que con su tesón había logrado mantener los derechos de Temujín al trono mongol cuando éste quedó huérfano siendo todavía un niño. Fue inhumada en la ladera del Burkan Jaldún dentro de su carro negro. Con ella se enterraron a nueve sirvientas sacrificadas y al camello blanco, y su cadáver se envolvió con una capa de láminas de oro. Nueve chamanas celebraron las honras fúnebres que duraron nueve días, durante los cuales estuvo prohibido, bajo pena de muerte, beber *kumis*.

Finalizado el duelo por el óbito de Hoelún, Gengis Kan ordenó reanudar la asamblea de jefes a fin de tratar la conquista de nuevas tierras al sur del Gobi. El chamán Teb Tengri, por su parte, reunió a antiguos jefes merkitas, keraítas, tártaros y naimanes que se habían integrado en el ejército del kan. Temuge Odchigín se enteró de que una importante asamblea de jefes de las tribus y clanes sometidos se estaba celebrando en la tienda del chamán a espaldas de Temujín, y por su cuenta decidió enviar a un siervo suyo llamado Sojor para informarse de lo que acontecía.

—¿Qué te trae por aquí, Sojor? —preguntó Teb Tengri.

—Me envía mi señor el príncipe Temuge. Se ha enterado de que hay hombres suyos en esta reunión que tú has convocado y desea que salgan de ella.

—Dile a tu señor que se meta en sus asuntos y deje de inmiscuirse en los míos.

—Temuge se enojará cuando le haga saber tus palabras.

—En ese caso permíteme que le dé otras razones más contundentes para que su enojo sea justificado.

Teb Tengri hizo una seña a algunos de sus compañeros y allí mismo descabalgaron a Sojor y lo apalearon. El mensajero de Temuge volvió a pie, con la silla de montar sobre sus malheridos hombros.

—No pude hacer nada. Le transmití a ese malvado chamán lo que me habías ordenado y su respuesta fue hacer que varios de sus hombres me golpearan y me quitaran el caballo.

—Ese perro de Teb Tengri pagará sus culpas. Sabe que para los mongoles la persona de un mensajero es inviolable y que cualquier atentado contra ella es un atentado contra quien lo envía. Procura que te curen las heridas, yo mismo iré a ver a Teb Tengri y le exigiré que repare el daño que te ha causado.

Temuge montó en su caballo y acudió a la tienda de Kokochu. Cuando descendió de su montura lo rodearon los siete konkotades.

—Hiciste muy mal enviando a tu siervo Sojor a espiarnos —dijo uno de los hermanos de Teb Tengri.

—Cumplía órdenes de su señor. Ahora soy yo el que vengo para que me devolváis a aquéllos que han acudido a vuestra llamada sin mi permiso y reparéis el daño causado a mi mensajero —alegó Temuge.

—Ser hermano del kan no supone que puedas disponer de los actos de cada uno de nosotros.

Teb Tengri se adelantó y sujetó a Temuge por el brazo.

—Creo que es hora de que tú también recibas una lección. Ya que tanto defiendes a tu enviado, vas a ser tratado como él.

Temuge fue sujetado por varios konkotades y Teb Tengri le propinó diversos golpes en el rostro y en los hombros con una fusta.

—Has obrado mal viniendo contra mí —dijo el chamán colocando un lazo de cuero alrededor del cuello de Temuge y apretándolo hasta cortarle el aire—. Pide perdón de rodillas.

El hermano pequeño de Temujín, a punto de ser asfixiado por el chamán, asintió con la cabeza. Teb Tengri aflojó la presión del lazo y Temuge cayó de hinojos.

—Sí, hice mal, te ruego que me perdones —musitó entre sollozos.

—Ahora márchate. Si vuelves a maquinar en mi contra, el lazo no se aflojará de nuevo.

Temuge se alejó de allí humillado. Los pulmones le quemaban y sentía un intenso dolor en todo el cuello. Estaba anocheciendo y la luna brillaba sobre las colinas como una repujada bandeja de plata. Se acercó hasta el río y sumergió la cabeza. Pasó toda la noche vagando entre las tiendas y antes de amanecer se dirigió hacia la del kan. La guardia le impidió el paso, pero comenzó a gritar como un poseso que quería ver a su hermano. Gengis Kan dormía acompañado de su esposa Bortai y ambos se despertaron ante las grandes voces que daba Temuge.

—¿Qué ocurre, quién se atreve a gritar así en plena noche? —preguntó a los hombres que hacían guardia ante el umbral de su tienda.

—Es tu hermano Temuge, mi señor. Le hemos impedido que entrara en tu *yurta* y se ha puesto a proferir grandes alaridos. Parece muy alterado.

—Está bien. Dejad que pase y avivad el fuego del hogar.

Gengis Kan entró en la tienda y Bortai le preguntó desde la cama qué ocurría.

—Es Temuge, parece que tiene prisa en hablar conmigo. Espero que sea importante o lamentará haberme importunado —musitó el kan.

—Hermano, han sido esos konkotades. Envié a mi criado Sojor y le pegaron; después fui yo a por los míos, se lanzaron sobre mí, me sujetaron y me golpearon. Me hicieron arrodillarme ante Teb Tengri y me obligaron a pedirle perdón —barbotó Temuge arrodillado ante el kan y entre sollozos.

Antes de que Gengis Kan se repusiera de aquella sorpresa y dijera una sola palabra, Bortai se sentó en la cama; estaba desnuda y tuvo que tapar su pecho con la manta.

—Han sido otra vez esos konkotades. Ya hicieron lo mismo con Kasar y tú lo consentiste. ¿Cómo eres capaz de presenciar impertérrito que apaleen a tus hermanos sin mover un solo dedo para defenderlos? Kasar y Temuge son ahora como cipreses altos y fornidos, y aun así Teb Tengri ha sido capaz de ir contra ellos. Tú eres todavía fuerte, pero ¿qué ocurrirá cuando tu cuerpo se debilite con el paso del tiempo si no pones freno a los desmanes de ese chamán? ¿Qué pasará con tus cachorros? No te das cuenta de que esos konkotades sólo quieren lo peor para tu familia. Abre los ojos y observa lo que ocurre a tu alrededor. Ese chamán ha logrado que no veas lo que él no quiere que veas, que no oigas sino lo que su voluntad desea que escuches, que no decidas sino lo que convenga a sus deseos. Despierta, Temujín, despierta —dijo Bortai, quien contemplando al desconsolado Temuge también prorrumpió en sollozos.

Gengis Kan permaneció unos instantes en silencio. Las palabras de su esposa le habían abierto los ojos pero no se atrevía a condenar al chamán. Era mucha la influencia que Teb Tengri Kokochu seguía ejerciendo sobre él.

—Esta misma mañana vendrá aquí Teb Tengri acompañado de su padre y sus hermanos. Yo no voy a impedir que actúes como estimes oportuno. Si puedes, haz lo que tengas que hacer.

Temuge salió tras despedirse de la katún y del kan y buscó a tres de sus más fornidos hombres. Escogió a tres keraítas cristianos. Para acabar con el chamán debía confiar en hombres cuya religión no les impidiera abatir al hechicero. Un seguidor de la «Religión Negra» nunca se hubiera atrevido a atacar a tan poderoso chamán, pero con hombres de otra religión era distinto, pues no creían en los poderes mágicos de Teb Tengri.

Como estaba previsto, cuando los konkotades entraron en la tienda, Gengis Kan estaba solo. Se saludaron y Teb Tengri se sentó a la derecha, junto a la mesa en la que se habían colocado los odres de vino. Apenas habían comenzado a hablar cuando entró Temuge. Sin mediar palabra, se dirigió hacia el chamán y lo asió por el cuello.

—Ayer, aprovechando tu ventaja, me hiciste arrodillarme y arrepentirme de algo que era justo. Salgamos fuera y midamos nuestras fuerzas.

Teb Tengri se resistía, pero Temuge era más fuerte y tiraba de él hacia la puerta. Munglig y sus demás hijos no se atrevían a intervenir en presencia del kan para defender a su hermano. Ver al gran chamán zarandeado por un mongol era una sorpresa, pues nunca nadie se había atrevido a semejante cosa. En el forcejeo entre ambos Teb Tengri perdió su gorro, que cayó junto al brasero. Munglig lo recogió y sacudiendo las cenizas lo guardó junto a su pecho. Aquello le pareció un mal agüero.

—No consiento peleas en mi *yurta*. Si tenéis algo que dirimir entre vosotros dos, salid fuera —ordenó el kan al ver que los konkotades se aprestaban a intervenir para ayudar a su hermano.

Temuge consiguió arrastrar más allá del umbral a Teb Tengri. En ese momento los tres hombres de Temuge se abalanzaron sobre el chamán y le partieron la columna. Teb Tengri expiró y su cuerpo fue arrojado al final de una hilera de carros. Dentro de la tienda, los hijos de Munglig se agitaban inquietos. Amedrentados por la presencia de Gengis Kan no se habían atrevido a salir.

Por fin, tras un corto espacio de tiempo que pareció una eternidad, Temuge regresó.

–Teb Tengri no ha querido medir sus fuerzas conmigo. Le dije que luchara pero no era un buen mongol.

Las palabras de Temuge hicieron comprender a Munglig que su hijo había muerto. Al viejo jefe se le humedecieron los ojos y le dijo al kan:

–Yo he sido un fiel compañero para ti y para tu familia, y lo he sido desde que tú no poseías sino un terrón de tierra y una charca de agua. Ahora que gobiernas medio mundo, así me lo agradeces.

Los seis hijos de Munglig se colocaron en la puerta, cerrando la salida, y comenzaron a arremangar sus camisas, prestos para la pelea. Gengis Kan se dio cuenta de que entre él y Temuge no podrían vencer en una lucha cuerpo a cuerpo a los siete konkotades. Sólo le quedaba usar su astucia.

–¡Atrás! ¡Paso! ¡Dejadme salir! –gritó Temujín.

Munglig y sus seis hijos, desconcertados por la firmeza del kan, se apartaron dejándolo marchar. Los guardias de día, alertados por el grito de su jefe, acudieron enseguida y lo rodearon protegiéndolo con sus armas.

–¿Dónde está Teb Tengri? –les preguntó.

–Al final de esa fila de carros, mi señor. Creo que está muerto –respondió el jefe de la guardia.

Los konkotades también salieron y contemplaron el cuerpo sin vida de su hermano. Gengis Kan ordenó traer una tienda de fieltro gris que fue montada en torno al cadáver.

—Que nadie entre en esa *yurta* hasta dentro de tres días; una guardia permanente velará para que se cumpla esta orden —decretó.

Munglig alegó que quería llevarse el cadáver de su hijo, pero Gengis Kan insistió en que nadie debería tocarlo hasta pasados esos tres días.

La última noche antes de que se agotara el plazo, Gengis Kan ordenó a sus guardias que sacaran el cadáver del chamán y lo enterraran en secreto lejos del campamento. A la mañana siguiente, Munglig y sus hijos comparecieron ante la tienda gris para recoger el cadáver de Teb Tengri. Allí los esperaba el kan. Abrieron la tienda y la hallaron vacía. Entonces el kan dijo:

—Teb Tengri alzó la mano contra mis hermanos y los golpeó con vuestra ayuda. Además sembró la calumnia entre mi familia, y eso no le ha gustado al Cielo Eterno. Ahora, Tengri se ha llevado su vida y su cuerpo. Tú, Munglig, no has educado bien a tus hijos. Les has hecho creer que los konkotades erais iguales a nosotros los borchiguines. En cierto modo habéis sido los culpables de su muerte. Si os hubierais mostrado como el resto de los hombres de la nación, todo esto no habría pasado. Quisisteis ser como nosotros, y sólo los borchiguines somos los legítimos herederos al kanato mongol. Yo no puedo desdecirme de la palabra dada, pues en ese caso sería un mal gobernante, y no puedo consentir que se deshaga por la noche lo que se ha construido por la mañana. Deberíais haberos atenido a vuestra condición y en ese caso nadie os hubiera superado.

Desde aquel día los konkotades perdieron la arrogancia que hasta entonces habían mostrado y la sombra de Teb Tengri dejó de planear oscureciendo el campamento. Munglig y sus hijos mantuvieron su condición anterior y sus cargos y nunca más volvieron a hacer ningún reproche. Pero en el siguiente Consejo, celebrado poco tiempo después de la muerte del gran chamán, Tatatonga y Sigui Jutuju realizaron un anuncio por orden del kan. Por todos los campamentos se había corrido la voz de que el cuerpo de Teb Tengri había subido al cielo, pues había desaparecido tras su muerte; ahora se hacía saber a todo el pueblo que el chamán había calumniado a la familia del kan y que como castigo a su terrible falta el Cielo le había arrebatado la vida y el cuerpo, demostrándose así que Tengri protegía al gran kan y a su linaje, y que fulminaría a cualquiera que osara levantarse en su contra.

Allí fue nombrado jefe de los chamanes el anciano Usún, un pariente de Gengis Kan, al cual se le ordenó vestir siempre de blanco y montar un caballo también blanco como símbolo de su cargo, y se le concedió un puesto en el Consejo. Quedaba así zanjado uno de los problemas que si se hubiera prolongado probablemente habría puesto en peligro el imperio de Gengis Kan.

16. La Gran Muralla

Habían transcurrido casi tres años desde la proclamación de Temujín como gran kan cuando cinco chamanes, interpretando las líneas quebradas en un omóplato quemado de cordero, no encontraron ningún mal augurio que desaconsejara iniciar la conquista de China. Para realizarla era preciso disponer de toda la información posible sobre la fuerza de los enemigos que iban a encontrarse en su camino hasta la orilla oriental de la tierra. Gengis Kan envió en todas las direcciones a numerosos espías que regresaban con valiosos informes de los territorios que más tarde serían conquistados.

Un inocente mercader de pieles, una muchacha al servicio de un poderoso aristócrata, un pastor de ovejas, un camellero, el jefe de una caravana de comerciantes, un buscador de oro, un cazador; todos podían ser espías del kan de los mongoles. Nadie adivinó cómo se hizo, pues el secreto se guardó de modo unánime, pero centenares de agentes crearon una red de información tan completa que cuando Gengis Kan iniciaba una campaña sabía perfectamente a dónde debía dirigirse, cuál era la mejor ruta a seguir y qué fuerzas se iba a encontrar en su camino.

Nada quedaba fuera de su prodigiosa cabeza y en su Corte acogió a consejeros de todos los pueblos. A los cristianos keraítas y a los budistas uigures pronto se unieron consejeros musulmanes. Un mercader procedente de las tierras del este, de aquéllas donde los hombres rezan en dirección a una misteriosa ciudad que llaman La Meca, consiguió hacerse con el favor del kan. Se llamaba Mahmud Yalawaj y era un hombre de extraordinaria elocuencia y sabiduría, muy docto en geografía y astronomía. Había viajado durante más de veinte años por todas las tierras al oeste del Altai y sus conocimientos geográficos y astronómicos impactaron de tal modo en Temujín que no dudó en hacerlo miembro de su Consejo.

La conquista de China se había convertido en la principal obsesión del kan. Todos los días se reunía con sus consejeros y sus generales para estudiar las rutas a seguir.

–Existen dos alternativas –explicó Muhuli–. La primera es atravesar el desierto de Gobi por la zona más oriental, pero en este caso las dificultades son grandes, pues en verano hace demasiado calor y no hay agua, y en invierno lo azotan vientos heladores que pueden arrastrar a una montura con su jinete y enterrarlo bajo las dunas. Es tal la insolación que la nieve caída durante la noche no se derrite con los primeros rayos del sol, sino que se evapora. Nuestros caballos no resistirían la travesía. La segunda vía se abre a través del corredor de Kansu. En esa ruta no escasean ni el agua ni la comida, pero está controlada por los tangutos. Creo que deberíamos asegurar ese paso antes de dejar el camino cerrado a nuestra espalda.

–En ese caso, habría que someter al reino de Hsi Hsia antes que al Imperio kin –alegó el kan.

–Así es –asentó Muhuli.

–Ya hemos derrotado a los tangutos de Hsi Hsia. Podemos volver a hacerlo –intervino Bogorchu.

–Sí, pero no basta con derrotarlos; debemos asegurarnos de que no se volverán contra nosotros una vez que hayamos atravesado su territorio. Son aliados tradicionales de los Jürchen y podrían cogernos en medio de una trampa mortal –dijo Muhuli.

–Si así ocurriera, saldríamos de ella sin esfuerzo –repuso orgulloso Bogorchu–. Ni siquiera cien camelleros tangutos podrían retener a un solo jinete mongol contra su voluntad.

—Muhuli tiene razón. Aunque no sepan luchar como nosotros y nunca nos derroten en campo abierto, podrían encerrarse en sus ciudades e impedir que nos avituallásemos de comida. E incluso podrían envenenar los pozos de agua y las fuentes. Creo que antes de lanzar nuestras tropas contra China debemos asegurar la retaguardia —concluyó Gengis Kan.

Treinta mil guerreros divididos en tres *tumanes* partieron hacia el sur a comienzos de la primavera del año de la oveja, en la primera luna llena. Los espías habían realizado un minucioso informe y los mongoles avanzaban sobre terreno conocido. Tras varias escaramuzas llegaron ante las murallas de Wolohai, que había vuelto a ser reconstruida tras el incendio que la destruyera dos años antes; en esta ocasión fue tomada al asalto gracias a las nuevas máquinas de guerra.

El príncipe heredero de Hsi Hsia acudió con un contingente de tropas en ayuda de la fortaleza sitiada, pero fue derrotado y huyó hacia la capital perseguido por el kan. Wolohai era una aldea comparada con Ning-hsia, la capital del Estado tanguto. Ante sus murallas, casi el doble de altas que las de Wolohai, nada podían hacer las escalas de madera y las máquinas de asalto que habían preparado los mongoles. Al kan se le ocurrió usar la misma estratagema que años atrás habían usado los tangutos contra Muhuli. Decidió construir un dique que desviara las aguas del río Amarillo hacia las murallas, convencido de que la fuerza de la corriente las derribaría. El ejército mongol, dirigido por expertos ingenieros musulmanes, se puso a trabajar y en apenas un mes estaba ya levantada la mitad de la obra. Pero no contaron con las crecidas de primavera del Hoang-Ho, el río Amarillo, y el dique fue destruido una noche en la que en el campamento mongol casi todos dormían. Los efectos causados fueron demoledores, y Gengis Kan no tuvo más remedio que levantar el asedio de Ning-hsia y regresar hacia el norte.

Antes de iniciar el repliegue, el kan quiso obtener algún beneficio y solicitó un tributo al rey Li An-ch'üan a cambio de la paz. La princesa Chaja, hija del rey, fue el principal regalo y Gengis Kan se casó con ella. Se organizó una gran fiesta que hiciera olvidar el fracaso, y el kan partió hacia Mongolia cargado de regalos y con una nueva esposa. Los tangutos habían salvado su capital, pero muchas otras ciudades habían caído en manos mongoles, y como no estaban dispuestos a que su riqueza, basada en el ganado y en el comercio, se perdiera, decidieron que era mejor someterse a Gengis Kan y pagarle un tributo; tal vez así los dejara en paz.

Recuerdo aquel día con absoluta claridad. Hacía apenas un mes que me habían nombrado primer secretario de la Oficina de Asuntos Históricos y jefe de los Archivos del Estado, cargo que conllevaba un puesto permanente en el Consejo imperial. Yo estaba acabando mi desayuno cuando uno de mis criados entró en mi aposento con una noticia esperada desde hacía varias semanas. El anciano emperador Ma-ta-ku acababa de morir y se ordenó a todos los altos funcionarios que acudiéramos a Palacio para asistir a los sepelios y después a la elevación del nuevo señor del Imperio del Centro.

Salí de mi casa escoltado por dos soldados y dos criados y realicé el recorrido a pie. Era temprano y todavía no era necesario el uso del carro para evitar a las multitudes que horas más tarde se hacinarían como hormigas por las calles de Pekín. La mañana era soleada y una fresca brisa perfumada traía de los jardines aromas de loto y miel. Cuando llegué a Palacio, la guardia se había reforzado y patrullas de soldados equipados con corazas y cascos rondaban por los aledaños de las murallas. Cientos de curiosos comenzaban a arremolinarse alrededor de la gran puerta de bronce, que permanecía entreabierta para dejar paso a los consejeros que íbamos llegando apresuradamente conforme nos habían comunicado el fallecimiento del emperador.

En la gran sala de recepciones, que se había perfumado con incienso y áloe, estábamos congregados medio centenar de altos funcionarios, esperando a que apareciera el maestro de ceremonias de la Corte y realizara el anuncio oficial de la muerte del soberano, pero ante la sorpresa general quien lo hizo fue el príncipe Yun-chi.

—Mis fieles amigos —comenzó diciendo—; ya sabéis que nuestro amado tío, el emperador Ma-ta-ku, de tan brillante reinado, ha sido llamado al cielo y esta noche ha dejado la tierra huérfana de su luz. Desde hoy un nuevo soberano brilla en el Imperio. Ordeno que desde este día os dirijáis a mí con mi nuevo nombre imperial de Wei-chao Wang, que es el que he adoptado para mi reinado.

Un murmullo se extendió por toda la sala. Todos sabíamos que Yun-chi era el destinado a suceder a su tío al frente del imperio, pero hay situaciones en la vida que, aunque se sepa con certeza que algún día han de ocurrir, nunca se está preparado para afrontarlas. Yun-chi no era el hombre adecuado para hacerse cargo del poder en China en esos momentos. Pertenecía a la facción más conservadora de la aristocracia jürchen, la que menos se había integrado en la cultura china. Orgulloso y altivo, consideraba que los miembros de su raza eran muy superiores al resto de la gente y despreciaba a las masas populares, especialmente a los kitanes, pues no había olvidado que cien años atrás los jürchen habían sido sus vasallos. Muy rencoroso, era un hombre que nunca olvidaba una afrenta. Al ascender al trono, se sintió en la necesidad de reparar el agravio que tres años antes le había causado Gengis Kan cuando lo despidió sin la más mínima consideración a su rango principesco, con ocasión de la embajada que Yun-chi encabezó a Mongolia y que coincidió en el tiempo con la celebración del gran *kuriltai* del año del tigre.

—Mi primera decisión como emperador va a ser el envío de una embajada más allá de la Gran Muralla pidiendo la sumisión y el tributo de los bárbaros. Es hora de que esos salvajes sepan quién es su señor.

A los dos meses, los embajadores estaban de regreso. El responsable de la legación era el mandarín Teng-shiao, un buen amigo mío. Recibí una nota suya en la que me rogaba que saliera a su encuentro, pues deseaba hablar conmigo antes de presentarse ante la Corte. Lo hice, y nos juntamos cerca de la ciudad de Siuan-hua, donde tengo algunas propiedades que heredé de mi familia.

—He vuelto despacio, preparando de qué modo transmitir al emperador la respuesta de ese demonio de Gengis Kan, pero no encuentro la forma de hacerlo —me confesó Tengshiao.

—¿Tan grave es lo ocurrido? —inquirí.

—Escucha, Ye-Liu, y respóndete tú mismo. El kan de los mongoles acaba de firmar un tratado por el cual los tangutos se le han sometido a vasallaje y se han comprometido a dejarle libre el camino hacia China. Regresaba hacia su *ordu* cuando unos correos le hicieron saber que nos dirigíamos a su encuentro. Plantó su tienda y esperó a que llegáramos. Nos recibió delante de su *yurta*, de pie, con las piernas ligeramente abiertas y los brazos en jarras. Vestía unos pantalones de cuero y un chaleco de piel que dejaba sus musculosos brazos desnudos. Sobre sus hombros una capa de seda negra ondulaba mecida por la brisa de las montañas. Dos largas trenzas pelirrojas, salpicadas por algunos hilos de plata, caían ante su poderoso pecho. Nos observaba desde su formidable altura, es casi tan alto como tú, a través de unos brillantes ojos verdes, y te confieso que me pareció estar contemplando la mirada de un tigre.

»Tal como exige el protocolo, me presenté ante él y a través del intérprete le hice saber que, como legado del nuevo señor del Imperio del Centro, le pedía su sumisión. No sé cómo pude atreverme a decir aquello, porque en esos momentos casi estaba paralizado por la impresión que me producía la mirada de aquel hombre. Te aseguro que no hay nadie capaz de aguantársela más tiempo del que dura un suspiro. Escuchó impertérrito cuanto el intérprete le traducía y se volvió hacia el sur. Yo esperaba que hiciera una reverencia en señal de sumisión, como es norma entre nuestros súbditos, pero aquel formidable ser miró hacia el mediodía y escupió con desprecio. "Hasta ahora siempre había creído que los soberanos que se hacen llamar 'Hijo del Cielo' eran seres extraordinarios. Pero si un imbécil como ese Yun-chi es el nuevo emperador, no vale la pena inclinarse", dijo. Yo no supe reaccionar. No esperaba aquella respuesta, y menos aún pronunciada con semejante orgullo. Y sin mediar otra palabra, Gengis Kan pidió un caballo, se alzó sobre él de un ágil salto y salió al galope hacia el sur.

–En verdad te ha impresionado ese hombre –le dije.

–Puedes estar seguro de ello. Durante todo el camino de regreso no he podido quitar de mi mente esa mirada, esos metálicos ojos verdes que destellan el poder del tigre y la ambición del halcón. Comprenderás ahora por qué quería que oyeras esto antes que nadie y que me aconsejara qué debo decirle al emperador.

Mi amigo estaba azorado. Era consciente de que no podía presentarse ante Wei-chao Wang y contarle su encuentro con Gengis Kan tal y como había sucedido.

–No sé cómo se lo tomará el emperador. Ciertamente la situación es muy delicada. Ya sabes que es costumbre culpar de las malas noticias al mensajero, y las que tú traes son pésimas.

El mandarín Teng-shiao se esforzó en dulcificar su informe, pero era un hombre honesto y no sabía mentir. El emperador montó en cólera y ordenó que lo encarcelaran. Ese mismo día convocó al Consejo en Palacio, que se celebró durante un banquete.

Todos los consejeros fuimos requeridos para que diéramos nuestra opinión. Hubo una rueda de intervenciones y se plantearon todo tipo de alternativas. Los consejeros civiles éramos partidarios de pactar un acuerdo con aquel jefe bárbaro y entregarle algunos regalos a cambio de que se mantuviera más allá de la Gran Muralla, pero los generales del ejército querían una rápida acción militar que aplacara la insolencia de los nómadas. El general Ken-fu, el más afamado militar del Imperio, propuso un ataque fulminante. El emperador optó por la propuesta de Ken-fu y le ordenó salir de inmediato al encuentro de Gengis Kan.

Los espías del kan le avisaron de que un gran ejército chino de más de treinta mil guerreros se desplazaba a su encuentro. Aquélla era una buena oportunidad para enfrentarse al Imperio en campo abierto, y Temujín no la dejó pasar.

Ken-fu cometió un error impropio de su fama militar. Olvidando su objetivo, permitió que sus soldados saquearan algunas aldeas de los ongutos, fuera de la Gran Muralla, lo que granjeó de inmediato el odio de esta tribu hacia los chinos; y muchos ongutos, aterrados por las matanzas a que los sometió el ejército chino, corrieron a acogerse bajo la protección de Gengis Kan. Mientras Ken-fu perdía el tiempo, el prestigio y el honor masacrando a gentes indefensas, el gran kan ordenó a Jebe que se dirigiera con un *tumán* contra los chinos, en tanto él le seguía para apoyar la retaguardia con los otros dos *tumanes*. Jebe atravesó el Paso de la Zorra Salvaje y se topó con el ejército que mandaba el general Ken-fu. Siguiendo una estrategia preconcebida, la conocida «carrera del estandarte», ordenó a sus tropas que huyeran nada más avistar a las vanguardias chinas. Los soldados de Ken-fu, envalentonados por la aparente desbandada que habían producido entre los mongoles, se lanzaron a una alocada persecución. Jebe los atrajo hasta la ladera de una colina y, una vez superada, ordenó a sus hombres dar media vuelta y cargar contra los obnubilados chinos. Los mongoles irrumpieron como demonios sobre la cima y los acribillaron desde sus monturas con certeros flechazos. Los carros de guerra de los chinos no pudieron maniobrar, y un pánico irresistible se apoderó de los hasta entonces eufóricos perseguidores, que murieron a centenares atravesados por las saetas envenenadas. En plena carnicería apareció el grueso del ejército mongol con el kan al frente, y sólo cinco mil soldados pudieron seguir a su general Ken-fu en la huida. El campo de Chabchiyal quedó sembrado de cadáveres chinos. Del lado mongol apenas hubo bajas. Los formidables arqueros nómadas habían abatido uno tras otro a sus enemigos sin que éstos pudieran siquiera hacerles frente. La ruta hacia Pekín parecía abierta, pero quedaba por medio la Gran Muralla, y Gengis Kan se limitó a conquistar algunas ciudades y a sitiar otras. En una de ellas, llamada Dung-chang, Jebe volvió a usar la táctica de la «carrera del estandarte», aplicada ahora con una variante. Asedió la ciudad durante dos semanas y, ante la imposibilidad de conquistarla, simuló que se retiraba. Los confiados habitantes de la ciudad se sintieron seguros cuando se enteraron de que Jebe se encontraba a cinco días de marcha. Pero Jebe regresó. En apenas una noche cinco mil jinetes mongoles lanzados a todo galope recorrieron una distancia que un ejército hubiera requerido esas cinco jornadas para completarla. Cayeron sobre la desprevenida Dung-chang y la conquistaron.

Entre tanto, Gengis Kan, con ayuda de varios regimientos ongutos que se habían colocado de su parte a causa del daño que les habían infligido los chinos, sitiaba la gran fortaleza de Yung-du, la más importante del sistema defensivo del oeste. No pudo conquistarla y se retiró, pero no sin antes destruir una formidable fortaleza que se había comenzado a construir cerca de una de las puertas de la Gran Muralla. Desde allí, exigió del emperador de los kin el pago de un tributo.

Ken-fu regresó derrotado. Se presentó ante el emperador e informó del desastre.

–Eran más numerosos que nosotros. No estimamos bien sus fuerzas. Esos bárbaros tienen centenares de espías dentro del Imperio y nosotros no sabemos qué ocurre más allá de la Gran Muralla. Conocían paso a paso cada uno de nuestros movimientos y eso les otorgó una ventaja que no pudimos superar.

—Una banda de salvajes desarrapados no puede derrotar a un cuerpo de ejército imperial; no puede ser —clamó el emperador.

—No están desorganizados, majestad, cada uno sabe qué hacer en la batalla, se mueven con gran precisión y disciplina y combaten con una fiereza sin igual. Sus arcos son tan poderosos que lanzan flechas a más de trescientos pasos de distancia y sus caballos son más resistentes que cualesquiera otros. Todos combaten a caballo, por lo que sus movimientos son rápidos e inesperados. En campo abierto nuestros batallones de infantería nada pueden hacer y nuestra caballería pesada ni siquiera puede alcanzarlos.

—¡Excusas de un general incompetente! Has abandonado sobre los campos desolados casi treinta mil cadáveres y has huido de manera ignominiosa.

—Majestad, es preciso equipar un contingente de tropas mucho mayor. Sólo si los superamos ampliamente en número podremos vencerlos. Hemos visto cómo preparan caballos, arcos, flechas y espadas en grandes cantidades. No se trata de una simple expedición en busca de botín que se retira cuando nuestro ejército la acosa. Están planeando la invasión del Imperio.

—Eso es imposible. Ninguna banda de salteadores de caminos puede invadir el Imperio del Centro. Nadie tiene tanto poder.

—Repito, majestad, que se están preparando para una guerra de conquista —insistió Ken-fu.

Todos los cortesanos que asistíamos a aquel Consejo sabíamos que el general derrotado estaba perdido. Que en la primera ocasión que se presentaba un emperador fuera vencido en una batalla se consideraba como un mal agüero. Weichao Wang no podía consentir que su reinado comenzara de esta manera, pero tampoco podía cambiar el rumbo de los acontecimientos.

Se dirigió a mí y, como jefe de los Archivos Históricos que era, me indicó que nada de aquello figurara en los *Ana-*

les. Ordenó al canciller que se escribieran miles de pasquines y que se colocaran en todas las grandes ciudades. En esos pasquines se decía que el Imperio permanecía en paz con todos sus vecinos y que los bárbaros habían regresado a sus estepas impresionados ante la Gran Muralla y el poder de los ejércitos del emperador. Ken-fu fue desposeído de todos sus cargos, degradado y encarcelado.

Gengis Kan regresó a Mongolia y acampó en la estepa de Sagari. La expedición contra Hsi Hsia en aquel año de la oveja había resultado mucho mejor de lo previsto. No sólo había sometido a vasallaje a los tangutos, sino que había derrotado a un poderoso ejército chino de modo tan contundente que la supremacía militar de los nómadas sobre los sedentarios era ya incuestionable. Había aprendido a conquistar ciudades amuralladas fabricando máquinas de asedio para asaltarlas, pero debería construir muchas más: escaleras, sacos terreros, escudos, catapultas y torres de madera. Miles de ongutos se habían incorporado a su ejército como tropas auxiliares, lo que unido a la alianza con los tangutos, había propiciado que entre Mongolia y China ya no hubiera ningún enemigo interpuesto. El camino hacia el corazón del Imperio del Centro estaba libre.

Durante todo el año del caballo, que sigue al de la oveja, los mongoles se prepararon para la guerra contra los kin. Centenares de espías acudían de manera ininterrumpida con las más detalladas informaciones al campamento del kan. Muchos de esos espías eran miembros de la raza jürchen, oficiales renegados que habían desertado y que se habían puesto al servicio del caudillo mongol. Como suele ocurrir con los despechados, eran los propios renegados jürchen los que más le insistían en que se lanzara cuanto antes a la conquista del Imperio. Uno de esos oficiales llegó incluso a presentarle un completo plan para la invasión de China en el cual se explicaban las mejores rutas y se detallaban todas las fortalezas entre la Gran Muralla y Pekín, con un completo informe sobre el número de defensores, sus características y sus puntos más vulnerables.

Gengis Kan recogía toda esta información y la cotejaba con otras fuentes. Si todavía dudaba, enviaba unos espías a que le ratificaran un informe, y volvía a enviar a tantos cuantos fueran necesarios hasta estar completamente seguro de cada detalle. Todas las semanas se reunía con su estado mayor y repasaba cada uno de los pasos a seguir en la invasión que planeaba. Cada general sabía cuál iba a ser su misión, y Gengis Kan coordinaba a todos impartiendo órdenes y supervisando los preparativos. Nada escapaba a su aguda visión para la guerra. Era consciente de que la campaña militar en China sería la más difícil de cuantas había emprendido y que por cada soldado mongol habría no menos de veinte chinos. La improvisación no tenía cabida en esta empresa. Los *oerloks* y los *noyanes* entrenaban a los soldados obligándoles a repetir una y otra vez ejercicios ecuestres; batallones enteros se movían al compás de las órdenes emitidas con estandartes de colores mediante un código de señales que debía obedecerse sin dudar. Los mejores artesanos ponían a punto los arcos de madera y de hueso de doble curva capaces de ensartar a un hombre a trescientos pasos de distancia. Kasar inventó un ingenioso sistema para que sus hombres aprendieran a manejar el arco con su inigualable maestría. En lo alto de una percha de unos veinticinco pies de altura colocó una pelota de trapo colgada de una cuerda; los arqueros tenían que galopar hacia ella y disparar a lo alto intentando acertar. Era un ejercicio que proporcionaba fuerza a los brazos y agilidad a los dedos. Otra prueba consistía en lanzar flechas hacia atrás por encima de la espalda mientras se huía. Herreros y curtidores fabricaban cotas de malla de metal y corazas de cuero de búfalo, cascos con capacete para proteger la nuca y el cuello, lanzas, mazas, látigos, escudos, espadas y flechas. Durante más de un año todo el pueblo se preparó para la guerra.

Hasta entonces, los mongoles habían usado el caballo como montura y el yak como animal de carga. Ambos son útiles en la estepa. El caballo mongol es poco elegante, ventrudo y de cuello macizo; tiene las patas gruesas y el pelo espeso, pero es fuerte, vigoroso, firme, ágil y resistente hasta extremos increíbles; puede alimentarse tanto con los rastrojos secos de fines del verano como con la hierba helada que sabe buscar escarbando la nieve con sus cascos. El yak es un animal fuerte y dotado de una gran capacidad para resistir los climas más fríos; ninguno como él para caminar por las empinadas sendas montañosas sembradas de cortantes guijarros que supera con facilidad gracias a sus poderosas pezuñas. Pero a la hora de atravesar el desierto, no hay ningún animal que pueda semejarse al camello. Los mongoles apenas disponían de camellos hasta la expedición contra Hsi Hsia. Algunos mercaderes que habían llegado hasta ellos a lomos de estos animales les habían regalado algunos ejemplares, como el camello blanco que perteneció a Hoelún, pero el modo de vida mongol no los necesitaba. Los camellos eran para los comerciantes que cruzaban en largas caravanas los desiertos cargados con mercancías. Pero para conquistar China había que atravesar centenares de millas de abrasador desierto, y para poder transportar armas, provisiones y agua, el camello, que puede cargar el peso de cuatro hombres, se hacía imprescindible. Gracias al tributo en camellos pagado por los tangutos, Gengis Kan disponía de miles de estos animales para cruzar con éxito el Gobi y plantarse al otro lado con los caballos descansados y en forma.

Tras el gran *kuriltai* del año del tigre, Tatatonga había sugerido a Gengis Kan la posibilidad de establecer un campamento permanente, a modo de una incipiente ciudad, que fuera el punto de referencia para todos sus súbditos. Temujín era un nómada y aborrecía la vida sedentaria de los habitantes de las ciudades, pero era consciente de que su imperio no podía gobernarse como una tribu. En la región de Koso Tsaidam, en el curso alto del río Orjón, existían unas ruinas sobre las que hacía varias generaciones se había levantado la ciudad de Ordu-balik, donde los uigures establecieran la capital de su antaño extenso imperio. Cuando se derrumbó el Imperio uigur y este pueblo quedó relegado a los oasis de la Ruta de la Seda, en los bordes del desierto de Taklamakán, esa ciudad se abandonó. Cerca de lo que fuera Ordu-balik, en un lugar donde años atrás solían acampar los keraítas de Wang Kan, se instaló un campamento estable, en el que predominaban las tiendas de fieltro pero donde se construyeron algunas casas de adobe y tapial. A la vuelta de la guerra contra los tangutos y los jürchen ese campamento era una verdadera Corte, y allí acudió Gengis Kan impresionado por las ciudades que había contemplado. La nueva ciudad, la primera que un pueblo nómada fundaba en la estepa, se llamó oficialmente Ordubalik. Tatatonga fue el que quiso que la capital imperial de los mongoles llevara el mismo nombre que la del desaparecido imperio de sus antepasados. Pero casi nadie la llamó así. Pronto la denominaron Karakorum, que en mongol significa «Arenas Negras», y así es como ahora todos la conocemos.

Desde Karakorum, adonde se trasladaron el kan, sus hijos y casi todas sus esposas, se organizaba la guerra. Al reclamo de un monarca tan rico y poderoso comenzaron a acudir centenares de mercaderes. La unificación de las tribus de las estepas había propiciado el final de los pillajes que tenían a las caravanas como sus principales objetivos y el comercio caravanero se había reiniciado con gran éxito. Los uigures eran los que seguían controlando las rutas entre Oriente y Occidente, sobre todo el tráfico de sal, imprescindible para el ganado y para conservar por largo tiempo la carne y el pescado, pero también para templar las espadas. Los mongoles habían aprendido de los uigures que el acero templado con agua salada es mucho más resistente que el templado con agua dulce.

Gengis Kan aceptó a todos los comerciantes. En un principio le agradaba recibirlos en su tienda y contemplar las maravillosas mercancías que le ofrecían, pero pronto comenzó a cansarse. Lo abrumaban con regateos sobre el precio de las cosas y sólo pensaban en el oro. Un día, harto de ellos, ordenó a sus guardias que los despojaran de todas sus mercancías y los expulsaran de Karakorum. Los atribulados mercaderes se marcharon apesadumbrados y en el camino encontraron a un rico comerciante que acudía a la corte con un preciado cargamento. Explicaron a su colega que el kan se había quedado con todas sus mercancías y le aconsejaron que diera media vuelta o también perdería sus riquezas. Este mercader, un musulmán de Persia, no hizo caso a aquellas advertencias y se presentó en Karakorum ofreciéndole a Gengis Kan todos los valiosos objetos que llevaba. Aquella actitud, tan diferente de la de sus colegas, fue alabada por el kan, quien le pagó espléndidamente y pidió a los comerciantes que volvieran a Karakorum. Desde entonces no volvió a enemistarse con los mercaderes, que aprendieron una lección que nunca olvidarían.

Gengis Kan creyó que había llegado el momento. Convocó a todos sus jefes a una asamblea en el campamento del Kerulén y les comunicó sus intenciones de atacar de inmediato al Imperio kin. Durante tres días y tres noches el kan permaneció sólo en su tienda meditando. No comió ni bebió nada, y cuando salió su cuerpo parecía flotar sobre la hierba. El ejército mongol estaba congregado en espera de sus órdenes.

–Es hora de que el Imperio kin pague los crímenes cometidos contra las tribus de los que vivimos en tiendas de fieltro. Durante generaciones nos han masacrado, bien lanzando contra nosotros sus ejércitos, bien maquinando para que fuéramos nosotros mismos los que peleáramos en guerras intestinas. Ha llegado el tiempo de vengar tanta sangre derramada. Vamos a enfrentarnos con un enemigo poderoso. Los chinos disponen de miles de hombres perfectamente equipados y sus ciudades se defienden tras altas murallas que nuestros caballos no pueden saltar. Nos jugamos todo cuanto hemos conseguido, pero no podemos perder. Tengri me ha comunicado que iniciemos la campaña, él nos protege y la victoria será nuestra.

A las palabras del kan respondieron los soldados con gritos de júbilo. Tantos días de entrenamientos, de ejercicios reiterados y de tediosas cargas de caballería habían merecido la pena. Eran el más formidable ejército que nunca se viera en las estepas y los mandaba un *bogdo*, un elegido de los dioses. No había nadie en el mundo que pudiera detenerlos.

Gengis Kan envió una embajada a China exigiendo el pago de un tributo. La negativa del emperador, ya prevista por el kan, fue la justificación esgrimida para iniciar la guerra. El momento elegido había sido el más propicio. Los jürchen estaban enfrascados en la intermitente guerra con el imperio de los song, habían roto sus relaciones amistosas con los tangutos de Hsi Hsia y en el interior se había desatado la revuelta de los «caftanes rojos», un movimiento popular chino que consideraba a los emperadores kin como usurpadores extranjeros.

Diez *tumanes* se presentaron ante la colosal barrera de la Gran Muralla después de haber sometido, sin un solo combate, a las poblaciones que vivían en su exterior. Todos los nómadas habían oído hablar de ella y muchos la habían visto, pero nunca un ejército tan numeroso, bien pertrechado y decidido se le había enfrentado. Durante generaciones, los nómadas se habían dedicado a merodear alrededor de la Gran Muralla, e incluso a veces dentro de ella, y a saquear pequeñas ciudades y aldeas, pero huían de nuevo a sus profundas estepas en cuanto se acercaban los ejércitos imperiales. El ejército mongol no era en esta ocasión una banda de ladrones, sino una verdadera expedición de conquista.

Desde una colina, Gengis Kan, escoltado por su estado mayor, contempló la sinuosa cinta de piedra que tajaba el paisaje en dos como una enorme cicatriz en la espalda de un gigante.

—¡Es una obra de dioses! —exclamó Subotai.

—No. La han construido hombres —alegó Muhuli.

—Nuestros caballos no pueden escalar esos muros, pero pueden atravesar sus puertas abiertas —intervino el kan.

—Déjame saltar esa barrera con unos cuantos hombres y yo te abriré las puertas —aseguró Bogorchu.

—Se abrirán sin necesidad de perder un solo soldado —asentó el kan—. Mañana, justo a la salida del sol, la puerta a la que conduce aquel camino se abrirá para nosotros.

—¿Quién va a hacerlo? —preguntó Muhuli.

—Nuestros aliados los ongutos. Hace tiempo que vienen soportando la tiranía de los jürchen. Hasta ahora se habían mantenido fieles al emperador kin debido a que temían más a los nómadas que a los soldados imperiales, pero desde que su principal general destruyó sus aldeas y masacró a su gente, los ongutos odian a los jürchen.

—¿Estás seguro de su fidelidad, mi kan? Pudiera ser una trampa —objetó Muhuli.

—No, no lo es. Podemos fiarnos. Nuestros espías me ha confirmado que no hay ningún ejército chino a menos de cinco días de marcha desde aquí.

Cien mil hombres cubrían decenas de millas cuadradas en aquel amanecer frente a una puerta de la Gran Muralla. En cuanto el sol despuntó en el horizonte, las dos enormes batientes de madera reforzada con gruesas planchas de bronce y clavos metálicos rechinaron abriéndose de par en par. Por un momento se acentuó el silencio que desde la aurora se había adueñado del ejército mongol. Los ojos vivaces de los guerreros escrutaban entre ansiosos y cautos aquel hueco abierto entre dos torres. Desde la cima de un cerro, el kan observaba atento a sus hombres. Miró al portaestandarte y le hizo una leve indicación.

El *bunduk* de nueve colas blancas de caballo se alzó apuntando al cielo azul y Bogorchu, al frente de un escuadrón, ordenó marchar hacia la puerta. Conforme se acercaban, la muralla crecía más y más y el paisaje se iba ocultando tras los altos muros coronados de almenas. Todo parecía en calma, pero algunos caballos piafaban resoplando y agitando sus crines. Despacio, como si de una marcha triunfal se tratase, Bogorchu llegó ante la puerta. Miró a lo alto, inspiró todo lo intensamente que pudo y cruzó el umbral. Tras él lo hicieron sus hombres, que se desplegaron en forma de abanico. Los que habían quedado fuera se mantuvieron en expectante silencio observando a los cien compañeros que se había tragado aquella abertura como si se tratara de la boca de un gigantesco dragón. Durante un buen rato no sucedió nada. Un vientecillo del este se movió arrastrando con él aromas que sugerían el lejano mar.

La interminable espera se rompió cuando Bogorchu volvió a cruzar, ahora en sentido inverso, el umbral, espoleando su caballo al galope hacia la posición del kan.

–Tenías razón. El camino está franco. Los ongutos no nos han traicionado –resaltó eufórico–. Hemos asegurado el paso, el ejército puede atravesar la Gran Muralla.

El kan miró a Bogorchu y ambos cruzaron una amplia sonrisa. Después se giró hacia el portaestandarte y le hizo una nueva indicación. El *bunduk* se elevó por tres veces seguidas hacia el cielo y los cien mil se pusieron en marcha hacia el Celeste Imperio.

17. La conquista de China

Alrededor de una mesa de madera laqueada en la que había dibujados unos pájaros libando crisantemos, tomábamos el té acompañado con guisantes confitados y lichis en almíbar. Las tazas calientes desprendían un halo de vapor que aromatizaba la estancia. Recuerdo que era el tipo de té al que llamamos «de la floresta de los perfumes», el más suave de cuantos se consumen en China.

Había invitado a mi casa a dos altos funcionarios de Palacio para tratar asuntos relacionados con la elaboración de los horóscopos de la familia imperial; el emperador estaba muy interesado en saber qué le depararía el futuro inmediato.

–He estudiado la carta astral de su majestad y no observo buenos augurios –les dije–. Creo que deberíamos calmarle. Desde que se ha conocido la noticia de que un ejército mongol ha atravesado la Gran Muralla, su ánimo ha decaído tanto que temo que no sea capaz de gobernar con la prudencia que requiere tan apurada situación.

–Wei-chao Wang es un soberano muy impresionable. Conoce en persona a ese caudillo llamado Gengis Kan que dirige a los bárbaros. Cuando acudió hasta su *ordu* como embajador del Imperio fue tratado como un siervo y no ha olvidado esa afrenta –confesó uno de los astrónomos.

–Sí, conozco ese viaje y la impresión que le causó el caudillo mongol. No paraba de hablar de sus ojos verdes que lucían como ascuas encendidas.

–La situación es muy grave. El ejército invasor ha atravesado la Gran Muralla sin que nadie se opusiera y ahora asedia nuestras ciudades del noroeste. Incluso ha ocupado alguna, como Wu-Sha. Hoy mismo ha llegado la noticia de que uno de nuestros mayores ejércitos ha sido desbaratado y puesto en fuga cuando acudía al encuentro de esos demonios. El general que lo dirigía ha regresado a Pekín impresionado por la forma de combatir de los nómadas –intervino mi segundo interlocutor, un consejero del emperador.

–Nuestras murallas los detendrán –aseguró el astrónomo.

–Sí, pero no sé por cuánto tiempo –repuse–. Creo que ese Gengis Kan es un hombre de una gran constancia. He oído decir que nunca se rinde. Su ejército ya conoce la victoria sobre las ciudades fortificadas de los tangutos.

–No son comparables con nuestras fortalezas. Las murallas de las ciudades de Hsi Hsia son como las tapias de un huerto comparadas con las de Pekín o las de Taitong-fu. Sus pequeños y desaliñados caballos nada podrán hacer frente a estas moles de piedra y argamasa. Podrán sitiarlas algunas semanas e incluso meses, pero cuando se acerque el invierno no les quedará otro remedio que marcharse a la tierra de donde vinieron –aseguró el astrónomo.

–Tienes razón. Hace ya varios días que se han plantado frente a los muros de Taitong-fu y allí siguen. Nuestros correos nos han dicho que no saben qué hacer. Desconocen la forma de enfrentarse a nuestras murallas y, como ha sucedido siempre, se marcharán con el rabo entre las piernas –ratificó el consejero.

–No estéis tan seguros de eso. Creo que esta vez los nómadas están organizados. Su jefe no es uno más de esos caudillos que de generación en generación surgen en la estepa y se imponen sobre las tribus a sangre y fuego. Por lo que he ido sabiendo de él a través de nuestros informadores, es un valeroso militar, pero también un hábil político. Ha logrado unir a todos los pueblos de las estepas y ahora lo obedecen como un solo hombre. Ha sabido romper la dinámica de guerras intestinas que los mantenían ocupados y ha hecho que se olvidaran los ancestrales odios de clan. Y, sobre todo, ha sido capaz de convencerlos de que el Imperio es su enemigo común.

–Bien, Ye-Liu, aunque fuera así –me interpeló el consejero–, ¿qué pueden hacer aquí? Por cada uno de sus soldados nosotros tenemos veinte, y podemos movilizar otros tantos. Aunque conquistaran algunas de nuestras ciudades, ¿cómo podrían mantenerlas bajo su dominio? Si dejaran una guarnición en cada una de ellas, pronto serían presa fácil para nosotros. Y si hicieran eso, su fuerza, basada en la masa de su compacto ejército, se debilitaría cada vez más.

–Ellos están unidos; ésa es su fuerza. En cambio, entre nosotros... ¿Creéis que la mayoría de los chinos está del lado del emperador? Somos una nación dividida. Sabéis tan bien como yo que los jürchen son odiados por la gente del pueblo, que tal vez se sienta más libre bajo el yugo mongol que bajo la bota de los kin. Hace ya tiempo que están surgiendo movimientos como el de los «caftanes rojos» que pretenden arrojar del trono a la dinastía kin, a cuyos soberanos no consideran sino usurpadores de la dignidad imperial.

»¿Qué ocurriría –continué–, si masas de campesinos y artesanos se pusieran del lado mongol? Buena parte del ejército está compuesto por chinos, e incluso kitanes como nosotros, que tampoco hemos olvidado cómo fuimos sometidos hace cuatro generaciones por los jürchen. El Celeste Imperio se tambalea desde hace tiempo. Si ese Gengis Kan sabe maniobrar con la habilidad que le supongo, no creo que podamos aguantar su envite.

Seguíamos en plena conversación cuando uno de mis criados entró anunciándonos que un ejército mongol estaba en las cercanías de Pekín.

–¡Los bárbaros, aquí! ¿Cómo han podido llegar en tan poco tiempo? ¡No puede ser! –exclamó el consejero.

–Ahí tienes la confirmación de mis suposiciones –le dije.

Ordené a mi criado que me trajera un manto y salimos a la calle. En la ciudad reinaba la confusión y las gentes corrían de un lado para otro, la mayoría buscando a sus familias para recogerse en sus casas. Infantes del ejército imperial, cubiertos con brillantes corazas laqueadas, patrullaban recomendando a todos que se refugiaran en sus hogares y exhortando a los hombres útiles a que acudieran con armas a las torres del recinto amurallado para defender los muros de un posible intento de asalto.

Acompañado por mis dos amigos me precipité hacia lo alto de la muralla. Un oficial nos detuvo al pie de una escalera, pero al reconocer mi medallón de consejero imperial hizo una reverencia y nos franqueó el paso.

Tan sólo veinte mil hombres montados sobre sus desaliñados corceles habían logrado que una ciudad de casi un millón de almas se recogiera tras sus murallas aterrada. La sensación que aquello me produjo fue como si un ratón mantuviera a un buey arrinconado contra la pared de su establo, incapaz de hacer nada para defenderse.

Esperamos medio día encaramados sobre las almenas, y al fin aparecieron las vanguardias mongoles en el horizonte de las afueras de Pekín.

–Aquí están –dije a mis dos acompañantes señalando las lejanas columnas de polvo que se levantaban en la lejanía–. Ahora veremos de qué es capaz ese Gengis Kan.

Pero afuera no estaba el kan. El ejército mongol, una vez superada la Gran Muralla, se había dividido en cinco cuerpos, cada uno de ellos de veinte mil hombres. Jochi, Chagatai y Ogodei, los tres hijos mayores del kan, mandaban los tres primeros, mientras que los otros dos los dirigían el propio kan, a quien acompañaba su hijo pequeño, Tului, y Jebe, que lo hacía con el que había sitiado Pekín. Muhuli había conquistado y asegurado los pasos estratégicos que abrían la ruta hacia la capital.

Durante tres semanas los dos *tumanes* de Jebe levantaron un campamento en las afueras, mientras sus jinetes recorrían una y otra vez el perímetro amurallado manteniéndose a una distancia siempre mayor que la que una flecha es capaz de alcanzar. Dentro de la capital no había cundido el pánico, aunque en el palacio imperial la situación comenzaba a ser desesperada. Wei-chao Wang, atribulado por la cercanía de los mongoles, no era capaz de reaccionar, e incluso había preparado su fuga de la ciudad, aunque sus consejeros lo convencieron para que no lo hiciera. Le dijeron que si la gente veía huir a su soberano, el desánimo cundiría de tal modo que Pekín se entregaría a los sitiadores.

A la cuarta semana de que Jebe iniciara el asedio apareció el kan con el grueso del ejército. Tras una brillante campaña había conseguido controlar las provincias de Chalar, Fuchou, Hsüan y Te-hsing. Las murallas de Pekín impresionaron a Gengis Kan casi tanto como la propia Gran Muralla. En ninguna de las ciudades había visto fortificaciones semejantes. Fosos enormes que llevaría años cubrir defendían unas murallas tan grandes y altas como montañas, esculpidas en duras piedras rojizas imposible de horadar. Además, dentro de sus defensas había un millón de individuos y no menos de cincuenta mil soldados prestos para defenderse. Sus caballos, sus escalas de asedio, sus máquinas de guerra y sus flechas eran impotentes ante aquellas moles pétreas.

No había nada que hacer. Gengis Kan consultó a sus generales y a pesar de que Bogorchu, Jelme y Subotai se mostraron partidarios de continuar en campaña, el kan dio la orden de preparar la retirada. Regresarían a Mongolia y allí estudiarían la táctica a seguir. Esperarían unos días a que Jebe retornara de una expedición que había partido hacia el oeste en busca del mar, y levantarían el asedio. El mismo día en que volvió Jebe, quien anunció al kan que los caballos mongoles habían hundido sus cascos en las playas del océano, se recibió una embajada imperial. El emperador Wei-chao, aterrado por el asedio a su capital, había decidido enviar a uno de sus generales a pedir a Gengis Kan la paz. Aquella acción fue una más de las muchas torpezas que cometió el emperador.

El general en cuestión era miembro de una de las más nobles familias kitanes. Sus antepasados habían estado emparentados con la dinastía Liao y odiaban a los jürchen. El general informó a Gengis Kan sobre los deseos del emperador, pero a la vez le descubrió que había muchos problemas internos en el Imperio y que muchos chinos y kitanes estaban descontentos con los jürchen. Él mismo se ofreció para ponerse a sus órdenes. Creo que fue entonces cuando el kan se dio cuenta de que la táctica que le daría la victoria sobre el Celeste Imperio pasaba por ganarse la confianza de los descontentos con el emperador, sembrar la desunión entre los chinos y atraerse a la masa de población sometida por los kin. Sí, ése era el camino. Si lograba el apoyo, o al menos la indiferencia de la mayoría de la población, China sería suya.

Antes de retirarse, Gengis Kan se dirigió hacia el norte. Dos tramos paralelos de la Gran Muralla separados entre sí por dos días de marcha protegían la capital de los ataques, y en ese espacio pastaban miles de monturas de la caballada imperial, los célebres «caballos celestiales» que los emperadores chinos compraban en Asia central. Los mongoles se apoderaron de todos ellos y con tan rico botín regresaron hacia Mongolia.

Durante el invierno el ejército acampó fuera de la Gran Muralla, en terreno seguro, donde no pudieran ser sorprendidos por un ataque enemigo. La situación había cambiado notablemente. Gengis Kan había dejado sin apenas monturas al Celeste Imperio. Cuando volviera al año siguiente sólo tendría enfrente a ejércitos de infantes, que nada podrían hacer ante las cargas de la caballería mongol. Mientras tanto necesitaba alentar la rebelión popular contra los kin.

Nuevas y buenas noticias alegraron el duro invierno. El rey tanguto Li An-ch'üan, incapaz de asumir el vasallaje, había abdicado y entregado el poder a su sobrino Li Tsun-hsü, y a los pocos días se había suicidado; y Barluk, jefe de los turcos karlucos, aliados de los kara-kitán, se había sometido definitivamente a Gengis Kan. Un dominio que abarcaba desde el lejano Altai hasta la misma sombra de la Gran Muralla era regido por el mismo hombre. Nunca nadie, desde los tiempos del mítico caudillo anónimo de las leyendas mongoles, había gobernado sobre tan inmensos territorios.

Al año siguiente volvieron. De nuevo las provincias del norte sufrieron el asalto de las hordas mongoles, ahora nutridas con los hábiles jinetes tangutos. Las masas campesinas estaban hartas de tanta guerra, y fueron muchos los que se entregaron sin resistencia. Numerosos kitanes, que habían mantenido su recelo hacia los jürchen, se incorporaron al ejército del kan. El aristócrata Liao-tung, heredero de los últimos emperadores de la dinastía Liao, se pasó al lado de Gengis Kan y le entregó la ciudad de la que era gobernador. Muchos «caftanes rojos» lo acompañaron alegando que kitanes y mongoles estaban unidos por lazos de sangre. Esos ancestrales lazos se estrecharon todavía más con la boda de Gengis Kan y Lieu, una doncella perteneciente a una noble familia de la más recia aristocracia Liao.

Las fortalezas destruidas el año anterior habían sido reconstruidas durante el invierno, y los muros eran ahora más altos y más gruesos. Gengis Kan abandonó el asedio de pequeñas ciudades para concentrar su esfuerzo en el cerco de Taitong-fu, la capital de las tierras del oeste. Durante varias semanas se realizaron multitud de tentativas de asalto. Escaleras de madera, torres con plataformas elevadas, flechas incendiarias, todos los intentos fracasaron ante la formidable fortaleza. El propio kan se acercó a las murallas para inspeccionar los puntos débiles, pero lo hizo en demasía. Cuando recorría uno de los fosos un arquero, que lo identificó a causa de la yegua blanca que siempre montaba, le lanzó una saeta que le atravesó el hombro. El ejército mongol se retiró de nuevo al otro lado de la Gran Muralla. Aquella guerra era la de dos mundos muy distintos: el de China, de vida regalada cuyos hombres más destacados eran los delicados poetas que cantaban el reflejo de la luna en los estanques ribeteados de plantas de loto, los ensimismados astrónomos que observaban noche tras noche el curso de los astros y el parpadeo de las estrellas y los príncipes sumidos en el refinado lujo de los palacios de mármol y seda frente al de los nómadas, hombres tallados con la dureza de la roca, de una belicosidad tan indomable como las tormentas de viento de las arenas del Gobi. Los chinos hacíamos poemas sobre la guerra, los mongoles eran la misma guerra.

Pero pese a tantas diferencias, y a la diversidad de espíritu bélico, cualquier otro conquistador hubiera desistido de seguir adelante. Se hubiera limitado a pedir tributo al emperador kin y a difundir sus conquistas y hazañas mediante poemas de encargo, pero la voluntad de Gengis Kan, aun herido, era inquebrantable. Deberían prepararse mejor para la próxima vez. Se había jurado no dejar de intentarlo hasta conseguir colocar colocar bajo su cetro las tierras de China.

Aquel invierno fue benigno, pero las noticias fueron malas para Temujín. Su vasallo Liao-tung, cuya revuelta había triunfado en principio, se veía ahora acosado por los ejércitos de los kin. Gengis Kan, consciente de que el apoyo dentro de China era esencial para sus planes de conquista, no podía dejar que las tropas imperiales derrotaran a su aliado e, impedido a causa de su herida en el hombro, envió a Jebe al frente de un *tumán* para que socorriera a Liao-tung, a quien las tropas imperiales tenían cercado. El intrépido Jebe atacó con sus diez mil hombres la ciudad de Liao-yang, varios cientos de millas al norte de Pekín, defendida por sesenta mil chinos, pero pese a sus esfuerzos no consiguió tomarla.

Se le ocurrió entonces a Jebe emplear una táctica similar a la que tantas veces les había dado la victoria en la estepa. Hizo correr el rumor de que un ejército chino acudía desde el sur en socorro de la sitiada Liao-yang, y a toda prisa levantó el cerco y se marchó dejando en el campamento muchas riquezas. Los chinos, viendo que los nómadas se retiraban y creyendo los rumores de la pronta llegada de ese ejército imaginario, salieron de su ciudad a saquear cuanto habían dejado los mongoles. Hombres, mujeres y niños se mezclaban con los soldados, todos afanados en conseguir su parte del botín. Ocupados en el saqueo, no se apercibieron de que en una sola noche los hombres de Jebe reanduvieron lo que habían tardado dos días en caminar. Cayeron sobre los habitantes de la capital del oeste cuando éstos se hallaban desprevenidos desvalijando lo que los mongoles habían abandonado en el campamento. Las puertas de la ciudad estaban abiertas de par en par y los soldados habían dejado sus armas para poder cargar más cantidad de botín. Se produjo una enorme carnicería. Los mongoles cayeron sobre los desprevenidos chinos como una guadaña sobre la mies y segaron cuantas cabezas se cruzaron a su paso. Liao-tung se encontraba en una situación muy apurada a causa del acoso de las tropas imperiales, pero, en cuanto se enteró de que Jebe había ocupado la inexpugnable Liao-yang, tomó nuevos ánimos y resistió hasta que el propio Jebe logró romper el cerco a que estaba siendo sometido. Jebe entregó la ciudad a Liao-tung, que se proclamó rey de Liao-yang y entregó su reino en vasallaje a Gengis Kan.

    A Pekín llegaban noticias cada vez más desalentadoras. El emperador nos convocaba a los miembros del Consejo una y otra vez; a veces nos tenía varias horas aguardando en la gran sala de audiencias y, sin otra explicación, un mandarín nos anunciaba tras la larga espera que el emperador estaba ocupado y que no nos recibiría. Apenas habíamos vuelto a nuestras casas cuando de nuevo nos mandaba llamar. El Imperio hacía agua por todas partes y los ejércitos enviados para combatir a los mongoles caían uno tras otro ante el avance de Gengis Kan. Las ciudades no resistían su paso y tanto grandes como pequeñas eran asaltadas. El propio Tului, hijo menor del kan, daba ejemplo siendo el primero en escalar los muros. Tras él se precipitaban los feroces guerreros de las estepas, con el temible aspecto que les proporcionaban sus cráneos rapados, en los que sólo dejaban crecer un grueso mechón en la parte posterior que trenzaban en una o dos coletas que adornaban con plumas.

En Pekín estalló una terrible revuelta. El emperador Wei-chao Wang, acuciado por la presión de los mongoles, había concedido una amplia amnistía y todos los generales castigados por sus comportamientos anteriores fueron perdonados. Uno de ellos, el general Hu-scha-hu, un astuto eunuco que tiempo atrás fuera el comandante en jefe de un importante cuerpo de ejército, entró en Pekín con cuarenta mil hombres y tomó el palacio. Los jardines de la mansión sagrada fueron testigos de violentas luchas entre los asaltantes y los escasos miembros de la guardia que se mantuvieron fieles al emperador hasta el final. Pero la mayoría de la población de la capital se unió a los amotinados, que se impusieron tras dos días de lucha. El eunuco Hu-scha-hu, dueño de la situación en Pekín, mandó asesinar al emperador.

Gengis Kan fue informado de los combates que se sucedían entre distintas facciones chinas en la capital imperial, y hacia allí se dirigió. Estaba seguro de que la revuelta que había estallado en Pekín respondía a los movimientos populares atizados por los liao contra los jürchen y confiaba en que al llegar le fueran abiertas sus puertas. Por una vez, se equivocó.

Hu-scha-hu no era partidario de los liao. Para él, un eunuco miembro de una familia de raíces chinas, los kitanes éramos tan extranjeros como los jürchen. No reconocía por tanto a ninguna de las dos dinastías ni mucho menos a Gengis Kan. Según el eunuco, todos éramos bárbaros salvajes y nuestro destino no podía ser otro que el exilio más allá de la Gran Muralla, en las frías estepas de las que nunca deberíamos haber salido.

Hu-scha-hu había sido castrado por orden de su propio padre. En China es frecuente, al menos entre las grandes familias, convertir en eunuco a algún hijo a fin de dedicarlo al servicio del Estado y facilitar su carrera en la Corte. Se cree que los eunucos, carentes de deseos sexuales, se dedican con más intensidad a su oficio y, al no poder dejar descendencia, no sienten la necesidad de transmitir ninguna propiedad o cargo.

Gengis Kan se encaminó hacia Pekín un tanto descuidado, esperando la entrega de la ciudad, pero se encontró con el ejército de Hu-scha-hu quien, pese a ser paralítico de una pierna y tener que verse sujeto a una silla de ruedas, se había proclamado generalísimo de China y había colocado en el trono imperial a un oscuro príncipe de la dinastía kin, que reinó con el nombre de Wu-lu-pu. La vanguardia mongol fue atacada cuando cruzaba un río, muy cerca de Pekín. Hu-scha-hu, desde su silla de ruedas, dirigió la batalla con maestría y, aprovechando la sorpresa y la ventaja numérica, consiguió vencer al kan. Aquélla fue la segunda y última vez que Gengis Kan fue derrotado. Y aún habría sido peor si el ejército de reserva chino mandado por el general Kao-chi hubiera llegado a tiempo para rematar la faena iniciada por Hu-scha-hu.

El eunuco acusó a Kao-chi de traición y quiso ejecutarlo por su retraso, pero el emperador intercedió y se le concedió una segunda oportunidad. Kao-chi salió tras Gengis Kan con un poderoso ejército, pero los mongoles ya se habían repuesto de la derrota y estaban preparados para el combate. El ejército chino peleó con bravura durante un día y una noche, pero sucumbió y Kao-chi se replegó hacia Pekín convencido de que ahora sí sería ejecutado por el eunuco.

El desesperado Kao-chi obró con rapidez. Entró con los supervivientes de sus tropas en la ciudad cuando no había despuntado el alba y asaltó el palacio. Hu-scha-hu fue sorprendido mientras dormía en sus aposentos y, alertado por unos servidores, intentó escapar vestido con su ropa de noche. Su pierna seca y paralítica era un impedimento demasiado fuerte, se enredó entre los pliegues de su camisón y cayó al suelo cuando huía. El propio Kao-chi le cortó la cabeza de un tajo.

Aquella mañana todos los consejeros fuimos convocados a la sala de audiencias de Palacio. Yo había desayunado a la hora de costumbre y me disponía a dirigirme a mi trabajo en la Oficina de Asuntos Históricos cuando me llegó la convocatoria urgente. En la calle todo parecía tranquilo y no corría ningún rumor sobre lo que había acontecido aquella madrugada. Cuando todos los consejeros nos encontrábamos reunidos en la sala de audiencias apareció el emperador escoltado por varios soldados. Presentí que algo extraño estaba ocurriendo. El nuevo soberano Wu-lu-pu no se dirigió a nosotros, sino que lo hizo un oficial del ejército, quien nos anunció al general Kao-chi.

El general entró con una bolsa de cuero bajo el brazo. Atravesó la sala con paso firme y se colocó delante del trono. Introdujo su mano dentro de la bolsa y sacó la cabeza del eunuco Hu-scha-hu prendida por los cabellos. Miró fijamente al emperador y dijo:

–He aquí a los dos generales a quienes encomendaste la alta misión de defender el Imperio; uno de los dos sobramos: elige.

El emperador se levantó y sentenció:

–El eunuco no era sino un rebelde que se adueñó de títulos y honores que no le correspondían. Yo lo despojo de todos sus cargos.

A continuación ordenó a un secretario que leyera una lista con todas las pretendidas faltas cometidas por Hu-scha-hu y una alabanza de Kao-chi, a quien se atribuía la victoria sobre los mongoles.

–Por todo ello, yo, Wu-lu-pu, soberano del Celeste Imperio, te nombro a ti, Kao-chi, generalísimo de los ejércitos.

Así fue como el nuevo emperador «agradeció» los servicios de quien lo había colocado al frente del Estado, y de este modo acabó el único general chino que fue capaz de derrotar a los mongoles.

***

Entre tanto, Gengis Kan se había apostado de nuevo a las puertas de Pekín, y otra vez volvió a convencerse de que en aquellas circunstancias sus murallas eran inexpugnables. Media China era suya, pero dentro de aquella ciudad la gente seguía viviendo como si nada hubiera ocurrido. Las calles estaban atiborradas, los mercados repletos y nada faltaba a sus habitantes. Pekín vivía encerrada tras sus murallas ajena al cerco a que volvía a estar sometida. Siglos llenos de asedios habían convertido a mi ciudad en una verdadera experta en resistir. Todo en la gran metrópoli estaba dispuesto para poder soportar un largo sitio. Los almacenes imperiales siempre se mantenían rebosantes de arroz, mijo, pescado salado, carne seca y sal. Los pozos y las cisternas aseguraban el suficiente suministro de agua. El millón de habitantes, el tamaño de las murallas y los fosos, y la abundancia de armas defensivas y de provisiones aseguraban la defensa en caso de asalto.

Gengis Kan volvía a sentirse impotente. Durante varios días recorrió los alrededores, paseando con su caballo una y otra vez en torno a los fosos, intentando descubrir la manera de conquistar aquella inexpugnable fortaleza. Podía ser dueño de toda China, pero sabía que si no conquistaba hasta la última casa de la capital, no sería reconocido como soberano del Imperio del Centro.

Los días pasaban y los mongoles se mostraban cada vez más inquietos. El tedio comenzaba a hacer mella en aquellos aguerridos soldados que sólo eran dichosos en el combate.

–Esa ciudad no se rendirá nunca –afirmó Muhuli.

El kan permanecía sobre su caballo oteando las rojas murallas en el dorado atardecer de Pekín.

–Se burlan de nosotros. Se creen intocables ahí dentro –dijo el kan.

–Arrasemos China. Hagamos que esta tierra sea un inmenso prado para nuestros caballos. Quememos sus ciudades, talemos sus bosques, aneguemos sus campos. Sin ganado ni cultivos morirán de hambre; quizá tengan que transcurrir dos o tres años, pero sucumbirán —asentó Bogorchu.

Del otro lado de las murallas una música alegre traía sones de fiesta. Sobre el cielo violáceo de Pekín estallaron fuegos artificiales que cubrieron el firmamento de efímeras estrellas. Los pekineses celebrábamos un aniversario cualquiera, y el kan contemplaba el jolgorio desde lejos, como un espectador que observa una función de teatro sin poder hacer nada para cambiar el desenlace de la trama.

Gengis Kan no pudo aguantar más. Ordenó a sus generales que lo siguieran y fustigó a su yegua con todas sus fuerzas, lanzándola a una desbocada carrera hasta su tienda. Entró hecho una furia. Su esposa Lieu y otra joven china que alegraban sus noches se sobresaltaron al ver a su amo en semejante estado; sus ojos estaban encendidos y chispeaban como los fuegos artificiales.

—Arrasaré este maldito país. Nadie se burla de Temujín, nadie.

Mesas, sillas y jarras volaron por el aire arrojadas a patadas y golpes. Las dos muchachas salieron corriendo aterrorizadas mientras los generales se mantenían fuera junto a los guardias de noche que acababan de hacer el relevo. Los gritos de Gengis Kan resonaban por todo el campamento y se mezclaban con la lejana música y las explosiones multicolores que inundaban el inicio de la noche pekinesa.

Durante varios meses el ejército mongol saqueó varias provincias chinas. Divididos en tres cuerpos de ejército, los mongoles y las cuarenta y seis divisiones chinas y kitanes que se les habían unido en contra de los jürchen asolaron el Imperio. Ciudades y aldeas, templos y castillos fueron destruidos y sus habitantes muertos o esclavizados. Tras el paso de la horda mongol y de sus aliados, los campos que con tan grandes y penosos esfuerzos fueron trabajados para los cultivos durante siglos por los campesinos quedaron anegados, las magníficas ciudades arrumbadas, las casas arruinadas, los hombres muertos y las mujeres violadas. Noventa ciudades fueron arrasadas y los caminos y los ríos se cubrieron de cadáveres. Nada fue respetado.

A la muerte y a la destrucción siguieron el hambre y las epidemias. Las plegarias de los campesinos chinos a su dios Chennong, el protector de las cosechas, de nada sirvieron. Los cadáveres se pudrían en el mismo lugar donde habían caído y un aire pestilente lo inundó todo. Los propios mongoles fueron víctimas de sus matanzas y la peste se cebó entre los soldados.

La primavera siguiente, obedeciendo las órdenes del kan, los tres cuerpos de ejército volvieron a confluir junto a Pekín. La tierra estaba devastada y las provincias del norte arruinadas, pero Pekín resistía. Bogorchu, Jebe, Subotai y los demás *oerloks* pidieron al kan que culminase aquella larga campaña contra China permitiéndoles asaltar la capital. Sería la culminación de la guerra que tantas riquezas les había proporcionado. Pero Gengis Kan actuó de forma inesperada.

—Voy a ofrecer la paz al emperador de Pekín.

—¿La paz, dices? La paz la solicitan los vencidos, no los vencedores. China es nuestra, sólo queda esa maldita ciudad. Déjame que dirija el asalto y te la entregaré en una bandeja de oro —afirmó Bogorchu.

—No, querido amigo. Tras años de luchas ininterrumpidas nuestros soldados y nuestros caballos están débiles y agotados. Hasta un mongol necesita reposo de vez en cuando. Hace tres años que nuestros hombres no ven a sus familias y es hora de que regresen a disfrutar de las riquezas ganadas.

—Pero podemos conquistar Pekín —aseguró Jebe.

—Quizá, quizá, pero aunque lo lográramos, ¿qué haríamos con ella? ¿Destruirla? De todas formas tendríamos que marcharnos y los chinos volverían a reconstruirla con murallas más altas y fosos más anchos si cabe. No, amigos, es hora de volver a Mongolia —asentó el kan.

A veces me he preguntado por qué Gengis Kan no quiso conquistar personalmente Pekín cuando tras tantos esfuerzos tenía todo a su favor. Creo que llegó a admirar tanto a mi ciudad que no quiso destruirla. Estoy convencido de que se sintió tan fascinado por aquellas murallas encarnadas que optó por retirarse para no verse obligado a derrumbarlas.

El emperador Wu-lu-pu nos reunió a los consejeros en Palacio. A aquella trascendental reunión asistimos unos treinta. El emperador presidía el Consejo, pero a su lado se sentaba el general Kao-chi, verdadero dueño del trono.

–El caudillo bárbaro nos ofrece la paz –comenzó diciendo el emperador–. Dice que sus generales le están presionando para que les permita atacar Pekín, pero él no quiere seguir afrentado al Cielo Eterno y prefiere volver a Mongolia. Nos pide que le enviemos regalos para acallar el ansia de sus generales y asegura que si somos generosos se retirará. Para su aliado, el traidor Liao-tung, pide que le concedamos el título de príncipe y que le reconozcamos la soberanía sobre la ciudad de Liao-yang y su región.

–Esa propuesta la hace porque su ejército está diezmado por las enfermedades –dijo Kao-chi–. Muchos de sus soldados han muerto y otros tantos están tan enfermos que no pueden ni sostener una espada. Yo propongo que salgamos con un ejército y, ahora que están debilitados, acabemos con ellos para siempre.

–En campo abierto son invencibles –intervino otro consejero–. Hemos sufrido suficientes derrotas como para saberlo. Uno tras otro hemos enviado grandes ejércitos, y uno tras otro han sido destruidos. Pese a que en nuestra ciudad hay ahora unos cuarenta mil soldados acantonados, ¿creéis que podríamos salir con un ejército a campo abierto y vencer? Es mejor darles lo que piden y dejar que se marchen a sus lejanas estepas, tal vez nunca regresen.

–Siempre vuelven. Podemos comprarlos, pero si no acabamos con ellos, volverán –reiteró Kao-chi.

Pese a la insistencia del generalísimo de los ejércitos de China, todos los demás consejeros optaron por la paz. El emperador se decantó por seguir a la mayoría y acordó enviar decenas de carros cargados de regalos y con ellos a la princesa Ch'i-kuo, hija del anterior emperador, como regalo especial para Gengis Kan. En aquella ocasión me extrañó el valor y el arrojo que mostró Kao-chi, y todavía más que el emperador no siguiera su recomendación, pues nunca se atrevía a contradecirle. Creo que todo aquel Consejo fue una farsa y que Kao-chi había decidido de antemano no enfrentarse a Gengis Kan, pero un generalísimo no podía decir eso, y por ello urdió una comedia para que su honor como militar quedara a salvo.

Los regalos y la princesa Ch'i-kuo fueron entregados a Gengis Kan, y los mongoles se retiraron por donde habían venido. Tras ellos dejaban un imperio arruinado y miles de muertos y con ellos llevaban miles de carros cargados de arroz, mijo, oro, plata y telas preciosas, miles de caballos y otros ganados, miles de esclavos, a sus esposas Lieu y Ch'i-kuo y varias hermosas concubinas para su amplio gineceo.

Cuando el ejército llegó al borde del Gobi, el kan observó a los esclavos. Eran millares, estaban débiles y muchos de ellos parecían enfermos y apestados. No podrían sobrevivir a la travesía del desierto, pero no podía dejarlos libres. La mayoría había sido usada como fuerza de trabajo en la construcción de máquinas de guerra para el asedio de fortalezas y muchos conocían las tácticas guerreras de los mongoles. Si se les permitía volver a sus casas serían enemigos para la próxima campaña. Entonces tomó una decisión cruel. De entre los prisioneros seleccionó a los mejores obreros, artesanos, artistas y sabios y a los demás los ejecutó.

Cien mil mongoles, con la ayuda de otros tantos chinos y ongutos, habían vencido al Imperio kin. El poder del gran kan parecía infinito y sus hijos habían aprendido deprisa y bien. Los cuatro habían demostrado su valor en el combate y su capacidad de mando. La obra de Gengis Kan estaba asegurada para cuando él muriera, pero muchos se preguntaban: «¿Acaso nuestro kan no es inmortal?».

18. Mi encuentro con el gran kan

Gengis Kan se instaló en un oasis a orillas del lago Dolon-Nor, a medio camino entre Pekín y Mongolia, un lugar lo suficientemente lejano de China como para prever cualquier ataque desde el Imperio, aunque a una distancia que permitía realizar nuevas incursiones.

Pero los jürchen no estaban en condiciones de realizar ningún contraataque. El emperador kin, angustiado ante la posibilidad de un nuevo asedio, abandonó Pekín acompañado por el generalísimo Kao-chi. La corte se trasladó más al sur, a Kai-fong, a orillas del río Amarillo, en la rica provincia de Ho-nan. Esta ciudad ya había sido la capital de los song cuando los jürchen conquistaron Pekín. Huei-tsong, uno de los emperadores de esta dinastía, hizo de su palacio un museo, fundó una escuela de bellas artes y arregló la ciudad con extraordinarias construcciones, entre ellas una calle, la llamada Vía Imperial, de más de trescientos pasos de anchura, en cuyo centro había un carril limitado con barreras rojas que se reservaba en exclusiva al uso del emperador. Kai-fong fue ocupada poco más tarde por los kin, y Kao-tsong, su hijo y heredero, se instaló en Kien-Kang, desde donde logró conservar la mitad sur del antiguo gran imperio song.

Wu-lu-pu se limitó a publicar un decreto en el que decía: «Anunciamos a nuestros súbditos que cambiamos nuestra residencia a la capital del sur». Ésa era toda la explicación que el emperador kin daba a su pueblo para justificar su cobardía. En Pekín, para evitar dar la sensación de que la familia imperial huía ante la amenaza de los bárbaros, se quedaron el príncipe heredero y el general Wan-Yen, el segundo jefe del ejército. Pero el príncipe, aterrado por las noticias que llegaban de las fronteras y que indicaban que los nómadas se dirigían de nuevo hacia Pekín, también decidió marcharse de la vieja capital.

Aquel invierno los soldados y los caballos de Gengis Kan se recuperaron de las campañas anteriores, y con la llegada de la primavera tres ejércitos mongoles penetraron en China. Uno lo mandaba Subotai, otro Jebe y el tercero Muhuli. Los dos primeros asolaron el norte y el oeste, mientras el que dirigía Muhuli se lanzaba como una flecha hacia Pekín. Gengis Kan se quedó en el campamento de invierno en la retaguardia, en compañía de su amada Julán.

El abandono de la ciudad imperial por parte del príncipe heredero había causado una tremenda sensación en todo el norte de China. Regiones enteras quedaron sumidas en el caos y muchas provincias o se entregaron a los invasores sin resistencia o se proclamaron reinos autónomos. Las tropas que se mantuvieron fieles a los kin se enfrentaron en diversas escaramuzas a Muhuli, pero el *oerlok* de Temujín los derrotó hasta plantarse a las puertas de Pekín.

Durante toda la primavera permanecimos sitiados por los batallones de Muhuli. Dentro de los muros de Pekín habría en aquellos momentos medio millón de personas, pues la mitad de la población había huido siguiendo los pasos del emperador y de su hijo. Muhuli sólo contaba con medio *tumán*, unos cinco mil soldados mongoles, tres escuadrones de caballería tanguta y varios regimientos de infantería kitanes, ongutos y chinos. Eran muy pocos efectivos, y en condiciones normales la guarnición permanente de Pekín hubiera bastado para derrotarlos, pero era tal el desánimo que había cundido entre las tropas imperiales que aun superándolos en número no se atrevían a enfrentarse en campo abierto.

Pese a todos los problemas internos, el general Wan-Yen logró resistir varios meses. El emperador envió algunas tropas de socorro, pero todos los ejércitos fueron derrotados por los temibles escuadrones de Muhuli, integrados por formidables veteranos de guerra que no tuvieron problemas para desbaratar a los inexpertos soldados venidos desde el sur para enfrentarse a los terribles caballeros nómadas. Ni siquiera los expertos aurigas de los carros de guerra chinos fueron capaces de vencer a los compactos batallones de arqueros mongoles.

A principios del verano de aquel año del cerdo, el último de los ejércitos de socorro fue masacrado a unas pocas millas de Pekín. El emperador había equipado cuantas tropas había podido armar pero todos los contingentes habían sido derrotados. Los años continuados de guerra habían dejado a Pekín sin posibilidad de reponer las provisiones en los almacenes imperiales, y los suministros de alimentos comenzaban a escasear. Algunos comieron carne de cadáveres para poder subsistir. Sin ayudas y con el hambre comenzando a cundir entre los pekineses, la ciudad estaba perdida.

El honesto general Wan-Yen, ante la pérdida de toda esperanza de ser socorridos desde el exterior y, ante la asamblea de generales reunida para evaluar la crítica situación, propuso realizar una salida desesperada con todas las tropas disponibles. Si lograban sorprender a los mongoles, que sin duda no esperarían una reacción de este tipo, es probable que pudieran salvarse; en cualquier caso consideraba que aquélla era la única oportunidad. Su intrépida propuesta fue rechazada por todos los acomodados generales, que decidieron seguir resistiendo tras las murallas de Pekín. Wan-Yen, fracasado, abandonadas todas sus esperanzas, se retiró a su palacio. Pidió a sus criados papel, pluma y tinta y escribió una larga carta dirigida al emperador. En ella se autoculpaba de no haber podido defender la capital y de haber hecho dejación de su autoridad permitiendo que un grupo de cobardes generales incumplieran sus órdenes. Después reunió a todos sus sirvientes y les repartió sus riquezas. Se retiró a sus aposentos y, cuando caía la noche, en la soledad de su dormitorio, ingirió un fortísimo veneno que le había proporcionado su secretario.

El segundo jefe militar ni siquiera llegó a tomar el mando. Abandonó Pekín dejando a las mujeres del harén desamparadas ante los soldados de la guardia que, libres de toda autoridad y disciplina, se dedicaron a saquear el palacio y a violar a las nobles damas, algunas de ellas esposas e hijas del emperador. Cuando todo Pekín se enteró del suicidio del jefe militar de la plaza y de la huida de su sucesor, estalló una revuelta sin precedentes. Las calles de Pekín se convirtieron en un verdadero caos. La gente corría de un lado para otro perseguida por soldados ávidos de joyas y riquezas. De las casas de los más ricos se veía salir a grupos de soldados cargados con cuanto de valor podían arrastrar. Gritos de dolor y muerte se extendían por toda la ciudad entre un denso humo dulzón.

Yo pude parapetarme tras los altos muros de mi casa. Ordené a los criados que atrancaran la puerta y les repartí espadas y lanzas con la orden expresa de acabar con quien intentara entrar. Aunque era muy peligroso circular por las calles, me ceñí una espada y en compañía de seis criados bien armados salí hacia el palacio imperial. Por toda la ciudad se elevaba el humo de los diversos incendios que hacía el aire casi irrespirable. El desorden era absoluto. Cientos de cadáveres yacían por el suelo, algunos horriblemente mutilados.

Cuando llegué ante los muros de Palacio me encontré las puertas abiertas; nadie las protegía. En el interior, centenares de eunucos, esclavos y soldados lo saqueaban todo, apoderándose de los objetos de valor. El que otrora fuera espléndido palacio del «Hijo del Cielo» parecía ahora el esqueleto de lo que había sido. Tapices, cortinas, muebles, telas, todo había desaparecido arrancado de cuajo por los saqueadores. Corrí hacia la biblioteca y descubrí que todavía no la había alcanzado la vorágine de destrucción. Los libros estaban en sus correspondientes alacenas, pero nadie custodiaba las salas. Por el contrario, las oficinas imperiales sí que habían sufrido el vandalismo de los saqueadores y los pergaminos y legajos se desparramaban por el suelo. Intenté dar órdenes para que acabara esa sinrazón, pero nadie hacía caso. La única obsesión de aquellas gentes era apoderarse de los objetos preciosos y salir de Palacio. Nadie parecía darse cuenta de que toda esa destrucción no tenía sentido. Un ejército mongol estaba apostado en el exterior y, en esa situación las joyas, los tapices y las sedas de nada valían. En la sitiada Pekín era más precioso un puñado de harina que un collar de rubíes. Los soldados que defendían las murallas y las puertas, enterados del saqueo que se estaba realizando, abandonaron sus puestos y se lanzaron por toda la ciudad a rapiñar cuantos objetos de valor se encontraran.

Ésa fue la oportunidad que esperaba Muhuli. Con sus cinco mil veteranos y sus tropas de apoyo se lanzó al asalto de las desguarnecidas murallas y, sin oposición, en unos pocos instantes los hombres de las estepas estaban sobre las almenas. En tanto los propios soldados que deberían haber protegido la ciudad la saqueaban, los asaltantes tomaban posiciones. Muchas mujeres, aterrorizadas por los malos tratos a que fueron sometidas por la soldadesca y por los que iban a causarles los mongoles, se arrojaron desde lo alto de sus casas o desde las murallas, pereciendo estrelladas contra el suelo. Los hombres que habían escalado la muralla abrieron las puertas. Un torrente incontenible penetró a todo galope en las calles de Pekín arrasando cuanto encontró a su paso.

Yo estaba con mis ayudantes recogiendo los documentos del archivo histórico cuando irrumpió un grupo de mongoles. Eran diez o doce y los mandaba un oficial que portaba un sable en la mano derecha y un afilado y largo cuchillo en la izquierda; ambos estaban ensangrentados. Mis ayudantes se quedaron paralizados; yo, con la serenidad que proporciona el saber que es inevitable la muerte, me coloqué frente a los soldados con un libro en mi mano y les ordené en mongol que se detuvieran. El oficial pareció desconcertado ante mi firmeza.

En aquella época acababa de cumplir treinta y cuatro años. Nunca me había afeitado la barba, por lo que me llegaba hasta la cintura. Tenía el pelo negro como el azabache y muy abundante; ahora cepillo un cabello gris ralo y escaso. Vestía, como acostumbro, una larga túnica negra con ribetes azules que hace que mi estatura parezca aún más alta si cabe. Quizá fuera mi elevada figura, mi voz, que dicen es profunda y grave, o mis ojos, oscuros como la noche y brillantes a la vez, o a lo mejor una simple veleidad del destino, pero aquel oficial no ordenó a sus hombres que acabaran con nosotros. Se limitó a quedarse mirando un buen rato y a atusarse los bigotes; después de dudar qué hacer, mandó que nos apresaran. Dos soldados me condujeron a una de las salas del palacio imperial, donde estaban siendo reunidos los hombres más relevantes de la ciudad.

En apenas unas horas, miles de muertos alfombraban las calles y plazas y Muhuli era dueño de Pekín. En varias salas habilitadas del palacio imperial comenzaron a amontonarse las riquezas conseguidas. El esfuerzo realizado por los saqueadores había sido en vano; Muhuli lo confiscó todo: cofres llenos de joyas (lapislázulis, zafiros, turquesas de Kirmán, rubíes de Ceilán, calcedonias de Kerya, diamantes de Coromandel, topacios, amatistas y granates), oro, plata y sedas. Se tardó varios días en contar el botín obtenido y en inventariar todas y cada una de las piezas ganadas. Un tercio de la población había muerto y los supervivientes nos habíamos convertido en esclavos.

Durante tres días la espléndida Pekín fue saqueada sistemáticamente. Mujeres violadas, casas nobles desmanteladas e ingentes riquezas, acumuladas durante siglos, expoliadas; esas fueron las consecuencias de la victoria.

Gengis Kan recibió la noticia de la toma de Pekín por Muhuli en su campamento del Dolon-Nor. Pese a que hacía varios años que ansiaba poseer la capital del Imperio y a que había visto fracasar sus anteriores intentos, no mostró ninguna emoción. China ya no le interesaba. Había derrotado a los kin y se había vengado de las afrentas que en tiempos de su abuelo y de su padre causaran los jürchen a su pueblo, pero una vez vencidos, su destino no le importaba. Tan es así, que ni siquiera se molestó en ir a Pekín para tomar posesión de la que era su más preciada conquista. Tras aquella campaña regresó a Mongolia y nunca más volvió a pisar suelo chino; Gengis Kan jamás entró en la ciudad cuya posesión tanto lo había obsesionado.

Muhuli requería instrucciones y Gengis Kan envió a Sigui Jutuju. El hermano adoptivo del kan, celoso administrador del tesoro desde que Tatatonga le enseñara a escribir y a contar, viajó hasta Pekín para revisar el inventario de los bienes requisados y conducirlos a Mongolia. Portaba además nuevas órdenes del kan para Muhuli. El valeroso *oerlok* era nombrado jefe militar de todos los territorios de China, con el encargo de mantener las posiciones ganadas en la guerra, incluida Pekín, en tanto se decidiera el nuevo rumbo a seguir. Cuando Sigui Jutuju contempló los tesoros requisados, apenas daba crédito a lo que estaba viendo. Miles de arcones llenos de oro, plata, sedas, brocados, perfumes, vestidos y joyas se amontonaban por doquier en las salas del palacio imperial. El hermano adoptivo de Temujín nunca había presenciado semejante cantidad de riquezas. Uno a uno, todos aquellos magníficos tesoros fueron cuidadosamente embalados para el transporte.

La segunda de las caravanas partió hacia el norte a primeras horas de un caluroso día de estío, poco después de que cayera una de esas tormentas torrenciales tan frecuentes en el norte de China durante los veranos. Mis captores me habían clasificado en el grupo que llamaban de «los sabios», integrado por astrónomos, científicos, literatos, médicos e ingenieros. Junto a nosotros viajaban casi medio millar de artesanos, sobre todo orfebres y pirotécnicos. Salimos de Pekín por la gran Puerta del Norte y poco a poco el perfil de mi ciudad se fue difuminando tras el polvo rojizo que levantábamos hombres, carros y bestias. Apenas hacía dos días que había marchado la primera de las caravanas, que al igual que esta segunda estaba integrada por miles de camellos cargados con pesados fardos, centenares de carretas tiradas por parejas de yaks y un sinfín de caballos y hombres. Dos *guranes* de caballeros mongoles y tres batallones ongutos de infantería escoltaban aquella valiosísima caravana. Los mongoles marchaban alegres, entonando viejas canciones de guerra que hablaban de victorias y triunfos. Nosotros caminábamos cabizbajos, sabedores de que nos esperaba un largo y penoso exilio, y quién sabe si incluso la muerte.

Como miembro de una rica y poderosa familia de la aristocracia, yo siempre había dormido entre sábanas de seda, en estancias cálidas en invierno y frescas en verano, y en mi despensa nunca habían faltado los más exquisitos manjares y los más aromáticos vinos y licores. Mi vida había sido fácil y confortable, siempre rodeado de una plétora de criados y esclavos dispuestos a atender el más mínimo de mis requerimientos. Ahora se abría ante mí un futuro incierto en un exilio del que desconocía qué me esperaba. Andando por los polvorientos caminos del norte de China, meditaba sobre la inutilidad de mi trabajo como astrónomo. Todo mi saber, todos mis años de estudio sobre las estrellas, los astros y sus movimientos, tantas noches elaborando cartas astrales y estableciendo los cursos de los planetas no servían para nada. En las solitarias estepas del lejano Gobi mi ciencia, tan apreciada entre las clases altas de Pekín, era inútil. Me sentía como un ser estéril, incapaz de conseguir alimentos por mí mismo, absolutamente necesitado de otros para proporcionarme comida, vestido y defensa.

Tardamos un mes en recorrer el camino entre Pekín y el Dolon-Nor, donde aguardaba Gengis Kan, y la última semana lo hicimos bajo lluvias torrenciales que embarraron los caminos haciendo penoso el tránsito. «Los sabios» fuimos instalados en varias tiendas de fieltro gris y nos ordenaron que no saliéramos del círculo que dibujaban sobre la hierba. Dos veces al día, varios esclavos chinos nos traían una comida consistente en una papilla de mijo y arroz, carne de cordero cocida con hierbas y cuajada. Al cuarto día nos permitieron pasear por el campamento, sin consentir que nos acercáramos a la enorme tienda de fieltro blanco en la que residía el kan. Poco después se nos autorizó a ir hasta la orilla del lago, donde pudimos refrescarnos del sofocante calor que abrasaba la estepa.

Un día, de regreso a nuestras tiendas de fieltro gris, nos cruzamos con un imponente jinete que montaba un espléndido corcel blanco. En cuanto pude ver su rostro no me cupo ninguna duda: aquel magnífico caballero era el gran kan de los mongoles.

Al pasar junto a nosotros se fijó en mí, detuvo el trote de su caballo y me preguntó:

—¿Quién eres tú?

—Mi nombre es Ye-Liu Tch'u Ts'ai, consejero de su majestad el emperador del Imperio del Centro.

—Tu aspecto es extraño. Eres el hombre más alto que he visto, no pareces chino.

—No lo soy, Majestad. Mi raza es la de los kitanes. Soy miembro de la aristocracia Liao, desciendo de la familia imperial que gobernó China hasta que la conquistaron los jürchen.

—La casa de los kin y la de los Liao son enemigas. Has tenido suerte, pues mi victoria sobre los kin te ha vengado.

—No me agrada la venganza. La derrota de los jürchen no me consuela.

—Debería hacerlo, tu emperador es un cobarde.

—Los pueblos no tienen por qué pagar la cobardía de sus gobernantes. Es probable que Wu-lu-pu carezca del valor necesario para enfrentarse a vuestras hordas, pero fue mi señor hasta que vuestras tropas conquistaron Pekín. Mi abuelo, mi padre y yo mismo hemos servido a China con lealtad y honor. Mentiría y mancillaría el nombre de mi padre si dijera lo contrario tan sólo para agradar a vuestros oídos —me atreví a decirle.

El kan dibujó una tibia sonrisa, entornó los ojos, arreó a su caballo y se alejó al galope.

Temujín era realmente un ser formidable, bien distinto del resto de los nómadas. La mayoría de los hombres de las estepas son de talla pequeña, cuerpo rechoncho y piernas curvas, torneadas porque pasan la mayor parte del tiempo sobre el caballo. Tienen la cabeza redonda y grande y una cara ancha y plana en la que sólo sobresalen unos marcados pómulos. La nariz es achatada y las aletas están muy separadas. Todos llevan bigote y perilla, con pelos muy escasos y finos que rodean una boca grande de gruesos labios que acentúa todavía más el ligero prognatismo de sus poderosas mandíbulas. Tienen unas orejas largas y grandes, que algunos dicen se asemejan a las de los corderos. Para parecer más fieros, los guerreros se afeitan el cráneo y sólo dejan crecer un grueso mechón negro y lacio en la nuca que trenzan en una o dos coletas que suelen adornar con plumas de aves o con cadenitas de oro. Unas poderosas cejas protegen sus pequeños ojos oscuros y redondos, de pupilas ardientes y acuosas a un tiempo, que esconden detrás de unos párpados sin apenas pestañas y casi siempre semicerrados, sin duda por reflejo de tener que protegerse del viento helador de la estepa y del polvo cegador del desierto. Entre ellos lo que más varía es el color de la piel. Las hay desde las de tono verdoso hasta el marrón oscuro, pasando por toda una gama de ocres, rojizos y pardos.

Gengis Kan sobresalía casi una cabeza por encima de todos sus súbditos. Su figura era de buena presencia, proporcionada y armoniosa. De cuerpo robusto, sus hombros eran fuertes y elevados, lo que otorgaba a su silueta un aspecto colosal. Tenía la piel tostada, curtida por los largos años de exposición al sol y al viento de las estepas. Su pelo era rojo como los atardeceres de verano, y aunque cuando lo conocí comenzaba a clarearse con algunas canas, todavía causaba la admiración que lo había convertido en legendario; unas veces lo recogía en una gruesa trenza, otras en dos coletas, de la que pendían dos plumas de halcón. A veces, por lo general cuando salía en campaña, se afeitaba todo el cráneo, salvo los dos mechones de las coletas, para parecer más fiero. En su rostro franco y limpio, brillante como si emanara su propia luz, destacaban dos brillantes ojos verdes, perfilados de gris y ardientes como ascuas, no tan sesgados como los que poseemos los orientales. La distancia entre ambos era ligeramente superior a la normal, lo que todavía los resaltaba más. Aunque su mirada era clara, nadie era capaz de sostenerla; tal era su fuerza y su capacidad de intimidación. En cierta ocasión me confesó que cuando me conoció se sintió interesado por mí porque, además de mi altura y de mi larguísima barba negra, había sido el único hombre capaz de aguantarle la mirada sin bajar la vista. Su pecho y sus brazos eran fuertes, como los del mejor guerrero, y, aunque habituado a montar a lomos de un caballo, sus piernas apenas se arqueaban al caminar.

Al día siguiente a nuestro primer encuentro se presentaron en mi tienda dos soldados de la guardia. Uno de ellos me dijo que debía prepararme para acudir esa misma tarde ante el kan. Un alto funcionario me dio algunas instrucciones sobre cómo comportarme. En ningún caso podía tocar el umbral de la tienda, no hablaría sino cuando el kan me lo permitiera y si me hacía alguna pregunta debería contestar de manera escueta y concisa. Tendría que postrarme de rodillas hasta que se me permitiera ponerme en pie y permanecer en silencio hasta que me fuera autorizado hablar. Antes de entrar en la tienda me hicieron pasar entre dos hogueras, a fin de purificar mi cuerpo de los posibles espíritus malignos que pudiera contener, y por fin me condujeron al interior.

Yo esperaba encontrarme en medio de una reunión de generales, funcionarios, cortesanos, parientes y todo tipo de gentes próximas al kan, pero, para mi sorpresa, Temujín estaba solo, apoyado en una de las grandes mesas cubiertas de bandejas y jarras de oro y plata; bebía de una copa de oro adornada con esmeraldas y rubíes. Cuando se acercó a mí me arrodillé y me dijo:

—Este *karakumis* es excelente. La mayoría de mis generales prefiere el de primavera, pero yo lo encuentro un tanto suave. El que se obtiene de las yeguas a mediados del verano tiene un sabor más acentuado y profundo. Levántate. Toma, pruébalo y dame tu opinión.

Me quedé pasmado cuando vi que el kan en persona me servía una copa. Me incorporé, alargué mi mano, cogí la copa que me ofrecía y tragué un poco. El sabor me pareció horrible: agrio, fermentado y picante, en nada parecido a los finísimos vinos y licores de China.

—¿Y bien? —me preguntó.

—Creo que no sería capaz de adelantar mi opinión —dije.

—Veo que no te gusta. Bueno, es cuestión de acostumbrarse. Hace mucho tiempo mi padre me dio a beber *kumis*. Yo era un niño y recuerdo que su sabor me desagradó. Pero no tardé en habituar mi paladar.

—No sé si yo podré hacerlo, majestad.

—La primera vez no es agradable, pero es muy nutritivo. En esta bebida está la causa de nuestro éxito. En la guerra actúa como un verdadero estimulante que confiere al guerrero una fiereza y un ardor sin igual, además de la energía necesaria para aguantar un duro combate.

—Creo que ésa no es la única causa de la capacidad de lucha de los mongoles.

—No, tienes razón, no lo es.

El kan apuró su copa y volvió a llenarla con *karakumis* de una jarra de cristal tallado con pie y asas de oro.

—Creo —me atreví a decir— que no me habéis hecho llamar para daros mi opinión sobre vuestra bebida predilecta.

Rió de buena gana.

—No, por supuesto que no. Te he hecho venir porque me gustó la forma en que me hablaste el día que nos cruzamos en el campamento. He pedido un informe sobre ti y me han dicho que eras una persona muy importante en la Corte de Pekín.

—Tan sólo uno más de los muchos consejeros del emperador.

—Me han asegurado que conoces los astros y sabes leer sus señales.

—Sé predecir sus órbitas y calcular sus trayectorias, y hay quienes creen que esos movimientos influyen en la vida de los hombres. Yo no creo que sea así, mas ¿quién puede asegurarlo?

—En Pekín lo hacías para tu emperador.

—En China existe una vieja costumbre por la que la familia imperial encarga a sus astrónomos la realización de sus cartas astrales. Pero casi nunca se han cumplido. Si así fuera, ninguno habría acabado de manera trágica, pues hubiéramos podido prever su final y evitarlo.

—No me importa si son útiles o no, tú harás los horóscopos de mi familia.

—Eso no cambiará las cosas, majestad.

—Ya lo sé, pero el *ka kan* de los mongoles no ha de ser menos que el emperador de los kin.

—En ocasiones —le dije—, los gobernantes han hecho demasiado caso de los horóscopos y ahí ha radicado su ruina.

—No te preocupes por ello, suelo fiarme más de mi intuición y de mis informes que de las estrellas. Ahora gobierno un territorio mucho más extenso que el Imperio kin. Un jinete tarda más de sesenta días en ir de un extremo a otro. ¿No creerás que he logrado conquistar tantos países fiándome tan sólo de los chamanes y los adivinos?

—Conquistar no es demasiado difícil. Basta con un ejército fuerte y preparado, hombres valientes y motivados y un caudillo poderoso al que sus hombres sigan hasta la muerte. Conservar lo conquistado es realmente lo difícil. China ha sido invadida en muchas ocasiones, pero sólo aquéllos que han sabido gobernarla han podido poseerla.

–Los cascos de nuestros caballos la gobernarán –asentó el kan.

–Un imperio puede conquistarse desde un caballo, pero no puede gobernarse desde un caballo.

Gengis Kan permaneció en silencio. En privado era un excelente conversador, siempre ameno e ingenioso, pero en las recepciones oficiales se mostraba callado y reflexivo. Si había que tomar una decisión rápida sabía hacerlo como nadie, pero si la urgencia no apremiaba dejaba el asunto sin resolver y reflexionaba sobre él hasta que encontraba la mejor solución. Por eso sus resoluciones fueron siempre acertadas. En los años en que gobernó a su pueblo y luego al extenso imperio que creó, nombró cientos, miles de consejeros, gobernadores y generales, y nunca se equivocó. Sus nombramientos fueron tan acertados que jamás se echó atrás para revocar alguno de ellos ni jamás tuvo que cesar a uno de sus lugartenientes por incompetencia, traición o deslealtad.

Cuando salí de la tienda, mis piernas temblaban y mi corazón latía sin freno. Tuvo que pasar algún tiempo para darme cuenta del gran honor que Gengis Kan me había concedido. En las tres semanas siguientes me llamó de nuevo en varias ocasiones. A veces hablamos a solas, bien en su tienda, bien paseando por las orillas del lago. Otras veces lo hacíamos en presencia de algunos de sus generales y cortesanos. El kan siempre se dirigía a mí solicitando mi opinión, especialmente cuando se trataba de temas relacionados con la futura administración del Imperio.

–He reflexionado mucho sobre lo que me dijiste el otro día. Creo que tienes razón; un imperio ha de gobernarse de modo distinto al que se dirige a un ejército de nómadas. Nosotros los mongoles no tenemos experiencia en ese tipo de gobierno, quiero que me ayudes a hacerlo.

Gengis Kan volvió a sorprenderme de nuevo.

–Os fiáis demasiado de mí –le dije.

–Un hombre que mira con tus ojos no es un traidor. Tu voz es limpia, profunda y serena. Tus palabras son acertadas, prudentes y sabias, y además, aunque no entiendo por qué, creo que te importa la gente.

—Mi padre me enseñó a respetar a todos los seres humanos.

—El mío me adiestró para luchar contra mis enemigos y contra los enemigos de mi pueblo.

—Matar no es bueno —aseveré.

—Matar es necesario. Si no matas, te matan. Ésta es la ley de la estepa, la misma ley que ha regido las relaciones entre los hombres que vivimos en tiendas de fieltro. El más fuerte mata, el más débil muere. Así es la naturaleza y así la ha creado Tengri. Fíjate si no en lo que le ocurrió a ese general que se suicidó por no poder defender Pekín de nuestro asedio.

—Wan-Yen, se llamaba Wan-Yen.

—Pues bien, yo mismo hubiera nombrado a ese Wan-Yen general de mi ejército. Sigui Jutuju me informó sobre sus actos y creo que fue un hombre valeroso, pero no entiendo por qué se suicidó. Tú hablas de vida y no hay nada peor que quitarse la propia vida.

—Wan-Yen se quedó solo; consideró que había perdido su honor y, como militar que era, su código sólo le ofrecía esa salida.

—Demostró ser un hombre débil —aseguró el kan.

—En ese caso sólo deberíais rodearos de los más fuertes.

—La fortaleza también radica en la sabiduría. Tú eres sabio, por eso eres fuerte. Fue tu sabiduría, no la fuerza de tus músculos, la que te dio el valor para sostenerme la mirada. Nadie ha podido aguantármela como tú.

—Además de la sabiduría y de la fuerza son necesarias otras habilidades. Los artesanos, los campesinos y los obreros no son tan fuertes como los guerreros ni tan sabios como los filósofos, pero si no fuera por ellos no habría ciudades, ni obras de arte, ni ganado, ni campos cultivados, ni vestidos. Los hombres seríamos como los animales.

—Mi buen amigo, los hombres somos mucho peor que los animales —aseguró Gengis Kan.

Apenas tres días después de mi entrevista con el kan, recibí la llamada del canciller Tatatonga. Acababa de llegar desde la lejana Karakorum y me pedía que acudiera a su tienda. Lo hice, y así fue como conocí al primero de los funcionarios del joven Imperio mongol.

Tatatonga se dirigió a mí en uigur, y yo le contesté en su lengua. En Pekín todos los altos funcionarios habíamos tenido que aprender al menos dos idiomas para aprobar los durísimos exámenes que concedían el grado de maestro. Yo hablaba por entonces, además del chino y del dialecto liao, uigur, mongol y turco, pues en Pekín es imprescindible para tratar con los comerciantes que vienen del oeste.

–Acabo de llegar de la capital imperial Karakorum. Soy el canciller Tatatonga, guardián del sello de su majestad el *ka kan*.

–Yo soy...

–Sé quién eres –me interrumpió Tatatonga–. El kan no ha dejado de hablarme de ti desde que he llegado. Admira mucho tu sentido del honor y de la lealtad, tu dignidad y tu sabiduría. Me ha dicho que eres un hombre extraordinario y me ha ordenado que te extienda este documento.

Tatatonga me mostró un papel escrito en uigur en el que se me nombraba miembro del Consejo imperial.

–A pesar de mis reiterados esfuerzos por convencerlo de que los que hemos vivido en ciudades no somos gusanos inmundos a los que hay que aplastar –prosiguió Tatatonga–, el kan no había atendido hasta ahora ninguno de mis alegatos. En cambio, tú le has hecho mudar de criterio. Esta misma mañana me ha confesado que su opinión sobre los ciudadanos ha cambiado desde que te conoce. Dice que si tú has vivido en una ciudad durante toda tu vida, también en las ciudades pueden forjarse hombres honestos y dignos.

–Su majestad me honra más de lo que merezco –señalé.

–Vamos, conmigo no hace falta que te muestres modesto. Creo que tu ambición es tan grande como tu altura.

—Mi única ambición es ascender en la escala del conocimiento. Me atrae la figura de Buda, pero soy seguidor de Confucio y como él profeso la sencillez y la humildad como norma de conducta.

—En China eras un hombre rico; tu modo de vida no parecía estar en consonancia con tus ideas. Aquí en Mongolia la vida es mucho más dura. Hay días en que los piojos abundan tanto que los sientes correr por tu piel. Pero no te preocupes, te acostumbrarás pronto.

Tatatonga tenía razón. Verdaderos ejércitos de piojos infestan los campamentos de los nómadas, pues esta gente no acostumbra lavar la ropa, sino que se limita a tenderla al sol para que se oree.

—La dicotomía entre pobreza y riqueza es una de las muchas contradicciones que arrastro como ser humano. Yo heredé de mi familia una fortuna que conservé hasta la caída de Pekín. Todo lo que he ganado en mi carrera como funcionario lo he entregado a los pobres —aseveré.

Tatatonga me miró de soslayo, sonrió con ironía y me entregó el documento y el collar que me acreditaban como consejero del gran kan.

Gengis Kan ordenó a Tatatonga que sobre una lápida de piedra se grabara la siguiente inscripción:

EL CIELO HA DEJADO SENTIMIENTOS DE ARROGANCIA Y DE LUJO DEPOSITADOS EN LA FRONTERA DE CHINA. YO CABALGO EN LA REGIÓN SALVAJE DEL NORTE. VUELVO A LA SIMPLICIDAD Y REGRESO A LA PUREZA. RENUNCIO A LA PRODIGALIDAD Y ME CONFORMO CON LA MODERACIÓN. NO ME PREOCUPAN LOS VESTIDOS QUE LLEVO NI LA COMIDA QUE COMO; TENGO LAS MISMAS ROPAS Y LA MISMA COMIDA QUE LOS BOYEROS Y LOS PALAFRENEROS. YO MIRO AL PUEBLO COMO SI FUERA UN SOLO NIÑO Y TRATO A LOS SOLDADOS COMO A MIS HERMANOS. PRESENTE EN CIEN BATALLAS, ME HE SITUADO SIEMPRE EN PRIMERA LÍNEA. EN EL ESPACIO DE SIETE AÑOS, HE REALIZADO UNA GRAN OBRA Y EN LAS CINCO DIRECCIONES DEL ESPACIO TODO ESTÁ SOMETIDO A UNA LEY.

***

La lápida se colocó en la cima de una elevada colina, con el lado escrito en dirección a China.

El otoño avanzaba y las primeras heladas nocturnas hicieron que Gengis Kan levantara el campamento y marchara hacia Mongolia. Antes de partir, unos mensajeros trajeron la noticia de que Guchulug, el joven kan de los naimanes, había sido proclamado gurkán de los kara-kitán. En las fronteras occidentales parecía tramarse una nueva alianza entre los desbaratados naimanes y merkitas con la ayuda de los kara-kitán y de los turcos kipchakos. Los uigures estaban inquietos ante la amenaza que se cernía de nuevo sobre ellos y solicitaban la intervención del kan.

Cargados de riquezas partimos una soleada y fría mañana hacia las arenas el Gobi. Dos *tumanes* regresaron a Pekín para reforzar a las tropas de Muhuli, al que sólo quedaban tres mil hombres. El kan me asignó varias tiendas y esclavos y, como consejero suyo, disfruté de una serie de privilegios que me hicieron más fácil la larga travesía del desierto. En China, al frente de veintitrés mil mongoles y un número semejante de tropas auxiliares kitanes y ongutas, quedó Muhuli con la misión de seguir haciendo la guerra a los jürchen.

A través del desierto y de la estepa avanzaban miles de carros, unos pequeños, tirados por un buey o un yak, otros tan grandes que hacían falta hasta veinte yaks para arrastrarlos. Algunos sostenían plataformas de tablas de madera sobre las que se trasladaban las tiendas montadas; ésos tenían varias ruedas tan altas como un hombre con el brazo levantado.

Atravesamos Mongolia. Durante días cruzamos inmensas llanuras alfombradas de hierba seca que se rizaba con el viento asemejando un mar de oro. Más al norte cruzamos un sinfín de colinas de largas y suaves laderas entre las que se abrían, de trecho en trecho, planicies por las que discurrían meandros de agua que en las noches de luna llena serpeaban como medias lunas de plata. La estepa me pareció fascinante. A pesar de que a comienzos del invierno estaba gris y parda, desprovista de la hierba alta y verde que la cubre durante la primavera y principio del verano, aquellas inmensas llanuras salpicadas por ondulantes colinas ejercieron sobre mí una especial atracción. Sólo a la vista de ese paisaje puede entenderse la vida de los nómadas, su carácter aguerrido y acogedor a la vez. Esos horizontes infinitos han sido los que han forjado a esta raza de hombres valerosos y sobrios, capaces de atravesar montañas heladas, ríos torrenciales y desiertos abrasadores y llegar al otro lado listos para enfrentarse a quien quiera medir sus fuerzas con ellos. Esa naturaleza dura y difícil es la que ha moldeado sus incansables cuerpos y forjado sus indomables espíritus.

Por fin llegamos al curso del Onón, donde Gengis Kan estableció el campamento en su *ordu* natal. Allí lo esperaban la mayoría de sus esposas, a las que se unieron la princesa Ch'ikuo que traía de China y algunas bellas concubinas que le envió Muhuli tras la toma de Pekín. El regreso de las tropas se celebró con un gran banquete en el que el kan me ofreció un pedazo de carne que él mismo había cortado de un cordero asado con la punta de su cuchillo. Ese gesto significaba que Temujín hacía saber a todos sus generales que yo gozaba de su amistad.

Durante aquellos meses tuve oportunidad de departir con largueza con el gran kan. Las noches de la estepa son largas y gélidas durante el invierno y se pasan muchas horas al abrigo de las tiendas, cerca del fuego alimentado con *argal*. La naturaleza no es dadivosa y eso obliga a aprovechar todo lo que proporciona. La vida del nómada no sabe de derroches y nada se desecha, incluso utilizan los excrementos del ganado para alimentar el fuego.

Todos los atardeceres solíamos reunirnos en la tienda del kan varios de sus consejeros y generales. Gengis Kan hablaba a menudo de sus años de infancia y juventud. Le gustaba recordar aquellos tiempos en los que no tenía otra preocupación que buscar alimentos con los que vivir día a día ni otra obsesión que cumplir la promesa que hiciera a su padre en la cima del sagrado Burkan Jaldún. Viejos chamanes contaban historias de la tribu en las que el cielo, la tierra, los ríos, las montañas y los bosques parecían cobrar una inusitada vida. Les repugnaba citar los nombres de los muertos, quizá por eso cuando narraban las hazañas de los héroes fallecidos lo hacían refiriéndose a ellos con apelativos, y casi nunca con sus nombres propios.

Algunos bardos recitaban viejas canciones para amenizar las largas veladas en las que se consumía cordero guisado, sopa de carne y cuajada y se bebía *kumis* y licor de arroz. Recuerdo que, una noche, un cantante acompañado por un violín nos deleitó con una extraordinaria historia en la que dos héroes tártaros entablaban un largo combate que duró tres años, al cabo de los cuales uno de los dos fue ensartado por las flechas del otro y su alma se convirtió en un pájaro blanco.

En otro poema, un héroe mongol desposeía a un lama de sus riquezas y éste enviaba a su alma en forma de avispa para que picara en los ojos al mongol y lo dejara ciego. El mongol conseguía capturar con la mano a la avispa y, apretando o aflojando, hacía que el lama perdiera o recobrara el sentido, pudiendo así dominar su voluntad.

La mayoría de estos poemas narraban siglos de luchas en las estepas y hablaba de guerras entre tribus o entre clanes, pero todos ellos dejaban bien claro que la armonía entre el hombre y la naturaleza era esencial para la vida del nómada. Para los hombres de las estepas y de los bosques del norte todo tiene alma. En una simple hormiga, en un delicado pájaro o en una fiera pantera puede radicar el espíritu de un antepasado, de un valiente guerrero o de una hermosa doncella.

Algunas veces, cuando el *kumis* y el vino embotaban las mentes de aquellos hombres, los poemas épicos sobre héroes y batallas se sustituían por relatos satíricos en los que las relaciones entre hombres y mujeres se convertían en el principal tema de conversación. Recuerdo un divertido poema que no por mucho que se reiterara dejaba de causar verdadera hilaridad entre aquellos fieros soldados. Era la historia de un tártaro que estaba pasando una noche de invierno con una de sus esposas cuando a ésta le entraron unas irrefrenables ganas de orinar. Pese al terrible frío del exterior (evacuar los propios líquidos dentro de la tienda es uno de los mayores agravios que se pueden cometer entre los nómadas de las estepas), la mujer salió fuera de la tienda a hacer sus necesidades naturales. El esposo, ante la tardanza de su mujer, se abrigó con una gruesa piel de yak y salió afuera a ver qué ocurría. A unos treinta pasos hacia la parte posterior de la tienda contempló a su esposa que permanecía agachada. La llamó, pero ésta no se movía. El hombre se acercó sorprendido y, cuando llegó a la altura de la esposa, ésta le dijo que para resguardarse del viento se había agachado cuanto había podido y que la orina se le había helado tal y como había salido de su interior y los pelos de su sexo se habían quedado pegados a la hierba con el hielo, lo que le impedía levantarse. El tártaro intentó separar a su mujer de la hierba, pero cuanto más tiraba más agudos eran los dolores que ésta sentía en su entrepierna. Ante semejante situación, al hombre no se le ocurrió otra cosa que agacharse frente a su mujer e intentar deshelar la orina congelada con el vaho de su aliento. Pero el frío era tanto que las barbas del tártaro también quedaron pegadas a la hierba con el hielo que produjo su aliento. Ella sujeta a la hierba por los pelos de su sexo y él por los de su barba, comenzaron a gritar desesperadamente pidiendo ayuda. Enseguida acudieron otros miembros del campamento que, a la vista de semejante postura, rompieron a reír de modo tal que dicen algunos que todavía resuenan en ese valle aquellas carcajadas. Es claro que aquella noche la mujer perdió el pelo de su sexo y el hombre el de su barba, pues no quedó otro remedio que cortárselos a ambos para poder liberarlos.

El kan gustaba de rodearse de las riquezas que había logrado ganar en China. Aquellas rudas gentes nunca habían visto objetos semejantes. La tienda del kan rebosaba de piezas de oro y plata, de jarras de cristal llenas de *kumis*, de fuentes saturadas de comida, de generales de su ejército que mostraban a sus bellas y enjoyadas concubinas ganadas en los refinados harenes de las ciudades del Imperio kin. Una orquesta de flautas y laúdes tocaba en un rincón suaves melodías que recordaban días de amor y flores.

–Mira, Ye-Liu –me dijo en una ocasión–, esto es cuanto un mongol puede desear: comida en abundancia, *kumis* sin medida, bellas mujeres con las que dormir en las frías noches del invierno y compañeros con los que compartir estos placeres. ¿Qué otra cosa se puede pedir?

–Todas estas delicias son efímeras. Si se está enfermo nada de ello sirve para mitigar el dolor y ninguna de estas cosas puede evitar la muerte.

–La muerte la otorga Tengri cuando desea. Todos debemos morir, pero hasta que llegue ese momento debemos aprovechar cada momento que la vida nos ofrece, tomar lo que queramos y disfrutarlo.

–Mis maestros me enseñaron que el ser humano no es sino un eslabón más en la cadena de la vida. Cuando un hombre muere, o sufre, todos morimos o sufrimos un poco.

–Dices cosas muy extrañas, Ye-Liu. Yo nunca he sufrido cuando he visto morir a mis enemigos. Todo lo contrario; he sentido placer por ello. Los jürchen causaron grandes males entre las gentes de mi pueblo. Azuzaron a nuestros vecinos contra nosotros y a nosotros contra nuestros vecinos. No cesaron de avivar las querellas entre los habitantes de las estepas y nos masacraron generación tras generación, matándonos o convirtiéndonos en esclavos. De los jürchen procedía nuestro dolor, acabar con ellos es acabar con la fuente de ese dolor. Ahora los estamos venciendo y son ellos los que sufren y mueren, eso es para mí un placer.

–Yo no veo ningún placer en la muerte de un semejante –aseguré.

—Los jürchen no son mis semejantes. Bogorchu, Muhuli, Jebe o Subotai son mis amigos y mis compañeros; sé que nunca me traicionarán en la batalla y que siempre estarán a mi lado prestos a ofrecer su vida para salvar la mía.

—Confucio nos enseñó que la vida es sagrada.

—Todos los hombres santos enseñan lo mismo, todas las religiones dicen cosas parecidas y todas afirman ser la auténtica y monopolizar la verdad.

—Habéis dicho bien, majestad: todas las religiones dicen lo mismo; somos los hombres comunes los que hemos malinterpretado a los hombres santos.

—En mi Imperio todas las religiones tienen cabida. Ningún hombre es perseguido por creer en cosa distintas a las de otros. Budistas, cristianos y musulmanes, todos conviven en paz y ¡ay de aquéllos que intenten imponer sus creencias sobre las de los demás!

Y el kan, como siempre hacía, cumplía su palabra. Ordenó a Sigui Jutuju que incluyera ese precepto en la Yassa y a Chagatai que lo hiciera observar. Bajo su estandarte, todas las religiones tendrían la misma aceptación y nadie podría ser obligado a profesar una determinada fe sin que mediara un acatamiento libre y voluntario.

Los budistas aceptaron de buen grado esta nueva ley y los musulmanes y los cristianos lo hicieron de peor gana, y aunque no estaban de acuerdo, pues ambos desean que la suya sea la exclusiva, nada pudieron hacer para evitar que se cumpliera.

CUARTA PARTE

EMPERADOR DE TODOS LOS HOMBRES

PARTE TRES

EMBAJADOR DE TODOS LOS HOMBRES

19. Camino de Occidente

La primavera estalló como los cohetes de fuegos artificiales con los que celebramos ciertas fiestas en China. La estepa se cubrió de un manto de hierba salpicado de flores rojas, blancas y amarillas. Una intensa fragancia lo inundaba todo y la naturaleza resucitaba tras el largo y gris invierno. La hierba fresca alimentaba al ganado que engordaba con rapidez y proporcionaba leche abundante para elaborar mantequilla, *kumis*, *gri-ut* y queso.

De Pekín llegó un correo de Muhuli. Los jürchen habían abandonado Manchuria, cuyos dirigentes se habían puesto bajo el vasallaje de Gengis Kan, y habían renunciado a conquistar el Imperio song. Éstas eran las dos premisas que el emperador de los kin ofrecía al gran kan como muestra de buena voluntad. A cambio, Wu-lu-pu pedía la paz. Gengis Kan le respondió de manera contundente. Exigía del soberano de los kin la cesión de todas las tierras al norte del río Amarillo, permitiéndole conservar las provincias del Ho-nan y el Shadong, pero en calidad de vasallo, por lo que Wu-lu-pu debería renunciar a su título imperial. Como era evidente, y esto es lo que pretendía Gengis Kan, sus condiciones no fueron aceptadas. La guerra continuó en China.

Enterados de estos acontecimientos, los song decidieron romper el tratado que tiempo atrás pactaran con los kin. En dicho acuerdo se había estipulado que los song debían pagar cada año doscientas quince mil onzas de oro y doscientas cincuenta mil piezas de seda. El Imperio song, pese a que hacía cuatro generaciones había perdido su mitad norte a manos primero de los kitanes y después de los jürchen, seguía siendo una potencia formidable. Es cierto que su prosperidad es más aparente que real. Cuando escribo estas páginas los mongoles están planeando la conquista del Imperio song, y creo que lo conseguirán, porque ahora no es sino un pálido reflejo de lo que fue. Una máscara de opulencia oculta el empobrecimiento continuo y trágico de su Estado; los campos están descuidados y los campesinos viven en la miseria a causa de los impuestos que los asfixian, mientras la clase dirigente vive sumida en estériles luchas intestinas en medio de una corrupción creciente entre los altos funcionarios.

Pero entonces los song mantenían su capacidad productiva en un excelente nivel. Los grandes canales que comunican sus ciudades soportaban un intenso tráfico comercial día y noche, los campos de arroz y de mijo producían más que de sobra para alimentar a sus varias decenas de millones de habitantes y el emperador reinaba desde su corte de Hang-chu rodeado de lujo y refinamiento.

Desde esa magnífica ciudad llegó una embajada hasta el campamento del Onón. Gengis Kan me encargó que fuera yo el que la recibiera. El embajador era un hombrecillo de escasa estatura, pelo ralo y cano, de aspecto saludable aunque muy grueso. Vestía manto y gorro de mandarín adornado con lazos azules, el color de su alta dignidad.

—Sed bienvenido al *ordu* del *ka kan* —lo saludé con respeto—. Yo soy Ye-Liu Tch'u Ts'ai, consejero de su majestad Gengis Kan. ¿Cuál es el motivo de vuestra visita?

—Soy Hue-ta, embajador de su majestad imperial Ning-tsong, soberano de la República Florida Central. Vengo para ofrecer al kan de los mongoles una alianza contra los kin. Ambos somos sus enemigos, si unimos nuestras fuerzas podremos acabar fácilmente con ellos.

—Transmitiré vuestra proposición al *ka kan*. Entre tanto ordenaré que se os instale con toda comodidad. Comprobaréis que vivir en una tienda de fieltro también puede ser confortable.

Hablé con Gengis Kan enseguida y le expuse lo que me había dicho el mandarín.

—Este asunto puede esperar. Hay otras cosas más importante que hacer.

—Os ha traído muchos presentes. Me he tomado la libertad de ordenar que los colocaran en varias *yurtas*. Podéis inspeccionarlos si así lo deseáis.

El emperador song había enviado al gran kan una caravana de regalos. Había cientos de sacos de arroz y legumbres, varios carros de naranjas, baúles llenos de perlas, rubíes y zafiros, cientos de botellas de aromáticos vinos y licores y tarros de vidrio con los más delicados ungüentos y perfumes, un juego de ajedrez tallado en jade y centenares de piezas de la mejor seda.

—He aquí otro de esos emperadores que creen que la voluntad de Temujín puede comprarse con unos cuantos sacos de baratijas. Dile a ese embajador que espere mi respuesta. Mientras tanto, que se le proporcione cuanto necesite para que su estancia entre nosotros sea agradable.

—Ya me he ocupado de ello —contesté.

—Debí suponer que lo habías hecho.

Pasaron varias semanas sin que el gran kan recibiera al embajador de los song. Hue-ta empezaba a desesperar ante la calma con que discurría este asunto.

—Tenéis que conseguir que lo vea, hace ya seis semanas que espero una audiencia con su majestad el kan. Si sigo aquí por más tiempo creo que voy a enloquecer.

—No desesperéis —le aconsejé—; entre tanto disfrutad de la belleza de esta tierra.

—¿Belleza decís? No consigo entender cómo vos, un aristócrata pekinés, ha podido aclimatarse a este tipo de vida. Los insectos lo invaden todo, la comida está llena de moscas y no hay modo de encontrar una pila limpia donde bañarse. Claro que esta gente no se baña, no se perfuma, come queso rancio y carne seca y bebe ese líquido maloliente y agrio que llaman *kumis*.

—Sí, reconozco que es agrio, pero es cuestión de acostumbrarse a su sabor. Además, siempre es más saludable que comer carne de «oveja de dos patas». Tengo entendido que en vuestra civilizada capital Hang-chu se puso de moda una taberna en la que se servía carne humana aderezada con salsa de soja a la que daban ese nombre.

—Esa taberna la introdujeron bárbaros venidos del norte.

—Pero vosotros los permitisteis.

—Nuestro actual emperador la clausuró.

El mandarín Hue-ta era un hombre muy refinado. Usaba mascarillas blancas como maquillaje y se teñía las uñas con esmalte de hojas de balsamina roja trituradas con alumbre. Vestía siempre riquísimos caftanes de seda y cuando paseaba bajo el inclemente sol de la estepa lo hacía bajo una sombrilla de seda y bambú que portaba uno de sus criados.

Una tarde el embajador song no pudo más y vino a verme muy alterado.

—Necesito hablar con el *ka kan*.

—Ya os he dicho que es él quien decide cuándo y cómo concede audiencia –le aseveré.

—No hace otra cosa que jugar a la pelota con sus generales. Lleva varios días seguidos corriendo tras esa bola de trapo, lanzándola al aire y recogiéndola. En mi país eso lo hacen los niños.

—De acuerdo, volveré a insistir en que os reciba, pero no os aseguro que me haga caso.

A los dos días el kan recibió a Hue-ta. Como era costumbre con todos los visitantes, se le recordó que no debía tocar el umbral ni los postes de la tienda y que tenía que pasar entre dos hogueras para quedar libre de los malos espíritus.

El embajador se dirigió a Gengis Kan mediante un intérprete. Hue-ta expuso todas sus propuestas y al final se quejó del largo tiempo que había esperado mientras el kan se dedicaba a jugar a la pelota.

—¿Y por qué no te uniste a nosotros en el juego? Es un ejercicio magnífico; no te hubiera venido mal —ironizó Temujín.

—No fui invitado a hacerlo —respondió el atribulado embajador en cuanto el intérprete le tradujo las palabras del kan.

—No te hacía falta; todo el que quiere jugar conmigo tiene un puesto a mi lado.

—¿Y en cuanto a mi propuesta de alianza contra los kin? —preguntó.

—¡Ah!, sí, se me olvidaba. Lamento tener que decirte que no puedo tomarla en consideración. Hace ya dos semanas que firmé un tratado de paz con los kin y debo mantenerlo. El kan siempre cumple su palabra.

En efecto, así había sido. Mientras el embajador del imperio song desesperaba, los mongoles y los kin habían firmado la paz a cambio del pago por estos últimos de un fuerte tributo.

Hue-ta no esperó ni un solo instante. Pidió permiso al kan para regresar a China y se marchó de vuelta a Hang-chu. Pocas semanas después, los kin se negaron a pagar el tributo acordado y el kan ordenó a Muhuli que reiniciara la guerra.

A comienzos del verano del año de la rata toda la corte se trasladó a Karakorum. Seguía siendo una ciudad de tiendas de fieltro pero ya había algunos edificios de adobe, piedra y madera. Tatatonga había ordenado la construcción de un palacio en el que se depositaran las riquezas conseguidas en las campañas de China. Por fortuna pude lograr que me trajeran desde la lejana Pekín algunos objetos de mi casa, sobre todo un biombo de madera laqueada en el que había un dibujo que representaba los movimientos de los cuerpos celestes. Para mí era muy preciado y gracias a que no tenía demasiado valor para los mongoles, fue una de mis pocas pertenencias que no habían sido saqueadas tras la toma de la capital.

Karakorum se convirtió en centro de atracción de mercaderes, y hasta allí llegó una caravana de súbditos del sha de Jwarezm cargada de perfumes, joyas, alfombras, porcelanas y miel. Era éste un gran imperio que se había gestado en las tierras de occidente, más allá de la gran cordillera del Altai. Las tierras al sur del lago Baljash, entre Jwarezm y el territorio de los uigures, habían sido conquistadas por mis antepasados kitanes huidos de China tras la invasión de los jürchen. Allí fundaron el reino de kara-kitán con capital en la ciudad de Balasagún, al sur del lago Baljash. Ye-Liu Ta-che, un homónimo y antepasado mío que los dirigía, conquistó la bella ciudad de Samarcanda y fundó una dinastía de soberanos kitanes, muchos de los cuales se convirtieron al cristianismo y reinaron con nombres cristianos. Fueron reconocidos por los uigures, que proclamaron a su rey como gurkán. Desde esas bases sometieron Kasgaria, Transoxiana y Jwarezm. Así se mantuvieron las cosas hasta que los joresmios musulmanes se rebelaron contra los kara-kitán y los arrojaron de Jwarezm. Se hizo entonces con el poder el sha Muhammad ad-Din, que se negó a pagar tributo y ocupó Bujara y Samarcanda. La población musulmana de estas ciudades, abrumada por los impuestos a los que estaba sometida por los kara-kitán, acogió al sha como libertador y se le entregó sin condiciones. Pero Muhammad ad-Din incurrió en graves abusos contra los que lo habían aclamado, las masas de ambas ciudades se rebelaron contra sus nuevos señores y acabaron con las guarniciones joresmias; muchos soldados de Jwarezm fueron horriblemente mutilados, cortados en pedazos y sus miembros expuestos en las puertas y en los mercados.

Por su parte, el intrépido Guchulug, el kan de los naimanes que había escapado de la persecución de los mongoles, se casó con una hija del gurkán de los kara-kitán y en lugar de ayudar a su suegro se apoderó del tesoro que se guardaba en la ciudad de Urgand y tras su muerte se hizo coronar nuevo gurkán por los nobles de kara-kitán. Guchulug aprovechó las guerras que sostenía Gengis Kan en China para asegurar sus fronteras orientales, rechazar a los joresmios hacia el oeste y someter a los principados independientes del Turkestán. Pero cometió el error de dejar que los budistas y los cristianos nestorianos acosaran a los musulmanes, que constituían la mayoría de la población. Guchulug capturó al gobernador de la ciudad de Almalik y la asedió. La defensa de la fortaleza quedó en manos de la esposa del gobernador, que era además nieta de Gengis Kan, la cual solicitó ayuda a su abuelo.

Dos *tumanes* dirigidos por Jebe fueron enviados hacia occidente con la orden de levantar el asedio de Almalik, ayudar a los musulmanes perseguidos y restaurar la libertad de culto. Jebe invadió las regiones de Semiretchie y Sinkiang y persiguió a Guchulug, que había huido al enterarse de la llegada de los mongoles, desde Kasgar a través del Pamir hasta Sarikol, en Badakshán, donde con la ayuda de la población local lo capturó y lo ejecutó. La cabeza de Guchulug fue enviada a Gengis Kan y con ella mil caballos «de morro blanco», los más afamados de Asia. Todas las tierras que habían pertenecido a los kara-kitán se incorporaron voluntariamente al Imperio mongol y diez mil guerreros kara-kitán se sumaron al ejército del kan. El sha de Jwarezm aprovechó la coyuntura, lanzó de nuevo a sus ejércitos contra Transoxiana y conquistó todas las grandes ciudades de esta rica región. Desde entonces hubo una frontera común entre los dominios del gran kan y los del sha Muhammad.

Los embajadores joresmios eran mercaderes y vendían sables finamente forjados de perfil curvo, muy apropiados para las cargas de caballería, adornos para las mujeres, vasos de cristal, tapices, alfombras y sedas. Las grandes rutas comerciales entre Oriente y Occidente habían estado en manos de los uigures, pero ahora éstos eran vasallos de Gengis Kan. La alianza entre ambos pueblos se había ratificado mediante el matrimonio de una hija del kan con Kao-tchang, rey de los uigures. Los mercaderes musulmanes querían firmar un tratado por el cual todas las rutas permanecerían transitables para las caravanas; no estaban dispuestos a sufrir nuevas pérdidas. El kan los acogió con agrado y los trató como si fueran una misión diplomática. Los regalos que le presentaron ya no lo impresionaban, pues era dueño de riquezas que ninguno de esos comerciantes hubiera podido siquiera soñar. Le agradaba hablar con ellos, siempre a través de algún intérprete, y conocer cómo eran los países que se extendían más allá del Altai, aquéllos en cuyos bordes había estado tan sólo una vez, la que en compañía de Wang Kan persiguió a los naimanes y dio muerte a su kan Buriyuk.

Soñaba con nuevas conquistas, pero también debía gobernar un imperio. Tenía cincuenta y cuatro años y su extraordinaria fortaleza no lo había abandonado. Los cuatro hijos de su matrimonio con Bortai, los únicos a los que reconocía como herederos, estaban ya suficientemente preparados para relevarle en caso de que fuera necesario. Jochi dirigía las partidas de caza, Chagatai aplicaba la Yassa con severidad y justicia, Ogodei presidía el consejo y Tului era el jefe del ejército. Los cuatro tenían muchas mujeres e hijos. Hacía tiempo que el gran kan era abuelo, pero fue este año cuando nació el que sería su nieto predilecto. Era hijo de Tului y de su esposa Sorjatani y le pusieron por nombre Kubilai. Nació en Karakorum y todos los chamanes predijeron que ese niño estaba destinado a realizar grandes obras. Cuando escribo estas líneas el príncipe Kubilai tiene veintiséis años y es uno de los más preclaros descendientes de Gengis Kan. En ciertos aspectos, su carácter, su fuerte personalidad y su capacidad de mando me recuerdan a los del gran kan. Quizá le falte todavía experiencia, pero no tengo dudas de que pronto este príncipe dará días de gloria a los mongoles.

Jochi derrotó a los últimos merkitas y acabó por someterlos, pero pidió clemencia al kan para con el único hijo de Togtoga Beki que quedaba vivo, pues el primogénito de Temujín admiraba la destreza en el manejo del arco que este príncipe había demostrado. Gengis Kan no aceptó la petición de Jochi, quien sintiéndose desautorizado por su padre se dirigió hacia el norte para atacar a los kirguises.

Aquel invierno murió Tatatonga. Sus funerales fueron presididos por el kan en persona, que quería resaltar así el respeto que le merecía este uigur que fue su primer canciller y quien sentó las bases de la administración del Imperio mongol. Es cierto que Tatatonga fue un hombre irónico, pendiente siempre de conservar su poder y su influencia en la corte de Karakorum, pero era un excelente diplomático, extraordinariamente hábil en la negociación y sumamente experto en cuestiones políticas. Hizo de una parcela de desierto una ciudad y fue el primero que dio un tinte civilizado a las hordas del Gobi.

Para suceder a Tatatonga el kan nombró a Cinkai, un cristiano nestoriano de raza keraíta que había aprendido junto al primer canciller todos los secretos de la política y la administración.

—He pensado en ti para ocupar el cargo de canciller —me comunicó poco antes de efectuar ese nombramiento—, pero tú sólo llevas poco más de un año en la corte y Cinkai me ha servido fielmente y con eficacia desde hace más de diez.

—Vuestra elección ha sido acertada, majestad —le dije.

—Sabes que me gusta premiar la lealtad —concluyó.

Gengis Kan envió una embajada al sha de Jwarezm; la misiva tenía carácter comercial y no pretendía sino establecer contactos mercantiles y devolver la visita que había recibido meses antes. En aquellas semanas, el gran kan estaba ensimismado con su nietecito Kubilai. Apenas tenía el niño un año y el kan ya lo paseaba en su caballo por todo el campamento mostrándolo con orgullo a sus hombres. Aquél fue el único período en la vida de Gengis Kan en el cual se comportó como un verdadero abuelo, siempre pendiente de su nietecito, al que hacía tales carantoñas que nadie que lo hubiera visto habría adivinado que ese hombre complaciente y juguetón era el mismísimo conquistador del mundo.

Los embajadores regresaron de Jwarezm un tanto apesadumbrados.

—El sha es un hombre soberbio y orgulloso. Su imperio es muy extenso y rico. Posee muchos caballos veloces y hermosos, decenas de grandes ciudades ricas en artesanías y mercados y un ejército que, según hemos podido constatar, supera al nuestro en cuatro a uno.

Así es como relataba la visita a Jwarezm el jefe de la misión diplomática.

—Ahora no importa eso. Me interesa saber si está dispuesto a mantener relaciones comerciales y a permitir que los mercaderes de ambos imperios circulen con sus mercancías libremente —dijo el kan.

—Sí, majestad, ha firmado el tratado, pero antes de dar su consentimiento nos hizo muchas preguntas. No sabía nada de estas tierras y cree que todo lo que está fuera de las fronteras de su imperio es tierra de bárbaros. Nos considera inferiores a él, y por su actitud me parece que nunca consentirá en tratarnos como a iguales.

—Tienes razón —aseguró Temujín—, no nos conoce.

Entre tanto, Muhammad ad-Din proseguía sus campañas para incrementar el dominio del imperio de Jwarezm. Su osadía llegó a tal extremo que aun siendo musulmán se atrevió a declarar que el califa de Bagdad era un usurpador y se encaminó hacia esa ciudad para deponerlo. El califa, muy asustado, sólo tenía un recurso para defenderse. Aconsejado por los imanes y por el patriarca nestoriano de Bagdad, envió un mensaje pidiendo ayuda a Gengis Kan. Los cristianos que viven en tierras musulmanas creían, como aún siguen creyendo, que Gengis Kan era un soberano cristiano, sin duda porque el emblema del halcón con las alas desplegadas que porta el estandarte de los borchiguines se asemeja a la cruz que usan los nestorianos como símbolo de su identidad religiosa.

Los caminos entre Bagdad y el Imperio mongol estaban controlados por los soldados de Muhammad, y en consecuencia el mensaje podría ser fácilmente interceptado por las patrullas joresmias. Había que buscar un método que burlara esa vigilancia y un consejero del califa lo encontró. El mensaje se escribió sobre la piel de un mensajero al que se le rapó el cráneo y sobre él se grabó al fuego con una punta de hierro al rojo. El portador de semejante misiva tuvo que aprenderse de memoria lo que sobre su piel se había escrito y en cuanto le creció el pelo y se ocultaron las letras del mensaje partió hacia las tierras del gran kan. Una patrulla mongol de frontera se encontró a un viajero desarrapado y casi muerto de hambre y sed que decía ser portador de un mensaje del califa de Bagdad para el gran kan. El mensajero, que no despertó ninguna sospecha, fue trasladado de inmediato a Karakorum.

Nuestra sorpresa fue enorme cuando aquel hombre nos dijo que traía el mensaje del califa grabado bajo su pelo. Sin perder tiempo se le afeitó la cabeza y Mahmud Yalawaj, el consejero musulmán, leyó lo que en caracteres árabes se le había escrito en Bagdad. El califa y el patriarca pedían de manera desesperada ayuda al gran kan y lo exhortaban a salvar la ciudad del acecho a que la tenía sometida el maligno Muhammad, al que calificaban como hijo del demonio y como hombre cruel y déspota. El correo informó sobre cómo era la ciudad de Bagdad, a la que describió como «la más grande, rica y maravillosa del mundo». La crueldad del sha Muhammad repugnaba a Gengis Kan, pero el comercio iba bien entre ambos imperios y no quería interferir, por lo que no prometió ninguna ayuda. Además, Muhuli continuaba la guerra en China y solicitaba refuerzos.

Poco después Muhuli se presentó en Karakorum. Habían transcurrido dos años desde la toma de Pekín y el conquistador de China regresaba ante el kan para poner este imperio a sus pies. Hacía dos años y medio que ambos amigos no se veían, y el encuentro de los dos formidables guerreros fue emocionante. El kan ordenó que se formara una guardia de honor y que varias millas antes de Karakorum se plantaran postes con banderas blancas en homenaje a Muhuli. El kan esperaba a la entrada de su tienda, rodeado de sus hijos, generales, nietos, consejeros, mujeres, chamanes y sacerdotes de todos los credos que se profesaban en la emergente ciudad. Muhuli, que por entonces contaba con cerca de sesenta años, entró en la ciudad entre las aclamaciones de las miles de gargantas que se habían concentrado para presenciar el retorno de uno de los legendarios «Cuatro Héroes». Cuando llegó ante el kan, el *oerlok* saltó del caballo con la agilidad de un muchacho y se postró de rodillas ante su señor. Gengis Kan lo cogió por los hombros, lo obligó a incorporarse y lo abrazó con efusión.

–Sé bienvenido a Ordu-balik, Muhuli.
–Ha pasado mucho tiempo, mi señor.
–No por ti, mi buen amigo, no por ti.
–Te traigo el Imperio kin –asentó Muhuli orgulloso–. Después de Pekín conquistamos Ta-ming y Tong-kuan; todo el norte de China es tuyo. Sólo la provincia de Ho-nan está bajo dominio de los Jürchen, pero no tardará mucho tiempo en caer.

Una memorable fiesta siguió al encuentro entre los dos viejos amigos. Muhuli era realmente un ser formidable. Su valor sólo era equiparable a su prudencia, y a pesar de no haber recibido ninguna formación política ni administrativa, se descubrió como un hábil gobernante.

Una de aquellas noches el kan yacía con su esposa Yesui. La katún lo había satisfecho. Temujín descansaba tumbado a su lado y mantenía los ojos cerrados. En el centro de la tienda crepitaban al fuego unos leños de pino.

–¿Duermes, esposo? –le preguntó Yesui.
El kan abrió sus párpados y movió la cabeza.
–Sólo pensaba –le contestó.

–¿Qué es lo que te aflige?

–La muerte.

–Has vivido para la batalla, has atravesado las más altas montañas y cruzado los más anchos ríos y sólo has pensado en luchar y en vencer para gobernar el mundo. Pero incluso tú, mi dueño y señor, has de morir.

–He buscado por todas partes a quien pudiera darme el don de la eternidad; se lo he pedido a Tengri desde las cimas de montañas que rascaban el cielo, pero mi vida se irá; tal vez no esté muy lejos el día en el que mi espíritu acuda a reunirse con los de mis antepasados.

–Si estás convencido de ello, si ves la muerte como inevitable, ¿qué harás con tu imperio? Tu reino es un gran árbol lleno de ramas, si lo dejas caer, vendrán tus enemigos de todas partes para hacer astillas con las que alimentar el fuego de sus hogares.

–El Imperio seguirá viviendo cuando yo muera. Sé que no soy inmortal, sé que no puedo lograr la inmortalidad, pero también sé que puedo hacer que mi obra sí lo sea.

–Tienes cuatro hijos herederos, los cuatro valerosos y capaces. ¿No crees que ha llegado el momento de designar a un sucesor? Si no resuelves esta cuestión antes de morir, es probable que el imperio que pretendes que sea inmortal perezca contigo.

–¿Eso es lo que crees que debo hacer?

–Es lo que todos pensamos, pero sólo yo me atrevo a decírtelo. Lo piensan tus generales, tus esposas e incluso tus hijos. Promulga un decreto por el que uno de ellos sea proclamado tu sucesor. Hazlo pronto o a tu muerte estallarán serios conflictos entre tus herederos.

Por primera vez en su vida, Gengis Kan sintió la necesidad de otorgar a cada uno de sus hijos un *ulus*. Sabía que el Imperio mongol debía continuar unido a su muerte, pero era consciente de que tan inmensos territorios no podían ser gobernados por una sola persona sin la ayuda de otros. Él mismo había sufrido en sus propias carnes las consecuencias de la ambición por el poder; si no quedaban las cosas claras, una vez que él faltara podrían estallar conflictos internos entre su pueblo, y el imperio que había construido se desharía como el azúcar en una taza de té hirviendo.

Atendiendo a las razones de Yesui, Gengis Kan me confesó que estaba meditando sobre la idea de nombrar sucesor en el kanato a uno de sus hijos.

–Los cuatro tienen cualidades, pero ninguno de ellos es superior a los demás. Jochi es orgulloso y posee excelentes dotes de mando, más su carácter es demasiado retraído y distante. Chagatai es justo y recto, sin embargo temo que sea exigente en exceso. Ogodei tiene el carácter más afable de los cuatro y sabe ganarse como nadie a la gente, aunque es el menos enérgico. Tului es un guerrero formidable, pero quizá demasiado impetuoso. Como ves, Ye-Liu, la decisión no es fácil.

–Tenéis razón, majestad, los cuatro poseen cualidades que por sí solas serían suficientes para investir a cualquier monarca, pero lo más importante es evitar que estalle la guerra entre ellos a vuestra muerte. Creo que si los cuatro se pusieran de acuerdo en un candidato, la cuestión sería mucho más fácil.

–¿Qué me recomiendas?

–En estos momentos están aquí todos los *oerloks* y vuestros cuatro hijos, sería una excelente ocasión para convocar un *kuriltai* en el que se decidiera quién os sucederá en el trono. Creo que lo más oportuno será provocar que ellos hablen y opinen, así habrá muchos más elementos de juicio. E incluso es probable que se pongan de acuerdo en señalar a uno de ellos sin que vuestra majestad intervenga.

–Sí, tienes razón –reflexionó el kan–. Cara a cara tendrán que sincerarse.

En la asamblea en la que se iba a designar el sucesor sólo estábamos presentes los *oerloks*, los jefes de clan, los consejeros y los cuatro hijos de Temujín y Bortai. El kan, sentado en su trono, tenía el rostro serio y una sombra parecía ennegrecer sus brillantes ojos.

—Mi esposa, la katún Yesui, me ha dicho que todos vosotros estáis hablando a mis espaldas sobre la necesidad de designar un sucesor a este trono en el que me siento. Todos pensáis que es urgente, pero nadie, salvo Yesui, se ha atrevido a decírmelo. Yo casi había olvidado que soy mortal y que he de seguir la senda de los muertos. De este *kuriltai* ha de salir mi sucesor, y antes de que eso se decida quiero saber vuestra opinión.

El kan alargó su mano y un sirviente le ofreció una copa de *kumis*. Bebió despacio, deleitándose con el agrio sabor, y continuó:

—Tú, Jochi, eres el mayor, habla.

Antes de que Jochi pudiera decir una sola palabra, Chagatai se adelantó y dirigiéndose a su padre le dijo:

—Antes de que hable Jochi ya has hablado tú. Le has citado en primer lugar. ¿No es acaso una designación? Si eso piensas, ¿cómo crees que los mongoles vamos a dejar que sea un «merkita» quien nos gobierne?

Chagatai había dicho lo que nadie se atrevía siquiera a pensar; les recordaba a todos que la paternidad de Jochi no estaba clara y que esas dudas lo inhabilitaban para reinar.

Jochi, con los ojos como puñales y el rostro enrojecido por la ira, saltó como una pantera hacia Chagatai, lo cogió por el cuello de la chaqueta y le dijo:

—Nuestro padre nunca ha establecido ninguna diferencia entre nosotros. Tú, en cambio, quieres que exista. ¿Te consideras superior a mí?; sólo lo eres en crueldad. Yo lanzo las flechas más lejos que tú, y me he jugado la vida en las batallas peleando en primera línea mientras tú te quedabas en la retaguardia. Luchemos y que sea en el combate donde se decida quién es el mejor.

Chagatai cogió a Jochi por las solapas y ambos comenzaban a zarandearse cuando Bogorchu sujetó a Jochi y Muhuli hizo lo propio con Chagatai. El kan seguía sentado, observando en silencio el enfrentamiento entre sus dos hijos como si aquello no le incumbiera.

Entonces, rompiendo el tenso silencio que casi podía mascarse, intervino el viejo chamán Koko Chos, que estaba a la izquierda del kan.

—Chagatai, te has apresurado a hablar y has cometido un error. Antes de que nacieras, tu padre había puesto en ti toda su esperanza. En aquella época nuestra nación estaba en guerra; nos matábamos hermanos a hermanos. Estábamos rodeados de enemigos, pero no nos dábamos cuenta de que nuestros mayores enemigos éramos nosotros mismos. Tu madre fue entonces uno de nuestros pilares. Con tus palabras has agriado el corazón de la santa katún Bortai. Tú y Jochi habéis nacido del mismo vientre y os habéis alimentado de la misma sangre en las mismas entrañas. Tu madre y tu padre sufrieron como nadie para conseguir que ahora seamos una gran nación, la más poderosa y noble de la tierra. Si murmuras contra tu madre, si afrentas a tu padre, ¿de qué te servirá ser kan? Los dos han dado todo por vosotros: han sudado sangre, han dormido sobre el suelo, han apagado su sed con su propia saliva y han comido despojos. Os han criado y os han convertido en hombres. Tu madre ha sufrido mucho para veros ahora felices. La katún Bortai tiene el corazón claro como el sol y limpio como las aguas de los lagos.

Gengis Kan intervino entonces con suavidad pero con contundencia.

—Chagatai, ¿cómo te atreves a decir eso de Jochi? Él es el mayor de mis hijos y sobre este asunto no se hablará más.

Chagatai sonrió con ironía.

—No hablaré de la fuerza ni de la destreza de Jochi, pero no se puede cobrar la piel de una pieza con palabras. Yo soy el mayor de tus hijos, y si reconoces a Jochi, él también lo es. Unidos los dos es como mantendremos el poder que tú has forjado. Pero si uno de los dos no cumple el acuerdo, entonces que muera partido de un tajo.

Chagatai, sabedor de que su táctica inicial de acusar a Jochi de ilegítimo había fracasado, se volvió hacia Ogodei y siguió:

—Ogodei es sincero. Nosotros dos nos hemos enfrentado, pero él se ha mantenido al margen de nuestras querellas. Si tú le transmites la majestad, yo lo aceptaré.

—Chagatai propone a Ogodei para que me suceda y renuncia a sus derechos, ¿qué opinas tú, Jochi? —le preguntó el kan.

—Chagatai ha hablado bien. Que sea Ogodei el elegido.

—La tierra es ancha y grande; los dos recibiréis extensos territorios que gobernar. No permitáis que las gentes os desprecien y que se burlen de vosotros. Hace tiempo Altán y Juchar no cumplieron su palabra. Ellos me propusieron como kan renunciando a sus derechos y me juraron fidelidad, pero luego se volvieron contra mí e incumplieron sus juramentos. Nunca hagáis eso con vuestro hermano. Y tú, Ogodei, ¿qué dices?

—Sabes, padre, que acataré lo que me ordenes. Seré diligente en todo cuanto convenga al Imperio —intervino Ogodei.

—Faltas tú, Tului. ¿Qué piensas?

—Yo estaré siempre al lado de mi hermano. Le recordaré lo que él olvide, despertaré en él lo que se duerma, le guardaré la espalda en el combate y lucharé a su lado.

—Sea. Ogodei me sucederá como kan y todos deberéis prestarle acatamiento cual si fuera yo mismo.

En aquel *kuriltai* Gengis Kan otorgó los *ulus* a sus hijos. Jochi recibió las estepas del norte, las tierras de los kirguises y de los turcos kipchakos, a Chagatai le entregó el reino de los lara-kitán y el territorio de los uigures, a Ogodei la Mongolia occidental y a Tului, por ser el menor, el título de *odchigín* y las tierras patrimoniales de la familia en los ríos Onón y Kerulén.

Finalizado el *kuriltai*, Muhuli pidió volver a China para continuar la conquista. Gengis Kan aceptó los deseos de su general y le concedió los títulos chinos de Kuo-Wang, «príncipe del Estado», Ti-shih, «gran preceptor imperial», Tu-hsingsheng, «comandante general regional», y Ping-ma Tu-yüan-shuai, «comandante en jefe de la infantería y la caballería». Nunca antes un kan había honrado tanto a uno de sus generales. El kan le encomendó el gobierno de China y lo hizo con tal confianza que no necesitó volver nunca más. China era suya, Muhuli lo representaba y eso era más que suficiente.

En el oeste las cosas comenzaban a complicarse. El sha Muhammad realizó una incursión contra los turcos kipchakos y Gengis Kan se vio obligado a enviar dos destacamentos al mando de Jochi y Subotai. Se produjo una batalla en el río Irgis en la que vencieron los mongoles, pero la derrota predispuso al sha en contra de cualquier nuevo pacto. Dos grandes imperios se encontraban ahora frente a frente, y siempre que ocurre esto la guerra es tarde o temprano inevitable.

—Ese Muhammad es un hombre muy ambicioso. Mis informadores me dicen que planea la conquista de todas las tierras entre el mar occidental y el Altai. Si lo consigue, no dudo que el siguiente golpe lo dirigirá hacia el territorio de los uigures. Son nuestros vasallos, y si lo hace deberemos enfrentarnos —me confesó el kan.

—Sus dominios son muy extensos y parece que su poder es grande, pero nos separan montañas y desiertos —le dije.

—Nunca fueron un impedimento insalvable para nosotros. Quizá no lo sean tampoco para ellos.

—Los joresmios no son nómadas, majestad; la mayor parte vive del comercio, de la artesanía y de la agricultura. Los pueblos que se dedican a esas actividades son menos belicosos que los nómadas.

Gengis Kan me miró, sonrió y dijo:

—Tu sinceridad me sorprende cada día. Nadie se hubiera atrevido a decirme esto.

—Yo he vivido siempre en una ciudad y creo que los ciudadanos pretendemos la paz antes que cualquier otra cosa. Aunque os aseguro, majestad, que ciertos barrios de Pekín son más peligrosos de noche que la mismísima estepa en pie de guerra. Es por eso que los ciudadanos buscan refugio en sus casas y se aferran a sus propiedades. Si el comercio funciona bien y les proporciona ganancias, los joresmios jamás irán a la guerra.

–Subestimas la capacidad de un jefe para cambiar la voluntad de sus súbditos.

–Eso ocurre pocas veces. Casi siempre triunfa la razón superior que sólo rige el destino.

–Si es como dices, enviaré una delegación comercial a Jwarezm. Los mercaderes uigures no cesan de rogarme que les permita ampliar los lazos comerciales con las ciudades del oeste. Enviarlos allí es la única manera que tengo de quitármelos de encima –afirmó el kan.

Una caravana al mando del noble Ujuna, compuesta por ciento cincuenta hombres, casi todos mercaderes uigures, y el doble de camellos salió hacia el oeste desde Karakorum cargada con lingotes de plata, jade y pieles. Un salvoconducto con el sello del gran kan garantizaba su seguridad. Su destino era la ciudad de Samarcanda, la más rica del Imperio joresmio. Pasaron varios meses sin que hubiera ninguna noticia de los mercaderes. Habían llegado al último puesto fronterizo mediado el verano y desde allí habían atravesado los pasos montañosos entre la cordillera de Tian Shan y las altas tierras del Pamir.

Aquella mañana era soleada; uno de esos días otoñales en los que el viento en calma, el sol radiante y la ausencia de humedad confieren a la estepa una agradable sensación. El Consejo estaba reunido en la tienda de Ogodei. Varios consejeros y generales, mientras esperábamos al kan, comentábamos las últimas noticias que Muhuli había remitido desde China. Muhuli continuaba su marcha victoriosa. Acababa de conquistar las ciudades de Tai-yuan y Ping-yang, en la provincia de Chansi, había logrado que la mayor parte de los kitanes y los chinos se pasaran al lado mongol, abandonando a los jürchen, y preparaba una incursión en el norte, en el reino de Corea, cuyo soberano había prometido someterse al gran kan.

—Muhuli es un hombre afortunado. Quién pudiera estar como él en los campos de batalla de China haciendo la guerra, cortando cabezas de esos malditos jürchen y conquistando sus fortalezas. En cambio, aquí estamos nosotros, viendo pasar los días sin otro aliciente que la caza y las mujeres —protestó Bogorchu.

—No es ésta una mala vida —le dije.

—No para un «sabio» como tú, pero sí para un guerrero. Si un guerrero no hace la guerra, ¿qué le queda? Yo no he nacido para envejecer sentado a la lumbre de un fuego. Quiero cabalgar al lado de mis compañeros, luchar junto a ellos y derrotar a nuestros enemigos. Esto es lo que me enseñó Temujín. No sabría ni podría hacer otra cosa —me respondió.

—Luchar es magnífico, pero alguna vez se acabará la guerra —intervino en mi ayuda el príncipe Ogodei.

—Sólo cuando el último de nuestros enemigos esté muerto y sus mujeres calienten nuestras camas —asentó Bogorchu entre carcajadas.

—Y entonces, Bogorchu, ¿qué harás?, ¿contra quién combatirás cuando ya no te quede ni un solo enemigo vivo? —preguntó Ogodei.

El impulsivo Bogorchu no supo qué decir. Todos los consejeros alabaron el ingenio del heredero de Temujín.

—Sin enemigos ya no serías un guerrero —se burló Subotai.

—Siempre seré un guerrero —aseguró Bogorchu.

En ese momento entró el kan. Todos nos levantamos de nuestras sillas y nos inclinamos ante su persona. Lo acompañaba el canciller Cinkai. Los rostros de ambos parecían contrariados.

—Sentaos. Han llegado malas noticias —manifestó el kan.

—¿Se trata de Muhuli, padre? —preguntó Ogodei.

—No, no. Muhuli sigue conquistando ciudades y provincias en China. Las malas noticias provienen del oeste. Acaba de llegar un esclavo que formaba parte de la caravana que enviamos unos meses atrás a Samarcanda. Dice que fueron apresados por soldados del sha Muhammad en la ciudad de Otrar, a orillas de un gran río que llaman Sir Daria. Los retuvieron en esa ciudad y los acusaron de ser espías. Allí estuvieron encerrados, pese a mostrar mi salvoconducto, hasta que el sha dispuso que fueran ejecutados. Les cortaron la cabeza a todos. Este esclavo es el único que pudo escapar, ocultándose bajo unas esteras. Volvió hacia el este e informó de lo sucedido en el primer puesto fronterizo que encontró, desde donde lo enviaron aquí de inmediato.

—Sabía que no podíamos fiarnos de ese perro. Preparemos el ejército y vayamos contra él. Semejante afrenta no puede quedar impune —clamó Bogorchu.

—Es preciso ser prudentes. No podemos precipitarnos —señaló el kan.

—Esa caravana portaba un salvoconducto tuyo. Un ataque contra ella es como contra tu propia persona —alegó Bogorchu.

—No estamos seguros de lo que ha pasado. Tal vez haya sido una decisión de un gobernador local que ha obrado por su cuenta con el fin de quedarse con las mercancías. Es preciso asegurarse antes de actuar.

—Pero era tu sello —protestó Bogorchu.

—No se hable más. Me cuesta creer que el sha haya podido cometer un acto de semejante bajeza. Enviaremos una embajada a Samarcanda y le pediremos que castigue al culpable; en caso contrario haremos lo que tú deseas, Bogorchu: iremos a la guerra.

Un alto funcionario y varios emisarios de la corte de Karakorum salieron hacia Samarcanda para cumplir cuanto antes con las órdenes del kan. La embajada tardó cinco meses en volver.

Los embajadores regresaban horriblemente desfigurados. Uno de ellos expuso ante el Consejo lo ocurrido.

–Nos recibieron con hostilidad, pese a que mostramos el salvoconducto con vuestro sello. El propio sha Muhammad nos recibió en su palacio de Samarcanda, pero nos trató como a perros. Cuando le hicimos saber que el *ka kan* exigía que se castigara al culpable del asesinato de los mercaderes, montó en cólera. Gritó como un poseso que él no daba explicaciones de sus actos a nadie, y que no había ningún hombre sobre la tierra que pudiera pedirle que justificara sus decisiones. Él mismo nos golpeó con su bastón y nos pateó hasta hartarse. Después nos llevaron a un patio donde ante nuestros ojos decapitaron al jefe de nuestra delegación. A los demás nos quemaron las barbas y los bigotes, nos arrancaron el pelo de la cabeza a tirones y nos cortaron los dedos de las manos, acusándonos de ser espías. Nos quitaron cuanto llevábamos y nos devolvieron a la frontera.

Aquel hombre tenía el rostro todavía en carne viva. Había perdido todo el pelo y se cubría la cabeza con vendas untadas con grasa y ungüentos. En el extremo de sus brazos nos mostró dos muñones. El gran kan se levantó del trono henchido de toda su majestad; en su rostrò tranquilo sólo sus ojos destilaron una ira incontenible.

–No sabe lo que ha hecho ese sha, no sabe lo que ha hecho –musitó tan bajo Temujín que sólo los que estábamos muy cerca de él pudimos oírlo.

La mirada del kan era tan terrible a la vez que serena que al contemplar sus ojos sentí que los pelos se me erizaban, y un escalofrío me recorrió el cuerpo de arriba abajo como si un gigante me hubiera partido en dos mitades con una espada de fuego.

El sha Muhammad había subestimado a Gengis Kan. Sabedor de su enorme poderío militar y económico, no había considerado las amenazas de guerra y se había reído de los embajadores. Para los mongoles, la persona de un embajador es sagrada, más aún que la de un príncipe. El sha de Jwarezm había actuado de una manera tan irresponsable que no tardaría en sufrir las consecuencias de la venganza de Gengis Kan.

Mediada la primavera del año del tigre, todos los consejeros y generales fuimos convocados a una asamblea. Gengis Kan la presidía desde el mismo trono de oro y piedras preciosas en el que antaño se sentara el emperador kin en la sala de audiencias del palacio imperial de Pekín.

–El sha de Jwarezm ha respondido a nuestro requerimiento asesinando a nuestro embajador y ultrajando a sus compañeros. Sólo hay una respuesta: guerra.

El kan pronunció estas palabras vestido con armadura de combate, escoltado por dos portaestandartes con el *bunduk* de nueve colas de caballo y el guión de los borchiguines. Se había afeitado el cráneo dejándose dos gruesos mechones recogidos en dos coletas trenzadas de las que pendían dos plumas de halcón.

La proclamación de la guerra se hizo de la forma más solemne. El kan subió a la cima de una montaña cercana y derramó un chorro de *kumis* como ofrenda a Tengri. Decenas de correos salieron de Karakorum en todas las direcciones. Una única orden contenían aquellos mensajes: todos los hombres de edades comprendidas entre los diecisiete y los sesenta años deberían equiparse para la guerra y estar listos para acudir a la llamada del gran kan. Nadie preguntó a dónde, ni contra quién. Todos acataron las órdenes y comenzaron a reclutar a los hombres para la guerra. Las sencillas pero eficaces fraguas de los nómadas no descansaron ni de día ni de noche fundiendo puntas de flecha, espadas, anillos y placas de hierro para fabricar cotas de malla, corazas y cascos.

En los meses siguientes, a los mongoles se unieron los salvajes jinetes kipchakos, los hábiles guerreros uigures, los veteranos infantes chinos y los magníficos regimientos de caballería kara-kitán. Desde China, Muhuli envió una sorpresa. Varios ingenieros chinos habían adaptado los fuegos artificiales que se disparaban en las fiestas para usos de guerra y Muhuli había creado un cuerpo de artillería en el que la pólvora se empleaba para lanzar piedras y fuego sobre las fortalezas. Es éste un invento diabólico. Hacía mucho tiempo que en China se conocía la pólvora, pero sólo se usaba para fabricar petardos y bombas para las fiestas. Ahora se emplea como arma de guerra pero creo que no pasará mucho tiempo antes de que las armas de pólvora se impongan a los sables y a los arcos.

El gran kan estaba orgulloso. De todo su imperio llegaban mensajes acatando sus órdenes; sólo uno de sus súbditos se había negado a obedecerle. No era otro que el rey de Hsi Hsia. Gengis Kan se irritó al enterarse de la negativa de su vasallo a acudir a su llamada y quiso castigarlo, pero pensó que podía esperar. Era prioritario vengar a los embajadores torturados y muertos en Jwarezm; ya habría tiempo para volver sobre el rey tanguto y acabar de una vez por todas con él.

20. La conquista de Jwarezm

Tras un año de preparativos, Karakorum era un hervidero a comienzos del año de la liebre. Había que coordinar la gran expedición contra el imperio de Jwarezm; nada debía quedar expuesto a que la improvisación o una mala planificación acabaran haciendo fracasar aquella empresa en la que Gengis Kan había comprometido su más solemne palabra. Aquella guerra podía ser tan larga o más que la de China, y el kan decidió que fuera su amada Julán la esposa que lo acompañara. Bortai quedaría en Mongolia al cuidado del *ordu*. Sus cuatro hijos, Jochi, Chagatai, Ogodei y Tului también irían con él.

Mi posición en la corte del kan era por entonces un tanto incómoda a causa de que algunos nobles mongoles me consideraban un intruso, pero una desgracia hizo que mi situación mejorara. Debido a una enfermedad, murió el canciller Cinkai y yo fui nombrado nuevo canciller del kanato mongol. Aunque la que había creado Tatatonga había funcionado, planteé una reforma de la administración imperial. Aquélla fue válida en su momento, pero con el rápido crecimiento del Imperio mongol se hacían necesarios algunos cambios. En cualquier caso, no tuve tiempo para emprender las reformas que pretendía; Gengis Kan decidió que yo acompañara al ejército a la campaña del oeste, a pesar de que esa resolución suponía ponerse en contra de la opinión de la mayor parte de los nobles mongoles, que no entendía qué podría hacer un hombre como yo, incapaz de manejar un arco, en aquella guerra de conquista.

—Mi kan —dijo uno de esos nobles cuyo nombre ni siquiera recuerdo—, el canciller Ye-Liu no debería venir a esta guerra. No sabe luchar y no será sino un estorbo para nosotros. ¿De qué nos servirán sus conocimientos?

—Es uno de mis principales consejeros, yo estimo mucho sus sabias palabras.

—Un hombre que no lucha no sirve.

—¿Qué dices a eso? —me preguntó el kan.

—Vuestro general está en lo cierto: si un hombre no lucha no sirve en la guerra, pero creo que esta guerra no durará siempre. Cuando acabe será preciso administrar y dotar de un nuevo gobierno a los territorios y hombres que sean sometidos, y en ese caso ¿quién pondrá en marcha la administración de las nuevas provincias que se incorporen al Imperio? ¿Un soldado? ¿Quién será capaz de fijar las cantidades que de cada mercancía se produzcan para después recaudar los impuestos que garanticen la permanencia del Imperio?

—Nunca nos ha hecho falta eso —alegó el general.

—Cuando los mongoles eran un heterogéneo grupo de clanes vagando por las estepas en busca tan sólo de lo necesario para subsistir quizá no. Pero ahora los dominios del gran kan son un imperio, un inmenso imperio que es preciso dotar de todos los resortes administrativos de un estado.

—Siempre nos hemos valido por nosotros mismos.

—Antes sí. Cuando tan sólo era necesario un poco de carne y de leche para vivir y una piel para cubrirse. Ahora no. La mayor parte del pueblo mongol vive pendiente de lo que su kan le proporciona. Sólo en la corte de Karakorum hay más de cincuenta mil bocas que alimentar diariamente. ¿Sería posible hacer eso con nuestros propios recursos? No. Es necesario disponer de grandes reservas de mijo y arroz, de carne y de leche, y así durante todos los meses. ¿Me quieres decir, valeroso general, cómo conseguirías tú esto?

—Cazaríamos, asaltaríamos caravanas, haríamos lo que siempre hemos hecho —aseguró el general un tanto confuso.

—En ese caso el pueblo mongol volvería a limitarse a las praderas. El *ka kan* no sería el dueño del mundo, sino un caudillo más de los muchos que se disputaran el dominio de unas cuantas colinas de verdes y frescos prados. Es la disciplina, la administración justa y eficaz y el triunfo de unos comportamientos determinados lo que ha hecho del pueblo mongol el más poderoso de la tierra. Si queréis que las cosas sigan así, debéis dejar que sean las personas capaces de hacerlo las que administren las conquistas. Cada uno de nosotros tenemos una misión que cumplir: el guerrero luchar, «el sabio» dictar las normas de gobierno y el sacerdote orar.

El general no pudo seguir debatiendo conmigo. Era un hombre valiente, pero su discurso carecía de argumentos y de consistencia. De todos modos, el kan ya había decidido mi presencia en aquella expedición.

—Ye-Liu vendrá con nosotros. Es cierto que no maneja el arco y la espada como un soldado, pero, como habéis podido comprobar, hay ocasiones en las que la palabra es la más eficaz de las armas.

El kan se despidió de Bortai. La katún principal tenía cerca de sesenta años. Hacía ya varios que había perdido el atractivo que cautivara al joven Temujín y lo hiciera volver a por ella pese a tantas dificultades, pero seguía siendo la mujer fuerte y abnegada que acompañó a su esposo en los tiempos más difíciles y la que siempre supo estar a su lado, comprendiendo que no debía ser protagonista. Ella era la madre de los herederos del kan y sabía que su papel era cumplir como esposa para la mayor gloria de su esposo y de su pueblo. Es probable que llorara cuando su amado Temujín marchó hacia el oeste acompañado por la bella Julán, pero nadie la vio. Nunca se pudo decir de ella que tuviera un solo reproche, una mala acción, ni siquiera un mal deseo hacia su esposo. Lo amó hasta el fin de su vida, y si algo echó en falta fue sin duda más tiempo a su lado, sobre todo en los últimos años, cuando sus hijos fueron lo suficientemente mayores como para acompañar a su padre en las campañas militares. Bortai se sintió entonces muy sola. Es cierto que el kan siempre volvía a ella, pasara el tiempo que pasara, y que lo hacía llevándole ricos regalos, joyas y vestidos; pero todo aquello importaba a Bortai mucho menos que la presencia de su marido.

Poco antes de partir, un correo llegó desde China. Muhuli informaba que las campañas en Corea habían dado su fruto. El rey de Corea se había convertido en vasallo de Gengis Kan y sometido al Imperio mongol.

Cuando llegamos a orillas del Irtish ya estaban allí la mayor parte de los efectivos. Durante toda la primavera del año de la liebre no habían dejado de acudir tropas desde todos los rincones del Imperio mongol hacia el valle del Irtish, en cuyas orillas habían recibido la orden de concentrarse. Más de doscientos mil hombres se alineaban en varios cuerpos de ejército a las órdenes de Gengis Kan.

La experiencia de la guerra en China se había aplicado a esta nueva expedición. Cada soldado estaba perfectamente equipado con dos o tres caballos, dos aljabas repletas de flechas, dos arcos, un sable curvo, una lanza, un látigo, un gancho, un lazo, una maza y un hacha de combate. Las tradicionales camisas de lana de los nómadas se habían sustituido por camisas de seda cruda. En China habían aprendido que la seda no se rasga cuando se recibe un flechazo, sino que penetra en la herida con la punta. En ese caso, el médico puede extraer la punta de flecha tirando de la seda. La mayoría se protegía con una cota de malla que le tapaba hasta los codos y un casco con capacete que le tapaba la nuca, el cuello y las orejas; sólo el rostro quedaba al descubierto. El equipo militar se completaba con botas de cuero con espuelas, una silla de montar ligera, un saco de cuero, una manta, una pequeña olla para cocinar y una bolsa de cuero con *gri-ut*, la leche seca que disuelta en agua se convertía en un alimento de emergencia. Decenas de regimientos estaban listos para salir hacia los dominios del sha de Jwarezm. Todos los jinetes enarbolaban banderines triangulares con los colores de su batallón en las puntas de sus lanzas. Nunca se había visto una aglomeración de tropas semejante. A los veteranos jinetes mongoles, forjados en mil batallas durante las guerras de la estepa y la conquista de China, se habían sumado infantes ongutos y kitanes, caballeros uigures y kara-kitán y médicos e ingenieros chinos que conocían las técnicas de construir puentes para cruzar ríos, máquinas de asedio para someter fortalezas y cañones para lanzar a distancia piedras y lluvias de fuego mediante el uso de la pólvora.

Dejamos el río Irtish el día en que lucía enorme y amarilla la primera luna llena del verano. Atravesamos los pasos de los montes Tarbagatai y nos dirigimos hacia el lago Baljash. Al cruzar los puertos montañosos cayó una gran nevada, pese a que estábamos en pleno verano. Algunos chamanes interpretaron que la nieve era un aviso para que no continuáramos adelante. Gengis Kan dudó pero se acercó para preguntar mi opinión.

—Que nieve en verano en esta región no es frecuente. En contra de la opinión de los chamanes, creo que es una señal positiva. La nieve es el elemento del Señor del invierno que ha irrumpido en el verano. Eso quiere decir que el Señor del norte, vuestra majestad, vencerá al del sur, el sha Muhammad. Así es como yo interpreto este signo.

Gengis Kan me sonrió, volvió al galope al frente del ejército y dio orden de seguir adelante.

Al pie de las montañas se nos unieron contingentes uigures, turcos karlukos, un regimiento de Almalik y otras gentes ansiosas por combatir contra los musulmanes de Jwarezm, a quienes detestaban a causa de los crímenes que sobre ellos habían cometido. El paso de las montañas fue extremadamente duro debido a la inesperada tormenta de nieve, pero aún quedaba lo peor. Entre el Baljash y la cuenca del río Sir Daria se extiende la estepa que llaman «del Hambre», cientos de millas en las que no es posible encontrar una sola gota de agua fresca sin la ayuda de expertos guías que conozcan los manantiales. Mercaderes uigures y kara-kitán fueron nuestros guías en aquellas duras jornadas de marcha bajo un sol abrasador, rojo y ardiente como ascuas. Tuvimos que cubrirnos con sombreros de ala ancha y cubrir nuestros rostros con redecillas a fin de evitar que el polvo y los insectos nos cegaran. Caminábamos en medio de la nada, sorteando colinas que parecían encadenarse una tras otra hasta el infinito.

Los joresmios esperaban el ataque por esta zona y habían concentrado sus principales efectivos en la línea del río Sir Daria. Ante las noticias de nuestro avance, todas las ciudades habían sido reforzadas aumentando el espesor y altura de sus murallas y excavando profundos fosos. Pero de nuevo apareció el genio estratégico de Gengis Kan. Enterado por sus espías de que el sha Muhammad había ubicado su primera línea defensiva en el Sir Daria, envió a Jochi y a Jebe con dos *tumanes* por el flanco meridional. El hijo primogénito y el *oerlok* de Gengis Kan se dirigieron con sus veinte mil hombres directamente hacia el sur, y desde el Irtish enfilaron una ruta imposible a través del Altai y de la formidable cordillera de Tian Shan, de montañas tan altas que sus cumbres arañan el cielo. El paso de las montañas fue épico. Hacía tanto frío que tuvieron que envolver las patas de los caballos en pieles de yak para evitar que se congelaran sobre el hielo. Veinte mil hombres y cincuenta mil caballos atravesaron desfiladeros de gargantas abismales desafiando a la nieve, al hielo y a temperaturas tan bajas que helaban la sangre en las venas. Sin nada que llevarse a la boca, sólo portaban lo imprescindible, tuvieron que abrir las venas de sus monturas para alimentarse chupando su sangre y cubrir sus rostros con grasa para evitar que los labios, la nariz y los ojos se congelaran. Tras ellos fueron dejando un reguero de huesos de los caballos muertos, que eran inmediatamente comidos en crudo, todavía calientes para evitar que su carne se congelara.

Nadie hasta hoy ha realizado una gesta semejante.

Jochi y Jebe, con apenas tres cuartas partes de los hombres con los que habían iniciado la travesía de Tian Shan, aparecieron en el hermoso valle de Fergana, el de los dulces viñedos y los «caballos celestiales», justo en la retaguardia de las defensas joresmias. La maniobra de distracción funcionó y el sha Muhammad ordenó al grueso de su ejército que abandonara las posiciones en el bajo y medio Sir Daria y se dirigiera hacia la región de Fergana, en la cuenca alta de este mismo río. Los quince mil supervivientes de la travesía del Tian Shan se enfrentaron a cuarenta mil joresmios. Los mongoles estaban agotados por semejante esfuerzo y sus caballos no se habían recuperado de la larga y penosa marcha por las cumbres heladas, pero pese a todos estos inconvenientes la batalla entre Jochi y Jebe y el sha Muhammad se saldó con un empate. El sha quedó asombrado ante la valentía de los mongoles, que se batieron como sólo ellos saben hacerlo, y comenzó a lamentarse por su osadía al haberlos retado.

En el momento oportuno, con la línea defensiva desprotegida al haberse dirigido el sha al encuentro de Jochi y Jebe, aparecimos en el Sir Daria. Gengis Kan había dividido el ejército en tres cuerpos: el primero lo mandaba Chagatai, el segundo Ogodei y el tercero el propio Gengis Kan con su hijo pequeño, Tului. El caudal del río venía crecido y con fuerte corriente; lo atravesamos con gran riesgo. La mayoría no sabía nadar, pero esa carencia no fue ningún impedimento. Con pieles de animales se fabricaron grandes botos que se llenaron de aire y se usaron como flotadores. Otros atravesaron el río sujetos a las colas de sus caballos. Algunos perecieron ahogados, pero la mayor parte del ejército alcanzó a salvo la otra orilla.

Siguiendo el plan preestablecido, se ocuparon las ciudades de Jand, Banakat y Nur, mientras Gengis Kan, con la retaguardia protegida por sus hijos, se lanzó sobre la rica región de Transoxiana. El ejército del sha había quedado atrapado entre las tropas del kan y las de Jochi y Jebe, y, aunque era muy numeroso, la sorpresa de la acción emprendida por los mongoles causó el efecto de una aplastante victoria.

El invierno nos sorprendió justo a las puertas de Transoxiana y fue tan extremo que todos los contingentes quedamos bloqueados. A nuestro campamento llegaron unos astrólogos del oeste que antes de ver al kan tuvieron que pasar entre dos hogueras para purificarse. Le ofrecían sus servicios y para demostrar sus conocimientos pronosticaron un próximo eclipse de luna. El kan me consultó y le indiqué que los cálculos que habían hecho esos astrólogos era incorrectos, y que el eclipse se iba a producir, en efecto, pero dos días más tarde y a distinta hora. Acerté en mis predicciones y los astrólogos occidentales quedaron en entredicho. Los mongoles, supersticiosos ante los fenómenos naturales, se refugiaron en las tiendas mientras duró el eclipse pero, en cuanto finalizó, Gengis Kan echó del campamento a los astrólogos, ordenándoles que no volvieran a importunarle. Aquel episodio me convirtió en un verdadero mago a los ojos de muchos de aquellos guerreros y, aunque intenté convencerlos de que era ciencia y no magia lo que yo practicaba, nadie pareció creerme.

Con el deshielo, el plan de ataque se reanudó. Gengis Kan cayó a fines del invierno sobre la ciudad de Bujara tras atravesar sin dificultad los montes Nura Tau, donde consiguió el apoyo de algunas tribus locales que se hubieran aliado con los mismísimos demonios con tal de combatir al sha Muhammad. Bujara se entregó sin apenas resistencia. Los mercenarios turcos que la defendían huyeron de noche dejando a la población desguarnecida. La ciudad, rica, grande y cuajada de magníficos edificios, fue ocupada enseguida; sólo la ciudadela resistió doce días más.

Gengis Kan entró en la ciudad sobre su yegua blanca y se dirigió hacia el edificio más imponente de la urbe.

–¿Es éste el palacio del sha? –preguntó a un grupo de ciudadanos que se había reunido en las gradas de la puerta de la gran mezquita.

—No. Es la mezquita, la morada de Alá —contestó uno de ellos tras oír al traductor.

El kan espoleó a su montura y ascendió las gradas hasta entrar en el patio. Los musulmanes se escandalizaron por semejante acto y se tiraron al suelo mesándose los cabellos y golpeándose el pecho con los puños. El kan penetró sobre su yegua dentro de la sala de oración. Decenas de fieles que se habían refugiado en la mezquita creyendo que allí estarían a salvo de los invasores, recitaban su libro sagrado siguiendo las indicaciones de un imán que desde lo alto de un púlpito dirigía la oración.

—Estás profanando un lugar sagrado —gritó el imán.

Gengis Kan, tras oír la traducción del intérprete, avanzó hasta el púlpito de madera, descendió de su montura, subió las escaleras y desalojó de allí al personaje que lo había increpado.

—Vosotros los musulmanes os creéis dueños de la verdad. ¿Quiénes sois para decir qué es y qué no es sagrado? —clamó el kan encaramado en el alto sitial de madera tallada.

El intérprete traducía al persa sus palabras.

—La voluntad de Dios, de la cual somos garantes —aseveró el imán al pie de la escalera.

—Lo que hacéis a vuestro antojo.

—Dios se reveló a nuestro profeta Mahoma en La Meca. Son sus señales las que nos indican lo que es o no es sagrado.

—Ya sé que rezáis volviéndoos hacia esa ciudad que llamáis La Meca, pero ¿por qué iba a señalar Dios un lugar especial para dirigirse hacia él a la hora de rezar?

—Porque allí está la casa de Dios.

—El universo entero es la casa de Dios; él habita en todos y cada uno de sus rincones —afirmó el kan.

—Está escrito que debemos ir a La Meca, a la casa de Dios en peregrinación. Ésa es la palabra de Dios. ¿De dónde crees que viene tu poder sino de Él?

—Mi fuerza procede del Eterno Cielo Azul.

—No blasfemes o la ira de Dios caerá sobre ti y Su fuego te consumirá —lo amenazó el imán.

—Me parece que te equivocas. Si alguien es la llama de Dios, ese soy yo, y me temo que es Él quien ha decidido que caiga sobre vuestras cabezas.

De todas las religiones que se practican en el Imperio, es la islámica la que plantea mayores contradicciones con la Yassa. La ley del kan prohíbe sacrificar a un animal cortándole la garganta, que es como lo hacen los musulmanes, y bañarse en agua corriente, sin duda porque siguen presentes las viejas creencias animistas que hacen de los ríos, los lagos y los bosques las moradas de los espíritus.

La ciudad de Bujara ardió por los cuatro costados y sus habitantes o fueron muertos o esclavizados. Sólo la gran mezquita fue respetada y ello porque el kan, a instancias mías, comprendió que era un edificio demasiado hermoso como para convertirse en pasto de las llamas. Los muros fueron derribados y los fosos rellenados.

Desde la destruida Bujara nos dirigimos hacia el oeste. En camino llegaron noticias de los hijos de kan. Ogodei había capturado en Otrar al gobernador que asesinara a los embajadores mongoles y lo envió a su padre para que éste decidiera qué hacer con quien había sido el causante de la guerra. En medio de la nada, en un polvoriento camino perdido en las estepas de Transoxiana, el gobernador de Otrar fue ajusticiado vertiendo plata fundida en su ojos, narices y orejas.

Las murallas de Samarcanda nos hicieron pensar en Pekín. Esta antigua ciudad tenía fama de ser una de las más bellas del mundo. Cuando llegamos ante sus doce puertas de hierro apenas comenzaba la primavera pero por todas partes brotaban los tiernos capullos a punto de desplegarse; no en vano la llaman «la Ciudad de las Rosas». La hermosa Samarcanda fue arrasada y sus habitantes pasados a cuchillo como corderos. Los treinta mil turcos de la guarnición se rindieron y aunque manifestaron su deseo de servir a los mongoles fueron decapitados sin piedad. Yo no pude contenerme y lloré a la vista de las columnas de humo que ascendían hacia el limpio azul primaveral consumiendo aquella legendaria ciudad. Salvé algunos manuscritos de las bibliotecas de sus madarsas, pero con Samarcanda ardieron miles de libros que siglos de cultura habían ido almacenando en sus estantes; mas por la vida de aquellos desgraciados nada pude hacer.

Tras la destrucción de Bujara y Samarcanda, las dos ciudades más importantes de Transoxiana, el cuerpo de ejército que mandaban Gengis Kan y Tului se dividió en varios grupos para someter al resto de la región.

Entre tanto, los otros dos cuerpos de ejército mandados por los hijos del kan conquistaban varias ciudades al sur de Transoxiana, por donde discurre una de las rutas más transitadas por los mercaderes que viajan entre China y el oeste, al norte del Pamir y de la imponente cordillera del Hindu Kush. Tului conquistó Herat y Ogodei arrasó Gazna, para después invadir el país de Gur, donde estableció sus bases para la conquista de las montañas de Ghardjistán y las llanuras de Sistán. El último caudillo gurida, que pocos años atrás había gobernado un gran imperio, fue derrotado y, a pesar de la resistencia ofrecida por algunas fortalezas de las montañas, todo esfuerzo fue en vano.

Como si un huracán las fuera barriendo, una tras otra cayeron Uzgand, Djand, Judjand y Balj. Todas esas ricas ciudades fueron destruidas y sus habitantes masacrados. Gengis Kan usó el terror como método de guerra. Los mongoles mataban a cuantos se les oponían, pero nunca vi que se regocijaran con ello. Creo que buena culpa de su ferocidad natural la tiene el medio en el que viven, duro y salvaje, que a lo largo de los siglos ha modelado una raza de hombres a su imagen. Las poblaciones sitiadas se defendían de manera desesperada, sabedoras de que no recibirían ninguna ayuda. Los que no eran muertos se apresaban y eran situados en las primeras líneas en el asalto de la siguiente ciudad. Toda la conquista fue metódica y ordenada, respondiendo a un perfecto plan de combate sólo posible en la cabeza de un genio de la estrategia militar.

El ejército del sha era muy superior en número al nuestro y sus soldados eran valientes, pero el soberano joresmio era un mal estratega. Frente a los doscientos mil hombres que había movilizado el kan, Muhammad ad-Din disponía de no menos de cuatrocientos mil. Había dos soldados joresmios por cada mongol, pero la capacidad de Gengis Kan y su determinación no tenían parangón con las de Muhammad.

 Arrasadas Transoxiana y Fergana, el sha Muhammad fue presa de un pánico atroz. Incapaz de reaccionar ante la avalancha que se le venía encima, abandonó a sus hombres y huyó hacia el oeste. Gengis Kan ordenó a Jebe y a su yerno Toguchar que dos *tumanes* y algunos destacamentos de apoyo salieran en su persecución. Tenían orden expresa de no regresar hasta que trajeran al sha, vivo o muerto. La captura del soberano joresmio era el objetivo prioritario y por ello se les ordenó que respetaran a las poblaciones que se entregaran sin resistencia. Pero Toguchar tenía un carácter cruel y masacró a todos los habitantes de una ciudad que se había rendido sin oposición. Una vez más el kan dio muestras de su grandeza y de su autoridad. Relegó a su yerno a la categoría de simple soldado, sin mando de tropas, integrado en el *tumán* que se le había encomendado y nombró jefe de ese *tumán* a Subotai.

 Muhammad ad-Din había dejado Samarcanda poco antes de la llegada de Gengis Kan y había pasado por Balj, Nisapur y Kazwín hasta refugiarse en el formidable castillo de Farrazín, cerca de Arak, la fortaleza más poderosa de las que aseguraban la ruta entre las ciudades persas de Hamadán e Ispahán. Atravesando el río Amú Daria, hacia allí se dirigieron Jebe y Subotai en persecución de su presa. El acosado sha de Jwarezm intentó reorganizar la resistencia desde la retaguardia de su imperio, pero sus crímenes eran demasiado graves. Muchas ciudades y muchas tribus habían sido objeto de su tiranía y ahora que los mongoles lo acosaban sin tregua, todos sus antiguos vasallos lo abandonaron. Con apenas un puñado de fieles consiguió alcanzar las orillas del gran mar interior que llaman el Caspio. Justo cuando llegaban Jebe y Subotai, que de camino habían arrasado las ciudades de Tus, Rayy, Kazwín, Qom, Hamadán y Tabriz, logró subirse a una barca de pescadores y navegar mar adentro hasta la pequeña isla de Astarabad. Agotado tras meses de implacable persecución, humillado por la derrota y avergonzado por su incapacidad y su cobardía, el sha Muhammad ad-Din murió de pena cuando comenzaba el invierno. Fue inmensamente rico, gobernó un imperio y conquistó dos más, pero murió pobre y solo, con sus ropas hechas jirones como único y humilde sudario. Jebe y Subotai serían capaces de rastrear cada una de las gotas del Caspio si fuera necesario para capturar a quien tuvo la osadía de asesinar a un embajador del gran kan. Los dos generales mongoles invernaron en la llanura de Mugán antes de continuar su marcha hacia el oeste, que se convertiría en una de las hazañas militares más grandes jamás realizada por hombre alguno.

Pasamos el verano en los campos de la perfumada Samarcanda, donde se produjo la concentración de las tropas. El consejero musulmán Mahmud Yalawaj fue nombrado gobernador de Transoxiana. Era ésa una manera de ganarse a la población de esta región, en su mayoría seguidores del islam. Entre huertos de melocotoneros y albaricoqueros instalamos el campamento. En las amplias esplanadas exteriores de la destruida Samarcanda los *oerloks* y los *noyanes* adiestraban a los jóvenes turcos capturados en las batallas para que sirvieran de tropas de choque en las siguientes, y los ingenieros y artesanos construían nuevas máquinas de guerra para asaltar fortalezas y bombardear ciudades. Hasta allí llegaron las noticias de Muhuli, quien en China había tomado la ciudades de Chan-tong y Tsinan, en tanto uno de sus ejércitos había penetrado en la rica provincia de Ho-nan, el último reducto de los jürchen.

Desde Samarcanda, Bogorchu se dirigió con su *tumán* de diez mil hombres a Gurjand, la capital de Jwarezm, asentada sobre la ribera del Amú Daria, cerca ya de la desembocadura de este río en el mar de Aral. Desalentados ante la huida de su soberano, los habitantes de la capital apenas ofrecieron resistencia al decidido Bogorchu y todos ellos fueron enviados a Mongolia como esclavos. Los ricos mercaderes, los engalanados generales, los altos funcionarios joresmios, los orgullosos imanes musulmanes y sus esposas pronto recogerían las bostas de estiércol que calentarían los hogares de las tiendas de fieltro en las extensas estepas del centro del mundo.

La ociosidad del verano, el aire embriagador de Samarcanda, el aroma de las rosas y las orquídeas, sus dulces vinos y sus atractivas mujeres encantaron a los aguerridos mongoles. El príncipe Jochi se rodeó de una fastuosa corte al estilo de los emperadores chinos y de los califas musulmanes, en la que cada noche se celebraban fiestas en las que cantantes y bailarinas deleitaban a los fieros guerreros del hijo del conquistador del mundo. El príncipe Ogodei y su hermano Tului se emborrachaban día sí y día también con los ricos caldos de Transoxiana, incumpliendo el precepto de la Yassa que ordena no embriagarse más de tres veces al mes. A la vista de la relajación de sus tres hermanos, el severo Chagatai se quejaba amargamente de no poder hacer cumplir la ley, cuya custodia estaba en sus manos, y no tardaron en rebrotar los viejos enfrentamientos entre Jochi y Chagatai.

Gengis Kan, ignorando las disputas entre sus hijos, se dirigió aguas arriba del Amú Daria hasta la ciudad de Termer, donde tras conquistarla asentó su campamento para pasar el invierno. Muchas poblaciones se entregaron sin resistencia. El solo nombre de Gengis Kan aterrorizaba a aquellas gentes de tal modo que un destacamento mongol de apenas dos docenas de soldados ocupó sin problemas una ciudad de cincuenta mil almas, y se dio el caso de que una caravana completa compuesta por dos centenares de hombres se rindió a una pareja de exploradores mongoles nada más verlos aparecer en el horizonte.

Conocida la muerte del déspota sha Muhammad, el Imperio joresmio estalló en multitud de facciones. Fue entonces cuando surgió el valiente Jalal ad-Din Manguzberti, hijo de Muhammad, que fue el único príncipe musulmán capaz de organizar la resistencia ante nuestra invasión. Muhammad había designado al más joven de sus hijos, llamado Kutb ad-Din, para sucederle, pero poco antes de morir cambió de opinión; estimó (uno de los pocos aciertos de su vida) que sería mejor soberano su hijo Jalal, y cambió su testamento. Jalal ad-Din recibió el homenaje de los súbditos de su padre en Gurjand, pero ante la llegada de los mongoles y la deserción de algunos vasallos se replegó hacia Afganistán. Consiguió eludir el cordón de patrullas que Gengis Kan había establecido en el Jorasán y alcanzó la ciudad de Gazna, donde aglutinó a un heterogéneo ejército compuesto por contingentes persas, turcos y gurides.

El kan envió a Sigui Jutuju al mando de tres *guranes* al encuentro de Jalal ad-Din, pero el hijo del sha lo derrotó en Bamiyán, cerca de Parwán, en el norte de la región de Afganistán. Era la primera vez que los mongoles eran batidos en la campaña del oeste. Con más voluntad que fortuna se hizo fuerte en la región de Jorasán, al sur de la Transoxiana, una región de ricas ciudades debido a la ruta comercial que las atraviesa.

Hacia allí nos dirigimos a comienzos del año de la oveja. Gengis Kan quería enfrentarse en persona a ese príncipe que había logrado vencer a uno de sus ejércitos. La primera gran ciudad que nos encontramos fue Merv. Los joresmios nos esperaban bien atrincherados y mantuvieron una enconada resistencia. Gengis Kan se encolerizó porque muchos de sus hombres cayeron ante las murallas y ordenó atacar con todas las fuerzas. Los ingenieros chinos hicieron muy bien su trabajo y gracias a reiterados disparos de la artillería se consiguió abrir una brecha en los muros, lo suficiente como para que los mongoles entraran por ella y arrasaran la ciudad. Unas cien mil personas murieron allí mismo. Junto a las puertas de la ciudad se apilaron en forma de pirámides miles de cabezas de los defensores. La orden del kan era tajante: misericordia, pero esclavitud, a los que se rindieran sin luchar; muerte a los que resistieran.

Desde Merv, dos ejércitos, uno con Gengis Kan y otro con Tului, arrasaron el Jorasán. La ciudad de Balj, ya conquistada el año anterior, fue saqueada de tal manera que no quedó ni rastro de ella. Si tras destruirla alguien hubiera asegurado que sobre aquel terreno yermo había habido alguna vez una ciudad, nadie lo habría creído.

Aquel verano fue terriblemente cálido. El sol lucía durante el día rojo como el hierro candente, y abrasaba de tal modo que si alguien cometía la imprudencia de permanecer algún tiempo expuesto a sus rayos sufría graves quemaduras en la piel. Hubo quien perdió la vista tan sólo por mirar un momento al ardiente círculo solar. No había manera de soportar aquel calor y el kan ordenó que nos dirigiéramos hacia las montañas de Kirguicia, entre el lago Baljash y la llanura de Fergana. En aquellas alturas, a orillas del lago Sonkel, pudimos resistir hasta que el verano comenzó a declinar y la temperatura remitió.

Desde las montañas, Tului se dirigió a la ciudad de Herat y Gengis Kan sitió Nisapur, otra de las grandes urbes de la región, donde se había hecho fuerte Jalal ad-Din. El heredero de Jwarezm logró huir antes de que Nisapur fuera destruida. Gengis Kan persiguió a Jalal y destruyó de nuevo Gazna, donde éste había establecido la sede de su gobierno. Continuó hasta la ciudad de Bamiyán, situada en la ruta que une el valle del Indo con el del Amú Daria, en los profundos valles de la cordillera del Hindu Kush. En el asalto a sus murallas murió el príncipe Mütügen, el hijo primogénito de Chagatai, uno de los nietos más queridos de Temujín. Irritado hasta extremos en los que yo nunca lo había visto hasta entonces, el kan dio una orden inmisericorde:

—Ningún ser debe continuar vivo dentro de esa ciudad, hombre, animal o planta.

Y así ocurrió. Todos los habitantes de Bamiyán fueron muertos, pero también los animales y las plantas. De nuevo se levantaron decenas de pirámides con las cabezas de los muertos. Los cimientos fueron arrancados de cuajo y hasta las ratas fueron exterminadas. Nunca se había visto hasta entonces una capacidad de destrucción semejante. Esta ciudad es conocida en aquella región como «Ciudad de la Desgracia» y hoy sigue desierta.

Chagatai, harto de los incumplimientos de su hermano mayor, Jochi, que decía que la ley estaba escrita en el viento, acudió ante su padre el kan y le presentó una larga lista de quejas sobre Jochi. Gengis Kan escuchó en silencio las acusaciones de su hijo, pero en cuanto acabó de hablar lo cogió por los hombros y lo zarandeó.

—No aprenderéis nunca. Os he enseñado que debéis estar siempre unidos. ¿Acaso ya no recordáis que nuestras leyendas dicen que un haz de flechas no puede romperse si permanecen juntas? Deja de enfrentarte con tu hermano y obedéceme —le ordenó el kan.

—Nunca te he desobedecido, padre, nunca lo he hecho y nunca lo haré. Siempre cumpliré lo que me mandes —respondió sumiso Chagatai.

—En ese caso te ordeno que no llores por lo que vas a oír: tu hijo, mi amado nieto Mütügen, ha muerto en el asalto de Bamiyán.

Chagatai apretó los puños, se mordió los labios y tensó sus músculos, pero ni una sola lágrima corrió por sus mejillas.

El kan se volvió hacia mí y me dijo:

—Nuestros sucesores llevarán vestidos bordados en oro, se atiborrarán de comidas grasientas y de vinos delicados, cabalgarán sobre hermosos corceles y besarán a las más bellas mujeres. Todo eso nos lo deberán, pero se olvidarán de nosotros y del tiempo en que vivimos para que su riqueza fuera posible.

—Eso mismo ha ocurrido muchas veces, majestad —le dije.
—Tú, Ye-Liu, eres mi mejor consejero. Dime, ¿qué ocurrirá tras mi muerte?
—Vuestros hijos seguirán vuestra obra.
—Están enfrentados.
—En ese caso deberíais dejar claro sus destinos —asenté.

Mientras el verano transcurría plácido y sin sobresaltos en los alrededores de Samarcanda, Jebe y Subotai, tras saquear las comarcas entre la codillera del Cáucaso y el Azerbaiyán, volvieron sobre sus pasos. Los georgianos quisieron resistir, pero fueron masacrados en la batalla de Hunan. Jebe y Subotai atravesaron el paso de Derbend y cayeron sobre los alanos, a los que vencieron en Terk, poniendo en fuga poco después a los cumanos, que habían acudido desde sus tierras de Ucrania para frenar el avance mongol. Más tarde asolaron Maragha y Hamadán y continuaron hacia el este. Las destrucciones que protagonizaron los dos generales fueron tales que la gente de aquellas tierras creyó que estaba asistiendo al fin del mundo. Los imanes predicaron en todas las mezquitas del islam que «el Maldito» había salido de los infiernos y que iba a destruir la tierra.

Gengis Kan continuó en persecución de Jalal ad-Din desde la asolada Nisapur. Más de la mitad del ejército del heredero de Jwarezm lo había abandonado, aterrada por las noticias que llegaban acerca de la ferocidad con que se empleaban los mongoles con aquéllos que se les resistían. El kan se lanzó tras Jalal y en una persecución similar a la que habían protagonizado justo un año antes Jebe y Subotai con el sha Muhammad, el kan penetró en Afganistán y destruyó ciudades y castillos. Por fin alcanzó al ejército del príncipe de Jwarezm en la ribera derecha del río Indo, en un día soleado de mediados del otoño. Sobre el escarpado terreno de Kalabagh se libró la batalla entre los restos del ejército joresmio y la élite de la caballería mongol.

Jalal ad-Din cargó con una bravura indomable y el ala izquierda del ejército mongol cedió, pero los efectivos del kan eran superiores y estaban mejor entrenados. Gengis Kan acudió en ayuda de su ala izquierda con los diez mil hombres de su guardia personal, los más feroces y aguerridos soldados mongoles y, a pesar de la valentía con que se defendió, el príncipe joresmio fue arrinconado en una cortadura que caía a pico sobre el río. Su muerte era segura, pues apenas quedaban en torno a él dos docenas de sus hombres y estaban rodeados por varios centenares de guerreros mongoles. Pero el hijo de Muhammad no se amedrentó. Espoleó su caballo y arrancó al galope. Todos quedaron paralizados de asombro cuando vieron a montura y jinete volar sobre el cortado hasta caer desde una altura enorme sobre las turbulentas aguas del Indo. Durante un tiempo que pareció eterno el bravo príncipe luchó contra la corriente. Los arqueros mongoles quisieron lanzarle algunas flechas pero el kan lo impidió con una enérgica orden. Al fin logró alcanzar la otra orilla con su estandarte enhiesto en la mano. Medio centenar de sus hombres, aprovechando la momentánea relajación de los mongoles, lo siguieron cruzando el Indo por un vado cercano.

Yo estaba junto a Gengis Kan siguiendo el curso de la batalla cuando todo esto ocurrió. El kan se volvió hacia mí, me miró sonriendo y dijo:

—Cualquier padre estaría orgulloso de tener un hijo como ése; suerte para nosotros que su padre no estuviera forjado con el mismo temple.

Al otro lado del Indo se extiende un país enorme y desconocido entonces para nosotros, pero ni siquiera eso fue impedimento para que el kan ordenara a su hijo Chagatai, que continuaba muy dolido por la muerte de su primogénito, que persiguiera a Jalal ad-Din. Chagatai se adentró en la India con dos *guranes* y pasó todo el invierno buscando al heredero de Jwarezm.

El kan se retiró hacia el norte con el grueso del ejército. Pasamos el invierno en el valle de Kabul esperando el regreso de

Chagatai. Allí viven los adoradores del fuego, gentes que se autoinmolan arrojándose a una hoguera para consagrarse a su dios o cortándose la cabeza con una gran cuchilla que colocan entre dos postes de madera.

Pese a su edad, Gengis Kan poseía una fortaleza extraordinaria, pero me comentaba con frecuencia su preocupación por la muerte.

Una fría mañana de invierno lo vi paseando cerca de su tienda. Iba cubierto con un manto de piel gris y un gorro de marta. Se detuvo un instante y miró las nevadas cumbres del Hindu Kush, después, como si hubiera intuido mi cercana presencia, se giró hacia mí y me llamó.

–Una hermosa mañana, Ye-Liu –me dijo.

–Hermosa pero fría, majestad.

–Sí, es hermoso descubrir que tras cada noche hay un nuevo amanecer.

–¿Os habéis vuelto poeta? –le pregunté.

–No. Es que hace meses que la idea de la muerte ronda por mi cabeza. He conquistado medio mundo y soy dueño de imperios, reinos, pueblos y ciudades sin cuento. Una orden mía es obedecida sin la menor réplica por millones de seres y tengo en mis manos la vida de muchos millones más. Tanto poder, Ye-Liu, tanto poder, y no sé cómo evitar que el tiempo acabe con mi vida. Si muero no podré cumplir el objetivo de ser el dueño del mundo.

–Hasta ahora nadie ha podido evitar la muerte. Sólo Dios es inmortal. Los hombres han buscado fórmulas mágicas desde hace miles de años para huir de la guadaña de la Negra Señora, pero nadie lo ha logrado.

En verdad que nunca había visto a un hombre tan obsesionado por la muerte. Su cuerpo seguía siendo vigoroso y aunque su rostro comenzaba a perder el brillo que lo hiciera proverbial, sus ojos mantenían un fulgor que los hacía parecer incandescentes. El color blanco ya había igualado al rojo en su cabello y los primeros síntomas de vejez se asomaban de manera evidente. Pese a ello seguía montando a caballo como el mejor de sus jinetes, manejaba la espada con la fuerza de un hombre de treinta años y era capaz de tensar los arcos más rígidos.

–Si pudiera evitar el paso del tiempo, si fuera posible detenerlo –susurró el kan.

–Yo conozco a un monje que quizá pueda ayudaros, Majestad –le dije.

–¿Quién es y dónde está ese monje? –me inquirió con avidez.

–Se llama Chang Chun. Vivía en Pekín, pero hace unos años se trasladó a un monasterio cercano para continuar su vida religiosa como anacoreta. Gozaba de una merecida fama entre la aristocracia de la ciudad, cuyos miembros acuden a él en demanda de consejo. Profesa, como yo mismo, la filosofía taoísta y son muchos los que aseguran que tiene poderes taumatúrgicos.

–Quiero que venga aquí.

–Pero majestad, está en Pekín, a varios meses de distancia. Si todavía vive será un anciano.

–No importa; escribe una carta en mi nombre pidiéndole que venga hasta aquí y ordena que salgan varios hombres en su busca y que lo traigan aquí.

–Tardarán meses, muchos meses, quizá dos años, en regresar, majestad.

–Esperaré.

Tal y como el kan había ordenado, una partida compuesta por treinta hombres salió hacia Pekín en busca de Chang Chun con la misión de conducirlo a su presencia.

Avanzada la primavera, Chagatai volvió de la India. El hijo del kan había fracasado; Jalal ad-Din se había escondido entre las multitudes que atestaban los caminos y las ciudades de ese extraño país.

–No hemos podido encontrarlo, padre. Atravesamos el Indo y nos dirigimos por la enorme llanura, que se extiende al sur de las altas montañas que llaman «el Techo del Mundo». Caminos, aldeas, ciudades, todo está lleno de gentes que trasiegan sin cesar de un sitio para otro sin aparente sentido. Rastreamos palmo a palmo todo el territorio, pero en cuanto pasó el invierno el calor era agobiante, y más todavía la humedad. No teníamos ninguna posibilidad y antes de que el verano nos abrasara ordené el regreso. Lamento no haber podido cumplir tus deseos –se excusó Chagatai ante su padre el kan.

–Hiciste más de lo que se te pidió, nada debes reprocharte.

Chagatai y los generales que lo acompañaron a la India realizaron un completo informe que ordené copiar a uno de mis secretarios; quién sabe si alguna vez será necesario para llevar a cabo la invasión de ese país e incorporarlo al Imperio.

21. En busca de la inmortalidad

Aquel año transcurrió en calma. El Imperio de Jwarezm había sucumbido y los soldados comenzaban a estar ociosos. Sólo las mujeres, la caza y el vino alegraban la vida de aquellos hombres habituados a la guerra. Ogodei, el tercer hijo del kan, no acababa de asimilar que había sido el designado para sucederle. Abrumado por la responsabilidad que sobre él había caído, pasaba los días en su tienda, rodeado de sus oficiales, bebiendo vino y amando a cuantas doncellas le ofrecían.

–Me preocupa Ogodei –me confesó el kan–. Se pasa todo el día borracho.

Estuve a punto de decirle que ese estado era el ideal para muchos mongoles, que sólo aspiraban a poseer buenos caballos, bellas mujeres y vino y comida en abundancia, pero me mordí la lengua. Es probable que ni siquiera a mí me hubiera consentido semejante atrevimiento y menos cuando se trataba de su hijo y del futuro gran kan.

–Ese joven hijo vuestro se refugia en la bebida porque cree que no va a poder estar a vuestra altura cuando sea el *ka kan* –le dije.

–En ese caso, ¿qué debo hacer con él?

–Necesita a alguien que lo instruya y que lo aconseje. Vuestra majestad sois su padre y nadie mejor que un padre para enseñar a un hijo, pero creo que os tiene demasiado respeto.

–En ese caso, tú serás su consejero.

–Ya soy el vuestro, majestad.

–Tanto mejor.

De la noche a la mañana me vi convertido en el consejero de Ogodei, el príncipe destinado a gobernar el Imperio. Esa nueva decisión del kan me dio más poder e influencia, pero acrecentó el recelo entre los que me odiaban.

El kan decidió que era hora de acabar con la ociosidad, y ordenó realizar una gran cacería para mantener al ejército activo y en forma. El verano estaba en su esplendor y la mayoría de los animales ya habían criado a sus retoños nacidos en primavera. Gengis Kan ordenó que todos los hombres disponibles se aprestaran para participar en la mayor de las cacerías jamás realizada hasta entonces. Se delimitó un enorme territorio al norte de Kabul, en uno de los profundos y extensos valles del Hindu Kush, y se fijó el lugar, que los mongoles denominan *gurtai*, en el que se produciría la matanza. El ejército dibujó un enorme semicírculo que poco a poco se cerraría sin dejar escapar a ningún animal. Y así se hizo. Como una mortal tenaza, los jinetes mongoles fueron apretando el cerco obligando a los animales a concentrarse cada vez más en el interior, hasta que llegó el momento en el que ninguno pudo librarse de la presa formada por el círculo cerrado. En lo más profundo del valle fueron cercados todo tipo de animales: ciervos, corzos, tigres, osos, todos juntos los depredadores y sus presas, en una concentración en la que Gengis Kan fue el primero en lanzarse a la caza. El kan eligió a un tigre como su primera pieza, y armado tan sólo de su espada y su arco descargó dos certeros flechazos sobre el cuello del enorme felino, que cayó muerto entre roncos estertores. Después despachó a dos lobos y a un ciervo y se retiró a lo alto de una colina para presenciar el resto de la cacería. A continuación lo hicieron sus nietos, alguno de los cuales sufrió desgarros a causa de los zarpazos de las fieras acosadas. Por último todos los soldados intervinieron en la matanza. Cientos de animales quedaron muertos sobre el fondo del valle antes de que los nietos del kan, tal y como era la costumbre, solicitaran perdón para los animales que todavía permanecían vivos. El kan ordenó tocar una enorme trompeta y la cacería se dio por terminada.

Nuevamente estallaron querellas entre Jochi y Chagatai. Esta vez se trataba de disputas por causas territoriales. Bogorchu hizo llegar un correo hasta el kan por el que le informaba que sus dos hijos mayores andaban peleados por unos territorios que ambos reclamaban para sí. Gengis Kan les remitió una carta: los dos deberían ponerse de inmediato a las órdenes de Ogodei, que comenzaba a actuar con prudencia.

El kan volvía a tomar las riendas con fuerza. Otro correo salió hacia el oeste en busca de Jebe y Subotai. Llevaba el mandato de que se presentara uno de ellos y le diera cuenta de qué estaban haciendo en las lejanas tierras del mar Caspio. A las pocas semanas apareció Subotai en persona. Se presentó en el campamento con el cuerpo totalmente vendado, como hacían los mensajeros imperiales. En cuanto recibió la orden del kan, sin esperar siquiera un solo día, se atavió como uno de los correos, tomó los caballos más veloces y cabalgó sin descanso hasta presentarse ante su señor.

Subotai estaba empapado en sudor y cubierto de polvo.

—Hemos recorrido lejanas tierras, mi señor. No pudimos dar con el sha, pero nos enteramos de que murió solo y sin consuelo, agotado por la huida, en una isla perdida del mar Caspio. Más allá de ese mar hay muchos pueblos, algunos viven en tiendas, pero otros lo hacen en ciudades. No hay ningún gran imperio como el de China o el de Jwarezm. Conquistarlos sería fácil.

—Antes debemos acabar la tarea para la que vinimos a esta tierra —señaló el kan.

—Mi señor, te pido que nos dejes continuar. Al menos permítenos que rodeemos el mar Caspio. Nos han dicho que es un enorme mar interior. Si le damos la vuelta apareceremos por el norte de Jwarezm. Podríamos reconocer el terreno y comprobarlo.

—De acuerdo. Regresa de nuevo con Jebe y rodead ese mar. Nos encontraremos en el Sir Daria.

Subotai partió con el viento hacia el oeste. Este gran general, rebosante de energía y arrojo, nunca incumplió una sola orden del kan, siempre obedeció las leyes de la Yassa y nunca fue derrotado.

A los pocos días llegaron noticias de China. Muhuli había conquistado las ciudades de Pao-ngan, Fu-tcheu y Tch'ang-ngan, pero dos de sus generales habían sufrido algunos reveses en el sur debido a que habían subestimado las fuerzas de los jürchen, que a pesar de que habían perdido dos tercios de su imperio seguían siendo un Estado poderoso. Ambos generales fueron depuestos de inmediato. Las victorias obtenidas en el sur alentaron a los jürchen, que se lanzaron a una contraofensiva en el norte, logrando recuperar algunos territorios. Esta nueva situación propició un cambio de actitud en los tangutos de Hsi Hsia. Su soberano, hasta entonces vasallo de Gengis Kan, optó por romper la alianza con los mongoles y renovar la antigua amistad con los jürchen. El control del reino de Hsi Hsia era imprescindible para mantener abiertas las líneas de suministro entre Mongolia y China; la decisión del rey tanguto suponía cortar esta línea vital.

Enterado por los legados enviados por Muhuli de la sublevación tanguta, Gengis Kan decidió que era hora de regresar a Mongolia y castigar a esos traidores que tanto daño estaban haciendo.

–Hemos de volver. La afrenta que nos causó el sha Muhammad está vengada y hemos esquilmado esta tierra de tal modo que pasará mucho tiempo antes de que vuelva a recuperarse. Ahora acabaremos con Tangutia. Mientras ese reino esté entre nosotros y China, siempre nos quedará la duda de su fidelidad. No podemos dejar que, como acaba de ocurrir, nos corte la línea de suministros.

–Majestad, recordad que hace unos meses enviasteis a varios hombres a buscar al monje Chang Chun –le observé.

–Volveremos siguiendo la ruta por la que ellos vendrán –dijo el kan.

—Sería más rápido atravesar el Tíbet —intervino Chagatai, que acababa de llegar al campamento donde comenzaban a concentrarse las tropas.

—¡No! —gritó un viejo chamán.

Todos los reunidos en el Consejo se volvieron hacia él intrigados.

—¿Por qué no? —preguntó Chagatai.

—En esas montañas viven los unicornios. Esos animales guardan los pasos de la Tierra Sagrada y no permiten que nadie se adentre en ella —dijo el chamán.

Un rumor se extendió por todo el Consejo.

—Nunca he visto a esos unicornios, quizá no existan —asentó el kan.

—Yo sí, padre. Pude verlos en mi expedición a la India. Son enormes y poseen la fuerza de diez caballos. Su piel es tan dura como la más gruesa de nuestras corazas. Tienen un gran cuerno en la frente con el que atacan a sus presas. Si los pasos del Tíbet están defendidos por esos animales será imposible atravesarlos —intervino Chagatai.

El kan me preguntó sobre este asunto y yo le conté una vieja leyenda china en la que se aparece un animal verde, del tamaño de un ciervo grande, con cola de caballo y un solo cuerno, que habla todos los idiomas del mundo. Por mi parte añadí que este animal repudia los asesinatos y que su aparición era una señal del Cielo para que el kan acabara con tantas matanzas. Entonces no sabíamos que el unicornio es el animal que llaman rinoceronte. No es que los mongoles tuvieran miedo, pero como pueblo supersticioso que es, se optó por regresar rodeando el Tíbet por el norte.

Desde el Hindu Kush nos dirigimos a la destruida Samarcanda, donde Gengis Kan había decidido pasar el invierno. Dos años de guerra bien merecían un descanso. Durante los meses de aquel invierno Samarcanda fue un verdadero paraíso para aquellos jinetes nómadas. Las transoxianas son hermosas y visten de manera delicada y elegante, con paños de seda bordada con hilos dorados y finas telas de algodón y urdimbre de Mosul. Con el calor de aquellas mujeres, el invierno fue menos largo y la espera de nuevas batallas fue más soportable para los soldados mongoles. Las largas noche invernales estaban precedidas de copiosas cenas en las que los más deliciosos manjares y los más delicados vinos eran consumidos entre los efluvios del humo alucinógeno del hachís, que se inhalaba mediante unos pequeños tubos hechos de cuero. El aire de las estancias se perfumaba con sándalo aromático y los guerreros se asperjaban con esencias de almizcle de gato civeto, galanga y jengibre. La mayoría de aquellos rudos hombres se aplicaron perfumes por primera vez en su vida.

Samarcanda fue reconstruida. En la biblioteca de su mezquita mayor, que se había salvado de la destrucción, cotejé muchas obras de astronomía y otras ciencias. De entre todas me llamó la atención una copia del mapamundi que encargó el emir 'Abd Allah al-Ma'mún, hijo del legendario califa Harún ar-Rasid, a setenta sabios de Bagdad. Por primera vez pude estudiar la cartografía de las tierras de occidente. Lo hice con minuciosidad y, una vez que comprobé muchos de los datos allí expuestos, ordené hacer una copia que entregué al kan. Temujín contempló el mapa con interés y en un primer vistazo, sin ninguna indicación por mi parte, grabó en su prodigiosa memoria todos y cada uno de los territorios, ríos y montañas allí dibujados.

—El mundo es grande —me dijo—. Quizá no pueda conquistarlo todo en una sola vida. Y mucho menos gobernarlo. Tú serás el encargado de las relaciones entre los mongoles y los vencidos. Si pudiera vivir siempre, si fuera posible ser inmortal...

—Todos los hombres estamos condenados a morir. Algunas religiones sostienen que cuando alguien muere se reencarna en otro ser, pero nunca de la misma manera y en la misma forma que en su vida anterior —le contesté.

—Ni siquiera la mitad del mundo... —musitó el kan.

–¿Cómo decís, majestad?
–Pensaba en voz alta. Ye-Liu, necesito ser inmortal –me confesó antes de alejarse con el mapa del mundo entre sus manos.

En cuanto llegó la primavera, y siguiendo las órdenes del kan, Muhuli atacó a los tangutos. La táctica diseñada por Temujín era mantenerlos ocupados en una guerra de desgaste, en tanto él regresaba con el grueso de las tropas atravesando las llanuras de Mongolia para caer por su espalda.

Muhuli, de más de sesenta años, seguía dirigiendo el ejército encabezando la vanguardia, como cualquiera de sus oficiales. Pero el prudente *oerlok* cayó enfermo. Los médicos que lo atendieron intentaron atajar la fiebre que lentamente lo consumía; le aplicaron ungüentos y le dieron a beber infusiones, pero todo fue inútil. A la muerte de Muhuli asumió el mando de las tropas mongoles en Tangutia su hijo Buru, quien concentró sus esfuerzos contra Hsi Hsia mientras su lugarteniente Daisán atacaba a los jürchen. A pesar de tantos años al lado de los mongoles todavía me es difícil comprender la capacidad de este pueblo para la guerra: en aquel año, mientras Gengis Kan luchaba con el grueso del ejército mongol en las tierras del oeste, otro ejército acosaba el reino de Hsi Hsia y un tercero perseguía a los jürchen en China, ahora relegados a la provincia de Ho-nan.

Y todavía Jebe y Subotai, al mando de sus dos *tumanes*, seguían combatiendo más al oeste, en las riberas occidentales del Caspio. Los dos *oerloks* se enfrentaron y vencieron a una alianza de tribus de las estepas kirguises encabezada por los turcos kipchakos, nómadas celosos de su independencia que pastoreaban en las llanuras al norte del mar Caspio; atravesaron la alta cordillera del Cáucaso, la que, según una vieja leyenda que corre por estos países, fue levantada por el gran conquistador que los persas llaman Iskandar y los cristianos Alejandro para evitar que las tribus de las estepas cayeran sobre su reino. En Kalka, junto a un lejano mar llamado Azof, un ejército ruso fue destruido y los mongoles continuaron su marcha hasta una ciudad de nombre Novgorod, la capital del reino de Rusia.

Gengis Kan derrotó a un emir descendiente de los antiguos soberanos gurides, llamado Muhammad, que se había hecho fuerte en la ciudad de Ashyar, y tras la conquista de esta ciudad toda esa región se incorporó al Imperio mongol. Muchos guerreros enfermaron y yo pude curarlos aplicándoles una medicina a base de ruibarbo; aquello hizo que dejaran de recelar de mí.

Pasamos la primavera y el verano en la cuenca del Sir Daria, avanzando lentamente hacia el este. Gengis Kan esperaba la llegada del monje Chang Chun y a la vez el regreso de Jebe y Subotai, de los que de vez en cuando recibía noticias a través de los rápidos y eficaces correos que éstos le enviaban. El invierno se echaba encima y el kan ordenó regresar a Samarcanda. Todavía no habían comenzado los primeros grandes fríos cuando un correo imperial nos anunció que el monje Chang Chun estaba al otro lado de los puertos del Hindu Kush. Bogorchu fue el encargado de ir a buscarlo para ayudarlo a atravesar esas montañas. Nosotros abandonamos el camino a Samarcanda y nos dirigimos al pie del Hindu Kush, a esperar a que Bogorchu descendiera los puertos con Chang Chun.

Conservo en mi memoria muy bien el encuentro, pues Chang Chun había sido uno de mis maestros en la enseñanza del Tao y le seguía profiriendo un especial afecto. El kan en persona salió a recibir a Chang Chun; yo lo acompañaba para traducir la conversación entre ambos. Recibimos al maestro confuciano tal y como su alta dignidad y prestigio requerían. Cuando llegó al campamento, me adelanté a su encuentro y él me abrazó como a un hijo. El monje taoísta tenía setenta y cinco años y había realizado un viaje de casi un año de duración, pero no parecía demasiado cansado. Por un momento creí que en verdad aquel anciano de rostro enjuto y cráneo rapado conocía el secreto de la inmortalidad.

—Sed bienvenido, honorable Chang Chun. Vuestra visita es un gran honor para el *ka kan* —le dije.

—Gracias por vuestro recibimiento, Ye-Liu —me respondió—. Hace ocho años que no nos veíamos, y por lo que parece os encuentro igual que en Pekín.

En verdad que yo no había cambiado demasiado. Seguía teniendo el cabello largo y negro como la noche y la barba me caía en cascada hasta la cintura, y aunque había sido tan negra como mi cabello, algunas canas comenzaban a platearla.

—Espero que el viaje no os haya agotado —le dije.

—Ciertamente es largo y pesado. Hemos atravesado ríos, lagos, desiertos y montañas tan altas como el mismo cielo, pero aquí estamos. Permitid que os presente a mi ayudante.

Chang Chun se giró a un lado y con su brazo me indicó la figura de uno de sus acompañantes. Era un hombre de unos treinta años, alto y delgado, con el pelo rasurado. Vestía como los monjes taoístas aunque se arropaba con un abrigo de piel de lobo de los que usan los mongoles.

—Es mi discípulo Li-chi —continuó el venerable anciano—; me ha acompañado en este viaje con la idea de escribir un relato sobre las tierras del oeste, que siempre han despertado en él una gran fascinación.

—Sed también bienvenido.

—Me alegro de conocer al gran Ye-Liu Tch'u Ts'ai, uno de los hombres más sabios de China —me saludó Li-chi con una inclinación de cabeza.

Gengis Kan estaba sentado en su trono delante de la tienda, esperando al monje. Cuando llegamos ante él, se levantó y saludó a Chang Chun; yo traduje al monje la bienvenida del gran kan.

—El *ka kan* os desea una feliz estancia en su campamento y dice que está deseoso de recibir las enseñanzas de vuestra sabiduría.

Chang Chun ni se arrodilló ante el kan ni inclinó la cabeza. Tan sólo asintió mirándolo de soslayo como si se tratara de un estudiante del Tao que acabara de entrar en su escuela.

Desde los pies del Hindu Kush nos dirigimos a Samarcanda siguiendo el curso del Amú Daria. Los soldados que habían escoltado a Chang Chun desde China nos relataron el viaje del monje.

–Ha sido una verdadera marcha triunfal –decía el general que comandó la escolta–. En todas partes se ha acogido a Chang Chun como a un dios viviente. En algunas ciudades han llegado a velar su sueño cientos de fieles, que pasaban las noches apostados ante la casa donde dormía el monje rezando oraciones taoístas y cantando himnos sagrados a la luz de la candelas.

La casa en la que yo vivía en Samarcanda, propiedad de un rico comerciante muerto durante la conquista, era muy grande y lujosa; ordené a los criados que acondicionaran varias habitaciones para que en ellas se instalaran tan ilustre huésped y su ayudante.

Samarcanda es realmente una ciudad deliciosa. Situada a mitad de camino entre los dos grandes ríos de Transoxiana, el Amú Daria y el Sir Daria, está protegida de los vientos por una alta cordillera de montañas amarillas que se extiende desde el este hacia el sur. Es parada obligada de la ruta de caravanas y un emporio comercial y artesano. Está rodeada de jardines y viñas y los rosales brotan por doquier perfumando el aire de manera tal que no hay ninguna otra ciudad en el mundo que pueda alardear de un aroma semejante. En verdad que respirar la brisa de Samarcanda en los atardeceres de primavera y contemplar sus parterres de rosas es un extraordinario goce para los sentidos.

Dejé que mis invitados descansaran en las habitaciones que habían preparado para ellos y les ofrecí una cena a base de carne guisada al estilo mongol, perdices y faisanes estofados y albaricoques confitados de Yarkand. Chang Chun rechazó la comida y me dijo que se contentaba con un poco de arroz hervido, albaricoques, pan y leche. El viejo monje se mostró irónico durante la cena. Yo había sido discípulo suyo en su escuela taoísta de Pekín, pero sus doctrinas religiosas nunca habían llegado a convencerme. El anciano monje era el dirigente de una secta sincretista conocida como los Chuan-chen, es decir, «la eterna primavera». Aunque la base de su filosofía era el Tao, mezclaba elementos budistas y confucionistas, por lo que a veces sus postulados se hacían un tanto confusos y contradictorios. Hace algunos años escribí un libro que guardo en mi archivo al que titulé *Memoria de un Viaje al Oeste;* lo hice para contestar al que escribiera el monje Li-chi y que tituló *Relato de un Viaje al Oeste*. En ese libro critico, quizá con demasiada severidad, a Chang Chun, pero creo que buena parte de esas críticas son merecidas, pues en el ocaso de su vida el venerable monje se dejó engatusar por individuos como ese Li-chi, más preocupados por alcanzar influencia en las esferas del poder que por ampliar sus conocimientos religiosos.

–Estos albaricoques son excelentes –les dije–. Tienen fama de ser los mejores. Están almibarados con azúcar de caña, de ahí su extraordinaria dulzura.

Li-chi tomó uno.

–Sí, son deliciosos –reconoció–. ¿Deseáis otro, maestro? –preguntó.

–No, no, ya es suficiente. Lo que quiero saber es cuándo debo comenzar a enseñar el Tao a Gengis Kan.

–En un par de días. Está convencido de que conocéis el secreto de la inmortalidad.

–¿Acaso dudáis de la inmortalidad? –me inquirió.

–Creo en la inmortalidad del alma.

–En ese caso, ¿por qué no creer también en la inmortalidad del cuerpo?

–Ya sabéis que nunca acepté vuestra idea de mezclar aspectos de varias filosofías religiosas. Un poco de Buda, un poco de

Confucio, un poco del Tao, y por qué no añadir a esa mezcla sincrética un poco del cristianismo, quizá la idea de Dios hecho hombre, y del islam su concepto monolítico de Dios.

–No es malo seleccionar lo mejor de cada religión y con ello construir una nueva –afirmó el monje.

–El *ka kan* permite que todas las religiones tengan cabida en el Imperio; eso es tolerancia.

–Las palabras *tolerancia* y *religión* nunca han congeniado. La obligación de cualquier religión es imponerse sobre las demás. Si cada una sostiene que es la verdadera, eso significa que estima que las demás son falsas. Sólo puede haber una verdadera, las demás deben ser erradicadas por falsas –intervino Li-chi.

–Vaya, ¿esto es lo que enseñáis ahora a vuestros discípulos? –le pregunté a Chang Chun.

–Es lo que siempre he enseñado, aunque vos no quisisteis aprenderlo.

La primera entrevista larga que tuvieron Gengis Kan y Chang Chun impresionó a ambos. El monje no esperaba a un ser tan reflexivo, prudente y serio como Temujín y por su parte el kan se extrañó ante la vitalidad mental y física de un anciano de edad tan avanzada. Pronto congeniaron. En aquella primera entrevista yo estuve presente y actué como intérprete, pero pronto me di cuenta de que llegarían a entenderse sin que nadie mediara entre ellos.

–Dile que me honra su presencia aquí –me indicó el kan.

Me costó traducir la respuesta de Chang Chun.

–Mi kan, el monje me comunica que si está aquí no es por su gusto, sino por obligación.

Gengis Kan dio una palmada y unos criados acudieron con bandejas de carne asada y jarras de *kumis*. Chang Chun rechazó aquellos manjares.

–Sólo como arroz, fruta y tortas de harina, y sólo bebo agua y leche. Ya lo sabéis, Ye-Liu. Decidle al kan que agradezco su comida, pero que no puedo aceptarla.

Cuando le traduje las palabras de Chang Chun, el kan encogió los hombros y ordenó a los criados que se retiraran.

—Y ahora, Ye-Liu, quiero saber el secreto de la vida eterna. Pregúntale al monje cómo puedo conseguirla.

Chang Chun sonrió y respondió que no existía tal secreto.

—En ese caso, habrá alguna medicina que la proporcione.

—Tampoco existe esa medicina —contestó sonriendo el monje—, pero sí existe un medio para alargar la vida.

El kan abrió los ojos y requirió de Chang Chun una aclaración.

—Se trata del Tao, de seguir las enseñanzas del Tao como único medio para vivir más tiempo —traduje.

Chang Chun lo dijo con tan alto grado de convencimiento que Gengis Kan ordenó que se preparara una tienda en la que Chang Chun le explicaría todo lo concerniente a la filosofía taoísta y el sistema para alargar la vida.

Subotai regresó al fin de su expedición por el oeste. Vino sin Jebe; el valeroso *oerlok* había muerto tras una corta enfermedad en el Turkestán. Volvía con la mitad de los que habían salido en persecución del sha Muhammad, pero lo hacía cargado de riquezas, caballos y tierras sometidas. Había derrotado a los georgianos, a los cumanos y a los rusos y había recorrido tierras tan lejanas como desconocidas. Había dictado un completísimo informe sobre cuantos territorios había recorrido. Habían transcurrido tres años y medio desde que los dos *oerloks* fueran enviados con sus dos *tumanes* en persecución de Muhammad ad-Din, y ahora uno de ellos regresaba invicto después de haber atravesado medio mundo y haber vencido a cuantos enemigos se había enfrentado.

Junto a una de las puertas de Samarcanda aguardaba Gengis Kan rodeado de sus nietos; a su izquierda, sentada en un trono de oro y perlas, estaba la bella Julán. Trompetas y tambores anunciaron la llegada del ejército expedicionario. Sobre lo alto de una colina apareció la vanguardia; un portaestandarte enarbolaba el *bunduk* de nueve colas de caballo. Tras él cabalgaba Subotai. Sobre un caballo blanco iban las armas de Jebe, «la flecha de Temujín». Subotai avanzó al trote hacia la comitiva que lo esperaba. Cuando llegó ante el kan desmontó y cayó de rodillas. Gengis Kan se levantó del trono y se acercó; colocó las manos sobre sus hombros y le ordenó que se incorporara. Desde mi puesto, al lado del estrado donde se había colocado el trono, pude ver cómo se abrazaban los dos.

Un siervo acudió con dos copas de *kumis* que ambos apuraron de un trago tras haber derramado unas gotas en el suelo como ofrenda a Tengri y homenaje a Jebe.

–Te traigo Occidente –proclamó orgulloso Subotai.

–Hubiera preferido que regresaras con Jebe.

–Sus últimas palabras fueron tu nombre; murió feliz por haberte servido.

Cinco cofres llenos de turquesas fueron presentados a los pies del kan. Temujín tomó la más grande, una enorme del tamaño de un huevo de oca, y se la entregó a la katún Julán

–Vuestra hazaña se escribirá con letras de oro en los anales del Imperio mongol –proclamó el kan.

–Hemos ido más lejos de lo que nunca pudiéramos imaginar, y no hemos llegado al extremo del mundo. Más allá de las estepas rusas sigue habiendo tierras, quizá nunca se acaben –señaló Subotai.

–Sí, seguro que hay un límite. Algún día lo alcanzaremos. Ahora ven conmigo, tienes mucho que contarme.

La gesta de Subotai y de Jebe con sus dos *tumanes* fue realmente épica. Solos en medio de reinos y pueblos hostiles lucharon contra todos, y más de la mitad de aquellos hombres logró regresar victoriosa.

La fiesta que se organizó para celebrar el retorno del cuerpo expedicionario de occidente fue extraordinaria; antes se realizó un funeral por Jebe y por los demás caídos en el que se sacrificaron varios caballos y se hizo una ofrenda de *kumis* y carne a Tengri. Samarcanda se engalanó como si fuera una gran tienda de fieltro, con guirnaldas de rosas y enramadas perfumadas que se colgaron por toda la ciudad. Miles de botas con *kumis* saciaron la sed de los guerreros y miles de mujeres transoxianas alegraron sus camas aquella noche. El palacio del kan había sido ocupado por sus soldados, que festejaban el regreso de los expedicionarios con viejos cánticos de guerra, a veces mezclados con los lamentos por la muerte de Jebe. En el gran salón los generales comían y bebían sin parar ante la atónita mirada de los criados, que no podían imaginar cuánta cantidad de alimento es capaz de ingerir un mongol si se lo propone. Con la excusa de que necesitaba tomar aire, pedí al kan permiso para retirarme del banquete y salí a una terraza desde la que se contemplaba la ciudad a vista de pájaro. Me apoyé en una balaustrada de mármol y contemplé el limpio cielo azul oscuro que comenzaba a cuajarse de estrellas.

—Es tan bello como el de Mongolia.

Una conocida voz sonó detrás de mí profunda y serena.

—Sí, mi kan, lo es —dije volviéndome ante el timbre inconfundible de la voz de Temujín.

—Siempre me he preguntado de qué está hecho ese cielo que nos cubre. Tú eres un sabio, debes de saberlo.

—Los astrónomos chinos no nos hemos puesto nunca de acuerdo. Para unos el firmamento es una tapa semiesférica que gira encima de una tierra cuadrada, la llaman «el cielo recubridor»; otros sostienen, siguiendo al astrónomo Lo-Hia Hong, que el universo es un huevo esférico cuya cáscara es la bóveda celeste y la yema la Tierra.

Me detuve un momento, miré al kan y le dije:

—Perdonadme, majestad, os estoy aburriendo.

—En absoluto, sigue.

—Pues bien, todavía hay quienes piensan que el firmamento no es algo sólido. Fue K'i Meng el primero que escribió que el azul del cielo no es sino un efecto de la óptica y que las estrellas, el Sol y la Luna flotan en el vacío sostenidos por una fuerza invisible que él llamó *kang k'i* y que podríamos traducir como «un soplo duro».

—¿Y tú en cuál de las tres teorías crees?

—Yo soy un taoísta. Los taoístas creemos en los postulados de K'i Meng.

—Es decir, que el color azul sólo es un efecto óptico.

—Así lo creo.

—Ya sabes que para nosotros los mongoles el color azul es sagrado, y que identificamos a nuestro dios, Tengri, con el Eterno Cielo Azul.

—Conozco la cosmogonía mongol; pero perdonadme si os digo que cada pueblo suele explicar el origen del universo en función de su propia civilización. Así, los mongoles identifican el firmamento con una tienda de fieltro en la que la Vía Láctea es la costura, la Estrella Polar el palo central y las estrellas aberturas para que pase la luz exterior.

—Así es, y Tengri abre de vez en cuando el techo de la tienda para ver qué ocurre aquí abajo, y en ese caso se producen los meteoros —añadió el kan.

—El firmamento es siempre el mismo, cada pueblo le ha dado una explicación propia. Para eso están los sacerdotes, y por ende cada religión tiene los suyos.

—Nosotros tenemos chamanes, pero desde que Kokochu me traicionó, no me fío de ellos. Creo que Kokochu quiso hacerse con el control del kanato mongol usando unos medios extraños. No sé cómo no me di cuenta antes.

—Kokochu debió de ser un hombre muy persuasivo —le dije.

—Lo era. Hubo un momento en el que yo mismo me sentí tan influido por él que no podía tomar una decisión sin tener en cuenta su consejo.

—Pero al final aprobasteis su ejecución —me atreví a decir.

—No, no la aprobé, sólo la consentí. Creo que no me equivoqué. Kokochu era un hombre muy ambicioso, hubiera acabado por reclamar para él mi trono.

—En verdad hay hombres cuya influencia puede ser fatal.

—Si lo dices por Chang Chun creo que te equivocas. Él no es como Kokochu; no es ambicioso y además nunca podrá gobernar a los mongoles.

—Pero él ha influido en vuestra majestad.

—Sí, es cierto, me ha convencido de algunas cosas; me ha hecho ver que la influencia budista puede ser muy perniciosa.

—La Yassa que vos mismo promulgasteis protege la libertad de culto.

—Ye-Liu, tú mismo has introducido cambios en la administración, ¿por qué unas cosas deben ser inmutables y otras no? Creo que Chang Chun es un hombre responsable y santo; voy a encargarle que forme a monjes capaces de predicar su doctrina en el Imperio.

—Como gustéis.

—Hoy hay luna nueva, mañana sería un buen día para celebrar una batalla si hubiera cerca algún enemigo —añadió antes de marcharse.

Chang Chun había logrado ganarse la confianza de Gengis Kan.

Entré de nuevo en la sala y oí a Subotai narrar las maravillas que había contemplado en Occidente. Decía que en una región llamada Armenia, en el Cáucaso, había pastos magníficos incluso en invierno, que por todas partes manaban manantiales de agua caliente y que de unas charcas brotaba un aceite negro y espeso que no servía para cocinar, pero sí para fabricar ungüentos y alimentar lámparas. Para demostrar sus afirmaciones ordenó a uno de sus criados que trajera una cántara en la que había guardado una muestra de ese aceite. Derramó un poco en un pebetero de bronce y le aplicó una antorcha. Tardó algunos instantes en hacerlo, pero el aceite negro ardió. Lo peor fue que produjo tal cantidad de humo que nadie pudo aguantar en la sala y tuvimos que salir para airear nuestros pulmones.

***

En las semanas siguientes, Gengis Kan y Chang Chun conversaron con mayor asiduidad. El monje hablaba a Gengis Kan de la posibilidad de conseguir la inmortalidad y éste le hacía caso en todos los detalles. Llegó incluso a comer carne de un lagarto llamado escinco que las gentes de aquellas regiones consideran que aumenta la potencia sexual y propicia una más larga vida.

La obsesión del kan por la muerte aumentaba día a día, y conforme transcurrían las semanas y contemplaba que su cuerpo comenzaba a mostrar incipientes síntomas de vejez, tanto más acudía en busca de los consejos y enseñanzas de Chang Chun, cuya influencia sobre el kan crecía más y más. El kan asistía a las clases de Chang Chun acompañado de su hijo Tului, de sus nietos y de mí mismo. Lo hacíamos en las noches claras, cuando todos dormían.

—Si yo no puedo ser eterno, al menos quiero que mi imperio lo sea —dijo el kan.

—Nada es eterno. Si ni siquiera la tierra o el cielo pueden crear nada eterno, ¿cómo va a serlo la obra de un hombre? —alegaba Chang Chun.

Gengis Kan se preocupaba por su obra y el monje insistía en que sólo las cosas bien hechas pueden perdurar y sobrevivir al hombre que las ha levantado.

—Debes trabajar como el Tao, sin que aparentemente hagas nada —le aconsejó Chang Chun—. Sólo los hombres que comprenden los múltiples fenómenos de la naturaleza son capaces de entender el sentido verdadero de las cosas. Entre el cielo y la tierra hay aire. Es como el que se contiene en una flauta, si se sopla correctamente sale música. La tierra es el instrumento, el cielo es el aire y el Tao es quien sopla. Igual que las melodías parecen surgir de la nada, así los seres humanos aparecen; todos los seres vienen del no ser y regresan al no ser, pero no por ello desaparecen. Cuando las melodías se desvanecen, no por eso dejan de oírse. Ése es el efecto del Tao: producir y no poseer, obrar y no conservar, pedir y no dominar.

Gengis Kan parecía no comprender nada de aquello. Las palabras de Chang Chun eran ajenas a cuanto había aprendido en la dura vida al norte del Gobi, pero no por ello le parecieron vacías. Comprendió que en aquellas enseñanzas había sabiduría y le dijo a su hijo Tului que las guardara en el fondo de su corazón.

El kan quiso que el monje taoísta explicara estas enseñanzas a sus otros tres hijos y mandó convocarlos a un *kuriltai*. Chang Chun le pidió permiso para regresar a su monasterio en las afueras de Pekín, pero, aunque insistió, de nada le sirvió, pues estaba empeñado en que sus hijos fueran partícipes de la enseñanzas del Tao.

Lujo y riquezas se derrochaban a raudales en los campamentos mongoles de los alrededores de Samarcanda. El propio Gengis Kan, pese a que él no gustaba de semejantes manifestaciones de riqueza, siguió mi consejo.

–En vuestro *ordu*, en las praderas de Mongolia, vivid como mejor os plazca, pero aquí debéis mostrar a todos los súbditos vuestro poder y vuestra grandeza. Esta gente que habéis sometido sólo entiende la autoridad si se manifiesta en todo su esplendor –le aconsejé

Una vez más el kan me hizo caso y ordenó levantar la gran tienda de oro que había pertenecido al sha Muhammad, en cuyo interior se colocaron su trono y sus insignias reales, ahora propiedad del gran kan. Sólo se negó a vestir como los soberanos de los imperios conquistados. Lo hacía con su abrigo de pieles de cebellina ribeteado de la misma piel, lo que le confería un aspecto de aristócrata de las estepas. Decía que no quería ser otra cosa, que no había nada más grande que ser el dueño de las estepas del centro del mundo. No deseaba convertirse en un «ciudadano».

–Mis hijos o mis nietos tal vez lo sean algún día, pero yo no –me aseguró.

–De acuerdo, majestad, no seáis un ciudadano, pero haced de Karakorum una verdadera ciudad. Va siendo hora de que dispongáis de una corte estable a la que puedan acudir todos vuestros súbditos. Bastará con que haya allí unas oficinas estatales; es absolutamente imprescindible para administrar el Imperio.

—Esas oficinas nunca han hecho falta.

—Hasta ahora no, pero los territorios que habéis conquistado no pueden gobernarse como si se tratara del *ulus* de vuestros antepasados. Se extienden sobre tierras cultivadas y sobre miles de ciudades. Karakorum debe ser una capital imperial, la referencia de todos los habitantes del Imperio.

—De acuerdo —asintió tras una breve reflexión—. Haz que así sea, pero no me molestes más con este asunto.

Una mañana de fines del invierno Samarcanda amaneció cubierta de nieve. Hacía frío y soplaba un gélido viento del oeste. Como todos los días, me encontraba en mi oficina despachando asuntos de trámite. El kan se presentó de improviso, lo que causó un gran revuelo entre mis ayudantes, que se lanzaron al suelo sin atreverse a mirar el rostro del soberano del mundo.

—Desde ahora serán los monjes taoístas los encargados de administrar todas las cuestiones religiosas —comenzó diciendo sin esperar siquiera a que lo saludara conforme establecía la etiqueta de la Corte.

—Eso puede significar la ruptura de la igualdad religiosa —repuse a mi vez sin guardar el protocolo.

—Yo, Gengis Kan, garantizo la libertad de culto, pero repito que serán los monjes taoístas quienes se encarguen de las cuestiones religiosas. Escribe esta orden y que se envíen copias a todos los rincones del Imperio —finalizó el kan, que salió de mi oficina tal y como había llegado.

Chagatai y Ogodei llegaron a Samarcanda para el *kuriltai* al que los había convocado su padre, pero Jochi se excusó alegando que estaba enfermo. Uno de sus generales trajo su mensaje y con él veinte mil caballos de las estepas de Kipchak que Jochi enviaba como regalo.

—No creo que ese hijo mío esté enfermo. Sigue enojado porque le he dado la región de Jwarezm a Chagatai en vez de a él.

—Tal vez esté realmente enfermo, majestad —le dije—. No creo que ninguno de vuestros hijos se atreva a desobedecer una orden vuestra sin causa justificada.

—Jochi sí. Siempre ha recelado de todo. Y todavía más desde que Ogodei es mi sucesor.

Para olvidar su malestar, Gengis Kan decidió salir de caza. Unos monteros le habían anunciado que en las montañas del sur habían avistado una nutrida partida de jabalíes, algunos tan grandes como un ternero.

El kan se dedicó a la caza con toda su energía. Hacía dos años que había cumplido los sesenta, pero seguía montando a caballo con la agilidad de un joven de veinte. Durante la cacería hirió a un enorme jabalí y salió tras él para abatirlo. Consiguió acorralarlo y cuando armaba el arco para rematarlo, su caballo se encabritó y lo arrojó al suelo. En la caída había perdido su arco y su espada y se encontraba a merced del jabalí. Pero la bestia herida no se movió, durante unos instantes se quedó frente al kan, mirándolo fijamente pero sin lanzarse contra él. Tras la espesura aparecieron tres miembros de su guardia y el jabalí huyó perdiéndose entre la maleza.

Ya en el campamento, el kan me describió su encuentro con el jabalí y me pidió una explicación.

—Veo en esto un aviso del cielo. Creo que el Eterno Cielo Azul quiere decir con ello que el *ka kan* no puede exponer su vida a la ligera, pero como el Cielo no desea que muráis todavía, impidió que el jabalí os atacara.

Gengis Kan quiso conocer la explicación que Chang Chun daba a este mismo episodio, y lo requirió para ello.

—Me parece que ha llegado la hora de que abandones los placeres de la caza. Tu edad ya no es la apropiada para perseguir jabalíes a lomos de un caballo —le aconsejó con tanta crudeza como sinceridad el monje taoísta.

–Yo me siento fuerte y con vigor. No puedo renunciar tan fácilmente a algo que he hecho toda mi vida –alegó el kan.

–El invierno sigue al otoño, y a ése la primavera y el verano, y luego vuelve a regresar el otoño. La naturaleza es así, pero la vida de los hombres es distinta. Cada día contiene los días anteriores y cuando han pasado todos los días se vuelve al origen. En el hombre la vuelta a los orígenes es el descanso, lo que significa que el destino está cumplido tal y como ordena la ley eterna.

–He entendido tu mensaje –le dijo el kan.

Y realmente lo entendió, pues a partir de ese momento no volvió a participar en ninguna cacería.

Una incruenta batalla en la que la paciencia era el arma se libraba entre Gengis Kan y Chang Chun. El kan quería que el monje taoísta fuera su consejero y se incorporara a la Corte, pero Chang Chun sólo pensaba en tornar a su monasterio en Pekín.

–Volveremos por el camino del norte, puedes venir con nosotros hasta Mongolia y desde allí dirigirte a China.

–Ese viaje es más largo. Prefiero regresar a través de la ruta que discurre entre las Montañas Celestiales, el Kunlun Shan, y el desierto de Taklamakán. Quiero visitar algunas comunidades taoístas en esta ruta. Te he enseñado cuanto sé; nada más puedo decirte –alegó Chang Chun.

Gengis Kan intentó retrasar el día de la partida del monje con la excusa de que no encontraba un regalo apropiado que hacerle. Pero Chang Chun no deseaba regalos.

–Riquezas, joyas, privilegios, para nada valen. Si se reciben favores se tiene miedo a perderlos y si se pierden el miedo te acompañará siempre.

–Pero tú deseas obrar, ya sea actuando o meditando. Si caes en desgracia, tus enseñanzas no se propagarán y en ese caso tu vida no habrá servido de nada –asentó Gengis Kan creyendo que había sorprendido a Chang Chun en una contradicción.

El monje lo miró sonriendo y cuando le traduje lo que el kan había dicho, respondió:

—Cuando el noble tiene tiempo, avanza; si no lo tiene, se va y deja amontonar la cizaña.

Gengis Kan no replicó. Se limitó a guardar silencio y a mirarme apesadumbrado. Dos días después una escolta acompañaba a Chang Chun hacia China. El monje partía tal y como había llegado. Tan sólo una sorpresa le esperaba en Pekín. Gengis Kan ordenó que le fuera entregada el ala más bella del palacio imperial, en la que había un parque maravilloso, a fin de que se convirtiera en el lugar de estudio de Chang Chun con la promesa de que a su muerte se levantaría allí un convento taoísta. Ese convento lo edificó el kan Ogodei y ahí sigue en memoria de Chang Chun, quien murió el mismo año y mes que Gengis Kan.

Con la primavera dejamos la región de Samarcanda (si siempre es difícil abandonar esta ciudad, en primavera es verdaderamente triste) y nos pusimos en camino hacia el río Irtish. El ejército ralentizaba la marcha en espera de que Jochi acudiera a las reiteradas llamadas del kan. Pero la respuesta del hijo de Temujín era siempre la misma: «Estoy enfermo». Un día se presentó en el campamento del kan, a orillas del río Ili, un mercader que afirmaba que Jochi había organizado una cacería en las tierras de Kipchak. El kan montó en cólera.

—¡Ese maldito hijo mío! Está loco, debe de estar loco para haberme desobedecido. No imagina lo que va a caer sobre él. Enviaré a un ejército para que destruya a ese perro.

—Pero majestad, aguardad un poco más. Si ordenáis un ataque contra vuestro hijo iniciaréis una guerra civil de imprevisibles consecuencias.

—Nadie, ni siquiera mi propio hijo puede burlarse del *ka kan*.

Todos mis esfuerzos por evitar la guerra fueron inútiles. El kan estaba poseído de tal modo por la ira que no atendía a ninguna razón. Envió a un correo «flecha» ordenando a Chagatai y a Ogodei que se dispusieran con sus hombres a atacar a su hermano mayor. Cuando el ejército estaba a punto de partir hacia el norte en busca de Jochi, llegó Batú, el hijo mayor de Jochi.

Gengis Kan recibió a su nieto en su tienda de campaña, en el trono de madera y oro.

—Abuelo... —comenzó a hablar Batú.

—Estás hablando con tu kan. Dirígete a mí como a tal.

Batú se quedó sorprendido. El valeroso joven parecía desconcertado, nunca había visto a su abuelo tan enfadado. El hijo de Jochi se arrodilló, inclinó su cabeza y besó el suelo de la tienda. Después se incorporó y dijo:

—*Ka kan*, vengo a comunicarte que tu hijo mayor, el príncipe Jochi, ha muerto víctima de una larga enfermedad.

Vi como Gengis Kan apretaba con sus manos los reposabrazos del trono.

—Uno de mis correos me dijo que tu padre estaba de cacería.

—No, abuelo, fueron sus generales quienes estaban cazando. Él se quedó en su tienda. Estaba enfermo y no podía acompañarlos, pero no quiso que se suspendiera la caza a causa de su ausencia.

Nadie vio a Gengis Kan llorar. Él mismo se exigió lo que había ordenado a Chagatai cuando murió el príncipe, aunque creo que a solas lo hizo. Durante dos días permaneció recluido en su tienda y cuando salió me dijo lo apenado que se encontraba por no haber creído a su hijo. Jochi había estado realmente enfermo y los veinte mil caballos que le envió fueron una manera de pedirle a su padre perdón por no poder acudir a su llamada.

La muerte de Jochi en su *ulus* de Occidente, donde se había instalado tras las campañas contra Jwarezm y el *kuriltai* en el que fue proclamado sucesor Ogodei, sumió a Gengis Kan en una profunda tristeza. Aunque nunca estuvo seguro de su paternidad, Temujín siempre trató al mayor de sus hijos igual que a los demás vástagos de Bortai. Es cierto que con Jochi había discutido más que con ningún otro, pero ello se debía al carácter independiente y solitario de su hijo mayor, que desde niño se había mostrado siempre como el más retraído de los cuatro, quizá porque desde que tuvo uso de razón no dejó de atormentarle la idea de que era hijo de aquel jefe merkita que secuestrara a su madre meses antes de su nacimiento.

Pasamos el verano en el curso superior del Irtish. Mongka, de once años, y Kubilai, de nueve, los dos hijos mayores de Tului, cazaron allí sus primeras piezas: Mongka un cervatillo y Kubilai una liebre. Los dos acudieron a enseñárselas al kan. Una antigua costumbre mongol exige que los pulgares de un niño sean frotados con la grasa del primer animal que cace; se cree que este rito confiere suerte. El kan en persona realizó el ritual. Cuando le llegó el turno a Kubilai, el niño cogió las manos de su abuelo y no quiso soltarlas.

—Mirad, mirad cómo mi nieto se apodera de mis manos —exclamó entre risas.

Era la primera vez que reía desde la muerte de Jochi. Todos rieron al unísono, menos el propio Kubilai, que permanecía serio y digno.

—Cuando no sepáis qué determinación tomar, haced caso del pequeño Kubilai —nos recomendó entonces el kan a todos cuantos asistíamos a la ceremonia.

Hasta el curso del Irtish llegaron noticias de Buru, nombrado sucesor de su padre, Muhuli, quien seguía la guerra contra los tangutos. Había ocupado algunas ciudades y esperaba a Gengis Kan para aplastar de una vez por todas al reino de Hsi Hsia. Aquellas nuevas aceleraron el interés de Gengis Kan por llegar a Mongolia, y ordenó levantar los campamentos que se habían establecido a orillas el Irtish y poner rumbo a Karakorum. Atravesamos el Altai y volvimos a Mongolia por el mismo camino por el que habíamos venido seis años antes, sin tener en cuenta una de las supersticiones mongoles que recomienda no regresar por el camino de ida.

Todos los aguerridos jinetes gritaron de júbilo al contemplar las amplias llanuras del centro del mundo. Algunos bailaron agitando los brazos y saltando como posesos. A nuestros pies se extendían las estepas en las que la mayoría de ellos había nacido y de sus roncas gargantas comenzaron a brotar tiernas canciones que hablaban de la tierra, la familia, los pastos y el ganado. Yo mismo pude comprobar cómo los ojos de muchos de aquellos guerreros de músculos de hierro y tendones de acero se poblaban de lágrimas.

22. Regreso al centro del mundo

Habían pasado seis años desde que Gengis Kan abandonara Karakorum para lanzarse a la conquista del Imperio joresmio. Antes de marchar había dicho a las mujeres que tenían que ser ellas las encargadas de mantener el fuego de los hogares y tenerlo siempre encendido en espera del regreso de sus maridos. Cuando volvieron, las mujeres mongoles tenían todo preparado. Los guerreros regresaron a sus campamentos y en ellos encontraron a sus mujeres tal cual las habían dejado años atrás. Algunos descubrieron que habían sido padres, otros que sus hijos habían crecido tanto que no los reconocían. Miles de encuentros certificaron de nuevo que los lazos de parentesco seguían siendo una de las más firmes razones del éxito del pueblo mongol.

  Bortai aguardaba a Gengis Kan en su casa de Karakorum, junto a ella estaban las otras dos katunes, las hermanas Yesui y Yesugén. La ciudad que fundara Tatatonga empezaba a parecer una verdadera capital. Con el trabajo de arquitectos y artesanos chinos, Bortai había ordenado construir un edificio que, aunque lejos de los grandes palacios de Pekín, Kai-fong o Samarcanda, era un verdadero símbolo de los cambios que comenzaban a producirse entre la aristocracia mongol. El encuentro de Temujín y Bortai me conmovió. Los largos años de guerra en Occidente habían envejecido al kan y Bortai me pareció más pequeña que cuando nos marchamos. De su antigua belleza apenas quedaba nada y su rostro aparecía surcado de profundas arrugas, fruto del tiempo y de los años de espera. Por el contrario, Julán seguía siendo muy bella. Cuando descendió del carro en el que viajaba para cumplimentar a Bortai, la comparación entre ambas no pasó desapercibida para nadie. Julán, aunque ya no era una jovencita, brillaba como el Lucero vespertino en los atardeceres de invierno. Además, vestía los ricos trajes de las mujeres de Transoxiana, de ricas sedas carmesíes bordadas en oro, y las finas y vaporosas muselinas que proporcionaban un aire sensual y casi mágico. Bortai, que se había vestido con un lujoso caftán azul engastado con perlas, palideció ante Julán. Contemplé los ojos de la katún principal y pude comprobar cómo la resignación había ganado la partida a la esperanza. Julán descendió del carro y se acercó a Bortai, a la que saludó como su rango merecía. El kan volvía victorioso, con varios reinos e imperios más que sumar a su caudillaje, pero Bortai sólo sentía las muertes de su hijo Jochi y de su nieto Mütügen.

El kan fue aclamado por los habitantes de Karakorum, que se habían concentrado para recibirlo. El aspecto de Temujín no era ya el del joven y valeroso guerrero que años atrás había unificado a los pueblos de las estepas. Su pelo rojo había tornado a un blanco grisáceo y sus anchos y fuertes hombros comenzaban a cimbrearse, pero mantenía un porte majestuoso, acrecentado si cabe por el color plateado de sus cabellos y por su rostro sereno y curtido a la vez, henchido de majestad y de gloria. Sus ojos verdosos seguían brillando como ascuas.

En Karakorum, cumpliendo las órdenes, esperaba Buru, el hijo de Muhuli.

—Mi señor —saludó al kan arrojándose a sus pies.

—Tienes los mismos ojos que tu padre —le dijo el kan indicándole que se levantara.

—Mi padre os sirvió hasta la muerte, yo deseo hacer lo mismo; en ello me educó.

—Su pérdida fue para mí muy dolorosa. Siempre fuimos compañeros, siempre estuvo a mi lado, fue el primero en sacrificarse por mí. Le debo mucho, todos le debemos mucho. Por eso quiero vengar su muerte personalmente. Si los tangutos no se hubieran levantado contra nosotros, Muhuli tal vez no habría enfermado, quizás estaría vivo y seguiría cabalgando en las tierras de China. El reino de Hsi Hsia debe pagar por su muerte y por la traición –asentó el kan.

–Mis hombres están listos para volver a Tangutia y acabar con ese reino de traidores –aseguró Buru.

–Así será; yo mismo dirigiré el ejército –finalizó el kan.

En un consejo de jefes se decidió la conquista de Hsi Hsia. El plan que se trazó consistía en un ataque sistemático a las principales ciudades, destruyéndolas una a una y acabando con todos sus habitantes. Una vez arrasado el país y muertos sus pobladores, toda la región sería convertida en tierra de pastos para los caballos y los ganados mongoles. Nunca más volvería a levantarse en aquella tierra una sola ciudad ni a cultivarse un solo huerto. También se acordó que tras la victoria sobre Hsi Hsia se haría lo mismo con China. Yo me opuse a ello, pero Gengis Kan estaba tan colérico que en esta ocasión no me hizo ningún caso.

La vieja alianza entre tangutos y mongoles había sido rota por Li Tsun-hsü, el sucesor de Li-An-ch'üan. Pero ese rey, al enterarse de que Gengis Kan había regresado a Mongolia y preparaba el ataque a su reino, abdicó y fue sucedido por su hijo Li-Te Wang. Este príncipe envió de inmediato una embajada ante la corte de Karakorum a fin de pedir la paz y reanudar la amistad entre los dos pueblos.

El embajador tanguto estaba de pie, delante del kan, quien en su trono de oro escuchaba circunspecto las excusas y explicaciones del embajador.

–Nuestro joven rey quiere acabar con esta situación. Su padre obró con evidente negligencia, pero Li-Te Wang es inocente de la acusación de traición. Un ataque mongol sobre nuestro reino sería ahora un grave inconveniente, tanto para nosotros los tangutos como para los mongoles.

El embajador hablaba y hablaba deteniéndose de vez en cuando. Pero el kan se mantenía en silencio. Tras unos instantes, el tanguto volvía a hablar y cada vez se hacía más evidente que sus nervios comenzaban a sufrir serias alteraciones. Mientras el embajador seguía hablando entró un general y se dirigió directamente hacia Bogorchu, que se hallaba a la derecha del kan. Le susurró algo y Bogorchu llamó la atención de Gengis Kan, quien le indicó que se acercara. Bogorchu se inclinó y le transmitió algo al oído.

La faz del kan cambió de aspecto. Su rostro sereno y tranquilo pareció agriarse, y con un gesto de su mano ordenó al embajador que callara. Se levantó del trono, miró a su alrededor a todos los reunidos y dijo:

–Aunque no mereces mi atención, he estado un buen rato callado, oyendo las alegaciones de tu rey para que no os destruya, pero seguís siendo un país de traidores. Mientras tú estás aquí intentando convencerme de la bondad de tu nuevo rey, un ejército tanguto acaba de tomar posiciones en las montañas de Alasán. ¿Cómo explicas esto?, ¿qué razones puedes aducir para que no te mate aquí mismo por traidor?

El embajador tanguto comenzó a temblar de miedo. Sus ojos rasgados se tornaron redondos cual los de los occidentales y su frente pálida y arrugada brilló al cubrirse de gotas de sudor.

–Yo no sabía nada, majestad, os juro que no sabía nada –balbució entre sollozos.

Gengis Kan no mató al embajador. Le permitió que regresara a Tangutia con un breve mensaje destinado a su rey: «¡Guerra!».

El ejército tanguto no había obedecido a su soberano, sino que siguiendo las órdenes de su comandante en jefe, el general Asa Gambu, verdadero dueño de Hsi Hsia, había lanzado un ataque por sorpresa sobre los mongoles. Pero Gengis Kan no había bajado la guardia; sus patrullas fronterizas habían localizado a las vanguardias tangutas y habían avisado de la presencia enemiga.

En apenas tres semanas el ejército estuvo listo para salir en campaña hacia Tangutia. Gengis Kan en persona mandaba las tropas, mientras que su hijo Chagatai se quedó en Mongolia al frente del *ulus* paterno.

Tan sólo había avanzado el ejército unas millas cuando un correo llegó del oeste. Traía un mensaje urgente que el kan debía recibir sin dilación.

—Mi kan, el príncipe Jalal ad-Din ha regresado a las tierras de Occidente.

—¿Cómo ha ocurrido? —le preguntó.

—Cuando huyó a la India con cincuenta compañeros encontró refugio en Delhi, cuyo soberano, el sultán Iltutmis, lo acogió y protegió. Se casó con la hija del sultán y se hizo con un pequeño ejército. Aprovechando nuestra retirada ha invadido Afganistán y Persia, ha sometido a todos los príncipes de la región y ha instalado su corte en la ciudad de Ispahán. Todas las tierras entre el lago Urmia y el Indo y el Sir Daria y el mar Índico le han rendido homenaje.

Gengis Kan sonrió cuando oyó el informe del mensajero. Creo que por su cabeza pasó entonces la imagen del joven Jalal ad-Din saltando a las aguas turbulentas del Indo desde una increíble altura. Desde entonces el kan mostró una especial atracción hacia este valeroso príncipe, el único de entre todos los caudillos musulmanes que fue capaz de plantarle cara.

—Magnífico —dijo el kan.

—¿Qué decís, mi señor? —preguntó sorprendido el mensajero.

—Ese Jalal es magnífico. Pero no importa, ahora debemos escarmentar a esos tangutos, tiempo habrá para volver sobre Occidente —aseguró el kan.

Gengis Kan cayó sobre Tangutia como un alud, arrasando cuanto encontró a su paso. Las primeras fortalezas en la gran curva del río Amarillo sucumbieron al empuje mongol. En cada lugar que sitiaban, Temujín arengaba a sus hombres recordándoles la muerte de Muhuli.

Ni siquiera la llegada del invierno detuvo la invasión. Hizo tanto frío que el río Amarillo se heló por completo. Los mongoles lo atravesaron colocando calzas de tela en las pezuñas de sus caballos y espolvoreando tierra y ceniza sobre la superficie para hacerla menos resbaladiza. En un pequeño lago, junto al río, apareció la caballería tanguta. Sobre la superficie helada los jinetes de Hsi Hsia se lanzaron a una carga suicida. Sus caballos resbalaron sobre el hielo y los mongoles sólo tuvieron que rematarlos como a corderos.

El kan me mandó llamar a su campamento de la frontera y me trasladé hasta allí atravesando el Gobi. Cuando llegué al lugar de la batalla del lago helado contemplé que en un pequeño altozano se habían clavado tres postes de los que colgaban tres cadáveres con la cabeza hacia abajo. El oficial que mandaba mi escolta sonrió complacido, me miró y dijo:

—Tres cadáveres en tres postes. Uno por cada diez mil enemigos muertos. Habrá sido una batalla formidable.

«¡Treinta mil muertos! —pensé—. Si esto sigue así pronto no quedaran sino mongoles sobre la faz de la tierra.»

Gengis Kan me recibió en su tienda sin ningún protocolo y me comunicó una noticia inesperada:

—He decidido nombrarte gobernador de China, con residencia en Pekín.

Al oír aquellas palabras de boca del kan me quedé perplejo.

—Desde que murió Muhuli ha cumplido esa función su hijo Buru y en nombre de éste su lugarteniente Daisán, pero son guerreros, no están acostumbrados a administrar una provincia. Tú lo harás mejor.

Gengis Kan hablaba de un imperio como si de una provincia se tratara, y es que en efecto, así era. El otrora poderoso Imperio kin se había convertido en una mera provincia del Imperio mongol. Por un momento no supe qué contestar. A Gengis Kan le parecía lógico, pero para mí era el mayor de los retos que había afrontado hasta entonces. Como consejero, primero, y canciller después mis responsabilidades eran más bien pequeñas, pues casi nada decidía; como gobernador de China debería tomar decisiones importantes y quién sabe si contrarias a mis ideas. Bien sabido es que una cosa es pensar y otra actuar. Como intelectual y hombre de ciencia puedes creer ciegamente en una idea, pero cuando te enfrentas con la realidad del gobierno de los asuntos públicos la cuestión cambia de modo sustancial.

–Es un gran honor el que me concedéis, majestad, no sé si estaré a la altura que...

–Por supuesto –me interrumpió el kan antes de que acabara de hablar–. No hay nadie mejor que tú en mi imperio. Eres el más preparado y el más honesto, y además conoces Pekín y China como nadie.

–Aconsejar no es lo mismo que gobernar –me atreví a señalar.

–Tienes razón, aconsejar es mucho más difícil.

Desde el campamento ubicado en las llanuras del norte de Hsi Hsia me dirigí hacia Pekín. De mi pecho colgaba una placa de oro enmarcada en marfil en la que constaba mi rango de gobernador de China. Bastaba con que cualquiera contemplara esa señal para lanzarse a mis pies y reverenciarme como si yo fuera el mismo gran kan; tal era la autoridad que Temujín había sabido inculcar en los nómadas.

Un mes y medio más tarde me encontraba en el palacio imperial de Pekín, sentado en el sitial del gobernador y dando órdenes a funcionarios, soldados y siervos. Diez años después de mi partida encontré mi ciudad muy cambiada. Pekín había perdido la mitad de sus habitantes y, aunque muchos habían regresado, era preciso trabajar duro para devolverle el esplendor que tuvo antes de la conquista. Me esforcé cuanto pude por dictar normas tendentes a restablecer el comercio y la artesanía, y tuve que tomar una serie de medidas que en principio despertaron ciertos recelos entre los oficiales mongoles pero que se disiparon en cuanto, puestas en práctica, demostraron su eficacia. Decreté que durante un año sólo se pagaran la mitad de los impuestos, lo que supuso el establecimiento de nuevos talleres y mercados. Conseguí que la confianza de los campesinos de los alrededores, esquilmados tras tantos años de guerra y de saqueos, se afianzara, y en unos meses se produjeron cosechas como nunca antes se habían visto.

La cuestión religiosa fue la que me causó mayores problemas. Los taoístas más radicales, siguiendo las órdenes dictadas por el kan, se habían hecho con el control de la mayoría de los templos, incluidos algunos budistas, amedrentados ahora por el auge de sus rivales. En algunos casos los taoístas, amparados por sus privilegios, expropiaron templos budistas y expulsaron a sus monjes, muchos de los cuales tuvieron que buscar refugio en el Imperio song o en las frías tierras del interior de China.

Esgrimí la Yassa dictada por el mismísimo gran kan para hacer valer mi autoridad. Algunos taoístas me reprocharon, a pesar de ser yo mismo un taoísta, que defendiera de manera tan vehemente la libertad de culto. Les hice ver que un verdadero taoísta se demuestra precisamente en la tolerancia. Algunos no quisieron entenderlo y veladamente me acusaron de traidor y renegado.

Las murallas habían sido rehechas, pero muchos edificios todavía mostraban las secuelas de la guerra. Tuve que ordenar que se embelleciera la ciudad restaurando los edificios más dañados y saneando las avenidas y las calles principales, dedicando para ello parte de los fondos que Gengis Kan me había concedido para que los administrara según mi criterio.

Chang Chun vivía en el ala del palacio imperial que Gengis Kan le había concedido. Dejaba transcurrir los días paseando entre los sauces y los tilos, contemplando los parterres de lotos y crisantemos, aspirando el aroma de los nardos y ensimismándose con el vuelo de las golondrinas o el discurrir de las nubes bajo el celeste azul de Pekín. Sólo en dos ocasiones hablé con él. La primera al poco tiempo de mi llegada y la segunda un par de meses después. Aquel anciano monje sabía que su vida había dado de sí cuanto tenía y sólo esperaba morir en paz. Ya no estaba en condiciones de hacer proselitismo de sus ideas, pero había muchos seguidores suyos que estaban dispuestos a ponerlas en práctica hasta sus últimas consecuencias, sobre todo Li-chi.

Durante aquellos meses contemplé un fenómeno que hasta entonces no había aparecido entre los mongoles. Algunos de los que llevaban ya diez años en Pekín, fundamentalmente soldados y altos funcionarios, se habían habituado con suma rapidez a la vida en la ciudad. No parecían echar en falta las anchas llanuras de Mongolia, ni el aire limpio y fresco de las praderas; se habían acomodado a vivir en las confortables casas y palacios de piedra y ladrillo, a comer los exquisitos platos de la cocina pekinesa, a beber los delicados vinos y licores y a vestir las suaves sedas. Sus mujeres, antaño aclimatadas a la dura vida de la estepa, siempre ocupadas en ordeñar el ganado, recoger estiércol seco para el fuego o curtir las pieles, se adornaban ahora con ricos vestidos ornados con perlas y turquesas, se perfumaban con ámbar, áloe y algalia y bebían té aromatizado con esencia de rosas y de violetas.

China, como tantas otras veces había ocurrido, estaba empezando a conquistar a sus conquistadores.

Con el deshielo, Gengis Kan intensificó su ataque sobre el reino de Hsi Hsia. Para esta campaña se hizo acompañar de la katún Yesui. Aquella primavera fue especialmente cruenta. El prudente rey tanguto Li-Te Wang, que pese a la opinión contraria de sus generales seguía solicitando una tregua, murió, lo que no hizo sino empeorar las cosas y que aumentara la tensión. Su hijo y nuevo rey, un jovencito llamado Lu Hsieu, fue totalmente mediatizado por el general Asa Gambu, y en un acto de locura suicida declaró la guerra a los mongoles.

Gengis Kan atacó entonces con todas sus fuerzas la región oeste de Tangutia y conquistó las ciudades de Su-tcheu y Kantcheu. La estrategia del kan era clara: se trataba de cercar la capital del reino y apretar sobre ella como una pinza en espera de que cayera cual fruta madura. Tras esa campaña, Nianghsia, la gran capital tanguta, fue sitiada a finales del verano del año del perro. Ahora sólo era cuestión de tiempo, el reino tanguto estaba perdido.

Entre tanto, Jalal ad-Din seguía incorporando tierras a su recuperado imperio. El hijo del sha Muhammad se había convertido en nuevo sha y estaba dispuesto no sólo a reintegrar todos los territorios que siete años antes conformaran el Imperio joresmio, sino a incrementarlos con nuevas provincias en Occidente. Asedió la gran ciudad de Bagdad, como también hiciera su padre, pero desistió ante la imposibilidad de conquistarla y se dirigió hacia el norte. Siguiendo una ruta similar a la trazada por Jebe y Subotai en su gran cabalgada, invadió el Azerbaiyán y Georgia y conquistó su capital, Tiflis, para volver sobre sus pasos y entrar como conquistador en la rica ciudad de Tabriz a mediados del verano. Desde Tabriz, enterado de la sublevación de un caudillo turco en la región de Kirmán, se dirigió hasta allá en tan sólo diecisiete días, en lo que tuvo que ser una marcha similar a las mejores realizadas por el más preparado contingente mongol. Sitió la fortaleza de Akhlat, pero el invierno se echó encima y los grandes fríos de aquellas inhóspitas comarcas lo obligaron a retirarse.

El kan cazaba caballos salvajes en el territorio de Arbuja. Montaba su formidable yegua blanca *Yosotu Boro*, sobre cuya grupa entrara en la mezquita de Bujara. Pero la yegua, a la vista de una manada de caballos salvajes, se encabritó y el kan cayó de su montura quedando muy quebrantado. Lo llevaron a la tienda de Yesui y la katún, al ver la alta fiebre que tenía, dijo a los generales que ellos deberían decidir qué hacer.

En el Consejo hubo todo tipo de manifestaciones. Tolún Cherbi, jefe del clan de los konkotades, propuso la retirada alegando que los tangutos vivían en ciudades con murallas fijas y que no podrían partir llevándoselas con ellos; indicó que ya habría tiempo para regresar en cuanto el kan sanara y que para entonces los tangutos seguirían ahí. La propuesta del jefe konkotad fue apoyada por la mayoría y quedó aprobada. Pero cuando Gengis Kan salió de su letargo y pudo hablar, al oír la decisión que habían tomado sus generales se dirigió a ellos desde el lecho y les dijo:

–Si nos retiramos sin más, los tangutos creerán que nos han vencido. Voy a enviarles mensajeros proponiéndoles la paz. Entre tanto yo curaré mi mal aquí. Cuando regrese el correo con la respuesta ya veremos lo que hacemos.

A los pocos días un mensajero tanguto anunció que el general Asa Gambu no aceptaba las condiciones de paz y que la guerra proseguía. Gengis Kan recibió la noticia de boca de Bogorchu. El mensajero no fue recibido por el kan para que no viera el estado en el que se encontraba.

–Pues será la guerra –afirmó–. Si nos desafían no vamos a retirarnos. Que el Cielo Eterno decida.

La fiebre del kan pasó en pocos días y el ejército mongol se lanzó sobre el de Asa Gambu y lo arrolló. El general tanguto tuvo que recluirse dentro de las murallas de Niang-hsia, el último reducto que le quedaba, dejando desguarnecidas otras ciudades que cayeron en poder del kan.

Las victorias mongoles hicieron que el rey tanguto pidiera la paz a través de su mensajero.

–Mi señor el rey Lu Hsieu me ha hecho venir ante vuestra majestad para solicitar la paz. Esta guerra está siendo inútil y sólo acarrea problemas para los dos bandos. Os ofrece oro, plata, joyas y nueve muchachas y muchachos de cada cien jóvenes tangutos.

Gengis Kan miró al embajador y supo que necesitaba ganar tiempo. Estaba convencido de que en el interior de la ciudad de Niang-hsia pronto brotaría el descontento ante la carencia de alimentos. El kan habló:

—Dile a tu rey que exijo dos millones de piezas de oro y cien mil piezas de seda, además de cincuenta mil caballos, veinte mil camellos y veinte mil carros cargados de trigo y mijo.

El embajador enarcó las cejas asustado por el volumen de lo solicitado, pero asintió con la cabeza antes de pedir permiso para retirarse y transmitírselo a su rey. La respuesta del rey tanguto fue afirmativa. El mismo mensajero regresó dos días después con una carta en la que Lu Hsieu se comprometía a guardar fidelidad al kan y hacer que sus hijos le juraran también lealtad eterna. Gengis Kan desconfió, pero el embajador llevó de regreso a la ciudad un documento por el que el gran kan nombraba a Lu Hsieu *sidurgún*, un título honorífico que significa «leal». Transcurrieron tres semanas más y no había ningún signo que presagiara que el rey tanguto fuera a cumplir la petición del kan. Creo que Gengis Kan sabía con certeza que Lu Hsieu no podría reunir semejantes cantidades de oro, seda, ganado y cereales, pero el silencio lo impacientaba más que cualquier otra cosa. Volvió a reiterar la petición y sólo recibió buenas palabras, por lo que decidió preparar el asalto a la capital. Sabía que muchos mongoles morirían bajo sus muros, pero era inevitable si quería someter a los tangutos.

A comienzos del año del cerdo, el asedio de Niang-hsia se intensificó. La solidez de sus murallas era proverbial, y dentro de ellas se habían refugiado muchas gentes de otras ciudades y aldeas, por lo que no era tarea fácil asaltar sus muros. Gengis Kan estaba empeñado en conquistar esa ciudad a toda costa; había puesto en ello su empeño personal y nada le haría desistir. La doble traición de los tangutos debía ser castigada o su autoridad se resentiría.

Pero tras varios meses de asedio, el cerco de Niang-hsia comenzaba a hacerse tedioso. La primavera había sido muy lluviosa y los campos se anegaron de agua y barro haciendo el asedio todavía más incómodo. El kan organizó una cabalgada para calmar a los más inquietos y atacó la ciudad de Siming, que conquistó sin grandes esfuerzos. Tantos meses inmovilizados provocaron que los jinetes mongoles comenzaran a mostrarse nerviosos, tal y como ocurriera en el sitio de Pekín trece años atrás. De vez en cuando el kan permitía a un batallón salir a cazar a las montañas del sur, lo que significaba un alivio para los ociosos guerreros. Aprovechando la calma de fines de primavera me trasladé desde Pekín hasta Tangutia. El kan me había hecho llamar para que estuviera a su lado cuando entrara triunfador en Niang-hsia. A principios de verano un sofocante calor sustituyó a las lluvias primaverales. Gengis Kan confiaba en que el agobio del estío provocara el desánimo entre los sitiados, que sin duda también estarían hartos de esa situación.

Una mañana, antes de que el sol estival comenzara a calentar como un horno, Gengis Kan salió en compañía de varios de sus generales y de miembros de su guardia a inspeccionar por enésima vez las murallas de la capital tanguta. Quería elegir el tramo en el que cargar la mayor potencia de ataque. Los fosos eran anchos y profundos; habría que llenarlos de tierra para poder acceder a la cimentación de los muros, socavarlos y provocar un derrumbe por el que poder entrar. Cabalgaba a una distancia de dos tiros de flecha de las almenas, cuando observó un pequeño vado en donde el foso parecía menos ancho y menos profundo.

—Acompáñame, Bogorchu —le dijo a su viejo compañero—, quiero inspeccionar de cerca ese lugar.

—No te acerques demasiado, Temujín, es peligroso. En esa zona pueden alcanzarnos con una flecha —alegó su intrépido amigo, a quien los años no le habían hecho perder agresividad y en cambio había ganado en prudencia.

—No te preocupes, esos tangutos no son buenos arqueros; aunque consiguieran lanzar una flecha hasta aquí, dudo que acertaran. Y si lo hicieran, la flecha llegaría con tan poca fuerza que rebotaría en nuestras cotas de malla.

—De todos modos ten cuidado —insistió Bogorchu.

El kan arreó a su yegua y se acercó hasta la orilla del foso. Contempló su extraordinaria anchura y su profundidad; les costaría mucho trabajo llenarlo de tierra, pero estaba seguro de que lo conseguirían. Bogorchu había ordenado a los guardias que cargaran sus arcos y se mantuvieran atentos a cualquier movimiento sospechoso que pudiera producirse sobre las almenas. Un silbido rasgó el aire. Bogorchu miró hacia la muralla y le pareció ver una sombra que se ocultaba tras los merlones. Oyó un quejido y miró hacia el kan. Temujín se había inclinado en la silla de su caballo hacia el costado derecho, el lado que daba a la ciudad.

—¡Temujín, Temujín! —gritó Bogorchu.

Gengis Kan irguió la cabeza, miró a su *oerlok* y cayó del caballo justo al borde del foso.

—¡Rápido, ayudadme! —ordenó Bogorchu a los guardias.

Gengis Kan había sido herido por una flecha. La solitaria saeta había ido a clavarse en el único lugar en el que el cuero y el hierro no protegían su cuerpo, justo en el lateral de la rodilla. A toda velocidad lo llevaron a su tienda. El virote no se había clavado profundamente. Bogorchu lo extrajo con cuidado y examinó la punta. Restos de una sustancia lechosa y amarilla se veían con claridad entre las muescas grabadas en el hierro.

«¡Maldita sea!, está envenenada», pensó Bogorchu.

Gengis Kan, que permanecía tendido sobre su lecho, levantó la cabeza y miró a Bogorchu.

—¿Tiene veneno? —preguntó el kan.

Bogorchu apretó sus puños, bajó los ojos y musitó:

—Sí.

El kan volvió a tumbarse, cruzó sus manos sobre el pecho y con toda serenidad asentó:

—En ese caso me queda muy poco tiempo.

Cuando visité al kan en su tienda y contemplé sus ojos supe que no había nada que hacer. El brillo que siempre los había caracterizado se apagaba, sus pupilas estaban dilatadas y su rostro ajado. Sus carrillos aparecían como inflamados y los párpados colgaban flácidos debajo de las cejas.

—Acércate, Ye-Liu.

Avancé hasta el lecho donde estaba y le tendí la mano. El kan me la cogió y me dijo:

—Creo que esta vez han podido conmigo.

—No, majestad, os repondréis pronto, vuestros médicos chinos son excelentes y vuestra fortaleza es de hierro, sanaréis.

—No, Ye-Liu, no. Siento que la muerte comienza a instalarse en mi interior. Es una fuerza contra la que no puedo luchar. Ha tenido que ser una flecha perdida la que acabara conmigo, pero no dejaré que mi muerte se salde sin venganza. Voy a ordenar a mis generales que arrasen Hsi Hsia como lo hicieron con la ciudad de..., ahora no recuerdo su nombre, aquélla en cuyo asalto murió mi nieto Mütügen, el hijo de Chagatai.

—Era Bamiyán.

—¿Bamiyán? Ya no lo recuerdo. Han sido tantas batallas, tantas guerras, tantas victorias.

—Seguiréis venciendo en muchas más —lo interrumpí.

—Para mí no habrá más batallas, pero esos tangutos pagarán cara su traición. Tangutia será tan sólo tierra de pastos para nuestros caballos. Mis hijos y mis generales se encargarán de que así sea.

—No podéis hacer eso, majestad.

—Claro que puedo hacerlo.

Yo no podía alegar que se iban a perder millones de vidas humanas si Gengis Kan decidía masacrar a todos los tangutos, eso no era importante para el kan, por lo que tuve que buscar otra argumentación.

—Tangutia es una tierra que produce trigo, mijo, seda y oro. Vuestro pueblo se alimenta ahora de mijo y de trigo, viste ropas de seda y se adorna con brazaletes y collares de oro. Creo que sería mucho mejor someter a los tangutos y hacerles pagar un tributo. Sus impuestos serán la garantía de un suministro permanente para el pueblo mongol. Además, si ordenáis ejecutar a toda la población, ¿sobre quiénes gobernarán vuestros hijos? Un emperador necesita súbditos a los que mandar; sin súbditos no hay imperio, no hay nada.

—Te conozco muy bien, Ye-Liu. A ti no te importan nada los impuestos, lo que te preocupa es la vida de esos seres anónimos e insignificantes a los que ni siquiera conoces. Nunca he entendido por qué tienes esos sentimientos que te hacen abogar por gentes que no lo merecen.

—Es lo que mis padres y mis maestros me enseñaron. Ya os dije en una ocasión que no puedo traicionar mis ideas; creo que esa postura es la que os hizo nombrarme vuestro consejero y el de vuestro hijo Ogodei.

A pesar del dolor que sentía, Gengis Kan esbozó una sonrisa.

—Y deberás seguir siéndolo tras mi muerte. Ogodei será quien me suceda, tal y como se decidió en el *kuriltai*, pero mi tercer hijo no está preparado para semejante tarea, por eso permanecerás siempre a su lado, ayudándole a gobernar el Imperio como lo has hecho conmigo. Me alegro de que la sucesión se acordara tiempo atrás, y en cierto modo la muerte de Jochi me ha tranquilizado. Si me hubiera sobrevivido, quizás ahora reclamaría sus derechos al trono y es probable que hubiera estallado una guerra entre nosotros. Afortunadamente, Chagatai es demasiado escrupuloso con el cumplimiento del deber y nunca se saltará una norma escrita y acordada, por eso es el guardián de la Yassa. Ahora retírate, estoy muy cansado; mis ojos comienzan a nublarse. Mañana seguiremos hablando.

Al día siguiente volví a encontrarme a solas con él. Por primera vez me pareció estar en presencia de un anciano. La enfermedad empezaba a hacer mella en su rostro y su fornido cuerpo, quizá debido a la fiebre, había perdido parte de su volumen. El brillo de sus ojos y la tersura de su piel habían desaparecido, el cabello comenzaba a caérsele en mechones y carecía de la energía que lo había hecho tan temido.

–Toma este amuleto –me indicó.

Alargó su mano y colocó en la mía una taba de bronce.

–Cógela, perteneció a Bortai; es chino. Me lo entregó como regalo cuando nos prometimos. Años más tarde lo llevó un valeroso mongol, mi *anda* Jamuga. No sé si da la suerte que se espera de él, pero es un recuerdo que me gustaría que conservaras como un regalo personal. Simboliza dos de los sentimientos más importantes entre los mongoles: el amor y la amistad. Que ambos te acompañen.

–Yo no tengo derecho a portar vuestro amuleto.

–Quiero que seas tú quien lo conserve a mi muerte, seguro que eres el único capaz de apreciar el espíritu que contiene. Además, quiero confiarte el lugar de mi tumba. He ordenado a mis hijos que lleven mi cuerpo hasta el Burkan Jaldún y me entierren allí, en la montaña sagrada de mis antepasados.

–No vais a morir.

–Ni siquiera yo soy inmortal, ¿recuerdas? –finalizó.

Las caras de los que nos reunimos en la gran tienda para celebrar el Consejo denotaban la tensión del momento. Todos sabíamos que el gran kan estaba herido de muerte y que su recuperación era imposible, pero nadie parecía admitirlo. Las conversaciones de los distintos grupos que se habían formado eran banales, pero todos pensábamos lo mismo.

El kan nos sorprendió una vez más. Haciendo gala de su proverbial fortaleza entró en la tienda a pie mientras nos arrodillábamos, escoltado por cuatro fornidos guardias que no perdían de vista sus vacilantes movimientos. Intentaba caminar con firmeza pero arrastraba la pierna derecha, la de su rodilla herida. Cuando llegó al trono y se sentó, nos incorporamos y nos mantuvimos expectantes.

–Mis leales amigos, éste será el último Consejo que celebremos juntos. El veneno de la saeta tanguta se ha extendido por mi interior y no parece que pueda vencer a su invisible ataque.

–¡No, eso no es posible! –gritó Subotai.

—Has podido con todo, podrás con ese veneno —aseguró Jelme.

—¡Eres inmortal! —afirmó Bogorchu.

—No, compañeros, no. Sólo soy un hombre.

—Acabaremos con los tangutos —asentó Bogorchu.

—Eso pensé en un primer momento, pero Ye-Liu me ha hecho cambiar de opinión. Si hiciera caso a mi corazón os ordenaría que vengaseis mi muerte arrasando toda Tangutia y matando a todos sus habitantes. Esta tierra sería así un enorme pastizal para nuestro ganado. Ye-Liu me ha hecho ver el error que esa orden supondría. Nuestras mujeres y nuestros hijos dependen ahora del grano que producen estos campos, sin él las escaseces volverían y el hambre regresaría para adueñarse de nuestros estómagos durante el largo y frío invierno. Tangutia ha de ser nuestra reserva de provisiones, y para ello los tangutos deben seguir cultivándose la tierra y los talleres produciendo seda y oro para nosotros.

—Matémosles, son unos traidores. Si dejamos a uno solo con vida, más tarde o más temprano volverán a traicionarnos, lo llevan en la sangre —dijo Bogorchu.

—Mi buen Bogorchu. Tú fuiste el primero en seguirme, el primero que confiaste en mí cuando tan sólo era un joven candidato a un disputado trono vacante. Sé ahora también el primero en obedecer mis órdenes, serán las últimas que os dé.

—Nos pides que dejemos la traición sin venganza —intervino Chagatai.

—Mi venganza estará cumplida si arrasáis esta maldita ciudad que estamos asediando. Allá arriba, en el Eterno Cielo Azul, mi espíritu reposará tranquilo con la conquista de Nianghsia; bastará con eso. En esta ciudad están la Corte y los dignatarios del reino de Hsi Hsia. Ellos son los culpables. Acabad con todos, pero dejad al resto de la población en paz. Si se incorporan al Imperio mongol, sus tributos no harán sino enriquecer a nuestras familias y aumentar nuestro poder.

***

Habían transcurrido casi dos meses desde que comenzara el verano. La tarde era una de esas tan cálidas y apacibles en las que el aire caliente confiere al cuerpo una agradable sensación. El cielo estaba despejado y no corría una brizna de viento. En el campamento se mantenía la actividad normal de cada día. Sin que nada lo presagiara, un enorme estampido, como el del trueno que anuncia la tormenta, rasgó el cielo de parte a parte rompiendo la calma vespertina. Yo estaba en mi tienda, recogiendo algunos papeles en espera de la cena, y al oír el ruido salí aguardando ver el cielo cubierto de amenazadoras nubes. Pero todo estaba sereno. Pregunté a los criados y a mis ayudantes si habían oído aquel sonoro trueno y todos me contestaron que sí. Volví a otear el horizonte en todas las direcciones y no vi ni una sola nube que alterara el azul violáceo del cielo al atardecer. Entonces fue cuando comprendí que Gengis Kan acababa de morir.

Fue el príncipe Ogodei quien vino en persona a darme la noticia.

—Mi padre el *ka kan* ha muerto —me dijo entre sollozos.

—Lo sé.

—¿Cómo? ¿Quién te lo ha dicho? —me preguntó extrañado.

—Un trueno se oyó en el cielo sin que hubiera una sola nube, todos hemos podido oírlo —le dije.

—¿Crees que mi padre era un dios? —me preguntó el príncipe.

—No, no era un dios. Tan sólo era un hombre, el más grande de cuantos han existido.

—Sin mi padre, todo se desmoronará. Si él no vive, ¿quién soportará el peso del mundo?

—El nuevo kan, tú, Ogodei.

El príncipe Ogodei me miró con ojos turbados y apretó los dientes. Luego se serenó y dijo:

—Tendrás que ayudarme.

—Tu padre así me lo ordenó —le confesé.

La muerte del gran kan se mantuvo en secreto. Su cadáver fue embalsamado con aceite y ungüentos para que no se estropeara por el intenso calor, y sus hijos y sus generales decidieron asaltar las murallas de Niang-hsia.

El ataque fue feroz. Una tras otra, hordas de mongoles ávidos de sangre se lanzaron sobre los muros de la capital tanguta, tras cuyos merlones se amontonaban los defensores de la ciudad cuya suerte estaba echada. Muchos mongoles caían muertos a causa de las flechas, del aceite hirviendo o de las piedras que arrojaban los tangutos, pero las acometidas se repetían con más ímpetu en cada nuevo envite. Los asaltantes parecían estar impregnados de un halo de furia que los hacía despreocuparse del peligro y atender tan sólo a ganar las almenas. El empuje mongol, apoyado desde el otro lado del foso con el lanzamiento de proyectiles incendiarios por parte de los ingenieros chinos, acabó por hacer ceder a la enconada resistencia tanguta. Varios mongoles, entre los que se encontraba Subotai, ganaron las almenas y se hicieron fuertes encima de un tramo de muralla, donde asentaron su posición. Aquello fue suficiente. Gracias a esa cabeza de puente, nuevos contingentes fueron llegando y pronto los mongoles inundaban las calles de Niang-hsia. Toda la población fue masacrada. Soldados, mujeres, ancianos y niños, todos murieron. La familia real, que se había refugiado en el palacio, fue capturada. El rey Lu Hsieu fue conducido a presencia de Tului, que era quien había dirigido el ejército en el asalto final.

—Mi padre el *ka kan* me ha encargado que te confirme tu título —dijo Tului, e indicó a un escribano que se adelantara.

El escribano leyó el mismo documento en el que Gengis Kan había asignado al rey Lu Hsieu el título de «leal». Poco después su cabeza rodaba por el suelo de mármol gris. Tului proclamó la victoria sobre el reino tanguto y los supervivientes de las otras ciudades y regiones conquistadas quedaron incorporados al Imperio mongol.

Un *tumán* al mando de Buru se quedó acantonado en Tangutia y el resto del ejército partió hacia el norte. En uno de los carros, escoltado por una discreta guardia de veinte hombres, viajaba el ataúd que contenía el cuerpo del gran kan. Yo mismo había ordenado que se colocaran dentro del féretro varias bolsitas con polvo de alcanfor. En cabeza de la comitiva dos jinetes de su guardia personal portaban el *bunduk* de nueve colas blancas y el estandarte con el halcón dorado de los borchiguines. Inmediatamente detrás rodaba el carro de la katún Yesui. Ogodei, Tului y los generales desfilaban cabizbajos a través de las arenas del Gobi. El silencio de la comitiva sólo era interrumpido por el silbido del viento del oeste arrastrando polvo y arena. Hasta los caballos parecían darse cuenta de que el conquistador del mundo había muerto. Pero la noticia de su fallecimiento se conservó en secreto por deseo de la katún Yesui hasta que llegamos a Karakorum.

Como katún principal y regente hasta que Ogodei asumiera el kanato, era Bortai quien presidía el Consejo en la corte de Karakorum. Estaba sentada en su silla a la izquierda del vacío trono de Gengis Kan, y a su lado se acomodaban las otras tres katunes, entre las que Yesui parecía la más serena, y algunas esposas secundarias. Entre todas ellas seguía luciendo Julán. En aquel momento volví a preguntarme qué extraño hechizo envolvía a aquella mujer para que, con su edad y después de haber recorrido medio mundo al lado de su esposo, siguiera siendo tan bella. Fuera de la tienda, vestidas con túnicas de seda negra, lloraban las quinientas concubinas de Gengis Kan.

 A la izquierda del trono se sentaban Ogodei, Chagatai y Tului, por este orden, y después los hermanos del kan y los generales Bogorchu, Subotai, Jelme y Jubilai. Y un poco más allá algunos consejeros y los jefes de los clanes más poderosos del pueblo mongol.

 —Mi esposo el *ka kan* nos ha dejado; aunque su cuerpo sin vida sigue entre nosotros, su espíritu ya ha ascendido al cielo al lado de Tengri.

La anciana Bortai no pudo seguir. Yesui tomó entonces la palabra para reclamar que se guardaran los deseos del kan y que todos los aceptaran.

Después habló Chagatai.

—Nuestro padre quiso ser enterrado en el Burkan Jaldún, la montaña sagrada a la que tantas veces subió para rezar y en la que en más de una ocasión encontró refugio. Hasta allí llevaremos su cadáver; lo enterraremos conforme a la costumbre de nuestros antepasados y dispondremos todo lo necesario para que nadie pueda interrumpir el reposo de sus huesos.

Antes de partir hacia el Burkan Jaldún se celebraron muchos sacrificios. Corderos, caballos, yaks y otros animales fueron sacrificados y ofrecidos a Tengri. De manera espontánea, algunos mongoles construyeron muñecos de fieltro como los que figuraban a los antiguos dioses, pero con dos trenzas pelirrojas, y los colocaron en sus hogares para rendirles culto. Esos muñecos representaban a Temujín, al que muchos consideraron a su muerte como a un dios.

Dejamos Karakorum y partimos hacia el Burkan Jaldún, en las fuentes del Onón y el Kerulén. Noventa y nueve chamanes abrían la comitiva cantando monocordes melodías que acompasaban al ritmo de tambores y campanillas. Después cabalgaba Tului, encabezando a los tres *guranes* que escoltaban el carro en el que iba el cuerpo del gran kan, al que seguían noventa y nueve carros cargados de tesoros ganados en las conquistas de Oriente y Occidente. La marcha duró varios días y en el transcurso de la misma nos encontramos con algunos hombres y ganados. Todos los que tuvieron la desgracia de cruzarse en nuestro camino, hombres o bestias, fueron muertos, depositados en los carros y conducidos hacia el norte. Al fin alcanzamos el pie del Burkan Jaldún. La montaña sagrada de los mongoles era como yo había imaginado; en la vertiente norte de esta cordillera brota la fuente que alimenta el río Onón y en la sur nace el Kerulén. La montaña no tiene, ni mucho menos, la altura de las inmensas cordilleras del Kunlun Shan o del Hindu Kush, ni la majestuosidad de las Montañas Celestiales, pero su presencia sobrecoge. De sus bosques de pinos parece surgir un aura que te envuelve y te atrae como la luz a las luciérnagas.

Chagatai, tras esperar las indicaciones de los chamanes para señalar el lugar exacto de la tumba, ordenó talar parte del bosque. Los soldados mongoles comenzaron a cortar los troncos de los pinos centenarios. Después se arrancaron las raíces y se comenzó a excavar una enorme fosa. Tras varios días de trabajo aquellos expertos zapadores, acostumbrados a picar zanjas en el asedio de las fortalezas de China, Jwarezm y Hsi Hsia, habían abierto un pozo de más de cien pasos de diámetro por no menos de veinte en la zona más profunda. En el centro se desplegó la inmensa tienda de Gengis Kan y en el interior se colocó su cadáver sobre una mesa de oro y marfil procedente del palacio real de Samarcanda. En varias mesas de madera y oro se depositaron centenares de bandejas llenas de oro, plata y piedras preciosas, y otras tantas con carne, frutas confitadas, pan de mijo y trigo y jarras y botellas llenas de *kumis, karakumis,* vinos y licores. En la puerta de la tienda, justo al lado izquierdo, se colocó el cuerpo de *Yosotu Boro,* su yegua inmaculadamente blanca, que dos chamanes sacrificaron siguiendo ritos ancestrales, y alrededor de la tienda se distribuyeron los carros que se habían traído desde Karakorum y los cadáveres de los hombres, mujeres y ganados que habían sido sacrificados por el camino. Un chamán vestido de blanco entró en éxtasis al son de un tambor, hizo un conjuro sobre la tumba abierta y asperjó todo el recinto con leche de yegua mezclada con agua de las fuentes del Onón y del Kerulén. Por fin, todo aquello se cubrió de tierra y durante tres días los caballos de los tres mil hombres pisotearon repetidas veces la tumba.

Mil guerreros quedaron acampados al pie del Burkan Jaldún. Hicieron guardia tantos años cuantos fueron necesarios hasta que el bosque volvió a crecer, cubrió la tumba y nada hizo sospechar el lugar donde fue enterrado el gran kan.

Con los otros dos *guranes* iniciamos el regreso a Karakorum. Durante el camino de vuelta saqué la taba de bronce que me entregara Temujín y la colgué de mi cuello con su cadenita de plata. De vez en cuando la sostenía en mi mano y la tocaba, recordando que durante muchos años aquel amuleto había pendido del cuello del conquistador del mundo.

Cuando llegamos a Karakorum, la ciudad del desierto me pareció más que nunca «la de las Arenas Negras». Un desapacible viento otoñal que levantaba tierra y polvo parecía anunciar el inmediato comienzo del invierno. Hubo quien dijo que un invierno eterno había caído sobre el mundo.

Epílogo

Gengis Kan nació hacia 1162 y murió en agosto de 1227; el lugar de su tumba sigue siendo un misterio. Los mongoles no arrasaron ni Tangutia ni China. Ye-Liu les impuso la promesa que le hiciera Temujín de respetar la vida de los inocentes y salvó a millones de personas de una muerte cierta. En 1229, en un *kuriltai* presidido por Chagatai y celebrado a orillas del Kerulén, en un día en el que los planetas Júpiter y Venus presentaban una posición favorable, Ogodei fue proclamado segundo gran kan.

Ye-Liu T'chu Ts'ai continuó como canciller del Imperio mongol, regularizó el sistema fiscal y consiguió que, a través de los impuestos, enormes cantidades de oro, plata, seda y cereales fluyeran hacia la Corte de Karakorum. Organizó el Imperio, racionalizó su administración, fundó escuelas en las ciudades más importantes, creó una oficina de traductores para verter al mongol los clásicos chinos y fundó en Pekín la Sociedad Histórica y la Biblioteca Imperial.

Ogodei continuó la política de expansión militar de su padre, recuperó las tierras conquistadas en Persia, Afganistán y el Cáucaso, acabó con los últimos reductos del Imperio kin, conquistó toda Corea y penetró en el Imperio song, en la China del sur. En una ocasión, irritado a causa de que Ye-Liu le recriminara su afición a la bebida, encarceló a su canciller, pero enseguida lo puso en libertad y le devolvió sus cargos. El segundo gran kan murió en 1241, tras doce años de reinado.

A su muerte se formaron cuatro partidos: el militar de los antiguos mongoles, el de los pacifistas mongoles, el burocrático sinófilo y el militar nestoriano. Temuge, el hermano menor de Gengis Kan, fue incitado por el partido de los antiguos mongoles a dar un golpe de estado y hacerse con el trono, vacante desde la muerte de Ogodei, pero esa intentona fracasó. El trono mongol no fue ocupado hasta 1246. En un *kuriltai* fue designado Guyuk, hijo de Ogodei, para suceder a su padre. Dos años después el trono recaería en la familia de Tului; primero Mongka y después Kubilai, el nieto favorito de Gengis Kan, se sucedieron como grandes kanes.

La muerte de Ogodei hizo que Ye-Liu Tch'u Ts'ai cayera en desgracia. La aristocracia mongol volvió sus favores hacia los budistas, sobre todo a los miembros de la escuela Chan, gracias a la influencia del monje Haiyún, enemigo de Ye-Liu. El nuevo canciller, un musulmán llamado 'Abdarrahman, aplicó duras medidas en el gobierno del Imperio mongol y Ye-Liu, que contemplaba impotente cómo su obra se venía abajo, enfermó. La muerte le sobrevino en 1244, con poco más de sesenta años.

Creyendo que por su cargo de canciller del Imperio habría atesorado fabulosas riquezas, unos oficiales mongoles registraron la casa de Ye-Liu en Pekín esperando hallar ingentes cantidades de oro, plata y piedras preciosas, pero sólo encontraron estanterías repletas de mapas y de libros. Y una pulida taba de bronce colgada de una fina cadenita de plata.

APÉNDICES

CRONOLOGÍA

1162. Nace Temujín de la unión de Yesugei Bahadur y Hoelún.
1163. Yesugei es reconocido como jefe por un importante número de clanes mongoles.
1164. Nace Kasar, hermano de Temujín.
1166. Nace Jachigún, hermano de Temujín.
1168. Yesugei concede a Hoelún el rango de esposa principal.
1168. Nace Temuge, hermano de Temujín.
1170. Nace Temulún, hermana de Temujín.
1171. Yesugei ayuda a Togril; Temujín conoce a Bortai; muerte de Yesugei por unos tártaros.
1171. Temujín y su familia, abandonados por su tribu, vagan por la estepa.
1173. Temujín mata a su hermanastro Begter; encuentro de Temujín y Jamuga.
1174. Temujín y Jamuga se hacen *andas*.
1175. Temujín es capturado por los tayichigudes.
1177. Temujín, con ayuda de Bogorchu, recupera ocho caballos robados.
1178. Boda de Temujín y Bortai.
1179. Temujín y Togril pactan la alianza entre mongoles y keraítas; rapto de Bortai por los merkitas.
1180. Temujín rescata a Bortai con la ayuda de los keraítas; nace Jochi, primogénito de Temujín.
1181. Unión de Temujín y Jamuga.

1182. Separación de ambos caudillos; Temujín es proclamado Gengis Kan; guerra con Jamuga.
1183. Temujín y Togril derrotan a los tártaros.
1184. Gengis Kan derrota al clan de los yurkines.
1186. Nace Chagatai, hijo de Gengis Kan y Bortai.
1189. Nace Ogodei, hijo de Gengis Kan y Bortai.
1192. Nace Tului, hijo de Gengis Kan y Bortai.
1196. Togril Wang Kan, expulsado del trono keraíta; exilio de Togril en Hsi Hsia.
1198. Temujín devuelve el trono de los keraítas a Togril.
1199. Guerra entre naimanes y mongoles.
1200. Gengis Kan derrota a los tayichigudes.
1201. Jamuga es elegido Gurkán; combates entre Gengis Kan y Jamuga.
1202. Enemistad de Togril y Gengis Kan; batalla de Gupta; Gengis Kan derrota a los tayichigudes.
1203. Muerte de Togril; el kanato keraíta se incorpora al kanato mongol.
1204. Gengis Kan derrota a los naimanes; muerte de Jamuga; los tártaros son exterminados.
1205. Los mongoles atacan al reino tanguto de Hsi Hsia.
1206. Gengis Kan, elegido *ka kan* en un *kuriltai*.
1207. Kirguises, turcos y uigures se someten a Gengis Kan; nuevo ataque a Hsi Hsia.
1209. Gengis Kan derrota al reino de Hsi Hsia; ruptura con el Imperio kin.
1211. Campaña contra China.
1212. Los kitanes se alían con Gengis Kan; guerra en China.
1213. Conquista de China del norte y del oeste; Gengis Kan asedia Pekín.
1215. Los Kin abandonan Pekín y trasladan la capital a K'aifong; Muhuli conquista Pekín.
1216. Ye Liu Tch'u Ts'ai se convierte en consejero de Gengis Kan.
1217. Los mongoles invaden Corea.

1218. Avance mongol hacia el oeste; derrota definitiva de los naimanes.
1219. El rey de Corea se somete a los mongoles; Gengis Kan declara la guerra al Imperio joresmio.
1220. Los mongoles conquistan Bujara y Samarcanda; Ye Liu Tch'u Ts'ai es nombrado canciller.
1221. Jochi y Chagatai ocupan el Jorasán; muere el sha de Jwarezm Muhammad ad-Din.
1222. Gengis Kan recorre el Hindu Kush y Transoxania.
1223. Expedición de Jebe y Subotai a Europa oriental; el monje Chang Chun llega ante Gengis Kan.
1224. Gengis Kan recorre el curso del Irtish; fin de la guerra en Occidente.
1225. Gengis Kan regresa a Mongolia tras destruir al Imperio joresmio.
1226. Campaña de Gengis Kan contra el reino de Hsi Hsia.
1227. Muere Gengis Kan a mediados de agosto.

Vocabulario de términos mongoles

anda. Unión voluntaria de dos personas por un sentimiento superior al de la amistad.
argal. Estiércol seco que se usa como combustible para cocinar o calentarse.
arika. Aguardiente hecho con leche.
bahadur. «Valeroso», calificativo aplicado a los jefes de clan.
bogdo. Calificativo aplicado a los hombres considerados descendientes de linajes divinos.
boqtaq. Sombrero alto usado por las mujeres en ceremonias solemnes.
bunduk. Estandarte de guerra de nueves colas blancas de caballo.
egodán. Mujer chamán, hechicera.
gri-ut. Leche seca que se consumía disolviéndola en agua.
guran. Batallón formado por mil soldados del ejército mongol.
gurtai. Punto prefijado para la matanza de animales en una cacería.
ikhudur. Fiesta o ceremonia relevante.
ka kan. «Kan de kanes» o gran kan; título dado a Gengis Kan en 1206.
kang. Rueda de madera que se colocaba sobre el cuello y manos a modo de cepo.
karakumis. Kumis muy fino que se destinaba tan sólo a los nobles.

kerchiktos. Guardias personales de Gengis Kan.

Koko Mongka Tengri. «El Eterno Cielo Azul»; nombre del dios único de la cosmogonía mongol.

kumis. Licor de leche de yegua fermentada y batida, de sabor agrio y con cierto grado de alcohol.

kuriltai. Asamblea de jefes mongoles en la que se decidían los grandes asuntos públicos.

naccara. Tambor de guerra.

noyan. Noble mongol, general en el ejército de Gengis Kan.

oboq. Clan mongol.

odchiguín. Hijo menor, encargado de la custodia de la casa paterna.

oerlok. Noble mongol, general de un *tumán* en el ejército de Gengis Kan.

ongones. Tallas de madera o figuras de trapo y fieltro que representaban a los antepasados muertos.

ordu. Región de la que era originario un mongol.

tulughma. «Carrera del estandarte», táctica de combate mongol que consistía en envolver al enemigo.

tuman. Agrupación de tropas formada por diez mil hombres en el ejército de Gengis Kan.

ujín. Señora, mujer noble.

ulus. Conjunto de clanes y territorio en el que viven.

urga. Lazo con pértiga muy larga para sujetar a los caballos por el cuello.

utu duri. «Gente de voluntad larga», grupos de jóvenes que no acataron la disciplina del clan.

yada. Ceremonia religiosa para rogar al cielo que conceda algún deseo.

Yassa. Código de justicia dictado por Gengis Kan.

yin guun. «Gente de condición libre», los mongoles que no aceptaron la derrota y el sometimiento.

yurta. Tienda de fieltro en la que vivían los mongoles.

Personajes históricos más relevantes

Altan. Hijo de Jutula Kan; jefe del clan de los jardakides; renunció al kanato en favor de Temujín.
Ambagai. Tercer kan de los mongoles a mediados del siglo XII.
Batu. Hijo de Jochi; nieto de Temujín.
Begter. Hijo de Yesugei Bahadur y de Sochigil; hermanastro de Temujín.
Belgutei. Hijo de Yesugei Bahadur y de Sochigil; hermanastro de Temujín.
Bogorchu. Hijo de Naju *el Rico;* primer compañero de Temujín; uno de los «Cuatro Héroes».
Borogul. Joven yurkín adoptado por Hoelún; uno de los «Cuatro Héroes».
Bortai. Hija de Dei *el Sabio;* esposa principal de Temujín; madre de Jochi, Chagatai, Ogodei y Tului.
Buriyuk. Príncipe naimán; hijo de Inancha Kan.
Chagatai. Hijo de Temujín y Bortai; nombrado por su padre guardián de la *Yassa* (ley mongol).
Chaja. Princesa tanguta hija del rey Li An-ch'üan de Hsi Hsia; esposa de Temujín.
Chang Chun. Monje taoísta que enseñó filosofía a Temujín y a sus hijos.
Chilagún. Hijo de Sorjan Chira; ayudó a Temujín a librarse del *kang;* uno de los «Cuatro Héroes».
Chilguer *el Fuerte*. Jefe merkita; hermano de Togtoga y de Yeke Chiledu; posible padre de Jochi.

Cinkai. Canciller del Imperio mongol (1216 a 1220).
Daritai. Hermano menor de Yesugei Bahadur; tío paterno de Temujín.
Dei *el Sabio*. Padre de Bortai y suegro de Temujín.
Dogón. Esposa secundaria de Temujín; madre de Jojín.
Doreguene. Esposa del caudillo merkita Judu, hijo de Togtoga, y después de Ogodei.
Erke Jara. Hermano menor de Togril Wang Kan.
Gengis Kan. Título de «Emperador Universal» dado a Temujín por los jefes mongoles.
Guchu. Joven merkita adoptado por Hoelún.
Guchulug. Kan de los naimanes; hijo de Tayang Kan y nieto de Inancha Kan.
Gurbesu. Katún de los naimanes; madre de Tayang; esposa de Inancha Kan y después de Temujín.
Guyuk. Hijo de Ogodei; nieto de Gengis Kan; tercer Gran Kan (1246 y 1248).
Hoelún. Esposa de Yesugei Bahadur; madre de Temujín.
Hu-scha-hu. Eunuco; general del Imperio kin.
Ibaja. Princesa keraíta; esposa de Temujín, entregada por éste a su general Jurchedei.
Inancha. Kan de los naimanes; muerto en 1202.
Jachigún. Hijo de Yesugei Bahadur y de Hoelún; hermano de Temujín.
Jadagán. Hija de Sorjan Chira; esposa secundaria de Temujín.
Jaidu. Primer kan de los mongoles en la primera mitad del siglo XII.
Jalal ad-Din Manguzberti. Hijo del sha Muhammad ad-Din; heredero del imperio joresmio.
Jamuga. *Anda* de Temujín; jefe del clan de los yaradanes; pretendiente al kanato mongol.
Jebe. General mongol; uno de los «Cuatro Perros».
Jelme. General mongol; uno de los «Cuatro Perros»; hijo del herrero urianjai Jarchigudai.
Jerén. Esposa secundaria de Temujín.

Jochi. Primogénito de Temujín y Bortai; su padre natural pudo ser Chilguer *el Fuerte*.
Jogachín. Sierva entregada por Yesugei a Hoelún.
Jojín. Hija de Temujín y de Dogón.
Jorchi. General mongol; presagió en un sueño el triunfo de Temujín.
Jubilai. General mongol; uno de los «Cuatro Perros».
Juchar. Primo de Temujín; renunció a sus derechos en favor de Temujín.
Judu. Hijo del caudillo merkita Togtoga.
Julán. Princesa merkita; hija de Dayir Usún; esposa y katún de Temujín.
Jutula. Cuarto kan de los mongoles en la segunda mitad del siglo XII.
Kabul. Segundo kan de los mongoles en la primera mitad del siglo XII; bisabuelo de Temujín.
Kasar. Hijo de Yesugei Bahadur y de Hoelún, hermano de Temujín.
Kokochu. Joven tayichigud adoptado por Hoelún.
Kubilai. Hijo de Tului; nieto de Temujín; quinto Gran Kan; instauró la dinastía Yuan (1259-1294).
Li An-ch'üan. Rey tanguto de Hsi Hsia (h. 1200-1211).
Li-Chi. Monje taoísta ayudante de Chang Chun, a quien acompañó en su viaje a Occidente.
Li-Te Wang. Rey tanguto de Hsi Hsia (1225-1226).
Li Tsun-hsü. Rey tanguto de Hsi Hsia (1211-1225).
Liao-tung. Aristócrata kitán aliado de Temujín en China.
Lu Hsieu. Rey tanguto de Hsi Hsia (1226-1227).
Mahmud Yalawaj. Consejero musulmán de Temujín; gobernador de Transoxiana.
Ma-ta-ku. Emperador jürchen del Imperio kin (1183-1209).
Mongka. Hijo de Tului y nieto de Temujín; cuarto Gran Kan (1251-1259).
Muhammad ad-Din. Sha del Imperio de Jwarezm, derrotado y muerto por Temujín en 1220.

Muhuli. General mongol; uno de los «Cuatro Héroes»; conquistador de Pekín; gobernador de China.
Munglig. Padre del chamán Teb Tengri Kokochu; tercer esposo de Hoelún.
Mütügen. Hijo de Chagatai; nieto de Temujín; muerto en la guerra contra el imperio joresmio.
Naju *el Rico*. Padre de Bogorchu; jefe del clan de los arulates.
Nayaga. General mongol; hijo de Sirguguetu.
Ogodei. Hijo de Temujín y de Bortai; segundo gran kan (1229-1242).
Sacha Beki. Primo de Temujín; jefe del clan de los yurkines.
Sengum. Hijo de Togril Wang Kan; príncipe de los keraítas.
Sigui Jutuju. Tártaro adoptado por Hoelún; juez supremo de los mongoles.
Sochigil. Primera esposa de Yesugei Bahadur; madre de Begter y de Belgutei.
Sorjan Chira. General mongol; compañero de Yesugei Bahadur y de Temujín.
Sorjatani. Princesa keraíta; esposa de Tului y nieta de Togril Wang Kan.
Subotai. General mongol; uno de los «Cuatro Perros».
Targutai Kiriltug. Caudillo de los tayichigudes; enemigo de Temujín.
Tatatonga. Canciller uigur de naimanes y de mongoles (1204-1216); guardián del sello de Temujín.
Tayang. Kan de los naimanes; hijo de Inancha kan.
Teb Tengri Kokochu. Hijo de Munglik; chamán principal de los mongoles; muerto por Temuge.
Temuge. Hijo menor de Yesugei y de Hoelún; hermano de Temujín.
Temujín. Gengis Kan (1162-1127); hijo de Yesugei y de Hoelún; primer Gran Kan (1206-1227).
Temulún. Hija de Yesugei y Hoelún; hermana de Temujín.

Togril. Kan de los keraítas; titulado Wang Kan por el Imperio kin.
Togtoga. Jefe del clan merkita de los uduyides; enemigo de Temujín.
Tului. Hijo menor de Temujín y de Bortai; jefe del ejército mongol.
Wang Kan. Togril.
Wei-chao Wang. Emperador del Imperio kin (1209-1213).
Wu-lu-pu. Emperador del Imperio kin (1213-1215).
Yaja Gambu. Hermano de Togril Wang Kan.
Yeke Cherén. Caudillo tártaro; padre de Yesui y de Yesugén.
Yeke Chiledu. Jefe merkita; primer esposo de Hoelún.
Ye-Liu Tch'u Ts'ai. Noble kitán (h. 1182-1244); alto funcionario del Imperio kin; consejero de Gengis Kan y canciller del Imperio mongol (1220-1241).
Yesugei Bahadur. Hijo de Bartán *el Valeroso*; esposo de Holeún y de Sochigil; padre de Temujín.
Yesugén. Princesa tártara; hermana de Yesui; esposa y katún de Temujín.
Yesui. Princesa tártara; hermana de Yesugén; esposa y katún de Temujín.
Yun-chi. Wei-chao Wang.

Esta edición de *El amuleto de bronce*,
de José Luis Corral Lafuente,
se terminó de imprimir en Hurope s.l.,
el 15 de diciembre de 1997

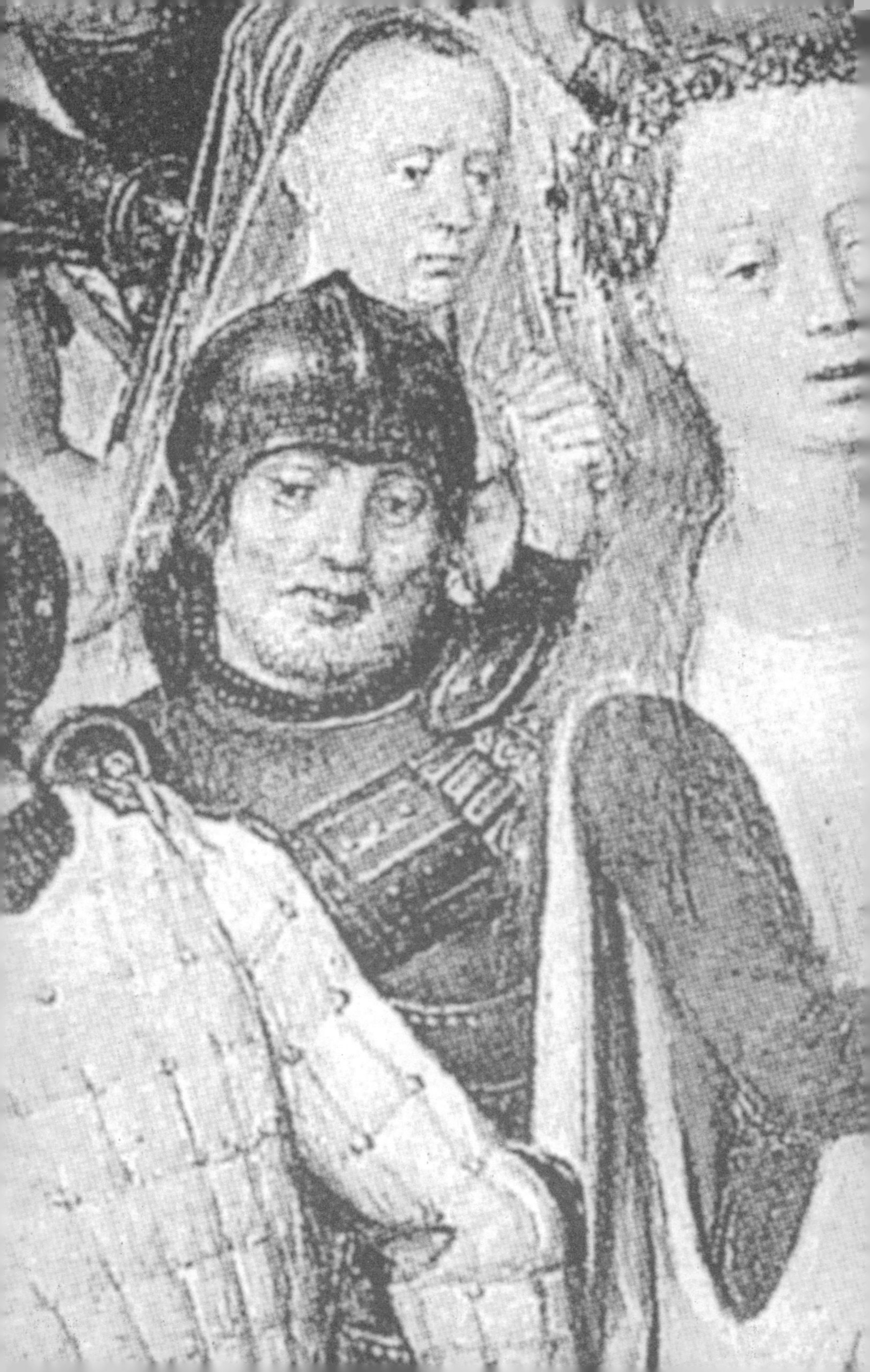